COLLECTION FOLIO

Robert Merle

L'île

Gallimard

Ce roman se situe à la fin du XVIIIe siècle en Océanie. Mason, lieutenant à bord du Blossom, *tue son chef, le capitaine Burt, dont la cruauté a révolté l'équipage. Les mutins fuient avec les Tahitiens dans une île déserte les rigueurs de l'amirauté et s'organisent en une sorte de parlement, dirigé par un Ecossais rusé, Mac Leod, qui impose un partage des femmes et des terres qui frustre cyniquement les Tahitiens. Un autre Ecossais, le lieutenant Purcell, s'oppose sans succès à cette politique. Profondément chrétien, il ne veut pas combattre Mac Leod avec ses propres armes et empêche ses partisans de le supprimer. La tension croît dans l'île. Le meurtre de deux Tahitiens par Mac Leod déclenche entre les deux races une guérilla sans merci. A la fin, il ne reste plus dans l'île que deux hommes vivants : Purcell et le guerrier Tetahiti qui, irrité par la neutralité de Purcell, exige son départ. Purcell, désespéré, demande un sursis. Il se rend compte que ses scrupules n'étaient pas légitimes et que la guerre aurait pu être évitée, s'il avait employé la force contre Mac Leod. Après un épisode bouleversant, il gagne la confiance du Tahitien et demeure à ses côtés dans l'île.*

Dans ce roman où les scènes d'humour et d'émotion succèdent à des scènes d'une extrême violence, Robert Merle a su évoquer la vie quotidienne dans l'île et camper en même temps que de pittoresques Tahitiennes, des personnages animés d'une vie intense.

Tout roman, disait Oscar Wilde, est à la fois « surface et symbole ». Il n'est donc pas illégitime de voir dans L'Ile *un grand roman d'aventures et d'être surtout sensible à la verve des dialogues et à la poésie des mers du Sud.* L'Ile, *pourtant, n'est pas qu'un roman d'évasion : il s'attaque, entre les lignes, à certains problèmes angoissants qui se posaient aux mutins du* Blossom *à la fin du XVIII*e*, et se posent aujourd'hui avec non moins d'acuité aux habitants de ce que Robert Merle appelle dans sa préface « notre frêle planète ».*

Robert Merle est né en 1908 à Tébessa, en Algérie. Il a fait ses études à Paris : agrégation et doctorat ès lettres. Agent de liaison auprès de l'Armée britannique, il participe à la retraite de Dunkerque qu'il évoquera dans *Week-end à Zuydcoote,* prix Goncourt 1949.

Robert Merle a publié des pièces de théâtre, des essais critiques, des traductions et des romans. *L'Ile* en 1962 (Prix de la Fraternité), *Un animal doué de raison* (1967), *Derrière la vitre* (1970) qui retrace la révolution du monde étudiant à Nanterre, et en 1972 *Malevil.*

à Magali

It is an Isle...
Beautiful as a wreck of Paradise.

Shelley.

PREFACE

Je n'aime pas lire les préfaces et, moins encore, les composer. Et je me dispenserais bien d'écrire celle-ci, si mon entreprise n'appelait quelques éclaircissements.

L'événement qui, à l'origine, inspira ce roman est historique : A la fin du XVIIIe *siècle, quelques mutins du* Bounty *s'enfuirent de Tahiti, où il eût été trop facile à l'Amirauté britannique de les retrouver, et découvrirent en plein Pacifique une petite île déserte et, par la configuration de ses côtes, quasi inaccessible : Pitcairn. Cet îlot était fertile, et les mutins y auraient vécu heureux jusqu'à la fin de leurs jours s'ils ne s'étaient pas pris de querelle avec les Tahitiens qui les accompagnaient. Britanniques et indigènes se livrèrent alors une lutte sans merci, dont on ne connut les détails que vingt ans plus tard, par le récit, peut-être infidèle, qu'en fit l'unique survivant au Capitaine anglais qui découvrit la petite colonie.*

Ce capitaine était un honnête homme, dévot et sentimental. Il mit d'autant moins en doute la parole de l'ancien marin du Bounty *que celui-ci était devenu, sur ses vieux jours, fort pieux, et dirigeait ses administrés — femmes et enfants — de la façon la plus édifiante. Le Capitaine revint donc en Angleterre, attendri et édifié, et raconta, dans un anglais charmant, la guerre de Pitcairn telle qu'il la tenait de la bouche du mutin repenti* [1].

De ce rapport assez peu détaillé — source unique, et on l'a vu, bien incertaine — procèdent tous les récits qui, depuis, ont prétendu retracer le destin de la petite communauté qui vécut et s'entre-déchira dans l'île, dans le même temps où des massacres plus grandioses ensanglantaient l'Europe.

Cette histoire, pour des raisons qui apparaîtront dans la suite, m'a puissamment sollicité pendant des années : en 1952, je crois, je la racontais pour la première fois à Maurice Merleau-Ponty dans un restaurant de Rennes. Si je ne l'ai pas écrite plus tôt, c'est que je la concevais alors comme un roman historique. *Conçue ainsi, il était évident que je ne pouvais pas l'écrire : Ce qu'on connaissait de la guerre de Pitcairn était à la fois trop succinct, trop peu sûr, et dans sa brièveté même, trop énigmatique.*

*C'est en 1958 que je pris une décision dont le livre qu'on va lire est sorti : Je décidai de jeter l'*Histoire *par-dessus bord et de raconter une histoire qui, réduisant les événements réels à un simple schéma, me laisserait libre d'imaginer des personnages et des situations. Dès lors, je cessai de ressentir cet ennui qui est le prix payé par le roman historique pour toutes les paresses qu'il s'accorde. Ne parlons pas du style, ni de ce pastiche qu'il eût fallu* trop facilement *soutenir de bout en bout. Ni des événements*

1. Je désire remercier ici Miss Nancy Mathers des recherches qu'elle a effectuées pour moi sur l'histoire de Pitcairn.

tout faits *sur lesquels, tant bien que mal, j'aurais dû accrocher, par raccroc, des caractères.*

*Non que je méprise, il va sans dire, un genre littéraire fort légitime, et auquel j'ai moi-même sacrifié. Mais précisément, il n'est légitime que dans la mesure où l'*Histoire *est importante, et non pas locale et anecdotique. Personne, je pense, ne me cherchera querelle, parce que j'ai placé sur un îlot du Pacifique d'autres personnages que ceux qui y vécurent.*

Ce livre-ci n'est donc pas le récit de ce qui s'est passé à Pitcairn. C'est un roman romanesque, sans autre justification que sa propre vitalité et les confidences que j'y ai faites — en le voulant et sans le vouloir — sur ma propre vie, bien sûr, mais aussi sur l'angoisse qui menace l'existence des hommes sur notre frêle planète.

R. M.

Pour éviter que les lecteurs non prévenus ne prononcent le « e » tahitien comme un « e » muet, et disent, par exemple, « Papete » au lieu de « Papéété », j'ai adopté, pour les mots tahitiens de ce récit, une orthographe phonétique (toupapahou, vahiné, tané, etc.).

CHAPITRE PREMIER

Purcell traversa le gaillard d'avant en évitant de regarder les hommes. Comme chaque fois qu'il passait au milieu d'eux, il avait honte d'être si bien habillé, si bien nourri. Il se dirigea vers la proue et se pencha. Une belle moustache d'écume se dessinait de chaque côté de l'étrave. Le *Blossom* taillait de la route.

Il se retourna. Les hommes nettoyaient le pont dans un tintamarre de seaux. Il soupira, détourna les yeux, et les deux mains appuyées derrière son dos sur la rambarde, son regard embrassa le bateau. Une beauté! Le soleil brillait à perte de vue sur la houle longue du Pacifique, et le *Blossom*, ses trois mâts penchés à bâbord, recevait par le travers une brise Sud-Sud-Est. Chaque lame qui passait sous sa coque la soulevait, et le *Blossom*, bien appuyé de toutes ses voiles contre le vent, s'enlevait sur sa crête sans roulis et revenait sans à-coup dans le creux. Une beauté, pensa Purcell avec amour. De l'étrave à la poupe, tout était soigné, fini; la coque, bien passante dans l'eau; le gréement, neuf. Dix-huit mois plus tôt, en passant la Manche, le *Blossom* avait distancé un corsaire malouin.

Purcell prêta l'oreille. Bien qu'une île fût proche,

il n'entendit pas de cri d'oiseau. Sauf quand une lame déferlait, l'océan était silencieux. Mais il y avait autour de Purcell ces bruits qui, par jolie brise, lui faisaient toujours plaisir : le choc des énormes poulies de bois, la vibration des haubans, et au-dessous de lui, derrière son dos, le passage de l'étrave dans l'eau, doux et continu comme une pièce de soie qu'on déchire.

Purcell regarda de nouveau les hommes. Il fut frappé une fois de plus par leur maigreur, se reprocha d'avoir trouvé du plaisir à admirer le *Blossom,* ses mains se crispèrent sur la rambarde, et il pensa avec colère : Ce fou!

Il tira sa montre, la regarda et cria d'une voix dure :

— Jones! Baker!

Les matelots Jones et Baker amarrèrent soigneusement leurs brosses et accoururent.

— Le loch! dit Purcell.

— Oui, Lieutenant, dit Baker, et sans que son visage brun, régulier, perdît son immobilité, ses yeux sourirent à Purcell. Filer le loch était une tâche facile, Jones était son beau-frère, et Purcell ne l'avait pas choisi par hasard pour faire équipe avec lui.

— Allez! dit Purcell de la même voix dure, autoritaire.

Il ajouta presque à voix basse :

— Faites attention. Surtout Jones.

— Oui, Lieutenant, dit Baker.

Purcell les regarda s'éloigner, et traversant de nouveau le gaillard d'avant, il regagna sa cabine.

La dunette était vide, et Baker dit dans un souffle :

— Un conseil : ne l'ouvre pas.

Il désigna le pont sous ses pieds et ajouta :

— Ce salaud-là a des antennes.

— Je ne suis pas un bébé, souffla le petit Jones d'un air fâché en faisant saillir les muscles de sa poitrine.

Il saisit le sablier, et au moment précis où Baker jeta à la mer le bateau du loch, il renversa le sablier et le tint bien horizontal à la hauteur de son œil. Il regardait avec plaisir les grains de sable couler en petite pluie fine dans l'ampoulette, tandis que la ligne se dévidait autour du touret et passait par-dessus bord. Jones n'était pas encore blasé par ce spectacle. Il lui donnait un agréable sentiment de puissance, comme si c'était lui qui faisait avancer le bateau.

Quand le dernier grain fut tombé, il regarda son beau-frère d'un air important et dit : « Fini! » Aussitôt, Baker arrêta le touret, rentra la ligne, et compta les nœuds.

— Neuf et demi, dit-il à mi-voix, et en jetant des regards nerveux sur l'escalier qui menait à la dunette.

— Fameux! dit Jones.

— Dieu me damne! dit Baker d'une voix basse et furieuse, qu'est-ce que ça peut bien te foutre que cette sacrée barque torche du chemin?

Il acheva d'enrouler le loch sur le touret, releva la tête, et remarquant l'air décontenancé de Jones, il lui sourit.

A ce moment un bruit de pas ébranla l'escalier bâbord de la dunette, et avant même que Burt apparût, ils se figèrent.

— Le regarde pas! souffla Baker, et son cœur se mit à battre. Burt s'en prenait volontiers aux jeunes, et Baker avait peur pour Jones.

Les yeux réduits à une fente comme si le soleil

couchant l'incommodait, Baker regardait Burt s'avancer, détaillant avec haine l'élégance de sa gigantesque silhouette. Du sommet du bicorne à la pointe des souliers à boucle, tout était net et parfait : la cravate de dentelle d'une blancheur de neige, la veste aux manches à grands revers, les bas blancs bien tirés, les boutons dorés luisant comme des miroirs. L'ordure, pensa Baker. En même temps il donna à son regard une nuance d'hostilité. Il aimait mieux que l'attention de Burt se fixât sur lui-même que sur Jones.

Arrivé à deux pas des deux hommes, Burt se campa sur ses jambes interminables et dit d'une voix métallique :

— Combien?

— Neuf et demi, Cap'taine, dit Baker.

— Bien.

Les jambes écartées, les mains derrière le dos, Burt inspectait les deux hommes avec lenteur. Les pantalons rayés rouge et blanc étaient propres, les mentons rasés, les cheveux courts. La tête de Baker lui arrivait à peu près au niveau de l'estomac, et Burt regardait avec intérêt les yeux noirs brillants fixés de si bas sur lui. Plein de tripes, ce petit Gallois. Poli, impeccable, bien gardé, et la haine au-dessous. Une agréable excitation courut sous la peau de Burt. Impeccable? Il suffisait d'attendre. Le faux pas viendrait. Il venait toujours.

— Vous pouvez aller, dit Burt.

Ils rejoignirent la corvée de lavage sur le gaillard d'avant. Boswell était adossé à la rambarde, le fouet à la main, la mèche lovée à ses pieds sur le sol. Quand les deux hommes passèrent devant lui, il releva son mufle de molosse et souffla de l'air par le nez d'une façon menaçante. Ils n'étaient pas en faute et Boswell n'avait aucune mauvaise volonté à leur égard. Ce grognement était une habitude. Il se déclenchait sans qu'il y pensât chaque fois qu'un matelot passait à sa portée.

Jones et Baker libérèrent leurs brosses des amarres avec une apparence de hâte et en faisant exprès de s'embrouiller dans leurs nœuds.

La corvée de lavage progressait peu. Quand Boswell faisait peser ses petits yeux sur les hommes, ils se livraient à une grande dépense de gestes dans lesquels ils ne mettaient aucune force. Mais cette feinte elle-même cessait dès que Boswell détournait la tête. Les matelots se contentaient alors de faire du bruit avec leurs brosses, mais en gagnant le moins possible sur leur tâche.

Cette manœuvre n'échappait pas à Boswell, mais il hésitait à intervenir. Il se méfiait de cette équipe. C'était la plus mauvaise du *Blossom*. Le petit Smudge, un vrai serpent. Mac Leod, rusé et dangereux. Le métis White, susceptible. Baker, violent. Le reste, inoffensif. Mais il suffisait de ces quatre-là pour gâter le lot. Cette pensée le mit en colère. Il poussa un aboiement rauque et abattit son fouet sur le pont au milieu des hommes, mais en prenant soin de ne toucher personne.

De la dunette, Burt ne pouvait pas voir la corvée de lavage, mais il entendit l'aboiement, et au claquement de fouet qui suivit, il comprit que Boswell n'avait atteint que les planches. Il se campa sur ses jambes, le visage dressé, les yeux attentifs. Il se passait quelque chose d'insolite. Son chien de garde avait peur. Burt décida d'aller voir par lui-même et commença une lente manœuvre pour approcher du gaillard d'avant sans être vu.

Au même moment, Jimmy le mousse passa sa

tête naïve par l'écoutille. Puis il émergea peu à peu, un seau d'eau sale à la main. Il avait, depuis le réveil, aidé le cook dans sa cambuse, et c'était sa première gorgée d'air pur.

L'apparition du mousse fut une distraction pour les matelots. Boswell le sentit, tourna le dos et regarda la mer. C'était une pause tacite. Tout en maintenant un certain volume de bruit, les matelots se redressèrent, leurs yeux ternes parurent se réveiller, et deux ou trois d'entre eux firent des petits signes à Jimmy, mais sans l'interpeller. Au-dessus des pantalons rayés, les torses nus étaient maigres, les épaules, affaissées, les dos, zébrés de longues cicatrices.

Jimmy cligna des yeux au soleil qui inondait le pont et jetant un regard vif à la ronde, agita la main gauche dans la direction des matelots et sans raison, se mit à rire. De deux ans plus jeune que Jones, et beaucoup moins athlétique, il avait un visage d'enfant aux traits ronds, et quand il riait, une fossette se creusait dans sa joue droite. Le seau d'eau sale à la main, il se dirigea vers la rambarde tribord, jeta un coup d'œil à la volute d'écume qui courait sur les bordés, et relevant la tête, s'immobilisa, le cœur battant : à l'horizon, nettement visible dans la brume du matin, émergeait une île plate, couronnée de cocotiers. Portée par le vent, une odeur de feuilles et de feu de bois parvenait jusqu'à lui. Il savait par les matelots qu'on approchait des îles Touamotou, et bien qu'il ne fût pas question de s'y arrêter, la seule vue de la terre le ravissait. Le cou tendu, la bouche entrouverte, il regardait à l'horizon sa première île des mers du Sud et ses yeux d'un bleu de porcelaine étaient humides de bonheur.

A ce moment, une bande compacte de sternes qui s'était approchée en rasant l'eau, prit son essor, bondit à une vitesse folle jusqu'aux huniers et se mit à décrire des cercles autour du mât de misaine en poussant des cris aigus. Jimmy les suivit des yeux en frottant machinalement ses cheveux courts, relevés sur le front en deux épis puérils. Il passa ainsi quelques secondes à flatter la brosse de ses épis et à contempler les oiseaux, puis le poids du seau au bout de son bras lui rappela sa tâche et il commit une faute bien étonnante chez un mousse : il vida son eau sale au vent au lieu de la vider sous le vent. Bien entendu, une bonne partie lui en revint en pleine figure et Jimmy, entendant un juron, se retourna. Le capitaine Burt se dressait devant lui. Il avait reçu quelques éclaboussures sur son habit.

— Je m'excuse, Cap'taine, dit Jimmy en se mettant au garde-à-vous et en levant les yeux.

Il regardait très haut au-dessus de lui les traits impassibles de Burt. Le menton, vu de si bas, saillait comme une proue, et les ailes du nez s'arquaient en s'amincissant avec une précision implacable. Burt avait une façon étrange de se camper sur ses jambes et de s'immobiliser dans une attitude qui lui donnait l'air d'être sa propre statue. Il était brun et dans son visage, si figé et si basané qu'il donnait l'impression d'être en bronze, seuls ses yeux vivaient, froids et tranchants comme des lames d'acier.

Burt faisait peser son regard sur Jimmy. Sans qu'il en eût conscience, un demi-sourire jouait sur les lèvres du mousse, et il portait encore sur son visage le reflet du bonheur qu'il venait de goûter en contemplant son île.

— Vous souriez? dit Burt de sa voix métallique.

— Non, Cap'taine, dit Jimmy.

Le capitaine Burt était parfaitement immobile, les jambes écartées, les bras croisés. Il regardait très loin au-dessous de lui les traits ronds de Jimmy, ses yeux naïfs, et les deux épis qui se dressaient sur son front. Burt ne pouvait s'y méprendre. Il n'y avait pas trace d'insolence sur ce visage d'enfant. Le mousse regardait Burt avec cet air de confiance qui était le sien quand il s'adressait aux adultes. Quelques secondes s'écoulèrent, et comme le silence, en se prolongeant, gênait Jimmy, il esquissa un sourire timide.

— Vous souriez? dit aussitôt Burt d'une voix si menaçante qu'elle glaça Jimmy et que son sourire, sans pourtant disparaître, se figea en grimace.

Burt tressaillit du plaisir de l'anticipation. Sa cruauté était formaliste. Pour qu'il punît ou frappât, il fallait que sa victime eût au moins l'apparence d'un tort. En agissant ainsi, Burt ne se souciait pas d'impressionner les témoins. Peu lui importait ce qu'ils pensaient ou diraient. C'est à l'égard de lui-même que Burt prenait des formes. Dans le jeu qu'il jouait jour après jour avec son équipage, il s'était donné des règles et il les respectait.

— Ainsi, reprit-il d'une voix parfaitement calme, vous souriez. Vous vous moquez de moi.

— Non, Cap'taine, dit Jimmy d'une voix tremblante, et sans réussir à vaincre le chatouillement qui, malgré lui, écartait ses commissures de lèvres dans une sorte de rictus. Il avait peur, il sentait tout le danger qu'il y avait à cette minute à avoir l'air que Burt lui prêtait, et plus il faisait d'efforts pour ramener son visage à la normale, plus sa bouche s'élargissait.

Burt exagérait son immobilité et la fixité du regard qu'il faisait peser sur l'enfant. Il savait que son silence, en se prolongeant, lui imposerait la mimique qu'il lui reprochait.

— Vous souriez! cria-t-il d'une voix terrifiante, et Jimmy, irrésistiblement, se mit à sourire.

Burt savoura son triomphe pendant quelques secondes. Il avait joué le jeu. Le mousse était en faute. Les règles étaient respectées.

— Vous l'aurez voulu, dit-il en simulant à merveille à l'égard de lui-même une intonation de regret.

Il prit une inspiration profonde et ses yeux froids se mirent à briller. Puis, avançant un pied en avant, et portant sur lui le poids de son corps, il fit pivoter son buste puissant de gauche à droite, et à toute volée, frappa Jimmy de son poing. Le mousse n'eut le temps ni d'esquiver ni de se couvrir. Il reçut le coup en plein visage. Le matelot Johnson, qui se trouvait à quelques mètres quand l'incident se produisit, déclara dans la suite qu'il avait entendu les os craquer sous la violence du choc. Jimmy, ajouta-t-il, s'effondra *comme une poupée de son.*

Burt souffla sur les phalanges de sa main droite et les fit jouer deux ou trois fois à la hauteur de son visage comme si elles étaient engourdies. Après quoi, il promena sur les matelots un regard inexpressif, et enjambant le corps, regagna la dunette à pas mesurés.

Dès qu'il se fut éloigné, les matelots s'immobilisèrent. Ils regardaient Jimmy. Boswell lui-même baissait la tête, interdit. Il avait bien vu que le capitaine avait mis « tout le paquet » derrière son poing et il ne comprenait pas pourquoi. Au bout de quelques secondes il ordonna à Johnson de jeter un seau d'eau à la tête du mousse, ce qui pouvait presque passer, de sa part, pour un acte de bonté. Puis relevant la tête et conscient enfin de l'immobilité des hommes, il se mit à hurler, distribua quelques coups de fouet, mais, sembla-t-il, sans conviction, et s'éloigna.

Johnson était un vieux matelot boiteux, courbé, chenu et si maigre que les muscles de ses avant-bras saillaient comme des filins. Il démarra le boute qui retenait un des seaux, puisa de l'eau à la mer, et la versa sur la tête du mousse. Puis comme cette douche ne produisait pas d'effet, il se pencha pour donner quelques petites tapes à Jimmy. Johnson ne voyait plus très clair, et c'est seulement quand il se pencha qu'il vit ce que le poing de Burt avait fait du visage du mousse. Il tressaillit, s'agenouilla à côté du corps inerte, et colla son oreille contre sa poitrine. Il resta là un long moment, terrifié : le cœur de Jimmy ne battait plus.

Quand le vieux Johnson se releva, les matelots comprirent, à l'expression hagarde de son visage, que Jimmy était mort. Leurs mains se crispèrent sur les manches des brosses, et un grondement sourd, inarticulé, courut parmi eux.

— Je vais prévenir M. Mason, dit Baker à mi-voix.

Mason était le premier lieutenant du bord et l'oncle de Jimmy.

— Y va pas, dit Mac Leod. Bos t'a pas autorisé. Tu sais ce que tu risques.

— J'y vais quand même, dit Baker.

Il tremblait de fureur et de pitié. Et il avait besoin d'agir pour se libérer de la tentation d'aller plonger son couteau dans le ventre de Burt.

Il donna sa brosse à Jones et disparut par l'écoutille. Les matelots se remirent bruyamment au travail pour couvrir son absence. Quitter une corvée sans autorisation valait une douzaine de *chat* à la coupée.

Quand Richard Mason apparut sur le pont, strict et boutonné, tous les regards se tournèrent à la fois vers lui. Mason vit le corps de Jimmy étendu à une vingtaine de pas, regarda à son tour les matelots et s'arrêta. C'était un homme d'une cinquantaine d'années, solidement bâti, le visage carré, le front étroit. Baker n'avait pas eu le courage de lui dire que Jimmy était mort, mais à son visage bouleversé, et au silence subit des matelots, Mason sentit son cœur se contracter. Ses jambes se mirent à trembler, et c'est avec peine qu'il parcourut la distance qui le séparait de l'enfant.

Quand il fut à un mètre de lui, il vit distinctement sa tête. Ses paupières étaient à demi fermées sur ses yeux, et sous le nez écrasé et comme broyé par la force du coup, les lèvres boursouflées et sanglantes découvraient les dents dans un rictus qui ressemblait à un sourire. Mason s'agenouilla, souleva la tête de Jimmy, la posa sur ses genoux, et dit à voix basse et comme se parlant à lui-même : « Jimmy est mort. »

Son esprit devint alors un blanc total, et il eut seulement l'impression du temps qui s'écoulait sans qu'il se passât rien. Puis il y eut quelque part en lui comme un déclic, et il entendit quelqu'un dire à voix basse, mais d'une façon extraordinairement distincte : « *Le vieux va devenir cinglé.* » Il releva la tête et ne vit d'abord que le pont inondé de soleil, et flottant au-dessus du pont, des visages brouillés. Puis ces visages se précisèrent. Les matelots le regardaient. Mason se souvint que Jimmy était mort, abaissa les yeux sur la tête qu'il tenait toujours sur les genoux, et se mit à appeler à voix basse : « Jimmy, Jimmy, Jimmy... » De nouveau ce fut un blanc total. Une panique saisit Mason, il se força à relever la tête et à retrouver devant lui les regards des matelots. Il ne vit d'abord qu'une brume de lumière où tout était pâle et confus. Il fixa cette brume désespérément, et peu à peu, les yeux émergèrent, fixés sur lui. Mason ne les lâcha plus. Il savait qu'il ne devait plus les lâcher.

A tâtons il reposa la tête de Jimmy sur le pont, se releva, et marcha vers les matelots. Quand il fut à deux mètres d'eux, il s'arrêta et dit d'une voix sans timbre :

— Qui a fait cela?

Il était debout devant eux, voûté, les bras pendant le long du corps, les yeux hébétés, et la bouche entrouverte comme s'il ne contrôlait plus les muscles de sa mâchoire.

Une voix dit dans un souffle :

— Burt.

— Pourquoi? dit Mason de la même voix sans timbre.

— Parce qu'il l'avait éclaboussé.

Les matelots étaient très frappés par l'affaissement des traits, d'ordinaire si fermes, de Mason.

Mason répéta de la même voix terne et sans force :

— Parce qu'il l'avait éclaboussé?

Puis son regard devint vague et il répéta mécaniquement de la même voix atone : « C'est affreux, c'est affreux, c'est affreux... » C'était une sorte de plainte lugubre, interminable, et à peine articulée, comme si Mason eût éprouvé du mal à prononcer les mots.

— Bon Dieu! dit Jones, j'peux pas supporter ça!

— Est-ce qu'on peut faire quelque chose, Lieutenant? dit Baker.

De toute évidence, il n'avait posé cette question que pour interrompre la litanie de Mason. Celui-ci leva lentement les yeux vers lui.

— Faire? dit-il en écho.

Tout d'un coup il se redressa, sa physionomie devint ferme et rigide, et carrant les épaules, il fit un demi-tour presque réglementaire, passa sans s'arrêter devant le corps de Jimmy et se dirigea vers l'écoutille. Les matelots le suivirent du regard jusqu'à ce qu'il disparût.

On entendit, venant de la poupe, la voix puissante de Burt.

— Monsieur Boswell! Le mouvement se ralentit, je pense!

Isaac Boswell jaillit alors comme un diable d'une boîte, et s'élança au milieu des hommes, carré, trapu, rougeaud, aboyant comme un chien, courant de l'un à l'autre, et distribuant les coups. Ces vociférations durèrent une bonne minute. Puis Boswell aperçut tout d'un coup à ses pieds le corps de Jimmy et cessa de hurler. Une dizaine de minutes s'étaient écoulées depuis qu'il avait ordonné à Johnson de jeter un seau d'eau à la tête du mousse, et maintenant une grosse mouche noire bourdonnait autour de la plaie béante du nez, et les yeux étaient déjà vitreux.

Boswell penchait en avant sa grosse tête camuse dans l'effort qu'il faisait pour comprendre la situation, mais son instinct, plus agile que sa cervelle, était déjà sur le qui-vive. Les matelots lavaient le pont sans se permettre ni un regard ni un grognement. Mais Boswell ne s'y trompait pas. Leur tranquillité renfermait une menace. Ils avaient l'air d'attendre.

— Eh bien, Boswell, dit tout d'un coup la voix de Burt derrière lui, vous vous reposez?

Boswell tressaillit comme un molosse fouetté par son maître, mais en même temps, il se sentit soulagé : les six pieds sept pouces du capitaine Burt se dressaient derrière lui.

— Capitaine, dit-il, le mousse est mort.

— Je le vois bien, dit Burt.

Il se tourna vers les matelots, les embrassa du regard, et dit d'un ton parfaitement calme :

— Faites jeter son corps à la mer.

— Sans service funèbre, Cap'taine? dit Boswell, stupéfait.

— Vous m'avez entendu, dit Burt d'un ton coupant.

Boswell, dont la tête arrivait au niveau de la poitrine du capitaine, leva les yeux vers son visage glacé, et comprit : Burt provoquait la mutinerie pour la tuer dans l'œuf.

Boswell se tourna vers les matelots et hurla d'un ton de commandement :

— Hunt, Baker, jetez cet homme à la mer!

Plusieurs secondes s'écoulèrent. Baker continua à frotter le pont comme s'il n'avait pas entendu. Quant à l'énorme Hunt, il s'ébranla de deux ou trois pas dans la direction de Boswell avec un dandinement d'ours, mais le petit Smudge, passant rapidement derrière lui, lui glissa à voix basse : « Fais comme Baker. Y va pas. » Et Hunt s'immobilisa, regardant sans comprendre Boswell et Baker de ses petits yeux pâles bordés de rouge.

Le visage de Burt avait l'air d'un masque d'airain figé dans une perpétuelle expression de mépris. Les bras croisés, la tête haute, il était campé sur ses deux longues jambes largement écartées. Immobile comme une tour, il regardait de haut les frémissements de ces petits hommes dont il était le maître.

— Eh bien, monsieur Boswell? dit-il d'une voix calme.

Boswell se rua sur Hunt et commença à le fouetter. Hunt était d'ordinaire si docile — n'ayant pas assez d'imagination pour désobéir — qu'il n'avait jamais reçu le fouet jusque-là. Il ne bougea pas, et son regard pâle, étonné, allait de Boswell au capitaine et du capitaine aux matelots. Boswell frappait avec fureur. Ses coups ne lui paraissaient pas porter : il avait l'impression de fouetter un matelas.

— Capitaine, dit tout d'un coup la voix claire du lieutenant Purcell, voulez-vous me permettre de réciter les prières sur le corps du mousse avant de l'immerger?

Ces paroles tombèrent sur le pont comme la foudre, et Boswell, de lui-même, s'arrêta de frapper. Purcell se dressait face à Burt, si absurdement petit et frêle devant lui qu'il avait l'air d'un enfant de troupe debout au pied d'une citadelle et exigeant sa reddition.

Quelques secondes s'écoulèrent avant que Burt répondît. Les matelots regardaient avec stupéfaction le beau visage, blond et sévère, de Purcell. Ses sentiments de piété étaient connus, mais personne n'aurait attendu de lui tant de courage.

— Monsieur Purcell, dit Burt, j'ai donné l'ordre de jeter ce corps à la mer.

— Oui, Capitaine, dit Purcell de sa voix polie. Mais il est contraire à la loi...

— La loi sur ce bateau, c'est moi.

— Certainement, Capitaine, vous êtes le seul maître à bord... après Dieu.

— J'ai donné un ordre, monsieur Purcell.

— Oui, Capitaine, mais il n'est pas décent de laisser partir Jimmy sans prières.

Il y eut chez les matelots un grondement d'approbation, et Burt, se tournant vers eux, les regarda fixement.

— Monsieur Boswell, dit-il enfin en désignant le troisième officier d'un geste négligent de la main, cet homme est un mutin. Il encourage la rébellion chez les matelots. Arrêtez-le, conduisez-le à fond de cale, et mettez-le aux fers.

Boswell, béant de stupeur, regarda le capitaine.

— Je proteste, Capitaine, dit Purcell sans élever la voix. Il est grossièrement illégal de mettre aux fers un officier.

— Si cet homme résiste, monsieur Boswell, dit Burt, employez la force.

Boswell hésita, et son visage rougeaud, aussi large qu'un jambon d'York, trahit l'embarras le plus vif. Il s'approcha à pas lents de Purcell, et d'un geste gauche et sans violence, saisit le jeune homme par le bras. Il avait l'air lui-même effrayé par le sacrilège qu'il commettait : pour la première fois de sa vie il portait la main sur un officier.

— Venez, Lieutenant, dit-il à voix basse.

Et avec un air de honte presque comique, il ajouta :

— S'il vous plaît.

Burt n'attendit pas que Purcell eût quitté le pont. Il fut sur Hunt en deux enjambées et son poing le frappa, mais sans violence, et avec une sorte de grâce. Hunt s'écroula. Les matelots furent frappés du contraste entre la modération du coup qui l'avait abattu et la brutalité du punch qui avait tué Jimmy.

— Smudge, Mac Leod, dit Burt, jetez le corps du mousse à la mer.

Le petit Smudge, les yeux baissés, ne marqua même pas un temps d'hésitation. Il fila vers le corps de Jimmy en courbant l'échine comme un chien qui a peur. Burt regarda Mac Leod. L'Ecossais eût supporté avec courage d'être battu en compagnie de Smudge. Il ne voulut pas l'être seul. Il eut une moue de dégoût, secoua les épaules, s'avança et prit les pieds du mousse. Smudge saisit ses épaules. C'était fini.

Burt enveloppa les matelots de ses yeux froids. Une fois de plus il les avait matés. Et maintenant, la danse allait commencer. Il n'épargnerait personne, pas même le petit Smudge qui avait si bien obéi.

— Arrêtez! cria une voix.

Le torse de Richard Mason émergeait de l'écoutille. Les matelots furent surpris de le revoir. Ils l'avaient presque oublié. Smudge et Mac Leod s'immobilisèrent. Mason franchit les dernières marches, apparut sur le pont, écarta du bras, sans les voir, Boswell et Purcell qui se préparaient à descendre, et se dirigea vers Burt d'un pas mécanique. Son visage était rigide, et malgré son hâle, paraissait blanc. Il s'arrêta à trois pas de Burt, se mit au garde-à-vous et dit avec une solennité bizarre :

— Capitaine, je regrette de vous dire que je vous considère comme un assassin.

— Prenez garde à vos paroles, monsieur Mason, dit Burt de sa voix calme. Je n'admettrai pas d'être diffamé. Il s'agit, bien évidemment, d'un accident.

— Non, dit Mason d'une voix nette. Il ne s'agit pas d'un accident, mais d'un meurtre. C'est volontairement que vous avez tué Jimmy.

— Vous êtes fou, je pense, dit Burt. Je n'avais pas de querelle avec ce gamin.

— Vous l'avez tué, dit Mason d'une voix morne et sans passion, parce que je l'aimais.

Il y eut chez les matelots une tension subite. Personne parmi eux n'avait encore pensé à cela, mais maintenant que l'accusation était formulée, son évidence s'imposait à tous.

— Si telle est votre opinion, monsieur Mason, il vous appartiendra d'en saisir la justice. Quant à moi, je vous poursuivrai en diffamation.

Il y eut un silence et Mason reprit d'une voix terne et comme se parlant à lui-même.

— Je viens de passer dix minutes dans ma cabine à réfléchir à tout cela.

Et comme il se taisait d'un air absent, Burt dit avec sécheresse :

— Eh bien?

— Eh bien, dit Mason du même air absent, il est bien évident que si je porte plainte, les juges vous acquitteront. Et je serai ensuite condamné pour diffamation, ruiné par les dommages qui vous seront accordés, et cassé de mon rang.

— Je suis charmé de votre clairvoyance, monsieur Mason, dit Burt. C'est bien ainsi, me semble-t-il, que les choses se passeront.

— Oui, Capitaine, dit Mason de sa voix terne et mécanique. Et c'est pourquoi j'ai pris une décision. Je ne vous citerai pas devant les tribunaux.

— Je vous félicite d'être aussi raisonnable, monsieur Mason, dit Burt.

Il eut un bref sourire et il reprit :

— Mais votre décision ne change rien à la mienne. Vous m'avez diffamé en présence de l'équipage, et dès notre retour à Londres, je vous traînerai devant les juges.

— Vous n'en aurez pas la possibilité, dit Mason du ton le plus uni.

Et portant la main droite dans la poche intérieure de sa vareuse, il en sortit un pistolet, le braqua d'une main ferme sur Burt et fit feu.

La détonation résonna avec une force étourdissante. Burt oscilla sur ses pieds pendant quelques secondes comme une statue gigantesque, puis il s'abattit d'une seule pièce en arrière, avec un fracas prodigieux. Son corps rebondit deux fois sur le pont, puis s'immobilisa sur le dos, les jambes raides, et les bras écartés du corps. Il avait un trou béant à la place du nez.

Il y eut tout d'un coup beaucoup de silence sur le pont. Les matelots regardaient de loin le corps de Burt. Ils n'avaient jamais eu l'occasion de voir leur capitaine étendu, et couché, il leur paraissait encore plus grand. Ils se décidèrent enfin à s'approcher, mais lentement, et avec une sorte de méfiance, comme si l'immobilité de Burt ne leur eût rien dit de bon. Bien que la moitié de sa cervelle fût répandue sur le pont, ils s'attendaient presque, tant ils avaient foi en sa force surhumaine, à le voir se relever. Pendant dix-huit mois, la tyrannie la plus affreuse avait pesé sur eux, leur avait enlevé toute dignité, les avait réduits presque au rang d'esclaves. Et maintenant Burt était mort, et devant son cadavre ils ne ressentaient pas de joie, et ils en étaient étonnés.

— Qui a tiré? cria Purcell en surgissant de l'écoutille par laquelle il venait à peine de disparaître.

— C'est M. Mason, Lieutenant, dit Baker.

— Mon Dieu, c'est ce que je craignais! s'écria Purcell en s'avançant d'un pas rapide, Boswell sur ses talons.

— Vous pouvez le regarder, Lieutenant! dit Smudge d'une voix claironnante, il est mort, et bien mort, ce fils de putain!

Les matelots regardèrent Smudge avec froideur. Burt était mort : cela n'avait aucun sens de l'insulter, et de toute façon, ce n'était pas à Smudge à le faire.

— Que Dieu prenne pitié de son âme, dit Purcell.

Mason laissait pendre son pistolet au bout de son bras. Il regardait le corps de Burt et il avait l'air hébété.

— Reculez, matelots! cria tout d'un coup une voix forte.

Le second officier du *Blossom*, J. B. Simon, se dressait à quelques pas, un pistolet dans chaque main. C'était un homme au teint jaunâtre, aux lèvres minces, au nez long et pincé. Bien qu'il ne fût pas brutal, les hommes ne l'aimaient pas. Simon avait le sentiment qu'il n'avait pas réussi dans la vie, et ce sentiment le rendait aigre et tracassier à l'égard des matelots.

— Reculez! hurla Simon en braquant sur eux ses pistolets. Et au travail! C'est moi le capitaine de ce navire. Et il y a une balle dans la tête pour celui qui n'obéit pas.

Il y eut un moment de stupeur. Les matelots ne reculèrent pas, comme Simon leur en avait donné l'ordre. Ils ne songeaient pas à avoir peur. Ils étaient surtout choqués de l'initiative de cet officier qui ne se tenait pas à sa place.

— Mais c'est à M. Mason à commander, Lieutenant, dit Mac Leod. M. Mason est le premier officier du bord.

Simon nourrissait un préjugé violent contre les Ecossais. Il n'avait jamais manqué une occasion depuis dix-huit mois de brimer Mac Leod. Son intervention le plongea dans la fureur.

— Sale Ecossais! hurla-t-il en braquant sur lui une de ses armes, un mot de plus et ta cervelle va nourrir les poissons.

Mac Leod pâlit, ses yeux étincelèrent, et il tâta dans sa poche le manche de son couteau. Personne n'avait osé jusque-là insulter son pays.

— John, au nom de Dieu! s'écria Purcell en s'avançant vers Simon, je vous en conjure, faites disparaître ces pistolets. Ces armes n'ont déjà fait que trop de mal. En outre, c'est à M. Mason, vous le savez bien, à prendre le commandement.

— M. Mason a tué son capitaine, dit Simon d'une voix grinçante. C'est un mutin. Il n'est plus qualifié pour commander un navire. Dès que nous serons de retour à Londres, je le livrerai à la police, et il sera pendu.

— John! dit Purcell en ouvrant des yeux horrifiés, vous ne parlez pas sérieusement!

— Que le Diable vous emporte, vous et votre belle âme, monsieur Purcell! hurla Simon, ses pistolets tremblant au bout de ses bras. Par Dieu, n'avancez pas, ou je fais de la dentelle avec vos tripes!

Purcell s'arrêta, décontenancé par l'éclair de haine qu'il venait de surprendre dans les yeux du second. Il avait vécu en camarade avec lui pendant dix-huit mois, et jamais Simon ne lui avait laissé voir qu'il le détestait. Cette haine sans cause plongea Purcell dans la stupeur et lui ôta la capacité d'agir.

— Monsieur Boswell! reprit Simon d'une voix rageuse.

Boswell regarda Simon, et détournant la tête, il interrogea Mason du regard. Il avait l'air malheureux d'un chien sommé de choisir entre deux maîtres. La hiérarchie voulait qu'il obéît à Mason, mais Mason ne lui donnait pas d'ordre : il était toujours immobile, l'air hagard, le pistolet pendant au bout du bras, les yeux fixés sur le corps gigantesque de Burt.

— Monsieur Boswell! répéta Simon, son visage jaunâtre contracté par la fureur.

Boswell jeta un dernier regard à Mason, et lentement et comme à regret, il s'avança vers Simon.

— A vos ordres, Cap'taine, dit-il d'une voix rauque et basse et en regardant Simon avec humilité.

— Monsieur Boswell, dit Simon, faites obéir ces hommes.

Boswell affermit le fouet dans sa main, tourna vers les matelots sa face camuse, et les regarda. Ils lui rendirent son regard sans broncher et il comprit ce qui se passait. Les hommes ne voyaient plus se profiler derrière lui la silhouette du capitaine. La force de Burt n'expliquait pas à elle seule son ascendant. Burt était brave. Les matelots l'avaient vu plus d'une fois marcher sur eux les mains nues, tandis que leurs propres mains, dans leurs poches, se crispaient sur leurs couteaux ouverts. Les matelots l'avaient senti : Burt ne bluffait pas. Il brûlait vraiment de se battre, seul contre tous. Ce courage inhumain les étonnait. Mais Simon n'était qu'un officier mesquin qui aimait brimer les hommes. Sa méchanceté même était médiocre. L'équipage n'avait pas peur de lui.

Boswell eût dû s'en prendre d'abord à Baker, puisque Baker avait refusé d'obéir à Burt. Mais le petit Gallois, appuyé sur le manche de sa brosse, le défiait de ses yeux noirs sans bouger d'un pouce, et Boswell fit quelque chose qu'il n'eût jamais fait du temps de Burt : il fléchit, passa devant Baker sans avoir l'air de le voir et commit aussitôt une deuxième faute : il s'attaqua à Hunt.

Hunt avait déjà été frappé deux fois, la première par Boswell lui-même, la seconde par Burt. Il ne comprit pas pourquoi on le frappait de nouveau : il n'avait rien saisi de l'intervention de Simon. Le sentiment de l'injustice envahit sa cervelle brumeuse, il poussa un grognement de colère qui découvrit ses dents, et se jetant sur Boswell avec une agilité qu'on n'eût pas attendue de sa masse, il lui arracha le fouet des mains, le jeta à terre, et fut sur lui en un clin d'œil.

Il se passa alors quelque chose d'inouï : l'intérêt du combat l'emporta chez les matelots sur toute autre considération. Ils s'avancèrent d'un seul mouvement pour mieux voir les combattants qui roulaient sur le pont, et Simon dut reculer de plusieurs pas pour ne pas être encerclé. Il se trouvait dans une situation à la fois comique et désespérée. Il hurlait des menaces et ces menaces lui paraissaient à lui-même dérisoires. Les hommes, tout au spectacle de cette lutte à mort, ne faisaient pas plus attention à lui que s'il avait brandi sur une scène des pistolets de théâtre.

La sueur ruisselait sur le front de Simon et le long des rides molles et profondes qui, de chaque côté de sa bouche, plissaient sa peau jaunâtre. Il y avait à peine cinq minutes, tout lui avait paru si simple : les pistolets au poing, il prenait la barre, et de retour à Londres, Mason livré aux juges, les armateurs le confirmeraient dans le commandement du *Blossom*. Et maintenant Boswell luttait pour sa vie. Même s'il était vainqueur, Simon n'était plus sûr de vaincre. Il se sentait seul, ses mains tremblaient, il résistait de toutes ses forces au désir de presser la détente et d'abattre un homme au hasard. Mais si cet exemple n'intimidait pas les matelots? S'ils se jetaient tous ensemble sur lui?

Simon voyait une affreuse injustice dans le fait d'être le seul homme armé sur le pont et de ne pouvoir imposer sa loi. Il pensait avec amertume qu'un autre que lui, pistolet au poing, eût fait peur. Mais lui, le destin qui l'avait fait échouer si souvent dans la vie se moquait de lui une fois de plus. Il portait la mort dans chaque poing et les hommes lui tournaient le dos.

Simon regardait les lutteurs avec angoisse. Les deux hommes ne faisaient plus qu'un seul monstre d'où sortaient des rugissements. Quand le monstre se déferait, un seul homme se mettrait debout. Les yeux de Simon s'agrandirent et la peur lui serra la gorge : il eut tout d'un coup la certitude que Hunt allait tuer Boswell. Ses pistolets se mirent à trembler dans ses mains. Boswell mort, ce serait son tour. Il avait échoué. Une fois de plus il avait échoué.

Hunt avait réussi à nouer ses énormes mains autour du cou de Boswell. Il serrait, insensible aux doigts que Boswell crispait sur son visage et aux coups de genou qu'il lui lançait dans le ventre. La panique s'empara de Simon. Les mains tremblantes, aveuglé par la sueur qui ruisselait de son front dans ses yeux, il s'avança comme un automate dans le cercle où les deux hommes combattaient, et sans presque viser, fit feu sur Hunt. Au même instant, il se sentit saisi par-derrière, désarmé, immobilisé. Un éclair traversa sa poitrine, un voile rougeâtre tomba sur ses yeux, et il se sentit tomber à reculons dans le vide.

Quand Hunt se releva, il y avait un peu de sang sur sa chemise à l'endroit où la balle de Simon avait effleuré son épaule, et Boswell était étendu sur le pont, le visage violet, la bouche tordue. Simon s'était effondré à côté de lui, et sa tête touchait la sienne. Ses yeux étaient grands ouverts, et les deux rides jaunes et profondes, de part et d'autre de ses lèvres minces, figeaient son visage dans une expression d'amertume.

Purcell sortit de son immobilité, fendit la foule des matelots, s'arrêta, les yeux pleins d'horreur, incapable d'articuler un seul mot. Mac Leod se pencha. Il retira son couteau du corps de Simon, essuya la lame avec soin sur la chemise du mort, puis, la faisant rentrer d'un coup sec dans le manche, il remit l'arme dans sa poche. A cet instant, il rencontra le regard de Purcell, secoua les épaules, détourna les yeux, et dit d'un air gauche, et sur le ton d'un enfant pris en faute :

— Il l'avait cherché, Lieutenant.

Purcell ne répondit pas. L'air de Mac Leod l'avait frappé et il pensait avec tristesse : « Ce sont des enfants. Ils sont cruels comme des enfants. » En se tournant pour s'en aller, il fut surpris de voir Mason à sa droite, pâle, la tête penchée. Puis les yeux de Mason se relevèrent. Les matelots lui faisaient face, et Mason les balaya de son regard morne et désespéré.

— Des mutins! dit-il avec une sorte de sanglot, des mutins! Voilà ce que vous êtes!

— Vous aussi ! cria Smudge d'une voix rageuse.

Le visage de Mason tressaillit comme s'il avait reçu un soufflet, ses yeux cillèrent, et ses lèvres se mirent à trembler.

— Moi aussi, dit-il dans un souffle.

CHAPITRE II

Le lendemain à treize heures, le matelot White glissa de son pas feutré jusqu'au lieutenant Purcell qui vérifiait la route du timonier, se mit au garde-à-vous, retira sa coiffure et dit de sa voix chantante :

— Lieutenant, le capitaine me prie de vous avertir que le lunch est servi.

Purcell leva les sourcils et regarda White.

— Le capitaine? dit-il avec un demi-sourire.

— Oui, Lieutenant, dit White, ses prunelles d'un noir de jais luisant dans les fentes étroites de ses paupières.

White était le fruit des amours d'un marin anglais et d'une Chinoise. Il avait été recueilli par un missionnaire anglican un peu ivrogne qui, égayé par la peau jaune du bébé, avait trouvé plaisant de l'appeler White. Ce nom avait fait du métis la tête de Turc de tous les navires où il avait servi jusqu'au jour où il avait tué un plaisantin d'un coup de couteau et jeté son corps par-dessus bord. Ce meurtre, couvert par le silence de l'équipage et resté impuni, avait assuré à White la tranquillité. Mais cette tranquillité était venue trop tard : White parlait peu, ne riait jamais, s'offensait de tout. A l'instant où Purcell s'était tourné vers lui en levant les sourcils et en répétant : « Le capitaine? », White, qui n'avait pas compris le sens de la question, s'imagina que le lieutenant se moquait de lui, et conçut, dès cette minute, à son égard, le plus vif ressentiment.

Mason était déjà installé à la place de Burt quand Purcell pénétra dans le carré. Sans dire un mot il fit signe au lieutenant de s'asseoir en face de lui, c'est-à-dire sur le siège qu'il avait lui-même occupé quand Burt était en vie. « Me voici promu premier officier », pensa Purcell avec ironie. La veille, au petit déjeuner, ils avaient été quatre autour de cette même table. Et maintenant il restait seul avec Mason. Purcell leva les yeux et regarda son vis-à-vis. Toute trace d'émotion avait disparu de son visage. Il avait pris de l'avance sur Purcell et il mangeait solidement, avec une précision paysanne, ses mâchoires carrées mastiquant avec soin.

C'était une sorte de loi non écrite sur les navires anglais de l'époque que le capitaine devait rester, pendant le repas, silencieux, imposant par là même le silence aux officiers qui dînaient à sa table. L'idée qui se cachait derrière cette habitude était sans doute que le capitaine, n'ayant pas d'égal à bord, n'y disposait pas non plus d'interlocuteur digne de lui. Purcell n'était pas assis depuis cinq minutes qu'il devint évident pour lui que Mason entendait se conformer à cette règle. Il n'ouvrait même pas la bouche pour demander le poivre ou les pickles, mais comme Burt, les désignait du doigt pour que Purcell les lui passât. Le lieutenant regardait à la dérobée le visage net et carré de Mason, ses yeux gris-bleu, son front un peu bas, ses cheveux drus. Tout chez lui respirait l'honnêteté, l'étroitesse, le sens du devoir. Et pourtant cet officier parfait commandait maintenant un bateau hors la loi. Il était assis, l'air paisible, à la place du capitaine qu'il avait tué, et il s'environnait, comme lui, de ce silence auguste qui convenait à son rang.

A la fin du repas, Mason leva la tête et dit d'un ton bref :

— Je désire parler aux hommes, monsieur Purcell. Voudriez-vous les rassembler?

Il se leva. Purcell n'avait pas fini de manger, mais il se leva à son tour, non sans humeur. Cela aussi, c'était une loi non écrite : quand le capitaine avait fini, le repas des lieutenants était terminé, même si leur assiette était pleine.

Purcell monta sur le pont et donna l'ordre à White de sonner la cloche. Les hommes accoururent en traînant les pieds et se rangèrent à la coupée. Leur maigreur, une fois de plus, frappa Purcell. Il était debout, il leur faisait face en silence et il se sentait gêné parce que Mason, comme Burt, se faisait attendre.

Le « capitaine » apparut enfin, se campa devant l'équipage en écartant les jambes, mit les mains derrière son dos, et parcourut les hommes du regard.

— Matelots, dit-il d'une voix forte, j'ai l'intention de gagner Tahiti pour nous approvisionner en eau et en vivres, mais je n'ai pas l'intention d'y rester. Tahiti est maintenant trop connu des navires de Sa Majesté. Le bras de la loi ne tarderait pas à nous atteindre. Je me propose donc de quitter dès que possible Tahiti et de chercher, loin des routes habituelles de nos navires, une île qui ne figure sur aucune carte... Cependant, je ne force personne à me suivre. Vous serez libres, soit de rester à Tahiti, soit de m'accompagner.

Il fit une pause. Quand il reprit la parole, il était manifeste qu'il faisait effort pour parler avec calme.

— Vous devez savoir qu'aux termes de la loi sont considérés comme mutins non seulement ceux qui ont pris part à une mutinerie, mais aussi ceux qui, en ayant été témoins, n'ont rien fait pour l'empêcher. Pour les premiers — quel que soit leur grade — c'est la corde. Pour les seconds, il est possible — je dis il est *possible* — que le Tribunal fasse preuve d'indulgence. En tout cas, c'est une chance à courir. Je vous dis cela, matelots, pour vous aider à peser le pour et le contre avant de prendre une décision.

Il s'arrêta et parut interroger l'équipage du regard.

— Capitaine, dit Mac Leod, est-ce que je peux poser une question?

— Oui.

— Si nous venons avec vous, est-ce que nous pouvons espérer retourner un jour en Grande-Bretagne?

— Non, dit Mason d'une voix nette. Jamais. En aucun cas. Faites une croix là-dessus, Mac Leod. Mon premier soin, quand j'aurai trouvé l'île en question, sera de brûler le *Blossom*. Agir autrement serait pure folie. Le *Blossom* est la preuve tangible de la mutinerie, et tant qu'il sera à flot, il n'y aura de sécurité pour aucun d'entre nous.

Il fit une pause, regarda les matelots avec gravité et reprit en détachant les mots :

— Encore une fois je ne force personne. Ceux qui le désirent peuvent rester à Tahiti. Ceux-là reverront l'Angleterre... ne serait-ce, ajouta-t-il d'un air sombre, que du haut de la plus haute vergue d'un navire de Sa Majesté... Mais pour ceux qui viendront avec moi, je le répète, il n'y a pas de retour.

Il se tourna vers le lieutenant.

— Monsieur Purcell, vous prendrez le nom des volontaires, et quand ce sera fait, vous viendrez me rejoindre dans ma cabine.

Il fixa ses yeux gris-bleu sur Purcell, puis regarda l'océan qui moutonnait à perte de vue, jeta un coup d'œil à la voilure, et parut sur le point d'ajouter quelque chose. Il se ravisa, se redressa en carrant les épaules, et pivotant sur les talons avec une sorte de hâte, il se dirigea vers le carré.

Il ne fallut pas plus d'une demi-heure à Purcell pour dresser sa liste. Il fut stupéfait du nombre peu élevé des volontaires. De toute évidence les matelots aimaient mieux le risque de la corde à la perspective de ne jamais revoir leur patrie. « Comme c'est bizarre, pensa Purcell, ces hommes sont très pauvres. Ils n'ont rien qui les rattache au Vieux Monde. La plupart n'ont ni femme ni enfants : ils n'en ont pas les moyens. Et que représente l'Angleterre pour eux, sinon la misère? Mais cette misère leur est connue. Voilà toute l'affaire. C'est l'inconnu qui les terrifie... »

Quand il entra dans la cabine du capitaine, Purcell pensa suffoquer de chaleur. Mais Mason, sans une goutte de sueur au front, était assis à sa table, cravaté, boutonné dans son habit, un verre de rhum à la main, une grande carte étalée devant lui.

— Combien? dit-il vivement.

— Neuf en vous comptant, Capitaine.

— C'est ce que je craignais! dit Mason d'un air soucieux. Je n'aurai pas assez d'hommes pour manœuvrer le navire.

— Nous pourrons peut-être prendre des Tahitiens...

— Nous y serons contraints, j'en ai peur, dit

Mason. Nous? Monsieur Purcell? reprit-il tout d'un coup en relevant la tête. Vous êtes-vous porté volontaire?

— Oui, Capitaine.

Mason leva les sourcils, mais ne dit rien. Il saisit la liste que Purcell lui tendait, y jeta un coup d'œil rapide, hocha la tête, et lut lentement à voix haute, en s'arrêtant sur chaque nom, sauf sur le sien et celui de Purcell :

Richard Hesley Mason, Capt.
Adam Briton Purcell, Lt.
Mac Leod, matelot.
Hunt *id.*
Smudge *id.*
White *id.*
Johnson *id.*
Baker *id.*
Jones *id.*

Quand il eut fini, il leva la tête et regarda le lieutenant :

— Que pensez-vous de cette équipe?

— Du meilleur et du pire.

— Oui, dit Mason en secouant sa tête carrée. Et sans réfléchir combien la réflexion pouvait paraître désobligeante à son second, il ajouta :

— Dommage que je ne puisse gouverner seul le *Blossom!* Voulez-vous un verre de rhum, monsieur Purcell?... Ah, c'est vrai, j'oubliais, reprit-il comme s'il était piqué que le lieutenant ne bût pas d'alcool. Savoir, enchaîna-t-il, à quels mobiles ces volontaires ont obéi?... Pour Mac Leod, cela crève les yeux. Il a tué Simon. Et Hunt a tué Boswell. Ces deux-là n'avaient pas le choix. Mais White, par exemple?...

— Le bruit court, Capitaine, qu'il a poignardé un homme autrefois. Il peut craindre, s'il y a une enquête, qu'on ne déterre cette histoire.

— Oui, dit Mason, et ça ne m'étonnerait pas que Smudge ait aussi un passé. Mais Jones, Baker, Johnson? J'en jurerais, ces trois-là sont blancs comme neige.

— Jones suivra Baker jusqu'au bout du monde, dit Purcell. Et Baker doit s'estimer coupable : il a refusé d'obéir à Burt.

Il reprit après un silence :

— Il ne reste donc plus que le choix de Johnson à expliquer.

Mason ne lui avait pas dit de s'asseoir, et depuis le début de l'entretien il était debout devant la table où Mason était attablé. Le visage blond et ouvert de Purcell trahissait un certain malaise. Il voyait dans cette distance que le « capitaine » mettait entre eux une comédie inutile, et il en était gêné.

— Oui, reprit Mason en relevant la tête, il ne reste plus que le cas Johnson à expliquer.

Il ajouta :

— Et le vôtre, monsieur Purcell.

Et comme Purcell ne disait rien, il ajouta :

— Vous n'avez pourtant rien à redouter d'un procès.

— Je puis vous assurer, dit Purcell avec un demi-sourire, que je n'ai pas de passé.

— J'en suis persuadé, dit Mason, imperturbable.

Et il attendit, aussi sérieux qu'un juge. Il était le capitaine du *Blossom*. Il avait donc le droit de savoir pourquoi son lieutenant avait décidé de l'accompagner.

— Eh bien, dit Purcell, peut-être ne le savez-vous pas, mais j'ai demandé à Burt de réciter les prières sur le corps de Jimmy. Burt a ordonné à Boswell de me mettre aux fers. Je suis donc un mutin.

Mason ouvrit tout grands ses yeux gris-bleu.

— Mais je ne savais pas cela!

Il regarda Purcell. Pendant un bref moment son visage perdit son impassibilité et il dit avec émotion :

— En ce qui concerne Jimmy, je vous remercie, monsieur Purcell. C'était très courageux de votre part.

Il reprit :

— Vous estimez qu'un tribunal vous condamnerait comme mutin?

— J'en suis persuadé. En outre, on me reprocherait de n'avoir rien fait après le meur... après la mort de Burt.

Mason cilla. Le lapsus ne lui avait pas échappé.

— Vous avez sans doute raison, dit-il avec raideur, les yeux fichés à terre.

Il reprit :

— Vous n'avez pas d'attache en Angleterre?

L'indiscrétion de cette question surprit Purcell. Il hésita. Mais non, il valait mieux répondre. La question n'était pas malveillante, et il allait passer toute sa vie, maintenant, avec cet homme.

Il dit d'une voix rapide et gênée :

— Mon père est mort. Ma mère...

Il détourna les yeux.

— ... indifférente.

Mason abaissa les yeux sur sa carte. Puis il reprit avec un sourire qui sentait l'effort.

— Eh bien, nous voilà embarqués sur le même bateau, monsieur Purcell.

Le peu de chaleur de son ton blessa Purcell et il ne fit aucune remarque. Mason reprit :

— Vous avez déjà fait un séjour à Tahiti, je crois?

— Six mois, il y a quatre ans. J'étais hébergé chez un chef tahitien. C'est lui qui m'a appris la langue.

— Comment? dit Mason, vous parlez tahitien? Voilà qui va m'être fort utile. Vous le parlez couramment?

— Oui, Capitaine.

— Au bout de six mois! Vous avez vraiment le don des langues, monsieur Purcell, ajouta-t-il avec un petit rire d'excuse, comme si c'était faire injure à un officier que de lui supposer un don intellectuel.

— Pensez-vous, reprit-il, que les Tahitiens nous donneront des vivres?

— Tout ce que nous voudrons.

— Sans contrepartie?

— Sans contrepartie. Cependant, nous aurons des vols.

— Souvent?

— Toute la journée.

— C'est scandaleux! dit Mason en rougissant d'indignation.

— Mais non, dit Purcell. Ils vous donnent tout ce qu'ils ont et ils vous prennent tout ce qui leur fait envie : c'est leur idée de la fraternité.

Mason tapota la table d'un air impatient.

— Ce chef tahitien qui vous a hébergé...

— Otou.

— Est-il important?

— Très important. Il jouit d'un grand prestige : il a les yeux bleus. Il prétend descendre du capitaine Cook, ajouta Purcell avec un sourire.

Mason prit un air froid et gourmé, et Purcell

mit quelque temps à comprendre : le capitaine Cook était capitaine. Il était donc irréprochable.

Mason se leva. Il n'était pas beaucoup plus grand que Purcell, mais si carré et si solide que Purcell se sentit presque frêle à côté de lui.

— Monsieur Purcell, dit Mason, et de nouveau une vague d'émotion envahit son visage et sa voix trembla perceptiblement, ne croyez pas que je ne sente pas toute ma responsabilité à l'égard de ces hommes qui, à cause de moi, ne reverront plus la Grande-Bretagne. Cependant, ajouta-t-il après une seconde de silence, si ce que j'ai fait était à refaire, je le referais.

Il avait articulé cette phrase avec force, mais elle sonnait faux. Purcell se taisait, les yeux baissés. Il n'approuvait pas le meurtre de Burt, et il savait que Mason, pour d'autres raisons, n'arriverait jamais à se le pardonner. Pour Mason, le problème moral ne se posait pas. Il raisonnait en marin. A terre, le meurtre eût été excusable. A bord, il avait mutiné un équipage et mis un navire hors la loi.

— Si vous permettez, dit Purcell, je vais remonter sur le pont et faire reprendre les huniers de misaine. Ils sont mal étarqués.

— Je l'ai remarqué tout à l'heure, dit Mason. Jamais les gabiers du temps de Burt...

Un silence tomba. Les deux hommes évitaient de se regarder. Mason reprit :

— Trouvez-vous que la discipline soit devenue difficile?

— Elle n'est pas devenue difficile, dit Purcell d'une voix neutre. Elle n'existe pas.

Il ajouta :

— S'il y avait un coup de chien, je ne sais

même pas si je pourrais faire grimper les hommes dans la mâture.

Et comme Mason se taisait, les yeux fixés sur lui, il reprit :

— Je prie Dieu que votre île ne soit pas longue à trouver.

Debout sur le seuil de sa hutte, Otou regardait au loin, caressant sa poitrine de sa large main élégante. Ses pectoraux étaient puissants, mais affaissés par l'âge, son ventre non pas obèse, mais ample, et Otou n'avait pas envie de courir avec les jeunes à la rencontre des *Peritani* [1]. Il eut le sentiment qu'il vieillissait, mais cette idée n'étant pas plaisante, il pensa que c'était par dignité qu'il ne se précipitait pas au-devant des étrangers. La grande pirogue des *Peritani* était posée sur le lagon, ses grandes voiles repliées, et les hommes blancs descendaient leurs petites pirogues à l'eau pour débarquer. Partie de la plage, une nuée d'embarcations les atteignait déjà. En premier, les enfants. En second, les *vahinés*, à peine un peu moins promptes. *Aoué!* les *vahinés!* dit Otou en souriant. Couronnés de feuilles — le soleil était déjà haut — les hommes agitaient les bras avec amitié, mais ils étaient restés sur la plage. Otou approuva cette réserve.

Les Tahitiens, et du seuil de sa hutte, Otou lui-même, se mirent à rire parce que les baleinières des étrangers avançaient avec une telle lenteur sur l'eau calme du lagon. Par l'*Eatua*, elles étaient lourdes, et les mouvements des *Peritani*, lents et saccadés. Ce-

1. Les Britanniques.

pendant, c'était agréable d'observer le déplacement des longues et bizarres pagaies blanches comme des pattes de moustiques sur l'eau.

Les baleinières mirent leur nez à sec sur le sable, et Otou vit les *Peritani* enjamber les hiloires, hirsutes, barbus, vêtus seulement de leurs pantalons rayés. Otou hocha la tête. *Aoué,* qu'ils étaient maigres! La grande île de la pluie ne devait pas être aussi riche qu'on disait.

Otou poussa tout d'un coup un cri strident. Puis élevant ses deux belles mains devant lui, il les écarta d'un geste large, appela « Ivoa! Mehani! » d'une voix forte, et sans attendre de réponse, se précipita vers les nouveaux venus, ses pieds nus martelant le sable brûlant...

— Adamo! cria-t-il de loin.

Adam Purcell tourna la tête, aperçut Otou qui venait à lui à pas si rapides que son ventre sautait un peu sur son *pareu,* et il se mit à courir de toutes ses forces à sa rencontre, ses cheveux blonds brillant au soleil.

— Adamo! cria Otou en le prenant dans ses bras.

Il le pressa à plusieurs reprises sur ses vastes pectoraux, frotta sa joue contre la sienne en répétant avec toutes les nuances de la surprise et de l'affection : « Adamo!... Adamo!... Adamo!... Adamo!... » Purcell était un peu rouge et sa lèvre inférieure tremblait.

Une foule compacte s'était formée autour des deux hommes, et Purcell remarqua avec amusement qu'elle mimait et commentait, comme le chœur de la tragédie antique, le dialogue des protagonistes.

— Adamo! cria Otou, les yeux humides et en recommençant à serrer Purcell sur sa poitrine, tu es là!... Adamo, mon fils! .. Tu es là!...

— Adamo est là! cria la foule dans une clameur de joie.

Tout d'un coup une belle jeune fille, le sein nu, fondit sur Purcell, l'arracha aux bras d'Otou, l'enlaça et se mit à l'embrasser à la mode *peritani*, lèvre contre lèvre, ce qui fit rire la foule : c'était si enfantin. Purcell eut un mouvement de recul, mais la jeune fille qui était presque aussi grande que lui, et certainement tout aussi vigoureuse, le plaqua avec force contre sa poitrine en continuant à le cribler de baisers. Purcell, mi-amusé, mi-ému, la laissa faire, se contentant de jeter un coup d'œil interrogateur à Otou par-dessus l'épaule de sa partenaire.

— Comment? s'exclama Otou, mais c'est Ivoa! Tu ne reconnais pas Ivoa! Adamo ne reconnaît pas Ivoa! cria-t-il en prenant la foule à témoin dans un geste de ses larges mains.

Aussitôt, il y eut une grande effervescence de tendresse, des rires à gorge déployée, et un nombre considérable de petites tapes amicales sur les épaules de Purcell.

— Adamo! crièrent les Tahitiens d'un air attendri et émerveillé comme si le fait qu'Adamo n'eût pas reconnu Ivoa redoublait leur affection pour lui.

— Adamo! cria Ivoa d'une voix claire, tu ne me reconnais pas!

Elle se détacha de lui, et les mains sur ses épaules, l'éloignant d'elle de toute la longueur de ses bras, elle lui sourit de ses dents éblouissantes. Purcell la regarda. Ses longs cheveux noirs, plantés assez bas sur le front et partagés au milieu par une raie, retombaient en larges boucles sur ses épaules, et comme Ivoa se penchait un peu en avant, cachaient à demi ses seins nus, atteignaient les hanches. Ivoa n'était pas noire, mais couleur d'ambre et ses larges yeux bleus, ombragés de cils sombres, se détachaient sur son teint chaud. Le regard de Purcell se posa de nouveau sur ses longs cheveux d'un noir aile de corbeau, à peine crêpés, foisonnants, luxuriants, épais comme une toison. Sa gorge se noua et il resta silencieux.

— Eh bien, j'ai changé! dit Ivoa de sa voix claire. Est-ce que tu pourrais encore me porter sur tes épaules, Adamo?

— Il n'irait pas loin! s'écria Otou avec un grand rire heureux, et ses deux larges mains qui, l'instant d'avant, reposaient sur son ventre, voletèrent autour de sa tête, comme des oiseaux.

Les Tahitiens se mirent à rire. *Aoué,* Otou avait raison! Quelle belle fille était devenue Ivoa. Mince, mais ronde où il fallait. Et qui pesait bien son poids.

— Regarde! dit Ivoa, j'ai toujours la médaille de ton Dieu Jésus autour du cou. Elle ne m'a pas quittée! Pas un seul jour! Même pour me baigner je la gardais! Et chaque soir je la caressais en demandant à ton Dieu Jésus de faire revenir Adamo. Et il l'a fait! ajouta-t-elle avec un air de triomphe. Ce doit être un Dieu très puissant : Il a réussi! Adamo est là! cria-t-elle dans une explosion de bonheur en levant ses deux bras en l'air, les paumes tendues vers le ciel. Et aussitôt le groupe qui entourait Purcell poussa un hurlement de plaisir.

— Oui, tu as grandi, dit Purcell en souriant et en détournant légèrement la tête.

Chaque fois qu'il regardait les cheveux d'Ivoa, sa gorge se serrait.

— Ne reste pas au soleil, ta tête va cuire comme un œuf de sterne! dit Otou au milieu des rires. Viens chez moi, Adamo! As-tu faim?

— Très faim, dit Purcell.

Et de nouveau il y eut chez les Tahitiens des exclamations attendries. Ivoa lui prit un bras et, l'embrassant dans le cou, le baigna de ses cheveux parfumés. Otou saisit l'autre bras, et précédé, accompagné, poussé, et presque porté, Purcell parcourut au milieu des acclamations la centaine de mètres qui le séparait de la hutte d'Otou.

Il en atteignait le seuil quand un Tahitien athlétique accourut, fendit la foule qu'il dominait des épaules, s'approcha d'Adamo, le visage illuminé d'un sourire et, le prenant sous les aisselles, le souleva sans effort au niveau de ses yeux, et le tint ainsi, au milieu des rires, brandi au-dessus des têtes comme un poupon.

— Et moi? cria-t-il d'une voix joyeuse, tu me reconnais, Adamo?

— Mehani! s'écria Purcell, les yeux brillants, et oubliant tout à fait dans sa joie le ridicule de sa position.

— Il le reconnaît! s'écria Otou au comble de la joie, et avec un grand geste de ses mains il prit ses administrés à témoin de ce prodige.

— Adamo reconnaît Mehani! cria la foule, tout aussi attendrie et émerveillée que si Purcell ne l'avait pas reconnu.

Mehani, les yeux luisants de bonheur, reposa Purcell à terre comme s'il avait eu peur de le casser, et les cris redoublèrent.

— Tes enfants ont grandi, Otou, dit Purcell. Je ne puis croire qu'il y a à peine quatre ans...

Il ne put continuer. Ivoa s'était de nouveau précipitée sur lui, et le criblait de baisers, lui mordillait l'oreille, et de la main le décoiffait. De nouveau, les cheveux lourds et parfumés de la jeune fille balayèrent le visage de Purcell.

— Adamo a faim, s'écria Otou en riant d'un rire généreux et en l'arrachant à l'étreinte de sa fille, ce qui provoqua une nouvelle explosion de gaieté. « Entre, Adamo », continua-t-il d'un geste ample de sa main; et prolongeant le même geste avec une élégance consommée et en arrondissant sa courbe, il prit congé de la foule dans un mouvement de dignité vraiment royale et sans cesser de rire avec bonhomie et de cligner de l'œil avec un air de malice comme s'il avait prévu de tout temps l'arrivée du *Blossom* et le retour d'Adamo.

Mehani installa Purcell sur une natte, et aussitôt s'assit en face de lui, le couvant des yeux. Il était plus sombre de peau que sa sœur, et il y avait un contraste saisissant entre la partie inférieure de ses traits — tendre et presque féminine avec sa bouche large, ses lèvres ourlées, son menton rond — et la partie supérieure, à laquelle un nez aquilin et des yeux profonds, ombragés de cils très noirs, donnaient un air réfléchi, presque sévère.

— E Adamo é! dit-il, é Adamo! é Adamo é! en exprimant, par la façon à la fois mélancolique et joyeuse dont il modulait les sons, tous les souvenirs, vieux de quatre ans, qui l'assaillaient à cet instant. En même temps, il frappait en cadence la natte du plat de la main, comme s'il évoquait par ces bruits sourds, répétés, tout le plaisir que lui promettait, dans l'avenir, la présence de son ami.

— E Adamo é! dit-il enfin, je me souviens comme tu avais peur des requins du lagon!...

Il éclata de rire, et Otou et Ivoa rirent en écho. C'était vrai! Adamo avait peur des requins! des gentils requins du lagon! Mehani se leva comme un ressort qui se détend, se pencha vers Purcell, lui prit la tête entre ses mains et cogna son front contre le sien en signe de tendresse. Puis il le lâcha, et posant ses doigts sur ses épaules, il lui donna des petites tapes sur le haut des bras, en le regardant d'un air ravi.

— E Adamo é! dit-il, incapable d'exprimer par des mots à quel point il l'aimait.

— *Aoué!* dit Otou, il faut le laisser manger! On ne mange pas bien quand on parle!

Ivoa tendit à Purcell une assiette de bois pleine jusqu'au bord, et avant même d'apercevoir son contenu, Purcell reconnut l'odeur fruitée du poisson cru mariné dans le jus de citron. Mehani était assis en face de lui, adossé au montant de la porte, et Otou adossé à l'autre montant, afin de laisser la vue de la plage et du lagon à leur hôte. Quand elle eut servi son père et Mehani, Ivoa prit place à la droite de Purcell, non pas assise, mais accroupie sur ses genoux, et un peu en retrait, l'étiquette tahitienne lui interdisant de manger en même temps que les hommes. Elle écartait les mouches du visage de Purcell avec une feuille de palmier et, de temps à autre, par taquinerie, elle lui en donnait une petite tape sur les épaules. Purcell sentait qu'elle ne le quittait pas des yeux, il apercevait du coin de l'œil la masse de ses cheveux sombres, et n'osait pas tourner la tête vers elle.

Purcell n'était vêtu que d'un pantalon et d'une chemise; et le soleil, entrant à flots dans la hutte, atteignait ses pieds nus. Une partie de l'épaule de Mehani se détachait en contre-jour sur le bord gauche de l'ouverture, et de l'autre côté, aussi large, mais moins pleine déjà, moins ronde, le muscle aminci et amolli par l'âge, l'épaule d'Otou se découpait. Purcell avait faim. Ivoa promenait ses doigts légers sur sa nuque, mais il feignait de ne pas s'en apercevoir. Il respirait avec force le parfum qui émanait de ses cheveux, et regardait devant lui les troncs élancés des cocotiers, et plus loin, brillant au soleil, les reflets indigo et les grandes taches mauves qui jouaient sur le bleu du lagon.

Le silence le plus profond régnait dans la hutte. Purcell se souvint que manger, pour les Tahitiens, était une occupation si agréable qu'elle se suffisait à elle-même. Le corps à l'aise à l'ombre de la hutte, les pieds caressés par le soleil, il éprouvait un extraordinaire sentiment de fraîcheur et de calme. Le monde était bien ordonné : Otou et Mehani devant lui, Ivoa dans la marge de son œil droit et se penchant pour lui frôler la joue de ses cheveux. Il regardait ses amis, il se sentait profondément heureux. Quelle tendresse dans leurs regards! Quel repos dans leurs âmes! Il pensa, c'est un moment dont je me souviendrai, et d'avoir pensé cela, à l'instant même, une pointe de regret poignant le traversa, comme si le moment qu'il vivait était déjà fini.

— Adamo! dit Mehani avec inquiétude, qu'est-ce que tu as? Tes yeux sont tristes.

— Une idée qui est venue, Mehani.

— *Peritani! Peritani!* s'écria Otou en secouant un long doigt devant son nez comme s'il savait depuis longtemps qu'un *Peritani* était incorrigible. Mange! Mange! Il ne faut pas trop penser avec ta tête!

Purcell sourit et baissa les yeux sur son poisson. Otou avait raison. Pour être vraiment heureux, il fallait être conscient de son bonheur, mais pas trop. Il y avait un point d'équilibre à trouver. Il fallait ruser. Savoir qu'on était heureux, mais pas au point de se le dire.

Une brise tiède, parfumée, venue du centre de l'île, agita les cocotiers, et Purcell vit, très haut au-dessus de la hutte, les grandes palmes se balancer comme des chevelures avec un froissement léger. Il respira l'air avec délices.

— C'est l'odeur de Tahiti, dit-il tout haut.

— Qu'est-ce qui est l'odeur de Tahiti? dit Ivoa en s'appuyant des deux mains sur ses épaules.

— La fleur de tiaré.

— E Adamo é! dit Ivoa, il y a bien d'autres parfums à Tahiti. Il y a l'odeur de l'hibiscus, et celle des frangipaniers, et celle des grandes fougères, et celle du thym. Et l'odeur du jasmin qui est fraîche comme la peau d'un bébé. Et il y a l'odeur qui vient des plateaux quand le vent souffle de la montagne et qu'il va pleuvoir. Et c'est une odeur qui donne envie de travailler.

Otou se mit à rire et, étendant devant lui ses vastes mains, le pouce largement écarté des autres doigts et la paume presque perpendiculaire à l'avant-bras, il dit en hochant la tête :

— Quand on est jeune, il ne faut pas trop travailler, Ivoa. C'est quand on est vieux, et qu'il n'y a rien d'autre à faire, que le travail est amusant.

Purcell tourna la tête, regarda les larges yeux bleus d'Ivoa et dit, la gorge sèche :

— Et il y a l'odeur de tes cheveux, Ivoa.

Ivoa sourit avec une sorte de lenteur et Purcell pensa, le cœur cognant contre sa poitrine, elle est à moi, si je veux.

Une ombre noire boucha la porte. Purcell tourna les yeux vers elle. C'était Mason, boutonné, cravaté, souliers aux pieds. Les souliers, surtout, étonnèrent Purcell. Ils étaient cirés et la boucle brillait au soleil. Mason avait dû les ôter avant de débarquer, et les remettre ensuite.

— Monsieur Purcell, dit Mason, froid et correct, et sans accorder un regard aux Tahitiens, puis-je vous dire deux mots?

Purcell se leva, sortit de la hutte, et comme Mason se retirait à quelques pas, il le rejoignit.

— Monsieur Purcell, dit Mason d'un air distant en jetant un coup d'œil rapide aux cheveux, au col et aux pieds nus du lieutenant, vous semblez être très populaire chez ces sauvages. Voudriez-vous me présenter à leur chef?

— Je serais très heureux de vous présenter à Otou, dit Purcell avec sécheresse, Otou est un gentleman.

— Eh bien, présentez-moi à ce... gentleman, dit Mason, et exposez-lui la situation.

— Sans rien cacher?

— Sans rien cacher, et dites-lui aussi nos projets.

Dès qu'Otou et ses enfants virent Adamo et le chef des *Peritani* revenir vers eux, ils se levèrent, et Otou s'avança sur le seuil, souriant, le ventre étalé, ses larges mains politiciennes désignant avec noblesse sa demeure au nouveau venu pour l'inviter à y pénétrer.

Mason avait observé de loin avec sa longue-vue l'arrivée d'Adam Purcell sur la plage, il avait trouvé fort dégoûtantes les embrassades qui l'avaient assailli, et il craignait d'en être, à son tour, l'objet. Mais rien de ce genre ne se produisit. Mehani et Ivoa inclinèrent la tête sans s'approcher et Otou fut prodigue en gestes courtois, mais ne lui tendit pas la main.

Mason prit place sur une natte. Il y eut un long

silence. Les Tahitiens se taisaient avec gravité. Mason, presque intimidé par la réserve de leur accueil, toussa, rougit, cilla, et finalement, sans regarder personne, exposa en anglais la situation du *Blossom* et les demandes qu'il voulait faire à Otou. Celui-ci l'écouta en hochant la tête comme s'il eût prévu de tout temps ce discours, et tandis qu'Adamo traduisait il continua à hocher la tête et à sourire avec urbanité, comme si c'était une chose toute normale que le second d'un navire britannique tuât son capitaine et mutinât le navire.

Quand Purcell eut fini, Otou se leva et emplit la hutte de sa haute stature. Ce fut tout un discours, à la fois fleuri et précis, et accompagné de gestes éloquents de ses larges mains. Il ne fit pas la moindre référence aux événements du *Blossom*. Il ne traita que des demandes de Mason. Oui, il donnerait au chef de la grande pirogue des vivres pour une longue traversée. Oui, il lui donnerait une chèvre et son bouc pour la reproduction, et aussi un couple de chiens; et puisqu'il le désirait, un couple de cochons sauvages, encore que le chef *Peritani* rencontrerait ces bêtes en abondance dans toutes les îles des mers du Sud. De même, le chef trouverait partout des taros, des ignames, des patates douces et des arbres à pain. Mais puisqu'il voulait par précaution emporter des racines et des plants, Otou lui en fournirait. Otou ferait mieux. Otou possédait, à titre personnel, l'unique vache et l'unique taureau de Tahiti : c'étaient les rejetons du couple que le grand capitaine Cook (Otou prononçait « *Touto* », le « k » n'existant pas en tahitien) avait donné autrefois à la famille dont lui-même, Otou, descendait. Otou ferait don de ces bêtes au chef de la grande pirogue.

Purcell traduisit, amusé par l'astuce d'Otou. Quel

air magnifique il avait pris pour faire cadeau de ses bovins à Mason! En réalité, il était bien heureux de s'en débarrasser. Les Tahitiens n'aimaient ni la chair, ni le lait de ces bêtes. En outre, leur taille était démesurée, elles mangeaient trop, elles dévastaient les jardins. Et n'était le souvenir du donateur, Otou les eût fait abattre. Du moins avait-il pris soin de séparer le taureau de la génisse afin de limiter les conséquences d'un don qui, selon le sentiment des Tahitiens et d'Otou lui-même, avait grandement honoré son père au temps où sa mère était belle.

Comme Purcell achevait sa traduction, Otou poussa un cri, se leva avec vivacité, se rua vers la porte et s'écria :

— *Tabou*[1]*!* Adamo! *Tabou!* Là sur la plage! Adamo! Dis à ton chef que c'est *tabou* à Tahiti!

— Que se passe-t-il? dit Mason en fronçant les sourcils. Pourquoi ces hurlements? Ces indigènes sont si émotifs. Qu'est-ce qui est tabou, Purcell?

— Les fusils, Capitaine. Mac Leod se promène avec un fusil sur la plage. Sans doute a-t-il l'intention de chasser.

— Dites-lui de ramener son arme à bord, dit Mason. Je ne veux pas d'ennuis avec les Noirs.

Purcell courut jusqu'au lagon et héla l'Ecossais. Mac Leod se retourna, toisa le lieutenant d'un air dédaigneux, et comme Purcell venait à lui, il se décida à aller à sa rencontre, à pas lents. Il était grand et d'une extrême maigreur, tout en jambes, les épaules étroites et pointues, et des yeux petits, gris et brillants dans un visage taillé en lame de

1. Nous adoptons, pour ce mot, l'orthographe en usage, mais en réalité, il vaudrait mieux écrire « *tapou* », le son « b » n'existant pas en tahitien.

couteau. N'aimant personne par principe et un officier moins que tout autre, il ne faisait pas d'exception pour Purcell. Cependant, il ne le détestait pas tout à fait : Purcell était Ecossais.

Il s'arrêta à dix mètres du lieutenant, et se déhancha sur la jambe droite, la jambe gauche étendue sur le côté, le fusil au creux du bras, bien décidé à ne pas se mettre au garde-à-vous. Depuis la mutinerie, il se tenait avec Mason et Purcell à la limite de la rébellion sans jamais désobéir tout à fait.

— Mac Leod, dit Purcell sans paraître remarquer l'insolence de son attitude, ordre du capitaine : ramener ce fusil à bord. Les fusils sont *tabou* à Tahiti.

— J'voulais tirer un cochon sauvage, dit Mac Leod en secouant la tête, et son visage dur et morose eut tout d'un coup cet air enfantin qui avait déjà frappé Purcell.

Le lieutenant eut l'impression d'être un maître d'école en train de rafler ses billes à un élève dissipé.

— Un cochon sauvage! dit Purcell en riant, mais vous n'avez qu'à en demander un aux Tahitiens! Ils vous le donneront.

— J'sais bien, dit Mac Leod avec mépris, j'les connais bien. J'suis déjà venu dans leur coin. Ces imbéciles donnent tout ce qu'ils ont. Rien dans la tête, voilà ce que j'dis! C'est heureux qu'ils ayent pas d'chemise : ils la donneraient!

— Pourquoi feraient-ils des économies? dit Purcell, ils ont tout en abondance.

— Ça durera p'être pas toujours, dit Mac Leod d'un air méfiant comme s'il s'attendait à ce que le climat de Tahiti devînt un jour semblable à celui des Highlands, et en attendant, ça m'aurait fait plaisir de tirer un cochon, au lieu de m'le faire donner par ces damnés idiots tout nus! Donner! Donner! Ils n'connaissent que ça, ici! De vrais sauvages! Et moi, justement, ça me plaît pas du tout qu'on m'donne! Les Mac Leod, ils n'ont jamais rien dû à personne. Jamais! J'fais pas d'cadeau! reprit-il avec fierté, et j'veux pas qu'on m'en fasse non plus!

— Je regrette, Mac Leod, dit Purcell, mais les fusils sont *tabou* à Tahiti.

— *Tabou!* Encore une de leurs damnées idioties! dit Mac Leod en secouant la tête d'un air méprisant. Si j'étais le capitaine, j'les mettrais vite au pas, les Noirs!... Dieu me damne, reprit-il avec un large geste de menace qui paraissait englober l'île entière, c'est nous qui avons les fusils, oui ou non? Alors, c'est nous qui devons faire la loi, c'est clair!

Il tourna le dos sans saluer et se dirigea vers celle des baleinières qui était restée à flot. Purcell le regarda s'éloigner, long, maigre, dégingandé, ses cheveux filasse très éclaircis sur le sommet du crâne, le fusil dans le creux du bras, le canon braqué à terre.

Dès que Purcell fut de retour dans la hutte, Mason se leva et, priant son second de remercier Otou, il s'en alla. Ce départ abrupt étonna les Tahitiens. Debout sur le seuil, ils suivirent des yeux le chef *Peritani*. Arrivé sur le bord du lagon, Mason s'assit, retira ses souliers, se releva et, hélant la baleinière de service, monta à bord. On put le voir, assis sur le banc arrière, occupé à se rechausser.

— Pourquoi ne reste-t-il pas avec nous? dit Ivoa avec étonnement. Que va-t-il faire sur la grande pirogue?

— Rien, dit Purcell. Il a décidé de rester à bord tout le temps qu'on serait à Tahiti.

— Pourquoi? dit Mehani. Il ne nous aime pas?

— Il ne se pose pas la question, dit Purcell, une fois assis.

Il regarda ses amis. Il se sentait de nouveau libre et joyeux. Mason n'avait pas été déplaisant, mais sa présence avait suffi pour tout éteindre.

— Tu vas vivre dans une île avec cet homme..., dit Otou avec un geste de ses larges mains qui compléta sa pensée.

— Il est loin d'être méchant, dit Purcell en souriant, et je m'entends bien avec tout le monde.

Au même instant, il pensa à la haine que Simon lui avait vouée et il s'assombrit.

— E Adamo é! dit Ivoa, ne sois pas triste! Je ne veux pas qu'Adamo soit triste, reprit-elle avec pétulance en s'adressant à son père et à Mehani comme si la chose eût dépendu d'eux. Quant à moi, continua-t-elle, je n'aime pas cet homme avec des choses en peau autour des pieds.

— Ivoa! dit Otou, surpris qu'Ivoa exprimât une opinion si tranchée.

Ivoa abaissa ses longs cils sur ses yeux bleus et cacha sa tête contre l'épaule d'Adamo.

— Pourquoi ne l'aimes-tu pas? dit Purcell.

Elle releva le front et dit avec une moue :

— Il ne m'a pas regardée.

Purcell se mit à rire.

— C'est vrai! cria Mehani en frappant la natte, puis en claquant ses mains l'une contre l'autre, je l'ai remarqué! Le chef *Peritani* avait peur d'Ivoa! et même mon père, il le regardait à peine. Il était là, assis comme une tortue, la tête et les quatre pattes rentrées.

Ivoa éclata de rire.

— Ho! Ho! dit Otou, on ne parle pas ainsi d'un hôte!

Mais il riait, lui aussi. Au bout d'un moment, Ivoa tendit à Purcell un long panier tressé contenant des oranges, des mangues, des avocats et des bananes sauvages.

— Je vais peler ton orange, dit-elle quand il se fut servi.

Mehani releva la tête avec vivacité et jeta un coup d'œil à Otou qui se mit à sourire. Peut-être, pensa Purcell, y a-t-il là un langage que je ne comprends pas? Il regarda Ivoa d'un air interrogateur. Elle sentit son regard peser sur elle, tourna la tête, fixa sur lui ses yeux lumineux, et dit sur le ton de la conversation la plus unie, et comme s'il s'agissait d'une simple promenade :

— Adamo! si tu me veux dans ton île, je viendrai avec toi.

Purcell regarda Otou, puis Mehani. Ils souriaient. Ils ne paraissaient ni étonnés, ni même émus.

— Tu as bien compris, Ivoa? dit-il enfin d'une voix étranglée, et en lui saisissant le poignet, si tu viens avec moi, c'est pour toujours. Tu ne reverras jamais Otou.

— J'ai bien compris, dit Ivoa, les yeux baissés sur l'orange qu'elle pelait.

Il y eut un silence et Otou étendit devant lui ses larges mains, les paumes offertes, le pouce écarté des autres doigts.

— C'est toi qui ne comprends pas, Adamo, dit-il avec un sourire. Ivoa n'a qu'une vie, et qu'est-ce qui est le plus important dans sa vie : moi ou Adamo?

CHAPITRE III

— Eh bien, dit Mason, puisque nous appareillons demain, il serait temps de faire connaissance avec les volontaires tahitiens. Combien en avez-vous, monsieur Purcell?

Il était assis dans sa cabine, exactement dans la même attitude que huit jours plus tôt, une carte étalée devant lui, et un verre de rhum à la main. Mais il y avait cependant une différence : il avait prié Purcell de s'asseoir.

— Six, dit Purcell, voici leurs noms : Mehani, Tetahiti, Mehoro Kori, Timi et Ohou.

— Les connaissez-vous?

— Je connais bien Mehani et Tetahiti. Je connais moins bien les autres. En tout cas, ils sont athlétiques et nous sentirons leur poids au bout d'un filin.

— Six Tahitiens, dit Mason en penchant sa tête carrée d'un air soucieux. Six et nos sept hommes, cela fait treize. C'est bien peu pour manœuvrer le *Blossom*.

— Je ne vous ai pas lu toute ma liste, dit Purcell, il y a aussi douze femmes, et les Tahitiennes sont très capables de monter dans le gréement...

— Des femmes! s'écria Mason, des femmes à bord!...

Il se leva avec tant de brusquerie qu'il fit tomber sa carte et renversa son verre de rhum. Rouge, cillant, les lèvres serrées, il resta un moment sans pouvoir parler. Puis ramassant ses épaules comme s'il allait foncer sur Purcell et penchant en avant son front têtu, il explosa :

— Jamais! Monsieur Purcell, jamais!...

Il y eut un silence. Purcell se baissa, cueillit la carte avec deux doigts et la lui tendit.

— Je crains que nous n'ayons pas le choix, dit-il avec douceur. Les Tahitiens ne s'embarqueront pas sans femmes. Nos hommes non plus. Ils ont peur que l'île que vous cherchez soit inhabitée...

— Des femmes à bord, monsieur Purcell! Imaginez-vous cela? répéta Mason, ses yeux gris-bleu comme dilatés par l'énormité de cette perspective.

— A vrai dire, dit Purcell, les circonstances sont exceptionnelles...

— Mais des femmes à bord!... répéta Mason, en s'oubliant jusqu'à élever ses deux mains en l'air à la façon des Tahitiens.

Purcell laissa passer quelques secondes.

— Je crains, reprit-il, que vous ne soyez pas en mesure de les refuser. Les Tahitiens ne voudront pas venir. Et les matelots sont capables de saisir le navire, de nous débarquer et de mettre à la voile sans nous.

— Ils le jetteront sur un caillou, dit Mason avec dédain.

— Peut-être, mais vous et moi, nous resterons sur le sable, à Tahiti...

Mason se rassit, étala de nouveau sa carte devant lui, et dit, les yeux baissés :

— Combien sont-elles?

— Douze, dit Purcell en se rasseyant à son tour. Voici leurs noms.

— Peu importe leurs noms, explosa de nouveau Mason avec un geste de la main droite qui les balayait du monde.

Il y eut de nouveau un silence, et il reprit d'une voix plus calme :

— Il faudra prévoir pour elles un logement distinct des hommes.

Purcell plissa les yeux. La précaution lui paraissait dérisoire.

— Certainement, dit-il d'une voix neutre, je les logerai à part.

Mason vida d'un trait son verre de rhum, le posa devant lui et parut résigné à l'inévitable.

— Vous vous occuperez de tous les détails, reprit-il, je nc veux pas entendre parler de ces femmes.

— Oui, Capitaine.

Purcell remit la liste dans sa poche, mais ne se leva pas.

— Si vous permettez, dit-il, j'ai encore quelque chose à vous dire.

Il ajouta :

— Quelque chose qui me tracasse.

— Parlez, dit Mason, une ombre de méfiance sur le visage.

Il se ferme déjà, pensa Purcell. Il reprit :

— Si l'île que vous cherchez est inhabitée, un problème se pose : notre colonie compte neuf Britanniques et six Tahitiens. Quinze hommes en tout. Les femmes ne sont que douze.

— Eh bien? dit Mason d'un ton sec.

— Il y aura trois hommes sans femme.

— Eh bien? dit Mason.

— Je crains que cela ne crée une situation très dangereuse. Je vous propose donc soit de débarquer trois Tahitiens...

— Impossible, dit Mason d'un ton sec.

— Soit d'embarquer trois Tahitiennes de plus...

L'effet de ce propos fut extraordinaire. Mason le regarda, ses yeux se mirent à ciller, ses mains tremblèrent et il rougit de fureur.

— Jamais! cria-t-il en se dressant de toute sa hauteur. Monsieur Purcell, vous devriez avoir honte de me faire une suggestion pareille! Des femmes, nous n'en avons déjà que trop! Elles ne m'intéressent en aucune façon! reprit-il en levant la main droite en l'air comme s'il prêtait serment. Je ne désire même pas en parler! Si j'ai choisi la carrière de marin, c'est qu'à bord du moins... Monsieur Purcell, poursuivit-il sans achever sa phrase, vous savez très bien que si j'avais consulté ma propre commodité, je n'en aurais pas emmené du tout! Et vous êtes là, devant moi, froid comme un concombre, et vous me proposez... Monsieur Purcell! je n'ai connu qu'une seule femme décente dans ma vie : c'était ma sœur. Toutes les autres sont des... des... Quant à moi, reprit-il en renonçant à définir le sexe ennemi, je ne me soucie pas de laisser derrière moi une progéniture.... Douze femmes! explosa-t-il avec un renouveau de fureur, douze! A mon bord! Douze créatures à demi nues qui vont piailler et jacasser sur mon pont du matin au soir, reprit-il avec dégoût comme si les Tahitiennes avaient été des sternes ou des perroquets. Sachez-le, monsieur Purcell, et dites-le de ma part aux hommes, je préférerais rester à Tahiti, et m'y pendre, au besoin, de mes propres mains, plutôt que d'en emmener une de plus sur le *Blossom!*

Il reprit son souffle et dit d'une voix plus calme, mais sur un ton qui interdisait toute discussion :

— Ce sera tout pour le moment, monsieur Purcell.

Purcell salua avec raideur et sortit de la cabine, furieux. C'était fou! C'était d'une absurdité à crier! Mason apportait plus de soin à apparier ses chèvres et ses cochons qu'à accoupler les citoyens de la future colonie. Quel stupide entêtement! pensa-t-il avec une nouvelle bouffée de colère. Que lui importait d'en emmener quinze plutôt que douze!

A ne considérer que leurs seules qualités athlétiques, les Tahitiennes ne méritaient pas le mépris de Mason. Elles apprirent presque aussi vite que les hommes à monter dans le gréement pour larguer des ris ou ferler de la toile. Le *Blossom* n'avait pas quitté Tahiti depuis huit jours qu'elles faisaient des gabiers fort convenables. C'était pour Purcell un spectacle curieux que de les voir, au commandement, grimper aux échelles de corde et gagner l'extrémité vertigineuse des vergues sans cesser de rire, de chanter ou de pousser des cris aigus.

Le neuvième jour après l'appareillage du *Blossom,* le navire fut surpris par un grain assez violent et Mason ordonna de mettre à la cape. Purcell envoya l'équipage dans la mâture. Les matelots, voyant le danger, obéirent avec promptitude, ce qu'ils n'avaient pas fait depuis huit jours. Mais à part Mehani et Tetahiti, les Tahitiens ne consentirent pas à bouger. Peut-être le coup de temps les eût-il moins effrayés s'ils avaient été dans leurs propres pirogues. Mais le tangage vertigineux, le choc des vagues contre les bordés, et les terribles coups de rappel du *Blossom* quand il se redressait sur sa quille, les terrorisèrent. Ils étaient terrés dans leur poste d'équipage, serrés les uns contre les autres, gris de peur, malades par surcroît, et — nus comme ils étaient — glacés par le froid. Rien n'eut raison de leur inertie : ils se jugeaient perdus.

Le grain dura à peine une journée : et le navire, à aucun instant, ne fut vraiment en péril. Mais l'épisode gâta les relations jusque-là assez amicales entre les Tahitiens et l'équipage. Les matelots ne pardonnaient pas aux « Noirs » de les avoir « laissés tomber » dans un moment difficile.

Le beau temps revint, mais avec lui le vent tomba, l'atmosphère devint étouffante, et le *Blossom* s'encalmina dans une mer aussi lourde que l'huile. Tout était immobile. Il n'y avait pas un souffle d'air, pas une ride à l'avant de l'étrave. Seul, le soleil paraissait bouger. Les voiles pendaient, flasques et lamentables, plissées, disait Mac Leod, comme la peau d'une vieille. L'horizon dessinait autour du navire un cercle de feu qui paraissait l'emprisonner, et Purcell avait l'impression que l'océan se refermait peu à peu sur le *Blossom* comme une gelée qui se solidifie.

Le vieux Johnson lui montra un matin contre les flancs du navire les épluchures qu'il avait jetées la veille par-dessus bord. En cinquante ans de navigation il n'avait jamais vu ça.

Penchés sur la rambarde, les matelots, du matin au soir, posaient des lignes. Les Tahitiens firent des sorties sur les baleinières, debout sur les bancs, le harpon en main. Mais cette mer si poissonneuse ne donnait plus un poisson. Comme s'ils étaient dégoûtés de son immobilité, les requins eux-mêmes avaient quitté le *Blossom*.

A voir ce ciel vide, cette mer morte, ces couleurs blafardes, on avait l'impression d'avoir pénétré par mégarde dans une planète pétrifiée qui ne lâcherait plus sa proie. Un soleil torride pâlissait les voiles, liquéfiait le goudron entre les joints. Bien qu'on les arrosât à grands seaux deux fois par jour, les bordés au-dessus de la flottaison commençaient à s'ouvrir. Les matelots durent mettre des chiffons à leurs pieds tant le pont était brûlant.

La provision d'eau douce diminuait et Mason rationna les vivres. Mais on fut quand même obligé de sacrifier le taureau, et quelques jours plus tard, la génisse. Puis on mangea la chèvre et son bouc, les cochons sauvages, le couple de chiens, et il n'y eut plus rien de vivant à bord que les hommes.

Huit jours s'écoulèrent encore, et le vent accourut de l'ouest ridant l'océan à mesure qu'il avançait. Les voiles se gonflèrent à craquer, les gréements vibrèrent d'un bout à l'autre du navire; le pont frémit sous les pieds, et le lourd trois-mâts, levant sa proue au-dessus des vagues, bondit en avant avec la légèreté d'un oiseau.

Une heure plus tard on traversa une bande de poissons volants. Ils s'abattirent en grand nombre sur le pont, et on aperçut dans la transparence de l'eau les dorades qui les poursuivaient. Purcell donna l'ordre au timonier de déventer les voiles, on jeta les lignes, et on en attrapa autant qu'on en voulut. Ce fut un joyeux carnage, et quelques instants plus tard, le premier vrai repas depuis une semaine.

On l'achevait à peine quand le ciel s'assombrit, l'air devint délicieusement frais et la pluie commença à tomber. On traîna sur le pont tout ce qu'on put trouver de récipients, de tonneaux, de bâches. Les

Tahitiens enlevèrent leur *pareu*, et les paumes tendues vers le ciel, la tête renversée en arrière, ils criaient de plaisir, la bouche pleine de pluie.

Petit à petit le mouvement de leur corps s'organisa en danse. Les hommes se mirent à taper dans leurs mains, et les femmes modulèrent un chant inarticulé qui montait et s'accélérait dans un crescendo haletant. Les cheveux épars, leurs corps sombres luisant sous l'averse, elles dansaient sur place, leurs pieds bougeant à peine, les épaules immobiles, toute la vie et le mouvement de leurs corps concentrés dans leurs larges hanches.

Les matelots, à l'exception de Smudge, s'étaient, eux aussi, dévêtus, et Purcell crut un moment, tant l'excitation des Tahitiens était contagieuse, qu'ils allaient se mêler à leur danse. Mais ils restaient sur le gaillard d'avant à se faire doucher par les rafales, regardant de loin les Tahitiens, se donnant de grandes tapes dans le dos et, au demeurant, assez gênés de leur nudité. Voilà un tableau presque biblique, pensa Purcell avec amusement. Le Tahitien, c'est l'homme à l'état d'innocence. Et le *Peritani,* c'est l'homme après la faute.

Tout en paraissant surveiller le remplissage des bâches, Purcell ne perdait rien de ce qui se passait sur le pont. Il fut frappé par l'attitude de Smudge. Le petit homme avait gardé sa chemise et son pantalon, et se tenait un peu à l'écart des deux groupes. Il s'était posté contre la rambarde entre deux baleinières, et il restait là, comme dans un trou, voûté, tassé sur lui-même, une épaule plus haute que l'autre, la poitrine creuse. Ses cheveux gris retombaient sur son front, ses sourcils se fronçaient sur son nez pointu, et sa lèvre inférieure saillait, méprisante. Replié et lové sur lui-même, il dardait sur les Tahitiens ses petits yeux de rat, haineux et rusés.

Purcell entendit tout d'un coup une voix de femme appeler :

— Jono! Jono! Jono!

Il se retourna, et la pluie, redoublant, l'aveugla à moitié. Une silhouette haute et massive sortit du groupe des Tahitiennes, se dirigea vers celui des matelots. Elle s'arrêta à mi-chemin. C'était Omaata.

Tous les regards convergèrent en même temps vers elle. Son splendide corps brun avait six pieds cinq pouces. Bien que chaque détail de son anatomie parût au-dessus des proportions humaines, l'ensemble était harmonieux. Le silence se fit parmi les matelots tandis qu'ils la regardaient. Depuis que le *Blossom* avait quitté Tahiti il n'y avait aucune femme à bord dont ils parlaient plus souvent. Ils admiraient avec une sorte de respect la largeur de ses cuisses, l'ampleur de son dos, l'énormité de ses seins. Sa force, déjà légendaire, donnait lieu à mille inventions : en lui tapant amicalement sur l'épaule elle avait, par inadvertance, envoyé Mac Leod rouler sur le pont à vingt pieds de là. Elle avait cassé un espar rien qu'en s'appuyant dessus. Elle avait rompu par distraction un filin gros comme le poignet. Parfois on se plaisait à imaginer ce qui arriverait, si elle tombait amoureuse du petit Smudge. Cette hypothèse faisait l'objet de cent plaisanteries; quelques-unes très précises. On concluait, en général, que le petit Smudge mourrait étouffé.

Omaata avança encore de deux ou trois pas, un rayon de soleil, perçant le ciel noir, l'éclaira, et les matelots promenèrent à loisir leurs yeux sur les pentes de son corps. Purcell plissa les yeux. Les matelots avaient l'air de matous contemplant avec une admiration mêlée d'effroi les vastes formes d'une tigresse.

— Jono! Jono! appelait Omaata de sa voix profonde.

— Vas-y donc! dit Mac Leod à John Hunt en lui donnant une petite poussée dans le dos.

Hunt sortit du groupe docilement et, à pas lourds, s'approcha d'Omaata. Il était de même taille, large en proportion, à peine plus massif, et velu du sourcil à l'orteil, ce qui lui donnait du prestige auprès des Tahitiens, généralement imberbes. Il regardait Omaata de ses petits yeux porcins. Son mufle, hirsute et roux, semblait avoir été écrasé et aplati par un coup gigantesque qui l'avait doublé en largeur en lui ôtant tout relief. Cependant, il n'avait pas l'air aussi endormi que d'ordinaire, et paraissait presque sur le point de sourire. Quant à Omaata, elle riait de ses robustes dents blanches et une lueur dansait dans ses yeux, larges comme des étangs.

Ils restèrent ainsi face à face pendant un assez long moment, comme si Omaata avait compris que Hunt pensait lentement et qu'il ne fallait pas le brusquer. Puis elle le saisit par la main, l'entraîna dans le groupe des danseurs, et là, elle se plaça devant lui, et commença à onduler des hanches sans cesser de le fixer et en scandant d'une voix profonde :

— Jono! Jono! Jono!

Les Tahitiens se rapprochèrent de Hunt en tapant dans leurs mains. Mehani lui donna une petite claque sur l'épaule et dansa à côté de lui comme pour l'encourager.

Omaata psalmodiait sans se lasser :

— Jono! Jono! Jono!

Tout d'un coup, Hunt s'ébranla, leva à demi les jambes, et les bras ballants, se mit à se dandiner sur place comme un ours, ses petits yeux bleu pâle rivés sur Omaata. Au même instant, et sans que la pluie tiède des tropiques cessât de tomber, il se fit, dans les nuages noirs qui bouchaient l'horizon de tous côtés, une petite déchirure, et le soleil apparut, très bas à l'ouest. Alors, le pont, les mâts et les voiles du *Blossom,* illuminés, se détachèrent en blanc avec un relief irréel sur le ciel d'encre, et la lumière, rasant la mer en longs rayons parallèles, frappa le groupe de danseurs presque à l'horizontale, allongea démesurément leurs ombres sur le pont, et fit flamber la toison rouge de Hunt.

— Jono! Jono! Jono!

La voix profonde d'Omaata tenait à la fois du roucoulement et du rugissement, et Hunt se dandinait, énorme et velu, battant la mesure de sa grosse tête hirsute — roux et blanc au milieu des corps bruns des Tahitiens.

— Jono! Jono! Jono!

Peu à peu Omaata se rapprochait de Hunt, ondulant de ses vastes hanches, ses larges yeux noirs fixés sur lui, les paumes des mains offertes. Elle se rapprocha de lui à le toucher et ils dansèrent face à face pendant une pleine minute. Puis Hunt poussa un grognement qui n'avait rien d'humain, se redressa de toute sa hauteur, et abattit ses larges pattes rouges sur les épaules d'Omaata. Elle éclata d'un rire roucoulant, se dégagea avec une vivacité inouïe, et se mit à courir, Hunt à ses trousses. Elle décrivit des cercles sur le pont, se retournant à chaque seconde pour voir si Hunt la suivait, et riant toujours de son rire de gorge. Finalement elle s'engouffra en trombe dans l'escalier du poste d'équipage, Hunt dégringolant les marches derrière elle. Les matelots riaient à rendre l'âme. Smudge, dans son coin, décroisa ses petites jambes, détourna la tête et cracha dans l'eau avec mépris.

— Lieutenant, dit White, le capitaine vous demande.

Purcell poussa un soupir, passa se changer dans sa cabine et rejoignit Mason.

La table d'acajou du capitaine était vissée au plancher par de petites cales de bois qui entouraient chaque pied; et Mason, lui-même, derrière la table, paraissait vissé sur sa chaise. Habillé, cravaté, correct, il paraissait aussi étranger à ce qui se passait sur le pont qu'un habitant d'une autre planète.

Dès que Purcell fut devant lui, il posa son doigt sur un point de la carte et dit :

— C'est là.

Purcell fit le tour de la table et se pencha. A mi-distance environ entre l'île Rapa et l'île de Pâques, Mason avait dessiné une croix au crayon sur la carte. Purcell leva les yeux d'un air interrogateur, et Mason reprit :

— C'est là. C'est l'île que nous cherchons. Si le vent ne tombe pas, nous devons y être après-demain soir.

Purcell regarda la carte.

— A Tahiti vous aviez parlé d'une île inconnue.

— Elle l'est, dit Mason vivement. Jackson en parle dans son *Récit de voyage dans l'hémisphère austral,* mais elle ne figure sur aucune carte de l'Amirauté. Même sur les plus récentes, comme celle-ci. Officiellement, l'île n'a pas d'existence. Cependant, Jackson en donne la longitude et la latitude, et c'est ce qui m'a permis de la situer sur la carte et de tracer notre route.

Purcell le regarda.

— Il me semble qu'un capitaine peut avoir lu,

lui aussi, le récit de Jackson, et s'il se trouve dans les parages...

— J'y ai pensé, monsieur Purcell, dit Mason. C'est un risque, mais c'est un risque très limité du fait que l'île est quasi inaccessible. D'après Jackson, elle est très montagneuse, entourée de falaises abruptes, sans baie ni mouillage d'aucune sorte, et il paraît même difficile d'y débarquer une baleinière à cause du ressac. Jackson lui-même n'a pas débarqué. Cependant, il l'a approchée assez près pour la décrire. Elle aurait environ cinq milles de circonférence, elle est couverte d'une végétation luxuriante, et elle est traversée par un torrent. J'ajoute que Jackson l'a découverte à la saison sèche, ce qui laisse supposer que le torrent n'est pas intermittent. C'est évidemment là un point important.

Comme Purcell se taisait, Mason reprit :

— J'aimerais que vous me donniez votre avis, monsieur Purcell.

— Eh bien, dit Purcell d'un air hésitant, si cette île est bien située où Jackson la situe, et si elle est bien telle qu'il la décrit je pense qu'elle nous convient parfaitement, sauf...

— Sauf?

— Vous avez dit « cinq milles de circonférence », je crois... C'est peut-être un peu petit.

Mason pencha en avant son front carré et dit d'un ton péremptoire :

— Elle est bien assez grande pour une trentaine de personnes.

Purcell reprit :

— Maintenant, oui. Mais au bout de quelques années...

Mason fit un petit geste de la main comme pour écarter l'argument.

— Quand j'ai lu la description de Jackson à Tahiti, l'objection s'est présentée à mon esprit, monsieur Purcell. Mais je l'ai repoussée.

Il se tut sans expliquer pourquoi il l'avait repoussée. Purcell se sentit irrité. Mason savait déjà à Tahiti où il allait et depuis trois semaines il l'avait tenu dans l'ignorance de leur destination.

Mason reprit :

— Je vous serais obligé de ne pas révéler à l'équipage ce que je viens de vous dire.

— Y a-t-il une raison pour le lui cacher?

— Aucune. Il n'a pas à le savoir, c'est tout.

Le secret n'était pas utile. Il n'avait qu'une valeur hiérarchique : le chef exerçait un privilège de chef en laissant ses subordonnés ignorer ce que le chef savait. Ainsi, le secret de la destination du *Blossom* avait mis une distance entre Purcell et lui, et ce secret, partagé maintenant entre le capitaine et le second, maintenait la même distance entre les officiers et l'équipage. C'est risible, pensa Purcell. Il continue à employer tous les petits trucs mesquins du commandement, et son commandement n'existe plus. Il ne s'en aperçoit même pas.

— Eh bien, nous voilà bien d'accord, monsieur Purcell, dit enfin Mason, comme si ce long silence avait suffi à dissiper les réserves de Purcell sur les dimensions de l'île.

Purcell se redressa.

— Si vous permettez, Capitaine?

— Oui, monsieur Purcell.

— J'ai une requête à vous adresser.

Mason le regarda. Il est déjà rétracté, pensa Purcell avec agacement. Son premier mouvement est toujours négatif.

— Je vous écoute, dit Mason.

— En tant que capitaine de ce navire, dit Purcell, vous avez, si je ne me trompe pas, le droit de marier, le cas échéant, les couples qui vous en expriment le désir.

— C'est exact.

— Je désire, reprit Purcell avec une certaine gravité, que vous usiez des prérogatives attachées à vos fonctions pour m'unir par la cérémonie du mariage à une Tahitienne.

Mason se leva, rougit, mit les mains derrière le dos et dit sans regarder Purcell :

— Vous voulez épouser une Noire, monsieur Purcell?

— Oui, Capitaine!

Cela fut dit avec tant d'énergie et de violence contenue que Mason en fut désarçonné. Il n'aurait jamais pensé que Purcell fût capable d'être si agressif. Debout, présentant son profil à Purcell, il tenait les yeux fixés sur un sous-verre qui montrait le *Blossom* en cours de construction. Bien qu'il affectât de renifler d'un air rogue pour marquer son déplaisir, il pesait la situation, non sans prudence. Purcell aimait un peu trop les Noirs, et comme tous les Ecossais, c'était un damné raisonneur, mais à part cela, il n'y avait rien à lui reprocher. Mason ne voulait pas se fâcher avec lui et sentait tout le danger qu'il y aurait à repousser sa demande. D'un autre côté, marier son second à une indigène, c'était proprement impensable.

— Vous êtes *dissenter* [1], je crois, dit-il du bout des lèvres.

1. On appelait ainsi ceux qui refusaient de souscrire aux trente-neuf articles du dogme anglican.

Purcell le regarda. Il ne voyait pas où il voulait en venir.

— J'ai, en effet, des sympathies pour les *Dissenters,* dit-il au bout d'un moment.

— En tant que capitaine d'un navire britannique, dit Mason, je ne puis vous marier que selon les rites de l'Eglise d'Angleterre.

« C'était donc ça! » pensa Purcell en réprimant un sourire. Mason lui prêtait son propre formalisme.

— Le rite anglican du mariage n'a rien qui me choque, dit-il aussitôt. Les objections que je fais à l'Eglise d'Angleterre portent sur d'autres points.

Mason fut stupéfait d'entendre Purcell parler avec tant de sang-froid de ses « objections » à l'Eglise de Sa Majesté. En s'exprimant ainsi, Purcell, à ses yeux, était deux fois fautif : il manquait de loyalisme à l'égard du souverain, et il avait le mauvais goût d'attacher de l'importance à la religion.

— Vous ne comprenez pas mon objection, dit-il d'un ton roide. Je ne me reconnais pas le droit de marier un *Dissenter* selon les rites de l'Eglise d'Angleterre.

Je me suis trompé, pensa Purcell avec irritation, ce n'est pas du formalisme. Il louvoie. Il essaye de refuser par la bande.

— Je n'ai pas dit que j'étais *Dissenter,* dit-il avec sécheresse. J'ai dit que j'ai des sympathies pour les *Dissenters.* Mais officiellement, j'appartiens à l'Eglise d'Angleterre. Vous en trouverez la mention sur les papiers de bord.

Et maintenant, pensa Mason, si je refuse, c'est la rupture. Il soupira, se tourna d'un bloc vers Purcell et dit d'une voix forte :

— En ce qui me concerne, monsieur Purcell, je ne puis comprendre votre décision. Mais après tout, votre vie privée ne regarde que vous. Je ne me sens pas en droit de rejeter votre requête.

« Un coup de barre in extremis », pensa Purcell. Les deux hommes se tenaient debout, face à face, silencieux, gênés. L'un et l'autre savaient qu'ils avaient été à deux doigts de la rupture. Ils étaient l'un et l'autre soulagés de ne pas en être arrivés là, et en même temps, ils s'en voulaient : l'un d'avoir dû se battre pour obtenir son droit; l'autre, d'avoir dû céder.

— Choisissez deux témoins dans l'équipage, reprit Mason d'une voix de commandement, et demain sur le coup de midi...

Il laissa sa phrase en suspens comme s'il répugnait à la finir. Purcell inclina la tête et dit avec un peu de raideur :

— Je vous remercie, Capitaine.

Et sans attendre que Mason lui donnât congé, il se retira. Il se sentait blessé, irrité, inquiet. Sans qu'il le voulût, sans que Mason non plus le voulût — simplement parce qu'ils étaient si différents — leurs rapports se détérioraient tous les jours.

Le lendemain, en présence des matelots Jones et Baker, et devant l'équipage réuni à la coupée, le capitaine Mason, commandant le *Blossom*, baptisa Ivoa, et l'unit ensuite, selon les rites de l'Eglise d'Angleterre, au lieutenant Adam Briton Purcell.

Personne à bord du *Blossom* ne suivit l'exemple du second.

Le 10 juillet, vers sept heures du matin, dans un ciel parfaitement bleu, un assez gros nuage noir se leva au Sud et se dirigea droit vers le *Blossom*. Tous les matelots levèrent la tête pour le suivre des yeux, tant sa direction paraissait insolite, le vent soufflant alors du Nord.

Le nuage se rapprocha en s'étirant à une vitesse anormale, il prit la forme d'un triangle, et Jones s'écria d'une voix joyeuse :

— Les oiseaux!

Il y eut une clameur de joie. En un clin d'œil les matelots, les Tahitiens et les femmes coururent à la proue.

— White! cria Purcell, prévenez le capitaine!

Purcell se retourna. Ivoa était derrière lui.

— Adamo, dit-elle d'une voix étouffée, j'ai cru ne jamais arriver.

Purcell posa la main sur son épaule, et resta immobile, silencieux, la tête levée, pressant Ivoa contre son flanc. Ils touchaient au but. La terre où nichaient ces oiseaux était celle où ils allaient vivre côte à côte jusqu'à la fin de leur vie.

— Des sternes! dit Mehani en pointant la main dans leur direction.

Et il y eut chez les Tahitiens des exclamations et une effervescence subite.

— Que disent-ils, Lieutenant? dit Baker.

— Que leurs œufs valent des œufs de poule.

— Je m'méfie, dit Mac Leod.

Les sternes tournoyaient maintenant autour du *Blossom*, obscurcissant le soleil par leur nombre. Elles étaient assez semblables à de petites mouettes, mais elles avaient le bec plus long et la queue fourchue. Elles commencèrent à plonger sur la gauche du navire, et l'équipage se porta sur la rambarde bâbord : sans doute pour chercher une protection sous son ombre, un banc serré de petites sardines brillantes filait parallèlement à la coque du *Blossom*. Les sternes se laissaient tomber sur elles par milliers, si bien que la surface de l'océan était hachée du floc de leur plongeon. Purcell fut frappé de l'effet qui en résultait : on aurait dit qu'il pleuvait des oiseaux.

— Regardez, Lieutenant! dit Baker en désignant les sardines, les pauvres petits gars se font manger par tout le monde!

Dans l'eau transparente évoluaient de splendides bonites à dos rayé noir et bleu qui se jetaient sur les sardines avec une voracité incroyable. Mais le massacre ne s'arrêtait pas là. Les bonites elles-mêmes étaient pourchassées par des squales qui battaient l'océan de leurs énormes queues et les happaient en claquant des mâchoires.

Le silence se fit peu à peu chez les matelots. Ils s'étaient d'abord amusés à la pêche des sternes, mais la pêche tournait au carnage. Les requins, après avoir déchiré les bonites, s'entre-dévoraient, et l'eau se teintait de leur sang.

— Bon Dieu! dit le vieux Johnson, j'aime pas voir ça. C'est pas une vie d'être un poisson.

— C'est la loi, dit Mac Leod, ses coudes maigres appuyés sur la rambarde, les petits s'font bouffer par les gros. Y a pas d'quoi chialer. C'est la loi. Y a qu'à être le plus fort, c'est tout.

Mason surgit sur le pont, un peu rouge, sa longue-vue à la main.

— Aperçoit-on la terre, monsieur Purcell? s'écria-t-il d'une voix tremblante.

— Pas encore, Capitaine.

Il y eut un silence. Mason paraissait déçu comme un enfant.

— Ces oiseaux sont dégoûtants, dit-il avec mauvaise humeur en regardant le pont couvert de leurs fientes.

— Il paraît que leurs œufs sont comestibles, dit Purcell.

Sans demander à Purcell de le suivre, Mason se dirigea vers la proue. Au même instant, le banc de sardines quitta le flanc du navire et les sternes se lancèrent à sa poursuite, s'éloignant du *Blossom*. Purcell donna l'ordre aux matelots de laver le pont. Il dut répéter l'ordre deux fois avant d'être obéi.

Quand ce fut fait, il gagna l'avant. Mason avait l'œil collé à la longue-vue. Il ne bougeait pas d'une ligne, le visage rouge, les muscles du cou contractés. Au bout d'un moment, il abaissa l'instrument, se redressa, ferma et ouvrit plusieurs fois l'œil droit. Puis il se mit à masser sa paupière du bout des doigts.

— J'ai trop regardé. Mon œil se brouille. Voulez-vous voir, monsieur Purcell?

Purcell colla l'œil à son tour à la longue-vue et fit varier la longueur pour l'adapter à sa vision. Il avait imaginé l'île à l'image de Tahiti : une terre montagneuse, mais séparée de l'océan par un récif protecteur, un lagon paisible, une plaine littorale. La réalité était tout autre. L'île se dressait comme une falaise noire, crénelée, dominant la mer de plus de mille pieds, et battue à sa base par les énormes volutes blanches du ressac.

Purcell tendit la longue-vue à Mason et dit sans le regarder :

— C'est un rocher et fort peu hospitalier.

— Il faut qu'il soit peu hospitalier, dit Mason avec une bonne humeur que Purcell ne lui avait encore jamais vue.

Il braqua de nouveau la longue-vue dans la direction de l'île et reprit avec animation :

— Oui, monsieur Purcell, c'est étrange à dire, mais je serais très déçu si cette île n'était pas, comme l'assure Jackson, quasi inaccessible.

— Encore faut-il débarquer nous-mêmes, dit Purcell.

Mason se redressa, laissa tomber la longue-vue au bout de son bras, et sans raison apparente, se mit à rire. Purcell nota que c'était la première fois qu'il le voyait rire depuis la mort de Jimmy.

— Nous débarquerons, monsieur Purcell! dit-il avec gaieté. Nous débarquerons, même s'il nous faut employer des cordes pour escalader la falaise!...

Il ajouta :

— Et j'espère bien qu'elle sera partout aussi abrupte! Nous ne pouvons pas nous payer le luxe de recevoir des visites! reprit-il avec une exubérance insolite. Elles nous seraient fatales!... Que diable! Un homme n'a jamais qu'un cou pour porter sa tête! Monsieur Purcell, nous ne pouvions pas rêver mieux! C'est un vrai château fort naturel! Personne n'y viendra mettre le nez dans nos petites affaires, je vous le garantis! Non, non! Pas de curieux! Nous serons chez nous! Cette île est une petite merveille! Si nous y trouvons assez de sol pour faire pousser nos ignames et assez d'eau pour ne jamais souffrir de soif, nous pourrons y braver la terre entière!...

Il se retourna, s'appuya des reins contre la rambarde, les deux bras écartés du corps, les mains sur la filière et regarda les sternes qui continuaient leur pêche à une encablure du navire.

— N'est-ce pas étonnant, dit Purcell, de les voir plonger tous ensemble? On dirait une pluie d'oiseaux.

— C'est une bonne chose de les avoir là, dit

Mason d'un air satisfait. Nous ne manquerons pas d'œufs pour le breakfast.

Un peu après deux heures de l'après-midi, le *Blossom* atteignit une baie assez largement ouverte au noroît. Mason décida cependant d'y mouiller, tant il avait hâte de toucher terre. Il fit descendre une baleinière pour faire le tour de son domaine, et à la grande surprise de Purcell, il en prit lui-même le commandement. Il ne voulait laisser à personne le soin de reconnaître en détail les défenses de sa forteresse.

Il revint trois heures plus tard, les matelots et lui-mêmes enchantés de ce qu'ils avaient vu. La côte ouest et sud de l'île n'était que falaises abruptes, pointes déchiquetées, gigantesques entassements de rocs. A l'est, cependant, ils avaient reconnu une petite anse terminée par une plage de sable fin. Mais cette plage était défendue par une ceinture d'écueils, et du côté de la terre, par une falaise en surplomb. La conclusion ne faisait pas de doute. Encore qu'il fût des plus médiocres, le seul mouillage possible était celui du *Blossom*. Et le seul point de débarquement était, à coup sûr, la plage qui s'étendait à deux encablures du navire, si du moins une baleinière réussissait à l'atteindre sans se faire rouler par le ressac.

Peu après le retour de Mason, on fut obligé d'affourcher le *Blossom* sur deux ancres tellement il chassait, poussé vers la terre par le noroît. Purcell rejoignit Mason sur la dunette et écouta un bon moment en silence le terrible ressac qui défendait l'abord de la plage. Son grondement sourd qui paraissait remplir tout l'horizon, s'arrêtait net quand la vague de retour se faisait capeler par la vague arrivante. Les deux vagues soulevaient alors une volute monstrueuse qui retombait sur le sable comme un coup de tonnerre.

Par moments, dans les énormes rochers qui, à main droite, fermaient la plage, une grotte devait s'emplir et se vider complètement sous l'effet d'une lame plus longue, car on entendait la détonation sèche de l'air qui se décomprimait et le long bruit de siphon que faisait l'eau en évacuant la caverne. Ce claquement, et le glouglou qui le suivait produisaient sur Purcell une impression plus sinistre que le roulement du ressac.

— Je me demande, reprit Mason au bout d'un moment, si elle est habitée.

— Si elle l'est, dit Purcell, il y a des chances pour que les indigènes soient hostiles.

— Oui, dit Mason d'un air soucieux, c'est ce que je pense aussi. Sans cela, il y aurait beau temps qu'ils nous auraient entourés de leurs pirogues.

Purcell regarda les feuillages touffus qui couronnaient la falaise et dit :

— Il y a peut-être des dizaines d'yeux en train de nous épier sous ces feuilles.

— Oui, dit Mason. Ce serait ennuyeux de commencer notre installation par une petite guerre.

Purcell le fixa, stupéfait. Mason envisageait donc l'éventualité d'occuper l'île contre le gré de ses habitants et au prix d'un combat!

— Ce serait inhumain, Capitaine! s'écria-t-il avec force. Nous ne pouvons pas tuer ces pauvres gens pour leur prendre leur île!

Mason le dévisagea une pleine seconde. Puis il rougit jusqu'à la nuque, ses yeux cillèrent plusieurs fois, il pencha son front en avant, et Purcell crut qu'il allait exploser. Mais à sa grande surprise il se contint et de nouveau laissa peser un silence. Quand il reprit la parole, ce fut le plus tranquillement du monde et comme si Purcell n'avait pas soulevé la moindre objection.

— Monsieur Purcell, vous allez prendre le commandement de la baleinière et vous allez tenter de débarquer.

— Oui, Capitaine.

— Prenez six hommes avec vous, autant de fusils et des cordes. Si vous réussissez à franchir le ressac, vous tirerez votre embarcation au sec et vous escaladerez la falaise. Votre tâche est de reconnaître si l'île est habitée. Si vous êtes attaqué, regagnez votre base de départ et réembarquez. Une deuxième baleinière se tiendra à une encablure de la plage pour vous couvrir d'un feu de mousqueterie au cas où vous seriez poursuivi. Si vous n'êtes pas attaqué, voyez de l'île tout ce que vous pouvez en voir d'ici ce soir et revenez me faire un rapport.

— Oui, Capitaine.

Purcell marqua un temps d'arrêt et dit :

— Si vous permettez, Capitaine?

Mason le dévisagea d'un air froid :

— Oui, monsieur Purcell?

Purcell le regarda dans les yeux. Cette fois, il était bien résolu à ne pas laisser Mason noyer ses objections dans un de ses silences.

— Je prie Dieu que l'île soit inhabitée, dit-il avec fermeté. Mais si elle ne l'est pas, vous ne devez pas compter sur moi pour tirer sur les indigènes, même si je suis attaqué.

Mason rougit violemment, ses yeux se mirent à ciller, il baissa la tête, et s'écria avec une extraordinaire violence :

— Que Dieu damne votre conscience, monsieur Purcell!

— Capitaine!

Mason le regarda, les yeux flamboyants :

— Je dis : que Dieu damne votre conscience, monsieur Purcell!

Purcell prit un temps et dit avec gravité :

— Je pense que vous ne devriez pas parler ainsi.

Il y eut un silence. Mason faisait un si violent effort pour reprendre son sang-froid que ses mains tremblaient. Il s'aperçut que Purcell les regardait et les mit derrière son dos.

— Je m'excuse, monsieur Purcell, dit-il enfin en détournant légèrement la tête.

— Ce n'est rien, Capitaine. Il arrive à tout le monde de sortir de ses gonds.

Cet échange courtois amena une détente, mais la détente resta superficielle.

— De toute façon, il est inutile de nous quereller, puisque nous ne savons pas encore si l'île est habitée.

Purcell sentit l'irritation le gagner. Toute l'attitude de Mason n'était que fuite et refus. Ou il se taisait, ou il se réfugiait dans la colère, ou il remettait à plus tard la décision.

— Excusez-moi, dit Purcell d'une voix ferme, c'est au moment où nous allons débarquer qu'il faut arrêter notre attitude à l'égard des indigènes. En ce qui me concerne, je tiens à répéter que même si je suis attaqué, je ne tirerai pas sur eux.

Il y eut un silence et Mason dit :

— Dans ce cas, vous allez courir un très gros risque, monsieur Purcell, et je ne me sens pas fondé à vous demander de le courir. Je commanderai moi-même la baleinière de débarquement. Vous resterez à bord.

Purcell comprit ce que cela voulait dire : à la

première sagaie, Mason ferait feu de tous ses fusils.

— Je pense, dit-il la gorge serrée, qu'il vaut mieux que vous me laissiez commander la baleinière.

Mason se redressa.

— Monsieur Purcell, je vous reconnais le droit de ne pas vous défendre si on vous attaque, mais non celui de me dire ce que j'ai à faire.

Après cela, il n'y avait plus rien à dire. Purcell pivota sur ses talons. Il était ivre d'indignation et trop peu sûr de son sang-froid pour ajouter un seul mot.

Il gagna sa cabine et se jeta sur sa couchette, la tête en feu. Il n'arrivait pas à maîtriser le tremblement de ses jambes. Il ferma les paupières et, respirant profondément, essaya de reprendre son souffle. Le *Blossom* se soulevait avec une sorte de douceur quand la houle de noroît passait sous lui et par le hublot carré le soleil d'un bel après-midi doré entrait à flots. « Et pourtant, pensa Purcell, des hommes vont se massacrer. »

Au bout d'un moment, il sentit une main fraîche sur son front et ouvrit les yeux, Ivoa était assise sur le bord de la couchette et le regardait en silence.

— Adamo, dit-elle de sa voix basse et musicale, tu es malade?

— Non, Ivoa. Je suis en colère, c'est tout.

Elle sourit, l'éclair des dents blanches apparut, et ses magnifiques yeux bleus illuminèrent son visage. Elle dit avec malice :

— Les *Peritani* se querellent. Les *Peritani* se font des soucis dans leurs têtes. Les *Peritani* ne sont jamais contents.

Purcell se souleva sur son coude et lui sourit.

— Les *Peritani* pensent à l'avenir. C'est pourquoi ils ne sont jamais contents.

Ivoa secoua ses belles épaules.

— Quand le malheur vient, il vient. Pourquoi y penser d'avance?

— Les *Peritani* pensent qu'il faut lutter contre lui.

Ivoa leva sa main brune et posa ses doigts légers sur la bouche de Purcell.

— Les *Peritani* sont très orgueilleux. Et quelquefois ils sont fous. Le chef de la grande pirogue est tout à fait fou.

Purcell se dressa sur son séant et la dévisagea, étonné. Ivoa n'avait pas pu suivre sa conversation avec Mason : ils avaient parlé en anglais.

— Pourquoi dis-tu cela?

Elle rosit, ses cils s'abaissèrent sur ses yeux, et elle cacha sa tête contre l'épaule de Purcell. Elle avait dérogé à la discrétion tahitienne et elle avait honte de ses mauvaises manières.

— Pourquoi dis-tu cela? dit Purcell.

Mais c'était inutile. Elle en avait déjà trop dit. Elle ne parlerait pas davantage.

— Allons sur le pont, dit Purcell, intrigué.

En émergeant de la demi-pénombre de l'escalier, la lumière du jour l'éblouit. Il cligna des yeux. Il régnait sur le pont un silence inusité. Près du mât de misaine, les Tahitiennes et l'équipage étaient rassemblés autour d'un groupe d'où émergeaient les hautes silhouettes de Mehani et de Tetahiti. Purcell se dirigea sur eux, le soleil dans les yeux, cherchant à voir ce que ces hommes faisaient, et à quelle activité ils se livraient pour observer un tel silence. Il atteignit le petit groupe. Les femmes et les matelots s'écartèrent pour le laisser passer. Il s'immobilisa, béant, cloué sur place. Les six Tahitiens étaient rangés sur une ligne. Ils avaient chacun un fusil dans les mains. Mason leur en expliquait le maniement.

— Mehani! s'écria Purcell, les fusils sont *tabou!*

Mehani tourna vers lui un visage étonné.

— Ils sont *tabou* à Tahiti, dit-il avec un large sourire, mais pas sur la grande pirogue.

Il avait l'air surpris qu'une telle évidence pût être méconnue. Le *tabou* n'avait pas une portée générale. Il était attaché au lieu.

— Monsieur Purcell! s'écria Mason qui avait compris le mot *tabou.*

Sa voix était sèche et ses yeux gris-bleu brillaient de colère. Mais il n'acheva pas sa phrase. Mehani s'était tourné vers lui, le regard attentif. L'intervention du second était donc restée sans effet. Mason lui tourna le dos et se concentra sur sa tâche.

Jamais Purcell ne l'avait vu si patient avec « les Noirs ». Il allait de l'un à l'autre, montrant à chacun comment on chargeait, comment on épaulait, comment on tirait. Dix fois, il répétait le même geste, et les Tahitiens le refaisaient après lui, si désireux de bien faire qu'ils suaient à grosses gouttes. Purcell remarqua que leur position de tir était déjà presque correcte.

— Capitaine, dit Purcell en faisant effort pour réprimer le tremblement de sa voix, puissiez-vous ne jamais regretter ce que vous êtes en train de faire!

Mason ne répondit pas. Il se sentait très satisfait des progrès de ses recrues. Sur son ordre, un matelot plaça sur une caisse un petit tonnelet de rhum de la grosseur d'une tête et disposé en équilibre instable de façon que l'impact de la balle pût le jeter bas. A vrai dire, la distance était courte, et la cible, assez grosse : Mason entendait encourager ses élèves.

On chargea les fusils à balle et les Tahitiens commencèrent à tirer. Dans le groupe compact des femmes et des matelots qui se tenaient derrière les Tahitiens, il y eut une petite bousculade pour mieux voir le spectacle. Purcell tomba presque sur Jones qui tendit le bras pour le retenir. Purcell remarqua qu'il avait un fusil à la main. Il jeta un regard autour de lui. Tous les matelots étaient armés.

Il dit à mi-voix :

— D'où viennent tous ces fusils, Jones? Je ne pensais pas que nous en avions plus de cinq ou six à bord.

— On en a trouvé un tas dans la cabine de Burt, Lieutenant. Des fusils tout neufs. On a supposé qu'il voulait les troquer contre des perles.

Les détonations se succédaient, coupées d'assez longs intervalles. Mason se tenait à côté du tireur et avant de lui permettre de faire feu, il rectifiait avec patience sa position, corrigeait la façon dont il épaulait son fusil, modifiait la prise de la main gauche sur l'arme.

Purcell dit à mi-voix :

— Etes-vous au courant des projets du capitaine, Jones?

— Oui, Lieutenant. Avant de distribuer les fusils il nous a fait un petit discours.

Il ajouta à voix basse :

— Je n'aime pas ça. Pourquoi irait-on ennuyer ces gens-là s'ils ne veulent pas de nous?

Purcell le regarda. Il avait des yeux de porcelaine qui rappelaient ceux de Jimmy.

Purcell dit sur le même ton :

— Que pensent vos camarades?

— A part Baker et peut-être Johnson, ils sont pour.

Il rougit, se balança sur une jambe, hésita et dit à mi-voix d'un air gêné :

— Ils pensent que ce sera facile.

— Vous voulez dire qu'ils sont pour, parce qu'ils pensent que ce sera facile?

— Oui, Lieutenant.

Il ajouta :

— Ils pensent qu'avec nos fusils nous allons tous les descendre.

— Et vous, qu'en pensez-vous?

Il baissa les yeux et dit en secouant la tête :

— Même si c'est facile, je n'aime pas ça.

Il y eut une brusque clameur. Un Tahitien venait d'abattre le tonnelet. C'était Mehoro. Salué par les cris de ses compagnons, il gonfla sa large poitrine et brandit son fusil d'un air de triomphe. Purcell fut frappé par l'attitude des Tahitiens. Ils paraissaient avoir perdu leur douceur, leur gentillesse. Ils parlaient haut, gesticulaient, se lançaient des défis truculents, se bousculaient autour de Mason pour tirer avant leur tour, et c'est à peine maintenant s'ils écoutaient ses conseils.

Les femmes restaient silencieuses. Dominant leur groupe des épaules et de la tête, Omaata, immobile, regardait le tir de ses larges yeux sombres. Pas un muscle de son visage ne bougeait.

Les détonations se succédaient à une cadence plus rapide, et chaque fois que le tonnelet tombait, les Tahitiens, enivrés, luisants de sueur, poussaient des cris de victoire en brandissant leurs armes. Une odeur âcre de poudre flottait dans l'air, et l'excitation était telle que Mason n'arrivait même plus à maintenir un semblant de discipline dans le tir. Il avait eu l'imprudence de distribuer une douzaine de balles à chaque Tahitien, et ils tiraillaient maintenant tous à la fois sans tenir compte des ordres qu'il criait. Mason paraissait mal à l'aise. Il regarda une ou deux fois dans la direction de Purcell, mais sans se décider à l'appeler à son aide. Le tir continuait dans l'anarchie la plus complète. Les Tahitiens hurlaient et trépignaient comme des fous, et il y avait dans l'air une frénésie si dangereuse et si malsaine que Purcell pouvait voir l'inquiétude sur les visages des matelots. Leur groupe, en contraste avec celui des Tahitiens, était immobile et muet, et les visages sombres des femmes étaient gris d'anxiété.

Il y eut tout d'un coup une tension subite. Kori, d'un revers de bras, écarta brutalement Mason qui essayait de l'empêcher de tirer avant son tour. Le tonnelet tomba. Mehoro en revendiqua la gloire en brandissant son fusil. Mais Kori avait tiré en même temps que lui. Avant lui, prétendait-il. Mehoro fronça les sourcils, et comme Kori s'avançait vers lui, menaçant, le mit en joue. Les femmes hurlèrent, Mehoro abaissa son arme qui n'était d'ailleurs pas chargée, mais Kori, écumant de rage, arracha son fusil à Timi et, à bout portant, fit feu. Mehani releva le canon, juste à temps, et la balle alla trouer un hunier de misaine.

Après cela, il y eut sur le pont un grand silence. Omaata sortit des rangs des femmes et avec une rapidité qu'on n'eût pas attendue de sa masse, elle fondit sur les Tahitiens et se campa devant eux, ses yeux sombres jetant des éclairs.

— C'est assez! dit-elle de sa voix profonde. Vous ne tirerez plus! C'est moi, Omaata, qui vous le dis!

Ils la regardèrent, stupéfaits qu'une femme s'adressât à eux sur ce ton.

— Vous devriez avoir honte! reprit-elle avec passion. Moi, femme, j'ai honte de vos mauvaises manières! Vous avez hurlé! Vous n'avez pas écouté votre hôte! Vous l'avez bousculé! Oh! J'ai honte! J'ai honte! Cela me fait chaud à la figure de vous voir vous conduire aussi mal. Les fusils vous ont rendus fous!...

Les Tahitiens, un à un, posèrent la crosse de leurs armes à terre. Ils baissèrent la tête, gris de colère et de honte, furieux qu'une femme leur fît la leçon, mais n'osant cependant pas répliquer, tant ce qu'elle disait était juste.

— Oui, reprit Omaata, moi, femme, je vous fais honte! Vous vous êtes conduits avec moins de bon sens que les fils de la truie! Quelle utilité y avait-il à tirer sur un petit tonneau vide? Et pourtant, à cause de cela, Kori a failli tuer Mehoro!

Kori, qui était large, trapu, avec des bras comme un gorille, désigna Mehoro de la main et dit comme un enfant :

— C'est lui qui a commencé!

— Tais-toi! dit Omaata.

Elle s'avança, le prit par la main et l'amena jusqu'à Mehoro. Celui-ci eut un geste de recul, mais Omaata, le saisissant par le poignet, lui mit de force la main dans celle de Kori.

Les deux Tahitiens se regardèrent un moment, puis Kori, passant sa main droite derrière la nuque de Mehoro, l'attira contre lui et se mit à frotter sa joue contre la sienne. L'horreur de ce qu'il avait failli faire se présenta à lui dans toute sa force. Ses grosses lèvres s'écartèrent l'une de l'autre, formant presque un carré comme celles d'un masque tragique, les larmes ruisselèrent sur son visage, et de gros sanglots rauques, arrachés avec violence de sa gorge, secouaient ses flancs athlétiques. Il avait failli tuer Mehoro! Il était inconsolable! La main derrière la nuque de sa victime, il essayait en vain de parler, ses yeux noirs fixés sur le visage de Mehoro avec une expression de désespoir.

Alors les Tahitiens l'entourèrent. Ils lui donnèrent des petites claques dans le dos, ils lui pincèrent le gras du bras, et avec des voix plus douces que celles des femmes, ils se mirent à le consoler. Pauvre Kori, il s'était mis en colère! Oh oui, il s'était mis en collère! Mais rien de mauvais n'en était résulté! Pauvre Kori! Tout le monde savait comme il était doux, gentil, serviable! Tout le monde l'aimait! Tout le mond l'aimait!...

— Monsieur Purcell, dit Mason, coupant court à ces effusions, dites aux Noirs de rendre les balles.

Purcell traduisit, et aussitôt, Mehani passa de l'un à l'autre, recueillit les balles, et les remit à Mason. En même temps, il fit tout un discours plein d'élégance et de dignité. Ses gestes, avec moins de rondeur, rappelaient ceux d'Otou.

— Monsieur Purcell? dit Mason.

— Il vous présente ses excuses pour les mauvaises manières des Tahitiens et vous assure qu'à l'avenir, ils vous traiteront avec le respect dû à un père.

— C'est bien, dit Mason, je suis heureux que nous les ayons de nouveau bien en main.

Il se tourna pour s'en aller.

— Remerciez-le, dit-il par-dessus son épaule.

— Est-il fâché? dit Mehani, les sourcils froncés. Pourquoi s'en va-t-il sans répondre?

Selon l'étiquette tahitienne, Mason aurait dû répliquer à son discours par un discours d'une longueur égale.

— C'est moi qui dois répondre, dit Purcell.

Et il improvisa une harangue où le reproche était si voilé qu'il pouvait presque passer pour un compliment. Mais les Tahitiens ne s'y trompèrent pas. Tout le temps que Purcell parla, ils gardèrent les yeux baissés.

Purcell n'eut pas le temps d'aller jusqu'au bout de son improvisation : Mason l'appela. Il se tenait sur la dunette, les yeux fixés sur le ressac.

— Que leur racontez-vous donc? dit-il avec méfiance.

— Je leur dis merci d'avoir fait leur soumission.

— C'est si long « merci » en tahitien?

— Avec les fleurs et les épines, oui.

— Pourquoi tous ces bavardages? dit Mason en penchant en avant son front carré.

— C'est la coutume. Ne pas faire de discours après les excuses de Mehani, c'était rompre avec eux.

— Je vois, dit Mason, mais il n'avait pas l'air convaincu.

Il reprit :

— J'ai modifié mes plans, monsieur Purcell.

Purcell le regarda et resta silencieux.

— Je ferai débarquer non pas une, mais deux baleinières, et une troisième patrouillera en couverture. Les Noirs me donnent six fusils de plus, expliqua-t-il, aussi satisfait qu'un général qui verrait une division s'ajouter à ses troupes. Les Blancs, poursuivit-il, sont au nombre de neuf — de huit, *sans vous compter,* monsieur Purcell — ce qui me fait, en tout, quatorze fusils. Je peux donc armer les trois baleinières, les deux baleinières de débarquement recevant chacune cinq fusils et la baleinière de couverture, quatre. Les Noirs seront répartis à raison de deux Noirs par baleinière, de façon qu'ils soient bien encadrés par les Blancs.

Il ajouta d'une voix neutre, et sans regarder Purcell :

— Vous resterez à bord — avec les femmes.

Le beau visage blond et sévère de Purcell ne bougea pas d'une ligne, et ses yeux attentifs restèrent fixés sur Mason.

— De toute façon, dit Mason en détournant la tête, le mouillage n'est pas sûr, et il faut quelqu'un à bord qui soit capable de commander une manœuvre.

Il avait presque l'air de s'excuser, il le comprit, il en fut mécontent et reprit d'un ton très sec :

— Vous ferez descendre les baleinières, monsieur Purcell.

Mason s'éloigna, descendit dans sa cabine et but coup sur coup deux verres de rhum. Ce damné raisonneur! Comme si faire la guerre aux Noirs était un plaisir! Si l'île était habitée, on n'allait quand même pas reprendre la mer, sans vivres, pour Dieu sait où, avec un équipage qui montrait les dents, et des Noirs qui se coucheraient au premier grain...

Quand Purcell vit à flot les trois embarcations chargées d'hommes et de fusils, il éprouva un bizarre sentiment d'irréalité. Les matelots et les Tahitiens éprouvèrent peut-être le même sentiment, car les conversations s'arrêtèrent, et le silence tomba. Le soleil était déjà assez bas, et Mason avait fait dire de ne pas emporter de provisions. L'expédition dînerait dans l'île des fruits qu'elle y trouverait.

Les trois baleinières étaient groupées en cercle à tribord du *Blossom*, l'une amarrée à l'échelle de la coupée, attendant Mason. Il descendit lourdement, prit place à l'arrière de l'embarcation, et sa longue-vue collée à l'œil, un genou sur le blanc du barreur, il se mit à étudier la plage.

Les hommes regardaient d'en bas le trois-mâts, et les femmes qui se penchaient, silencieuses, au-dessus de la rambarde. A la droite de Purcell, le dépassant de la tête et des épaules se dressait Omaata, sombre et attentive, plus immobile qu'une statue.

— Monsieur Purcell! cria d'en bas la voix perçante de Smudge, ne vous ennuyez pas trop avec les femmes!

L'intention insolente était si manifeste qu'il y eut chez les matelots un moment d'hésitation. Puis Mason se retourna, sourit, et les rires éclatèrent. Purcell resta impassible. Il était attristé que Mason eût encouragé à son endroit les moqueries des hommes.

Omaata pencha vers lui sa tête massive et le regarda de ses larges yeux noirs.

— Qu'a-t-il dit, Adamo?

— Il m'a recommandé de ne pas trop m'ennuyer avec les femmes.

Connaissant le goût des Tahitiennes pour ce genre de plaisanteries, Purcell s'attendait à des rires. Mais les femmes restèrent silencieuses, les yeux fixés sur les baleinières, l'air froid et réprobateur.

— Adamo!

— Omaata!

— Dis-lui que s'il y a un combat, il sera tué.

Purcell secoua la tête.

— Je ne peux pas lui dire cela.

Omaata se dressa de toute sa taille, gonfla sa poitrine nue et empoigna la rambarde de ses énormes mains.

— C'est moi qui le lui dis! dit-elle de sa voix profonde et en frappant le haut de son sein du plat de la main droite. Moi, Omaata! Dis-lui de ma part! ajouta-t-elle en pointant l'index vers Smudge et en inclinant sur l'eau son torse colossal, dis à ce petit rat qu'il sera tué! Dis-lui, Adamo!

Elle se penchait du haut du *Blossom*, la main toujours tendue, les yeux étincelants, ses larges narines dilatées par la colère. Les hommes des baleinières la regardaient, le visage levé vers elle, intrigués par ses rugissements et l'index qu'elle pointait vers Smudge comme une épée.

— Dis-lui, Adamo!

Purcell regarda Smudge et dit d'un ton neutre :

— Omaata me demande avec insistance de vous dire que s'il y a combat, vous serez tué!

Il y eut un silence plein de gêne. Apparemment, personne n'avait pensé que l'expédition pût se terminer par un mort du côté anglais.

Jones, qui s'était embarqué avec Mason dans la baleinière N° 1, cria tout d'un coup avec entrain :

— Smudge tué! Impossible! Il a choisi la baleinière de secours!

C'était vrai. Les matelots regardèrent Smudge et se mirent à rire à gorge déployée. Purcell ne se permit pas un sourire.

Mason donna le signal du départ. Sa baleinière devait tenter de franchir la première le ressac. Si elle réussissait, on la tirerait au sec et la baleinière N° 2 suivrait le même chemin. La baleinière de secours se contenterait de croiser à une encablure de la plage et ne tenterait de débarquer que si l'ennemi essayait un coup de main sur les embarcations pour couper la retraite des assaillants.

Purcell suivit toute l'opération, l'œil collé à la longue-vue de Burt. Le ressac fut franchi sans encombre, et à aucun moment, les matelots n'employèrent les cordes et les grappins pour gravir les rochers.

Au bout d'une vingtaine de minutes, la petite troupe disparut dans les feuillages qui couronnaient la falaise, et Purcell se sentit rassuré. Si l'attaque avait dû se produire, c'est au moment où les hommes escaladaient les rochers qu'elle se serait déclenchée. Il eût été facile alors aux défenseurs de les lapider d'en haut, cachés dans les buissons.

Après cela, Purcell attendit un très long moment, son inquiétude diminuant à chaque minute.

Un peu avant midi, il y eut un coup de feu isolé, et dix minutes plus tard, un autre, et ce fut tout. Les matelots devaient chasser.

La glorieuse armada revint à la tombée de la nuit sans avoir combattu. Il faisait encore chaud et les hommes paraissaient fatigués. Mason remonta le premier à bord.

— Vous pouvez être rassuré, monsieur Purcell, dit-il d'une voix forte. L'île est inhabitée : il n'y aura pas de combat.

Purcell le regarda. Il était impossible de deviner à son air s'il le regrettait, ou s'il en était soulagé.

CHAPITRE IV

Le lendemain, à sept heures du matin, Mason profita de l'étale de la pleine mer pour tenter d'échouer le *Blossom* sur la plage. Le navire serait ainsi davantage à la portée de l'équipage pour être déménagé de tous les objets utiles qu'il contenait et qui seraient, dans l'île, d'un grand prix. L'échouage n'était pas une opération très facile et on pouvait craindre que le *Blossom*, beaucoup moins maniable qu'une baleinière, ne se mît en travers sur la lame. Tout se passa bien, pourtant. Et comme un bonheur ne vient jamais seul, on eut celui d'être au dernier jour d'une marée de vive eau : on pouvait donc espérer que, dans les jours qui suivraient, le *Blossom* resterait à sec, même à marée haute, sa poupe hors de portée des coups de bélier du ressac.

L'entreprise fut servie par un autre hasard : un rocher de forme arrondie, long de quarante pieds environ et haut de dix pieds, se dressait à l'endroit où le navire échoua. On faillit d'ailleurs l'aborder en arrivant, et le bordé tribord l'élongea à trois pieds à peine, avant que la quille talonnât sur le sable. Mason vit aussitôt le parti qu'il pourrait tirer de ce rocher. Il donna l'ordre de s'y amarrer par des grappins, de sorte que, le flot se retirant, le flanc de la coque vint prendre appui sur lui, ce qui donna au pont une gîte très modérée. A marée basse, on consolida si bien ce dispositif par des étais, placés de part et d'autre, que le navire donnait l'impression réconfortante d'être en cale sèche.

Il y avait eu dans cet échouage de l'habileté et du bonheur. On se sentit le vent en poupe, et l'équipage travailla à fixer les étais de huit heures du matin à huit heures du soir avec un zèle inhabituel. Il fut secondé de façon très efficace par les Tahitiens; et les matelots, qui les tenaient en piètre estime depuis l'épisode de la tempête, les considérèrent à la fin de la journée d'un œil plus amical.

Le lendemain, les premiers levés s'avisèrent que la proue du navire se trouvait sous une pointe en surplomb. Cela donna à Mac Leod l'idée d'y installer un treuil qui permettrait d'élever sans fatigue jusqu'à la falaise les objets qu'on déménagerait du *Blossom*. Sans consulter personne, il mobilisa une partie de l'équipage et s'empara à bord des matériaux nécessaires pour mettre son projet à exécution. Quand, à huit heures, Mason apparut sur le pont, Purcell sur ses talons, il aperçut avec stupéfaction, au-dessus de lui, l'entreprise à laquelle les hommes s'étaient attelés. Mac Leod dirigeait les opérations, travaillait plus que personne, et, son visage blafard animé par le feu de la création, il invectivait à chaque minute l'incompétence de sa main-d'œuvre. Mason rougit de fureur. Tout s'était fait à son insu. Son autorité était ouvertement méconnue.

— Monsieur Purcell, s'écria-t-il d'une voix tremblante, avez-vous donné l'ordre...

— Certainement pas, Capitaine...

Mason s'avança à grands pas vers la proue, suivi avec peine par Purcell. Puis il leva la tête vers Mac

Leod qui travaillait à une dizaine de mètres au-dessus de lui et dit d'un ton sec :

— Que faites-vous, Mac Leod?

— Un treuil, dit Mac Leod sans s'interrompre.

— Qui vous en a donné l'ordre?

Mac Leod, qui était courbé sur son ouvrage, redressa avec nonchalance son long corps osseux, jeta un coup d'œil à ses compagnons, secoua ses épaules et inclinant son visage en lame de couteau, il dit d'une voix lente et râpeuse :

— Capitaine, j'ai besoin de vous pour diriger le navire, mais j'ai pas besoin de vous pour construire un treuil. C'est mon métier.

Purcell plissa les yeux et son regard alla de Mason à Mac Leod. Insolent, Mac Leod, mais il répondait à côté, et n'entrait pas en lutte ouverte.

— Il ne s'agit pas de votre métier, dit Mason d'une voix sèche. Je ne vous ai pas donné l'ordre de construire un treuil.

— Eh ben, dit Mac Leod en jetant de nouveau un coup d'œil à ses compagnons, et en prenant tout d'un coup un air balourd, c'est pas une bonne idée, ce treuil?

Il biaisait de nouveau. Mason cilla plusieurs fois, et les veines de son cou se gonflèrent. Mais il réussit à se contenir.

— Encore une fois, dit-il d'une voix assez calme, il ne s'agit pas de cela. Mac Leod, je voudrais que vous compreniez qu'il faut de l'ordre et que c'est moi qui commande à bord.

— Bien, Capitaine, dit Mac Leod.

Et il ajouta à mi-voix, mais de façon à être entendu de Mason :

— J'suis pas à bord, ici. J'suis à terre.

Il y eut des sourires chez les matelots qui l'entouraient. C'était bien envoyé. Et c'était bien ce qu'ils sentaient tous, même ceux qui aimaient bien le vieux. A bord, on obéissait. Mais à terre, on n'était plus des matelots.

— Faut-il défaire c'que j'ai fait? reprit Mac Leod avec une feinte soumission. En même temps, il jetait un coup d'œil circulaire à ses compagnons comme pour les prendre d'avance à témoin de la stupidité du pouvoir.

Mason sentit le piège. Il hésita. S'il disait « Défaites le treuil », il se mettait à dos l'équipage, car le déménagement devrait se faire, à dos d'homme, du *Blossom* jusqu'au sommet de la falaise. Mais s'il disait « C'est bon. Continuez », il avait l'air d'abdiquer.

— Monsieur Purcell ira vérifier ce que vous faites, dit-il enfin, et vous donnera mes instructions.

Il avait biaisé, lui aussi. Mais cela ne fit pas baisser son prestige auprès des matelots. Bien au contraire. Le vieux avait bien louvoyé. Il n'avait pas pris position et il avait repassé la barre au lieutenant.

— Bien, Capitaine, dit Mac Leod avec nonchalance, en portant un seul doigt à son front.

Il pencha son long nez coupant sur le treuil et dit à mi-voix :

— Purcell, il s'y connaît dans la charpente à peu près comme moi dans la Bible.

Smudge ricana. Là-dessus, Mason et Purcell tournèrent le dos. Les matelots échangèrent des coups d'œil heureux et regardèrent les deux officiers s'éloigner sur le pont du *Blossom*. Vus de la pointe de la falaise, ils paraissaient petits, insignifiants.

— Faut pas qu'l'vieux s'imagine qu'il va être le roi de l'île, dit Mac Leod.

— Et Purcell non plus, dit Smudge d'une voix grinçante. Sa Bible, je m'la mets où j'pense. Et lui aussi.

Il y eut un silence. Depuis Tahiti, Smudge avait pris Purcell en grippe sans que personne sût pourquoi.

— Il t'a rien fait, dit le petit Jones en fixant ses yeux clairs sur Smudge. Pourquoi qu't'es toujours après lui?

Smudge pointa son gros nez en avant, pinça les lèvres et se tut. Johnson toussa et dit de sa voix fêlée :

— Je m'fous de la Bible. Mais j'me rappellerai toujours comment Purcell, il a demandé à Burt de réciter les prières sur l'corps du jeunot. Tout blond et tout rose, il était devant Burt. Il avait l'air d'une demoiselle. Mais bon Dieu, c'était pas une demoiselle! Fallait même qu'il en ait un sacré paquet entre les jambes pour prendre Burt par le travers.

— Y a pas pire lèche-cul que ce vieux jeton, dit Mac Leod en crachant à terre avec mépris. Donnez-lui un officier. Il s'met à genoux devant.

Le vieux Johnson ouvrit la bouche pour répliquer, mais Mac Leod lui lança un regard si noir qu'il préféra se taire. Depuis qu'on l'avait vu enfoncer sa lame de sang-froid dans la poitrine de Simon, l'équipage avait peur de Mac Leod, et Mac Leod jouait de cette peur.

Sans prendre garde à la présence de Purcell, Mason, le visage sombre, arpentait la dunette. Les matelots à terre; son autorité s'effritant tous les jours; le *Blossom* sur le sable, bientôt démonté, démantelé, détruit pour construire les cabanes. Trente-cinq ans de mer finissaient aujourd'hui.

— Capitaine, dit Purcell, puisque vous m'envoyez

à terre, j'en profiterai, si vous permettez, pour visiter l'île.

— Dans ce cas, dit Mason, prenez avec vous deux ou trois hommes, et armez-les. Je ne peux me défendre de la crainte que l'île soit habitée et que les habitants se cachent.

Purcell le regarda, et Mason poursuivit d'une voix calme et unie comme s'il voulait prouver au lieutenant que l'incident avec Mac Leod l'avait laissé insensible :

— A vrai dire, c'est assez improbable. Nous n'avons pas trouvé trace de feu, de sentiers ou de cultures. Mais vous verrez : l'île est ceinturée d'un collier de brousse. Cette brousse est quasi impénétrable. Elle procurerait des cachettes idéales pour la guérilla. Imaginez de petits palmiers. Des milliers de petits palmiers, serrés les uns contre les autres. Par places, il faut écarter les troncs pour pouvoir passer. A d'autres endroits, des fougères géantes comme à Tahiti. Avec des troncs comme ma...

Il allait dire « comme ma cuisse », mais il se retint. Le mot « cuisse » lui paraissait indécent.

— ... Des troncs énormes, monsieur Purcell! Des feuilles immenses! Plus grandes qu'à Tahiti! Vous faites trois pas : vous disparaissez...

— Cependant, dit Purcell, si vous n'avez pas trouvé trace de feu...

— Je n'ai pas visité la montagne qui occupe le sud de l'île. Je me suis contenté d'en faire le tour. C'est peu attirant : un chaos de rocs. On conçoit mal comment des hommes pourraient y vivre. Et pourtant, c'est possible. L'unique torrent de l'île y prend sa source. Il y a donc un point d'eau...

Il s'interrompit, et dit brusquement, d'un ton sec

et officiel, comme s'il se rappelait qu'il parlait à un subordonné :

— Soyez de retour à midi.

— Si tôt? dit Purcell, étonné. Y a-t-il une raison?...

— Je vous attendrai à midi, monsieur Purcell, dit Mason d'un ton sec.

— Bien, Capitaine, dit Purcell en détournant les yeux.

Il se sentait gêné. Pauvre Mason, c'était enfantin. Mac Leod lui était resté sur le cœur, et il éprouvait le besoin d'affirmer, dans un petit détail, son autorité. Comme si c'était moi qui l'ébranlais, pensa Purcell en tournant les talons.

Mason le rappela.

— Prenez ce plan, dit-il d'un ton plus doux. Je l'ai dessiné hier. Il vous sera utile.

Purcell redescendit sur le pont et choisit pour l'accompagner Baker, Hunt et Mehani. Quand elle vit « Jono » se placer aux côtés du lieutenant, Omaata s'avança majestueusement et pria Purcell de la laisser venir. Il accepta. Sur quoi Ivoa, sans ouvrir la bouche, fixa ses beaux yeux bleus sur lui d'un air de prière. Il inclina la tête. Là-dessus deux autres Tahitiennes, Itia et Avapouhi, s'avancèrent à leur tour, et toutes les autres auraient suivi, si Mason n'avait crié du haut de la dunette de ne plus prendre personne, le déchargement du navire exigeant un grand nombre de bras.

Il fallut vingt minutes de la gymnastique la plus violente sous un soleil brûlant pour atteindre le sommet de la falaise et pendant tout le temps que dura l'ascension, les sternes qui nichaient par milliers dans les rochers n'arrêtèrent pas de tournoyer agressivement autour du petit groupe en l'assourdissant de leurs cris. Purcell s'attendait, en arrivant au sommet de la falaise, à traverser les petits palmiers que Mason avait décrits, mais juste au surplomb de la plage, une brèche d'une vingtaine de mètres s'ouvrait dans le collier de brousse, découvrant des arbres magnifiques et un sous-bois aéré.

Purcell ne s'y engagea pas aussitôt. Il fit dans les rochers un détour pour pousser jusqu'à la pointe où Mac Leod avait installé son treuil. Le petit groupe le suivit. A son approche, le silence se fit, et les matelots se serrèrent autour du treuil en construction, comme si cette machine avait été pour eux le symbole de leur liberté. Quant à Mac Leod, il ne releva pas un instant de son ouvrage son visage anguleux, mais Purcell sentit, à la tension de son corps maigre, qu'il n'attendait que le moment de redoubler d'insolence. Il est déplaisant, pensa Purcell, mais je ne lui donne pas tort. Pourquoi les officiers du *Blossom* feraient-ils la loi dans l'île?

Il s'approchait à pas lents du treuil et, à mesure qu'il s'approchait, il sentait un raidissement chez les matelots. A cet instant il était à leurs yeux l'officier en second du *Blossom,* délégué par le capitaine pour décider s'il fallait achever le treuil. Purcell se sentit tout d'un coup furieux contre Mason. Il lui avait donné un rôle impossible. S'il le jouait sérieusement, il serait odieux aux hommes. S'il ne le jouait pas, il leur serait quand même suspect. Le mieux serait sans doute de ne rester qu'une minute et de ne pas ouvrir la bouche. Au même instant, Purcell pensa : au diable la prudence. Il fit un pas en avant. Tant pis. Il les attaquerait de front.

Il n'en eut pas le temps. Mac Leod attaqua le premier. Chose curieuse, il ne s'en prit pas à lui, mais à Baker, contre qui Avapouhi, à ce même instant, s'appuyait. Il le dévisagea d'un air hostile, et sans même jeter un coup d'œil à Avapouhi, il dit d'une voix traînante :

— Y en a qui vont s'promener, pendant qu'y en a qui travaillent.

— Tu m'as rien demandé, dit Baker, en lui rendant regard pour regard, et en posant la main sur l'épaule d'Avapouhi.

L'échange s'arrêta là et Purcell dit d'une voix claire :

— Matelots, vous attendez de moi que je vous dise ce que je pense. Eh bien, je vais vous le dire. Pour le treuil, c'est une bonne idée, et je fais confiance à Mac Leod. Mais ce n'était peut-être pas nécessaire d'être insolent à l'égard de M. Mason. Puisque nous allons vivre tous ensemble dans cette île, autant y vivre en paix.

Mac Leod releva avec lenteur son visage coupant, lança un long jet de salive à ses pieds, et Purcell eut le temps de penser : ça y est, il ne va pas me rater.

— Si vous trouvez que le treuil est une bonne idée, dit Mac Leod de sa voix lente et râpeuse, personne vous empêche de nous donner un coup de main. Après tout, je travaille pour tout le monde ici. Et à mon avis, tout le monde devrait s'y coller.

C'était habile, et il y eut chez les hommes comme un frémissement de plaisir. Mac Leod avait évoqué cette idée agréable : un officier travaillant de ses mains sous les ordres d'un simple matelot...

Et le pire, pensa Purcell, c'est qu'il a raison. Il est odieux, mais il a raison. Il dit d'une voix sèche :

— Comme vous l'avez remarqué vous-même, je

ne m'y connais pas assez en charpente pour vous être utile.

Il ne voulut pas rester sur cette rebuffade, et il ajouta d'un ton plus conciliant :

— Mais si vous avez besoin de moi pour traduire vos instructions aux Tahitiens, je vous aiderai bien volontiers.

C'était une ouverture, mais Mac Leod la méprisa.

— Je n'ai pas besoin d'interprète, dit-il d'un ton si rogue et si insolent que Purcell rougit.

— Dans ce cas, c'est parfait, dit Purcell en parvenant avec peine à maîtriser sa voix.

Et il s'en alla, furieux contre Mac Leod, contre lui-même. Peut-être eût-il mieux valu ne rien dire, après tout.

Il s'enfonça dans le sous-bois, escorté par ses compagnons.

— On t'a fait de la peine, Adamo? dit Omaata en appuyant avec légèreté son énorme main sur son cou.

Même ainsi, la main était lourde. Purcell s'arrêta, retira doucement les doigts d'Omaata, mais les garda dans les siens, ou plutôt autour des siens, car ils disparurent aussitôt, happés, invisibles. En même temps, il releva la tête et vit très haut au-dessus de lui le visage sombre de la géante, ses larges narines, et ses immenses yeux noirs, moirés, luisants, affectueux. Des lacs sous la lune, pensa Purcell, voilà à quoi me font penser ses yeux. Dans son autre main il sentit tout d'un coup la main fraîche d'Ivoa. Il tourna la tête. Elle lui souriait. Il jeta un coup d'œil à ses compagnons. En cercle autour de lui Mehani, Avapouhi et Itia le regardaient. Son cœur se dilata. Il se sentait baigné par leur affection. Comme ils sont bons! pensa-t-il avec gratitude. Comme ils sont fraternels!

— Cela se voit donc tant que ça quand je suis contrarié? dit-il enfin.

— Beaucoup, dit Ivoa. Quand tout va bien, tu as un visage comme un Tahitien. Mais quand quelque chose te chagrine, tu as un visage comme un *Peritani*.

Mehani se mit à rire aux éclats.

— Comment c'est, un visage de Tahitien? dit Purcell en souriant.

— Lisse et joyeux.

— Et un visage de *Peritani?*

— Attends, dit Itia, je vais te montrer.

Elle fronça les sourcils, raidit la nuque, abaissa les commissures des lèvres, et son joli visage puéril prit tout d'un coup un air soucieux et important. Mehani et les Tahitiennes se mirent à rire aux éclats.

Purcell rencontra le regard de Baker et dit en anglais :

— Itia imite l'air soucieux des Britanniques.

Baker sourit.

— J'comprends pas un mot de leur jargon. Va falloir que j'm'y mette.

Avapouhi se pencha vers Purcell.

— Qu'est-ce qu'il dit?

— Qu'il ne comprend pas.

— Je lui apprendrai, dit Avapouhi.

Elle posa la main sur le bras de Baker et dit dans un anglais chantant :

— *I... speak... you.*

— *To you,* dit Purcell.

— *To you,* répéta Avapouhi en faisant chanter les deux syllabes.

Purcell la regarda avec amitié. Elle était jolie, mais ce n'était pas sa beauté qui frappait. Il émanait d'elle une extraordinaire douceur.

Omaata prit le bras de Hunt, il poussa un petit grognement heureux, et elle l'entraîna en tête du groupe. Purcell entendait le roulement de sa voix mais ne comprenait pas ce qu'elle disait. L'ombre et la fraîcheur étaient délicieuses et dès qu'on eut fait quelques pas dans le sous-bois, on cessa d'entendre les sternes. Mais au bout de cinq minutes, le silence, loin d'être apaisant, parut presque anormal à Purcell. Il se rappela les forêts de Tahiti : la marche n'y éveillait rien : aucun frôlement dans l'herbe, aucun bruit de chute ou de fuite, pas un froissement de feuille. Sur ces terres fertiles, sous le climat le plus doux du monde, la faune se réduisait aux cochons sauvages et aux oiseaux.

Ceux-ci étaient si brillants et si petits que Purcell les avait pris d'abord pour des papillons, et si familiers qu'ils se perchaient sur les épaules des intrus.

Si l'île, comme on le croyait, était inhabitée, leur confiance dans la bonté de l'espèce humaine n'était pas étonnante. Purcell ne se lassait pas de les admirer : ils faisaient en voletant des taches de couleur éclatantes. Quelques-uns étaient pourpre et bleu azur; d'autres, écarlate et blanc; et les plus somptueux, noir et or avec des becs rouge sang. Purcell s'avisa d'une particularité curieuse. Ils ne chantaient pas. Ils ne piaillaient même pas. Tout était silencieux dans cette forêt. Les oiseaux mêmes étaient muets.

Mehani et les Tahitiennes poussaient, en avançant, des exclamations de joie. Ils retrouvaient, pas à pas, tous les arbres de Tahiti, et les énuméraient, au fur et à mesure, sur leurs doigts : le cocotier, l'arbre à pain, le manguier, l'avocatier, le pandanus : celui-ci, fort utile, fit remarquer Omaata, car son écorce servait à faire un tissu, et il fallait bien penser que les vêtements qu'on portait ne dureraient pas toujours. Mehani découvrit, dans l'herbe, des ignames, à vrai dire assez petites, des taros, des patates douces et une plante qu'il appela « *ti* », et dont les feuilles, expliqua-t-il, donnent une infusion excellente « contre les maladies ».

Purcell éprouvait une impression bizarre. Il y avait un paradoxe dans cette fertilité de l'île. Elle contenait tout ce qui était nécessaire à l'homme, et l'homme en était absent. Cependant, la présence des ignames fit dire à Mehani que l'île avait été jadis habitée, et comme pour lui donner raison, on découvrit dans une clairière les entassements de pierre d'un *moraï* et trois statues gigantesques, grossièrement taillées dans le basalte noir de la falaise. Les Polynésiens qui avaient vécu autrefois dans l'île avaient dû nourrir, sur l'au-delà, des idées assez rudes, car ces effigies offraient des physionomies terrifiantes. Mehani et les Tahitiennes les regardèrent en silence, impressionnés par l'air de malignité de ces dieux. A Tahiti, la religion elle-même était aimable, et la divinité, bienveillante.

Depuis que le groupe s'était enfoncé dans la forêt, il n'avait cessé de marcher dans la direction du sud sans faire beaucoup de chemin, le sous-bois ne comportant pas de sentier. Le terrain, depuis le sommet de la falaise, offrait une pente douce et régulière si bien que l'île, à cet endroit, présentait l'aspect d'un plateau. Il y avait une demi-heure environ qu'on avait quitté Mac Leod quand la forêt cessa et on se trouva devant un coteau caillouteux et fort abrupt, mais couronné, cependant, de verdure, ce qui laissait penser qu'à son sommet le bois recommençait. On le gravit non sans mal, tant il était raide, pierreux, brûlé par le soleil, et on fut fort heureux d'atteindre l'ombre à nouveau. On découvrit alors un second plateau qui comportait la même végétation que le premier, mais ses arbres étaient plus espacés, son sous-bois moins touffu, sa pente plus forte.

Purcell s'arrêta et tira de sa poitrine le plan de Mason. D'après le dessin, l'île s'allongeait du nord au sud en affectant la forme d'un ovale. Sa longueur, si l'on en croyait les chiffres de Mason, atteignait deux miles. Sa largeur ne dépassait pas trois quarts de mile [1]. Du nord au sud, Mason avait divisé l'île en trois compartiments d'importance presque égale : sur le compartiment le plus au nord, il avait écrit : *Premier plateau.* Sur le compartiment central : *Deuxième plateau.* Et sur le compartiment sud : *Montagne,* et entre parenthèses : *très aride.* Tout le pourtour de l'île était hachuré, et sur ces hachures Mason avait écrit à un endroit : *Petits palmiers,* et à un autre : *Fougères.* Le compartiment *montagne* ne comportait rien d'autre qu'un trait sinueux qui aboutissait sur la côte sud.

Purcell se tourna vers Baker.

— Je suppose que c'est le torrent?

Baker s'approcha et se pencha sur le plan.

— Oui, Lieutenant. Ça doit être ça. Mais nous ne l'avons pas remonté jusqu'au bout.

— Merci.

Baker alla s'asseoir au pied d'un pandanus et Avapouhi le suivit. Purcell jeta un coup d'œil à Ivoa. Ivoa sourit et dit à voix basse : « Ouili est gentil. » Ouili était la version tahitienne de Willie Baker. Purcell fit « Oui » de la tête et regarda à

1. Environ 3 km de long et 1 km de large.

nouveau le plan de Mason. Il confirmait l'impression qu'il avait eue la veille du pont du *Blossom :* l'île était vraiment très petite. A vrai dire, elle ne paraissait pas telle, mais cela tenait sans doute à la pente, à la difficulté de la marche, à l'effet de profondeur du sous-bois. Si la montagne était, comme avait dit Mason, un « chaos de rocs », il était clair que le futur village devrait se dresser au nord, sur le premier plateau : il disposait du seul accès possible à la mer. Dans cette hypothèse, le deuxième plateau qu'on foulait en ce moment, recevrait les cultures. Ainsi la partie vraiment habitable de l'île comportait ces deux plateaux, c'est-à-dire, si l'on en croyait le dessin de Mason, un rectangle d'une longueur d'un mile et quart et d'une largeur de trois quarts de mile [1], le reste de l'île étant occupé par la montagne. Etant donné sa fertilité, cette surface suffirait peut-être à nourrir une trentaine de personnes. On pouvait douter qu'elles s'y sentissent à la longue très à l'aise. Qui sait si ce n'était pas l'exiguïté de leur île qui avait poussé ses premiers habitants à la quitter et à se risquer sur l'océan à la recherche de terres plus vastes?

Purcell remit le croquis dans sa poche, rappela ses compagnons qui s'étaient égaillés dans le sous-bois, et le groupe se remit en marche. Purcell était étonné, alors qu'il en était si proche, de ne pas apercevoir la montagne entre les cimes des arbres. Mais elle était cachée par une masse de feuillage vert clair qui dominait de très haut les frondaisons de la forêt. Purcell axa la marche sur lui et dix minutes plus tard le groupe déboucha sur une petite clairière au bout de laquelle se dressait un banian gigantesque.

1. 2 km de long et 1 km de large.

Il y eut des exclamations de joie et les Tahitiennes se mirent à courir jusqu'à l'arbre. Purcell pressa le pas. Il ne pouvait encore voir le tronc, caché qu'il était par les innombrables rejets qui, retombant au sol, y avaient pris racine, et soutenaient les branches dont ils venaient. L'arbre donnait ainsi l'impression de sortir de terre, d'y retourner et d'en ressortir à nouveau. La prolifération des branches verticales s'était faite avec une telle exubérance que le banian s'était étalé en largeur et en profondeur sur une vingtaine de mètres et présentait l'aspect d'un temple soutenu par des piliers. Des lierres aux feuilles énormes grimpaient autour de ces piliers, cachant l'intérieur du « temple », et Purcell se demanda s'il n'y avait pas, en réalité, plusieurs banians confondus en cette masse unique. Certains des rejets verticaux avaient la grosseur d'un tronc ordinaire, et il fallait bien que leur support fût efficace, car une des branches maîtresses, fendue par la foudre et presque détachée du tronc, tenait encore dans l'air grâce aux racines aériennes que son terrible poids avait infléchies, mais sans parvenir à les rompre. Les Tahitiennes, en poussant des cris de joie, se glissèrent entre les colonnes. Toute la bande les suivit, et avant d'arriver au tronc, on découvrit une série de chambres de verdure, cloisonnées par des rideaux de lianes, et dont le sol était recouvert d'une mousse épaisse comme un tapis.

Les Tahitiennes passaient et repassaient dans ces pièces de feuilles, émerveillées, riant de plaisir. Puis Itia, ramassant une poignée de mousse, la jeta au visage de Mehani et s'enfuit. Les Tahitiennes, en poussant des cris aigus, l'imitèrent, et les hommes se lancèrent à leur poursuite dans un dédale de pièces où il était facile de se perdre, le poursuivant n'étant souvent séparé du poursuivi que par un rideau de feuilles.

Purcell jouait et criait comme les autres, et cependant, il n'était pas vraiment joyeux, il ne s'abandonnait pas tout à fait. Au bout d'un moment, il se dégagea du banian, prit du champ et s'étendit dans la clairière. Pourquoi ne puis-je plus m'amuser comme eux, pensa-t-il, sans rien réserver, comme un enfant? Qu'est-ce donc que j'ai perdu que les Tahitiens ont encore? Il se sentait attristé de découvrir en lui un pli soucieux, une inquiétude de tout.

Baker et Hunt le rejoignirent, et quelques minutes plus tard, Mehani et les Tahitiennes, essoufflés, joyeux. Ils étaient surpris que Purcell eût si vite mis fin au jeu.

— Il est déjà tard, dit Purcell en désignant le soleil. On va se reposer un peu, puis on rentrera à bord.

Il tira de nouveau de sa poitrine le plan de Mason et se mit à l'étudier.

— Baker, dit-il au bout d'un moment, voudriez-vous me montrer sur ce plan l'itinéraire que le capitaine Mason a suivi hier?

Baker vint s'asseoir à côté de Purcell et pencha sur le dessin son visage brun aux traits nets.

— J'vais vous dire, Lieutenant. Une fois sur l'premier plateau, on a mis l'cap à l'est jusqu'à la brousse. Là on a viré et on a piqué sud. Et on a fait l'tour de la montagne. On a tout l'temps élongé la brousse sur tribord. Et c'était pas une marche bien agréable, vous pouvez m'croire.

— En somme, vous avez pris par la périphérie, et nous, par le centre. Je m'explique que Mason n'ait pas porté le banian sur la carte.

Purcell reprit :

— Je vois sur le dessin que le capitaine évalue à cent pas la largeur du collier de brousse. Il l'a fait reconnaître?

— Deux fois. Une fois à l'est. Une fois à l'ouest. La première fois, c'était moi. Ça fait une sale impression d'être là-dedans, Lieutenant. C'est noir, c'est étouffant. On s'écorche les mains à tirer sur les troncs des petits palmiers, et comme ils sont élastiques, si on les lâche trop vite, ils vous reviennent dans le dos. Avec cela, il fait si noir qu'au bout d'un moment on sait plus où on est. Heureusement on avait convenu avec le capitaine qu'il m'appellerait de minute en minute. C'est au son que j'ai pu m'orienter.

— Qu'est-ce qu'on trouve de l'autre côté?

— La falaise.

— Sans transition?

— Sans transition.

— Et de la forêt à la falaise, vous avez compté cent pas?

Baker eut un sourire fugitif.

— A vrai dire, Lieutenant, j'ai perdu mon compte plusieurs fois. Il faisait noir, je me suis un peu énervé et ce sacré fusil se mettait dans mes jambes.

Purcell regarda Baker. Le Gallois était sec et brun, et dans son visage de médaille ses yeux brillaient d'intelligence.

— Et puis, reprit Baker, il faut bien se rendre compte. On peut pas aller en ligne droite dans cette brousse. On va en zigzag. Et ça veut pas dire grand-chose, finalement, de compter ses pas.

— Cependant, vous avez dit au capitaine que vous aviez compté cent pas.

Le visage fin et brun de Baker se plissa et ses yeux marron brillèrent de malice.

— J'ai même dit « cent quatre pas », Lieutenant. J'ai été très précis.

— Pourquoi?

— Si j'avais pas été précis, le capitaine m'aurait fait recommencer.

— Je vois, dit Purcell sans sourciller.

Il regarda la carte et reprit :

— Comment se fait-il que le matelot qui a reconnu la brousse à l'est ait également trouvé cent pas?

Baker prit un temps, ses yeux pétillèrent et il dit avec gravité :

— C'était Jones, Lieutenant. Je l'avais mis au courant.

— Merci, Baker, dit Purcell, le visage impassible.

Il regarda Baker, une lueur gaie passa dans ses yeux et il dit d'une voix posée et officielle :

— Vous avez contribué d'une façon tout à fait remarquable à l'établissement de cette carte.

— Merci, Lieutenant, dit Baker, imperturbable.

Purcell se leva.

— Où sont donc les femmes? cria-t-il en tahitien à Mehani.

A quelques pas de là, Mehani était allongé sur l'herbe de tout son long. Il se souleva sur le coude gauche et pointa de la main droite par-dessus son épaule.

— Elles ont trouvé un fourré d'hibiscus.

A ce moment, Avapouhi, Itia et Ivoa apparurent. Omaata les suivait, les dominant de si haut qu'elle avait l'air d'une matrone poussant devant elle des petites filles. Toutes quatre avaient semé leurs cheveux noirs des larges fleurs rouges de l'hibiscus, et elles avançaient en souriant, les bras souples comme des lianes, et leurs cuisses rondes écartant, à chaque pas, les lanières d'écorce de leurs courtes jupes.

Dès qu'il vit Omaata, Hunt leva vers elle ses petits yeux pâles et anxieux. Il ne s'était pas aperçu de son départ, et depuis quelques minutes il se sentait perdu.

— Jono, Jono, dit Omaata de sa voix profonde.

En un clin d'œil elle fut sur lui et, flattant de la main la toison rousse de son poitrail, elle se répandit en paroles caressantes dans une langue inintelligible. Au bout d'un moment, Hunt appuya son mufle contre sa vaste poitrine, et resta là, dans une attitude d'abandon et de tendresse, poussant des petits grognements de plaisir comme un ourson dans le giron de sa mère. Etouffant les sonorités de sa voix — sourde et puissante comme le roulement d'une cataracte — Omaata continua à lui parler dans son incompréhensible jargon. En même temps, ses bras puissants passés autour du cou de Hunt, elle le pressait contre elle comme un gigantesque bébé.

— Que dit-elle, Mehani? dit Purcell.

Mehani se mit à rire.

— Je ne sais pas, Adamo. Je croyais que c'était du *Peritani*.

— Il y a des mots qui paraissent *Peritani*, dit Purcell, mais même ceux-là je ne les comprends pas.

Omaata releva la tête.

— C'est une langue à Jono et à moi, dit-elle en tahitien. Jono me comprend très bien.

L'énorme Hunt entendit son nom et grogna avec tendresse. Depuis qu'Omaata l'avait pris en main, il était lavé et récuré comme un pont de bateau, C'est son bébé, pensa Purcell. Il regarda la géante en souriant :

— Quel âge as-tu, Omaata?

— Depuis que je suis femme, j'ai vu deux fois dix étés.

Trente-deux ans... Peut-être moins. Elle était jeune, par conséquent. Plus jeune que lui, plus jeune que Jono. Mais ses dimensions la classaient dans un monde à part.

A ce moment, Avapouhi vint s'agenouiller devant Baker, son doux visage levé vers lui. Elle le regarda quelques secondes avec gravité, puis lui glissa entre les cheveux et l'oreille une fleur d'hibiscus, sourit, battit des cils et, se relevant avec prestesse, s'enfuit à toutes jambes, traversa la clairière et disparut dans le sous-bois.

— Qu'est-ce que ça veut dire? fit Baker en se tournant vers Purcell.

— Qu'elle vous a choisi comme *tané* [1].

— Ah! dit Baker en rougissant sous son hâle. Chez eux, ce sont les femmes qui choisissent?

— En Angleterre aussi, dit Purcell avec un sourire des yeux. Mais en Angleterre, c'est plus voilé.

— Et pourquoi elle s'est enfuie?

— Pour que vous la poursuiviez.

— Ah bon! dit Baker.

Au bout d'un moment, il se leva, et dit avec un sourire embarrassé sans regarder personne :

— Fait bien chaud pour jouer encore à cache-cache.

Il s'éloigna dans la direction du sous-bois. Il n'osait pas presser le pas, et il était très conscient des regards qui pesaient sur son dos.

— Qu'a-t-il dit? demanda Mehani.

Il avait observé l'embarras de Baker avec un

1. Indifféremment un homme, un amant ou un mari.

intense amusement. Il le constatait une fois de plus, les *Peritani* étaient tout à fait fous : ils se gênaient pour les choses les plus simples.

— Je suis étonnée, dit Omaata. Je croyais qu'elle avait choisi le *Squelette*.

Le *Squelette* était le surnom que les Tahitiens avaient donné à Mac Leod.

— Sur la grande pirogue, dit Itia, elle avait choisi le *Squelette,* mais elle n'en veut plus : il la bat.

Savoir, pensa Purcell, si Mac Leod va accepter que Baker lui succède. Les difficultés ne vont pas manquer dans cette île.

Mehani souleva son torse puissant sur ses deux coudes, et renversa la tête en arrière pour apercevoir Itia.

— Moi, Itia, dit-il d'un ton plein de sous-entendus, moi je ne te battrai pas. Ou très peu, ajouta-t-il en riant.

Itia secoua la tête avec pétulance. Elle était, avec Amoureïa, la plus jeune, et par la taille, la plus petite des Tahitiennes. Son nez était un peu retroussé, et les commissures des lèvres étaient relevées vers les joues, ce qui lui donnait un air de gaieté. Itia était aimée pour sa vivacité, mais selon l'étiquette tahitienne, ses manières n'étaient pas bonnes : elle manquait de réserve. Elle portait trop de jugements sur les gens.

— Eh bien, reprit Mehani d'une voix taquine, tu ne me donnes pas de fleur?

— Non, dit Itia, tu ne le mérites pas.

Et elle lui lança une petite pierre qui vint atterrir sur sa poitrine.

— Une pierre! dit-elle avec une petite moue, c'est tout ce que je te donne.

Mehani s'allongea de tout son long sur le sol et croisa les mains sous sa nuque.

— Tu as tort, dit-il d'une voix paisible.

Itia lui lança de nouveau une petite pierre. Mehani retira ses mains de dessous sa nuque et les croisa devant ses yeux pour les protéger. Il ne disait rien. Il souriait.

— Et d'abord, dit Itia, tu n'es pas beau.

— Ta parole est vraie, Itia, dit Ivoa en riant aux éclats. Mon frère est laid! Il n'y a pas d'homme plus laid dans l'île!

— Ce n'est pas seulement sa laideur, dit Itia. Comme *tané* il ne vaut rien.

— Oh! oh! dit Mehani.

Allongé dans toute la royauté de son corps magnifique, il s'étira, gonfla sa poitrine et fit jouer les muscles de ses cuisses.

— Cesse de faire le coq! dit Itia en lui lançant d'un seul coup toutes les petites pierres qu'elle avait dans la main. Pour rien au monde je ne voudrais d'un *tané* tel que toi. Aujourd'hui, moi. Demain, Avapouhi. Après-demain, Omaata.

— Moi, dit Omaata de sa voix aux résonances profondes, moi, j'ai Jono.

Purcell se mit à rire.

— Pourquoi ris-tu, Adamo?

— Je ris, parce que j'aime bien ta voix.

Il dit en anglais :

— On dirait une colombe qui rugit.

Il voulut traduire, mais il ne trouva pas de mot pour « rugir ». Il n'y avait pas de fauve à Tahiti.

— A mon avis, reprit Itia, le meilleur *tané* de l'île, c'est Adamo. Il n'est pas grand, mais ses cheveux sont comme le soleil du matin à travers les palmes. Et ses yeux, oh! J'aime ses yeux! Ils sont plus clairs que l'eau du lagon à midi. Et il a un nez tout droit, tout droit! Quand il sourit, il a une fossette dans la joue droite et il a l'air gai comme une jeune fille. Mais quand il ne sourit pas, il a l'air imposant comme un chef. Je suis sûre que, dans son île, Adamo est un grand chef et qu'il possède beaucoup de cocotiers.

Purcell se mit à rire.

— Il n'y a pas de cocotiers dans mon île.

— Oh! dit Itia, stupéfaite. Comment vivez-vous?

— Mal. C'est pourquoi nous allons vivre dans les îles des autres.

— N'empêche, dit Itia en le regardant de ses yeux pétillants, même sans cocotiers, tu es un bon *tané*. Tu es le meilleur *tané* de l'île.

Ivoa se souleva sur son coude, et sourit à Itia avec un mélange de bonne grâce et de dignité.

— Adamo, dit-elle sans cesser de sourire, et avec un geste large et expressif de la main qui rappelait Otou, Adamo est le *tané* d'Ivoa.

Ce coup de semonce fit rire Mehani aux éclats, et Omaata sourit avec dédain. Itia baissa la tête en repliant son coude droit devant les yeux comme un enfant qui va pleurer. On l'avait rappelée à l'ordre, et elle avait honte de ses mauvaises manières.

Il y eut un silence, il faisait chaud et Purcell, étendu de tout son long sur l'herbe, la main d'Ivoa au creux de la sienne, sentait une somnolence l'envahir.

— Je me demande, dit-il à mi voix, ce que sont devenus les hommes qui habitaient dans cette île.

— Peut-être, dit Omaata en baissant elle aussi la voix, il y a eu une maladie et ils sont morts.

— Peut-être, dit Mehani sur le même ton, il y a eu une guerre entre deux tribus, et ils se sont tous massacrés.

— Même les femmes? dit Purcell.

— Quand les prêtres d'une tribu décrètent *l'éventration de la poule* [1], les femmes aussi sont massacrées. Et les enfants.

Purcell se souleva sur son coude.

— Mais tout le monde ne meurt pas. Il y a toujours un vainqueur.

— Non, dit Mehani en hochant la tête avec tristesse. Pas toujours. A Mana, ils se sont entre-tués, tous! tous! hommes et femmes! Il y a eu un seul survivant. Il n'a pas voulu vivre dans l'île avec tous ces morts. Il a sauté dans sa pirogue, il a réussi à atteindre Tahiti et il a raconté toute l'histoire. Puis, deux semaines après, il est mort. On ne sait pas de quoi il est mort. Peut-être de chagrin. Mana était une petite île, pas plus grande que celle-ci, et maintenant elle est vide. Plus personne ne veut y aller.

— Moi, je pense, dit Itia en redressant la tête, que les gens qui ont vécu ici sont partis sur leurs pirogues parce qu'ils avaient peur.

— Peur de quoi? dit Purcell.

— Des *Toupapahous* [2].

Purcell sourit.

— Tu as tort de sourire, Adamo, dit Omaata. Il y a des *Toupapahous* si méchants qu'ils passent leur temps à tourmenter les hommes.

— Comment font-ils?

— Par exemple, tu allumes le feu, et tu mets de l'eau à chauffer. Eh bien, dès que tu as le dos tourné, les *Toupapahous* font déborder l'eau et éteignent le feu.

Il y avait une place libre entre Mehani et Pur-

1. L'anéantissement total de l'adversaire.
2. Les revenants.

cell, et Itia vint l'occuper. Elle se coucha sur le côté, parut se recroqueviller et, tournant vers Purcell un petit visage tout gris d'émotion, elle dit :

— Donne-moi ta main.

— Pourquoi? dit Purcell.

— J'ai peur.

Purcell hésita, jeta un coup d'œil à Ivoa, et Ivoa dit aussitôt :

— L'enfant a peur. Donne-lui ta main.

Purcell obéit. Itia enferma sa main dans ses doigts tièdes, et la plaça sous sa joue avec un soupir.

— Adamo, dit Omaata, est-ce qu'il y a des *Toupapahous* dans ton île?

— Les gens le disent.

— Qu'est-ce qu'ils font?

— Ils se promènent la nuit avec des chaînes.

— Il n'y a pas de chaînes à Tahiti, dit Mehani avec un sourire, mais nos *Toupapahous* aiment aussi faire du bruit.

— Quel bruit?

— Toutes sortes de bruits.

Il ajouta sans que Purcell pût savoir s'il plaisantait ou non :

— Tous les bruits que tu ne t'expliques pas, c'est les *Toupapahous* qui les font.

— Le jour aussi?

— Le jour aussi.

— Silence! cria Purcell tout d'un coup.

Ils s'immobilisèrent, retenant leur souffle. Les oiseaux brillants et muets continuaient à voleter autour d'eux, et on n'entendit rien d'autre que le battement feutré de leurs ailes.

— Tu vois, Mehani, dit Purcell, les *Toupapahous,* eux aussi, sont partis. Ils ont suivi les pirogues, quand les hommes de l'île ont pris la mer.

— Peut-être, dit Mehani, et peut-être ils se taisent, parce qu'ils ont peur.

— Comment! dit Purcell, stupéfait. Les *Toupapahous* ont peur, eux aussi! Et de qui?

— Mais des hommes, dit Mehani avec un éclair de malice dans les yeux.

— Eh bien, dit Purcell, c'est réconfortant d'apprendre que la crainte est réciproque.

Les yeux de Mehani brillaient d'amusement. Il ne croit à rien de tout cela, pensa Purcell.

— Les *Toupapahous* se taisent, parce qu'ils ont peur de Jono, dit Itia en se redressant, mais sans lâcher la main de Purcell. Jono est très terrible à voir. Je suis sûre que les *Toupapahous* de cette île n'ont jamais vu un homme comme Jono.

— O, jeune fille qui lances des cailloux, dit Mehani, comment les *Toupapahous* pourraient voir Jono, puisqu'ils n'ont pas d'yeux?

— Qui te dit qu'ils n'ont pas d'yeux? dit Itia.

— S'ils avaient des yeux, tu les verrais. Par exemple, tu te promènes dans la forêt, et tout d'un coup, entre deux feuilles, tu vois deux gros yeux qui te fixent...

— Que l'*Eatua* [1] me protège! dit Itia en serrant la main de Purcell contre sa joue, je ne vais plus oser me promener seule dans la forêt.

— Je t'accompagnerai, dit Mehani.

Ivoa se mit à rire.

— Frère! dit-elle, cesse de la taquiner!

— Moi, dit Omaata avec fierté, je pense aussi que les *Toupapahous* ont peur de Jono. Jono est vraiment très effrayant. Il est gros comme un requin-tigre, et il a des cheveux rouges sur le corps.

1. La Divinité.

— C'est vrai, dit Itia. Avec Jono, je n'ai pas peur. Même dans une île que je ne connais pas.

— Même dans la forêt, dit Ivoa.

— Jono est une montagne d'homme, dit Itia en gonflant la voix. Et il est rouge.

Purcell les regardait en souriant. Ce peuple avait vraiment l'art de tirer agrément de tout : il était évident que les Tahitiennes jouaient à se faire peur pour avoir le plaisir de se rassurer.

Purcell regarda le soleil, retira ses mains des mains d'Itia, se leva, et se penchant, ramassa son fusil. Hunt et Mehani l'imitèrent.

— Et Avapouhi? dit Itia.

Purcell fit un petit geste de la main et Mehani dit de sa voix taquine :

— Viens avec moi. Nous allons la chercher.

— Non, dit Itia, je veux rester avec Adamo.

Au bout d'un moment, Purcell rejoignit Mehani qui marchait en tête du petit groupe.

— Que penses-tu de l'île, Mehani?

— Elle n'est pas bonne, dit Mehani sans hésitation. Elle est fertile, mais elle n'est pas bonne.

— Pourquoi?

— D'abord, dit Mehani en dressant l'index et le médius de la main droite, il n'y a pas de lagon. Quand il y aura gros temps, on ne pourra pas pêcher. Ensuite, à cause des cultures et de l'ombre, il faut construire les huttes au nord, et le torrent est de l'autre côté de l'île. Il faudra aller chercher l'eau tous les jours : une heure pour y aller. Une heure pour revenir.

— Oui, dit Purcell, tu as raison.

Il regarda Mehani et fut frappé de son air réfléchi. Quel étonnant visage il avait! A la fois viril et féminin, rieur et tout d'un coup, sérieux. Mason considérait les Tahitiens comme des enfants, mais il n'avait pas su voir, comme Mehani, du premier coup d'œil, les inconvénients de l'île.

— Tu vas regretter d'être venu avec moi, dit Purcell au bout d'un moment.

Mehani tourna vers lui son visage et dit avec une gravité sentencieuse :

— Mieux vaut cette île avec mon ami que Tahiti sans mon ami.

Purcell se sentit embarrassé. Je suis stupide, pensa-t-il aussitôt. En Angleterre, cela ne se fait pas d'exprimer ses sentiments, et encore moins de les exprimer avec éloquence. Mais comment suspecter la sincérité de Mehani? Il a quitté son île pour moi.

Il entendit le rire de Mehani à ses côtés et leva les yeux.

— Tu es gêné, dit Mehani. Tu sais que je dis la vérité, et pourtant tu es gêné.

— Les *Peritani* ne disent pas ces choses-là, dit Purcell en rougissant.

— Je sais, dit Mehani en posant sa main gauche sur son épaule. Tout ce qui est bon à dire, ils ne le disent pas. Et tout ce qui est bon à faire...

Il se mit à rire.

— ... Ils le font, mais avec des grimaces.

Purcell se mit à rire et Mehani rit en écho. Ils se sentaient bien, marchant épaule contre épaule sous les taches d'ombre et de soleil du sous-bois.

Purcell se retourna, sourit à Ivoa et, en reprenant sa marche, emporta la vision de ses grands yeux bleus fixés sur lui. Quand ils étaient partis le matin, les Tahitiennes qui étaient restées avec Mason préparaient un cochon sauvage pour le faire cuire à l'étouffée, et Purcell respira, en avançant, la bonne odeur du feu de bois. Son estomac se creusa délicieusement et il pressa le pas. Il se sentait jeune tout d'un coup, plein d'allégresse, sa poitrine gonflée d'air pur, si joyeux et si dispos qu'il avait l'impression de rebondir sur le sol. Par moments, son épaule rencontrait celle de Mehani, et ce contact envoyait dans son corps une onde de chaleur. L'île était belle, odorante, toute brillante d'oiseaux. Un monde neuf s'ouvrait devant eux. Il jeta les yeux autour de lui avec un sentiment de joie et de possession.

— E Adamo é! dit Mehani, tu fais plaisir à voir!

— Oui, dit Purcell.

Il voulut dire : « Je suis heureux », mais il ne put y parvenir. Au lieu de cela, il dit d'une voix rapide et confuse :

— Pour l'eau, tu as raison, Mehani. C'est un inconvénient. Je ne m'en étais pas aperçu. Je pensais seulement que l'île était un peu petite.

— Non, dit Mehani avec un sourire, elle n'est pas trop petite. Il y a encore beaucoup de coins où on peut jouer à cache-cache.

Puis son visage redevint sérieux, et il dit d'une voix où perçait l'inquiétude :

— Non, Adamo, elle n'est pas trop petite — si on s'entend bien.

— Qu'est-ce que tu veux dire? Si les *Peritani* et les Tahitiens s'entendent bien, ou si tout le monde s'entend bien?

— Si tout le monde s'entend bien, dit Mehani au bout d'un moment.

Mais il y avait eu une note d'hésitation dans sa voix.

CHAPITRE V

Le village, dont Mason traça le plan deux jours après l'arrivée du *Blossom* dans l'île, dessinait un losange régulier dont les quatre angles coïncidaient avec les quatre points cardinaux. Les côtés de ce losange étaient constitués par les *avenues* du hameau (tel était, en effet, le nom que leur donna Mason) et les cabanes étaient placées en dehors du losange, perpendiculairement à un axe nord-sud, régulièrement espacées, et toutes face au sud. Chaque maison se trouvait ainsi décalée par rapport à ses voisines, et aucune n'enlevait la vue et le soleil à celle qui se trouvait derrière elle.

Cet avantage, qui apparut dès qu'elles furent construites, n'était qu'accidentel. En exécutant son dessin, Mason n'avait pas eu d'autres préoccupations que d'imiter la rose des vents, et il aurait donné au village la forme d'un cercle, si un cercle ne lui avait paru plus difficile à tracer sur un terrain coupé d'arbres qu'un losange. Ce qui avait paru important à Mason, c'est que la position de chaque maison autour du losange correspondît à un point du compas. Ainsi, en partant du Nord, on trouvait, de chaque côté de la pointe Nord du losange, les maisons de Hunt et de White, puis en descendant

East Avenue (Mason appela ainsi les deux côtés Est du losange) on passait successivement la cabane de Smudge au Nord-Est; celle de Mac Leod à l'Est; celle de Mason au Sud-Est, et celle de Purcell au Sud. En remontant *West Avenue*, c'est-à-dire les deux côtés Ouest du losange, on passait, au Sud-Ouest, la maison de Johnson; à l'Ouest, celle de Baker; au Nord-Ouest, celle de Jones.

Au centre du losange, Mason avait placé un carré de dix mètres de côté, qu'il appela *Blossom Square*. Quatre sentiers, que Mason appela des « rues », rattachèrent les « avenues » à cette petite place. Il eût été logique de les faire partir de chaque angle du losange. Mais quand Mason établit son dessin, il se préoccupa de prévoir son propre accès à *Blossom Square*, et traça la première « rue » devant sa maison, au point Sud-Est du compas. Pour cette raison, il l'appela *Trade wind st.* (La rue de l'Alizé). Par souci de symétrie, il traça ensuite la seconde à partir du Nord-Ouest, en face de la maison de Jones, et nomma celle-ci *Nor'wester st.* (La rue du Noroît). Deux autres rues complétèrent ce tracé : La *Sou'wester st.* (La rue du Suroît) partait en face de la maison de Johnson. Et la *Nordester st.* (La rue du Nordet) reliait celle de Smudge au centre.

Bien que le village ne comportât que deux avenues, quatre rues et une place, Mason fit exécuter sept écriteaux, cloués chacun sur un montant de bois, et peignit sur eux de sa propre main les noms qu'il avait attribués aux artères de sa ville. Celles-ci tracées (et sommairement empierrées), les Britanniques, tous réunis par les soins du capitaine sur le coup de midi, plantèrent les écriteaux en terre à chaque angle de rue avec un air de cérémonie qui intrigua les Tahitiens. Ceux-ci, d'ailleurs, n'adoptèrent pas les appellations anglaises, jugées par eux imprononçables. Ils se contentèrent d'appeler les « rues » du nom du *Peritani* le plus proche. Ainsi *Trade wind st.* devint pour eux « le sentier du chef » (Mason); *Sou'wester st.*, « le sentier du Vieux » (Johnson); *Nor'wester st.*, « le sentier de Ropati » (Robert Jones); et *Nordester st.*, « le sentier du petit rat » (surnom de Smudge). Plus tard, quand leurs rapports avec les *Peritani* commencèrent à se tendre, ils ne donnèrent plus à ces « rues » les noms des Britanniques, mais les noms des femmes tahitiennes qui vivaient avec eux. Ainsi, « le sentier du petit rat » devint « le sentier de Toumata »; « le sentier du Vieux », « le sentier de Taïata », etc.

« Rues » et « avenues » (qui avaient même largeur, un mètre environ) ne présentaient pas ce bel aspect rectiligne que Mason leur avait donné sur son dessin, le désir de respecter le plus d'arbres possible ayant imposé à leur tracé quelques sinuosités. En fait, on n'abattit que ce qui fut strictement nécessaire pour élever les cabanes et dessoucher les petits jardins que chacune comportait. L'avantage de garder le bois presque intact fut de perdre les cottages dans la verdure et de limiter la vue de chaque maison à celle de ses voisins immédiats. La disposition en losange, quoique due, à l'origine, à une lubie de Mason, se révéla, de ce point de vue aussi, excellente, puisqu'on laissa subsister, à l'intérieur du losange, plus d'un demi-hectare de forêt.

Mason avait situé sa cabane au Sud-Est pour être le premier à recevoir l'Alizé qui, dans l'île comme partout, dans les mers du Sud, apportait une brise rafraîchissante en été et le beau temps en toutes saisons. Par contre, il avait pris soin de placer la cabane des Tahitiens en dehors du village et, à vingt-cinq mètres de la pointe Nord du losange, tant pour ne pas les mêler aux Blancs que pour utiliser leur maison comme un coupe-vent contre les vents du nord. Le calcul était astucieux, mais se révéla faux. Au moment où Mason établit son plan, il ne savait pas qu'il exposait, en fait, sa cabane au suroît qui apportait dans l'île froid et pluie, tandis que la maison des « Noirs » se trouvait protégée de ses effets par le demi-hectare de forêt laissé dans le losange.

Mason avait marqué sur son dessin un sentier qui, partant de la pointe Nord, entre les maisons de Hunt et de White, aboutissait à la volumineuse résidence des Tahitiens, et la contournant dans la direction de l'Est, s'infléchissait au Nord-Est vers la mer. Il appela ce sentier *Cliff Lane* (Le chemin de la falaise). Il porta, en outre, sur son plan, un autre sentier qui partait en un point d'*East Avenue* situé entre la maison de Purcell et la sienne et se dirigeait vers le Sud. Ce chemin qui, comme le précédent, était déjà tracé par les Iliens quand Mason exécuta son plan, conduisait vers le second plateau, et aboutissait au banian. Mason le nomma *Banian Lane,* mais l'usage prévalut parmi les Britanniques de l'appeler *Water Lane,* car c'était lui qu'on empruntait pour se rendre à la corvée d'eau.

Les six Tahitiens avaient, dès le début, annoncé l'intention de se construire une demeure où ils pourraient loger tous les six en compagnie des femmes qui les choisiraient comme *tanes.* A vrai dire, ils avaient vu grand, et leur maison était la seule de l'île qui s'enorgueillît d'un étage. Cet étage se composait d'une pièce unique de huit mètres sur six mètres. Comme le lit d'Ulysse à Ithaque, la poutre de chaque angle servait de support à un lit, et à un lit assez vaste pour recevoir trois ou quatre occupants. Cette chambre communiquait par une trappe centrale et une échelle avec le rez-de-chaussée, qui comportait lui-même deux lits, construits comme à l'étage, à partir d'une poutre d'angle. Ce rez-de-chaussée, comme l'étage, d'ailleurs, n'avait aucun des meubles qui ornaient et souvent encombraient les cabanes des Britanniques : placards, coffres, table, tabourets. Chaque locataire s'était contenté d'installer au-dessus et à côté de son lit, des étagères, où ses biens personnels étaient rangés. L'idée n'était venue à aucun des Tahitiens de mettre ces objets, pourtant si précieux, à l'abri de l'indiscrétion et du vol. Il n'y avait d'ailleurs pas de porte à leur demeure : y pénétrait qui voulait. Les murs étaient faits de parois de bois qui coulissaient dans des rainures et qu'on ouvrait, ou fermait, selon qu'on voulait admettre le soleil, ou s'en protéger.

Les habitations des Britanniques révélaient, dans le détail comme dans la conception, beaucoup plus de méfiance et de distance à l'égard des voisins. Il y avait neuf Britanniques dans l'île. Il y eut donc neuf cottages, chacun voulant avoir le sien. Et chaque maison comporta non seulement une porte, mais des coffres, des placards, et autour de la cabane, un enclos, le tout fermé par des serrures empruntées au *Blossom*, ou des nœuds marins compliqués qui en rendaient l'ouverture difficile, même pour le propriétaire.

Il avait été décidé, tant par souci d'égalité que pour aller plus vite, que tous ces cottages seraient identiques, par leurs dimensions (six mètres sur quatre mètres) et par leur plan, ce qui simplifiait la tâche des charpentiers. La cuisine étant, comme dans la maison des Tahitiens, en appentis à la maison, ces cottages auraient pu comporter une pièce unique servant à la fois de salle à manger et de chambre. Mais la décence britannique s'était révoltée à l'idée que le lit à deux places pût figurer dans la pièce où on recevrait ses amis, et chaque intérieur, sauf celui de Purcell, avait été cloisonné. Les murs de bois étaient fixes et avaient reçu deux ou trois hublots, ronds ou carrés, du *Blossom,* qui protégeaient avec beaucoup d'efficacité de la pluie et du vent, mais qui par beau temps — le temps le plus fréquent de l'île — n'admettaient, certes, pas autant de lumière et de soleil que les parois coulissantes des Tahitiens.

Ces neuf cottages ne manquaient pas de solidité. Leurs parois, faites dans les bordés de chêne du *Blossom,* étaient si épaisses et d'un grain si serré que les clous y pénétraient avec peine. Mais on les avait construits sans fantaisie et tous sur le même modèle. A vrai dire, cette identité ne gênait pas les Britanniques et Purcell avait été le seul à faire preuve d'invention : pour la face sud de la cabane il avait adopté les murs coulissants des Tahitiens, et prolongé le toit en auvent de façon à jouir de la vue de la montagne sans être incommodé par le soleil. Cet auvent achevé, Purcell avait constaté avec plaisir qu'il donnait de la dignité à sa demeure en allongeant la ligne du toit.

Chaque matin, Purcell allait l'admirer, après sa toilette sous l'appentis. Il tournait le dos à sa maison, marchait dans l'unique allée de son jardin jusqu'au fourré d'hibiscus qui en marquait la limite, et là, pivotait sur ses talons et regardait avec satisfaction l'ouvrage de ses mains. A cette heure, les portes coulissantes étaient déjà ouvertes, attendant les premiers rayons obliques qui, pour l'instant, caressaient à peine le seuil. D'où il était, Purcell pouvait voir Ivoa s'affairer pour le breakfast. Il attendait le moment où, ayant fini ses préparatifs, elle s'avancerait jusqu'aux rainures des portes coulissantes, comme un régisseur qui va faire une annonce sur une scène. Elle le regardait de loin, elle souriait, et chantait en prolongeant tous les sons : « *A-da-mo! Tu viens man-ger, A-da-mo!* » Comme ils étaient à vingt pas l'un de l'autre et se voyaient fort bien, il n'y avait aucune nécessité à cet appel. Mais l'habitude s'en était prise. Purcell écoutait en souriant, et les yeux fixés sur la silhouette d'Ivoa, il se gardait de répondre. Elle reprenait alors le même chant tendre et caressant : « *A-da-mo! Tu viens man-ger, A-da-mo!* » L'accent tonique sur le *da* d'*Adamo* était fortement frappé, et le reste de son nom s'envolait vers une note aiguë, modulée, d'un indescriptible charme. Ravi, attendri, Purcell lui laissait répéter une troisième fois son appel avant de faire signe, en levant la main, qu'il avait entendu.

Sur la lourde table de chêne fabriquée par son *tané,* Ivoa avait disposé une noix de coco ouverte, une mangue, une banane et des galettes d'arbre à pain, cuites la veille au four commun. Ivoa s'était pliée de bonne grâce à l'étrange habitude des *Peritani* de *mettre la table*, comme s'il était important, ou utile, de manger à soixante-dix centimètres du sol. Mais sur un point elle était restée inflexible : elle ne prenait pas ses repas avec Adamo, mais après lui. La religion tahitienne tenait, en effet (comme, d'ailleurs, le christianisme) que dans l'ordre de la création l'homme était venu en premier, et la femme en second, comme une sorte de correction apportée, après coup, à la solitude de l'homme.

Mais les Tahitiens, plus imaginatifs que les Hébreux, ou ayant peut-être plus d'appétit, avaient tiré de cette priorité masculine une application culinaire : l'homme devait manger avant sa compagne, et celle-ci, se contenter de ses restes.

Quand il eut fini son repas, Purcell sortit par la porte de devant, traversa *West Avenue*, et s'engagea dans le sous-bois. Au bout de quelques pas, il entendit des rires et des chansons. Il sourit. Les *vahinés* étaient déjà au travail. Il ne les avait jamais vues si laborieuses! Quelques cabanes n'avaient pas encore reçu leur toit et elles construisaient les claies qui devaient les couvrir.

— Tu es venu sans ta femme, dit Itia, dès qu'elle aperçut Adamo. C'est pour en choisir une autre?

Les *vahinés* se mirent à rire et Purcell sourit.

— Non, je suis venu dire bonjour.

— Bonjour, Adamo, dit Itia.

Purcell s'approcha des *vahinés*. Il admirait la rapidité et la précision de leurs gestes. Elles s'étaient distribué les tâches : un groupe coupait les branches des pandanus. Un autre groupe laçait les feuilles autour des branches qui les portaient. Et un troisième groupe liait les branches entre elles à l'aide de lanières découpées dans l'écorce de l'arbre.

— Tu sais qui va me prendre pour *vahiné?* dit Vaa.

— Non, dit Purcell.

— Et moi, tu sais? dit Toumata.

— Non.

— Et moi? dit Raha.

— Non, non, dit-il. Je ne sais rien.

Tout en parlant, elles se hâtaient. Elles vivaient pour l'instant toutes ensemble sous une vaste tente taillée dans les huniers du *Blossom*, et il leur tardait que les cabanes fussent finies. A Tahiti, puis à bord, une certaine promiscuité avait régné, qui, à la fin, avait lassé tout le monde, et à leur arrivée dans l'île, les Britanniques avaient rendu publique leur décision de choisir leurs femmes, à titre définitif, après l'achèvement des travaux.

— Je vais, dit Purcell en leur faisant un petit signe de la main.

Itia se redressa.

— Tu reviens bientôt?

— J'ai du travail dans ma maison.

— Alors, je peux venir chez toi?

— Ma petite sœur Itia est toujours la bienvenue, dit Purcell.

Ce dialogue avait été écouté en silence par les *vahinés*, mais dès que Purcell fut parti, il y eut des rires et un bruissement rapide de paroles.

Purcell trouva le vieux Johnson qui l'attendait devant sa porte.

— Lieutenant, dit Johnson à mi-voix et en jetant autour de lui des regards furtifs, je peux vous emprunter la hache? J'ai une damnée souche dans mon jardin et je voudrais bien m'en débarrasser.

Purcell prit la hache qui reposait contre le mur, sous l'appentis de la cuisine, et la tendit à Johnson. Le vieux prit la hache, la laissa pendre au bout de son bras maigre, et de son autre main, il se mit à frotter sa barbe. Il ne se décidait pas à s'en aller.

— Lieutenant, dit-il du même air furtif, on m'a dit que vous aviez un joli auvent.

— Comment? dit Purcell avec étonnement, vous ne l'avez jamais vu? J'aurais cru que depuis le temps...

Johnson ne bougeait pas, et ses yeux bleus délavés et un peu pleureurs voletaient d'un objet à l'autre sans se poser. Il avait un front bossué, un gros nez avec une loupe à son extrémité, et dans son visage rouge brique, ses joues étaient semées de plaques pourpres qui rongeaient les poils blancs de la barbe.

— Je peux voir? dit-il enfin, le regard fuyant.

— Bien sûr, dit Purcell.

Et il l'emmena sur le derrière du cottage, dans son jardin : il commençait à comprendre que Johnson ne tenait pas à être vu, de *West Avenue,* en train de lui parler.

— Vous êtes bien ici, Lieutenant, dit Johnson, vous êtes chez vous. Rien que la forêt et la montagne.

Purcell le regarda et attendit.

— Lieutenant, dit Johnson, j'ai quelque chose à vous demander.

— Allez-y.

— Lieutenant, dit Johnson de sa voix fêlée, j'voudrais pas être malpoli avec vous, surtout après la façon que vous vous êtes conduit à la mort de Jimmy...

Il s'interrompit, regarda le sommet de la montagne, et dit très vite comme s'il avait préparé sa phrase :

— Lieutenant, est-ce que vous me permettez de plus vous appeler Lieutenant?

Purcell se mit à rire. C'était donc ça!

— Et comment voulez-vous m'appeler? dit-il en riant.

— Oh, c'est pas moi, dit Johnson en ramenant la hache contre sa poitrine comme pour se défendre. Moi, j'aurais jamais pensé!... On s'est réunis, reprit-il d'une voix confuse, on a voté, et on a décidé de plus vous donner votre titre, à M. Mason et à vous.

— Vous avez... voté? dit Purcell, stupéfait. Mais où donc?

— Sous le banian, Lieutenant. Hier, après le repas de midi. Soi-disant, vous n'êtes plus nos officiers, M. Mason et vous. Tout le monde a voté pour.

— Vous aussi, Johnson? dit Purcell d'une voix neutre.

Johnson baissa la tête.

— Moi aussi.

Purcell resta silencieux. Johnson passa sa grosse main rouge sur le fil de la hache et dit d'une voix fêlée :

— Faut comprendre. J'ose pas aller contre eux. J'suis vieux, j'ai plus beaucoup de forces, et ici, c'est bien pareil que sur l'*Blossom*. J'suis tout juste toléré.

Purcell détourna la tête. Le ton humble de Johnson ne lui plaisait pas.

— Après tout, dit-il au bout d'un moment, pourquoi les matelots continueraient-ils à nous traiter comme des officiers? Nous n'en exerçons plus les fonctions.

Johnson écarquilla les yeux.

— C'est ce que Mac Leod a dit, Lieutenant, fit-il à mi-voix, saisi de retrouver le même argument sur les lèvres d'un des intéressés.

Il ajouta :

— Je croyais pas qu'vous l'prendriez comme ça, Lieutenant.

— Purcell.

— Pardon? dit Johnson.

— Purcell. Pas « Lieutenant ». Purcell.

— Oui, Lieutenant, dit Johnson.

Purcell se mit à rire et Johnson fit en écho un petit rire fêlé et sans gaieté.

— Merci pour la hache, dit-il en se détournant.

Purcell le regarda. Il partait en boitillant, traînant la jambe gauche derrière lui, la hache pendant au bout de son bras maigre. Courbé, usé, peureux. Il ne paraissait pas à sa place dans cette aventure.

— Johnson, dit doucement Purcell.

Johnson s'arrêta et lui fit face. Il attendait. Il se tenait presque au garde-à-vous.

— Si je comprends bien, dit Purcell en se rapprochant, vos camarades ne vous faisaient pas la vie douce à bord.

— Faut comprendre, dit Johnson, les yeux baissés. J'suis vieux, j'ai ces boutons sur la figure, et j'ai pas plus de force qu'un poulet. Alors, ils abusent, forcément.

— Dans ce cas, dit Purcell en levant les sourcils, pourquoi diable les avez-vous suivis au lieu de rester à Tahiti? Vous n'étiez pas un des mutins. Vous ne couriez aucun danger en restant.

Il y eut un silence. Johnson porta la main libre à son menton et frotta les poils blancs clairsemés de sa barbe. Ses yeux bleus un peu larmoyants regardaient le long de son gros nez.

— Eh bien, dit-il en relevant tout d'un coup la tête avec une expression qui pouvait presque passer pour du défi, j'tiens pas à retourner en Angleterre, voilà. Peut arriver à tout l'monde d'avoir commis une faute dans son jeune temps, pas vrai?

— Et vous avez commis une faute?

— Dans mon jeune temps, dit Johnson en regardant de nouveau le long de son nez. Lieutenant, poursuivit-il avec un brusque éclat de voix, j'voudrais savoir si c'est juste, vu qu'j'ai commis une faute, que j'en soye puni pour l'reste de ma damnée existence?

— Ça dépend, dit Purcell. Ça dépend si ce que vous avez fait a causé un grand tort à quelqu'un.

Johnson réfléchit là-dessus quelques secondes et dit :

— Ça m'a surtout fait un grand tort à moi-même.

Ses yeux prirent un air absent comme si les événements du passé revenaient en masse dans son esprit. En une seconde, il devint cramoisi d'une oreille à l'autre, les veines de son front et de ses tempes se gonflèrent d'une façon inquiétante, et sa tête parut presque sur le point d'éclater sous la pression de ses souvenirs.

— J'peux pas dire qu'j'ai fait du tort à l'aut', Lieutenant, dit-il d'une voix indignée. Ça non! J'peux pas l'dire! poursuivit-il en agitant son index devant son gros nez. Et l'aut', il a pas l'droit d'le dire non plus. Et s'y aurait un procès, mais peut pas y en avoir un, voilà, pour un cas pareil, Dieu me damne et m'pardonne, Lieutenant, comme Job sur son fumier, et qu'j'ai jamais fait d'mal à personne. Mais c'est pour dire. S'y aurait un procès, j'sais bien c'que tous les voisins diraient, Dieu bénisse leurs bonnes âmes, si ça serait des témoins de *bonafide,* comme dit not' Squire, et pas des damnés menteurs, comme j'en sais certains. L'aut', il a plutôt profité d'moi, v'là la vraie vérité, Lieutenant, et s'il a un toit sur la tête à l'heure qu'il est, et d'quoi s'jeter un peu de bière dans l'gosier l'dimanche après l'office, à qui c'est qu'il le doit, bon Dieu, si c'est pas à moi, et que Dieu l'reçoive dans son enfer si c'est pas vrai, Lieutenant, aussi vrai et *bonafide* que j'm'appelle Johnson.

Il reprit :

— J'vais vous dire c'que j'ai fait, Lieutenant : J'me suis marié.

Il y eut un silence et Purcell dit d'un ton intrigué :

— Si vous me faites confiance, autant aller jusqu'au bout. Je ne comprends pas. Quel rapport a votre mariage avec « *l'autre* »? Qui est « *l'autre* »?

— Mrs. Johnson, Lieutenant.

— Ah bon, dit Purcell.

Johnson le regarda et dit :

— Vous allez p'tête dire que c'était pas une faute bien grave de m'être marié. Ah! Dites pas ça, Lieutenant, s'écria-t-il avec reproche, comme si Purcell avait effectivement soutenu cette opinion, fallait bien que ça soye grave, vu qu'j'ai été puni pour l'reste de ma damnée existence.

Il regarda Purcell comme s'il attendait son assentiment, et comme Purcell se taisait, il reprit avec un air de fierté :

— J'étais pas pauvre, Lieutenant. J'serais chez moi à l'heure qu'il est, j'serais pas à la charge de la paroisse. J'avais un petit cottage, Lieutenant, un bout d'jardin, des lapins, des poules. Eh ben, j'ai aimé mieux laisser tout ça et reprendre du service sur l'*Blossom*. A mon âge, Lieutenant!

— Je suppose, dit Purcell, que vous étiez comme moi : vous ne saviez pas qui était Burt.

— J'le savais, dit Johnson. J'avais déjà servi sous lui.

Purcell le regarda, stupéfait.

— Et vous avez préféré...

— J'ai préféré, dit Johnson sobrement.

Il y eut un silence et Purcell reprit :

— Et c'est aussi la raison pour laquelle vous êtes venu avec nous?

— Oui, Lieutenant.

— Il me semble, dit Purcell au bout d'un moment, que vous avez choisi une solution bien radicale. Après tout, vous auriez pu fuir Mrs. Johnson tout en restant en Angleterre.

— Non, Lieutenant, dit Johnson.

Et il ajouta avec le ton de la certitude la plus totale :

— Elle m'aurait retrouvé.

Il s'arrêta, fit un geste de sa main libre, comme pour supprimer d'un coup ses souvenirs, et reprit :

— Oh, j'me trouve bien, maintenant, Lieutenant. J'me plains pas.

Il ajouta d'un air humble :

— J'vais peut-être être tranquille à la fin.

Au même instant il y eut un bruit de pas pressés sur le devant de la maison et quelqu'un cria d'une voix excitée :

— Purcell! Purcell!

— Je suis là, cria Purcell.

Il fit le tour de la cabane, Johnson sur ses talons. C'était White. Il était hors d'haleine, les yeux exorbités, les lèvres tremblantes. Il dit d'une voix entrecoupée :

— Tout le monde est sur la falaise. Avec les fusils. Je vous cherchais.

Il reprit son souffle, avala sa salive et ajouta :

— Il y a une voile.

Purcell reçut le choc comme un coup de poing en plein visage.

— Loin? dit-il d'une voix sans timbre. Elle vient sur nous?

White haussa les épaules, tourna les talons et repartit en courant sans ajouter un mot.

— Venez, Johnson, dit Purcell en résistant à l'envie de se mettre à courir. Mais non, reprit-il avec impatience, laissez donc la hache ici, vous n'avez pas besoin d'elle.

Au lieu de prendre *West Avenue,* il coupa par le sous-bois, Johnson peinant à ses côtés.

— Quelle affaire! Lieutenant! marmonna le vieux.

— Oui, dit Purcell, les dents serrées, vous n'avez peut-être pas choisi le bon coin pour être tranquille.

En traversant *Blossom Square,* ils passèrent à côté du groupe des femmes. Elles les regardèrent en silence. Elles savaient déjà. On avait dû leur défendre d'approcher de la falaise. Et elles se tenaient massées à côté de leur tente. Elles avaient cessé tout travail.

Comme Purcell atteignait la brèche qui s'ouvrait sur la falaise Nord dans la brousse, la voix de Mason lui cria de ne pas se montrer. A vrai dire, la précaution, pour l'instant, était inutile : le navire était encore très loin. Il ne devait apercevoir de l'île que les contours.

Les hommes — Tahitiens et Britanniques — étaient assis, le fusil sur les genoux, à la lisière de la brousse sous le couvert de quelques petits palmiers qui dépassaient à peine la taille d'un homme. Mason était debout, l'œil collé à la longue-vue. Personne ne soufflait mot. Tous les regards étaient fixés sur la voile.

— Elle fait route vers l'Est, dit enfin Mason. Elle ne se dirige pas sur nous.

Mais cela ne voulait rien dire, ils le savaient tous. L'île n'était portée sur aucune carte. Le commandant voudrait sûrement la reconnaître.

Mason abaissa sa longue-vue, la passa dans sa main gauche et se mit à se masser l'œil droit. Ce geste de Mason était si familier à Purcell qu'il s'étonna presque de le lui voir répéter dans un tel moment.

Mason cessa de se masser l'œil droit et tendit la longue-vue à Purcell. Cela aussi faisait partie de la routine.

— Monsieur Purcell, dit Mason d'une voix calme, distinguez-vous son pavillon?

Les mains de Purcell transpiraient sur la longue-vue, il n'arrivait pas à se concentrer pour distinguer les couleurs. Puis une boule se noua dans sa gorge et il dit d'une voix à peine audible :

— Elle bat pavillon britannique. C'est une frégate.

— La longue-vue! dit Mason d'une voix blanche.

Il la lui arracha presque des mains. Purcell posa la paume de sa main droite sur son œil, et comme il l'enlevait, il vit les hommes, le visage tendu et anxieux, regarder, non pas la voile, mais Mason.

— C'est exact, dit Mason.

Il y eut une tension subite, et le silence devint presque insupportable.

— Lieutenant, dit Baker à Purcell, pensez-vous que ce soit nous qu'elle cherche?

Purcell le regarda. Le visage brun et régulier du Gallois paraissait impassible, mais Purcell remarqua qu'un petit tic, de seconde en seconde, tirait sa lèvre inférieure. Purcell ne trouvait rien à répondre. Il venait de s'apercevoir que ses jambes tremblaient sous lui, et il essayait, en raidissant ses muscles, de maîtriser ce tremblement.

— Je me fous qu'elle nous cherche ou pas, dit Mac Leod avec une violence subite.

Sa pomme d'Adam remonta dans son cou maigre, et il ajouta :

— Ce que je sais, c'est que c'est nous qu'elle va trouver.

Après cela, personne ne dit plus rien. Une frégate! Comment résister à une frégate! Purcell regarda les hommes. Ils étaient pâles sous le hâle de leurs visages, mais aucun, sauf Smudge, ne trahissait de panique. Les yeux de Smudge roulaient dans leurs orbites, sa mâchoire inférieure pendait, et il frottait ses deux mains l'une contre l'autre d'un mouvement incessant.

Purcell s'assit au pied d'un petit palmier. Il était vêtu d'un pantalon et d'une chemise, et ne se sentait pas très à l'aise. Le noroît assez vif soufflait et la brousse à l'est de la falaise était si dense qu'elle arrêtait le soleil. Il enfonça les deux mains dans ses poches et ramenant les épaules en avant, il banda les muscles de son dos. A ce moment ses yeux tombèrent sur ses jambes. Elles tremblaient. Purcell avala sa salive et jeta un coup d'œil autour de lui. Personne ne le regardait. Tous les yeux étaient fixés sur la mer. Il prit une inspiration profonde, s'appuya d'un bras sur le sol à côté de lui, et sa main rencontra des fusils. Il y avait dans l'île deux fois autant d'armes que d'hommes, et Mason avait fait disposer sur des rondins, pour les isoler du sol, une réserve d'armes.

— Attention, dit Baker en suivant le regard de Purcell, elles sont chargées.

Purcell haussa les épaules. C'était fou! Des fusils contre une frégate! Quant à lui, pour rien au monde, il ne consentirait à tirer sur qui que ce soit. Il prit le fusil que sa main avait rencontré, le posa sur ses genoux, et le considéra avec une attention subite. Quel dommage que l'arme eût cette destination inhumaine! Elle était belle. Sa crosse était substantielle, tournée dans un beau bois poli, et le métal du canon brillait d'un éclat mat, rassurant. Purcell caressa la crosse et il sentit avec plaisir le poids de l'arme sur ses jambes. Je comprends qu'on aime un fusil, pensa-t-il, c'est élégant, c'est viril. Les mêmes hommes qui avaient inventé cet objet infernal, avaient su aussi lui donner de la grâce. Il caressait l'arme sur ses genoux : il la sentait peser sur eux, lourde, chaude, amicale. Ses jambes s'étaient arrêtées de trembler.

Mason abaissa sa longue-vue, promena son regard sur les hommes et dit d'une voix sans timbre :

— Elle met le cap sur nous.

Pendant quelques secondes il ne se passa rien, puis Mac Leod dit à mi-voix :

— Nous sommes cuits.

Tous les regards convergèrent vers lui. Il fit alors de la main droite le geste de se passer un nœud coulant autour du cou, tira vers le haut le bout d'une corde imaginaire, et tordant la tête sur l'épaule, sortit la langue, les yeux révulsés. Mac Leod ayant déjà au naturel l'air d'un cadavre, cette mimique fit beaucoup d'effet. Les hommes détournèrent la tête. Mason rougit, cilla, pencha le front en avant et dit sans regarder personne, et avec tant d'énergie que ses mots avaient l'air d'exploser un à un :

— Pour moi, ils ne m'auront pas vivant!

Il releva la tête. Il lut dans les yeux des hommes que sa résolution avait trouvé en eux un écho. Je suis leur chef, pensa-t-il avec un mouvement de fierté, et ils attendent de moi que je les sauve.

— Capitaine, dit Purcell, puis-je avoir la longue-vue?

Mason la lui tendit, aperçut l'arme que Purcell avait sur les genoux et pensa, même Purcell, même cet agneau... Une vague d'orgueil le souleva. Il eut l'impression que l'île était un vaisseau de haut bord dont il était le chef et qu'il jetait sur la frégate pour la couper en deux. Jamais sa vie n'avait été plus pleine. Détruire la frégate! pensa-t-il avec fureur. Qu'importe que je sois tué! La détruire! C'est sa destruction à elle qui compte!

— Capitaine, dit White.

Le métis était si taciturne qu'on fut étonné d'entendre sa voix. Lui-même parut surpris, jeta un regard gêné à la ronde, et hésita. Purcell remarqua que l'émotion se marquait chez lui, comme chez les Tahitiens, par la coloration grisâtre de la peau.

— Capitaine, reprit White, voilà ce que je pense. La mer est creuse, y a du ressac, et p'tête bien que la frégate, elle va pas risquer une baleinière...

— Elle hésiterait s'il n'y avait pas le *Blossom,* dit Mason.

C'était vrai! Personne n'y avait songé. Ils étaient trahis par le *Blossom!* Démâté, démantelé, réduit à l'état de carcasse, il se dressait, visible de fort loin, sur l'unique plage où il était possible de débarquer.

— Capitaine, dit Baker.

Mac Leod poussa alors un grognement si hostile que Baker s'interrompit. Depuis qu'il avait mimé la pendaison qui attendait les mutins, Mac Leod avait affecté de se désintéresser du danger et des débats. Il s'était allongé sur le dos, les deux mains sous la nuque, les yeux mi-clos, son fusil à côté de lui.

— Tu dis? dit Baker sans aménité en tournant vers lui le regard de ses yeux noirs et brillants.

— Je dis, dit Mac Leod d'un ton méprisant, qu'il y a des gars qui oublient le lendemain ce qu'ils ont décidé la veille.

Baker rougit sous son hâle. C'était vrai qu'il avait

appelé Mason *Capitaine,* mais tout le monde, depuis le matin, en avait fait autant, et c'est lui que Mac Leod reprenait. Il regarda Mac Leod fixement. Il était furieux contre lui, mécontent de lui-même et ne trouvait rien à répondre.

— Eh bien, dit Mason avec impatience.

— Est-ce qu'il n'y a pas une autre façon de se défendre que d'tirer sur les gars qui vont débarquer?

Le visage de Mason se ferma et il dit d'une voix brève :

— Pourquoi?

— Eh bien, dit Baker d'un air gêné, tirer comme ça sans avertir sur des gars qui s'doutent de rien...

— C'est eux ou toi, dit Smudge, les dents serrées.

Blanc de peur, replié sur lui-même, il avançait sa lèvre inférieure, et sous les mèches grises qui les voilaient à moitié, ses petits yeux de rat brillaient, anxieux et furtifs.

— Smudge vous a répondu, dit Mason.

— Ouais! dit Mac Leod en ouvrant les yeux, il a répondu et il a pas répondu.

Il ramassa son fusil et se leva. Il se passa bien une seconde avant qu'il se dépliât tout à fait, et quand ce fut fini, il se déhancha, s'appuya sur son fusil avec nonchalance et promena son regard sur les matelots. Son pantalon était si serré qu'il dessinait les os de son bassin et sous le tricot blanc sale qu'il était le seul à porter, on pouvait compter ses côtes. Les yeux mi-clos, campé, hautain, et l'air plus que jamais d'un squelette ricaneur, il prenait tout son temps avant de parler. Tous les yeux étaient tournés vers lui. Mason lui tourna le dos ostensiblement et colla son œil droit à la longue-vue.

— Ouais, répéta Mac Leod. Moi, j'dis que Smudge, il a pas répondu, et la preuve qu'il a pas répondu, fils, c'est qu'il a répondu à côté. Moi, je m'en fous de bousiller tous les gars de la frégate, commandant compris. Mais comme j'ai dit, c'est à côté de la question, et la véritable question, la v'là, fils : la frégate fout une baleinière au jus, et dans la baleinière une douzaine de fils de putain de matelots. Ils passent le ressac, ils abordent, et alors quoi? On tire, on en casse un ou deux, on en mutile autant, le reste rembarque. Et qu'est-ce qu'elle fait, la frégate? Elle lève l'ancre et met la barre au vent? C'est ça que vous croyez? On a tué deux marins de Sa Gracieuse Majesté, et la frégate fout le camp? Jésus! C'est comme ça que vous voyez les choses? Ça a des canons, une frégate, vous avez peut-être pas remarqué?

Il promena sur l'assistance un regard de mépris.

— Eh bien, moi, j'vais vous dire ce qui va se passer, fils. Le commandant de la frégate, il s'dit : On m'a tué deux sacrés fils de garce, c'est donc qu'on m'veut pas de bien dans l'coin! C'est des bandits! Des pirates! Peut-être même bien des Français! Eh bien, moi, c'te île, j'va la réduire en miettes, et quand elle sera réduite en miettes, j'va y planter un drapeau, et lui donner mon nom, et ça fera une île de plus pour Sa Gracieuse Majesté... V'là ce qu'il s'dit, l'commandant! Alors il met à l'eau la moitié d'ses chaloupes avec la moitié d'ses gars, mais avant d'les lâcher sur nous, il s'met à cracher sur nous avec ses cinquante bouches à feu pendant une heure ou deux, ce salaud de fils de garce d'officier. Et ce qui s'passe après, fils, ça regarde plus personne ici, vu qu'y aura pas de survivants.

Mason tourna la tête par-dessus son épaule et jeta un regard sur les hommes. Il était clair que l'Ecossais les avait séduits par sa verve et convaincus par ses raisons. La description qu'il avait donnée des événements futurs était si expressive, si colorée, et, au demeurant, si vraisemblable que pas un ne doutait qu'elle ne fût prophétique.

Mason tendit la longue-vue à Purcell, se tourna d'un seul bloc, et fit face à Mac Leod.

— Eh bien, que proposez-vous? dit-il d'une voix que la colère faisait trembler. Que nous nous rendions? Il ne suffit pas de semer la panique, Mac Leod. Il faut un plan.

— J'sème pas la panique, dit Mac Leod, furieux d'être réduit à la défensive après le succès qu'il venait de remporter, j'dis les choses comme elles sont. Et quant au plan, faut en discuter entre nous. On a tout l'temps. La frégate sera pas là avant une heure.

— Discuter! éclata Mason avec violence, discuter! Ce n'est pas un Parlement, ici! Pendant que nous discutons, nous ne préparons rien.

— Ecoutez, Mason, dit Mac Leod.

— Comment osez-vous m'appeler? s'écria Mason, rouge de colère. Je ne supporterai pas plus longtemps votre damnée insolence.

— Va bien falloir que vous la supportiez, Mason, reprit Mac Leod de sa voix traînante, car j'ai pas l'intention d'vous appeler autrement. On est pas à bord ici. L'*Blossom*, il est en train de pourrir sur l'sable, et il peut plus servir à rien. Son capitaine, non plus, il sert plus à rien, comme j'ai l'regret d'vous l'dire, Mason. Vous savez diriger un rafiot, Mason, j'dirais ça en vot' faveur. Mais sur terre, vous valez pas plus qu'un aut'. Vous avez l'droit à vot' opinion, c'est tout. Et pour l'Parlement, j'vais vous dire, vous êtes tombé pile, Mason : c'est un petit Parlement ici, et pas plus tard qu'hier on a voté, à l'unanimité on a voté, et vous savez quoi? De plus vous donner vot' titre, à Purcell et à vous. Vous êtes plus rien ici, Mason, faut vous faire à c'te idée. Comme j'ai dit, vous avez droit à vot' opinion, et c'est tout.

Mason resta une pleine seconde, béant, privé de parole et presque de mouvement. Puis il se reprit, se redressa et, le visage rigide, il regarda les matelots.

— White? dit-il d'une voix brève.

— Je dis comme Mac Leod.

— Baker?

— J'ai rien contre vous, dit Baker d'un air gêné. Mais j'suis d'accord. On est plus sur l'*Blossom,* ici.

— Jones?

— J'suis d'accord avec Baker.

— Johnson?

— Pareil, dit Johnson en baissant les yeux.

— Hunt?

Hunt grogna, mais ne répondit pas.

— Smudge?

— Qu'est-ce que vous croyez, Mason? dit Smudge en pointant son gros nez en avant avec une sorte d'impudence, qu'on va vous lécher les pieds à Purcell et à vous? On veut plus de damnés officiers, ici!... On en a soupé...

— Boucle-la, dit Baker, y a pas d'raison d'être malpoli.

Mason se retourna vers Purcell qui, le dos accoté à un arbre, suivait cette scène d'un air impassible.

— Vous étiez au courant, monsieur Purcell? dit-il d'un air soupçonneux. Vous étiez au courant de ce... vote?

— Je viens de l'apprendre, dit Purcell.

Il se redressa, agacé. La méfiance de Mason venait

de tarir d'un seul coup toute la pitié qu'il lui inspirait.

Il y eut un silence et Mason dit d'un ton hostile :

— Eh bien? Qu'en pensez-vous?

Purcell resta silencieux quelques secondes. Il cherchait un moyen de faire comprendre à Mason qu'il ne le suivait pas, sans avoir l'air de le désavouer devant les hommes.

— Eh bien? répéta Mason.

— En ce qui me concerne, dit Purcell d'une voix nette, je continuerai, par déférence, à vous appeler Capitaine, mais si les hommes veulent m'appeler Purcell, ça ne me gêne pas.

— Ça ne vous gêne pas? s'écria Mason avec indignation.

— Non, Capitaine.

— Eh bien, vous..., commença Mason avec mépris.

Il allait dire : « Vous n'êtes pas dégoûté », mais il s'arrêta, la bouche ouverte. Il avait failli oublier : Jamais de querelles entre officiers devant les hommes. Sa bouche se referma comme une huître, il se tourna d'un bloc vers Mac Leod, le dévisagea et dit d'une voix furieuse :

— Bien entendu, c'est vous qui avez manigancé tout cela, Mac Leod! C'est vous le meneur! C'est vous qui avez détourné les hommes de leur devoir!

— J'suis l'meneur de personne! dit Mac Leod en se redressant avec dignité, et j'ai rien manigancé du tout. J'ai l'droit à mon opinion, et j'la dis. Et puisque vous parlez d'devoir, Mason, j'vais vous dire une chose : C'est pas moi qui vous ai conseillé d'mettre en l'air vot'capitaine et d'mutiner son bateau...

Mason devint écarlate, sa main se crispa sur son

fusil, et Purcell eut tout d'un coup l'impression qu'il allait tirer sur l'Ecossais. Mac Leod dut avoir le même sentiment, car il mit son propre fusil sous son bras droit, et il attendit, le doigt sur la détente, le canon dirigé vers les jambes de Mason. Deux ou trois secondes se passèrent ainsi, puis Mason mit l'arme à la bretelle avec toutes les apparences du calme, et la tension se relâcha.

— Matelots, dit-il enfin d'une voix assez ferme, mais sans regarder personne, si vous croyez pouvoir vous passer de votre capitaine, très bien!

Il hésita, s'aperçut que sa main gauche tremblait, la mit derrière son dos, et répéta avec un effort assez pitoyable pour mettre de l'ironie dans sa voix :

— Très bien!

Il s'arrêta, il voulait partir sur une parole de chef, ferme et bien sentie. Son esprit était un blanc total. Il n'arrivait pas à parler.

Les matelots attendaient, immobiles. Même Mac Leod ne disait rien. Ils sentaient que Mason cherchait le mot de la fin, qu'il ne le trouvait pas, et loin de voir du ridicule dans sa situation, ils en étaient gênés pour lui.

— Matelots, dit Mason, rouge, raide, les yeux cillants, la main gauche crispée derrière son dos, je...

Il s'arrêta, derechef. Smudge ricana et Baker, aussitôt, lui mit son coude dans le creux de la poitrine.

— Très bien! répéta enfin Mason avec le même effort dérisoire pour donner à sa voix une intonation ironique.

Puis il carra les épaules, pivota sur ses talons et s'en alla.

Il y eut un silence, puis les yeux se reportèrent vers la mer et sur la frégate. Elle grandissait de seconde en seconde, portant la mort sur chaque pied carré de son pont.

— Eh bien, dit Smudge en avançant agressivement son nez en avant, où il est ton plan?

— Mon plan? dit Mac Leod en lui jetant un regard noir.

— Faut quand même faire quelque chose! reprit Smudge à qui la peur de la frégate donnait le courage d'affronter Mac Leod. Si t'as débarqué l'capitaine, c'est qu'tu savais où mettre le cap...

Il y eut un murmure d'approbation parmi les hommes. Mac Leod mit une main sur sa hanche maigre et jeta sur eux un regard de dédain.

— Fils! dit-il en traînant sur les mots d'un air sardonique, vous avez perdu un capitaine. Faut pas compter sur moi pour l'remplacer. J'ai pas d'goût pour le galon. Et j'vais vous dire une chose. S'y a des gars ici qui ont encore besoin d'un papa pour leur dire ce qu'il faut faire, c'est pas à moi qu'il faut s'adresser. Mettez-vous bien ça dans la tête, fils : J'suis l'papa de personne. Et j'ai pas d'plan non plus.

Il s'arrêta, jeta à ses compagnons un regard de défi, et reprit :

— Le plan, c'est à nous tous de l'trouver.

Il y eut un silence et Purcell dit d'une voix polie :

— J'ai une suggestion.

Tous les regards convergèrent sur lui. Assis au pied d'un petit palmier, son fusil sur les genoux et la longue-vue à l'œil, il s'était tenu si tranquille qu'on l'avait presque oublié. Les matelots furent presque choqués de sa présence. Ils auraient estimé plus normal qu'il suivît Mason. Purcell lut ce sentiment dans le silence qui accueillit ses paroles et dit d'un ton roide :

— Bien entendu, si vous ne voulez pas entendre ma suggestion, je suis tout prêt à m'en aller.

— Purcell, dit Mac Leod avec gravité et en promenant son regard sur ses compagnons pour les prendre à témoin de son libéralisme, comme j'ai dit à Mason, tout l'monde ici à l'droit à son opinion, et vous faites pas exception.

— Eh bien, dit Purcell, je pense d'abord que le noroît a beaucoup fraîchi, la mer s'est faite, et je ne crois pas maintenant que la frégate jettera l'ancre dans la baie et mettra une embarcation à l'eau.

Les hommes tournèrent en même temps la tête vers l'océan et scrutèrent la houle. Au bout d'un moment, Johnson secoua la tête et dit de sa voix fêlée :

— C'est pas pire qu'le jour où on a débarqué.

Il fut aussitôt contredit, mais avec une certaine timidité : On n'osait pas s'abandonner à l'espoir, ni même le formuler, de peur d'une représaille du destin.

— Pour les fusils, reprit Purcell, Mac Leod a raison. S'en servir, c'est un suicide. Voici ce que je vous propose. Si des hommes débarquent, seuls les Tahitiens doivent se montrer en haut de la falaise, pousser des cris de guerre, et, au besoin, jeter des pierres. Il faut que la frégate croie qu'elle a affaire à des indigènes.

Il y eut un silence et Smudge dit avec hargne :

— J'vois pas la différence avec le plan de Mason.

— Moi non plus, dit White, ses yeux de jais luisant avec malveillance dans les fentes de ses paupières.

Mac Leod mâchonna sa lèvre inférieure et ne dit rien.

— Il y en a une, dit Purcell. Avant de quitter

Londres, nous avons reçu une instruction de l'Amirauté interdisant de toucher terre en Océanie partout où les indigènes adopteraient une attitude hostile.

Il y eut un silence. Mac Leod scrutait avec attention le visage de Purcell.

— Vous avez lu cette instruction, Purcell? dit-il avec lenteur.

— Oui, dit Purcell.

Il gardait sur Mac Leod ses yeux transparents et tout en soutenant son regard, il pensait : « Que Dieu me pardonne ce mensonge. »

— J'suis pour, dit Baker.

— J'suis pour aussi, dit Jones.

Les autres se taisaient. Purcell les regarda. Hunt fixait le vide de ses petits yeux pâles. Il n'avait rien compris à ce qui s'était dit devant lui et il regardait Mac Leod comme pour l'appeler à son secours. Le vieux Johnson branlait le chef d'un air approbateur, mais aux regards furtifs qu'il lançait à Mac Leod, Purcell comprit qu'il n'osait pas dire son opinion avant l'Ecossais. White et Smudge étaient hésitants. Ils étaient si hostiles à Purcell qu'ils ne se décidaient pas à approuver sa suggestion. Eux aussi attendaient que Mac Leod se prononçât. Si Parlement il y a, pensa Purcell dans un éclair, ce sera un Parlement dominé par Mac Leod.

— Ouais, dit enfin Mac Leod avec lenteur, il serait pas mauvais, votre plan, Purcell, s'il y avait pas cette damnée carcasse de *Blossom* sur le sable qu'y a même le nom qu'est encore écrit dessus sur la poupe, bien visible d'ici vingt minutes pour la longue-vue du commandant. Et quand ce fils de putain l'aura vu, vous pouvez m'croire, fils, qu'il va commencer à se poser des questions. Et qui sait s'il croira pas que les Noirs de l'île, ils ont bousillé les gars du *Blossom*. Et alors ça m'étonnerait pas qu'il insiste pour nous faire une petite visite, même si les Noirs lui balancent des pavés sur la tête.

— Alors? dit Smudge.

— Alors, dit Mac Leod, v'là mon avis, faut d'abord faire comme Purcell a dit, mais si les gars de la frégate insistent, faut piquer dans la brousse du côté de la montagne avec les femmes, les provisions et les fusils.

Il s'arrêta, huma le vent, et jeta un coup d'œil sur la mer. Le noroît avait encore fraîchi, ou c'était une illusion?

— Pourquoi du côté de la montagne? dit Smudge.

— Y a de l'eau.

— Et qu'est-ce qu'on foutra dans la brousse?

— On se les roulera, dit Mac Leod en reniflant avec dédain.

Puis tout d'un coup il rougit, pencha vers Smudge sa haute taille et dit d'une voix furieuse :

— Jésus! T'as pas compris? Qu'est-ce que t'as dans le crâne? Rien? On te l'a vidé? C'est une coquille? T'as pas compris qu'il fallait pas s'battre avec ces fils de putain, et que si on s'bat, on est foutu!

— Eh bien, pourquoi les fusils? dit Smudge.

Mac Leod se redressa et reprit d'une voix calme et sardonique :

— Ils sont tenaces, nos bien-aimés compatriotes. S'peut qu'ils nous traquent. S'peut qu'ils nous affament. S'peut même qu'ils foutent le feu à la brousse pour nous en faire sortir.

— Alors? dit White.

— Alors on sortira et on vendra sa peau.

Il y eut un silence, White leva la main et dit de sa voix aiguë et chantante :

— J'suis pour.

Tous l'imitèrent, à l'exception de Hunt. Les mains levées arrivaient à peu près à la hauteur de sa bouche et ses petits yeux porcins étaient fixés sur elles d'un air inquiet.

— Eh bien, dit Smudge, en lui poussant son coude dans la hanche, tu votes pas?

Hunt leva la main.

— Purcell, dit Mac Leod, voulez-vous dire aux Noirs de ramasser tout ce qu'ils pourront comme vivres dans le village et de s'tenir prêts à mettre tout en sûreté dans la brousse.

Purcell traduisit et les Tahitiens obéirent aussitôt, l'air impassible. Depuis que Mason leur avait distribué les fusils, ils étaient restés assis dans leur coin et n'avaient pas articulé un seul mot.

— Je m'demande ce qu'ils pensent, ces oiseaux-là, dit Mac Leod en se frottant l'aile du nez de l'index. Faudrait pas qu'ils nous trahissent quand on sera planqué dans la brousse.

— Ils ne nous trahiront pas, dit Purcell d'un ton sec.

Il porta la longue-vue à son œil et fut un moment avant de trouver la frégate. Cette fois, ce n'était pas une erreur : La mer s'était faite, et certaines lames étaient si hautes qu'elles cachaient par moments la proue du navire.

— A mon avis, dit Purcell en réprimant avec peine le tremblement de sa voix, elle ne peut plus approcher de la terre avec un vent aussi peu maniable.

Il tendit la longue-vue à Mac Leod qui se mit à jurer parce qu'il n'arrivait pas du premier coup à la mettre au point. Il s'immobilisa. Les tendons et les muscles saillaient dans son cou maigre, et sa nuque se mit à rougir. Les matelots avaient les yeux fixés sur la mer, mais un rideau de brume était tombé sur l'île et ils n'arrivaient pas à voir assez bien les voiles de la frégate pour être certains de son cap.

— Elle fuit devant l'temps! hurla Mac Leod, regardez, Purcell! Elle fuit devant l'temps!

Purcell prit la longue-vue et tandis qu'il la réglait, entendit autour de lui la respiration haletante des hommes. C'était vrai, la frégate faisait de nouveau route vers l'est. Elle avait rentré beaucoup de toile, recevait le vent grand largue sur bâbord, et dansait péniblement. Il était évident que, dès qu'elle aurait doublé l'île, elle mettrait le cap sud-est pour diminuer sa gîte. La mer se creusait de minute en minute.

Purcell abaissa la longue-vue et prit une inspiration profonde. Il eut l'impression que ses poumons, jusque-là, avaient été fermés et qu'il les ouvrait à l'air de nouveau.

— Elle pense à tout sauf à toucher terre, dit-il d'une voix joyeuse. Dans une heure elle sera hors de vue.

Tous voulurent mettre l'œil à la longue-vue pour s'assurer de la route de la frégate. Le danger était encore trop proche. Ils auraient craint de le voir revenir en en parlant. Alors ils s'émerveillèrent de la longue-vue. Quand vint le tour de Johnson, il déclara avec fierté que toute sa vie il avait vu Burt coller son œil dans ce machin-là, et qu'il n'aurait jamais cru qu'un jour viendrait où il y collerait le sien. C'était vrai. C'était la longue-vue de Burt. Et maintenant elle était à eux, Burt était mort, Mason ne comptait plus, ils étaient libres.

Mac Leod, le fusil à la bretelle, la main appuyée contre un petit palmier, regardait l'horizon. Quand Johnson rendit la longue-vue à Purcell il se redressa et dit :

— Je propose une chose : Qu'on foute le feu au *Blossom*. Et tout de suite.

Il y eut un silence et Baker dit d'un air choqué :

— A tout ce bois?

L'objection porta. Les hommes regardèrent Mac Leod et détournèrent les yeux. Ils n'osaient pas le contredire, mais mettre le feu au *Blossom*, ils n'étaient pas d'accord. D'abord il était à eux, l'*Blossom*. Pour des bricoleurs, rien que la carcasse, c'était encore une sacrée richesse. On pourrait en fabriquer, des centaines de petits trucs utiles avec tout ce bois, et toute la ferraille qu'il y avait dedans.

Mac Leod promena sur eux son regard méprisant.

— Jésus! dit-il de sa voix râpeuse, le danger à peine passé, on n'y pense plus : Voilà le matelot!... Pas plus de cervelle qu'une sardine! C'est possible que l'gars Baker, il veut s'tailler une pipe dans la quille du *Blossom*, mais moi, fils, j'dis que j'veux pas risquer mon précieux petit cou pour la pipe à Baker. L'*Blossom*, il sert à rien qu'à nous faire repérer, vous avez pas encore compris ça? C'est la carte de visite sur notre île : « Ici les mutins du *Blossom*. Bienvenue aux frégates de Sa Majesté! » Et une carte de visite bien visible, à des milles en mer! L'*Blossom*, s'y a un bateau dans les parages, il va l'attirer comme le sucre attire les mouches. Faut comprendre! Les commandants, ça les rend fous, les cadavres de bateaux. Ils voient une épave, ils piquent droit dessus, même qu'ils soyent très pressés, et ils commencent à s'exciter sur les débris en s'posant des tas de questions. Fils, vous pouvez m'croire : Y a pas un damné commandant dans tout l'Pacifique qui voudra pas toucher terre pour venir coller son nez sur c'te carcasse.

Purcell regarda les hommes. Une fois de plus, Mac Leod les avait convaincus.

— Mac Leod, dit Purcell, s'il doit y avoir un vote, je pense que M. Mason devrait être là.

— C'est son droit, dit Mac Leod.

Il ajouta en haussant les épaules :

— Mais j'vous parie un penny qu'il voudra pas venir. White, va chercher le...

Il allait dire le capitaine. Il se reprit.

— Va chercher Mason.

White obéit. Il n'y avait plus de capitaine. Mais il continuait à faire fonction de stewart. On l'envoyait porter des messages d'un bout à l'autre du village. Tout le monde trouvait cela normal, White le premier!

White revint quelques minutes plus tard.

— Il veut pas venir, dit-il essoufflé.

Mac Leod leva les sourcils et ouvrit sa main droite devant lui d'un air démonstratif.

— Vous lui avez dit qu'il s'agissait du *Blossom?* dit Purcell.

— Oui, dit White, et une fois de plus Purcell lut dans ses yeux une inexplicable hostilité.

— Vous lui avez dit qu'il s'agissait de brûler le *Blossom?*

— Non, dit White.

— J'mets aux voix ma proposition, dit Mac Leod avec dignité.

Toutes les mains se levèrent, sauf celle de Purcell.

— Je pense, dit Purcell, que si on avait dit à

M. Mason qu'il s'agissait de brûler le *Blossom*, il serait venu.

— Ça aurait rien changé, dit Smudge. Même sans sa voix et sans la vôtre, y a une majorité.

— Ce n'est pas la question, dit Purcell avec patience. Personnellement, je suis d'accord pour brûler le *Blossom*. Mais je trouve qu'on devrait donner une chance à M. Mason. Je demande qu'on fasse une deuxième démarche pour engager M. Mason à venir.

— Je mets aux voix cette proposition, dit Mac Leod.

Mac Leod, White, Smudge, Hunt — et avec un temps de retard — Johnson votèrent contre. Jones, Baker et Purcell, pour. Ce vote produisit sur Purcell une impression pénible. Il était clair qu'au « Parlement », Mac Leod disposait, à son gré, d'une majorité. White et Smudge voteraient avec lui par conviction. Hunt, par bêtise. Johnson par peur.

— Proposition Purcell écartée, dit Mac Leod.

Il fit une pause et reprit :

— Proposition de brûler sur-le-champ le *Blossom*.

Tous votèrent pour. Purcell se tut.

— Purcell? dit Mac Leod.

— Je m'abstiens, dit Purcell.

— Qu'est-ce que ça veut dire : « Je m'abstiens »? dit Johnson.

Mac Leod haussa les épaules.

— Ça veut dire que tu votes ni oui ni non.

— Ah ça alors! dit Johnson en écarquillant les yeux. Tu dis : « Je m'abstiens » et ça veut dire ni oui ni non. Et t'as l'droit d'faire ça? reprit-il, saisi d'un doute.

— Naturellement.

Johnson hocha la tête, émerveillé.

— Eh ben, tu vois, reprit-il, j'aurais pas cru. « Je m'abstiens », répéta-t-il avec une sorte de respect comme s'il était étonné qu'un simple mot eût tant de pouvoir.

— Eh bien, maintenant qu'tu l'sais, fous-nous la paix, dit Smudge.

Mac Leod toussa et dit avec solennité :

— Proposition de brûler l'*Blossom :* Sept voix pour. Une abstention. Un absent. Proposition adoptée.

— Allons-y! dit Smudge avec entrain.

Maintenant que la chose était décidée, mettre le feu au *Blossom* devenait une partie de plaisir. Quelle flamme le sacré rafiot allait faire! Les cailloux de la crique étaient capables de fondre! Les matelots se précipitèrent vers la falaise, et Purcell les entendit qui sautaient de rocher en rocher en descendant le sentier abrupt qui menait à la plage.

Purcell tourna le dos à la mer, gagna le village et prit par *East Avenue*. Il évitait ainsi de retraverser *Blossom Square* et d'être accablé de questions par les femmes.

Une heure plus tard, Purcell était dans son jardin, torse nu, en train de fendre du bois quand il s'entendit héler. Il leva la tête. C'était Baker. Il était pâle.

— Venez vite! cria Baker, vite! Je vous prie! Courons! Vous seul pourrez peut-être empêcher!...

La voix de Baker était si anxieuse que Purcell le rejoignit et se mit à courir à ses côtés à travers bois dans la direction de la falaise.

— Que se passe-t-il? cria-t-il tout en courant.

— Y a eu une scène terrible avec Mason. Les Noirs avaient dû l'avertir!... Le vieux était comme fou! Il criait. Il pleurait presque! Il voulait s'foutre dans les flammes! Finalement, il a mis Mac Leod en joue!...

— Il l'a tué?

— Non, ils ont réussi à l'désarmer, ils lui ont attaché les mains, ils l'ont remonté sur la falaise, ils ont renvoyé les Noirs... Courons! Lieutenant! Courons!

— Qu'y a-t-il? cria Purcell, la poitrine serrée par la peur.

Baker trébucha, reprit son équilibre, et tourna son visage vers Purcell.

— Ils veulent le pendre!

CHAPITRE VI

Purcell vit tout d'un seul coup d'œil : le nœud coulant qui pendait de la branche maîtresse d'un pandanus; au pied de l'arbre, Mason, jambes et mains entravées; les hommes en demi-cercle autour de lui, et derrière le groupe, les hautes flammes crépitantes et les volutes de fumée qui s'élevaient de la plage.

Tout en courant, Purcell remarqua que la corde n'était pas attachée, mais simplement passée par-dessus la branche. Mac Leod, debout à la droite de Mason, tenait le bout libre dans sa main. Hunt dressait sa masse à la gauche du prisonnier, et comme il était très grand, le nœud coulant se balançait au niveau de son visage.

Purcell cessa de courir dès qu'il vit que Mason était vivant. Il était essoufflé par sa course et c'est la main droite appuyée contre son flanc qu'il s'approcha du groupe. Il regardait Mason avec des yeux agrandis par l'anxiété, mais Mason ne regardait personne. Il se tenait presque au garde-à-vous, le visage rigide, les yeux fixés droit devant lui. Enhardis par son immobilité, les petits oiseaux multicolores du sous-bois voletaient autour de lui. Au moment où Purcell arriva, l'un d'eux se posa sur l'épaule du prisonnier et y pirouetta d'un air gai et encourageant. Mason ne tourna pas la tête et ne fit pas un mouvement.

— Mac Leod! cria Purcell d'une voix étouffée.

— Ayez pas peur, Purcell, dit Mac Leod. J'aurais pas fait voter sans vous, ni sans Baker. Tout va se passer dans les règles. Chacun pourra dire son mot. Et Mason aura tout l'temps qu'il voudra pour se défendre.

— Mais vous ne songez pas sérieusement..., s'écria Purcell.

— C'est tout ce qu'il y a de sérieux, dit Mac Leod. Si on avait pas empêché Mason d'tirer, à l'heure qu'il est, les puces de mer, elles seraient en train d's'régaler avec ma cervelle.

— Mais il n'a quand même pas tiré!

— Ouais! dit Mac Leod. Il a pas eu l'temps. White a été plus vite!

— J'dirais pas ça, dit Jones tout d'un coup. J'dirais pas qu'il a pas eu l'temps. Il s'est bien écoulé deux secondes avant que White lui saute dessus.

— Il prenait tout son temps pour m'viser, dit Mac Leod.

Le jeune et honnête visage de Jones se contracta dans l'effort qu'il faisait pour se rappeler comment les choses s'étaient passées.

— Non, dit-il, j'dirais pas ça non plus. J'dirais plutôt qu'il était comme un gars qui s'demande s'il va tirer ou pas.

Jones regarda Mason comme pour en appeler à son témoignage. Mais Mason ne bougea pas la tête d'un pouce. La bouche close, le regard figé, et le visage dédaigneux, il n'avait même pas l'air d'écouter le débat où sa vie se jouait. De toute évidence, il avait résolu de se taire et d'ignorer ses juges. Il est brave, pensa Purcell avec irritation. Très brave et très stupide.

— Vous voyez, dit Purcell d'une voix pressante, même si White ne lui avait pas sauté dessus...

— Ça, dit Smudge avec violence, c'est Jones qui l'dit. Moi, j'dis l'contraire. Moi, j'dis qu'il allait tirer.

Purcell resta une seconde sans parler. Smudge veut la mort de Mason, pensa-t-il dans un éclair. Le dégoût l'envahit et la présence de Smudge lui devint si intolérable qu'il n'arrivait plus à fixer ses yeux sur lui.

— Purcell, dit Mac Leod, faut me comprendre et Purcell pensa : Ça y est, il va prendre possession des débats.

— Ecoutez-moi, coupa-t-il, il ne faut pas commencer notre établissement dans l'île par un meurtre. Car c'est un meurtre!...

Il voulait parler avec énergie, et il entendait avec désespoir sa voix couler de ses lèvres, pâle, émasculée, sans timbre. L'émotion dont il était plein lui enlevait tous moyens de la communiquer.

— C'est un meurtre, répéta-t-il. Mason a eu tort de vous mettre en joue, mais il n'était pas de sang-froid. Tandis que vous, si vous le pendez...

Il s'arrêta. Il regarda les hommes. Il n'avait produit aucun effet sur eux. C'était fini. White, Smudge, Mac Leod voteraient pour. Hunt fixait le nœud coulant de ses petits yeux pâles, son gros mufle stupide ne reflétait rien, mais il était clair qu'il voterait avec Mac Leod. Johnson, son gros nez penché à terre, frottait de la main gauche les boutons pourpres qui mangeaient sa barbe. Pas une fois il n'avait regardé Purcell.

— C'est un meurtre! cria Purcell.

Mais c'était inutile. Il avait l'impression de parler à des cailloux. Mac Leod le regardait. De tous les matelots, il était le seul à l'avoir écouté avec attention. Il attendait. Il ne se pressait pas pour reprendre la parole, comme pour bien marquer qu'il laissait à la partie adverse tout le loisir de s'exprimer. Ses yeux gris brillaient dans ses orbites sans sourcils, et entre son nez aigu et recourbé et son menton en galoche, ses lèvres minces étaient serrées l'une contre l'autre. Il n'y avait pas un gramme de graisse dans son visage : la peau n'y recouvrait que des os, et dans les deux trous effrayants qui se creusaient sous ses pommettes, on voyait battre les muscles des mâchoires.

— Purcell, dit-il enfin avec une sorte de dignité, vous dites qu'il faut pas commencer not'vie dans l'île par un meurtre. Et moi, j'dis justement! C'est justement parce qu'on commence not'vie dans l'île qu'il faut être sévère avec les fils de putain qui veulent jouer du fusil. Sans ça quoi? On va s'entretuer dans c'te île! C'est clair! Quand on aura eu des mots avec son voisin, pan! pan! Quand vous aimerez mieux son champ que l'vôt, pan! pan! Quand vous voudrez lui faucher son Indienne, pan! pan! Alors quoi? C'est celui qui tirera l'premier qui fera la loi! C'est l'anarchie! C'est l'carnage! Purcell, reprit-il, j'vais vous dire, que Mason aye voulu m'tirer dessus, j'lui en veux pas. Il était fou d'son rafiot, c'te homme-là, il a vu rouge. Mais faut une règle, enchaîna-t-il avec force, faut un exemple! Justement dans les débuts, Purcell. C'est là où j'vous donne tort! Le gars qui menace de bousiller l'copain, ou même qui fait l'geste sans rien dire, moi, j'dis, la corde! tout de suite! Sans attendre! Sans ça, y aura pas d'ordre dans l'île. On y passera tous jusqu'au dernier!

Purcell le regarda, stupéfait. Il était sincère, c'était visible. Ce mutin incarnait le respect de la loi. Ce meurtrier voulait protéger la vie de ses concitoyens. Il pensait en homme d'ordre...

Baker dit tout d'un coup :

— On n'a pas pendu Kori quand il a tiré sur Mehoro.

— C'est vrai! dit Purcell promptement. Il y a un précédent. Il ne serait pas juste d'avoir deux poids et deux mesures.

Mac Leod était trop légaliste pour ne pas être ébranlé par ce mot de « précédent », mais cela ne dura que quelques secondes. Il se ressaisit.

— C'étaient des Noirs, dit-il avec mépris. Les Noirs se débrouillent entre eux. C'est pas notre affaire.

Après cela, il y eut un silence, et Mac Leod reprit :

— Mason, avez-vous quelque chose à dire pour votre défense?

Mason ne répondit pas. Mac Leod répéta la question et attendit avec patience. Purcell détourna les yeux. La sueur coulait dans son dos entre les omoplates. Tout était fatal désormais. L'événement était tout aussi impossible à arrêter qu'un rocher qui roule sur une pente. Mac Leod allait dire : « J'propose que Mason soit pendu pour tentative de meurtre. » Jones, Baker et lui-même voteraient contre. Les autres, pour. Purcell s'appuya de la main contre le tronc de pandanus. Il se sentait faible et comme dépaysé. Ses yeux se promenèrent sur le sous-bois et les hommes qui l'entouraient comme s'il ne les avait jamais vus. Le soleil faisait des taches gaies de place en place, et les oiseaux brillants, multicolores, voletaient autour des matelots et de Mason. L'un d'eux se posa au creux du nœud coulant. Deux autres le rejoignirent, et le nœud coulant se mit à se balancer doucement au-dessus de leurs têtes.

— J'propose... dit Mac Leod.

A ce moment, Hunt grogna. C'était si inattendu que Mac Leod s'interrompit et tous les regards se braquèrent sur le géant.

— C'était sur le *Swallow,* dit Hunt tout d'un coup, ses petits yeux pâles fixés sur le nœud coulant. J'me rappelle. Y a dans les trois ans d'ça. P'têtre quatre.

Il y eut un silence et comme il ne disait plus rien, Smudge tourna vers lui son visage de rat.

— Qu'est-ce que tu te rappelles?

— Un gars nommé Decker, dit Hunt.

Il s'interrompit, comme surpris d'avoir parlé, regarda Smudge, fronça son mufle couvert de poils rouges et dit :

— Pourquoi qu'vous avez foutu c'te saloperie là-dessus?

— Quelle saloperie?

Hunt leva le bras et toucha le nœud coulant. Les oiseaux multicolores s'envolèrent.

— C'est pour Mason, dit Smudge. Il a voulu tirer sur Mac Leod. On va l'condamner.

— L'condamner? dit Hunt en écho.

Un voile tomba sur ses yeux pâles et il dit d'une voix confuse :

— L'gars nommé Decker, il avait frappé un officier. On lui a mis c'te saloperie autour du cou, et on a tiré.

Là-dessus, on attendit, mais Hunt était retombé

dans le silence. Ses petits yeux pâles regardaient au loin. Il ne paraissait plus être là.

Au bout d'un instant, Mac Leod dit :

— J'propose que Mason soit pendu pour tentative d'assassinat.

Alors le vieux Johnson releva la tête et dit d'une voix forte et décidée :

— Je m'abstiens.

Il avait préparé la phrase depuis le début et il avait eu de la peine à attendre que Mac Leod eût fini pour la prononcer. Quand il l'eut dite, il jeta un coup d'œil autour de lui, puis il plissa ses petits yeux et regarda la loupe au bout de son nez d'un air extraordinairement satisfait. Rien n'est joué, pensa Purcell avec un intense espoir.

— Tu es fou! dit Smudge d'une voix menaçante.

Johnson se redressa avec le courage des timides :

— C'est mon droit, dit-il. Mac Leod l'a dit.

— Et parlant de droit, dit Purcell en regardant Smudge d'un air glacial, vous n'avez pas celui d'influencer les votes par l'intimidation.

— Boucle-la, Smudge, dit Mac Leod.

Mac Leod se retourna et ses yeux, passant audessus de la tête de Mason, s'attachèrent à Hunt. Celui-ci le dévisageait d'un air irrité et poussait des grognements sourds et gutturaux.

Le mufle de Hunt était si écrasé, et de profil si dépourvu de tout relief qu'il avait l'air d'avoir servi d'enclume à un marteau-pilon. Hunt avait été boxeur dans son jeune temps, et pendant des années, sa pauvre tête de brute avait été martelée par les poings de ses adversaires. Et peut-être était-ce cela qui l'avait rendu si stupide, si irritable, et qui donnait à ses petits yeux pâles leur air traqué.

— Qu'est-ce que t'as à m'regarder comme ça? dit Mac Leod.

Hunt grogna sans répondre et Mac Leod haussa les épaules.

— Continuons, dit-il. Smudge?

— Pour, dit Smudge avec une sorte d'élan.

— White?

— Pour.

— Moi-même, pour, dit Mac Leod. Jones?

— Contre.

— Baker?

— Contre.

— Purcell?

— Contre.

— Hunt?

Hunt grogna, fixa sur Mac Leod des yeux farouches et dit lentement et distinctement :

— Ote-moi d'là c'te saloperie.

Il y eut un silence.

— C'est pour Mason, dit Smudge. Il a failli tirer sur Mac Leod.

— Ote-moi d'là c'te saloperie, dit Hunt en balançant sa tête de droite à gauche comme un ours, j'veux plus la voir.

Mac Leod et Smudge se regardèrent. Purcell se redressa, le cœur battant et dit d'un ton incisif :

— Avant qu'on essaye de nouveau d'influencer les votes, je désire faire remarquer que Hunt ne paraît pas favorable à la pendaison.

Il n'y eut pas de réponse. Les matelots fixaient Hunt dans l'attente de ce qu'il allait dire. Mais Hunt poussait des petits grognements furieux et inarticulés qui ne pouvaient pas passer pour des paroles. Au bout d'un moment, il regarda de nouveau le nœud coulant, plissa la bouche comme s'il allait se mettre à pleurer, puis son regard, suivant la corde, remonta peu à peu jusqu'à la branche qui la portait, et redescendit peu à peu jusqu'à l'extrémité que Mac Leod tenait dans sa main.

— Hunt, dit Mac Leod en soutenant son regard avec fermeté, il faut voter : Tu es pour ou tu es contre.

Hunt grogna, et tout à coup, son bras, passant devant Mason avec la rapidité de l'éclair, happa la main de Mac Leod, l'ouvrit aussi facilement qu'il eût ouvert une main d'enfant crispée sur un jouet. Le bout libre de la corde échappa à Mac Leod et se mit à se balancer dans l'air. Hunt saisit le nœud coulant et tira. La corde descendit d'abord lentement, puis de plus en plus vite jusqu'à ce qu'elle atteignît la terre, où elle se lova sur elle-même, et resta immobile. Hunt la poussa du pied et émit une série de petits grognements brefs et victorieux comme un chien qui vient de tuer une couleuvre.

Personne ne pipait mot. Purcell regardait à ses pieds cet objet qui portait si bien témoignage de l'ingéniosité des hommes. C'était une solide corde de chanvre, tachée de goudron en son milieu, blanchie par le soleil, et par endroits, effilochée par l'usure. Répandue à terre, et le nœud coulant confondu dans ses lacis, elle paraissait inerte, inoffensive, sans signification.

— Je suggère, dit Purcell en réprimant le tremblement convulsif de sa voix, que l'on considère Hunt comme votant contre.

Pâle, les lèvres serrées, Mac Leod massait sa main endolorie. Hunt votant avec Purcell, et Johnson s'abstenant, cela faisait quatre voix contre, trois pour : il était battu.

Mac Leod sentait sur lui le regard des matelots.

Il se redressa et il fit une chose surprenante : il sourit. Ses lèvres s'écartèrent l'une de l'autre, et dans ce mouvement, les joues, au lieu de se remplir, se creusèrent davantage, et son visage eut l'air plus que jamais d'une tête de mort.

Il regarda tour à tour ses compagnons, l'air calme et sardonique.

— Fils, dit-il enfin de sa voix traînante et rythmée, j'suis pas d'accord pour dire que Hunt a voté. Non, fils, j'suis pas d'accord pour compter sa voix, vu qu'il a pas voté comme un chrétien avec la langue que le Seigneur il lui a donnée pour parler...

Ce langage pieux étonna tout le monde, et cet étonnement donna un répit à Mac Leod. Personne ne songea à protester ni à l'interrompre.

— Cependant, poursuivit Mac Leod, faut être juste. Si on compte pas Hunt, et Johnson s'abstenant, ça fait trois voix contre et trois voix pour. Y a pas d'majorité pour. Y a pas d'majorité contre. Alors, j'pose la question : Qu'est-ce qu'on va faire?

La question était de pure forme, car, avant que personne ait eu le temps de répondre, il reprit :

— J'vais vous dire, fils : J'retire ma motion.

Et il promena son regard sur les matelots pour les prendre à témoin de sa générosité. Quel politicien-né! pensa Purcell. Il est battu et il se donne toutes les apparences de la victoire.

— Bon, reprit Mac Leod, c'est un coup pour rien, on passe l'éponge et Mason est libre. Et alors, reprit-il dramatiquement, qu'est-ce qui s'passe? Un jour ou l'aut', Mason recommence, et ce coup-là, il m'répand la cervelle. Y a des gars, reprit-il en effleurant Hunt de ses yeux, qu'ils sont si épais qu'ils tiennent debout sans cervelle, rien qu'par l'poids. Mais moi, il m'faut une cervelle pour commander à mes os, sans ça j'flotterais dans l'air comme un cerf-volant au moindre noroît... J'demande un aut'vote, fils, et tout d'suite. J'demande qu'à l'avenir le fils de garce qui menace de tuer l'copain, ou qui tire son couteau, j'demande qu'il soit jugé et pendu dans les vingt-quatre heures.

Il y eut un silence et Baker dit d'un air méfiant :

— Etant entendu que le présent vote s'applique pas à Mason?

— Etant entendu.

— Je suis contre, dit Purcell. Personne n'a le droit de tuer son frère.

— Amen, dit Smudge.

L'hostilité de Smudge à l'égard de Purcell était si impudente que tous en furent gênés. Purcell resta impassible.

— J'mets aux voix ma proposition, dit Mac Leod.

Johnson s'abstint. Hunt ne répondit pas. Purcell vota contre. Les autres, pour.

— C'est voté, dit Mac Leod avec un air de satisfaction. White, tu peux détacher Mason.

White obéit et tous les regards se tournèrent vers Mason. Quand il fut libéré de ses liens, il fit jouer deux ou trois fois les articulations de ses bras, remit en place sa cravate que la lutte avait dérangée et sans prononcer un seul mot, ni jeter un regard à quiconque, il tourna le dos et s'en alla.

Les matelots le regardèrent partir.

— L'vieux a d'la tripe! dit Johnson à mi-voix. La façon dont il s'tenait sous c'te corde!

— Mais non, dit Mac Leod en reniflant avec dédain, c'est pas d'la tripe. C'est du dressage. Ces fils d'garce d'officiers, on leur apprend à s'tenir raides dans leurs sacrées écoles. Fils, qu'on leur serine, tiens-toi raide! Et même si ta mère est soûle, tiens-toi raide! Alors, forcément, ils s'tiennent raides, même sous un nœud coulant...

— Quand même, dit Johnson.

Depuis qu'il s'était abstenu, il avait tous les courages. Mac Leod ne répondit pas. Il s'était détourné et regardait les flammes qui montaient de la plage.

— Moi, dit-il avec entrain, j'retourne voir l'feu! Un feu pareil, j'en ai pas vu souvent! Et c'est pas tous les jours qu'un simple matelot a l'occasion de brûler d'sa main un bateau comme l'*Blossom.*

Tous se mirent à rire, Mac Leod rit en écho à sa propre plaisanterie. Son visage coupant prit tout d'un coup un air joyeux et enfantin. Les matelots s'ébrouaient, parlaient tous à la fois, se donnaient de grandes tapes. Purcell les vit disparaître au milieu des rires et des bousculades dans le sentier de la falaise. Tout était déjà oublié. Ils avaient l'air d'écoliers avides de prendre le large après une leçon difficile. Et ils ne sont pas même méchants, pensa Purcell.

Il fit quelques pas. Il n'avait pas envie de retourner au village. Il se sentait fatigué. Il s'assit au pied du pandanus qui avait failli supporter le poids de Mason, replia ses genoux et les entoura de ses mains. Il était stupéfait de l'enchaînement impitoyable des faits. Parce qu'une frégate était apparue à huit heures du matin à l'horizon, Mason, quelques heures plus tard, se tenait debout, pieds et poings liés, sous un nœud coulant. Et parce que Hunt, trois ans plus tôt, avait vu pendre un camarade et n'avait pas aimé ce spectacle, Mason avait échappé à la mort. Il devait la vie à ce hasard infime : Un souvenir qui s'était accroché quelque part dans les pauvres méninges confuses de Hunt.

Purcell entendit derrière lui un bruit léger. Il n'eut pas le temps de se retourner, des mains fraîches se posèrent sur ses yeux et il sentit la poitrine d'une femme s'appuyer sur son dos.

— Ivoa! dit-il en saisissant les mains. Mais il ne les reconnut pas. Elles étaient plus petites que celles d'Ivoa. Il les écarta de ses yeux. Il y eut un rire aigu. C'était Itia. Agenouillée derrière lui et pressée contre son épaule, elle le fixait de son œil gai et malicieux. Purcell lui sourit, mais lui lâcha les mains et se déroba.

— Aïe! Aïe! dit Itia en s'accrochant à ses épaules avec une panique feinte, tu vas me faire tomber, Adamo!

— Assieds-toi donc, dit Purcell.

Elle fit la moue, baissa les cils, les releva, secoua les épaules, ondula des hanches, fronça son petit nez retroussé, et finalement, obéit. Purcell suivit cette mimique avec amusement. Parmi ces femmes grandes et majestueuses, la petitesse de sa taille et la minceur de son corps rond prêtaient à Itia le charme d'un enfant.

Il lui sourit.

— D'où viens-tu, Itia?

Il la regardait. Aussitôt, elle prit un air important, et recommença ses mimes. D'où elle venait, c'était un secret. Elle ne savait pas si elle devait le dire... Unc petite étincelle gaie dansait sans arrêt dans ses yeux noirs. Quel visage rond ct rieur elle avait! Tous ses traits remontaient vers le haut : les sourcils, les yeux, le nez, les commissures des lèvres...

— Du village, dit-elle enfin.

— Du village? Pourquoi dis-tu les choses qui

ne sont pas? Je suis assis en face du sentier. Je t'aurais vue venir.

— Si, si, dit Itia, en faisant la lippe comme si elle allait se mettre à pleurer. Quelle peine tu me fais, Adamo! Tu me traites de menteuse!

Et elle se mit à rire aux éclats comme si le fait de feindre les larmes lui eût paru le dernier mot du comique.

— Je suis venue par le sentier, reprit-elle, mais je l'ai quitté, quand j'ai vu les *Peritani* sous l'arbre. Je savais bien que les *Peritani* ne voulaient pas qu'on approche. Alors, je me suis glissée entre les troncs jusqu'à la brousse. Et de là, ajouta-t-elle avec un geste rond des bras et en faisant pivoter son torse sur les hanches pour faire saillir sa poitrine, j'ai fait le tour jusqu'ici. J'ai tout vu! dit-elle avec un air de gaieté qui n'avait sûrement aucun rapport avec le spectacle qu'elle avait épié.

— Qu'est-ce que tu as vu?

— Tout.

— Eh bien, maintenant que tu as tout vu, retourne au village. Tu vas avoir beaucoup de choses à raconter.

Itia fit la moue, replia ses deux jambes sous elle, appuya son épaule contre l'épaule de Purcell, et tournant la tête, le regarda sous ses cils.

— On n'est pas bien?

Elle souriait. Il n'était pas possible de regarder le visage rond et le pétillement de ses yeux sans avoir, à son tour, envie de sourire. Purcell la regarda avec une sorte d'attendrissement. Itia était pétrie de naïveté et de ruse, mais sa ruse était elle-même naïve.

Quelques secondes s'écoulèrent, et Itia dit poliment, d'une petite voix douce et gentille :

— Embrasse-moi, s'il te plaît, Adamo.

Les *vahinés* avaient presque toutes adopté le baiser à la *Peritani* : sur les lèvres. Mais elles ne lui attachaient pas de signification amoureuse. Il leur arrivait même de le pratiquer entre elles : par jeu, parce qu'elles le trouvaient amusant.

Purcell se pencha et comme il allait l'embrasser, il aperçut son regard à travers ses cils. Il se leva.

— Retourne au village, Itia.

Elle se leva à son tour, la tête basse, l'air d'un enfant pris en faute, et comme Purcell s'approchait d'elle pour la consoler, tout d'un coup, elle se jeta sur lui, le saisit à bras-le-corps, noua ses mains derrière lui, et se serra frénétiquement contre sa poitrine. Il sentait ses seins s'écraser contre sa peau, et comme la tête d'Itia arrivait sous son menton, il respirait l'odeur poivrée de ses cheveux, et mêlé à elle, le parfum des fleurs d'hibiscus.

Il la saisit aux épaules pour l'écarter de lui, mais elle était plus forte qu'il ne pensait, elle se collait contre lui, cuisse contre cuisse, comme si elle avait voulu entrer dans son corps.

— Lâche-moi, Itia.

— Oh non! dit-elle, les lèvres collées contre son cou. Oh non! Non! je ne te lâcherai pas! Je te tiens bien!

Il se mit à rire.

— Où sont tes manières, Itia?

— Justement, dit-elle d'une voix étouffée. Je n'en ai pas. Tout le monde le dit.

Il rit de nouveau, puis il porta les deux mains derrière son dos, lui saisit les poignets, et tira. Il dut employer toute sa force pour les dénouer. Sans les lâcher, il les ramena devant lui, éloigna Itia de toute la longueur de ses bras, et la maintint ainsi un moment. Il savait que, s'il la lâchait, elle essayerait de nouveau de le saisir à bras-le-corps.

— Itia, dit-il, tu n'as pas honte?

— Oh si! dit-elle.

Elle avança son épaule gauche, y cacha son visage, et ses yeux noirs émergeant à peine, elle regarda Purcell avec une effronterie d'écureuil.

« Je devrais être plus sévère, pensa Purcell. Elle me désarme à chaque fois par sa drôlerie. Allons, ne te mens pas, se dit-il, aussitôt. Il n'y a pas que sa drôlerie. » Il regarda les deux fleurs d'hibiscus dans ses cheveux et fronça les sourcils.

— Ecoute-moi, Itia, dit-il. Et ne l'oublie pas, je te prie. Je suis le *tané* d'Ivoa.

— Eh bien, qu'est-ce que ça fait? dit Itia. Je ne suis pas jalouse.

Purcell se mit à rire.

— Pourquoi ris-tu? dit Itia en plissant ses yeux malicieux d'un air étonné.

— Mais voyons, c'est tout le contraire. Ce serait à Ivoa d'être jalouse ou pas.

— Tu crois cela? dit Itia. Quand une femme est amoureuse, elle est jalouse, et même d'un homme qui n'est pas son *tané*. Ainsi, moi, je ne suis pas jalouse d'Ivoa, mais je déteste quand Omaata t'embrasse et t'appuie la tête sur ses gros seins.

— Allons, dit Purcell, en voilà assez. Je vais être très fâché, si tu continues. Rentre tout de suite au village.

Il lui tenait toujours les poignets. Il n'osait pas les lâcher avant d'avoir sa promesse de le quitter.

— Eh bien, dit Itia, je m'en irai, si tu m'expliques.

— Si je t'explique?

— Pourquoi tu ne veux pas être mon *tané*.

Purcell dit avec humeur :

— Je suis le *tané* d'une seule femme.

— Pourquoi pas de deux? dit Itia en posant son menton sur son épaule gauche et en le dévisageant de côté d'un air naïf.

— Parce que c'est mal.

— Parce que c'est mal, dit Itia, stupéfaite. Pourquoi c'est mal? Ça ne te ferait pas plaisir?

Purcell détourna les yeux. « Oh si, pensa-t-il dans un éclair. Bien sûr que si. Malheureusement si. »

— Dans mon pays, dit-il enfin, c'est *tabou* d'avoir deux femmes.

— Tu dis les choses qui ne sont pas, dit Itia. Tous les *Peritani* de la grande pirogue ont eu deux femmes à Tahiti. Quelquefois, trois. Quelquefois, quatre.

— Ils n'obéissent pas au *tabou,* dit Purcell patiemment.

— Et toi, tu lui obéis?

Il fit « oui » de la tête.

— Pourquoi? Pourquoi toi, tout seul?

Il eut un demi-sourire.

— Parce que je suis...

Il voulait dire « parce que je suis consciencieux », mais il ne put traduire. Le mot « consciencieux » n'existait pas en tahitien.

— Parce que je respecte les *tabous,* dit-il au bout d'un moment.

Il y eut un silence et Itia dit tout d'un coup d'un air victorieux :

— C'est un *tabou* dans ta grande île. Ce n'est pas un *tabou* ici.

Il aurait dû y penser : pour un Tahitien, le *tabou* était lié au lieu.

Il dit tout haut :

— Pour un *Peritani* les choses sont différentes.

Il ajouta :

— Où qu'il aille, ses *tabous* le suivent...

Il se tut, étonné d'avoir donné une si bonne définition de lui-même et de ses compatriotes.

Il reprit au bout d'un moment :

— Eh bien maintenant, je t'ai expliqué. Tu as promis. Retourne au village.

— Tu n'es pas fâché? dit Itia.

— Non.

— Tu n'es vraiment pas fâché?

— Non.

— Alors, embrasse-moi.

Il fallait en finir. Il n'allait pas rester là toute la journée à lui tenir les poignets. Il se pencha. Les lèvres d'Itia étaient douces et chaudes, et le baiser fut d'une fraction de seconde plus long qu'il n'aurait voulu.

— Eh bien, dit-il en se redressant, tu as promis. Va-t'en.

Elle le regardait. Elle en oubliait de faire ses mines.

— Oui, Adamo, dit-elle avec douceur et comme si elle lui faisait une sorte d'hommage de son obéissance. Je vais. Oui, Adamo. Oui.

Il la lâcha, et il la regarda s'éloigner dans le sentier, si petite sous les arbres séculaires. Il sourit et haussa les épaules : c'est une enfant. Il se reprit aussitôt : « N'essaye pas de te mentir. Ce n'est pas une enfant. »

Il était surtout étonné que sa conscience fût si molle à lui faire des reproches. Il se secoua et se mit à marcher dans la direction du village. Mais au bout de quelques mètres, il ralentit. Il était très frappé d'une pensée : la notion de péché paraissait perdre de sa force dans ce climat. Cette pensée lui parut neuve et il la retourna avec plaisir dans son esprit. Il redressa la tête tout d'un coup. Mais c'était une idée tahitienne! Qu'est-ce que cela voulait dire, sinon que les *tabous* anglais perdaient de leur force dans cette île? Itia n'a pas dit autre chose. « Ainsi, pensa-t-il avec inquiétude, j'admettrais que la religion ne soit pas universelle... Ce pays est trop doux : ma théologie se corrompt. » Il s'arrêta, troublé. Mais si elle se corrompt par l'effet du climat, n'est-ce pas Itia qui a raison?

La pensée que cette notion lui était inspirée par le diable l'effleura, mais il la repoussa aussitôt. Voir le diable partout, c'était une idée de papiste... A ce compte, le démon, dans la vie quotidienne, devenait plus important que Dieu. Il secoua la tête. Non, non, ce serait trop facile. Dès qu'on ne comprend plus, on fait intervenir le diable, on se fait un petit peu peur, et on cesse de penser. Il tirerait tout cela au clair. Il y réfléchirait. Il savait qu'il ne pourrait pas être heureux sans être d'accord avec lui-même.

Il entendit un bruit de pas, des voix. Il leva la tête. Les Tahitiens et les femmes venaient à sa rencontre sur le sentier. Ils le croisèrent, s'arrêtant à peine.

— Tu ne viens pas, Adamo? dit une voix.

Ils avaient vu rentrer Mason. Tout s'était donc bien terminé en fin de compte. Et maintenant ils allaient voir brûler le *Blossom,* eux aussi. C'était une grande fête. Leurs visages rieurs et avides étaient tendus du côté où les grandes flammes rouges s'élevaient.

Tout à fait en queue du groupe venait Ivoa, et marchant à côté d'elle, s'appuyant sur son épaule, et lui faisant des grâces, Itia... « Ma parole! » pensa Purcell avec humeur.

Ivoa s'arrêta.

— Tu ne viens pas, Adamo?

— Non, dit-il, je rentre.

Il y eut un silence et Ivoa dit :

— Je peux rentrer avec toi, si tu veux.

Purcell mesura tout le sacrifice qu'elle lui faisait et dit :

— Non, non. Va voir l'incendie.

Elle reprit :

— Ça te fait de la peine de voir brûler la grande pirogue?

— Un peu, oui. Mais va, va, Ivoa.

Itia passa son bras sous celui d'Ivoa et appuya sa tête contre son épaule. Elle avait l'air de former avec elle un couple familial et d'attendre le peintre qui les fixerait sur la toile. « C'est inouï, pensa Purcell, mi-irrité, mi-amusé, elle se prend déjà pour ma " seconde femme " »...

— A bientôt, dit-il.

Il les dépassa et, quittant *Cliff Lane*, il prit *East Avenue*. Tout était silencieux. « Pas âme qui vive dans le village, pensa Purcell, à part Mason. Et à part moi : le capitaine et le second d'un bâtiment que les flammes sont en train de détruire. Quand on pense à la somme d'efforts et de réflexions qu'il a fallu fournir pour construire un bateau... Et là, en quelques heures... Le vieux doit se ronger le cœur dans son coin. »

Purcell se dirigea vers la cabane de Mason. Leurs rapports, depuis les incidents du débarquement, étaient devenus un peu froids, et c'était la première fois que Purcell lui rendait visite.

Mason avait utilisé la rambarde de la dunette pour entourer son jardin, et en mettant la main sur le portillon, Purcell eut une agréable impression de familiarité. Ses doigts avaient reconnu la main courante en chêne du gaillard d'arrière. Elle avait été refaite avant de quitter Londres et si hâtivement qu'on n'avait eu le temps ni de la polir ni de la vernir. On s'était contenté de la badigeonner à l'huile de lin, et toutes les rugosités du bois étaient restées.

Purcell fut très frappé, en franchissant les quelques pas qui le séparaient de la cabane, de la petitesse de l'enclos. Mason n'avait pas utilisé le dixième du terrain qui lui avait été alloué.

Il frappa un petit coup à la porte, puis au bout d'un moment, un deuxième coup. Il n'y eut pas de réponse et Purcell dit :

— C'est Purcell, Capitaine.

Il se passa quelques secondes. Puis la voix de Mason dit derrière la porte :

— Etes-vous seul?

— Oui, Capitaine.

De nouveau, le silence tomba et la voix de Mason dit :

— Je vais vous ouvrir. Reculez de deux pas.

— Pardon?

— Reculez de deux pas.

Il y avait comme une menace dans la voix de Mason et Purcell obéit. Il attendit encore quelques secondes, et juste au moment où il commençait à croire que Mason n'ouvrirait pas, la porte pivota lentement sur ses gonds, découvrant Mason campé sur le seuil, le fusil sous le bras droit, le canon braqué droit devant lui.

— Levez les mains, monsieur Purcell.

Purcell rougit, mit les deux mains dans ses poches et dit d'une voix sèche :

— Si vous ne me faites pas plus confiance, notre entrevue est inutile.

Mason le fixa un moment.

— Je m'excuse, monsieur Purcell, dit-il d'un ton plus doux, mais sans abaisser le canon de son arme. Je pensais que ces bandits s'étaient ravisés, et qu'ils se servaient de vous pour me faire ouvrir ma porte...

— Je ne permets à personne de se servir de moi, dit Purcell avec froideur. En outre, vous n'avez pas à craindre un revirement. Les hommes ont voté et ils n'iront jamais contre un de leurs votes.

— Leur vote! dit Mason avec dérision. Entrez, je vous prie, monsieur Purcell, et refermez vous-même la porte.

Purcell obéit. Dès qu'il avança, Mason recula à l'intérieur de sa cabane et tant que Purcell n'eut pas refermé la porte, il garda son fusil braqué sur l'embrasure.

Purcell se trouvait dans une entrée minuscule où s'ouvrait une porte également fort petite.

— Entrez, entrez, monsieur Purcell, dit Mason en jetant un regard de désapprobation au torse nu du lieutenant.

Lui-même était comme à son ordinaire habillé, chaussé, étroitement cravaté.

Il passa derrière Purcell. Il y eut un bruit de ferraille. Il s'occupait à verrouiller sa forteresse.

Purcell poussa la petite porte, jeta un coup d'œil à l'intérieur, et s'arrêta sur le seuil, béant. Dans la pièce qu'il avait sous les yeux, Mason avait reconstitué, dans ses moindres détails, sa cabine du *Blossom*. Tout y était : la couchette et son rebord protecteur en chêne, le large coffre, la table et ses deux fauteuils trapus, les hublots carrés, les rideaux de toile blanche des hublots, le baromètre, les sous-verres représentant le *Blossom* en cours de construction, et même, en face de Purcell, une cloison tout entière, en bel acajou verni, où s'ouvrait une porte basse avec une poignée de cuivre. Cette porte, sur le bateau, donnait sur une coursive, mais ici elle devait conduire à une deuxième pièce, aussi grande, sûrement, que celle-ci était petite, car Mason avait poussé le souci de la fidélité jusqu'à respecter, dans sa chambre terrestre, les dimensions exiguës de sa cabine.

— Asseyez-vous, monsieur Purcell, dit Mason.

Lui-même prit place de l'autre côté de la table et appuya son fusil contre sa couchette. Il y eut un instant de gêne. Purcell fixait en silence les pieds de la table, et s'aperçut avec stupeur que les petites cales de chêne qui, sur le *Blossom,* les entouraient, étaient là, vissées ferme dans le parquet, comme si Mason avait craint que l'île, en se mettant tout d'un coup à rouler et à tanguer, ne déplaçât les meubles.

Ce détail qui, en d'autres temps, eût amusé Purcell, le déprima. Il sentit d'un seul coup toute l'inutilité de sa visite.

Mason ne regardait pas Purcell. Ses yeux gris étaient fixés sur le baromètre. Au bout d'un moment, il sentit les yeux de Purcell sur les siens et dit d'un air soucieux :

— Il baisse, monsieur Purcell. Depuis ce matin, il n'arrête pas de baisser. Nous allons avoir un grain.

— Capitaine, dit Purcell, si vous me permettez, j'ai une suggestion à vous faire.

— Parlez, monsieur Purcell, dit Mason, l'air méfiant et sourcilleux.

« Déjà! pensa Purcell. Il se ferme déjà. Toute idée qui vient des autres est *a priori* suspecte. »

— Capitaine, reprit Purcell, il y a une chose à laquelle nous ne pouvons rien, ni vous ni moi.

Il y a maintenant un pouvoir de fait dans l'île.

— Je ne vous comprends pas, dit Mason.

— Eh bien, dit Purcell avec un sentiment de gêne. Voici ce que je veux dire : depuis ce matin, il n'y a plus que moi dans l'île à vous appeler Capitaine.

Mason cilla, rougit et dit d'un ton sec :

— Je ne vous remercie pas. Vous ne faites que votre devoir.

— Oui, Capitaine, dit Purcell, découragé.

Le *Blossom* ne serait bientôt plus qu'un tas de cendres sur une plage du Pacifique, mais le mythe du « seul maître à bord après Dieu » continuait... Il n'y avait plus de barre, mais Mason dirigeait le navire. Plus de tempête, mais il consultait le baromètre. Plus de roulis, mais il avait vissé des cales à ses pieds de table. Plus de manœuvres à commander, mais les hommes étaient toujours les hommes; Mason, leur capitaine; et Purcell, le second.

— Je pense, Capitaine, reprit Purcell, que nous devons tenir compte du fait que les hommes ont formé une sorte de Parlement.

— Un Parlement! dit Mason avec hauteur. Un Parlement! reprit-il dans un crescendo de mépris et de violence, et en levant ses deux mains devant lui. Un Parlement! Ne me dites pas que vous, monsieur Purcell, vous prenez ce Parlement « au sérieux »!

— Bien forcé, dit Purcell. Il a failli vous pendre.

Mason rougit; tous ses traits, sous l'effet de la colère, se mirent à trembler, et il se passa une pleine seconde avant qu'il réussît à rendre à son visage une apparence de calme. Quand ce fut fait, il fixa sur Purcell des yeux pleins de ressentiment.

— A cet égard, dit-il d'un ton froid, vous auriez

pu vous dispenser, monsieur Purcell, de venir prendre ma défense devant ces bandits. J'aurais très bien accepté, je vous assure, qu'ils me pendent en même temps qu'ils faisaient brûler le *Blossom*.

Purcell fixa les pieds de la table. C'était incroyable. On était en pleine imagerie. Le capitaine mourait en même temps que son bâtiment. Et faute de pouvoir sombrer avec lui, étant sur terre, il avait du moins la satisfaction d'être pendu pendant que les flammes consumaient son navire... « Voilà donc à quoi il pensait, se dit Purcell, quand il se tenait si raide sous le nœud coulant. »

— J'ai cru faire mon devoir, Capitaine, dit Purcell d'un ton conciliant en relevant les yeux.

— Non, monsieur Purcell, dit Mason avec force, vous n'avez pas fait votre devoir. Votre devoir était de vous opposer par la force — je dis bien : par la force — à ces mutins au lieu de traiter avec eux.

Il frotta ses deux mains sur ses genoux et dit d'un ton plus doux :

— Mais je ne vous fais pas de reproche. Moi-même, j'ai eu un moment de faiblesse. J'ai eu leur meneur au bout de mon fusil et je n'ai pas tiré. J'aurais dû tirer, reprit-il, ses yeux gris fixés dans le vide et en frappant du poing son genou. Cette canaille abattue, les autres seraient rentrés dans le devoir...

— Les hommes, dit Purcell au bout d'un moment, ont pu penser qu'ils ne faisaient qu'anticiper sur votre décision. Vous aviez dit vous-même à Tahiti que notre installation dans l'île terminée, il faudrait brûler le *Blossom*.

— Mais pas comme cela! s'écria Mason d'une voix indignée en se redressant sur son siège. Mais pas de cette façon barbare. Dans certains cas, un capitaine peut considérer de son devoir, monsieur Purcell, de détruire son navire. Mais quand je me représentais le sabordage du *Blossom*, croyez-vous que j'aurais imaginé cette scène d'anarchie, ces cris, ces rires?... Non, ce que je voyais, je vais vous le dire : je voyais les hommes alignés sur la plage dans le plus profond silence, moi-même prononçant quelques paroles simples, faisant amener les couleurs, ordonnant la mise à feu, et saluant le navire, tandis que, pour ainsi dire, il se serait enfoncé dans les flammes...

Il s'interrompit. Le spectacle qu'il venait d'évoquer l'émut et Purcell s'aperçut avec stupéfaction qu'il avait les larmes aux yeux. « L'imagerie, pensa Purcell. Il a tout simplement « oublié » qu'il a tué Burt et volé le navire aux armateurs. »

— Il a encore baissé d'un degré depuis que vous êtes entré, dit soudain Mason, les yeux fixés avec inquiétude sur le baromètre.

Il se leva et ferma avec soin les deux hublots, comme s'il eût craint que la houle vînt balayer ses meubles. La température que Purcell trouvait déjà trop chaude, devint étouffante. Mais si habillé que fût Mason, elle ne parut pas l'incommoder. Quel heureux tempérament, pensa Purcell. Il sentait la sueur couler dans son dos et d'intolérables picotements de chaleur courir le long de ses bras.

Mason reprit sa place.

— Capitaine, dit Purcell d'une voix ferme, je suis venu vous faire une suggestion.

— Je vous écoute, dit Mason d'un air distant.

Purcell regarda en face de lui cette tête carrée, ce front têtu, cette forte mâchoire. Tout dans ce visage paraissait solide et sans fissure, plus impénétrable qu'un roc.

— Capitaine, reprit-il avec un pénible sentiment d'impuissance et d'échec, dans ce Parlement que les hommes ont formé, voici, en gros, comme les choses se présentent : il y a deux clans. Dans l'un se trouvent Mac Leod, White et Smudge. Dans l'autre, Baker, Jones et moi. Entre les deux clans, les éléments flottants : Hunt et Johnson. On ne peut jamais prévoir, à coup sûr, comment ils vont voter, mais, normalement, ils votent pour Mac Leod. Ainsi, Mac Leod, assuré d'une majorité, est à peu près le roi de l'île...

Il fit une pause et reprit :

— Cet état de choses me paraît très dangereux et je viens vous suggérer deux moyens d'y remédier.

« Il m'écoute à peine, pensa Purcell. Et pourtant, sa vie dans l'île, la mienne, celle des matelots, nos rapports avec les Tahitiens, tout, absolument tout, dépend de la décision qu'il va prendre. Il faut qu'il comprenne! » se dit-il avec toute l'intensité d'une prière. Il ramassa son courage, regarda Mason dans les yeux et articula avec toute la force dont il était capable :

— Je suggère deux choses, Capitaine. La première, c'est que vous assistiez vous-même aux assemblées et que vous preniez part aux votes. La seconde est que vous aidiez, précisément par votre vote, à y introduire les Tahitiens.

— Vous êtes fou, je pense, monsieur Purcell, dit Mason d'une voix éteinte.

Il regardait Purcell avec des yeux exorbités. La stupeur lui enlevait presque l'usage de la parole, ou le pouvoir de s'indigner.

— Laissez-moi expliquer! poursuivit Purcell avec feu. D'abord, il est équitable que les Tahitiens entrent dans cette assemblée, puisque les décisions qui y seront votées s'appliqueront aussi à eux. Ensuite, ils ont pour vous un grand respect, et leurs voix, jointes à la vôtre, à la mienne, à celles de Baker et de Jones, vous permettront d'avoir la majorité et de neutraliser Mac Leod...

Il se passa une pleine seconde. Mason se redressa sur son fauteuil. Les deux mains appuyées sur les accoudoirs, il fixait sur Purcell des yeux flamboyants.

— Monsieur Purcell, dit-il enfin, je n'en crois pas mes oreilles. Vous suggérez que moi, Richard Hesley Mason, commandant le *Blossom,* j'aille siéger au milieu de ce ramassis de mutins, discuter avec eux, et *voter!* Vous avez bien dit : *Voter!...* Et comme si cela ne suffisait pas, vous voulez qu'à côté de ces hommes qui, tout bandits qu'ils soient, sont quand même des Britanniques, vous voulez que des Noirs, je dis bien : des Noirs, soient admis à siéger. Monsieur Purcell, c'est la proposition la plus outrageante...

— Je ne vois rien d'outrageant dans ce que je propose, coupa Purcell d'une voix sèche. Le choix est simple : ou bien vous vous enfermez dans votre cabane et vous perdez tout contrôle sur les événements, ou bien vous vous décidez à agir, et il n'y a qu'un moyen d'agir, c'est de prendre votre place à l'assemblée, et grâce aux Tahitiens, d'y supplanter Mac Leod.

Mason se leva, le visage rigide. Il mettait fin à l'entretien. Purcell se leva à son tour.

— Il y a une troisième voie, monsieur Purcell, dit Mason, et son regard, passant au-dessus de la tête de Purcell, se fixa avec une expression sévère sur un point du plafond — et c'est la seule compatible avec ma dignité.

Il fit une pause et reprit :

— Elle consiste à attendre.

— Attendre quoi? dit Purcell assez brusquement.

— Attendre, dit Mason avec un air d'absolue certitude, que les hommes se fatiguent des folies de Mac Leod, viennent me chercher dans ma cabine et me demandent mes ordres.

C'était désarmant. Il vivait de clichés. Il voyait les hommes frapper à sa cabane, retirer leurs coiffures d'un air embarrassé, se gratter la tête et dire, les yeux baissés : « Capitaine, on vient vous demander de reprendre la barre... »

— Avez-vous une autre suggestion à présenter? dit Mason avec froideur.

Purcell releva la tête et le regarda. Mason était debout devant lui, massif, droit, la poitrine bombée, les épaules effacées, la tête carrée sur son cou tanné de marin : 80 kg de courage, d'expérience nautique, d'obstination et de préjugés.

— Je n'ai pas d'autre suggestion, dit Purcell.

— Eh bien, dans ce cas, dit Mason, je vais vous ouvrir.

Il reprit son fusil, alla déverrouiller la porte, s'effaça, et tandis que Purcell sortait, braqua le canon de son arme dans l'embrasure. Il n'y eut pas d'autre parole.

La porte claqua et Purcell entendit le bruit du verrou et de la clef.

Purcell franchit en cinq pas le minuscule enclos et, se penchant, pesa de la main sur le loquet du portillon. Au même instant il comprit : Mason avait donné à son enclos les mêmes dimensions que la dunette du *Blossom*.

CHAPITRE VII

Les femmes durent attendre encore une longue semaine avant que toutes les cabanes de l'île eussent reçu leurs toits. En sa qualité de charpentier, Mac Leod avait décidé de ne laisser à aucun autre le soin de fixer les cadres de palmes sur les chevrons, et il s'acquitta de cette tâche avec une lenteur méticuleuse. Ces soins n'étaient d'ailleurs pas inutiles, le noroît soufflant parfois avec violence sur le village, en dépit du rideau d'arbres qui le protégeait de la mer.

Ce fut le 3 décembre, après avoir travaillé toute la journée sous un soleil de plomb que Mac Leod considéra que les cabanes étaient terminées. A midi, les Britanniques se rencontrèrent au centre du village et, après un bref conciliabule, décidèrent que l'assemblée se réunirait le soir même à neuf heures pour procéder au partage des femmes. Purcell traduisit aussitôt cette nouvelle, et elle provoqua sous la tente où les Tahitiennes étaient logées une effervescence subite. Pour chacune d'elles, cette soirée serait l'aboutissement — heureux ou malheureux — de trois mois d'attente, de projets et d'intrigues.

La dernière assemblée — celle qui avait ordonné l'incendie du *Blossom* et jugé Mason pour tentative de meurtre — s'était tenue à l'improviste sur la falaise. Mais puisqu'on avait maintenant tout le loisir du choix, on élut sans discussion le banian comme lieu de réunion. L'arbre géant était, à vrai dire, assez éloigné du village, puisqu'il se dressait sur le deuxième plateau, et qu'il fallait, pour l'atteindre, gravir le coteau abrupt qui reliait le premier plateau au second. Mais il y avait à ce choix des raisons sentimentales. C'était sous le banian que les matelots s'étaient réunis pour la première fois en secret et avaient résolu, par un vote unanime, de ne plus donner leurs titres aux officiers. Bien que ce scrutin ne portât, en apparence du moins, que sur une question de détail, c'était à ce moment précis que les hommes s'étaient sentis libérés de l'esclavage du bord.

On avait dressé au centre du village une sorte de guérite qui abritait des intempéries la cloche du *Blossom* et l'horloge monumentale qui avait orné le carré des officiers. Chacun pouvait ainsi consulter l'heure, et en cas de besoin, sonner la cloche pour alerter la communauté. Le repas du soir à peine fini, toutes les femmes, sauf Ivoa, se groupèrent devant la guérite et regardèrent, de minute en minute, le mouvement brusque et saccadé de la grande aiguille. Comme aucune ne savait encore lire l'heure, cette contemplation n'avait pas beaucoup de sens, et Purcell qui avait vu leur groupe de loin entre les arbres, vint leur dire qu'elles étaient bien trop en avance.

Elles se mirent à rire. Cela ne faisait rien, elles attendraient, cela leur faisait plaisir d'attendre. Elles entourèrent Purcell, toujours riant. Est-ce qu'Adamo savait qui, parmi les *Peritani*, allait choisir Horoa? Itihota? Toumata? Vaa? Purcell fit mine de se boucher les oreilles, et les rires redoublèrent. Il était entouré de larges yeux noirs, de dents luisant en éclair blanc dans les visages bruns. Blanches aussi, les fleurs de tiaré dans les magnifiques chevelures noires crêpées descendant jusqu'aux hanches. Purcell les regardait avec amitié. Leurs bonnes lèvres ourlées s'écartaient avec candeur sur leurs dents de cannibales, et leurs rires s'égrenaient en crescendo, clairs, perlés, chantants. Elles lui parlaient toutes à la fois. Hé Adamo é! Hé Adamo! Est-ce qu'Adamo allait choisir une autre femme qu'Ivoa? « Non, non! » dit Purcell avec énergie. Il y eut un bruissement de louanges. Si doux, Adamo! Si fidèle! Le meilleur *tané* de l'île! « Mon bébé! » dit Omaata en fendant la foule des *vahinés*. Et elle le serra avec tant de force contre sa poitrine que Purcell poussa un cri. Il y eut une effervescence de rires. « Tu vas le casser, Omaata!... » La géante desserra son étreinte, mais sans libérer son captif. Ses larges yeux noirs humides d'affection, elle promenait sa grande main, sombre et musclée, sur ses cheveux blonds. « Mon bébé, mon bébé, mon bébé... » Purcell n'essayait même plus de se débattre. Maintenu par l'énorme bras qui pesait sur ses épaules, le visage enfoui dans un vaste sein nu, étouffé, gêné, ému, il écoutait se former dans la poitrine d'Omaata les échos de sa voix, grondante et profonde comme une cataracte. Au-dessus de la tête de Purcell, les yeux d'Omaata étaient des lacs de tendresse. Son émotion, peu à peu, envahit les *vahinés*, elles cessèrent de rire, elles se refermèrent sur Purcell, elles touchaient son dos du bout des doigts, elles s'attendrissaient. Adamo si blond, si propre, si doux. Notre frère Adamo, notre petit frère Adamo, notre gentil frère Adamo. Omaata le lâcha enfin. « Je vous ai prévenues, dit Purcell, rouge, décoiffé, reprenant son souffle, vous avez tout le temps. Vous avez le temps d'aller à la plage prendre un bain. » Non, non, elles attendraient. « Au revoir, Adamo. Au revoir, frère. Au revoir, mon bébé. » Au même instant, la grande aiguille de l'horloge avança d'un petit pas décidé et saccadé, et s'immobilisa avec un léger recul comme si elle freinait son élan. Il y eut des rires, des exclamations. Mais non, on a tout le temps. Adamo a dit qu'on a tout le temps. « *Aoué,* je me recoiffe », dit Itia.

A 8 h 35, White apparut dans *Nordester st.,* traversa la place et gagna la guérite. Les femmes se turent en le voyant et s'effacèrent pour le laisser passer. La marche silencieuse du métis, sa peau jaunâtre, ses yeux de jais à peine visibles dans les fentes de ses paupières les impressionnaient beaucoup. Cependant, elles avaient de la considération pour lui. Il était toujours si poli. White passa au milieu d'elles en les saluant du menton et, leur tournant le dos, il s'appuya, le bras tendu, au montant de la guérite. Il fronçait les sourcils pour suivre dans le soir tombant, les progrès de l'aiguille. Lui aussi, il était en avance, et il resta dans la même position pendant cinq bonnes minutes. Une fois seulement il se retourna, et ses yeux impénétrables, parcourant les visages autour de lui, s'arrêtèrent un bref moment sur celui d'Itia. Quand la grande aiguille marqua moins vingt, il saisit avec une sorte de solennité le montant de la cloche, et lui imprima, pendant plusieurs secondes, un mouvement puissant et régulier de va-et-vient.

Purcell et Ivoa sortirent de leur cabane avec un peu de retard. Ils virent d'abord la vive lueur des deux torches qui dansaient le long de *Banyan Lane,* puis en approchant, ils distinguèrent, profilés en silhouettes sur le sous-bois illuminé, la longue file des Iliens. Des rires, des bribes de chansons, des exclamations tahitiennes leur parvenaient. Comme il faisait très doux, tous, sauf Mac Leod, étaient torse nu, et en approchant, Purcell distingua les Britanniques à la teinte plus claire de leur peau. Les deux torches, l'une en avant de la file, l'autre à l'arrière, éclairaient assez mal, et c'est seulement à son tricot blanc que Purcell reconnut que Mac Leod marchait devant lui. Quand ses yeux se furent habitués à la pénombre, il remarqua que l'Ecossais portait un rouleau de corde en bandoulière, deux piquets dans une main, et de l'autre, pendant au bout de son long bras maigre, une masse de menuisier. A côté de lui, Purcell reconnut la frêle silhouette de Smudge. Il balançait contre son flanc en marchant un bicorne d'officier. Les deux hommes étaient silencieux. Quand Purcell s'inséra dans la file, aucun des deux n'eut l'air de le voir. Cependant, au bout d'un moment, Smudge se retourna et dévisagea Ivoa.

Comme on atteignait le deuxième plateau, la torche de tête se détacha, quitta la file, et s'approcha d'eux, brandie à bout de bras par son porteur, sans doute pour éviter d'être brûlé par les étincelles qu'elle crachait en grésillant. Cette approche était saisissante, parce qu'on voyait, très haut au-dessus des têtes, la torche et son halo lumineux; au-dessous, le bras long et sombre qui la portait; et au-dessous encore, une silhouette obscure qui s'avançait sans bruit.

— Purcell? dit la voix chantante de White.

— Ici, dit Purcell.

Il s'arrêta, mit la main devant ses yeux pour se

protéger des étincelles de la torche, et White l'abaissant à l'horizontale, inclina son extrémité vers la terre. Aussitôt son visage surgit de l'ombre, et la lumière, le frappant d'en bas, accentua ses pommettes orientales et la fuite de ses sourcils vers les tempes.

— Purcell, dit White, j'ai une lettre pour vous de Mason. Il ne vient pas à l'assemblée. Il dit que vous devez lire sa lettre, si on parle de lui.

— Merci, dit Purcell.

Il prit la lettre, remarqua qu'elle était cachetée à la cire, et la mit dans sa poche.

— Ce n'était pas la peine de revenir sur vos pas, dit-il poliment, vous me l'auriez remise sous le banian.

— J'avais peur d'oublier, dit White.

La torche s'éleva de nouveau dans l'air et repartit vers la tête de la colonne, mais cette fois, plus rapidement, sa flamme montant et descendant dans la nuit. White devait courir. « Comme il est consciencieux. On lui a dit de remettre une lettre, il la remet. On lui a dit d'éclairer la tête de la file, il l'éclaire. Et même, il court pour l'éclairer plus vite. Si seulement je savais pourquoi il m'est hostile », pensa Purcell avec tristesse. Il éprouva pendant quelques secondes un sentiment irritant d'injustice.

A la limite de la dernière grosse branche du banian, Mac Leod enfonça à coups de masse les deux piquets dans la terre à une distance de cinq pieds environ. Quand ce fut fait, il sortit de sa poche du fil à pêche et lia bois contre bois la partie effilée de chaque torche à l'extrémité de chaque piquet. Puis, traçant devant lui un vaste cercle de ses deux bras, il fit signe aux Britanniques de prendre place autour des luminaires. Lui-même s'assit, le dos appuyé commodément à une racine verticale qui descendait de la branche du banian.

Il y eut un instant de gêne et d'hésitation. Jusqu'ici, on avait toujours délibéré debout. Dès qu'on décidait de s'asseoir, le choix des places paraissait presque trop important. En fait, tout se passa comme on aurait pu le prévoir : Smudge s'assit à la droite de Mac Leod, le dos au banian, White à sa gauche. En face de Mac Leod, et séparé de lui par les torches, Purcell prit place, flanqué de Jones et de Baker. Aux deux extrémités du cercle, Hunt et Johnson. Que cette disposition reflétât exactement la physionomie de l'assemblée, tous, sauf Hunt, en furent frappés. « Et c'est moi, l'opposition de Sa Majesté, pensa Purcell avec une ironie amère. On en est là. On en est déjà là. Par la faute de ce fou de Mason. »

Les Tahitiennes s'assirent derrière Purcell avec des rires énervés et un chuchotement ininterrompu de paroles. Les six Tahitiens restèrent debout et un peu en retrait, derrière Hunt. Ils s'étaient attendus à ce que Mac Leod les fît asseoir autour des torches, et quand ils comprirent qu'ils étaient exclus du cercle, leurs visages impassibles ne trahirent ni déception, ni colère, mais ils se tinrent sur la réserve, les yeux fixés sur les *Peritani*, et s'efforçant de deviner ce qui allait se passer. Moins aptes que la plupart des Tahitiennes à assimiler une langue, aucun d'eux ne savait encore assez d'anglais pour suivre les débats.

Leur attitude distante et la taciturnité des Anglais finirent par impressionner les femmes. Elles cessèrent leurs rires. Et un silence tendu, inquiet et quasi solennel, plana sur cette trentaine d'êtres humains qui allaient vivre ensemble, jusqu'à leur mort, sur cet étroit rocher.

Mac Leod, le dos accoté à la racine du banian, était assis en tailleur, le torse droit. Il tenait dans ses mains le rouleau de corde avec lequel les matelots avaient failli pendre Mason. Le nœud coulant n'avait même pas été défait. Il ne coulissait pas, la corde étant un peu humide, et un peu avant le collier, la tache de goudron qui avait frappé Purcell le jour du procès de Mason, s'étalait, non pas noire, mais grise et ternie. La lumière des deux torches, tombant de haut sur le visage maigre de l'Ecossais, polissait son front étroit, creusait deux trous profonds dans ses orbites, et détachant son nez busqué, lui donnait l'aspect d'une lame recourbée. Dans le silence qui s'était établi, tous les regards s'étaient tournés vers lui. Très conscient de la place qu'il avait prise dans l'île, sûr de lui et des ressources de son éloquence, il se taisait. Ses yeux gris fixés droit devant lui, son torse squelettique immobile et raide dans son tricot blanc sale, il prolongeait, avec une habileté de comédien, l'attente des spectateurs.

— Si on commençait, dit Purcell d'une voix sèche.

— Minute, dit Mac Leod en levant la main droite d'un air solennel, j'ai un mot à dire. *Gentlemen*, reprit-il aussitôt, comme si « fils » ou « matelots » n'eût pas convenu à une occasion aussi grave, l'moment est venu de s'partager les Indiennes [1]. Y a longtemps qu'on a dit qu'on le ferait, et maintenant,

1. Les marins britanniques appelaient indifféremment *Indiennes* toutes les femmes du Pacifique, quelle que fût leur race.

y faut l'faire, *gentlemen*, vu qu'on peut pas continuer à vivre dans la luxure et l'péché, comme à bord du *Blossom*. C'est pas qu'j'aie rien contre l'péché. Ça va bien un moment, quand on est jeune et qu'on bourlingue. Mais maintenant qu'on s'est mis à quai, et qu'on a chacun son cottage, y faut de l'ordre, Dieu me damne! Y faut qu'chacun aye sa légitime! Sans ça y aurait jamais moyen d'savoir à qui seraient les p'tits gars qui naîtraient! Et à qui c'est qu'je léguerai ma maison si j'sais même pas qui est mon fils!...

Il fit une pause. « Il a navigué vingt ans, pensa Purcell, mais c'est quand même un paysan des Highlands. Tout ce qu'il a, c'est quatre planches dans une île perdue, et il pense à les léguer à son fils... »

Mac Leod reprit avec force :

— On va donc s'partager les Indiennes. Et voilà c'que j'vous propose. Une supposition qu'y ait un fils de garce qui soye pas d'accord et veut la même Indienne qu'le voisin d'à côté, on décidera par un vote entre les deux. Et ce qu'on aura voté, on l'fera! C'est ça, la loi!... Et y aura p'têtre un matelot qui sera pas bien content qu'le vent a pas soufflé dans ses voiles. Dans c'cas, j'dis : fils, la loi, c'est la loi. On est entre Blancs ici, et c'est l'assemblée qui fait la loi. Si Mason préfère rester en cale sèche au lieu d'tirer un bord jusqu'ici, c'est son affaire. Mais la loi, c'est la loi, même pour Mason, tout officier qu'il est! On veut pas d'bagarre ici. S'y a un matelot qui tire son couteau contre un damné fils de garce de bon chrétien, qu'il s'rappelle la loi qu'on a votée sur la falaise après l'procès qu'on a fait à Mason... Y a une corde ici, c'est tout ce qu'je dis. La v'là, fils. Elle est p'têtre bien un peu usée dans ses torons, mais c'est quand même une bonne corde de chanvre, et y a pas un gars dans l'île qui soye si lourd qu'elle pourrait pas l'porter...

Il se tut, et tenant le rouleau de corde dans sa main gauche, de l'autre, il dressa le nœud coulant dans l'air, et le présenta à droite, à gauche et devant lui comme un prêtre qui offrirait une relique à l'adoration des fidèles. Puis il sourit, ses joues se creusèrent de chaque côté de son nez coupant, tous les muscles de sa mâchoire devinrent parfaitement visibles sous sa peau, et ses lèvres minces dessinèrent un pli sardonique.

— Fils, reprit-il, s'y a un gars qui désire jeter par c'te lucarne un dernier p'tit coup d'œil vers le ciel, il n'a qu'à tirer son couteau.

Il reposa la corde sur ses genoux, ses yeux brillèrent dans les trous d'ombre de ses orbites, et ses lèvres tendues dans un ricanement muet, il promena son regard sur l'assistance. Purcell sentit Baker le toucher du coude. Il tourna la tête. Baker se pencha et lui dit à l'oreille : « J'aime pas toutes ces menaces. Il a l'air de mijoter quelque chose. » Purcell inclina la tête sans répondre. Derrière Hunt, les Tahitiens parlaient entre eux à voix basse et rapide, puis Tetahiti lança tout haut dans la direction des femmes : « Qu'est-ce que dit le Squelette? » Omaata se dressa sur ses genoux : « Il dit qu'ils vont partager les femmes, et celui qui ne sera pas content, il le pendra. » « Toujours pendre! » dit Tetahiti avec mépris. Les murmures des Tahitiens reprirent, un ton plus haut, mais trop bas encore pour que Purcell pût comprendre ce qu'ils disaient.

Mac Leod leva la main pour réclamer le silence et attendit. Vu ainsi, le bras levé, les deux genoux repliés sous lui, le torse droit et hiératique, il avait l'air, à la lumière des torches, d'un sorcier en train de célébrer un rite. Derrière lui on devinait la haute muraille sombre du banian et les colonnes qui le soutenaient.

— Fils, reprit-il, voilà comment on va procéder. Smudge, qui sait écrire, a inscrit vos noms sur des bouts de papier. J'vais demander à Purcell de vérifier qu'il a oublié personne. Quand ce sera fait, on plie les papiers, on les fout dans le bicorne à Burt, et le plus jeune, c'est-à-dire Jones, tire au sort. Le gars qu'est tiré dit : « J'veux Faïna, ou Raha, ou Itihota... » Et s'y a pas d'opposition, il l'a. Mais s'y a un autre gars qui dit : « Opposition », alors on vote, et c'est celui qu'a la majorité qu'a la fille...

Purcell se dressa et dit avec indignation :

— Je n'admets pas cette procédure. Elle est scandaleuse. Elle ne tient aucun compte du consentement de la femme.

Mac Leod renifla avec dédain.

— Dieu me damne, dit-il en jetant un coup d'œil, si j'm'attendais à cette objection. On dirait qu'vous connaissez pas les Noires, Purcell. Un homme ou un autre pour elles, c'est du pareil au même. On l'a bien vu à bord du *Blossom*...

Il y eut des rires, et Purcell dit d'un ton incisif :

— Ce que vous dites des Tahitiennes à bord du *Blossom*, on pourrait le dire aussi d'un certain nombre de respectables sujets de Sa Majesté. Les Tahitiennes ne se sont pas livrées seules à la promiscuité.

— C'est pas pareil, dit Mac Leod d'un air de supériorité.

— Je ne vois pas pourquoi, dit Purcell. Je ne vois vraiment pas pourquoi vous réclamez des femmes une vertu que vous ne pratiquez pas. Peu importe, d'ailleurs. La question n'est pas là. Quand vous dites : « Il faut de l'ordre », je suis de votre avis. Mais où je ne le suis plus, c'est quand vous voulez vous passer du consentement des femmes. Ça, ce n'est plus de l'ordre, Mac Leod, c'est de la violence.

— Appelez ça comme vous voulez, dit Mac Leod avec mépris, ça ne me fait ni chaud ni froid. J'ai mes petites idées sur l'mariage, moi, figurez-vous, et c'est pas moi qui les ai inventées. Supposez qu'j'serais retourné dans mes Highlands au lieu d'moisir ici, et qu'j'aurais trouvé une *lassie* qui m'plaise, j'serais allé trouver son vieux, et j'y aurais dit : « Mister, j'ai ceci et cela, est-ce que vous m'donnez vot'fille? » Et si l'vieux avait topé j'vois pas qu'on aurait demandé son consentement à la chérie! Non, Monsieur! Et j'vois pas qu'elle aurait renâclé non plus! Après tout, reprit-il avec un sourire sardonique, j'suis pas bâti autrement qu'un autre, sauf que mes os s'entrechoquent un peu quand j'm'assois, mais vous pouvez être sûr que j'aurais choisi une fille bien rembourrée pour pas m'faire mal aux côtes en tombant sur elle...

Il y eut des rires. Quand ils se furent éteints, Mac Leod reprit :

— Voilà comment ça s'serait passé dans mes Highlands, Purcell, et j'vois pas d'raison, sous prétexte que j'suis condamné à vivre dans cette foutue île de sauvages au beau milieu du Pacifique, pour que j'me traîne aux genoux d'une damnée négresse et que j'fasse ses quatre volontés.

— Il ne s'agit pas de faire ses quatre volontés, dit Purcell, irrité par la démagogie de Mac Leod, mais d'avoir son consentement pour la prendre pour épouse.

Le vieux Johnson leva la main comme s'il demandait la permission de parler, regarda le long de son gros nez d'un air inquiet, et dit d'une voix fêlée :

— Si vous permettez, Lieut...

Il jeta un regard de chien pris en faute dans la direction de Mac Leod et reprit aussitôt :

— Avec votre permission, Purcell. Une supposition que j'dise : « J'veux Horoa », et Horoa veut pas. J'dis : « J'veux Taïata », et Taïata veut pas. J'dis : « J'veux Vaa », et Vaa veut pas. Bref, j'les nomme toutes, et y en a aucune qui veut...

Il leva les yeux, regarda Purcell et dit d'un air effrayé :

— Total : j'ai pas de femme.

— Croyez-moi, dit Purcell, il vaut mieux ne pas avoir de femme que d'en avoir une sans son consentement.

— J'sais pas, j'sais pas, dit Johnson en branlant son chef d'un air de doute et en passant ses doigts sur les plaques pourpres de sa barbe. Les femmes, quand c'est mauvais, c'est tout mauvais, dedans et dehors. Mais quand c'est bon, Jésus! c'est comme du miel.

Il y eut des rires. Johnson s'interrompit d'un air étonné, jeta un regard peureux à la ronde, et dit :

— C'est pour dire.

— C'est pour dire quoi? dit Smudge en ricanant.

Mac Leod lui mit son coude dans la poitrine.

— Laisse-le parler. Toujours à l'asticoter...

Johnson jeta un regard reconnaissant à l'Ecossais et Purcell comprit dans un éclair le jeu de Smudge et de Mac Leod : le premier brimait le vieillard, et le second le « protégeait ». Moitié peur et moitié gratitude, Johnson se liait à eux davantage.

— C'est pour dire, reprit Johnson, raffermi par l'intervention de Mac Leod.

Il se redressa avec un effort de dignité assez pitoyable, et dit d'un air d'autorité, comme s'il avait l'habitude d'être écouté avec respect :

— J'ai bien réfléchi quand vous parliez, Purcell. Y a cette affaire de consentement. Eh bien, pour l'consentement, j'suis pas d'accord. Non, non. L'consentement, c'est pas c'que vous croyez, Purcell. Exemple, Mrs. Johnson. Elle avait bien consenti, et ça a pas été mieux pour ça.

Il y eut encore quelques rires, et Mac Leod dit :

— Y a encore quelqu'un qui veut parler?

Un silence tomba et Mac Leod regarda un à un les assistants.

— Si personne n'a plus rien à dire, j'propose qu'on vote. Qui est d'accord pour qu'on d'mande aux négresses leur consentement?

— Demandez plutôt qui n'est pas d'accord, dit Purcell.

Mac Leod lui jeta un regard, haussa ses épaules pointues, et dit :

— Qui n'est pas d'accord pour qu'on demande leur consentement aux Indiennes?

Il leva la main. Hunt l'imita aussitôt. Puis, dans l'ordre, Smudge, White et Johnson.

— Cinq voix sur huit, dit Mac Leod d'une voix neutre. Motion Purcell repoussée.

Il y eut un silence et Purcell dit :

— Hunt n'a pas à craindre qu'Omaata le refuse Je me demande bien pourquoi il a voté pour vous.

— Demandez-le-lui, dit Mac Leod d'un ton sec.

Purcell le regarda fixement, mais n'ajouta pas un seul mot.

— Smudge, dit Mac Leod, passe le bicorne à Purcell.

Smudge se leva, franchit l'espace entre les deux

torches et tendit le bicorne à Purcell. Burt mort, les matelots s'étaient partagé ses dépouilles et Smudge avait reçu son bicorne. Il était bien trop large pour que Smudge pût jamais rêver s'en coiffer, mais Smudge l'avait accroché comme un trophée au mur de sa cabane, et lui adressait des torrents d'injures chaque fois que la tyrannie de Burt et le souvenir de sa propre lâcheté revenaient l'assaillir.

Pendant que Purcell prenait les papiers dans le bicorne, les inclinait à la lumière des torches pour lire les noms et les pliait en quatre, il y eut une sorte de détente et les conversations reprirent. Les Tahitiens, qui s'étaient jusque-là tenus debout derrière Hunt, s'assirent, et toujours à voix basse, se mirent à commenter ce qu'ils venaient de voir. Omaata les rejoignit, et Purcell les entendit qui la questionnaient sur le vote. Hunt, ses petits yeux pâles perdus dans le vide, chantonnait pour lui seul. Ayant fait de grands efforts pour suivre les débats et n'y étant pas parvenu, il était soulagé que personne ne parlât. Ses gros poings posés sur ses énormes cuisses, il ne quittait pas des yeux Omaata, et attendait avec patience qu'elle vînt s'asseoir à ses côtés. Les Tahitiennes derrière Purcell avaient repris leurs rires et leurs chuchotements. Elles avaient parfaitement compris l'enjeu du vote, et se moquaient de la prétention des *Peritani* à choisir les *vahinés*, au lieu, comme cela s'est toujours fait, d'être choisis par elles.

Tout en vérifiant les papiers, Purcell surveillait du coin de l'œil le clan adverse. Smudge était engagé dans un long conciliabule à voix basse avec Mac Leod, et Mac Leod, apparemment, n'était pas d'accord. White restait en dehors de leur conversation. A un moment donné, il se leva, et alla redresser une torche qui penchait. Une fois seulement, Purcell le surprit à glisser un regard inquiet du côté des femmes. A sa droite, le vieux Johnson frottait les plaques pourpres de sa barbe d'un geste nerveux et saccadé. Bien que le vote lui eût donné l'assurance qu'il ne retournerait pas seul dans sa cabane, il n'était encore qu'à demi rassuré.

Purcell entendit la voix de Baker à son oreille : « Ils ont travaillé Johnson et fait la leçon à Hunt. » Purcell inclina la tête, et Baker reprit d'une voix basse et tremblante : « Mac Leod va me faire opposition pour Avapouhi, et le vote sera pour lui. » Purcell tourna la tête et regarda, à trois pouces du sien, le visage fin et brun du Gallois. Ses yeux étaient pleins d'angoisse. « Il l'aime vraiment, pensa-t-il. Je vais revoir ces papiers, dit Purcell. Pendant ce temps, allez dire à Avapouhi de prendre la brousse si vous levez la main droite, et d'y rester. Quant à vous, si le vote la donne à Mac Leod, choisissez Horoa. » « Pourquoi Horoa? » dit Baker d'un air de doute. « Je vous expliquerai. » Baker hésita, parut comprendre et se leva. Purcell ne tourna pas la tête, mais reprenant les papiers dans la main gauche, les déplia un à un, les replia et les remit dans le bicorne.

Il achevait à peine quand Baker vint se rasseoir à côté de lui. En face de lui, Mac Leod s'entretenait toujours à voix basse et de la façon la plus véhémente avec Smudge. Baker dit : « Posez votre main droite à terre. J'ai quelque chose à vous remettre. » Purcell obéit, et sentit un objet froid et dur sous sa paume. Il referma les doigts. C'était le couteau de Baker. « Gardez-le, dit Baker, j'ai peur de perdre mon cap. » Purcell enfonça sa main fermée dans sa poche.

— Eh bien, dit Mac Leod à voix haute.

Il leva les deux mains en l'air et le silence se rétablit.

— J'ai lu et compté neuf papiers, dit Purcell. Tous les neuf au nom des neuf Britanniques. Mais je n'ai pas vu de papier portant le nom des Tahitiens. J'en conclus que vous avez l'intention de les exclure du partage.

— Vous ne vous trompez pas, dit Mac Leod de sa voix traînante.

— Ce n'est pas équitable, reprit Purcell avec force. Vous léseriez gravement les Tahitiens par un procédé pareil. Ils ont tout autant de droits que nous à choisir leur femme.

Mac Leod regarda tour à tour Smudge, White et Johnson d'un air entendu et triomphant comme s'il les prenait à témoin qu'une de ses prophéties se réalisait. Puis il pointa son menton aigu dans la direction de Purcell, laissa retomber ses cils pâles sur ses yeux, et dit avec mépris :

— Ça, ça m'étonne pas venant de vous, Purcell, vu que vous êtes, comme qui dirait, cul et chemise avec les Noirs. Dieu me damne, j'ai jamais vu un Blanc aimer les sauvages comme vous! Toujours fourré avec eux! Toujours à les lécher, ou à s'faire lécher par eux! Et j'te prends dans mes bras! et j'te palpe, et j'te bise, et j'te cocotte! Homme ou femme! C'est de la passion!

Smudge ricana, et Johnson sourit en détournant rapidement la tête d'un air gêné comme s'il avait voulu accorder ce sourire à Mac Leod tout en le cachant à Purcell. « Le salaud! » dit Baker entre ses dents. Le petit Jones effleura le coude de Purcell et dit à mi-voix : « J'lui botte les fesses? » Jones était petit, mais très athlétique. Purcell ne répondit pas. Son beau visage, blond et sévère, paraissait taillé dans du marbre. Au bout d'un moment, il fixa un point de l'espace au-dessus de la tête de Mac Leod et dit d'une voix calme :

— Je suppose que vous avez d'autres arguments.

Baker le regarda avec admiration. Dédain pour dédain, Purcell battait Mac Leod tous les jours. Ça avait plus de classe : on ne sentait pas l'intention de blesser.

— Ouais, dit Mac Leod, ouais, Purcell, puisque vous voulez l'savoir, j'ai d'autres arguments, et ils font le poids. Retirez vos pieds que j'les laisse tomber sur le tapis. Y a des fils d'garce dans c'te île qui s'sont p'têtre pas aperçus qu'on était quinze hommes ici, Britanniques et Noirs, et qu'y avait qu'douze femmes... Une supposition maintenant qu'on mette tous les noms dans l'bicorne. Qu'est-ce que ça veut dire? Ça veut dire que les trois derniers tirés s'passent de femme.

Il regarda autour de lui d'un air sardonique.

— C'est p'têtre des Noirs... Mais c'est p'têtre bien aussi des Blancs, et moi ça m'botte pas que ce soye des Blancs, figurez-vous, Purcell. J'préfère que ce soye vos chéris qui s'passent de femme plutôt que Smudge, White ou Jones...

— Te tracasse pas pour moi, dit le petit Jones en carrant les épaules. J'me débrouillerai bien toujours.

— Mac Leod, dit Purcell en se penchant en avant, nous ne sommes pas souvent d'accord, mais cette fois-ci, écoutez-moi, c'est grave. Imaginez-vous ce qui va se passer quand les Tahitiens resteront seuls sous le banian avec les trois femmes que vous leur aurez laissées.

— Eh bien, quoi? dit Mac Leod, trois femmes,

pour six, c'est pas si mal. Ça fait une demi-femme pour chacun. C'est pas si mal, ça, une femme pour deux. J'en ai pas toujours eu autant.

— Comprenez donc, vous allez les choquer au-delà de toute...

— Ils se déchoqueront, coupa Mac Leod. J'ai rien contre eux, remarquez, Purcell. J'passerais pas mon temps à leur lécher l'portrait, mais j'ai rien contre eux. Et s'il faut choisir entre eux et nous, j'dis c'est nous. Nous, d'abord.

— Vous vous contredisez.

— Comment? dit Mac Leod en se redressant, piqué au vif dans sa logique d'Ecossais.

— Vous n'avez pas voulu que dans l'île les officiers soient privilégiés par rapport aux matelots, et maintenant, vous privilégiez les Britanniques par rapport aux Tahitiens.

— J'privilège rien du tout, dit Mac Leod de sa voix traînante, mais j'vais vous dire, Purcell, y a un ordre dans mes préférences. Celui que j'pense d'abord, à terre et à bord, par bonne brise ou par grain, c'est l'numéro un : James Finchley Mac Leod, le propre fils de sa mère. Ensuite, j'pense aux copains. Ensuite, aux autres gars du *Blossom*. Ensuite, aux Noirs.

— C'est un point de vue égoïste, dit Purcell avec indignation, et croyez-moi, il est gros de conséquences.

— Gros ou pas, c'est l'mien, dit Mac Leod, les deux mains sur ses genoux, sa tête de mort, creusée par la lumière des torches, ricanant sans bruit. Et pour l'égoïsme, vous avez bien raison, Purcell, j'crains personne. Et ces petits gentlemen non plus, ajouta-t-il avec un mouvement de son bras maigre qui embrassait l'assistance. Des égoïstes! Des petits égoïstes, tous, jusqu'au dernier! Et va y avoir une bonne majorité de damnés petits égoïstes contre votre motion, Purcell.

Il fit une pause et dit sans cesser de sourire :

— Personne n'a plus rien à dire?

Il reprit, presque sans attendre :

— Aux voix. Qui est contre?

Il leva le bras, imité aussitôt par Hunt, puis par Smudge, enfin par Johnson. White ne bougea pas. Il y eut un mouvement de stupeur. Sans abaisser son bras, Mac Leod tourna la tête à gauche, et dévisagea le métis. White, ses yeux noirs à peine visibles, soutint son regard sans broncher, puis détourna la tête sans hâte, et regarda droit devant lui.

— Je m'abstiens, dit-il de sa voix douce et chantante.

— Tu t'abstiens? dit Mac Leod avec une fureur contenue, le bras droit toujours levé, ses petits yeux gris lançant des éclairs.

— Je vous rappelle, dit Purcell d'un ton coupant, que vous n'avez pas le droit d'influencer les membres de l'assemblée, et pas plus White que Hunt ou Johnson.

— Je n'influence personne, dit Mac Leod avec un brusque éclat de voix.

White s'abstenant, il gagnait quand même. Il avait quatre voix. Purcell : trois. Mais l'abstention de White l'inquiétait. Il n'était plus sûr de ses troupes. Il abaissa le bras, mais continua à dévisager White.

— Je ne suis pas de ton avis, dit White de sa voix chantante.

Son visage était tranquille et détendu, ses bras, sagement croisés sur sa poitrine, et il y avait dans sa voix polie une douceur inflexible.

— Dans ce cas, c'est pour moi que vous auriez dû voter, dit Purcell.

White resta silencieux. Il avait dit ce qu'il pensait. Il n'avait plus rien à dire.

« Pour une surprise... », dit Baker en se penchant vers Purcell. « Non, dit Purcell à mi-voix, pas tellement. »

— Quatre voix contre, dit Mac Leod au bout d'un moment. Une abstention. Motion Purcell repoussée.

Mais il était visible que l'abstention de White lui avait enlevé de l'élan.

— Purcell, dit-il avec humeur, passez le bicorne à Jones. Il est temps de s'y mettre, si on veut pas passer la nuit.

Jones se mit à genoux, s'assit sur ses pieds, et posa le bicorne sur ses cuisses nues. Seul des Britanniques, il portait un *pareu*, et à vrai dire, il était aussi le seul dont le corps pût se comparer, sous un format plus réduit, à ceux des Tahitiens. Le plus jeune à bord après Jimmy, il venait d'atteindre dix-sept ans, et son torse fin, délié, athlétique, portait une tête blonde, aux cheveux coupés ras. Son nez, semé de taches de rousseur, était bref, un peu retroussé, et son menton, encore à peu près imberbe, tournait court, comme s'il n'avait pas encore fini de pousser. Ses yeux d'un bleu de porcelaine, fixés sans détour sur les gens, rappelaient ceux du mousse. Mais il était plus viril et plus agressif que Jimmy. Fort conscient de ses muscles, il tenait ceux de sa poitrine en contraction quasi constante, soit par coquetterie, soit par souci d'augmenter leur volume.

— Alors, dit Mac Leod, tu te décides?

Jones maintenait le bicorne contre ses cuisses de

la main gauche, et de la main droite, il remuait les papiers. Il était très ému, il ne se décidait pas à commencer le tirage au sort. Il craignait que le premier Britannique dont il tirerait le nom choisît Amoureïa. Quand le *Blossom,* après la mutinerie, avait touché Tahiti, Jones avait connu pour la première fois l'amour dans ses bras. Elle avait tout juste seize ans. Ni à Tahiti, ni à bord, il ne lui avait été fidèle, mais la nouveauté de ses conquêtes s'épuisant, il revint à elle. Et depuis le débarquement, on les rencontrait, dans tous les sentiers de l'île, enfantins, solennels, se tenant par la main. « Eh bien, dit Purcell à mi-voix, qu'attendez-vous? — J'ai la pétoche, dit Jones. J'ai une pétoche folle. J'ai peur qu'ils m'fauchent Amoureïa. — Allez-y! dit Purcell en souriant, je vous parie mon shilling que vous allez l'avoir. » Et fouillant dans sa poche, il en retira un shilling percé qu'il jeta sur le sol entre Jones et lui. Jones regarda le shilling, impressionné. « Vas-y donc! » dit Baker, de l'autre côté de Purcell, et posant une main à terre, il se pencha en avant pour mieux voir son beau-frère.

Jones tira un papier, le déplia, l'inclina à la lumière de la torche, et le lut. Il ouvrit la bouche, la referma, avala sa salive, et retrouvant enfin sa voix, il dit :

— Jones.

Il avait l'air si naïvement stupéfait d'avoir tiré son propre nom que tous, sauf Hunt, se mirent à rire.

Jones contracta ses pectoraux et carra ses épaules pour signifier qu'il ne tolérerait pas les rires. Mais sous cette apparence guerrière, il se sentait sans force, et si terriblement ému qu'il n'arrivait pas à parler.

— Alors? dit Mac Leod, c'est pour ce soir? Vu que t'es le premier t'as le choix entre les douze femmes, fiston. Mais tâche de faire vite pour peser le pour et le contre.

— Amoureïa, dit Jones.

Et les sourcils froncés sur son nez d'enfant, il regarda anxieusement autour du cercle pour voir si quelqu'un allait lui disputer sa femme...

— Pas d'opposition? dit Mac Leod en brandissant comme un gourdin l'extrémité de la corde. Il la balança en arrière, laissa s'écouler quelques secondes et la fit retomber avec force à terre entre ses jambes.

— Adjugée!

— Amoureïa! dit Jones d'une voix étranglée en se retournant.

Elle apparut aussitôt, entra dans le cercle de lumière, s'agenouilla en souriant à côté de lui et lui prit la main. Elle était fine et jolie avec quelque chose de naïf dans son visage qui l'apparentait à son *tané*. Jones décontracta ses muscles d'un seul coup avec un souffle prolongé qui tenait à la fois du sifflement et du soupir. Ses épaules retombèrent en avant, sa poitrine se creusa, et penchant sa tête sur son épaule, il regarda Amoureïa avec émerveillement. Elle était là. Elle était à lui. La joie le soulevait presque de terre. Il sentait que la vie s'étendait devant eux et qu'elle n'aurait jamais de fin.

— Si tu lâchais la main de ton Indienne, cria Smudge avec aigreur, tu pourrais peut-être continuer à tirer.

Jones prit un papier dans le bicorne.

— Hunt! dit-il d'une voix claironnante.

Hunt cessa de chantonner, grogna, redressa la tête et fixa avec étonnement ses petits yeux pâles sur Jones, le bicorne, et le papier que Jones tenait à la main. Après quoi, il regarda Mac Leod avec anxiété comme pour l'appeler à son secours.

— C'est ton tour, dit Mac Leod. Tu choisis ta femme.

— Quelle femme? dit Hunt.

— Ta femme. Omaata.

Hunt parut réfléchir et dit :

— Et pourquoi c'est que je la choisis?

— Pour qu'elle soye à toi.

— Elle est à moi, dit Hunt en avançant son mufle et en fermant sur ses genoux ses énormes poings.

— Bien sûr. Elle est à toi. Tu dis : « Omaata », et elle s'assied à côté de toi.

Hunt le regarda avec méfiance.

— Pourquoi que tu as dit « choisis »?

— Il y a onze femmes. Tu choisis parmi les onze femmes.

— J'me fous des onze femmes! grogna Hunt en faisant un geste de la main, comme s'il les balayait de son existence. J'ai Omaata.

— Eh bien, dis : « J'veux Omaata », et Omaata est à toi.

— Elle est pas à moi maintenant? dit Hunt en regardant Mac Leod avec menace.

— Si, elle est à toi. Ecoute donc. Fais ce que j'te dis. Tu dis « Omaata ». Elle s'assied à côté de toi et c'est fini.

— Et pourquoi que j'dois dire « Omaata »?

— Jésus! dit Mac Leod en portant les deux mains à sa tête.

Purcell dit d'une voix mordante :

— Mac Leod, vous me direz comment vous vous y prenez pour amener Hunt à voter avec vous. Cela doit vous prendre du temps.

Mac Leod lui jeta un regard furieux, mais ne dit pas un mot.

— Finissons-en, dit Baker avec nervosité. Je propose que Purcell dise à Omaata de s'asseoir à côté de Hunt et qu'on considère l'affaire comme réglée.

Mac Leod inclina la tête et Purcell traduisit. Aussitôt la masse considérable d'Omaata surgit de l'ombre derrière lui. Il se retourna, il était étonné. Il la croyait encore avec les Tahitiens. D'être assis, il lui sembla qu'elle était plus grande encore que de coutume, et comme elle passait entre Baker et lui pour traverser le cercle, il fut surpris de l'énormité de ses cuisses. Elle s'arrêta une seconde devant la torche, éblouie par la lumière, et cherchant Jono des yeux. Elle tournait ainsi le dos à Purcell qu'elle couvrait de son ombre, et la flamme, détachant les contours de sa colossale silhouette, fit jouer des reflets sur ses épaules noires et leur donna, l'espace d'une seconde, l'aspect d'un marbre poli.

Elle s'assit à côté de Hunt, et d'une voix basse et roucoulante, elle lui adressa un flot de paroles dans son incompréhensible jargon. Hunt grogna doucement en retour. « Il ronronne », dit Jones à mi-voix. Purcell sourit, mais le visage fin et brun de Baker resta tendu. Ses yeux s'étaient creusés, et un petit tic tiraillait sa lèvre inférieure.

Le silence se prolongea. Mac Leod et Smudge étaient engagés dans une conversation à voix basse, comme si le différend qui avait eu l'air de les diviser quelques minutes plus tôt venait tout d'un coup de se ranimer. Jones attendait qu'ils eussent fini pour tirer un troisième nom.

Purcell eut un léger frisson. Comme tous, sauf Mac Leod, il était torse nu, et le vent s'était levé, plus vif, plus marin. Les torches parurent pâlir tout d'un coup. C'était la lune des tropiques qui venait d'apparaître. Elle était énorme, et si brillante qu'elle ressemblait à une aurore. La clairière fut illuminée, et le dédale des allées de verdure du banian apparut derrière Mac Leod, avec ses ombres et ses taches claires, prolongé vers des profondeurs mystérieuses par la perspective des piliers. Purcell se retourna, sourit à Ivoa, et promena son regard sur ses compagnes. Baignées de clarté suave, leurs dents et le blanc de leurs yeux luisant au milieu des chevelures sombres, elles attendaient avec patience. Purcell fut saisi par le pouvoir indestructible qui émanait de ces visages doux, de ces corps sans arrogance, et dont toutes les formes, rondes comme des coupes, annonçaient qu'elles porteraient la vie. Les *Peritani* pouvaient brandir des fusils, agiter leur corde, discuter et « choisir ». Quelle incroyable futilité! L'île, qu'eût-elle été sans les femmes? Une prison. « Et nous, pensa Purcell, que serait-il resté de nous d'ici quelques dizaines d'années? Une poussière d'ossements. »

— Adamo, dit Ivoa d'une voix taquine et avec un geste éloquent des deux mains vers sa poitrine, tu es sûr que c'est bien moi que tu vas prendre?

— Oui, dit Purcell en souriant. C'est toi. C'est toujours toi. Toi seule.

— Tu dors, fiston? dit la voix traînante de Mac Leod.

Purcell se retourna et vit Jones, l'air fautif, retirer sa main des mains d'Amoureïa, et la plonger dans le bicorne.

— Mason! cria-t-il d'une voix claire.

Purcell leva le bras.

— J'ai une lettre de lui.

Il la sortit de sa poche et la présenta à la lumière.

Elle était close d'un cachet de cire aux initiales de Mason, et l'adresse, tracée d'une petite écriture minutieuse et appuyée, était ainsi libellée :

Lieutenant Adam Briton Purcell
Premier Lieutenant du *Blossom.*
A terre par 130° 24′ de longitude Ouest
et 25° 2′ de latitude Sud.

Purcell fit sauter le cachet, déplia la lettre et lut à haute voix :

Monsieur Purcell, vous veillerez à ce que me soit attribuée une femme capable de faire ma cuisine et de veiller à mon linge.

Capt. Richard Hesley Mason
Cdt le *Blossom.*

Purcell regardait le papier. Il n'arrivait pas à y croire : Mason voulait une femme, après tout!

Purcell le revit dans la cabine du *Blossom*, au départ de Tahiti. Ecarlate, les bras au ciel. Avec quelle indignation il avait refusé d'emmener trois femmes de plus. « Des femmes, monsieur Purcell, nous n'en avons déjà que trop! Elles ne m'intéressent en aucune façon. Si j'avais consulté ma propre commodité, je n'en aurais emmené aucune. » Et maintenant « il consultait sa propre commodité » et il en réclamait une!

Mac Leod dit au même moment :

— C'est pas une épouse qu'il veut, le vieux, c'est une femme de ménage.

Il y eut des rires, et les matelots se mirent à échanger des remarques sur la frigidité supposée de Mason. Le thème leur parut plaisant, et l'échange dura cinq bonnes minutes.

— J'suis bon prince, dit Mac Leod en levant la main pour mettre un terme aux plaisanteries. Même si le vieux a voulu m'tirer dessus, il sera pas dit que j'le laisserai laver son linge.

Il regarda à la ronde, son nez coupant retombant sur ses lèvres minces. « Généreux quand ça lui coûte rien », dit Baker à mi-voix.

— Si personne la veut, reprit Mac Leod sans avoir l'air d'entendre, j'propose de lui donner Vaa.

Personne ne bougea. Mac Leod abattit à terre l'extrémité de la corde et pria Purcell de traduire.

Vaa se dressa, solide et sans beauté. Elle s'approcha du cercle et se campa sur ses robustes jambes de paysanne. Ses larges pieds, bien étalés sur le sol, se recroquevillaient des orteils comme pour s'accrocher plus fermement à la terre. Elle mit ses deux fortes mains derrière son dos et dit d'une voix polie que c'était un honneur pour elle d'avoir pour *tané* le chef de la grande pirogue. Les Tahitiennes se mirent à rire et Itia lui cria : « Hé Vaa é! Il est très froid, ton *tané!...* » Le large visage rustique de Vaa se fendit d'un sourire. Elle dit : « Je le réchaufferai. » Et elle partit aussitôt dans la direction du village pour faire comme elle avait dit.

Jones déplia un papier et cria d'une voix forte :

— Johnson!

Johnson tressaillit, baissa les yeux, et regarda la loupe à l'extrémité de son gros nez tout en frottant sa barbe clairsemée du dos de sa main droite. Puis il décroisa les jambes, et mettant un genou à terre, il se leva avec plus de vigueur qu'on n'aurait attendu de son âge, et se tint tantôt sur une jambe, tantôt sur l'autre, jetant autour de lui des regards furtifs, et frottant toujours sa barbe. Malgré la maigreur de son corps, son ventre saillait. Il était remonté, rond et dur, jusqu'à son estomac, où il paraissait vouloir rejoindre son torse, creusé et courbé par la fatigue de tant d'années. Cette voussure obligeait Johnson à tendre le cou en avant dans un effort pour se redresser. Mais ses bras avaient abandonné depuis longtemps toute tentative pour rester dans le plan des épaules. Ils pendaient très en avant d'elles, si maigres qu'ils ressemblaient à des filins mis en paquet, piqués sur leur face interne de petites taches noires, et striés d'énormes veines, saillantes et bleuâtres.

Johnson jetait des coups d'œil méfiants et peureux autour de lui comme s'il se demandait si le silence qui avait accueilli son nom ne renfermait pas un piège. Son choix était depuis longtemps décidé, mais il hésitait à le révéler, ne sachant pas s'il y aurait opposition, et craignant, malgré la décision de l'assemblée, que l'intéressée ne voulût pas de lui. Toujours avec la même expression furtive, son regard alla de Mac Leod à Purcell, comme s'il cherchait tour à tour un appui dans la majorité et dans la minorité, puis glissa du côté des femmes, et ses paupières ridées papillotant sans arrêt comme pour dissimuler la direction de son regard, ses yeux bordés de rouge se fixèrent sur elles avec une extraordinaire expression de peur et de convoitise. Il avait l'air d'un gamin qui, ayant volé un penny, et le tenant dans le creux de sa main, regarde à travers la vitrine d'un pâtissier le gâteau de son choix, et ne se décide ni à entrer ni à s'en aller.

— Alors? dit Mac Leod d'une voix brusque.

Johnson tourna vers lui ses yeux peureux, cessa

de frotter sa barbe, et dit d'une voix grêle, et sans regarder personne :

— Taïata.

Son choix était modeste : Taïata était la moins jeune et la moins jolie des Tahitiennes.

— Objection? dit Mac Leod en levant derrière sa tête l'extrémité de la corde.

Sans presque attendre il l'abattit sur le sol. Johnson releva la tête et appela d'une voix tremblante d'excitation :

— Taïata!...

Il y eut des chuchotements dans le groupe des Tahitiennes, mais personne ne se leva, personne ne répondit. Les lèvres de Johnson se mirent à trembler. Il ramena ses bras à l'horizontale, et prenant son pouce droit entre l'index et le pouce de la main gauche, il se mit à le frotter d'un mouvement lent et machinal. Il va pleurer, pensa Purcell.

— Taïata! reprit Mac Leod d'une voix forte.

Le silence se fit dans le groupe des femmes, puis les chuchotements reprirent. Taïata se leva. Elle s'avança avec lenteur vers le cercle, courtaude, trapue, les jambes un peu arquées, et se dandinant en marchant. Ses paupières bouffies cachaient ses yeux, et son visage, tout d'un coup éclairé par les torches, parut maussade et fermé. Johnson fit entendre un petit rire grêle, alla au-devant d'elle, la prit par la main et exécuta sur place une sorte de petit pas de danse si ridicule et si pitoyable que personne ne songea à en rire. Il s'assit, mais dès que Taïata eut pris place à côté de lui, elle dégagea sa main d'un geste brutal et le dévisagea d'un air froid, ses petits yeux noirs paraissant tapis dans les bouffissures de ses paupières. « Pauvre Johnson », dit Purcell à mi-voix. Mais personne ne lui répondit. Jones fixait Amoureïa, et Baker regardait droit devant lui, pâle, les dents serrées.

— Jones! dit Mac Leod d'une voix sévère.

Lui aussi paraissait nerveux et tendu. Jones lâcha les mains d'Amoureïa, saisit le bicorne et tira un papier.

— White! cria-t-il avec autant de force que si White avait été à l'autre bout de la clairière.

White ne bougea pas, et son visage resta impassible. Cependant, il ne parla pas aussitôt. Assis en tailleur, les deux mains sagement à plat sur ses genoux, il ne faisait pas d'autre mouvement que de tapoter son pantalon de l'index et du médius de la main droite. Ses autres doigts, courts, boudinés, carrés du bout, étaient levés avec une sorte de légèreté, comme s'ils allaient parcourir un clavier. Deux ou trois secondes s'écoulèrent.

— Itia, dit White d'une voix douce.

Il y eut dans le groupe des femmes une effervescence subite, et les murmures grandirent, plus passionnés qu'auparavant. Purcell se retourna. Itia était à genoux. Les yeux baissés, les lèvres serrées, elle faisait non de la tête. Itihota était à sa droite, le bras sur son épaule. De l'autre côté, Raha et Toumata. Itihota dit : « Prends-le. Il n'est pas méchant. Il ne te battra pas. — Non, non! » dit Itia.

— Itia! cria Mac Leod d'une voix forte.

Itia se leva, s'avança vers le cercle et se campa entre Amoureïa et Johnson, face à Mac Leod. Ses yeux étincelaient.

— Ecoute, squelette *Peritani*, dit-elle en dévisageant l'Ecossais avec colère, tu devrais avoir chaud à la figure d'agir comme tu agis. Quel sens il y a à choisir une femme qui ne t'a pas choisi?

Elle parlait exactement comme si c'était Mac

Leod, et non White qui l'avait élue. Elle reprit :

— Tu sais ce qui arrive quand tu choisis une femme qui ne t'a pas choisi : tu es cocu.

Les Tahitiennes firent entendre des rires étouffés, et les Tahitiens rirent en écho, deux fois plus fort. Que l'*Eatua* soit loué! Les mauvaises manières d'Itia avaient du bon!

Mac Leod se redressa.

— Que dit-elle?

— Elle vous demande, dit Purcell d'une voix neutre, si vous désirez être trompé par votre femme.

Il ajouta :

— La question est de pure rhétorique. Elle ne vous vise pas personnellement.

Les yeux de Mac Leod brillèrent de colère, mais il se contint.

— Dites-lui de tenir sa langue, dit-il d'une voix calme, et d'aller s'asseoir à côté de White.

Purcell traduisit.

— Je ne déteste pas l'homme jaune, dit Itia avec un effort de courtoisie. Il n'a pas une main pleine de sang glacé [1] comme le *Squelette*. L'homme jaune est un homme d'un usage poli. Toujours doux comme l'ombrage...

Elle se redressa, cambra son ferme petit corps, et dit avec force :

— Mais je ne veux pas de lui comme *tané*. Comme *tané*, je veux Mehani.

Mehani se leva. Il avait été choisi. En se levant, il signifiait qu'il acceptait. Mehani aimait impartialement toutes les femmes. Mais il avait de l'amitié pour Itia.

1. Il n'est pas égoïste...

Le regard de Mac Leod alla d'Itia à Mehani. Il n'était pas nécessaire de lui traduire ce qu'Itia avait dit. Il serra les dents, brandit l'extrémité de la corde et dit d'une voix furieuse :

— Dites-lui que si elle ne va pas s'asseoir à côté de White, je vais la corriger.

— Je ne traduirai pas cette menace, dit Purcell. Elle est très dangereuse. Mehani la considère maintenant comme sa femme. Si vous la touchez, il vous assomme.

— Il y a une loi, dit Mac Leod. On le pendra.

— Si vous pouvez, dit Purcell en le regardant fixement.

Mac Leod leva son menton aigu et voila son regard. S'il y avait combat, il aurait contre lui Purcell, Jones, Baker, les six Tahitiens, les femmes peut-être. Il regretta amèrement de ne pas avoir apporté de fusil.

Il tourna la tête à gauche.

— White, lève-toi, et va chercher ta femme.

C'était une défaite déguisée : il remettait l'affaire dans les mains de White.

White n'essaya pas de saisir Itia par surprise. Il se leva avec une lenteur pleine de dignité et se dirigea vers elle. Elle fut hors d'atteinte en deux bonds, pivota sur ses talons, et avec une légèreté inouïe, détala dans la clairière, ses longs cheveux volant derrière elle. Elle piquait droit vers l'ouest dans la direction de la brousse.

— Halte, Mehani! hurla Purcell.

Mehani s'immobilisa en plein élan, posé sur une jambe, son torse athlétique tourné de profil, la tête dressée, les narines palpitantes, comme un lévrier qu'on arrête en plein galop.

— Si tu la rejoins, dit Purcell en tahitien, ils vont

te traquer avec leurs fusils. Reste. Rentre avec nous au village.

Il ajouta :

— La nuit est longue...

Mehani s'assit, les yeux fixés sur Purcell. White était immobile. Il regardait Itia s'enfuir sous la lune. C'eût été perdre la face que de courir après elle. Quand elle eut disparu dans le sous-bois, il retraversa le cercle sans hâte et revint s'asseoir à sa place. Depuis le moment où il avait dit « Itia », il n'avait pas articulé un seul mot.

— On la retrouvera, dit Mac Leod, il faut bien qu'elle mange et qu'elle boive.

Il y eut un silence. Les yeux de Purcell se plissèrent et il dit d'un ton neutre :

— Je propose que White choisisse une autre femme. Par exemple, Itihota. Itihota accepterait White volontiers.

White ouvrit la bouche, mais avant qu'il ait eu le temps de parler, Mac Leod intervint.

— Oui, Monsieur, dit-il d'une voix pleine de sarcasme, certainement, Monsieur. De grand cœur, Monsieur. Itihota pour White et Itia pour Mehani. Très malin, Purcell, mais Dieu me damne si ça va se passer comme ça. Il y a une assemblée ici, vous l'avez peut-être oublié. Et c'est pas un Noir qui va nous faire la loi, même si c'est votre copain de cœur. Quant à Itia, vous en faites pas, Purcell, on la retrouvera.

Purcell dit d'une voix froide :

— Cinq kilomètres de brousse en collier autour de l'île. Une montagne avec un point d'eau. Dix-sept complicités actives.

— On la retrouvera, dit Mac Leod, et il fit signe à Jones de continuer.

Jones plongea sa main dans le bicorne.

— Baker, dit-il presque à mi-voix, et il regarda son beau-frère d'un air fautif.

Depuis qu'Amoureïa s'était assise à côté de lui, il n'avait pas une seule fois pensé à lui et à ses craintes.

Baker leva son visage brun et dit d'une voix nette :

— Avapouhi.

Il y eut un silence. Tous les yeux convergèrent sur Mac Leod. L'Ecossais avait attendu ce moment. Il était là. Il parut le surprendre. Deux ou trois secondes s'écoulèrent. L'extrémité de la corde reposait par terre entre ses jambes, et les yeux baissés, sa tête de mort rigide et droite sur son cou maigre, il ne faisait pas un mouvement. « Il hésite », pensa Purcell, la fuite d'Itia l'a fait réfléchir. Et s'il n'y avait pas les autres...

— Opposition, dit Mac Leod, et relevant les yeux, il les fixa sur Baker.

Baker lui rendit son regard, mais ne dit rien. Mac Leod s'appuya de la main sur le sol, se releva et s'accota contre la racine du banian. Il s'attendait à ce que Baker se jetât sur lui, et il préférait être debout pour soutenir le choc.

— Fils, dit-il de sa voix traînante et en promenant son regard sur ses compagnons, si je réclame Avapouhi, c'est pas que j'veuille faire tort à Baker...

— Oh non! dit Baker d'une voix vibrante.

— Mais y faut de l'ordre, reprit Mac Leod en méprisant l'interruption. On peut pas tolérer qu'les femmes passent de l'un à l'autre dans cette île. Qu'est-ce qui avait Avapouhi à Tahiti? Papa Mac Leod. Qu'est-ce qui l'avait à bord du *Blossom?* Le propre fils de sa mère. Mais vous savez comment elles sont! A peine débarquée dans l'île, v'là mon Indienne qui s'enroule autour de Baker. Du caprice, fils! Pas autre chose! Les Noires, elles s'y connaissent, en caprices! Et moi j'dis, reprit-il en haussant la voix, que si on s'laisse faire par elles, c'est la fin d'tout! Plus d'ordre! Plus d'famille! On s'ra même plus les patrons! Fils, j'vous l'dis : autant s'mettre tout de suite une jupe autour des fesses et laver la vaisselle!

Smudge et Johnson se mirent à rire, mais sans entrain. Les yeux de Baker ne laissaient aucun doute sur ses intentions, ils avaient peur que la mêlée devînt générale, et dans ce cas, ils ne pourraient même pas compter sur la force de Hunt. Enfermé dans les bras d'Omaata, il se désintéressait de la scène, et ronronnait comme un gros chat.

— Bon, reprit Mac Leod, reprenons. Quand Avapouhi m'a laissé tomber, j'ai rien dit. J'suis l'bon gars. J'voulais pas d'bagarre avec Baker...

— Tu préfères un vote à une bagarre, dit Baker d'une voix à la fois si calme et si insultante que Mac Leod blêmit.

Purcell jeta un coup d'œil à Baker. Il était assis, les jambes en tailleur, les deux mains dans les poches. A part le tic qui tiraillait par instants sa lèvre inférieure, son visage était immobile. Mais ses yeux noirs, cernés et fiévreux, étaient fixés sur ceux de Mac Leod avec une intense expression de mépris.

— J'me laisserai pas provoquer, dit Mac Leod en retrouvant tout son calme. Si c'est la bagarre que tu cherches, tu l'auras pas, Baker. Y a une loi, et j'me tiens à la loi.

— Et qu'est-ce qui l'a faite, la loi, dit Baker en parlant très lentement, c'est pas toi? Et maintenant, tu t'abrites derrière la loi pour pas te bagarrer.

Pour parler, oui. Pour parler, tu crains personne. Mais j'ai jamais remarqué que tu t'mettais au premier rang pour recevoir les coups. Quand Burt t'a dit d'jeter le corps du petit à la mer, tu as obéi, non? Toi et ton copain Smudge, vous avez filé doux. Là aussi, t'as obéi à la loi...

Il parlait en détachant les mots avec une telle force qu'il avait l'air de les jeter un à un au visage de l'Ecossais.

— J'répondrai pas à tes provocations, dit Mac Leod, plus immobile qu'un roc. J'ai dit ce que j'avais à dire sur Avapouhi. A toi de parler. Quand tu auras fini, on passera au vote.

Baker reprit sur le même ton lent et implacable :

— Il te tarde qu'on passe au vote, hein, Mac Leod? C'est facile, le vote, hein, Mac Leod? Aussi facile que d'mettre une lame dans la poitrine d'un gars qui n'peut pas s'défendre, comme tu as fait pour Simon.

Il se passa alors quelque chose de singulier : les Tahitiens firent entendre un murmure d'approbation. Ils n'avaient jamais entendu parler de Simon et ils n'avaient pas compris un mot à ce que Baker avait dit. Mais ils voyaient bien à son ton et à ses yeux qu'il malmenait Mac Leod et ils en étaient satisfaits. L'Ecossais ne détourna même pas la tête. Il était adossé à la racine du banian, les mains derrière le dos, le menton levé, les yeux mi-clos. Il attendit que le murmure des Tahitiens fût calmé et il dit en regardant Baker à travers les fentes de ses yeux :

— Tu as fini?

— Je n'ai pas fini, dit Baker de sa même voix froide et insultante. Je parlais des choses faciles, Mac Leod. Exemple : pendre Mason, quand il a les pieds et les mains liés, ça, c'est une chose facile. Ça ne demande pas de tripes. Seulement un vote.

— Je n'empêche personne d'avoir la majorité, dit Mac Leod.

— La majorité aussi, c'est facile, reprit Baker de sa même voix lente, calme et en même temps chargée d'une incroyable tension. Facile d'entortiller un gars qu'a jamais rien compris à rien. Facile d'intimider un pauvre vieux qui peut pas s'défendre. Tiens, regarde!...

Il se tourna tout d'un coup vers Johnson et le perça jusqu'aux moelles d'un coup d'œil furieux. Purcell fut stupéfait de la force, ou pour mieux dire, de la brutalité inouïe de ce regard. Johnson ouvrit la bouche comme si la respiration lui manquait et parut se recroqueviller sur lui-même, comme un insecte qu'on arrose d'eau bouillante. Il pressa ses genoux de ses deux bras, baissa la tête et resta dans cette position, tassé, réduit, foudroyé.

Baker haussa les épaules avec pitié et reporta ses yeux sur Mac Leod.

— Une autre chose qu'est pas dure, reprit-il, la vibration de sa voix communiquant à ses paroles une intensité extraordinaire, c'est de battre une femme. Surtout une femme qui s'défend pas comme Avapouhi. C'est bien pour ça q'tu la regrettes. Avec Horoa, c'est pas pareil. Horoa, elle te rend tes coups. Ça te déplaît, ça. Cogner, oui. Tirer les cheveux, oui. Envoyer des coups de genou, oui. Mais se battre, non. Pas même avec Horoa. Oh non! Horoa, c'est une dure! Horoa, quand tu la touches, elle te jette n'importe quoi à la figure. Hier soir, c'était ton marteau!...

— J'savais pas ça! dit Jones, et il s'esclaffa comme un enfant.

C'était une gaieté jeune et sans arrière-pensée qui fusa tout d'un coup et fit le silence dans le cercle. Mac Leod avait supporté sans broncher toutes les injures. Le rire innocent de Jones lui cassa les nerfs. Il sentit d'un seul coup toutes les banderilles que Baker lui avait plantées dans la peau. Ses yeux perdirent leur lucidité. Ils devinrent troubles et bizarrement fixes. Il laissa tomber ses épaules en avant et plongea la main droite dans sa poche.

Au même instant, Baker mit le pied gauche à terre, et le genou droit à peine soulevé du sol, il avait l'air d'un coureur qui va prendre son départ. Il avait oublié qu'il avait remis son couteau à Purcell, et dans la rage froide qui soulevait son petit corps compact et nerveux, il était prêt à se battre avec Mac Leod les mains nues. Haletant, ramassé sur lui-même, tous les muscles tendus, il dardait sur l'Ecossais des yeux ivres, où brillait l'absolue certitude qu'il allait le tuer.

Mac Leod avait ouvert son couteau dans sa poche, et la sueur ruisselant sur son front, il faisait un effort désespéré pour résister à l'impulsion qui le jetait au-devant de Baker. Il pensa avec dérision : « Se battre pour une Noire! » C'était absurde, il pouvait l'avoir par un vote, sans aucun risque. « Je me laisse manœuvrer », pensa-t-il avec mépris. Au même instant, il avança d'un pas, rigide comme un automate, la main crispée sur son couteau.

— Mac Leod! cria Purcell.

Mac Leod tressaillit comme un homme qu'on réveille, regarda Purcell une pleine seconde, prit une inspiration profonde, et retira la main de sa poche. Sans cesser de faire face à Baker, il recula jusqu'à ce qu'il sentît derrière son dos la racine verticale du banian. C'était fini. Purcell remarqua comme ses côtes maigres soulevaient son tricot blanc dans l'effort qu'il faisait pour maîtriser sa respiration.

— Si personne n'a plus rien à dire, dit Mac Leod au bout d'un moment, je propose qu'on passe au vote.

Baker fit un mouvement et Purcell posa sa main sur son bras. « Il fallait m'laisser faire, dit Baker d'une voix basse et furieuse, j'l'aurais tué. » Purcell accentua sa pression. Baker s'assit et ferma les yeux. Il paraissait tout d'un coup épuisé.

Mac Leod se rassit, reprit en main l'extrémité de la corde et dit d'une voix terne :

— Proposition de m'attribuer Avapouhi.

Il leva le bras, imité par Hunt, Smudge, White et, deux secondes plus tard, Johnson.

— Cinq voix sur huit, dit Mac Leod de la même voix terne et sans élan. Proposition adoptée.

Il gagnait, et sa victoire ne lui donnait pas de joie. Dans les projets dont sa tête active était pleine, cela lui avait paru merveilleux d'arracher Avapouhi à Baker par un vote. Et maintenant qu'il l'avait, c'était lui qui se sentait battu.

— Avapouhi! dit-il enfin.

Baker leva la main droite au-dessus de sa tête, il y eut un remue-ménage dans le groupe des femmes, et Purcell résista au désir de se retourner.

— Un instant, dit Baker comme s'il avait levé la main pour demander la parole, j'suppose que j'ai le droit de choisir une autre femme?

— Et comment, matelot! dit Mac Leod en faisant effort pour retrouver sa verve, et comment, et comment! C'est pas mon genre de laisser un gars du *Blossom* se dessécher sans compagnie. Même Mason, il a eu l'droit à son Indienne. Fais ton choix, matelot!

Mais toute cette truculence sonnait faux. Sa voix elle-même sonnait faux. Il paraissait déçu et fatigué.

Baker le regarda dans les yeux et dit d'une voix nette :

— Horoa.

Mac Leod tiqua. « Est-ce qu'il y tient? pensa Purcell. Et s'il y tient, pourquoi a-t-il voulu Avapouhi? Pour ne pas rester sur une défaite? Pour humilier Baker? »

Mac Leod répéta mécaniquement :

— Horoa?

— Tu la veux aussi pour toi? dit Baker d'une voix mordante.

Il y eut un silence. Mac Leod ferma à demi les yeux et leva son menton.

— Y a-t-il opposition? dit-il d'une voix neutre et sans timbre.

Il brandit l'extrémité de la corde et, sans attendre, l'abattit sur le sol.

— Adjugée!

— Horoa, dit Baker.

Horoa surgit dans le cercle avec un mouvement souple et puissant de la croupe comme une jument qui sortirait d'un fleuve. Elle se dressa devant Mac Leod dans toute l'élégance de ses cinq pieds dix pouces [1], et l'œil en feu, le doigt accusateur, elle entama, avec des gestes amples, un discours véhément. Tout en parlant, elle ne tenait pas en place, mais pour ainsi dire, caracolait sans arrêt de droite et de gauche comme impatiente de s'élancer. L'encolure fière, le poitrail généreux, les jambes longues et nerveuses, elle levait haut ses narines palpitantes

1. 1,77 m.

avec de brusques impatiences du cou qui secouaient sa crinière.

Accompagnée par les rires, les encouragements, et même, de temps à autre, les claquements de mains rythmés des Tahitiens, Horoa parla pendant cinq bonnes minutes avec la même impétuosité, sans jamais paraître reprendre son souffle, sans jamais chercher un seul mot, hennissant et piaffant sur place comme si elle se disposait à partir vers des horizons meilleurs. Puis elle finit aussi abruptement qu'elle avait commencé, et la poitrine encore houleuse de son effort, s'assit à côté de Baker, et lui prenant la tête dans l'étau de ses bras, l'attira à elle, et écrasa ses fortes lèvres contre les siennes.

— Traduction? dit Mac Leod.

Purcell eut l'air amusé et leva les sourcils.

— Littérale?...

— En gros, dit Mac Leod hâtivement.

— En gros, elle vous a fait une scène de jalousie pour lui avoir préféré Avapouhi.

Purcell regardait Mac Leod avec attention, et il lui sembla voir passer une ombre de plaisir sur son visage cadavérique. Il reprit :

— Elle a dit en conclusion que Baker était plus gentil que vous et qu'elle était enchantée de l'avoir comme *tané*. Je suppose, ajouta Purcell généreusement, qu'elle parlait par dépit.

— De toute façon, ça m'est bien égal, dit Mac Leod, le visage comme un masque.

Il prit un temps et appela :

— Avapouhi.

Le silence se fit et le groupe des femmes resta figé. Mac Leod répéta d'une voix forte :

— Avapouhi.

Et comme personne ne répondait, il se leva. Les

visages des femmes étaient tournés vers lui, et son regard glissa de l'un à l'autre.

— Itihota, dit-il avec sévérité, où est Avapouhi?

Itihota se leva pour répondre comme une élève docile.

— Partie, dit-elle en anglais d'une voix chantante, et de la main droite, l'index pointé, elle montra l'ouest.

— Tu peux t'asseoir, dit Mac Leod avec calme.

Lui-même revint à sa place et s'assit. Son visage ne reflétait rien. «Il tient bien le coup», dit Jones à voix basse avec admiration. Purcell inclina la tête.

— On la retrouvera, dit Mac Leod sans élever la voix.

Il regarda Jones et dit aussitôt :

— Continue.

Jones plongea la main dans le bicorne, retira un papier, le déplia, et lut :

— Mac Leod.

— Mon choix est fait, dit Mac Leod avec sang-froid. Continue.

Jones tira un autre papier et dit d'une voix claire :

— Purcell.

Purcell eut un demi-sourire. Cela lui paraissait un peu ridicule de choisir sa propre femme. Il dit presque à voix basse « Ivoa ». Elle était debout derrière lui. Elle vint s'asseoir à sa droite, et ses magnifiques yeux bleus fixés sur les siens, elle appuya son épaule contre la sienne.

— Opposition! cria Smudge d'une voix forte.

Ce cri frappa l'oreille de Purcell sans parvenir d'abord à sa conscience. Ce fut le silence tendu qui tomba dans le cercle qui lui fit comprendre sa signification. A cet instant, il avait le visage presque couché sur son épaule, et souriait à Ivoa. Son sourire resta figé sur les lèvres une pleine seconde après que Smudge eut parlé. Puis il s'effaça avec lenteur, et les traits, d'ordinaire si calmes de Purcell, furent envahis par la stupeur. Il ouvrit les yeux tout grands, tourna la tête, regarda Smudge comme pour s'assurer qu'il avait bien entendu, puis promena son regard sur l'assistance. Il avait l'air de douter de la réalité de la scène qu'il était en train de vivre.

Son incrédulité était si manifeste que Smudge répéta d'une voix hargneuse :

— Opposition.

Les yeux agrandis de Purcell se fixèrent sur Smudge. Il le regarda sans aucune colère et comme s'il avait peine à admettre qu'il existât.

— Voulez-vous dire, dit-il avec une extrême lenteur, que vous réclamez Ivoa?

— Et comment! dit Smudge.

Il y eut un silence. Purcell n'arrivait pas à détacher ses yeux du visage de Smudge. Il le regardait comme s'il essayait de déchiffrer une énigme.

— C'est inouï! dit-il presque pour lui-même, et scrutant tous les traits de Smudge comme si l'un d'eux allait lui révéler le secret qu'il cherchait. Puis il dit à mi-voix : « Mais nous sommes mariés! » avec ce même air d'incrédulité profonde et comme s'il avait peine à énoncer une telle évidence.

— Ça, j'm'en fous, dit Smudge.

Il était vautré par terre, un coude sur le sol. Quand il avait crié « Opposition! » il n'avait pas bougé. Entre son menton en retrait et son front fuyant, son gros nez saillait avec une sorte d'impudence, et comme ses joues paraissaient tirées en avant par son relief, cette conformation donnait à son visage l'aspect d'un museau. Il ne regardait pas Purcell. Ses petits yeux, brillants et noirs comme des boutons de bottine, et très enfoncés dans les orbites, furetaient de droite et de gauche avec une férocité inquiète. En même temps, par des petits mouvements continuels, et qu'il ne paraissait pas contrôler, il poussait sans cesse son gros nez en avant dans le vide, comme un porc fouillant du groin dans sa nourriture.

Purcell continuant à se taire, Mac Leod se tourna vers Smudge avec la gravité d'un juge et dit :

— Si tu fais opposition, faut que tu expliques pourquoi.

— Et comment! dit Smudge, son accent londonien prêtant à ses moindres paroles une insolence indéfinissable. Et c'est pas long à expliquer non plus. J'vous prends à témoin, matelots. On a dit qu'on s'partagerait les femmes, ou on l'a pas dit? Si on l'a dit, faut que Purcell remette la sienne dans le tas, et qu'elle suive le sort commun. J'sais bien que Purcell va ramener que son Indienne, elle est collée à lui depuis trois mois. Mais j'vois pas qu'ça lui donne un titre. Au contraire! Pourquoi toujours lui? Pourquoi pas un autre pour changer? Pourquoi pas moi? Ivoa, à mon avis, c'est peut-être pas la mieux, mais c'est la classe qu'elle a. Les manières. Comme une lady, les manières. Fière et tout. J'ai eu l'œil sur elle dès le début. Et Dieu me damne si j'ai pas autant droit à l'avoir qu'un damné officier!

— Vous perdez l'esprit, dit Purcell, encore plus stupéfait qu'indigné par l'énormité de ce discours, vous réclamez ma femme! C'est monstrueux!

— Votre femme! dit Smudge en s'asseyant et en pointant son gros nez en avant d'un air de triomphe comme s'il avait enfin trouvé la nourriture de son choix, votre femme! J'pensais bien que vous alliez encore nous ramener ça! Et moi, j'vous dis et j'vous répète : votre mariage, j'm'en fous. Il compte pas pour moi, il a pas d'valeur. C'est rien qu'des grimaces de clergyman! J'm'en fous, j'vous dis! Et j'suis prêt à vous prendre Ivoa, mariée ou pas, clergyman ou pas clergyman!

Purcell faisait moins attention aux paroles de Smudge qu'au fait qu'il ne pouvait pas arriver à rencontrer son regard. Ses yeux firent lentement le tour de la « majorité ». A part Hunt qui le fixait sans le voir en chantonnant, ni Mac Leod, ni White, ni Johnson ne le regardaient. « Ils étaient au courant, pensa Purcell dans un éclair. Ils sont prêts à se faire les complices de cette infamie. »

Il sentit le coude de Baker contre le sien. Il tourna la tête vers lui. « Il va quand même falloir se bagarrer », dit Baker à mi-voix. Jones l'entendit, se pencha en avant pour le regarder, lâcha les mains d'Amoureïa et resserra son *pareu* autour de ses reins. « Rendez-moi mon outil », reprit Baker à voix basse en posant sa main gauche à terre à côté de Purcell. Purcell fit « Non » de la tête. Il se mit à genoux, dans la position que Baker avait adoptée quelques instants plus tôt quand il défiait l'Ecossais. Ce mouvement le réveilla de sa stupeur. Il pâlit, son cœur battit plus vite, et ses mains se mirent à trembler. Il les mit dans ses poches. Il rencontra sous ses doigts le couteau de Baker. Le manche était dur et chaud et son contact lui fit plaisir. « Je comprends qu'on en arrive à tuer », pensa-t-il, les phalanges crispées sur le couteau. Aussitôt un flot de honte l'envahit. Il lâcha l'arme, et sortit la main de sa poche.

Quelques secondes s'écoulèrent. Il voulut parler, il n'y parvint pas, et il s'aperçut que ses mâchoires étaient si contractées qu'il n'arrivait pas à ouvrir la bouche. Il avala sa salive et, à la troisième tentative, au prix d'un effort inouï, il réussit à émettre un son.

— Smudge, dit-il d'une voix étranglée, son visage trahissant dans le frémissement et la décoloration de ses lèvres la violence qu'il se faisait pour conserver son sang-froid, vous ne savez pas ce que c'est qu'un mariage. Ce n'est pas une grimace, c'est un serment. Le rite ne compte pas. Ce qui compte, c'est la promesse de vivre ensemble jusqu'à la mort.

— Eh bien, ça fera rien qu'une promesse de plus qui sera pas tenue, dit Smudge avec une sorte de ricanement et poussant son museau en avant, ses petits yeux durs étincelant de rage. Et venez pas encore me ramener votre mariage! et m'faire le coup de la douceur, avec la Bible et tout! Votre mariage, j'ai mon opinion sur lui, figurez-vous. S'y a un gars qu'vous avez pas trompé avec ces grimaces, c'est moi! J'ai bien vu l'coup, Purcell, et comment qu'vous l'avez mijoté! Vous êtes malin, Purcell, j'dirais ça en votre faveur. Toujours l'doux Jésus, mais l'œil sur vos petits intérêts. Quand vous avez vu, sur l'*Blossom,* qu'y avait que douze femmes pour quinze hommes, vous vous êtes dit : « Va y avoir de la bagarre pour s'les partager en arrivant dans l'île! » Alors hop! Vous sautez sur la plus jolie, manières et tout, vous l'entortillez, vous lui faites le coup de Jéhovah, et j'te baptise, et j'te marie devant Mason! Comme ça, en arrivant dans l'île, vous vous pensez : « Tranquille! Plus dans l'coup! Chasse gardée par Dieu le père! » Un petit coup de prière à la coupée, et vous arraisonnez l'Indienne!

Smudge poussa du nez en avant, reprit son souffle, et comme si le récit qu'il venait de faire avait réveillé ses rancœurs contre Purcell, il reprit avec ce qui ressemblait à de l'indignation morale :

— Que vous pensez! Que vous vous êtes figuré, Purcell! En homme qui dit : « Moi, d'abord », et les autres, après, s'il en reste! En officier qu'est habitué à être servi l'premier, et du meilleur! Toujours l'dessus du panier et la crème du lait! les déchets pour les copains! Qu'est-ce que je suis, moi? Un chien? J'ai quatre pattes? J'me couche quand on m'appelle? Quelle chance j'ai-t-il eue dans la vie par rapport à vous? A trimer sur les quais de la Tamise à quinze ans avec une croûte de pain moisi et une goutte de gin dans le ventre? A décharger les balles de coton seize heures par jour? Pour qui c'était les ladies à dentelles qui venaient sur les quais avec deux canassons devant et deux larbins au cul? Pour moi? Vous pensez! De la boue, moi, comme celle des quais! Pas question de tacher leurs jolis petits souliers! Elles descendaient même pas de carrosse! « Gamin, allez m'chercher le lieutenant Jones!... Ou le lieutenant Smith!... Ou le lieutenant Purcell », ajouta-t-il dans une explosion de rage qui lui fit venir les larmes aux yeux. Et moi, tout juste un penny! Un penny pour regarder le baise-main, le battement de cils, le coup d'éventail sur les doigts! Misère! toutes ces jolies manières! Et moi, rien qu'un petit tas de boue sur les quais! Mais on est pas à Londres, ici, Purcell, reprit-il en grinçant des dents. Y a pas de carrosses, ici, pas d'officiers, pas de dentelles! Ni de juges qui vous envoient pendre un honnête garçon à Tyburn pour un vol de cinq shillings! On est entre égaux, ici, Purcell. J'vaux autant que vous, Dieu me damne, voilà ce que je dis! Et c'est aux copains d'décider qui de nous deux va avoir votre Indienne, mariée ou pas, et même si ça doit lui briser son joli petit cœur de vous quitter!

L'évocation de son enfance avait attendri Smudge. Il se sentit justifié par son émotion, et il eut le courage, pour la première fois, de regarder Purcell en face. Il fut saisi de ne trouver dans ses yeux aucune espèce de ressentiment. Cette découverte redoubla sa rage. Et comme Purcell se taisait, il pointa agressivement son nez dans sa direction et dit avec une insolence furieuse :

— Eh bien, qu'est-ce que vous avez à répondre à cela?

— Rien, dit Purcell avec le plus grand calme.

Il lui semblait qu'il n'y avait plus de problème, maintenant qu'il avait compris ce qu'il y avait dans l'esprit de Smudge quand il avait réclamé Ivoa. Il lui restait le plus facile : il n'avait plus qu'à se battre.

— Je considère, reprit-il d'une voix égale et avec une sorte de douceur, que cette discussion est terminée.

— Dans ce cas, dit Smudge, ses petits yeux de rat brillant d'un éclat subit, je demande qu'on passe au vote.

Il tourna la tête vers Mac Leod, mais Mac Leod ne l'honora pas d'un regard. Il avait les yeux fixés sur Purcell, et il essayait de refouler l'inquiétude qu'il éprouvait.

— Si quelqu'un demande un vote, dit-il d'un ton curieusement hésitant, naturellement, je dois mettre aux voix.

Purcell se leva et regarda Mac Leod.

— Vous ne mettrez pas aux voix, Mac Leod, dit-il d'une voix ferme. Ce vote est une ignominie. Je le refuse.

— Vous le refusez! dit Mac Leod exactement sur le ton d'un magistrat outragé dans ses fonctions. Vous refusez un vote de l'assemblée! On se passera de votre permission, dites-vous bien!

Purcell dit sans hausser le ton :

— Dans ce cas, vous légiférerez tout seul.

Il y eut un silence et Mac Leod dit d'une voix tendue :

— Que voulez-vous dire, Purcell?

— Je veux dire qu'à la minute même où vous mettrez aux voix, je me retirerai de cette assemblée et cesserai de reconnaître son autorité.

Baker se dressa alors et vint se placer à côté de Purcell. Jones les regarda l'un après l'autre, se leva et se tint debout à gauche de Purcell, une jambe en avant, les muscles de sa poitrine pour une fois décontractés, mais les yeux vigilants.

Les Tahitiens se mirent à parler tous à la fois sur le ton de l'excitation la plus vive. N'entendant pas la langue des protagonistes, toute cette scène se réduisait pour eux à une pantomime et ils hésitaient parfois à comprendre sa signification. Mais maintenant, il n'y avait pas à s'y tromper. Les trois *Peritani*, debout face au *Squelette*, étaient en train de défier son pouvoir.

— J'aurais voulu éviter cette rupture, reprit Purcell d'une voix calme. Et j'étais résolu à faire bien des concessions pour l'éviter. Si elle s'accomplit, elle va créer une situation très dangereuse. Ne me poussez pas à bout, Mac Leod. Si Jones, Baker et moi quittons l'assemblée, l'atmosphère de la communauté deviendra vite irrespirable. Il y aura deux partis dans l'île. Deux clans qui se feront la guerre, ou qui, dans le meilleur des cas, s'ignoreront. L'île est petite. A la longue, la vie ne sera pas tenable.

— Si vous vous retirez de l'assemblée, on vous traitera comme des rebelles, cria Smudge avec véhémence, on vous pendra!

— Boucle-la, dit Mac Leod.

Bien que son attitude restât apparemment ferme, il hésitait. Si Purcell s'en allait, tous les Tahitiens iraient rejoindre son camp. Purcell aurait le nombre, la force, la complicité des femmes. Et tout cela à cause de ce maniaque de Smudge, pensa-t-il avec rage. Pas moyen de le dissuader de sa folie! Obligé même de le soutenir pour conserver sa voix! Mac Leod découvrait avec une surprise amère que, s'il régnait dans l'île grâce à ses partisans, il était aussi leur esclave.

— Réfléchissez, Mac Leod, reprit Purcell. Je ne suis pas hostile à l'assemblée. Au contraire. Tant qu'on vote et qu'on discute, on ne tire pas son couteau. Mais si la majorité profite de son pouvoir pour brimer la minorité, alors, c'est une tyrannie bien pire que celle de Mason, et même en usant de violence, vous ne me la ferez pas accepter.

Mac Leod ne se méprit pas sur le sens de ces paroles. C'était une mise en demeure. Elle était voilée en ce sens que loin de proférer des menaces, c'était à lui-même que Purcell prêtait l'idée de recourir à la force. Mais voilé ou non, l'ultimatum était là, avec toutes ses implications.

Smudge sentit l'hésitation de Mac Leod. Rouge de colère, de peur et d'excitation, il serrait les poings, redressait sa petite taille et, pointant son nez en avant, il se mit tout d'un coup à crier d'une voix hystérique :

— Te laisse pas avoir, Mac Leod! L'écoute pas! Fais voter! Qu'est-ce que tu attends? C'est pas un damné officier qui va te faire la loi!

Sa mimique et ses cris frappèrent les Tahitiens d'étonnement. « *Maamaa* [1] », dit Tetahiti en se frappant le front de l'index. Il y eut des rires, et Omaata cria à pleine gorge :

— Qu'est-ce qu'il a, le petit rat, Adamo?

Purcell tourna la tête vers elle.

— Il veut me prendre Ivoa, et les autres vont voter pour lui.

Un murmure courut parmi les Tahitiens. Il s'enfla peu à peu jusqu'au grondement, accompagné par les exclamations véhémentes des femmes. Mehani se leva avec décision. Ivoa était sa sœur : il s'estimait presque aussi offensé qu'Adamo par l'impudence de Smudge. Il étendit les deux mains devant lui pour réclamer le silence, et entama un discours indigné et élégant où il reprochait à Smudge et au *Squelette* leurs procédés inamicaux. Il regrettait de le dire : ces deux *Peritani* se conduisaient comme les fils de la truie avec Adamo, et tout aussi mal avec les Tahitiens. Il était clair que le *Squelette* les avait exclus du partage et qu'à eux six, ils devraient se contenter de trois femmes. Non que cela changeât quoi que ce soit. Lui, Mehani, il se faisait fort de *jouer* avec toutes les femmes des *Peritani* (rires). Mais c'était un affront. C'était un affront pour Tetahiti, fils de chef. C'était un affront pour lui-même. C'était un affront pour tous. Lui, Mehani, était le fils d'un grand chef. Et tout le monde savait, ajouta-t-il avec pudeur, de qui son père, le grand chef Otou, était le fils... C'est pourquoi Otou avait été bon et généreux avec les *Peritani*. Et maintenant le chef de la grande pirogue était *maamaa*. Il s'enfermait toute la journée dans sa hutte. Le

1. Fou.

Squelette avait pris le pouvoir. Il traitait les Tahitiens plus mal que des prisonniers de guerre, et il voulait spolier son frère Adamo en lui arrachant sa femme. C'est pourquoi, lui, Mehani, fils d'Otou, disait ceci : il faut lutter aux côtés d'Adamo contre le *Squelette*. Et que celui qui est de cet avis le dise.

Mehoro et Kori se levèrent aussitôt, imités, avec un temps de retard, par Ohou et Timi. Tetahiti se leva en dernier, non qu'il fût moins décidé que les autres, mais étant lui aussi le fils d'un chef, et ayant même le pas sur Mehani en raison de son âge, il voulait montrer qu'il réfléchissait davantage avant de prendre un parti. Comme le voulait l'étiquette, il fut, par contre, le premier à parler, et il dit d'une voix grave : « *é a roa* [1]. » Phase qui fut reprise en écho par ses compagnons.

Mac Leod enveloppa les six Tahitiens du regard, puis ses yeux se reportèrent sur le groupe que formaient Purcell, Jones et Baker. Ses lèvres ne faisaient qu'une seule ligne, mince et sinueuse sous l'arête coupante du nez.

— J'propose, dit-il, qu'on ajourne le débat. On peut pas délibérer sous la pression des Noirs.

— Pas d'échappatoire, Mac Leod, dit Purcell d'une voix sèche. Les Tahitiens ne menacent personne. Si l'assemblée s'ajourne maintenant sans avoir rien résolu, nous la quittons.

— L'écoute pas! hurla Smudge de nouveau. L'écoute pas! Mets aux voix, Mac Leod!

Mac Leod n'eut pas le temps de répondre. Omaata se dressa. Hunt fit entendre un grognement plaintif, mais elle n'en tint pas compte. Elle s'avança d'un pas, et aussitôt le cercle s'emplit de sa présence.

1. J'approuve entièrement.

L'œil noir, le sourcil courroucé, elle promena son regard sur les Tahitiens et les *Peritani*.

— Vous, hommes, dit-elle de sa voix de cataracte, vous parlez, vous parlez... Moi, Omaata, je vais faire quelque chose.

En deux enjambées, elle passa devant White et Mac Leod, et atteignit la place où Smudge était assis. Celui-ci eut un mouvement de recul, mais Omaata le prit de vitesse. Elle se baissa et, saisissant à pleine main son pantalon au niveau du nombril, elle éleva le petit homme dans l'air à la hauteur de ses yeux, le tenant sans effort au bout de son bras énorme.

— *Iti ore* [1], dit-elle de sa voix profonde.

Et, de la main droite, elle commença à le gifler. A vrai dire, c'étaient des tapes plutôt que des gifles. Exactement le genre de petites tapes qu'on donne à un chat qui s'est oublié. Mais Omaata ne connaissait pas sa force. Smudge hurlait. Etouffé par les doigts qui tordaient son pantalon sur son ventre, la tête rouge des coups qu'il recevait, il se débattait comme un diable, ruant des jambes, lançant en avant ses petits poings dérisoires, et poussant sans arrêt des cris stridents.

L'ébaudissement des Tahitiens fut prodigieux. Toute l'humiliation de cette soirée était vengée. Tandis que les *vahinés* faisaient entendre des ululements aigus, les hommes riaient à gorge déployée, et élevant leurs jambes repliées au niveau des hanches, ils se donnaient de grandes claques sonores sur les cuisses.

— Omaata! cria Mac Leod.

— Lâche-le, Omaata! cria Purcell en tahitien.

— *Iti ore,* dit Omaata, les dents serrées.

1. Petit rat.

Elle n'écoutait personne. Elle continuait à administrer à Smudge des petites tapes, et Smudge, hurlant, ruant, griffant, le museau pointé en avant, avait l'air d'un animal pris au piège. Ses bras avaient trop peu d'allonge pour que ses poings ou ses ongles pussent atteindre le visage d'Omaata, mais de ses pieds nus il arrivait à battre le ventre de la géante, sans que celle-ci, d'ailleurs, en parût incommodée. « Quels abdominaux elle doit avoir! » dit Jones, béat d'admiration.

Mac Leod se leva et s'avança vers Omaata. Ce fou de Smudge n'avait pas volé sa correction. Cependant, en tant que chef de la majorité, il n'avait pas le choix : il fallait intervenir. Smudge, c'était une voix.

Mac Leod, les oreilles vrillées par les hurlements de la victime, s'approcha d'Omaata avec circonspection. Il avait peur qu'elle retournât contre lui son bras puissant, ou que Hunt lui sautât dessus pour la défendre.

— Arrête, Omaata, dit-il avec sévérité.

Elle ne tourna même pas la tête, mais trouvant à la fin un peu fatigant de tenir Smudge à bout de bras, elle fit un pas de côté, écartant l'Ecossais de l'épaule droite, apparemment sans même le voir, et accota le corps pantelant de Smudge à la racine du banian dont la base avait servi de dossier à Mac Leod. A vrai dire, elle avait beaucoup atténué la force de ses coups. Ce n'étaient plus que des chiquenaudes.

— Monsieur Purcell! Lieutenant! cria Smudge, le visage cramoisi, dites-lui de cesser!

Purcell traversa le cercle, les yeux inquiets, et posant sa main sur l'épaule d'Omaata, il s'écria :

— Lâche-le, je te prie. Tu vas l'assommer.

— *Oa!* Homme! dit Omaata, sa voix roulant comme un tonnerre, des tapes de bébé!

— Arrête, Omaata, cria Purcell à son oreille.

— Il se souviendra! dit Omaata en haussant ses épaules colossales.

Sourde comme la justice, elle continuait à frapper. Elle frappait Smudge impartialement sur chaque joue, et comme il se protégeait des mains et des coudes, elle l'obligeait à baisser sa garde en pointant de temps en temps son index dans le creux de son estomac. Chaque fois que ce doigt monstrueux l'atteignait à ce point sensible, les hurlements de Smudge s'étranglaient en un seul cri aigu et perçant comme celui d'un rat pris au piège.

— Non, non! cria Purcell.

Et des deux mains il s'accrocha, ou pour mieux dire, il se pendit au bras d'Omaata. Elle donna une petite secousse. Et Purcell roula à terre.

— Bébé, dit Omaata en le regardant d'en haut avec sollicitude, je ne t'ai pas fait mal?

— Non, dit Purcell en se relevant, mais lâche-le, je te prie! Lâche-le, Omaata!

— Lieutenant! hurla Smudge, vous garderez Ivoa! Dites-lui de cesser!

Mac Leod posa la main sur l'épaule de Hunt : c'était son dernier espoir.

— Hunt, dit-il, arrête ta femme! Elle est en train de tuer Smudge!

Hunt se tourna d'un seul bloc vers Omaata comme si son cou et son torse avaient été soudés. Ses petits yeux pâles se fixèrent sur la scène. Il avait l'air de la découvrir pour la première fois. Un sentiment qui ressemblait à de la surprise envahit ses traits écrasés et couturés, et il grogna :

— Tuer Smudge?

— Tu vois pas! cria Mac Leod à son oreille. Le copain Smudge! Arrête-la, Hunt! Elle va le tuer!

Hunt considérait la correction de Smudge en frottant de sa main droite les poils roux de sa poitrine. Il ne comprenait pas pourquoi Omaata agissait ainsi avec Smudge, mais il ne mettait pas en doute le bien-fondé de son action.

— Elle va le tuer! cria Mac Leod à son oreille.

Hunt cessa de frotter sa toison rousse, prit un air méditatif, et dit :

— Pourquoi pas?

Il secoua la tête comme un chien qui sort de l'eau. Il était heureux de sa réponse. Pour une fois, les choses étaient claires et faciles. Tout ce que Omaata faisait était bien. Si Omaata voulait tuer Smudge, c'était bien.

— Le copain Smudge! cria Mac Leod.

Hunt se dressa de toute sa taille, écarta Mac Leod du plat de la main et dit :

— Je vais t'aider, Omaata.

— Reste où tu es! cria Omaata en le regardant du coin de l'œil, et comme il avançait d'un pas, elle cria : *Sit down!*

Hunt se rassit.

— Omaata, je te prie! cria Purcell.

Il était revenu à la charge. Il s'accrochait de nouveau à son bras. De peur de lui faire mal, elle n'osait pas donner de secousses. Mais elle continua à frapper, le poids de Purcell freinant ses coups, mais sans parvenir à les arrêter.

— Omaata! cria Purcell.

Il y eut un craquement comme une étoffe qu'on déchire. Smudge s'aplatit à terre. Son pantalon avait cédé, laissant un large lambeau dans la main de la géante. Aussitôt Smudge se releva, tenant à deux mains les pans déchirés et cachant comme il pouvait sa nudité. Les rires des Tahitiens redoublèrent.

— *Iti ore!* dit Omaata en retroussant ses lèvres épaisses sur ses grandes dents.

Elle s'ébranla dans sa direction. Aussitôt, Purcell se jeta contre elle et la prit à bras-le-corps, sa tête au niveau de ses seins. Omaata, surprise en plein élan, se prit les jambes dans les siennes et perdit l'équilibre. Elle eut le sang-froid en s'affalant, de ne pas tomber sur Adamo, mais de rouler sur le côté, afin de ne pas l'écraser sous son poids.

Smudge détalait, ses petites jambes tricotant dans la clairière, et comme celle-ci était en pente, son petit derrière, par un effet de perspective, avait l'air de danser à ras du sol. Tous s'étaient dressés avec des rires et des cris pour le voir s'enfuir. Comme ils le regardaient, un nuage d'un noir d'encre voila la lune, et Smudge disparut, comme escamoté dans le sol.

Malgré les deux torches, la disparition de la lune parut plonger la scène dans la pénombre et Purcell éprouva une curieuse impression de crépuscule quand il regagna sa place. Le vent soufflait maintenant en orage, l'humidité tombait sur ses épaules nues, il frissonna.

Jones se pencha vers lui, son visage puéril fendu d'un sourire.

— Je n'ai jamais tant ri de ma vie.

— Eh bien, vous avez eu tort, dit Purcell avec brusquerie.

Omaata regagnait sa place, acclamée par les Tahitiens. Mac Leod était adossé à la racine du banian, mais il ne s'était pas rassis. Il attendit que le bruit fût apaisé, leva la main et dit d'une voix terne :

— J'propose qu'on lève la séance.

Jones regarda au fond du bicorne.

— Il reste un nom.

— Eh bien, tire-le, dit Mac Leod en passant la main sur son visage d'un air fatigué. La fuite de Smudge avait évité la rupture avec Purcell, mais White et lui-même étaient sans femme, Smudge, ridiculisé, Purcell plus fort que jamais, les Noirs au bord de la rébellion.

Jones déplia le papier et lut :

— Smudge.

Il éclata d'un rire jeune. Comment n'y avait-il pas songé plus tôt? Il y avait eu neuf noms dans le bicorne. Le dernier ne pouvait être que celui de Smudge. Personne ne fit écho au rire de Jones. Un air de tristesse et de fatigue s'était abattu sur l'assemblée. L'opposition n'était pas plus satisfaite de l'issue des débats que la majorité. Baker était sans femme, lui aussi. Quant aux Tahitiens, ils avaient cessé de rire et se concertaient à voix basse. Des trois partis de l'île, le leur était le plus lésé.

— Smudge n'étant pas là, dit Baker d'un ton acide, on ne peut pas lui attribuer de femme.

— C'est bien pourtant ce qu'on va faire, dit Mac Leod en retrouvant un peu de son agressivité. Car si on l'fait pas avant d'se séparer, et qu'on laisse quatre femmes aux Noirs, ça fera toute une histoire, ensuite, pour leur en reprendre une.

Personne ne répondit. Personne n'avait envie de discuter. La pluie commençait à tomber en larges gouttes espacées qui résonnaient sur les dures feuilles du banian comme sur des tôles.

— J'propose Toumata, dit Mac Leod. J'crois qu'elle est bien avec Smudge.

Purcell se retourna et dit :

— Toumata, est-ce que tu veux de Smudge comme *tané?*

— Oui, dit Toumata en se levant.

Elle regarda Omaata d'un air de reproche et dit :

— Avec moi il a toujours été gentil.

Cette parole fit de l'effet sur Purcell. Il regarda Toumata avec plus d'attention. Elle avait des traits assez communs, mais des yeux doux et quelque chose de ferme dans le visage.

— Opposition? dit Mac Leod.

— Il ne peut pas y avoir d'opposition, dit Jones. Tout le monde est servi.

Jones avait parlé en toute innocence, sans réfléchir que Mac Leod, lui, n'était pas « *servi* ». Mais l'Ecossais vit une intention ironique dans son propos, et lui jeta un regard noir. Baker, toujours prêt à voler au secours de son beau-frère, intercepta le regard et le rendit à Mac Leod avec usure. Cette bataille des yeux dura à peine une seconde, mais quand elle fut finie, un silence lourd tomba dans le cercle. Déjà! pensa Purcell. Le moindre mot, maintenant, le moindre geste...

— Finissons-en, dit-il tout haut.

— Adjugée! dit Mac Leod en faisant le geste de taper le sol de sa corde, mais sans aller jusqu'au bout de son mouvement.

Il ajouta d'une voix maussade :

— La séance est levée.

Comme si l'orage avait attendu ces paroles pour se déclencher, la pluie creva sur le cercle avec une violence inouïe. Les Britanniques et les Tahitiens eurent des réactions différentes. Les premiers s'enfuirent avec leurs femmes dans la clairière en direction du village. Les seconds se retirèrent dans les chambres de verdure du banian. Purcell les y suivit, la main d'Ivoa dans la sienne.

Il faisait très sombre dans le dédale du banian, et c'est à la voix que Purcell retrouva les Tahitiens. Dès qu'il fut parmi eux, ils cessèrent de parler.

— Qui est là? dit Purcell, gêné par ce silence.

— Nous sommes tous là, Adamo, dit Mehani. Tous les six. Et en plus, Faïna, Raha et Itihota.

— Les trois femmes que les *Peritani* nous ont laissées, dit Tetahiti d'une voix sèche.

Purcell se taisait, désarçonné par le ton de cette remarque. Ses yeux s'étaient habitués à la pénombre. Ils voyaient le contour des visages autour de lui et distinguaient le blanc de leurs yeux.

— Je vais rejoindre Itia, dit Mehani.

C'est à lui qu'il s'adressait. Sa voix était normale. Purcell leva la tête.

— Par cette pluie?

— Il le faut. Elle va avoir très peur.

— Peur de quoi?

— Des *Toupapahous*.

Il y eut un silence et Purcell dit :

— Tu la retrouveras?

Mehani eut un petit rire :

— J'ai déjà joué à cache-cache avec elle.

Il ajouta :

— Au revoir, Adamo mon frère.

C'était la même formule, la même chaleur dans la voix, la même confiance. Non, Mehani n'avait pas changé.

Purcell essaya de le suivre des yeux. Le Tahitien s'éloignait sans faire plus de bruit qu'un chat. Quand il fut à l'orée de l'immense banian, sa silhouette athlétique se profila un bref instant dans une trouée de verdure sur un coin de ciel plus clair, puis se pencha et disparut.

Après le départ de Mehani, tout parut d'un coup plus froid à Purcell. La pluie battait les feuilles de banian au-dessus de leurs têtes avec une sorte de rage. Les Tahitiens se taisaient.

Purcell dit :

— J'ai demandé à l'assemblée que vos noms soient mis avec les nôtres.

Tetahiti dit de sa voix grave :

— Nous le savons. Omaata nous l'a dit.

Purcell attendit, mais aucun commentaire ne vint.

— Frères, dit Purcell au bout d'un moment, on vous a fait une injustice, mais je ne me suis pas associé à cette injustice. Au contraire, j'ai essayé de lutter contre elle.

Il y eut un silence, puis Tetahiti dit avec une courtoisie froide :

— Nous le savons. Tu as essayé.

Qu'est-ce que ça voulait dire, ce « Tu as essayé »? Est-ce qu'ils lui reprochaient de ne pas avoir réussi?

Purcell attendit un long moment, mais personne ne parla. Ivoa pressa sa main et dit à son oreille : « Partons. »

— Au revoir, Tetahiti mon frère, dit Purcell. Au revoir, tous. Au revoir, frères.

— Au revoir, Adamo, dit Tetahiti.

Après lui, il y eut un murmure poli de voix. Purcell tendit l'oreille jusqu'à ce qu'il prît fin et son cœur se serra. Aucun des Tahitiens ne l'avait appelé « frère ».

CHAPITRE VIII

La pluie continua toute la nuit, et en sortant le lendemain de sa cabane, Purcell constata que le vent avait sauté du Nord-Ouest au Sud-Ouest. C'était la première fois que le suroît soufflait sur l'île, et le brusque changement de temps fit supposer aux matelots qu'il amenait le froid et la pluie. Et, en effet, le suroît se maintint pendant les trois semaines qui suivirent sans que l'eau cessât un seul jour de tomber. De gros nuages couvraient le ciel en permanence, la longue houle du Pacifique prit une teinte grise et verdâtre, et il y eut même un peu de neige qui, cependant, fondit dès qu'elle toucha terre.

Tout ce mauvais temps apparut comme une inquiétante nouveauté aux Tahitiens qui, de leur vie, n'avaient jamais connu tant de froid. En amenant la pluie, le suroît eut, cependant, un résultat heureux. Il arrosa les plantations d'ignames et de taros qu'on venait à peine de finir, et au moins tout le temps qu'il dura, il supprima la corvée d'eau. Il fallait une dizaine de personnes chargées de chaudrons et de calebasses, et une marche de deux heures, retour compris, pour aller puiser l'eau dans la montagne. Certains des récipients étant assez lourds, il avait été décidé que tous les Iliens, sans distinction de sexe, participeraient au puisage. On forma les vingt-sept habitants de l'île en trois équipes, et comme la corvée n'avait lieu qu'une fois tous les deux jours, chaque équipe n'y était tenue qu'un jour sur six. Mason délégua sa femme, mais refusa sa participation. On lui fut presque reconnaissant de cette dérobade, tant sa présence mettait de gêne partout où il apparaissait.

Dès que la pluie commença à tomber, Mac Leod construisit un vaste cadre cubique de bois à l'intérieur duquel il fixa une des bâches qui, sur le *Blossom*, couvraient les baleinières. On avait gardé trois de ces bâches, ce qui permit à l'Ecossais de fabriquer deux autres citernes de toile qu'on disposa, ainsi que la première, dans un espace découvert, et dont la capacité fut suffisante pour assurer, par temps de pluie, le ravitaillement en eau de la colonie.

Avant l'achèvement des cabanes et le partage des femmes, la vie dans l'île avait été communautaire. On avait trouvé commode de ne faire qu'une seule cuisine et de prendre ensemble tous les repas. Cette habitude cessa en grande partie avec le début de la vie domestique. Cependant, si la cuisine devint familiale, le ravitaillement, pour le moment du moins, resta l'affaire de tous. En attendant la première récolte, on jugea bon, pour éviter le gaspillage, de ne pas laisser la cueillette des fruits et des ignames sauvages à la fantaisie individuelle. Là aussi, tout se fit par équipe. Fruits et légumes, ramassés en quantités définies, étaient portés à *Blossom Square*, et distribués en parts égales entre les ménagères. A côté de la guérite qui abritait la cloche du *Blossom* et l'horloge du carré des officiers, on dressa quelques planches sur deux tréteaux. Ce dispositif que les Britanniques appelèrent « le marché », recevait les fruits et les légumes, mais seulement dans sa partie centrale. La table était, en effet, cloisonnée en trois parties par de petites planches clouées verticalement dans le sens de la largeur. Le compartiment de droite recevait le poisson, et le compartiment de gauche, la viande.

Quand les pêcheurs — Anglais ou Tahitiens — rapportaient leurs prises, ils les déposaient dans le compartiment de droite, et sonnaient aussitôt la cloche du *Blossom*. Toutes les femmes accouraient alors autour du « marché », admiraient courtoisement les poissons, quels que fussent leur nombre et leur taille, feignaient, avec des rires et des cris, de se les disputer, et prolongeaient la distribution bien au-delà d'une heure, tant elles y trouvaient du plaisir. Les Britanniques pêchaient avec des lignes, et les Tahitiens, avec des harpons. Mais les différences ne s'arrêtaient pas là. Quand la pêche était bonne, les Tahitiens ne piquaient jamais plus de poissons qu'il n'en fallait, tandis que les *Peritani,* emportés par une sorte d'ivresse, en rapportaient bien davantage que la colonie n'en pouvait consommer ou garder. La moitié des prises, menaçant de se gâter, était alors rejetée à la mer. Les femmes remarquaient, à ce sujet, que les *Peritani* voulaient toujours tout avoir, et qu'ils ne savaient jamais, dans leur avidité, se contenter du nécessaire.

A la droite du marché s'ouvrait, dans le sol, un trou circulaire dont le fond et les côtés avaient été tapissés de pierres en mosaïque. C'était le four communal. Quand on avait tué un cochon sauvage, on allumait un grand feu dans ce four, et les pierres une fois chauffées à blanc, on retirait le feu, et on enfournait l'animal, dépecé, vidé, lavé et recousu avec une pierre brûlante dans l'estomac. On le recouvrait alors de feuilles de bananiers sur lesquelles on disposait des ignames, des taros, des avocats et des mangues. Puis, après avoir disposé une autre brassée de feuilles, on recouvrait le tout de terre. Le repas cuisait ainsi tout entier en couches successives.

Quand le cochon était cuit, on le plaçait sur des feuilles dans le compartiment de gauche du « marché », et Omaata le découpait en parts égales, tandis que les femmes attendaient en file, portant à la main des feuilles de bananier. Le cochon sauvage, étant le seul mammifère qui vécût dans l'île, s'y était beaucoup multiplié, mais il fut décidé pourtant, par prudence, de n'en tuer qu'un par semaine, pour ne pas épuiser cette ressource. Les Tahitiens, connaissant ses habitudes et ses ruses, furent chargés de cette chasse, et on leur prêtait, à cette occasion, des fusils qu'ils maniaient maintenant avec autant d'habileté que les Britanniques.

Dès leur arrivée dans l'île, les Tahitiens avaient ramassé de grandes quantités de fruits de l'arbre à pain. Ces fruits, de la grosseur d'une tête, contenaient une pulpe qu'ils mirent aussitôt à fermenter dans des silos. Ils estimèrent, deux mois après, que la fermentation était faite, et commencèrent à prélever une certaine quantité de cette pulpe. La pétrissant alors avec de l'eau, ils lui donnèrent la forme de petits pains qu'on mit à cuire dans le four communal. On ne se livra pas, d'abord, à cette boulange de façon trop fréquente, de peur de ne pas faire la soudure avec la récolte de l'année à venir. Mais au bout d'un mois, l'estimation de ce qu'on avait consommé, et des quantités qui restaient, montra qu'on avait été un peu strict, et à partir de ce moment-là, on fit une cuisson par semaine. Quand les « petits pains » sortaient du four, ils offraient une belle teinte dorée, mais à vrai dire, ils n'avaient ni le goût ni la consistance du pain. Dès qu'on avait croqué la croûte, ils fondaient sur la langue comme une pâte d'amande, et leur saveur, agréable mais un peu aigrelette, évoquait plutôt celle d'un fruit.

La chère, dans l'île, était abondante, mais légumes et fruits y avaient la plus grande part. Tous les temps n'étaient pas propres à la pêche, ni toutes les pêches fructueuses, si bien que les Iliens n'avaient de poissons, en moyenne, que trois ou quatre fois par semaine (et de viande, on l'a vu, qu'une fois). Les Britanniques avaient fait grand fond sur les œufs de sterne, et ils furent très déçus d'apprendre que les sternes ne pondaient qu'en juin et juillet, de sorte qu'il leur faudrait attendre encore six mois avant d'avoir, comme avait dit Mason, « des œufs pour le breakfast ».

Au cours de la première semaine de pluie, on mit à profit quelques accalmies pour prélever sur les pandanus de grandes plaques d'écorce dont les femmes, en les battant dans des mortiers, firent une pâte qu'elles amincirent et étirèrent jusqu'à lui donner l'apparence d'une étoffe. Une fois séchées, ces étoffes avaient l'aspect d'un drap grossier, et présentaient la particularité curieuse, quand elles étaient neuves, de faire entendre, lorsqu'on les pliait, un léger craquement. Tantôt chez l'une, tantôt chez l'autre, les femmes, tant que dura la pluie, se livrèrent à leur fabrication.

Ni Mac Leod, ni White ne se donnèrent le ridicule de monter une expédition pour retrouver leurs femmes. Il était clair, d'ailleurs, qu'ils n'auraient pu faire un pas à l'intérieur de l'île sans que leur approche fût annoncée aux fugitives par cette signalisation à distance où excellent les indigènes. Mac Leod redit tout haut, le lendemain du partage des femmes, que la pluie ferait revenir les rebelles encore plus sûrement que la peur de la solitude. Mais la pluie tomba jour et nuit pendant plus de trois semaines sans amener aucun changement. A certains signes, Purcell comprit que « la majorité » s'était donné le mot pour surveiller les mouvements de Mehani. Il le fit prévenir par Ivoa, et comme il demandait à Ivoa comment son frère avait accueilli ce renseignement, elle répondit :

— Il a ri. Il a eu l'air très amusé.

— C'est tout?

— Il a dit que les *Peritani* feraient de très mauvais guerriers...

— Pourquoi?

— Parce qu'ils ne savent pas suivre une piste. Alors, Timi a dit que s'il y avait une guerre, les Tahitiens vaincraient les *Peritani,* même si les *Peritani* avaient des fusils, et pas eux.

— Il a dit cela!...

— Oui, mais tout le monde l'a fait taire. Tu connais Timi...

Purcell ne voyait, d'ailleurs, plus Mehani. Il restait toute la journée à dormir dans la maison des Tahitiens, frileusement enveloppé, au-dessus de son *pareu,* d'une chemise qui avait appartenu à Burt, et dont le jabot plissé et les poignets en dentelle l'enchantaient.

Les journées de pluie étaient interminables. On n'entendait rien d'autre dans le village que les coups rythmés des pilons dans les mortiers. Toutes rassemblées dans la cabane de l'une d'elles, les *vahinés* menaient joyeux tapage en fabriquant les tissus. Elles chantaient le plus souvent, mais parfois elles s'interrompaient pour se communiquer les nouvelles du village, ou comparer, dans les détails, les mérites de leurs *tanés*. On entendait des rires et des exclamations, puis au bout de quelques minutes, les pilons se remettaient en marche. Le battement sourd, mystérieux recommençait, scandant une chanson dont la mélodie était triste, et les paroles gaies.

La cabane de Johnson était, à l'ouest, la plus proche de celle de Purcell, et celui-ci perçut, dès la première semaine après le partage des femmes, les échos d'une dispute, suivis de coups étouffés et de gémissements, auxquels un silence profond succéda. Ceci se passait après le repas de midi, et à la même heure, trois jours plus tard, Purcell entendit les mêmes bruits se succéder dans le même ordre, sans qu'il fût possible de savoir qui, de Taïata ou de Johnson, battait son conjoint. Il interrogea Ivoa. Elle répondit, en secouant la tête, que tout le monde savait dans le village que le ménage n'allait pas. Ce qui n'était pas étonnant avec une femme du caractère de Taïata, qui avait eu plusieurs *tanés* à Tahiti sans en garder aucun plus d'un mois. Quand le *Blossom* avait jeté l'ancre dans la baie, il y avait bien cinq années qu'elle ne trouvait plus de mari, même parmi les vieillards de l'île, et c'était sans doute la raison qui l'avait décidée à suivre les *Peritani*.

On ignorait tout, par contre, des rapports de Mason et de Vaa, celle-ci ayant pris beaucoup de distances avec ses compagnes depuis qu'elle était devenue la *vahiné* du chef *Peritani*. Elle sortait peu, et seulement pour venir au marché. Quant à Mason, il ne circulait jamais dans le village, et s'il rencontrait quelqu'un au détour d'un sentier, il ne répondait pas aux saluts. Quand il y avait une éclaircie, il partait seul pour de longues courses en montagne. Lorsqu'il pleuvait, il se contentait trois fois par jour, de faire les cent pas *sur sa dunette* en suivant un chemin de planches qu'il avait disposé sur des pierres d'une rambarde à l'autre, peut-être pour ne pas se mouiller les pieds, peut-être aussi pour se donner l'illusion d'être sur un bateau. Quand Purcell, assis à sa table derrière son hublot, relevait la tête de son livre, il le voyait aller et venir, la pluie battant son bicorne et ses épaules sans qu'il en parût affecté. Tous les quatre ou cinq voyages, il s'arrêtait, posait les mains sur la rambarde, et le torse redressé, le menton haut, regardait fixement au loin, comme si la vue, au lieu d'être bornée à quelques mètres par des cocotiers, s'était étendue jusqu'à l'horizon dans un moutonnement de vagues.

Du matin au soir, la pluie tombait. Purcell lisait, ayant devant lui un des hublots carrés de la pièce, et derrière lui, la paroi coulissante qui donnait sur le sud et la montagne. Quand il avait construit sa cabane, cela lui avait paru une si bonne idée de pouvoir l'ouvrir toute grande au soleil et à la chaleur. Mais le sud, c'était aussi le côté de la pluie et du terrible suroît. Et maintenant, le vent secouait interminablement la cloison dans ses rainures, et l'eau filtrait partout, faisait une petite mare sur le parquet, ruisselait entre les planches malgré les joints.

Même à Londres, même dans son Ecosse natale, Purcell n'avait jamais vu tant de pluie. On se réveillait dans un brouillard blanchâtre qui flottait en gros paquets entre les arbres et qu'accompagnait un crachin glacé. Peu à peu ces masses cotonneuses devenaient plus claires, comme si le soleil allait les percer. Et la brume se levait, en effet, mais pour laisser place à la pluie. On en avait, en une seule journée, toutes les variétés : la pluie fine, l'averse à grosses gouttes, les rafales dans un coup de vent. Le sol de l'île étant imperméable, on nageait dans la boue. On ne distribuait plus que des légumes, le temps rendant impossible pêche et chasse. Les trois citernes de toile de Mac Leod débordèrent et il fallut, en hâte, creuser une canalisation pour mener le trop-plein jusqu'à la falaise. Les sentiers devinrent peu à peu impraticables, les pierres s'étant enfoncées dans le sol, comme sucées par la vase. On dut aller en ramasser d'autres qu'on choisit aussi larges et plates que possible, les charrier à grand-peine, et les poser sur les premières. On avait laissé dans le village le plus de cocotiers possible pour avoir, contre le soleil, le rempart de leurs palmes. Mais tous ces arbres entretenaient maintenant au-dessus des têtes une humidité étouffante.

Tout ruisselait. Tout devenait mou, aqueux, décomposé. Une odeur fade et douceâtre régnait dans l'air, imprégnait tout. Les planches dans les angles des maisons se couvraient de moisissures, et les outils rouillaient en vingt-quatre heures, malgré la graisse dont on les avait enduits.

La baie du *Blossom,* étant au nord, se trouvait sous le vent, et un calme relatif y régnait. Mais sur la côte Ouest, l'océan prenait la falaise en écharpe, et lançait contre elle des lames gigantesques. Les embruns volaient par moments à des hauteurs prodigieuses, et emportés par le suroît, retombaient sur le village en pluie salée. Vers la fin de la deuxième semaine, un coup sourd ébranla l'île et réveilla les Iliens au milieu de la nuit. On s'aperçut au matin que la partie en surplomb de la falaise Nord — à l'endroit même où Mac Leod avait construit son treuil — s'était écroulée, minée par l'eau. Il semblait parfois à Purcell que l'île allait, sous les coups du vent et de la mer, rompre les amarres qui l'attachaient au fond de l'océan, se mettre à dériver, et fissurée par la pluie, se morceler et se dissoudre dans l'eau qui l'entourait.

Derrière le hublot de chaque cabane les *vahinés,* dès la tombée de la nuit, allumaient un *doédoé* pour indiquer aux *toupapahous* que leur présence n'y était pas désirée. Afin de continuer à lire, Purcell, pour sa part, en allumait trois. Cette prodigalité était sans conséquence. Le *doédoé* abondait dans l'île. On appelait ainsi une sorte de noix, et l'arbre qui les portait. Ces noix étaient pleines d'huile demi-solide, et on avait appris des Tahitiens à les utiliser comme luminaires en les enfilant sur une fibre de palmier qui servait de mèche. A vrai dire, la lueur était un peu moins vive que celle d'une chandelle, et la flamme craquait, par instants, comme un pétard, mais l'odeur de l'huile était agréable, fruitée, nullement entêtante.

Purcell s'approchait parfois de son hublot et regardait les infimes petites lumières briller çà et là à travers les arbres. C'était terrifiant de penser que ce rocher et la mince croûte de boue qui portait ses arbres et leurs fruits, étaient la seule terre habitable dans un rayon de cinq cents milles marins. Autour de cet îlot il n'y avait rien que des vagues, du vent, de la pluie, des ténèbres... « Et nous, pensa Purcell, nous, accrochés à cette mince croûte de boue, et trouvant encore assez de forces pour former des factions... »

On frappa un coup assez fort à la porte, mais

avant que Purcell ait eu le temps de se lever, Ivoa courut ouvrir.

Vaa apparut, les cheveux trempés, mais portant sur ses épaules, avec dignité, une couverture du *Blossom*. Elle entra, salua Ivoa d'un signe de tête à peine esquissé, s'avança jusqu'à la table où Purcell lisait, et dit sans préambule :

— Mon *tané* te demande s'il peut venir te voir ce soir.

La manière de Vaa étonna Purcell. Seul un grand chef tahitien aurait pu se permettre un début aussi abrupt.

— Ce soir? dit-il en levant les sourcils d'un air de doute.

— Ce soir, dit Vaa.

Elle était debout au milieu de la cabane, ses jambes courtaudes écartées, dégouttant de pluie, une petite mare à ses pieds. Elle se tenait bien droite, son large et honnête visage de paysanne reflétant dans un certain air de hauteur la conscience du rang social auquel elle avait accédé en épousant Mason.

— Il est tard et il pleut, dit Purcell, un peu surpris de l'attitude noble de Vaa. Mais si ton *tané* le désire, je peux aller le voir demain matin.

— Il a dit que tu dirais cela, dit Vaa avec le même air indéfinissable de s'adresser à un subalterne. Il ne veut pas. Il a dit, il aime mieux ce soir.

— Eh bien, qu'il vienne! dit Purcell.

Vaa esquissa de nouveau un signe de tête distant dans la direction d'Ivoa, et s'en alla.

Dès que la porte fut refermée, Ivoa se mit à rire.

— Les airs qu'elle prend! s'écria-t-elle. Vaa, homme, Vaa! Toute droite comme une *tavana va-*

hiné[1]! Et sais-tu qu'elle est de naissance très inférieure!

— Il n'y a pas deux façons de naître, dit Purcell d'un air fâché. Elle est née. C'est tout. Ne sois pas vaniteuse, Ivoa.

— Moi? dit Ivoa, et dans un geste charmant, elle porta les deux mains à sa poitrine. Purcell admira la grâce, mais resta ferme en son propos.

— Tu es fière d'être la fille d'un chef...

— Mais c'est vrai! Otou est un grand chef!

— Otou est un homme bon et intelligent. Sois fière d'être la fille d'Otou, mais non d'être la fille d'un chef.

— Je ne comprends pas, dit Ivoa en s'asseyant sur le lit. C'est parce qu'Otou est Otou qu'il est un chef.

— Non! dit Purcell en s'animant, même s'il n'était pas un chef, Otou serait Otou.

— Mais il l'est! dit Ivoa en ouvrant ses deux mains devant elle d'un air démonstratif.

— Comprends donc, dit Purcell, si tu es fière d'être la fille d'un chef, il n'y a pas de raison que Vaa ne soit pas fière d'être la femme d'un chef. Ce n'est pas plus ridicule.

Ivoa fit une petite moue. On frappa à la porte. Et Ivoa effaça sa moue. Elle n'avait plus le temps de marquer les distances avant la réconciliation. Elle donna à Purcell un sourire éclatant et courut ouvrir.

— Bonsoir, chef de la grande pirogue, dit-elle d'un ton courtois.

— Humph! dit Mason.

Il ne savait jamais les noms des femmes indi-

1. Une femme de chef.

gènes. On s'y perdait. Ça finissait toujours par un « a ». D'ailleurs, elles se ressemblaient toutes. Toujours à demi nues, en train de jacasser. Ou de taper dans leurs mortiers avec leurs damnés pilons.

Purcell se leva et lui montra de la main un escabeau.

— Je crois que c'est la première fois que vous venez chez moi.

— Humph! dit Mason.

Il s'assit et regarda autour de lui.

— Il fait froid chez vous, dit-il d'un air rogue.

— Oui, dit Purcell avec un sourire. C'est ma cloison coulissante. Il faudra que je perfectionne mon système.

Il y eut un silence. Mason regardait ses pieds. Purcell eut l'impression bizarre qu'il était intimidé et ne savait pas comment commencer.

— Vous brûlez trois *doédoé* à la fois, dit-il enfin d'un air de léger reproche comme si Purcell était encore à bord et gaspillait l'huile du *Blossom.*

— J'étais en train de lire.

— Je vois, dit Mason.

Il se pencha sur la table de Purcell et lut tout haut le titre du livre :

— *Les Voyages du capitaine Gulliver.*

— Vous l'avez lu?

Mason secoua sa tête carrée :

— Assez pour me rendre compte que ce prétendu capitaine Gulliver n'a jamais été marin. Et quant à ce qu'il raconte des pays qu'il a soi-disant visités, je n'en crois pas un mot...

Purcell sourit. Un silence tomba de nouveau.

— Monsieur Purcell, reprit Mason, je tiens à vous remercier de m'avoir fait attribuer Vaa.

Il ajouta sans l'ombre d'humour :

— Elle me donne toute satisfaction.

— J'en suis heureux, Capitaine, dit Purcell. Mais c'est Mac Leod qu'il faut remercier. C'est lui qui a pensé à Vaa.

— Mac Leod! dit Mason en rougissant. Eh bien! je suis navré de devoir quoi que ce soit à ce...

Il allait dire « ce damné Ecossais », mais il se souvint juste à temps des origines de Purcell.

— Figurez-vous, continua-t-il sur le ton de l'indignation, je rencontre hier cet individu. Il avait dans les mains le sextant de Burt. Naturellement, je le lui réclame. Savez-vous ce que le drôle a eu l'impudence de me dire? « C'est ma part des dépouilles de Burt. Mais si vous voulez me l'acheter, je suis prêt à vous le vendre. »

— Le vendre! s'écria Purcell. Que veut-il faire ici avec l'argent?

— C'est ce que je lui ai demandé. Il m'a répondu que dans vingt ans d'ici il y aura prescription pour la mutinerie et qu'à ce moment-là, si un vaisseau britannique se présente ici et le ramène en Ecosse, il sera heureux de ne pas arriver dans son pays sans un penny...

Purcell se mit à rire, mais Mason ne fit pas écho à son rire. Les yeux fixés au sol, il paraissait préoccupé. Au bout d'un moment, il releva la tête, se secoua, et dit d'un air presque agressif :

— J'ai... un service à vous demander.

« Enfin », pensa Purcell.

— Si je peux vous être utile, dit-il en inclinant la tête.

Mason fit un geste impatient de la main comme pour repousser cette formule courtoise.

— Naturellement, dit-il d'une façon presque offensante, vous pouvez refuser...

— Mais je n'ai pas dit que je refuserais, dit Purcell en souriant.

— Voilà de quoi il s'agit, reprit Mason, coupant court du même air impatient à la protestation de Purcell. Au cours de mes promenades dans la montagne, j'ai découvert sur le versant nord une grotte d'accès très difficile. On y accède par un sentier très abrupt... Enfin, un sentier... C'est une façon de parler. Il monte tellement qu'il faut s'accrocher aux rochers pour progresser... Ce qui est intéressant, c'est qu'il est l'unique voie d'accès à la grotte. En effet, il est flanqué à droite et à gauche de hautes murailles de basalte, je devrais plutôt dire des aiguilles... impossibles à escalader. D'autre part, le plafond de la grotte est en surplomb sur l'ouverture, de sorte qu'il n'est pas question de parvenir à l'entrée de la grotte par le haut de la montagne, même avec l'aide d'une corde. J'ajoute qu'à l'intérieur de la grotte, il y a une source...

Il fit une pause. Il avait l'air étonné d'avoir parlé si longtemps.

— J'ai bien examiné cette grotte, dit-il, ses yeux gris se mettant tout d'un coup à briller, et je suis convaincu qu'elle est, en cas d'attaque, inexpugnable...

Il ajouta en haussant tout d'un coup la voix :

— Monsieur Purcell, j'affirme qu'un homme seul — je dis : un homme seul — avec des armes et des munitions en abondance, et naturellement aussi des vivres, pourrait, posté à l'entrée de la grotte, tenir en échec toute une armée...

« La frégate », pensa Purcell. Cela tournait à l'obsession. Malgré ses formidables défenses, l'île ne paraissait plus à Mason assez inexpugnable. Il avait trouvé mieux : une deuxième ligne de défense.

L'île était le château fort, et la grotte, la citadelle...

— Bien entendu, reprit Mason avec sécheresse, je ne vous demande pas de faire le coup de feu avec moi. Je connais vos conceptions. Et naturellement, je ne compte pas non plus sur les hommes...

Il s'interrompit et reprit d'une voix assurée qui sonnait faux :

— ... tant qu'ils ne seront pas rentrés dans le devoir.

Il fit encore une pause et dit avec solennité :

— Monsieur Purcell, je vous demande simplement ceci : m'aider à transporter dans cette grotte des armes et des munitions.

Il se tut et fixa sur Purcell ses yeux gris. Au bout d'un moment, comme Purcell restait silencieux, il reprit :

— J'aurais pu demander à Vaa. Elle est très vigoureuse, poursuivit-il en jetant un coup d'œil sur la silhouette de Purcell, comme s'il regrettait qu'elle ne fût pas plus trapue. Mais il semble que les indigènes aient peur de s'approcher de ces grottes : ils pensent qu'elles sont hantées par les *toupapahous*... En un sens, c'est une chose excellente. Il n'y aura pas de vol à craindre de ce côté-là.

— Et les matelots? dit Purcell.

— Pourquoi seraient-ils tentés par les fusils, puisqu'ils en ont chacun un? D'ailleurs, il n'y a pas de danger qu'ils découvrent jamais la grotte. Sauf pour la corvée d'eau, ils ne bougent, pour ainsi dire, jamais du village. En vrais marins, ils détestent la marche. Nous sommes ici depuis plusieurs semaines, monsieur Purcell, et qui a eu le désir d'atteindre le sommet de la montagne? Deux personnes en tout : vous et moi.

Il fit une pause et reprit :

— Bien entendu, je vous demande le secret.

— Je vous le promets, dit Purcell aussitôt.

Il y eut un assez long silence et Purcell dit :

— A mon très grand regret, Capitaine, je me vois contraint de vous refuser le service que vous me demandez. En vous aidant à transporter ces armes dans cette grotte, je me ferais complice des meurtres que vous pourriez commettre avec elles en cas de débarquement.

— Des meurtres! s'écria Mason.

— Quoi d'autre? dit Purcell avec calme.

Mason se leva, le visage empourpré, les veines du front bleues et gonflées, ses paupières papillotant sans arrêt sur ses yeux.

— J'estime, monsieur Purcell, dit-il d'une voix que la colère faisait trembler, que je serais en état de légitime défense...

— Ce n'est pas mon opinion, dit Purcell d'une voix nette. Ne mâchons pas les mots, voulez-vous? Nous sommes tous ici coupables, ou complices, du crime de mutinerie. En nous opposant par les armes à la force armée du Roi, nous commettrions un autre crime : celui de rébellion... et des meurtres caractérisés, si nous avions le malheur de tuer les marins lancés contre nous...

— Monsieur Purcell! s'écria Mason avec tant de violence que Purcell crut qu'il allait le frapper. Je n'ai jamais de ma vie... Monsieur Purcell, reprit-il avec rage, je ne puis tolérer... C'est la chose la plus... Comment osez-vous, de sang-froid...

Les lèvres tremblantes, les yeux fixes, il commença ainsi plusieurs phrases sans parvenir à en finir aucune. Cette impuissance à s'exprimer redoubla sa fureur, il serra les poings, prit le parti de renoncer à son discours, et dit d'une voix blanche :

— Je n'ai plus rien à vous dire.

Il pivota sur ses talons, marcha à la porte, l'ouvrit, et sortit comme un automate. La porte battit deux ou trois fois sous les rafales de vent avant que Purcell songeât à la fermer.

Il revint s'asseoir derrière sa table, soucieux. Il y avait eu quelque chose de presque anormal dans la violence de Mason.

— Par l'*Eatua!* s'écria Ivoa. Il a crié! Il a crié!...

Elle était assise sur le lit, ses jambes en tailleur sous elle, une couverture sur ses épaules.

— Il m'a demandé un service; et je le lui ai refusé.

La réticence de son *tané* n'échappa pas à Ivoa. Elle était dévorée de curiosité, mais les bonnes manières tahitiennes lui interdisaient de poser des questions, surtout à son mari.

— *Maamaa*, fit-elle en hochant la tête. Adamo, ajouta-t-elle d'une voix taquine, pourquoi les *Peritani* sont si souvent *maamaa?*

— Je ne sais pas, dit Purcell en souriant. Peut-être ont-ils trop de *tabous?*

— Oh non! dit Ivoa. Ça ne doit pas être la raison. Le *Squelette* n'a pas de *tabous,* et c'est le plus *maamaa* de tous...

Elle reprit :

— S'il n'était pas *maamaa*, il n'aurait pas insulté mes frères en les excluant du partage.

Elle se tut et détourna la tête comme si elle en avait trop dit.

— Ils lui en veulent?

— Oui, dit-elle, la tête détournée. Ils vous en veulent. Beaucoup.

Quelque chose dans son ton inquiéta Purcell et il dit :

— A moi aussi?

— A toi aussi.

— C'est injuste! s'écria Purcell avec indignation.

Il se leva, alla s'asseoir sur le lit à côté d'elle et lui prit les mains.

— Tu as vu toi-même...

— J'ai vu, dit Ivoa.

Elle reprit :

— Ils disent que tu traites tes amis comme des ennemis.

— Mais c'est faux! s'écria Purcell, profondément chagriné.

— Ils disent que le petit rat voulait te prendre ta femme et que, pourtant, tu as empêché Omaata de le battre. Et ça, c'est vrai, ajouta-t-elle, en jetant tout à coup à Purcell un regard qui le bouleversa.

Il pensa : « Elle m'en veut, elle aussi. » Il se leva, atterré, et se mit à marcher dans la pièce. Haï par les uns, suspect aux autres... Il se sentit affreusement seul tout d'un coup.

— Et Mehani? dit-il en s'arrêtant.

Ivoa tourna la tête de côté et reprit comme si elle n'avait pas entendu :

— Ils disent que tu as empêché Ouili de tuer le *Squelette*.

— Tuer! s'écria Purcell en portant les deux mains à ses oreilles. Toujours tuer!

Il reprit sa marche de long en large dans la pièce. Il sentait toute son impuissance à expliquer sa conduite, même à Ivoa.

— Et Mehani? dit-il en s'arrêtant devant elle.

Il y eut un silence. Ivoa croisa les bras sur sa poitrine et dit avec ironie :

— Sois heureux, homme : Mehani t'aime toujours.

Le visage de Purcell s'éclaira et Ivoa dit avec dépit :

— Je crois que tu aimes Mehani mieux que moi.

Purcell sourit et vint s'asseoir sur le lit à côté d'elle.

— Ne sois pas comme les *vahinés Peritani*...

— Comment sont-elles?

— Jalouses, le plus souvent.

— Je ne suis pas jalouse, dit Ivoa. Ainsi, Itia te court après pour que tu joues avec elle. Et qu'est-ce que je fais?... Je crie?...

Cette dernière phrase laissa Purcell perplexe et il ne la releva pas. Il reprit au bout d'un moment :

— Que dit Mehani?

— Il te défend. Il prétend que tu es à part et qu'il ne faut pas te juger comme les autres. Il dit que tu es *moá* [1].

Elle regarda Purcell par en dessous et demanda naïvement :

— C'est vrai? C'est vrai, Adamo, que tu es *moá?*

Il fut sur le point de hausser les épaules. Il se retint et reprit sa marche dans la cabane. Etre *moá* pour un Tahitien, ce n'était pas le résultat d'un effort héroïque. C'était une conformation. On était *moá,* comme d'autres étaient pieds-bots : de naissance. C'était une singularité, admirable en soi, mais qui ne supposait pas de mérite. Eh bien, qu'ils le croient! pensa Purcell. Qu'ils le croient, si cela doit les aider à comprendre ma conduite...

— Oui, dit-il d'un ton sérieux en s'arrêtant. Oui, Ivoa, c'est vrai.

— Par l'*Eatua!* s'écria Ivoa, et un tel air de bonheur envahit ses traits que Purcell fut pris de

1. Saint.

honte. « Quel imposteur je suis! » pensa-t-il avec gêne.

— E Adamo é! continua Ivoa, je suis si heureuse! J'ai vu un *moá* une fois à Tahiti, mais il était si vieux! Oh! Comme il était vieux et décrépit! Et maintenant, j'ai un *moá* ici, tous les jours dans ma maison! Et il est beau! Et c'est mon *tané!* conclut-elle dans une explosion de joie et en levant les bras au ciel.

Elle rejeta la couverture qui couvrait ses épaules, sauta à bas du lit, courut à Purcell et, le prenant dans ses bras, couvrit son visage de baisers. Déconcerté, ému, Purcell la regardait. Comme elle embrassait à petits coups ses joues, son menton, ses lèvres, elle déplaçait sans cesse son visage, et Purcell voyait passer et repasser devant lui l'éclair de ses magnifiques yeux bleus. Qu'elle était belle! Il émanait d'elle une lumière, une chaleur, une générosité!...

— Ainsi, tu es *moá!* dit Ivoa, l'air ravi.

Elle le tenait dans ses bras, et elle se mit à reculer lentement, puis de plus en plus vite, comme si elle dansait avec lui. Une lueur d'amusement traversa Purcell. Elle l'entraînait vers le lit. Au même instant, elle se laissa tomber en arrière et il culbuta sur elle en riant. Puis il cessa de rire, il chercha ses lèvres, et il eut encore le temps de penser : « Les Tahitiennes ont une idée bien à elles de la sainteté. »

Le lendemain, il y eut une belle éclaircie, et pour la première fois depuis trois semaines, le soleil apparut. A onze heures, Purcell sortit de sa cabane, et prenant *West Avenue,* il alla frapper à la maison de Baker.

Horoa lui ouvrit la porte, fringante, cambrée, l'œil indomptable.

— Bonjour, Adamo mon frère, cria-t-elle.

Et, s'emparant de lui sur le seuil, elle l'embrassa fougueusement à la manière *peritani*. Quand Purcell put reprendre sa respiration, il aperçut Baker derrière elle, calme et souriant au milieu de la pièce.

— Venez, dit Purcell sans entrer, je vous emmène. Je vais rendre visite à Mac Leod.

— A Mac Leod? dit Baker, son visage fin et brun changeant aussitôt d'expression.

— Venez donc, dit Purcell. Il est temps de négocier.

Quand Horoa vit Baker sur le point de sortir, elle se dressa devant lui et, agitant sa crinière, l'œil en feu, elle lui adressa un discours véhément.

Baker interrogea Purcell de l'œil.

— Elle vous reproche de partir sans lui couper du bois.

Baker tapota la hanche d'Horoa et dit avec un demi-sourire :

— Tout à l'heure, Miss.

Ces paroles ne produisirent pas d'effet. L'encolure nerveuse, le naseau palpitant, piaffant et cambrant la croupe, Horoa continua l'énoncé de ses griefs. Baker se tourna vers Purcell :

— Comment dit-on *tout à l'heure* en tahitien?

— *Araoué.*

— Horoa, dit Baker avec force, *araoué! Araoué!*

Il lui tapota de nouveau la hanche et franchit le seuil. Tandis que les deux hommes s'éloignaient, Horoa se campa dans le cadre de la porte et poursuivit sa harangue.

— Elle est fatigante, dit Baker.

Il reprit :

— Pas mauvaise fille, remarquez. Mais fatigante. Toujours le théâtre. Toujours le drame.

Il s'arrêta, fit de loin un petit geste de la main et cria :

— *Araoué! Araoué!*

Il reprit sa marche.

— Je suppose qu'elle regrette Mac Leod. Avec moi, la vie doit lui paraître trop calme.

Purcell tourna la tête.

— C'est ce qu'elle a dit.

Baker se mit à rire.

— Eh bien, c'est parfait. Il n'y aura pas de difficulté de ce côté-là.

Le soleil était déjà chaud. C'était merveilleux de voir briller le ciel à travers les palmes et de revoir autour de soi les oiseaux multicolores. Pendant la pluie ils avaient disparu, et on les avait crus morts, tant ils étaient petits et fragiles. Et maintenant ils étaient là, plus vifs, plus familiers que jamais.

Baker dit d'une voix changée :

— Est-ce que vous croyez que vous allez réussir avec Mac Leod?

— Je crois, dit Purcell.

Ils passèrent la cabane de Johnson et Purcell dit à mi-voix :

— D'après ce que j'entends de chez moi, là-dedans aussi, ils aiment le drame.

— Elle le bat, dit Baker.

Purcell s'arrêta et regarda Baker.

— C'est elle? Vous en êtes bien sûr?

— Je l'ai vue qui le poursuivait dans le jardin avec une bûche.

— Pauvre vieux, dit Purcell.

Etre venu de si loin. Avoir mis tant de pays et d'océans entre une mégère et lui. Et parvenu au bout du monde, tomber entre les mains d'une autre.

Le fin visage de Baker se plissa :

— Voyez-vous, Lieutenant...

— Purcell.

— Purcell... Voyez-vous, Purcell. Johnson, il a fait un mauvais calcul. Il a choisi une femme laide. Il s'est dit, parce qu'elle était laide, qu'elle aurait des qualités. Eh bien, c'est pas vrai. Si c'était vrai, tout le monde se jetterait sur les laides. Vous pensez! Elles feraient prime! La vérité, c'est que les femmes laides sont tout aussi embêtantes que les jolies...

Baker prit un temps et ajouta :

— Et en plus, elles sont laides.

Purcell sourit.

— Vous êtes bien pessimiste. Il me semble qu'Avapouhi...

— Oh! je ne dis rien contre Avapouhi, dit Baker en secouant la tête. Je parle en général. Voyez-vous, Purcell, les femmes, en général, je les trouve...

Il se frotta le front au-dessus du sourcil droit :

— ... fatigantes.

Il ajouta :

— Jamais contentes de leur sort. Toujours à désirer autre chose que ce qu'elles ont. Un autre mari. Une autre robe. Est-ce que je sais, moi?

— Vous êtes injuste. Les Tahitiennes ne sont pas comme ça.

— Horoa est comme ça.

Purcell lui jeta un coup d'œil. Un nerveux. Un nerveux calme. Le visage immobile, mais le cerne bistre autour des yeux, la lèvre inférieure battant comme un pouls...

Baker reprit sans transition :

— Vous voulez pas m'dire ce qu'on va faire chez Mac Leod?

— J'ai une idée, dit Purcell. Une idée qui m'est venue en parlant hier soir à Mason. Je ne sais pas ce qu'elle vaut. Et si ça doit rater, je préfère ne pas vous la dire d'avance.

Ils passaient devant la maison de Mason, et ils virent le capitaine déambuler sur le passage en planches de la *dunette*, chaussé, cravaté, boutonné, bicorne en tête. « Bonjour, Capitaine », dit Purcell sans ralentir sa marche, et Baker fit un « bonjour » en écho, mais sans ajouter « Capitaine ». Mason ne tourna même pas la tête. Il marchait droit devant lui, les yeux fixés sur l'horizon, le pied précautionneux, le torse bien assis sur les hanches comme pour résister au roulis. De temps en temps, il agitait la main autour de la tête d'un air impatient pour éloigner les oiseaux qui voletaient trop près de lui. Ce mouvement évoqua dans l'esprit de Purcell le geste d'un homme qui chasse des moustiques, et il ne sut dire pourquoi, il le trouva déplacé.

— Apparemment, dit Purcell, les oiseaux n'ont pas souffert de la pluie.

Il regarda Baker et dit à mi-voix :

— Et Avapouhi?

— Non plus.

— Et Itia?

— Non plus.

— Quand avez-vous vu Avapouhi? reprit Purcell à voix basse.

— Hier. Horoa a été piler chez Omaata et j'ai pu m'échapper.

— Vous n'en avez peut-être plus pour longtemps, dit Purcell.

Il regarda Baker. Il sentit tout d'un coup avec

plus de vivacité son amitié pour lui. Si net, le visage brun. Si franc, le comportement. Les yeux marron pétillants d'humour. Les manières douces, mais avec des réserves de force. « Et de violence, pensa Purcell. La seule chose que je n'aime pas chez lui. »

Dès que Purcell eut mis la main sur le portillon qui fermait le jardin de Mac Leod, l'Ecossais apparut à la porte de la cabane, et derrière lui, caché à demi par lui, et paraissant, en comparaison, absurdement plus petit et plus gras, White, le torse nu, les mains derrière le dos.

— Que voulez-vous? cria Mac Leod d'une voix peu amène.

— Vous voir, dit Purcell sans entrer.

Il y eut un silence.

— Tous les deux? dit Mac Leod d'un air méfiant, et la pensée qu'il craignait une agression traversa l'esprit de Purcell.

— Ce que j'ai à vous dire doit avoir Baker pour témoin, mais White peut rester aussi, si vous le désirez.

— Bien, dit Mac Leod. Entrez!

Tout le temps qu'ils traversèrent le jardin, il resta debout sur le pas de sa porte à les regarder venir à lui. Son long corps dégingandé était posé de guingois sur sa jambe maigre de héron, sa main droite appuyée avec nonchalance sur sa hanche, mais ses yeux, dans leurs orbites creuses, ne perdaient pas un seul de leurs mouvements.

Ce qui frappa Purcell en pénétrant dans la cabane, ce fut un luxe de placards. Ils tenaient toute la hauteur des murs jusqu'au plafond, entouraient la porte, les deux hublots, et s'ouvraient, à des hauteurs variées, par de petites portes dont toutes comportaient des serrures ou des cadenas.

A part les placards, il n'y avait, au centre de la salle, qu'une solide table de chêne et un nombre assez élevé d'escabeaux, ce qui paraissait indiquer que la maison de Mac Leod servait de lieu de réunion à la « majorité ».

Mac Leod alla se placer derrière la table comme s'il eût voulu mettre cet obstacle entre ses visiteurs et lui, et tendant tout d'un coup vers eux, au bout de son bras, sa main squelettique — bras et main paraissant si longs qu'ils semblèrent traverser la pièce dans toute sa largeur — sans un mot, il leur désigna des sièges. Ils s'assirent. White, contournant la table de son pas feutré, vint prendre place à côté de l'Ecossais, posa les deux mains sur ses genoux et commença à les tapoter de l'index et du médius, ses yeux noirs, attentifs, fixés sur Purcell. Mac Leod resta debout, les deux mains dans ses poches.

Les quatre hommes se dévisagèrent ainsi pendant un moment sans qu'un seul mot fût prononcé. Purcell s'était attendu à ce que Mac Leod attaquât le premier et les submergeât de sa verve. Mais Mac Leod ne paraissait pas disposé à parler. Il se taisait. Il était la dignité même. Toute son attitude suggérait que la présence de Purcell et de Baker chez lui était insolite et appelait une explication. « C'est inouï, pensa Purcell. Il n'y a pas trois mois, c'était un matelot comme les autres. Et maintenant il se tient là, adossé à son placard, froid et distant comme un diplomate qui accorde une audience. »

— Je vous écoute, dit Mac Leod au même moment.

C'était ça, c'était tout à fait ça : il leur donnait audience... William Pitt recevant des ambassadeurs.

— Je pense, dit Purcell, que la situation présente

ne peut pas s'éterniser. Elle n'est bonne pour personne. Et à la longue, elle finirait par détruire toute entente entre nous. Je crois donc que le moment est venu de faire un compromis.

— Un compromis? dit Mac Leod.

Purcell le regarda. Il était impénétrable.

— Si je comprends bien, poursuivit Purcell, la situation présente ne satisfait personne. Baker et Mehani n'ont pas la femme qu'ils veulent. Quant à White et vous-même, vous n'avez pas de femme du tout.

Il fit une pause pour laisser le temps à ses interlocuteurs d'avaler ce que cette pilule avait d'amer.

— Eh bien? dit Mac Leod.

— Je vous suggère un compromis, répéta Purcell.

Il y eut un silence et Mac Leod dit :

— J'suis pas contre un accord. Qu'est-ce que vous proposez?

— Je ne vois qu'une solution, reprit Purcell. Un échange : White cède Itia à Mehani et reçoit de lui Faïna. Quant à vous, vous renoncez à Avapouhi, et Baker vous rend Horoa.

Mac Leod resta un moment silencieux, puis il leva la tête, prit une inspiration profonde et enfonça ses mains plus avant dans ses poches.

— Et c'est ça que vous appelez un compromis, Purcell? Où il est, l'compromis? J'vois bien c'que j'perds, mais j'vois pas c'qu'on m'donne! Un compromis qu'vous dites, froid comme un concombre! L'compromis de quoi? J'vois rien de compromis là-dedans, sauf mes petits intérêts! Reprenons l'histoire, en cas que vous l'auriez oubliée. Baker m'prend Avapouhi. Bon! Y a un vote, le vote m'la redonne, là-dessus, elle s'évapore dans le décor, et vous dites : « Faisons un compromis : on fait revenir Avapouhi et Baker la reprend!... » Vous avez un toupet infernal, Purcell, j'dirai ça en votre faveur!... Vous êtes là, l'air de l'ange Gabriel, innocent comme Jésus, la fesse à peine posée sur la chaise comme si vous partiez déjà pour le ciel, et vous m'proposez ce com-pro-mis!... C'est à pas y croire! Et la loi, qu'est-ce que vous en foutez? Y a une assemblée, ici, Purcell, vous l'avez p'tête oublié! Y a des lois! Y a des votes! Et ce qui est voté est voté, voilà c'que j'dis!...

Il reprit sa respiration.

— Quant à Avapouhi, on la retrouvera, vous en faites pas. P'tête plus tôt qu'y en a qui pensent. C'est pas l'matelot qui serre l'vent de plus près qui va le plus vite! Et c'est pas parce que je mollis l'écoute en ce moment que j'ai pas l'intention d'arriver. Non, Monsieur, j'arriverai! Et quand j'crocherai dans c'te petite chaloupe, je l'arrimerai ferme, vous pouvez être sûr, et y a pas Dieu, vent ou diable qui m'la feront riper, une fois que j'l'aurai mouillée sur son ancre.

— Admettons, dit tout d'un coup Baker, la colère vibrant dans sa voix froide, admettons que tu mettes la main dessus, et que tu l'amènes chez toi. Alors? Qu'est-ce que tu fais? Tu cloues les hublots? Tu mets une barre de fer à la porte? Tu l'enfermes dans un placard? Tu la cadenasses sur ton lit? C'est ça, ton idée, matelot?

— C'que j'ferai avec ma femme légitime, dit Mac Leod avec dignité, ça regarde que moi.

Et il se tut. De toute évidence, il ne se souciait pas d'entamer une discussion avec Baker. Purcell attendit, mais Mac Leod resta silencieux. Il avait refusé, et son refus était catégorique.

Purcell regarda Mac Leod et quelque chose dans son attitude lui donna l'éveil. Pas si catégorique, le refus. Mac Leod ne leur donnait pas congé. Il ne rompait pas l'entretien. Il était rusé, l'animal. Fin et rusé. Subtil même. Il avait flairé quelque chose. Il attendait. Ce refus, c'était une phase dans les pourparlers. Rien de plus.

— Si vous pensez que vous pourrez retrouver Avapouhi, dit Purcell, ou si vous pensez que l'ayant retrouvée, vous pourrez la garder chez vous, eh bien, c'est que la question n'est pas encore mûre. Dans ce cas, je propose d'ajourner cet entretien.

Silence. Regards. Mac Leod ne disait ni oui ni non. Sur l'opportunité de mettre fin à l'entretien il n'avait pas d'opinion. Il était neutre. Il s'effaçait. A la lettre, il n'était pas là. « Le renard, pensa Purcell. Il ne me facilite pas la relance. »

Purcell haussa les épaules et se leva. Au même instant, les doigts de White cessèrent de tapoter ses genoux et White dit :

— J'accepte.

— Vous voulez dire, dit Purcell, que si on vous donne Faïna, vous laisserez Itia à Mehani?

— C'est bien ce que je veux dire.

Purcell regarda Baker et se rassit.

— Bien, dit-il sans montrer de contentement. Je pense que vous agissez avec sagesse. En vous quittant, je vais aller voir Mehani et les Tahitiens. Ceux-ci, n'ayant qu'une femme pour deux, ça ne dépend pas que de Mehani. Mais je ne suppose pas qu'il y ait de difficultés.

Il jeta un coup d'œil à Mac Leod. L'Ecossais regardait dans le vide. Il ne paraissait ni satisfait ni contrarié de l'initiative de White. De toute évidence, elle ne le touchait pas. Sa position personnelle restait inchangée.

« Si je m'en vais maintenant, pensa Purcell, il va me laisser partir. Il est trop sûr que je reviendrai. Quand me suis-je trahi? pensa-t-il avec irritation. Pourquoi est-il si certain que j'ai quelque chose à lui offrir? »

— Mac Leod, dit Purcell, réfléchissez. Avant que je m'en aille, réfléchissez.

Mac Leod ne broncha pas.

— C'est tout réfléchi, dit-il avec nonchalance.

Il y avait une note de sarcasme dans sa voix, comme s'il savait que l'ultimatum de son visiteur ne serait pas suivi d'effet.

— Bien, dit Purcell, reprenons le problème.

Il sortit une bourse de cuir noirâtre de sa poche, en défit les cordons, l'ouvrit, et la renversa sur la table. Quelques pièces d'or s'en échappèrent, qu'il mit soigneusement en tas devant lui, comme s'il se préparait à tenter sa chance aux dés. Purcell entendit, dans le silence, le souffle des respirations. Il regarda ses compagnons. Ils avaient l'air transi, médusé. Seuls leurs yeux vivaient. Le trésor d'Ali Baba n'aurait pas produit plus d'effet. Puis quelqu'un toussa. Mac Leod sortit les mains de ses poches. Une planche sous ses pieds craqua comme il déplaçait le poids de son corps pour s'approcher. Il pencha son nez coupant au-dessus de la table et Purcell entendit un bruit de succion, comme si l'air avait du mal à pénétrer dans sa gorge.

— Il y a là dix livres sterling, dit Purcell. Elles sont à vous, Mac Leod, si vous laissez Avapouhi à Baker.

— Purcell! s'écria Baker.

Purcell leva la main pour lui imposer silence. Mac Leod se redressa.

— Dieu me damne! dit-il d'une voix étranglée. J'ai bourlingué vingt-cinq ans sur les mers, et Dieu me damne si j'ai jamais vu ça.

Sur la table de chêne mal rabotée et noircie en hâte à l'huile de lin, l'or se dressait en pile bien sagement, et le soleil, pénétrant par un des hublots, lui donnait un éclat pimpant. C'était un tas assez modeste, insignifiant même. Une petite collection d'objets plats, ronds, assez joliment gravés, et qui n'avait aucune espèce d'utilité pour personne dans l'île. L'une des pièces dépassait un peu, et avec un mouvement rapide et soigneux de la main, Purcell la remit à l'alignement.

— Eh bien? dit Purcell.

Mac Leod se redressa de toute sa hauteur et mit les deux mains dans ses poches.

— C'est une honte, dit-il enfin sur le ton de l'indignation, mais avec un pli ironique au coin de la lèvre, c'est une sacrée honte, voilà c'que j'dis! Un officier, troquer des femmes contre de l'or! C'est bien la peine d'avoir été élevé dans les écoles et dressé à s'tenir raide avec tous les damnés petits officiers de Sa Majesté pour en arriver à faire un métier pareil! Une honte, je dis, Purcell! Et moi, reprit-il avec une majesté moqueuse, j'suis un clochard sur les quais de Londres pour qu'on m'offre un pot-de-vin en échange de ma femme légitime, attribuée en bonne et due forme par un vote du Parlement? Et la morale, Purcell? Qu'est-ce que vous en faites, de la morale? Par-dessus bord? Larguée avec les épluchures pour nourrir les requins? Dieu me damne, reprit-il avec un clin d'œil comme s'il passait tout d'un coup de l'indignation feinte à la parodie de l'indignation, c'est ce que vous avez appris dans vot' Bible? A servir d'entremetteur entre un mari légitime et l'ancien amant de sa femme?

Purcell se leva et dit d'un ton sec :

— Je n'ai pas le temps d'écouter vos sottises. Si c'est non, dites-le et je m'en vais.

En même temps, il fit un pas dans la direction de la table et coiffa la pile d'or de sa paume, comme s'il allait la remettre dans sa bourse.

Mac Leod dit :

— Vingt.

— Pardon? dit Purcell en s'immobilisant.

— Vingt. Vingt livres. J'accepte, si vous m'donnez vingt livres.

— Je pensais bien aussi, dit Purcell.

Il retira sa main droite de la table, la plongea dans sa poche, en sortit une autre bourse et dit d'un ton tranquille :

— Comme vous pourriez avoir des regrets de ne pas avoir demandé plus, je tiens à vous préciser que c'est vraiment tout ce que je possède.

Il défit les cordons de la deuxième bourse et répandit son contenu sur la table. Puis, reprenant les pièces dans sa main gauche, il les déposa une à une à côté de la première pile.

— Cela fait vingt livres en tout, reprit-il. Je ne vais d'ailleurs pas vous donner vingt livres. Seulement dix-neuf. La vingtième livre, c'est un autre marché.

— Qu'est-ce que vous voulez encore? dit Mac Leod d'un air rogue et souffrant comme si c'était lui qu'on dépouillait.

— Le sextant de Burt.

Mac Leod ouvrit la bouche. Mais Purcell ne le laissa pas parler. Il dit d'un ton tranchant :

— C'est à prendre ou à laisser.

Mac Leod soupira, sortit une clef de sa poche, ouvrit le placard qui se trouvait derrière lui, y prit le sextant et le posa d'un air de mauvaise humeur à côté des pièces d'or.

— Nous sommes donc bien d'accord, dit Purcell. Vous laissez Avapouhi à Baker et vous reprenez Horoa.

— C'est d'accord, dit Mac Leod en baissant les yeux d'un air maussade.

Purcell poussa l'or vers lui comme un joueur qui vient de perdre sa mise. Dans ce mouvement, les piles s'écroulèrent et les pièces, en s'éparpillant, parurent tout d'un coup plus nombreuses. Mac Leod étendit sur elles ses doigts maigres et les rassembla, mais sans les remettre en piles. Purcell remarqua qu'il donnait au tas une forme circulaire.

— Mac Leod... dit Purcell.

Mac Leod releva les yeux d'un air impatient. Il paraissait mécontent d'être dérangé dans sa tâche.

— Mac Leod, continua Purcell avec gravité, je suis heureux que nous soyons arrivés à un accord. En ce qui me concerne, il me paraît très important que la bonne entente règne entre nous.

— Moi aussi, dit Mac Leod d'un air négligent et avec un mouvement de la main comme pour mettre fin à l'entretien.

De toute évidence il était pressé de rester seul. Le regard de Baker allait de Mac Leod à Purcell, et il était irrité de la naïveté de son ami.

— Voyez-vous, reprit Purcell, ses yeux bleus fixés avec sérieux sur le visage de Mac Leod, il me paraît très important d'éviter les froissements entre les habitants de l'île. Etant donné les conditions un peu particulières dans lesquelles nous vivons, la moindre querelle peut prendre des proportions dramatiques.

— Sûrement, dit Mac Leod, du même air vague et impatient, les deux mains posées sur l'or. J'vous donne pas tort là, Purcell, reprit-il, presque contraint à cette approbation par les yeux clairs, persuasifs que Purcell fixait sur lui.

— Je vous avoue, continua Purcell, que je suis très préoccupé par nos relations avec les Tahitiens. Elles ne sont pas bonnes. Il ne faudrait rien faire à l'avenir qui les rendît plus mauvaises.

— Sûrement, sûrement, dit Mac Leod, d'une voix absente.

Baker toucha Purcell du coude.

— Partons, dit-il à mi-voix.

Il était gêné que Purcell ne vît pas à quel point ses paroles comptaient peu pour Mac Leod.

Purcell fit une pause, se redressa, rougit et dit avec effort :

— J'ai encore autre chose à vous dire... Je... je ne voudrais pas que vous me considériez comme un ennemi. Je ne suis pas votre ennemi.

Et d'un seul mouvement, avec raideur, sans plier le coude, il lui tendit la main au bout de son bras.

Mac Leod eut un léger recul. Il fixa une pleine seconde la main de Purcell, puis il regarda le tas d'or que les deux siennes recouvraient. Il réussit enfin à détacher des pièces sa main droite, saisit celle de Purcell et, par-dessus la table, la secoua.

— Moi de même, dit-il sans chaleur.

Quand il l'eut lâchée, Purcell se tourna vers Baker comme pour l'inviter à suivre son exemple.

— Salut! dit Baker.

Et il gagna la porte. Il était furieux de l'aveuglement de Purcell, et en ce qui le concernait, il ne se sentait pas d'humeur évangélique.

Il maintint la porte ouverte pour laisser passer Purcell. White se leva et suivit Purcell. Lui aussi, il avait dû remarquer la hâte de Mac Leod de les voir tous partir.

Au moment de franchir le petit portillon du jardin, Purcell se tourna vers White.

— Je vais voir les Tahitiens et, dès que je serai fixé, je viendrai vous le dire.

— Merci, dit White de sa voix douce.

Et il s'éloigna de son allure de chat. Sa maison était à la pointe nord du losange, en face de celle de Hunt.

Baker et Purcell firent quelques pas en silence en descendant *East Avenue*. Ils étaient heureux de retrouver le soleil. La cabane de Mac Leod leur avait paru froide.

Baker avait rendez-vous avec Avapouhi à la tombée de la nuit. Il faudrait attendre encore toute la journée avant de lui dire... Il la voyait, ouvrant ses beaux yeux sombres avec lenteur, et posant ses mains sur les siennes : « C'est vrai, Ouili, c'est vrai? » Cette douceur qu'elle avait...

Baker regarda Purcell et dit avec une émotion intense :

— Je vous remercie, Purcell.

Purcell détourna la tête et dit d'une voix froide :

— Ce n'est rien.

La gêne se prolongea entre eux. Baker trouvait ses remerciements trop faibles, mais n'avait pas le cœur de les renouveler. Le ton de Purcell l'avait surpris.

— Je suppose, dit Purcell, que Mac Leod doit être en train de mordre ses pièces une à une.

— Ce damné Ecossais, dit Baker entre ses dents.

— Je vous demande pardon? dit Purcell en s'arrêtant.

Baker s'arrêta à son tour. Purcell le dévisageait d'un air froid, les sourcils froncés, le corps raidi. Baker le regarda, béat.

— Je suis Ecossais, moi aussi.

— J'avais oublié, balbutia Baker. Je m'excuse. Il ajouta :

— Il y a des exceptions, évidemment.

Le visage de Purcell s'empourpra. « Encore une gaffe », pensa Baker.

— Non, non, dit Purcell avec indignation. Non, ne dites pas cela, Baker! Il n'y a pas d'exception! Vous entendez, il n'y a pas d'exception! Quand on a un préjugé contre un peuple, on étend les défauts des individus à la race entière, et on restreint les qualités aux individus. C'est stupide!... C'est... indécent!... Croyez-moi! Il est plus généreux de faire l'inverse.

— L'inverse? dit Baker avec sérieux.

— Généraliser les vertus et considérer les défauts comme des exceptions.

Ce programme donna à penser à Baker. Au bout d'un moment, il se mit à sourire.

— Eh bien, dit-il avec un éclair de malice dans ses yeux bruns, j'vais employer vot' système, Purcell. J'dirai que tous les Ecossais sont malins... sauf vous.

— Sauf moi? dit Purcell d'un air piqué en se remettant à marcher. Qu'est-ce qui vous fait dire cela?

Encore une chose qu'il ne fallait pas dire! Mais le moment de gêne était passé. La chaleur d'amitié courait de nouveau sous la querelle. « A force de gaffes », pensa Baker.

Purcell attendait sa réponse, le profil sévère. C'est vrai qu'il ressemble à un ange, se dit Baker avec tendresse. Et penser qu'il se croit malin!

— Eh bien, dit-il avec entrain, quand vous lui avez fait la morale, à la fin, il écoutait même pas, il pensait qu'à rester seul avec son or...

— Je m'en suis aperçu, dit Purcell, l'air tout d'un coup triste et fatigué. Je n'avais pas le choix. Je voulais qu'il m'entende.

Il ajouta :

— C'est absolument insensé. Il ne se rend pas compte. Il a créé une situation très dangereuse.

— Très dangereuse? dit Baker. Pourquoi très dangereuse?

Ils arrivaient devant la maison de Purcell.

— Vous entrez, Baker? dit Purcell sans répondre.

Ivoa courut à leur rencontre. L'étiquette tahitienne lui défendait de rien demander, mais dès qu'elle vit le visage de Baker, elle s'avança vers lui : « E Ouili é! dit-elle en lui mettant les mains sur les épaules et en frottant sa joue contre la sienne. E Ouili é! Je suis heureuse pour toi! »

Baker sourit, sa lèvre inférieure tiraillée d'un tic. De voir Ivoa dans sa maison lui rendait plus présente la joie de retrouver Avapouhi.

Il dit avec difficulté comme un écolier qui épelle :

— *Oua maourou-ourou vaou.*

— Je me demande, reprit-il en s'adressant à Purcell, pourquoi c'est si long, *merci*, en tahitien?

— Ils ne sont pas pressés, dit Purcell.

Baker rit, regarda Ivoa et répéta avec gaieté :

— *Oua maourou-ourou vaou.*

Ivoa lui tapota la joue droite du bout des doigts et s'adressa à son *tané* en tahitien.

— Elle voudrait savoir, dit Purcell, quand vous reverrez Avapouhi.

— Dites-lui... Attendez! reprit-il en levant la main, la joie dansant dans ses yeux bruns pétillants, je vais lui dire moi-même en tahitien. Ivoa, dit-il avec solennité, *araoué!*

Il reprit avec un grand air de satisfaction :

— Avapouhi, *araoué!*

— Oh! Comme il est heureux! dit Ivoa en passant son bras sur l'épaule de Purcell et en se serrant contre lui. Regarde, homme, comme il est heureux!

— Asseyez-vous, dit Purcell en souriant. Non, pas sur l'escabeau. Dans le fauteuil. Je viens à peine de le finir.

— C'est bien, cette cloison coulissante, dit Baker en s'asseyant et en regardant autour de lui avec plaisir. Vous êtes comme sur une terrasse. Le soleil est chez vous.

— Quand il y a du soleil, dit Purcell en faisant la grimace. Voulez-vous rester avec nous, Baker? Vous partagerez nos ignames?

— Oh merci, merci, merci, dit Baker.

Il se tourna vers Ivoa, leva la main en l'air, et répéta en riant comme un homme ivre :

— *Oua maourou-ourou vaou.*

Ivoa rit à son tour et parla en tahitien à Purcell.

— Que dit-elle d'Avapouhi? dit Baker en dressant l'oreille.

— Elle dit qu'elle est heureuse pour Avapouhi, car elle est douce comme de la soie.

— C'est ça! dit Baker, les yeux étincelants, c'est tout à fait cela! Elle est douce comme de la soie! Ses mains, ses yeux, sa voix, ses gestes... Tenez, dit-il en frappant ses mains l'une contre l'autre, par exemple, la façon qu'elle a de relever les paupières pour vous regarder! Comme ceci! dit-il en mimant. Lentement! Lentement!

Il s'arrêta, saisi de s'être laissé tant aller. Purcell le regardait en souriant.

Il y eut un silence et Baker reprit sans transition :

— Pourquoi dites-vous que Mac Leod a créé une situation très dangereuse?

— Les Tahitiens nous en veulent.

— Je m'mets à leur place, dit Baker. On peut pas dire qu'on a été très régulier.

Il reprit :

— C'est dangereux qu'ils nous en veulent? Ils sont si bons garçons.

— Je connais un Gallois, dit Purcell en le regardant dans les yeux. Il est si bon garçon qu'il éprouve le besoin de me confier son couteau avant d'entamer une discussion.

Il y eut un silence. Le visage de Baker s'assombrit et il dit :

— C'est bien ce que j'regrette. On serait tranquille, maintenant.

— Taisez-vous donc, dit Purcell d'une voix sèche.

Baker resta un moment silencieux, puis il dit, ses yeux bruns fixés avec sérieux sur Purcell :

— J'ai bien réfléchi à tout ça depuis trois semaines. J'suis pas de vot' avis. J'vous comprends, mais j'suis pas de vot' avis. Pour vous, la vie d'un homme est sacrée. Mais c'est là qu'vous vous gourez, Lieutenant. Vous verrez c'que ça nous coûte d'respecter la vie de Mac Leod.

Comme Purcell se taisait, Baker se redressa sur son siège et dit :

— Ça vous ferait rien, après l'repas, d'envoyer

Ivoa chez Horoa pour la prévenir. Je compte pas revenir chez moi avant c'soir. J'préfère qu'elle soit partie. Elle m'ferait une scène. Elle sera ravie, mais elle m'ferait quand même une scène. Et une autre à Mac Leod en arrivant chez lui! Elle respire bien qu'dans la bagarre, cette femme-là!

Il sourit, haussa les épaules et ajouta avec indulgence :

— Cette grande jument.

Purcell fit oui de la tête et Baker se laissa aller contre le dossier du fauteuil.

Purcell s'assit sur le plancher, le dos appuyé contre le montant de la porte coulissante, la jambe droite repliée sous son menton, la jambe gauche reposant sur le sol du jardin. Ses cheveux blonds brillaient au soleil.

— Y a une chose que j'comprends pas, dit Baker tout d'un coup. Pourquoi deux bourses?

— Je savais qu'il hausserait l'enchère.

— Oui, mais pourquoi emporter toute votre fortune dans ces bourses? Pourquoi pas la moitié seulement?

— Quelle importance? dit Purcell en plissant les yeux à cause du soleil et en regardant au loin du côté de la montagne, c'est comme si je lui donnais des cailloux.

— Maintenant, oui, mais dans vingt ans?

Purcell secoua la tête.

— Si une frégate aborde ici dans vingt ans, vingt-cinq ans, trente ans, Mac Leod n'aura pas le temps de jouir de son or : il sera pendu.

— Pendu? Pourquoi pendu?

Purcell regarda de nouveau la montagne et dit d'un air détaché :

— Il n'y a pas prescription pour le crime de mutinerie.

Baker se redressa sur son siège et dévisagea Purcell, stupéfait. Au bout d'un moment, il dit :

— Alors... c'est vous qui l'avez roulé?... Bon Dieu! reprit-il, Ecossais contre Ecossais! J'aurai au moins vu ça dans ma vie! Et c'est vous qui avez joué au plus fin!

Purcell sourit, puis son sourire s'effaça, ses yeux se tournèrent vers la montagne et son visage devint soucieux.

— J'sais à quoi vous pensez, dit Baker au bout d'un moment. Vous pensez qu'on serait si heureux dans l'île s'y avait pas ces salauds. Et combien ils sont, en tout? Pas plus que trois ou quatre! Smudge, Mac Leod, Timi... Timi, ça a beau être un Noir, vous m'direz pas qu'il est sympathique... J'serais l'Seigneur, vous savez c'que J'me dirais? Ces trois-là vont tout gâcher dans l'île. Eh bien, J'vois qu'une solution. J'vais les rappeler à Moi...

— Vous n'êtes pas le Seigneur, dit Purcell.

CHAPITRE IX

Les fugitives revinrent le soir même. Ce fut un grand triomphe pour les femmes, une petite satisfaction pour les Tahitiens, une perte de face pour le *Squelette*. Omaata sonna la cloche de *Blossom Square*, et sauf les membres de la majorité, tout le village accourut. Itia et Avapouhi étaient couronnées de fleurs comme pour un sacrifice, et les yeux luisants, le rire étincelant, elles éclataient de santé.

Ce fut une grande liesse. On leur frotta les joues, on les palpa, on leur donna de petites tapes. Purcell arriva, leur pétrit les épaules, et approchant son nez de leurs cous, il les huma. Cela fit rire. C'est ainsi que les mères tahitiennes embrassent leurs bébés. Purcell adorait la peau de ces femmes, douce, parfumée, fondant sous les doigts.

Omaata fit un discours. Les choses avaient repris leur cours normal. C'étaient les femmes, finalement, qui avaient choisi leurs *tanés,* et non l'inverse. Quand elle eut fini, on pressa les fugitives de questions : pourquoi n'étaient-elles pas mouillées? Où s'étaient-elles réfugiées pendant la grande pluie? Comment s'étaient-elles nourries? Mais elles refusèrent avec obstination de répondre et, souriantes, les cils noirs baissés sur les joues, leurs têtes l'une contre l'autre, elles se refermèrent sur leur secret.

Le soir, à la lumière des *doédoé*, il y eut sur la place du marché des danses et des chants qui dépassèrent en lascivité et en explosion de joie de vivre tout ce que Purcell avait vu jusque-là. Ouili et Ropati étaient là, presque aussi déchaînés que les Tahitiens. Il y eut des ululements de contentement quand Jono survint, amené par Omaata, et se mit à se dandiner comme un ours. Au bout d'un moment on alla chercher l'homme jaune. Personne ne lui en voulait. Il avait été si doux, si poli. Itia frotta sa joue contre la sienne, et pour le consoler d'avoir dû renoncer à la *vahiné* qu'il désirait, deux ou trois femmes lui firent des avances auxquelles il fut sensible.

Le lendemain, le suroît laissa place à l'alizé, et l'alizé ramena des journées ensoleillées et des nuits lumineuses. Les Tahitiens comptant par nuit et non par jour, le Noël des *Peritani* tombait pour eux la neuvième nuit de la onzième lune. Cette nuit, comme toutes celles du mois, avait un nom. Elle s'appelait *Tamatea*, ou *lune éclairant les poissons au couchant*.

Son signe était propice. Et, en effet, Mehani fut assez heureux, dans l'après-midi, pour tuer du premier coup de feu un cochon sauvage. Il le porta à Omaata qui commença à le vider, tandis que les femmes préparaient le four. Purcell eut alors l'idée de dépêcher White chez Mason et les membres de la majorité pour leur proposer de prendre ce repas en commun le soir, à *Blossom Square,* à la clarté de la lune, afin de célébrer, en même temps, la nativité et le souvenir de la patrie. Ceci fait, il pria Mehani de demander aux Tahitiens de se joindre aux *Peritani*.

Purcell comprit moins d'une heure plus tard quelles illusions il se faisait et à quel point les positions étaient déjà figées. Sa proposition essuya partout des refus. Mac Leod fit dire qu'il regrettait. Justement, il régalait le soir même ses amis. Les membres de la majorité regrettèrent tour à tour. Ils dînaient chez Mac Leod. Purcell eut l'impression que Mac Leod avait utilisé White pour porter — en même temps que la sienne, et lui faisant pièce — son invitation personnelle.

Mason fut plus brutal. « Il dit qu'il n'y a pas de réponse », dit White, gêné de transmettre à Purcell cette rebuffade.

— Et le sextant?

— Je le lui ai remis de votre part.

— Qu'est-ce qu'il a dit?

— Il a dit : « Bon. »

Purcell leva les sourcils.

— C'est tout?

— Oui.

— Vous lui avez dit comment il était venu entre mes mains?

— Oui.

— Qu'est-ce qu'il a dit?

— Rien.

— Il ne vous a rien chargé de me dire?

— Non.

Purcell scruta le visage de White. Mais non, le métis ne mentait jamais. Il était si scrupuleux qu'il ne se contentait pas de répéter mot pour mot ce qu'on lui avait confié. Il reproduisait les intonations et mimait même les jeux de physionomie qui accompagnaient le message. Ainsi, quand il avait dit « *Bon* », il n'y avait pas à s'y tromper, c'était le « *Bon* » rogue et fermé de Mason.

La réponse des Tahitiens eut toutes les apparences de la courtoisie. Ils remerciaient Adamo mille fois et mille fois. Ils étaient très honorés qu'on les invitât, eux et *leurs trois femmes* à partager le repas des *Peritani.* Mais ils déploraient d'être contraints par les circonstances de décliner cette invitation.

Purcell désouchait son jardin quand Mehani lui apporta cette réponse.

— Ils ont dit *nos trois femmes?* demanda-t-il en relevant la tête.

— Oui.

— Qui est-ce qui a dit ça? Tetahiti?

— Oui.

— Il a parlé au nom de tous?

Mehani inclina la tête. Purcell reprit au bout d'un moment :

— Pourquoi est-il le chef ici? A Tahiti, ton père est aussi grand que le sien.

— Il est vieux : il a trente ans.

— Et si je l'invitais à dîner ce soir dans ma cabane?

— Il refuserait.

Et comme Purcell restait silencieux, Mehani ajouta :

— Il dit que tu n'es pas *moá.*

« J'ai donc menti pour rien, pensa Purcell avec tristesse. Et maintenant parce que j'ai commencé, il faut que je continue à mentir. A Ivoa, à Mehani... »

— Mais tu sais, dit Mehani au même moment, moi non plus, je ne le crois pas.

Et comme Purcell le regardait, stupéfait, Mehani se mit à rire.

— Toi non plus, j'espère, Adamo?

Purcell le dévisageait, ne sachant que répondre.

Mehani lui tapa sur l'épaule, cessa de rire, et dit d'un ton sérieux :

— Ils ne croient pas que tu es *moá,* mais ils croient que je le crois. C'est pourquoi il faut que je continue à le dire.

Il y eut un silence et Purcell dit :

— Pourquoi toute cette comédie?

— Eh bien, dit Mehani en détournant la tête, si je ne le disais pas, je ne pourrais pas venir dîner ce soir avec toi.

— Si tu ne le disais pas et que tu viennes, qu'est-ce qui se passerait?

— Je serais un traître.

Purcell tressaillit.

— On en est là? dit-il avec lenteur.

Il reprit, la gorge serrée :

— Qu'est-ce que je suis pour eux, si je ne suis pas *moá?* Complice?

Mehani ne répondit pas. Au bout d'un moment il prit la main de Purcell, la porta à son visage et l'appuya contre sa joue.

— Tu viendras? dit Purcell.

— Je viendrai, frère, dit Mehani.

Ses yeux fixés sur ceux de Purcell brillaient d'un éclat doux.

Il reprit :

— Avec Itia.

— Comment? dit Purcell. Ils laisseront venir Itia?

— Sache, Adamo, que personne ne commande à Itia.

— Pas même toi?

— Pas même moi! dit Mehani en riant.

Le jour de Noël, on mangea donc du même cochon cuit au même four par les mêmes mains, mais on le mangea dans des lieux différents : les

Tahitiens dans leur maison; la majorité chez Mac Leod; la minorité, Itia et Mehani chez Purcell; Mason chez lui.

Trois jours plus tard, sur le coup de midi, on frappa chez Purcell. C'était White. Il resta sur le seuil.

— Mac Leod m'envoie demander si vous avez eu du poisson.

La table était dressée à trois pas du métis, et le poisson s'y étalait, blanc et lisse sur une feuille de bananier. Mais White ne voyait rien. Il baissait les yeux avec tact. Et Purcell eut l'impression que s'il disait « Non », White répéterait son « Non » à Mac Leod sans commentaire.

— Vous voyez, dit Purcell.

White leva les yeux, regarda la table, dit « Merci » et pivota sur ses talons.

— White, dit Purcell vivement. De quoi s'agit-il? Vous n'en avez pas eu?

White lui fit face et dit d'une voix neutre :

— Personne de nous n'en a eu.

Purcell se tourna vers Ivoa et dit en tahitien :

— D'où vient ce poisson?

— Mehani l'a apporté.

— Ils ont pêché ce matin?

— Oui, dit Ivoa brièvement, les yeux détournés.

— Mais au retour, ils n'ont pas sonné la cloche?

— Non.

— A qui ont-ils donné du poisson, à part moi?

— Ils n'ont rien donné à personne. C'est Mehani. Mehani en a attrapé en plus pour nous, pour Ouili et pour Ropati.

Il y eut un silence et Purcell dit :

— Ils ne veulent plus pêcher pour les *Peritani?*

— Non.

Purcell soupira et se tourna vers White :

— Voici ce qu'elle dit...

White secoua la tête.

— J'ai compris ce qu'elle disait. Merci.

— White!

White s'arrêta comme il franchissait le seuil.

— Dites, je vous prie, à Mac Leod que je n'étais pas au courant.

— Je le lui dirai.

Deux jours plus tard, dans l'après-midi, Jones entra chez Purcell. Il n'était vêtu que d'un *pareu,* selon son habitude.

— Je vous dérange?

Purcell ferma son livre et lui sourit.

— Savez-vous combien la bibliothèque du bord comptait de livres?

— Non.

— Quarante-huit. Et j'ai toute la vie pour les lire. Prenez le fauteuil.

— Je vais le mettre au soleil, dit Jones.

Et, se baissant, il saisit le lourd fauteuil de chêne par un pied, se redressa en le portant à bout de bras, tous les muscles de l'épaule saillant dans l'effort. Il fit trois pas, et le posa à terre en fléchissant les jarrets, les quatre pieds du fauteuil atterrissant en même temps, et avec tant de douceur qu'on n'entendit aucun bruit.

— Bravo! dit Purcell en souriant.

Après cet exploit, Jones s'assit, les yeux baissés, l'air prude et distant.

Ivoa entra.

— E Ropati é! dit-elle en levant la main droite et en agitant ses doigts écartés l'un après l'autre.

Elle s'approcha de lui en souriant, posa la main maternellement sur ses cheveux courts. Ses yeux de porcelaine fixés dans le vide, Jones tendit la joue. Il avait l'air affectueux et impatient d'un enfant qui attend la fin des effusions pour reprendre son jeu.

— Tu as les cheveux comme l'herbe qu'on vient de couper, dit Ivoa.

Purcell traduisit.

— Je n'ai pas les cheveux verts, dit Jones.

Et il rit. Puis il fronça de nouveau les sourcils sur son nez court, croisa les bras, et les deux mains refermées sur ses biceps, il les palpa d'un air austère.

— Mac Leod et sa clique sont allés pêcher ce matin, dit-il d'un ton presque dramatique. Je les ai vus revenir. Ils avaient des *masses* de poissons!

Sa voix sur *masses* monta tout d'un coup sur une note trop élevée qui fit fausset. Jones rougit. Il n'aimait pas quand sa voix lui jouait des tours.

— Eh bien? dit Purcell.

— Ils n'ont pas sonné la cloche, dit Jones d'un ton indigné. Ils ont préféré en jeter plutôt que nous en donner.

— Mauvais, dit Purcell, et il se tut.

— A la rigueur, qu'ils n'en donnent pas aux Tahitiens... Ils ne feraient que leur rendre leur monnaie... Mais nous! Qu'est-ce qu'on leur a fait?

Purcell haussa les épaules.

— Vous savez quoi? dit Jones en décroisant les bras et en gonflant agressivement sa poitrine. On va aller à la pêche demain, Ouili, vous et moi...

— Excellente idée, dit Purcell en le coupant. Je vois où vous voulez en venir. Au retour, on sonne la cloche et on donne du poisson à tout le monde...

Jones ouvrit les yeux sous son nez bref et retroussé, et sa bouche s'ouvrit comme un O.

— Eh bien, dit Purcell sans lui laisser le temps de se reprendre, allez donc prévenir Baker et chercher des vers avec lui. L'après-midi est déjà avancé.

Il se leva, accompagna Jones jusqu'à la porte et le regarda remonter *West Avenue.* Jones marchait d'un pas contenu, la tête droite, et les muscles dorsaux contractés pour carrer les épaules.

— Pourquoi souris-tu? dit la voix d'Ivoa.

Purcell tourna la tête.

— Il est gentil. Il est drôle et gentil.

Purcell reprit au bout d'un moment, les yeux toujours fixés sur Jones.

— J'aimerais avoir un fils.

— Que l'*Eatua* t'entende, dit Ivoa.

La pêche de la « minorité » fut bonne, mais la générosité de Purcell resta sans effet. Les Tahitiens refusèrent ses poissons. La majorité les accepta, mais s'abstint de rendre la politesse lorsqu'elle retourna pêcher. Vaa accepta d'être partie prenante dans cette distribution et dans celles qui suivirent. Quant à Mason, il ignora, ou voulut ignorer, l'origine du poisson qui était servi à sa table, car il continua à ne pas répondre, dans le mois qui suivit, aux saluts des gens qui le nourrissaient.

Janvier passa. Ivoa commençait à s'alourdir et à compter les jours, ou plutôt les nuits, qui la séparaient de sa délivrance. Elle la situait dans le mois de la sixième lune, et elle espérait qu'elle tomberait sur le dernier quartier (qui était faste) et si l'*Eatua* l'exauçait, sur la nuit merveilleuse de l'*Erotooéréoré,* ou *Nuit où les poissons remontent des profondeurs.* Elle s'enorgueillissait beaucoup que l'enfant d'Adamo fût le premier à voir le jour dans l'île. Elle en tirait, pour son avenir, un présage glorieux.

Les Tahitiennes passent, en général, pour peu fécondes, particularité que le capitaine Cook tenait pour un sage présent du ciel, étant donné la liberté de leurs mœurs et l'exiguïté de leur île. En tout cas, Ivoa était encore, à cette date, la seule dans son état, et il fallut attendre avril pour savoir dans quelle maison le deuxième bébé allait naître. Fin mars, à vrai dire, les Tahitiennes commencèrent à avoir des soupçons. Mais la chose paraissait si invraisemblable qu'on préféra attribuer les apparences à l'engraissement d'une vie sédentaire. En avril, cependant, il ne fut plus permis de douter. Et quand Vaa, le jour après la nuit du *Tourou (Nuit où poissons et crabes voisinent*) apparut au marché pour venir chercher sa portion de cochon sauvage, le silence le plus profond se fit dans la file des *vahinés,* tant son embonpoint frappait l'œil. La nouvelle fit pendant quinze jours la sensation de l'île. Et Itia en fit même une chanson d'une naïve obscénité. Mais après s'être beaucoup égayées, les Tahitiennes conçurent de l'estime pour Vaa. Au moment du partage des femmes, elle avait dit en public qu'elle « réchaufferait » le chef de la grande pirogue. De toute évidence, elle avait réussi.

Avril apporta aussi une déception : la récolte des ignames fut mauvaise. On en fit une distribution rigoureuse par tête d'habitant. Chacun creusa, à côté de sa maison, un silo pour conserver sa part. Et on donna à tous le conseil d'économiser au maximum sur sa provision personnelle afin de faire la soudure avec l'année suivante sans toucher aux ignames sauvages. On voulait, en effet, garder de celle-ci une réserve importante, au cas où la prochaine récolte serait plus mauvaise encore.

Au début de mai, Mac Leod fit dire à Purcell qu'il

avait remarqué en passant devant le silo des « Noirs » qu'il était déjà très entamé. Au train où ils allaient, leur provision ne durerait pas six mois, auquel cas les « Noirs » se nourriraient évidemment des ignames sauvages, au préjudice de la réserve que l'on voulait respecter. Mac Leod priait Purcell d'intervenir auprès d'eux pour modérer leur consommation.

La demande de Mac Leod reposait sur une observation exacte, comme Purcell s'en aperçut en allant jeter un coup d'œil sur le silo des Tahitiens. Il leur parla en son nom personnel, sans souffler mot de Mac Leod.

Il se heurta, dès les premières paroles, à une incompréhension manifeste. La nature, à Tahiti, offre tout en telle abondance que la notion de se priver dans le présent pour ménager l'avenir apparut aux interlocuteurs de Purcell comme une de ces idées *maamaa* dont les *Peritani* détenaient le secret. Et, en effet, quand il n'y aurait plus d'ignames cultivées, il y aurait les ignames sauvages. Quand il n'y aurait plus d'ignames sauvages, il y aurait les fruits. Et quand il n'y aurait plus de fruits, il y aurait toujours les poissons. Tant qu'un homme avait un bon harpon au bout de son bras habile, il ne mourrait jamais de faim. Purcell recommença ses explications. Il ne persuadait personne. Et, au bout d'une heure, il finit par comprendre que les Tahitiens trouvaient sa démarche indiscrète. Il prit congé d'eux et s'en alla.

Une semaine après cet entretien, White vint avertir Purcell qu'il y aurait une assemblée après le repas de midi chez Mac Leod. Le lieu de la réunion surprit Purcell. Pourquoi pas sous le banian comme d'habitude? White secoua la tête. Il ne savait pas.

Mais la réunion était très importante : Mac Leod l'avait dit.

Vers deux heures, Purcell, au lieu de se rendre directement chez l'Ecossais, remonta *West Avenue* et passa chez Baker et chez Jones. Il ne trouva ni l'un ni l'autre. Ils étaient partis chez le *Squelette* cinq minutes avant. Purcell prit alors *Nor'wester str.,* avec l'intention de couper à travers la cocoteraie pour atteindre la maison de Mac Leod. Il n'avait pas fait dix pas dans le sous-bois qu'il vit Itia assise au pied d'un pandanus. Elle baissait la tête et le regardait venir, les yeux luisants derrière ses cils. Il s'arrêta.

— Qu'est-ce que tu fais là, Itia?

— Je t'attendais, dit-elle avec effronterie.

— Tu m'attendais! dit-il en riant. Comment savais-tu que je passerais par ici? Ce n'est pas mon chemin.

— Je t'ai suivi. Tu ne me voyais pas. J'étais dans le sous-bois. Homme, c'était amusant! Je t'ai suivi depuis ta maison. Je savais par Horoa que tu allais chez le *Squelette.*

— Eh bien, dit Purcell, que me veux-tu?

Elle se leva et s'approcha, son visage rond et rieur levé vers lui. Quand elle fut à un mètre, elle s'arrêta, mit ses bras potelés derrière son dos, et dit d'une voix douce :

— Je voudrais que tu m'embrasses, s'il te plaît, Adamo.

— En voilà assez, dit Purcell d'un air sévère. Je n'embrasse pas la femme qui appartient à Mehani.

— Et à Tetahiti, dit Itia. Et même un peu à Kori.

— Justement, dit Purcell, tu as trois *tanés*. Ça ne te suffit pas?

— Deux, dit Itia. Kori, c'est seulement un petit peu.

Purcell se mit à rire.

— Pourquoi ris-tu? dit Itia en cachant le bas de son visage derrière son épaule, et laissant émerger ses yeux vifs. Ce n'est pas *tabou* d'avoir deux *tanés*. Et toi, pourquoi tu n'aurais pas deux femmes, Adamo? Je suis sûre que ça te ferait du bien d'avoir deux femmes.

Purcell rit de nouveau, désarmé. Itia, c'était l'enfant de la nature : ruse, instinct, gentillesse, tout y était à l'état naïf, mais déjà concentré sur un seul but avec l'indomptable persistance de son sexe.

Elle ne riait plus. Elle le regardait.

— Tu as un nouveau collier, dit Purcell.

— Ce sont des pignons de pandanus. Sens comment ils sentent bon, dit Itia en se soulevant sur la pointe des pieds et en tendant son collier vers lui.

Les pignons, d'une belle couleur orangée, étaient reliés entre eux par une liane. Purcell les respira et ses tempes se mirent à battre. Il n'avait jamais rien senti de plus enivrant. Il vit trop tard l'élan d'Itia. Elle se jeta contre sa poitrine, passa les bras autour de sa taille et, le serrant de toutes ses forces, se colla contre lui. Elle reprenait la tactique qui lui avait si bien réussi le jour de l'incendie du *Blossom*.

Elle était extraordinairement odorante. Au parfum des pignons de pandanus se mêlait maintenant le parfum doux et tiède des fleurs de *tiaré* qu'elle portait dans ses cheveux.

— Itia, dit Purcell en baissant la voix, tu me laisseras partir si je t'embrasse?

Il vit son erreur aussitôt. Il capitulait trop vite. Elle allait exploiter l'avantage.

— Oui, dit-elle, les yeux luisants, mais pas un petit baiser comme la dernière fois.

Il sentait contre lui son petit corps frais et souple. Il se pencha et l'embrassa. Puis il prit les deux petites mains derrière son dos, les détacha, les ramena devant lui et dit :

— Tu t'en vas maintenant?

— Oui, dit-elle en lui jetant un regard humide.

Et elle s'enfuit en courant. Elle avait l'air de voleter dans le sous-bois comme un rayon de soleil. « C'est une honte », dit Purcell à mi-voix. Mais ce n'était pas la peine d'essayer de se mentir. Il ne se sentait pas honteux. Il revit devant lui le petit visage et le petit corps si expressifs d'Itia. Ces mines, ces mimiques, ces attitudes, toute cette danse féminine de la séduction... Tout cela manifestement machiné pour produire un certain effet. Si cousu de fil blanc, en somme. Et l'ironie, c'est qu'on avait beau le voir et le savoir, l'effet cherché était *quand même* produit.

Quand Purcell entra chez Mac Leod, tous les Britanniques de l'île, sauf Mason, étaient là, serrés autour de la table. Mac Leod trônait, cadavérique et important, sa main maigre posée à plat sur une grande feuille couverte d'un réseau irrégulier de lignes.

Baker désigna à Purcell un escabeau vide entre Jones et lui, et Jones se leva pour le laisser passer. Purcell murmura : « Bon après-midi » sans regarder personne en particulier. Il y eut un silence, et Mac Leod dit : « On n'attendait plus que vous. » Son intonation n'était pas agressive. Il se bornait à constater un fait.

Quand il fut assis, Purcell jeta un coup d'œil sur la feuille. Il reconnut un plan grossier de l'île, ou du moins de la partie non montagneuse de l'île. Le tracé de la baie du *Blossom* lui parut assez fantaisiste, mais le losange du village avec les maisons rectangulaires qui flanquaient ses côtés identifiait le dessin.

— Matelots, dit Mac Leod, il y a une chose qu'il faut discuter ensemble, et qui presse, c'est la question de la terre.

Il s'arrêta et Purcell eut l'impression que cette pause, pour une fois, ne faisait pas partie de sa comédie habituelle. Au mot « terre » son visage avait pris une expression de gravité.

— On n'a pas eu une bonne récolte, reprit Mac Leod de sa voix traînante, mais c'est pas encore ça qui m'tracasse, vu qu'les récoltes, c'est comme les femmes, y en a des bonnes et des mauvaises, et comme qui dirait, l'un dans l'autre, on finit par s'y retrouver. Non, c'qui m'tracasse, matelots, c'est qu'y a des gars dans c'te île qui sont pas plus prévoyants qu'le moineau sur la branche et qu'ont déjà fait un sacré trou dans leur silo. A c'te vitesse, j'vois bien c'qui va s'passer. D'ici trois mois, ces gars-là vont taper dans les ignames sauvages. Et alors, qu'est-ce qui sera lésé? Moi! Vous! Tout l'monde! Les ignames sauvages, c'était not' réserve! C'était sacré! Mais vous pensez comme les Noirs vont s'gêner quand ils auront plus rien à s'mettre sous la dent! Et alors, qu'est-ce qu'on peut faire? Monter la garde? C'est p't'ête encore possible de jour, mais la nuit, les Noirs n'auraient qu'à s'foutre à poil qu'on les verrait même pas quand ils iraient faucher nos légumes.

Mac Leod posa les deux mains à plat sur le bord de la table et jeta un coup d'œil circulaire sur son auditoire comme pour le pénétrer de la gravité de la situation.

— Bref, dit-il, y a quelque chose qui va pas, et c'qui va pas, j'vais vous l'dire : c'est l'coup d'mettre tout en commun, comme on a fait. C'est fatal que ça pouvait pas marcher. Et vous avez déjà vu pour la pêche. Les Noirs, ils ont décidé : plus de poissons pour les autres. Bon. Total : y a trois équipes qui pêchent dans c'te île.

— Il ne tenait qu'à vous qu'il n'y en ait que deux, dit Purcell d'un ton sec.

— Et comment! dit Baker avec vigueur. On vous a fait un cadeau et vous avez pas répondu.

Jones, qui n'avait pas très bien écouté, fut un peu pris de court et se contenta de hocher la tête avec vigueur. Mac Leod et ses amis ne réagirent pas. Mac Leod avait dû mettre ses fidèles en garde contre les provocations de la minorité.

— Quant à la décision des Tahitiens, reprit Purcell, je ne l'approuve pas. Mais elle a des excuses : ils ont été spoliés. Si vous les aviez inclus dans le partage des femmes, ils n'en seraient pas arrivés là.

Un sourire étira les lèvres minces de Mac Leod et accentua les deux creux d'ombre sous ses yeux.

— Vous dites ça, Purcell, dit-il d'une voix traînante, mais si on avait mis Ivoa dans l'tas pour la partager avec les autres, vous auriez pas été d'accord! Oh non! Pas d'accord du tout! V'là l'gars qui veut tout mettre en commun! Il met tout, sauf le principal.

— Aucun rapport! dit Purcell d'un ton irrité, on ne distribue pas des femmes comme on répartit des ignames. Elles ont leur mot à dire.

Il ajouta d'une voix coupante :

— Et d'ailleurs, vous vous en êtes bien aperçu.

Après cette phrase, il y eut un silence. Mac Leod ne broncha pas. Quant à Baker, il eut une réaction méritoire : il ne dit rien. Il ne se permit même pas un sourire.

— Mettons, dit enfin Mac Leod avec un large geste du bras, comme s'il déblayait la discussion d'un argument accessoire...

— Permettez, dit Purcell, je n'ai pas fini. Je voudrais vous faire remarquer qu'il y a encore des choses qu'on fait en commun dans cette île, et on s'en trouve très bien. Par exemple, la corvée d'eau. Imaginez la situation si chacun devait faire son ravitaillement lui-même...

— Y a encore une chose qu'on met en commun, dit Baker. C'est le cochon sauvage. Jusqu'ici y a pas une équipe dans l'île qu'a fait bande à part pour l'cochon. Et pourquoi? Parce que c'est plus commode. C'est plus commode, quand on a tué un cochon, d'le remettre à Omaata et aux femmes. Faut l'vider, faut l'laver, faut chauffer le four, faut mettre c'qui va avec, faut le découper. Y a pas une équipe qu'aimerait faire toutes ces corvées. Moralité, conclut-il en regardant Mac Leod. Quand ça vous arrange, on partage. Quand ça vous arrange pas, plus d'partage...

— Bien dit, fils! dit Mac Leod avec un large sourire et en jetant un regard triomphant à la ronde comme si Baker venait de résumer sa pensée.

Il reprit :

— Et bien bête on serait d'partager, quand ça vous arrange pas!

Et comme Baker ouvrait la bouche, il enchaîna :

— Et pour la terre, fils, justement, ça m'arrange qu'elle soit partagée, parce que j'veux pouvoir dire : moi, j'plains pas mon dos, j'bute, j'sarcle, je bine... Mon lopin, il est travaillé. Et c'qu'il me rapporte, j'le mange. Maintenant, Purcell, j'vais vous dire : s'y a un sacré fils d'garce, à côté d'moi, qui s'regarde l'nombril, au lieu d's'y coller, qui récolte zéro au bout d'l'an, et s'serre la ceinture jusqu'à l'os, j'ai bien d'la peine pour lui, mais tant pis, chacun pour soi, v'là comme j'vois les choses...

Purcell le regarda. Le paysan des Highlands. A force de peiner, le cœur comme un caillou. La tête aussi.

— Eh bien, qu'est-ce que vous dites de ça? reprit Mac Leod, comme Purcell se taisait.

— Je suis hostile au principe, dit Purcell. A mon avis, la meilleure solution, c'était la communauté. Mais au point où en sont les choses — avec trois et même quatre clans dans l'île — il vaut peut-être mieux, pour éviter les querelles, faire ce que vous proposez. A condition, bien entendu, que les terres soient partagées...

Il fit une pause et détacha avec force :

— ... équitablement.

— Comptez sur moi, dit Mac Leod avec un sourire rayonnant.

Et Purcell comprit tout d'un coup la nature et l'ascendant que l'Ecossais exerçait sur la majorité. Mac Leod n'était pas seulement le plus intelligent de tous. Avec toute sa dureté, chose étrange, il avait du charme.

— J'crois aussi qu'ça vaut mieux d'partager les terres, dit Baker. J'ai pas envie qu'on vienne vérifier chez moi si j'mange trop d'ignames.

Mac Leod ne releva pas le trait.

— Y a pas un fils de garce dans c'te île qui sera lésé, dit-il d'un ton grave en posant la main sur le parchemin. Tout va s'passer dans les règles. J'ai fait un relevé des terres cultivables avec White. On s'est servi du loch du *Blossom,* et j'parie que c'est bien la première fois que c'te pauvre loch, il mesurait d'la glèbe au lieu d'filer dans la flotte à la poupe d'un rafiot. Quand on a eu fini, on a fait l'relevé, comme j'ai dit, et on a divisé en parts égales. Et pour pas qu'y en a qui contestent, j'propose qu'on tire les lopins au sort...

Il se tourna vers Purcell et lui fit de nouveau un sourire désarmant.

— Vous direz pas qu'c'est pas équitable, ça, Purcell?

— Ça en a l'air, dit Purcell avec réserve.

Tant de miel le mettait sur ses gardes.

— Mais j'vous préviens, fils, reprit Mac Leod en promenant son regard sur son auditoire, faut pas vous exciter. C'est pas lourd, les parts. Faut pas déjà vous croire de la *gentry*, avec domaine et tout. Oh non! Vu qu'y faut pas toucher aux fruitiers, et si on déboise, la couche de glèbe, elle est si mince sur l'roc qu'un suroît qui souffle un peu fort il vous la fout à la flotte. J'ai fait l'total, fils. De terre cultivable, y a pas plus de 18 acres [1], c'qui fait 2 acres chacun...

Purcell sursauta.

— Deux acres! dit-il, la stupeur peinte sur son visage. Vous avez prévu neuf parts!...

— Eh ben quoi, dit Mac Leod en levant ses sourcils, on est pas neuf?

— Et les Tahitiens! s'écria Purcell.

— J'les ai pas oubliés, dit Mac Leod. Ils aideront les Blancs à travailler leurs terres, et pour leur peine, ils seront payés en nature.

— Mais vous êtes fou, Mac Leod, s'écria Pur-

1. Une *acre* anglaise équivaut à 40 ares français : exactement à 4 046 m².

cell, pâle de fureur. Vous êtes fou à lier! Vous faites d'eux des serfs! Jamais ils n'accepteront!

— J'me fous qu'ils acceptent ou qu'ils acceptent pas, dit Mac Leod, mais j'vais pas vous donner d'bonnes terres à des gars qui sont trop paresseux pour les cultiver. Faut voir à Tahiti ce qu'ils faisaient de leurs lopins. Une honte! Le Noir, pour pêcher, oui. Pour monter au cocotier, oui. Mais pour cultiver, zéro : voilà c'que j'dis.

— Mac Leod, dit Purcell, la voix tremblante. Vous ne vous rendez pas compte. A Tahiti, même le plus misérable a son jardin et son bouquet de cocotiers. Les gens qui n'ont pas de terre à Tahiti, ce sont ceux qui en ont été privés : les criminels, la lie de l'île. Frustrer nos Tahitiens de terre... vous ne vous rendez pas compte! C'est leur faire une injure sanglante! Vous les gifleriez l'un après l'autre sur les deux joues, ça ne serait pas pire!

Mac Leod regarda la majorité d'un air entendu et darda sa tête de mort dans la direction de Purcell.

— Tout l'monde sait qu'vous avez un bon petit cœur, Purcell, dit-il d'une voix sardonique, et qu'les Noirs, vous en raffolez. Mais moi, j'vais vous dire, les sentiments des Noirs, j'm'en fous. Les Noirs, ils comptent pas pour moi. Ils m'intéressent pas du tout. La seule chose où j'les trouvais un peu utiles, c'était la pêche. Et ça, justement, c'est fini. Alors, à quoi ils servent? A rien. Des bouches inutiles, voilà ce qu'ils sont. En ce qui m'concerne, ils pourraient foutre leurs damnées carcasses sur un radeau et aller s'noyer quèque part entre c'te île et Tahiti qu'ça m'ferait ni chaud ni froid.

— On a été bien contents de les trouver pour manœuvrer le *Blossom,* dit le petit Jones en carrant les épaules. S'y avait pas eu les Noirs, on serait jamais arrivés jusqu'ici.

— Sûrement! dit Johnson.

Tous les yeux se tournèrent en même temps vers Johnson. Il avait approuvé à voix haute une critique adressée à Mac Leod par la minorité.

L'étonnement redoubla quand il se leva. Il se tint un instant debout, gauche, les pectoraux affaissés et son petit ventre maigre faisant saillie. Il frottait d'un air hésitant les plaques pourpres de sa barbe.

— Faut m'excuser, dit-il de sa voix grêle et tremblée, au train qu'ça va, ça menace d'être long, c'te discussion. Faut que j'me tire. J'ai du bois à couper pour ma femme.

— Assieds-toi, dit Mac Leod. Ta femme attendra.

— J'ai promis d'lui couper, reprit Johnson en continuant à frotter sa barbe et en se dégageant par degrés de son escabeau, et ce qui est promis est promis. J'suis pas l'homme à renier une promesse, ajouta-t-il en se redressant avec un effort pitoyable de dignité.

En même temps, par mouvements insensibles, et tout en continuant à faire face à l'assemblée, il reculait du côté de la porte.

— Assieds-toi, nom de Dieu, dit Mac Leod. Assieds-toi, j'te dis! On discute d'quelque chose d'important et on a besoin de tout l'monde!

— J'te donne ma voix, dit Johnson en continuant sa retraite par petits pas à peine visibles, ses pieds traînant sur le plancher. Ce qui est promis est promis, reprit-il avec un éclat de voix dérisoire et en mettant la main sur le loquet de la porte. Et quand l'vieux Johnson a fait une promesse, il n'est pas l'homme à s'dérober.

— J'vois c'qui t'tient, dit Smudge en ricanant. T'as peur que ta roulure te foute une raclée.

Johnson pâlit, se redressa et dit d'une voix assez ferme :

— J'permets à personne d'parler de ma femme comme ça.

— J'vais m'gêner, dit Smudge. En attendant, reviens t'asseoir, ou j'vais t'chercher.

Et il se leva. Au même instant, Baker se pencha et donna à Smudge une petite tape au-dessus du genou avec l'index.

— Fous-lui la paix, dit-il sans hausser la voix, ses yeux noirs, étincelants, fixés sur lui. Vous avez sa voix, ça devrait vous suffire.

Il y eut un silence qui, en se prolongeant, devint presque insupportable, tant la situation était singulière. Les deux hommes qui s'étaient levés étaient tous deux immobiles. Johnson, la main sur le loquet de la porte, changé en statue par le regard de menace qu'une seconde auparavant Smudge lui avait lancé. Et Smudge lui-même, pâle et rageur, pétrifié, à son tour, par les yeux de Baker.

— Assieds-toi, Smudge, dit tout d'un coup Mac Leod d'une grosse voix bonasse, et toi, Johnson, va casser son bois à ton Indienne, personne t'en voudra pour ça.

Son arbitrage sauvait la face à son lieutenant et en même temps retirait à Baker le bénéfice de son intervention. Smudge s'assit, et parut, en s'asseyant, se ratatiner sur son escabeau, son visage de rat comme aplati et rapetissé par la peur.

— Merci, Mac Leod, dit Johnson, ses yeux rouges et larmoyants fixés sur l'Ecossais avec gratitude.

Et il sortit, humble, courbé, traînant les pieds, sans un regard pour Baker.

— On parlait des Noirs, dit Jones en fronçant les sourcils sur son petit nez.

Il était fier de sa dernière intervention et désirait la rappeler.

— Mac Leod, dit Purcell, si les Tahitiens nous ont suivis jusqu'ici, c'est par amitié et parce qu'ils voulaient partager notre aventure. On ne peut pas les priver de leur part de terre, ce n'est pas possible.

— Ils ont calé pendant l'grain! s'écria Smudge, reprenant d'un seul coup toute sa virulence. Et ça, j'l'oublierai jamais! Tout seuls, on a dû monter dans l'gréement! Ils ont rien dans l'ventre, ces salauds! A eux six, ils ont pas plus de tripes qu'un poulet!

— J'vois pas que ce soye à toi d'parler de tripes, dit Baker.

— Et parlant d'tripes, dit Jones aussitôt, c'est pas toi qui t'baignerais au milieu des requins, comme ils font. Ni moi non plus.

Il se palpa les biceps d'un air sévère et regarda à la ronde. Il lui avait bien rivé son clou, à Smudge.

— Jones a raison, reprit Purcell. Nous n'avons pas peur d'un coup de temps, et les Tahitiens n'ont pas peur des requins. Le courage, c'est affaire d'habitude. Et d'ailleurs, il n'est pas question de les juger, mais de leur donner des terres. Depuis que vous avez décidé de leur voler leur part, vous leur découvrez tous les défauts. Ils sont lâches, ils sont paresseux... C'est ridicule. La vérité, c'est que vous ne voulez pas admettre qu'ils ont les mêmes droits que vous.

Mac Leod écarta lentement ses bras démesurés, empoigna de ses longues mains maigres les deux coins opposés de la table, et dit sur le ton de l'exaspération :

— Je m'fous de leurs droits. Vous entendez, Purcell, je m'fous de leurs droits. Le poisson aussi, il a le droit de vivre avant qu'on le pêche, et ça m'empêche pas d'le crocher. Si on partageait la terre avec les Noirs, ça ferait quinze parts : à peine un peu plus d'une acre chacun. Moi, j'dis, c'est pas possible. Il m'faut deux acres pour vivre à l'aise et manger tout mon saoul, ma femme, moi, et mes rejetons, si j'en ai. Faut penser à l'avenir. J'vais pas m'amuser à faire l'généreux avec des gars qui m'font pas cadeau d'un poisson.

— Il n'est pas question de faire ou de ne pas faire le généreux. Vous les frustrez!

— Bon! dit Mac Leod en soulevant ses deux mains et en les laissant retomber avec force sur la table. Bon. C'est entendu. Je les frustre. Alors?

Il y eut un silence et Purcell dit, la gorge serrée :

— C'est la guerre! Vous ne comprenez pas?

— Alors? dit Mac Leod du même ton exaspéré. Ils m'font pas peur. Nous avons des fusils. Eux pas.

Purcell le regarda dans les yeux.

— C'est horrible, ce que vous venez de dire, Mac Leod.

Mac Leod eut un petit rire, et dit avec une voix que la colère faisait vibrer :

— J'ai bien de la peine pour vos petits sentiments, Purcell, mais si vous n'avez plus rien à dire, on pourrait peut-être passer au vote.

Purcell se redressa.

— On va passer au vote, dit-il d'une voix coupante, et je vais vous dire comment ça va se passer. Smudge votera pour vous, parce qu'il est de votre avis; Johnson vous a donné sa voix, parce qu'il a peur de Smudge; Hunt, parce qu'il ne comprend pas. Et White, qui n'est probablement pas de votre avis, s'abstiendra par amitié. Cela vous fera donc quatre voix contre trois. Il n'y a plus d'assemblée dans cette île, Mac Leod, il y a une tyrannie : la vôtre. Et je ne la supporterai pas plus longtemps.

— Qu'est-ce que c'est que cette chanson? dit Mac Leod.

— Laissez-moi parler, dit Purcell en se levant, vous êtes en train de commettre une folie et je ne veux pas m'y associer. Je manque de mots pour qualifier ce que vous allez faire. C'est... c'est... c'est... indécent! Et tout ça, pour avoir une acre de plus! ajouta-t-il avec un brusque éclat de voix. Je ne prendrai pas part au vote, Mac Leod, ni à celui-ci, ni aux autres. A partir de cette minute, je ne fais plus partie de l'assemblée.

— Moi de même, dit Baker. J'suis dégoûté de vos micmacs. Et j'serais bien content de plus vous voir de si près, toi et ton petit enfant de chœur.

— Moi pareil, dit Jones.

Il chercha quelque chose d'acéré à ajouter, mais ne trouva rien, et se contenta de froncer les sourcils.

— J'vous retiens pas, dit Mac Leod avec flegme. Vous êtes libres comme l'air. Parlant de sentiments, j'me rappelle pas que mon cœur se soye jamais mis à battre en apercevant l'gars Baker, et p'tête bien qu'avec l'temps j'me consolerais de plus l'voir. Mais laissez-moi vous dire, Purcell, reprit-il tout d'un coup avec une chaleur subite, que vous savez pas de quoi vous causez et qu'une acre, c'est une acre. P'tête pas pour vous qu'avez jamais manqué de rien. Mais moi, j'vais vous dire, si seulement ma mère avait eu une acre de plus, j'aurais mangé à ma faim, étant gosse, et ma vieille, elle se serait pas crevée à la peine. Bon. J'dis ça, ça n'intéresse personne. Vous voulez partir, vous partez. P'tête que j'vais pleurer un bon petit coup sur l'épaule de Smudge quand vous serez partis, mais j'me ferai une raison. D'accord, reprit-il, vous partez. On tirera les lopins au sort, et on vous fera dire par White où sont les vôtres. Vous pouvez vous fier à Mac Leod. Tout se passera dans les règles. Les Noirs, c'est les Noirs, et les Blancs, c'est les Blancs. Et j'ferais pas tort d'un pouce carré à un gars de ma couleur, tyrannie ou pas tyrannie.

Purcell marcha vers la porte, pâle et tendu. Son jeu était vide. Il n'avait pas un seul atout. Quitter l'assemblée était la seule chose qu'il pouvait faire, et bien que cette démission lui fît du bien, son efficacité était nulle.

— Au revoir, Purcell, dit Mac Leod comme Purcell atteignait la porte, Jones et Baker sur ses talons.

Purcell le regarda, surpris du ton. Chose bizarre, il y avait, à cette seconde, du regret dans les yeux de Mac Leod. « Il va s'ennuyer, pensa Purcell. Ça le passionnait de diriger l'assemblée contre moi. Plus d'opposition, plus d'assemblée, c'est clair. Je lui ai cassé son joujou. »

— Au revoir, dit Purcell après une seconde de silence. Si vous désirez refaire une assemblée, vous connaissez mes conditions.

— J'les connais et j'en veux pas, dit Mac Leod avec majesté.

Purcell avait à peine conscience du bon soleil qui lui chauffait la poitrine. Il était furieux, fou d'inquiétude. Baker marchait à sa droite, et le petit Jones, à la droite de Baker.

— Eh bien, ça y est! dit Jones au bout d'un moment.

Purcell ne répondit pas. Baker hocha la tête et

le petit Jones dit d'une voix joyeuse et excitée :

— Eh bien, qu'est-ce qu'on fait maintenant? On forme une deuxième assemblée?

Baker lui donna un petit coup de coude dans le bras.

— C'est ça. Purcell sera le leader. Toi, l'opposition. Et moi, je m'abstiens.

— Je parlais sérieusement, dit Jones en fronçant les sourcils.

— Et moi, dit Baker, j'suis pas sérieux?

On arrivait devant la cabane de Mason, et Jones dit d'un air boudeur :

— Je vais prendre la rue de l'Alizé. J'rentre chez moi. J'vous quitte.

— Reste avec nous, Ropati, dit Baker en souriant. Tu feras l'tour par *East Avenue*. Reste donc, reprit-il en le prenant par le bras. (Et Jones, aussitôt, fit saillir son biceps.) Reste donc. Tu t'imagines pas comme je m'instruis en t'écoutant.

— Ferme-la.

— Pourquoi « ferme-la »?

— Ferme-la, sale type.

— Quel langage, dit Baker d'un ton pincé. Cette île est pleine de gens vulgaires. J'vais la quitter.

— Tu vois cet énorme poing? dit Jones en le brandissant sous son nez.

— J'ai des yeux et je vois, dit Baker d'un air pieux.

— J'vais t'le flanquer dans les côtes.

— J'mets aux voix cette proposition, dit Baker en prenant l'accent écossais. Un vote est un vote, fils, et tout va s'passer dans les règles. Proposition Ropati. Qui est pour?

— J'suis pour, dit Jones.

— Moi, contre. L'ange Gabriel aussi.

— Chut!
— Il entend pas. Il a des oreilles et il entend pas.
— Amen, dit Jones. Où en est l'vote?
— Deux voix contre. Une voix pour. Proposition Ropati rejetée. La loi est la loi.
— Qui viole la loi sera pendu.
— Bien dit, fils, dit Baker.
Il reprit son ton normal.
— J'suis bien content d'plus fréquenter ces deux-là. S'y avait une autre île en face de celle-ci, j'irais m'installer dessus.
— De quoi parlez-vous? dit Purcell tout d'un coup en relevant la tête.
— D'une autre île en face de celle-ci.
— Mac Leod voudrait la conquérir, dit Jones.
— Ecoutez, dit Purcell, j'ai à vous faire une proposition.
— Qu'est-ce que j'avais dit? s'écria Jones, ses yeux de porcelaine brillant de gaieté, on forme une autre assemblée!
— Voilà ce que j'ai à vous proposer, reprit Purcell.
Il s'arrêta et les regarda l'un après l'autre.
— On va trouver les Tahitiens et on partage nos terres avec eux.
— Vous voulez dire nos trois lopins? dit Baker en s'arrêtant. Ça fera pas lourd pour chacun.
— Deux tiers d'acre.
Il y eut un silence. Baker regardait le sol, son visage brun soudain sérieux et tendu.
— Quelle honte! dit-il au bout d'un moment. Mac Leod et sa clique auront deux acres chacun, et les Tahitiens et nous, deux tiers d'acre!
Il reprit :
— Des riches et des pauvres. Déjà.

— Vous pouvez dire non, dit Purcell.

— Je n'ai pas dit que je dirais non, dit Baker, l'air renfrogné.

Il recommença à marcher et dit au bout d'un moment :

— Mais ça m'ennuie de penser que mes enfants seront des enfants de pauvre.

Il fit halte et, levant le visage au ciel, il s'écria tout d'un coup d'une voix tonnante, ses yeux bruns étincelant de colère :

— Et tout ça à cause de ces salauds!

La phrase monta en crescendo jusqu'à « salauds » qui fut hurlé avec une violence incroyable.

Il y eut un silence et Baker dit :

— Je m'excuse.

— Je suppose que vous vous sentez mieux, dit Purcell.

— Bien mieux. Allons-y maintenant.

— Où donc? dit Jones.

— Dire aux Noirs qu'on partage.

— Mais je n'ai pas dit mon avis, dit Jones.

— Dis-le.

— J'suis pour, dit Jones. Trois voix pour. Proposition Purcell adoptée.

Et il se mit à rire. Baker regarda Purcell et ils échangèrent un sourire.

La sieste quotidienne des Tahitiens finissait à peine quand les trois Britanniques arrivèrent devant la cabane. Les Tahitiens se couchaient fort tard le soir et se levaient très tôt le matin, mais coupaient d'un somme de trois ou quatre heures le milieu du jour. C'était cette habitude qui avait accrédité auprès des Anglais l'idée qu'ils étaient « paresseux ».

La paroi coulissante de la vaste cabane était

largement ouverte au sud. Purcell, en s'approchant, les voyait distinctement s'étirer et se détendre après leur somme. Les Tahitiens avaient aussi dû les voir, mais à l'exception de Mehani qui s'avançait déjà vers eux dans *Cliff Lane,* un sourire aux lèvres, aucun d'eux ne les avait salués, ni ne paraissait même les voir.

Comme ils avançaient, Tetahiti sortit sur le vaste terre-plein qui s'étendait devant leur cabane et, saisissant une hache, se mit à fendre des souches. Purcell admira la longue ligne de son corps athlétique quand la hache montait au bout de ses deux bras. Sa silhouette se tendait en arrière comme un arc. Une seconde, hache et corps restaient suspendus dans l'air, puis retombaient en demi-cercle avec la vitesse d'un coup de fouet. Le mouvement était si rapide que la hache paraissait laisser une trace bleue sur le ciel gris argent.

Purcell s'arrêta à deux mètres sans que Tetahiti consentît à s'interrompre. La courtoisie des Tahitiens comporte, en contrepartie, tout un jeu de petites insolences. Celle-ci était marquée. Purcell s'en irrita et dit avec sécheresse :

— Tetahiti, je désire te parler. C'est important.

Cette brusquerie peritanienne était inhabituelle chez Adamo, et Tetahiti comprit qu'il était blessé. Il eut un peu honte de l'avoir offensé sans provocation, retint sa hache au moment où elle allait s'élever dans l'air, et la posa à terre. Puis il fit un geste du côté de la cabane pour appeler l'attention de ses frères, s'assit sur une des souches qui l'entouraient, et fit signe aux trois *Peritani* de se choisir un siège parmi elles. C'était une demi-courtoisie. Il acceptait l'entretien, mais il ne les priait pas d'entrer et s'asseyait avant eux.

Purcell fut un instant avant de parler. Il n'avait jamais eu beaucoup d'intimité avec Tetahiti. La froideur de son apparence le déconcertait. Tetahiti était aussi grand et musclé que Mehani, mais à trente ans à peine, toute trace de jeunesse avait disparu de son visage. Deux plis profonds se creusaient de chaque côté de sa bouche, une ride verticale barrait son front entre ses sourcils, et ses yeux, abrités par de lourdes paupières, n'avaient pas la douceur de ceux de Mehani.

Purcell débuta par des banalités polies sur le temps qu'il faisait, le temps qu'il allait faire, la pêche et la récolte. Baker et Jones prirent place derrière lui, résignés d'avance à une longue et, pour eux, incompréhensible palabre. Et tandis que Purcell parlait, Mehani vint s'asseoir devant lui et à la droite de Tetahiti. Les coudes reposant sur ses genoux, emmêlant et démêlant ses doigts, il baissait la tête, les yeux fichés à terre. Ohou et Timi se postèrent à gauche de Tetahiti, mais un peu en retrait. Quant à Mehoro et Kori qu'une amitié étroite unissait depuis que Kori, à bord du *Blossom,* avait failli tuer Mehoro, ils ne quittèrent pas le bord de la cabane sur lequel ils étaient assis, leurs jambes pendant dans le vide.

— Tetahiti, dit enfin Purcell, il se passe quelque chose de très grave. Ouili, Ropati et moi, nous avons quitté l'assemblée des *Peritani*.

Tetahiti inclina légèrement la tête. Cela voulait dire : « Je suis honoré de cette confidence. » C'était une politesse, mais une politesse qui marquait les distances. Sous les lourdes paupières, ses yeux attentifs ne quittaient pas Adamo, mais sans exprimer l'impatience d'en savoir davantage.

— L'assemblée a décidé de partager les terres,

reprit Purcell, le partage est injuste, et c'est pourquoi nous avons quitté l'assemblée.

Tetahiti resta silencieux. Son visage ne marquait ni intérêt ni étonnement.

— L'assemblée, dit Purcell d'une traite, a décidé de partager les terres en neuf au lieu de les partager en quinze.

Purcell avait les yeux fixés sur Tetahiti et il perçut plutôt qu'il ne vit le mouvement des Tahitiens. Il n'y eut rien de précis, ni exclamation, ni geste. Seulement une tension subite. Tetahiti lui-même ne bougea pas, mais ses yeux devinrent plus durs.

— Le *Squelette,* reprit Purcell, propose que les Tahitiens travaillent sur les terres des *Peritani* et qu'ils soient payés en nature.

Tetahiti eut un petit rire de dérision et ce fut tout.

— Cette proposition est offensante, dit Ohou en bondissant sur ses pieds. Nous ne sommes pas les domestiques des *Peritani*.

Ohou était grand et fort avec un visage naïf. Il n'ouvrait presque jamais la bouche et laissait d'ordinaire à Timi le soin d'exprimer son opinion. Son intervention surprit, tant on le tenait pour incapable de parler en public. On attendit la suite, non sans curiosité. Mais ce fut tout. Les deux phrases qu'Ohou avait prononcées avaient épuisé toute son éloquence. Et lui-même en se rasseyant, éprouva de la honte d'avoir pris le premier la parole, et pour parler si mal. Il savait qu'il ne possédait pas ce don poétique qui, à Tahiti, est la première vertu d'un politicien.

— Ta parole est vraie, Ohou, dit Purcell. Cette proposition est offensante. Je l'ai répétée, parce que le *Squelette* l'avait faite. Quant à moi, j'ai une autre proposition à faire.

Il étendit les deux bras de part et d'autre de son corps pour englober Jones et Baker.

— Je propose de partager avec vous nos trois parts.

Il y eut un silence et Tetahiti ouvrit enfin la bouche :

— Ce n'est pas juste, dit-il enfin d'une voix basse et profonde. Ouili, Ropati et Adamo, cela fait trois. Nous, Tahitiens, nous sommes six. Nous aurions trois parts pour neuf. Eux, ils auraient six parts pour six.

Il n'avait pas eu un mot de remerciement pour Purcell. Et maintenant il se taisait, comme s'il attendait une autre proposition. Purcell restant lui aussi silencieux, il y eut un instant de gêne.

Mehoro, se détachant de Kori, se leva, vint s'accroupir à côté de Tetahiti, levant les yeux vers lui comme pour lui demander la parole. Mehoro avait un visage large et rond, plein de gaieté et de franchise.

Tetahiti abaissa ses lourdes paupières en signe d'assentiment.

— Toi, Adamo, dit Mehoro en se redressant, et toi, Ouili, et toi aussi, Ropati, vous n'avez pas la main pleine de sang glacé. C'était généreux de dire : nos trois parts sont à vous. A moi, votre offre était très agréable. Mais la parole de Tetahiti est vraie : ce n'est pas juste. Pourquoi le *Squelette* aurait plus de terre qu'Adamo, ou que Ropati, ou que Mehoro? reprit-il en posant sa large main sur ses pectoraux carrés. Non, non, ce n'est pas juste.

Il avait parlé avec beaucoup de force et reprit sa respiration comme s'il était essoufflé.

— A Tahiti, reprit-il, quand un chef a commis une injustice, on va le trouver tous ensemble et on lui dit : « Tu as fait la chose qu'il ne faut pas. Et maintenant il faut la défaire. » Et on attend une lune. Et si au bout de ce temps, le chef n'a pas réparé sa faute, deux hommes viennent la nuit et fichent un javelot dans la porte de sa hutte. Et après cela, on attend encore une lune. Et si au bout d'une lune, le chef n'a rien fait, on vient la nuit autour de sa hutte, on y met le feu, et quand il sort, on le tue.

— Et si le chef a des amis? dit Purcell au bout d'un moment.

— S'ils n'ont pas quitté le chef, on les tue aussi.

— Et si le chef a beaucoup d'amis et qu'ils se défendent?

— Alors, c'est la guerre.

— Et comment met-on fin à la guerre?

— Quand le chef et tous ses amis sont tués.

— Ça fait beaucoup de sang, dit Purcell.

Il regarda Tetahiti et dit d'une voix calme :

— Pour moi, je pense qu'il ne faut pas verser le sang.

Tetahiti souleva avec lenteur ses lourdes paupières, braqua ses yeux sur Adamo et dit avec solennité comme s'il rendait un verdict :

— Alors, tu es l'ami du mauvais chef.

— Je ne suis pas son ami, dit Purcell avec force. J'ai quitté l'assemblée *Peritani* pour montrer que je le désapprouvais. Et je suis venu partager ma terre avec toi.

Tetahiti inclina la tête.

— Adamo, dit-il, tu es un homme bon. Mais il ne suffit pas d'être bon. Tu dis : « Je partage avec vous l'injustice. » Mais cela ne supprime pas l'injustice.

Il y eut un murmure d'assentiment. Quand il fut

apaisé, Mehani dénoua ses mains, les posa sur ses genoux et dit :

— La parole de mon frère Tetahiti est vraie. Cependant, il n'est pas exact qu'Adamo soit l'ami du mauvais chef. Il a lutté contre lui par son courage, par ses paroles et par sa ruse. Depuis le début, il a lutté contre lui. Il ne faut pas détourner la tête de mon frère Adamo parce qu'Adamo ne veut pas verser le sang. Adamo a des idées de *moá* sur le sang. Moi, Mehani, fils de chef, je me découvre l'épaule devant Adamo, reprit-il en se levant.

Il se redressa de toute sa taille, prit une inspiration profonde, puis il reposa le poids de son corps sur sa jambe droite, et se tint immobile, ses deux bras ronds et musclés tombant le long de ses flancs, sa tête penchée sur le côté, détendu et majestueux comme une statue.

Il reprit :

— Hommes, il ne faut pas juger Adamo comme on jugerait un autre *Peritani*. Il est venu beaucoup de *Peritani* dans la grande île de Tahiti, mais personne n'avait les cheveux plus dorés, les yeux plus clairs, ni les joues plus roses qu'Adamo. « Regardez, hommes, les joues roses d'Adamo! » s'écria Mehani avec un mouvement élégant de la main et de tout son corps, comme si le teint transparent de Purcell avait été, à lui seul, le garant de son intégrité.

L'argument parut à Purcell ridiculement hors sujet, mais il fit de l'effet sur les Tahitiens. Ils regardèrent les joues de Purcell avec une sorte de considération et cette considération parut redoubler quand Purcell rougit.

— Et maintenant, reprit Mehani, cet homme dont les joues sont semblables à l'aurore est venu nous trouver et il dit : « Je partage ma terre avec vous. » A moi aussi, Mehani, fils de chef, cette offre est agréable. Ce n'est pas la justice. Mais c'était agréable.

Il fit un geste large et élégant de la main qui rappelait Otou et dit en scandant ses mots comme s'il chantait un poème :

— Adamo n'a pas apporté la justice. Mais il a apporté l'amitié.

Sa main retomba le long de son corps en même temps qu'il fléchissait le genou, et il s'assit dans le prolongement gracieux de son geste. « Bien dit! » dit Mehoro avec chaleur et Kori répéta : « Bien dit! » en écho. Puis Kori se leva, et balançant ses longs bras de gorille, il vint s'asseoir à côté de Mehoro, son épaule contre la sienne.

Timi se dressa. Et aussitôt Purcell sentit une menace dans l'air. Par l'apparence, pourtant, Timi n'avait rien de menaçant. Il était le plus petit, le plus mince et, à coup sûr, le plus beau des Tahitiens. Son visage imberbe était éclairé par des yeux d'antilope, longs, fendus, remontant vers les tempes et ombragés de longs cils touffus comme des feuilles. L'iris était si large qu'il occupait presque toute la fente, ne laissant que peu de place, dans les deux angles, au blanc bleuté de l'œil. Cette conformation donnait à son regard une douceur mélancolique, mais qu'on n'avait pas souvent l'occasion d'admirer, Timi tenant le plus souvent ses paupières baissées comme une vierge.

— Mehani, commença-t-il d'une voix basse et flûtée, a dit et n'a pas dit qu'Adamo était *moá.* Et peut-être, c'est vrai qu'Adamo est *moá.* Peut-être Ouili aussi est *moá.* Peut-être aussi, Ropati. Peut-être y a-t-il beaucoup de *moás* chez les *Peritani*...

L'insolence de ce début était manifeste, et plus manifeste encore, l'affectation que mettait Timi à ne pas regarder Adamo. Celui-là est un ennemi, pensa Purcell.

— Les trois *Peritani* qui sont là, reprit Timi sans en regarder un seul, viennent dire : « A vous, Tahitiens, on a fait une injustice. Nous protestons contre cette injustice. Et nous partageons nos terres avec vous. » Et nous, Tahitiens, nous disons : « Ce partage-là n'est pas la justice. Nous n'en voulons pas. » Alors, ces trois *Peritani* s'en vont, et ils prennent leurs terres et les cultivent. Et nous, nous n'avons pas de terre.

Timi leva le bras droit, tendit la main devant lui et écarta les doigts. L'effet de ce geste fut saisissant. On eut l'impression qu'il avait de la terre dans ses mains et qu'elle coulait entre ses doigts.

— Ainsi, reprit-il, les doigts toujours écartés, ces trois *Peritani* jouissent de leurs terres et nous, nous n'avons rien.

Il laissa retomber la main le long de son corps et ajouta avec une ironie mordante :

— Cependant, ces trois *Peritani* protestent contre l'injustice.

Il fit une pause, et regardant Kori et Mehoro comme s'il cherchait spécialement à les convaincre, il reprit avec la même ironie dans la voix :

— Au moment du partage des femmes, ces trois *Peritani* ont aussi protesté. C'était agréable de les voir protester, parce qu'ainsi on voyait bien qu'ils étaient nos amis. Cependant, les protestations n'ont rien fait. Et après les protestations, les six Tahitiens ont eu trois femmes pour six. Et ces trois *Peritani* ont eu une femme chacun.

Timi s'assit et Purcell admira avec quel art il avait

laissé entendre qu'après avoir protesté contre l'injustice, les trois *Peritani* en profitaient...

Purcell leva les yeux et rencontra, fixés sur lui, ceux de Kori et de Mehoro. Ils étaient amicaux et l'encourageaient à répondre. Purcell regarda alors Tetahiti. Lui aussi attendait sa réponse. Quant à Mehani, le nez en l'air, les yeux mornes, il bâillait à se décrocher la mâchoire pour témoigner en quelle piètre estime il tenait le discours de Timi. « Se pourrait-il, pensa Purcell, que ce discours m'ait fait plus de bien que de mal aux yeux des autres? »

— Timi, dit Purcell en se redressant, ce que tu as dit revient à dire : tous les *Peritani* sont mauvais, et les trois *Peritani* qui sont là, sont aussi mauvais que les autres. Et en plus, ils sont hypocrites.

Purcell fit une pause comme pour laisser le temps à Timi de protester contre la pensée qu'il lui prêtait. Mais Timi ne broncha pas. Il était assis en tailleur sur le sol à la droite de Tetahiti et regardait ses genoux.

— Timi, reprit Purcell, si c'est cela que tu penses, ta pensée n'est pas juste. Ainsi, pour le partage des femmes, la justice aurait été de dire : que chacune choisisse son *tané*. Mais dans ce cas, tu le sais bien, Ivoa m'aurait choisi; et Avapouhi aurait choisi Ouili. Et Amoureïa aurait choisi Ropati. Ainsi, tu le vois, pour les femmes, rien n'aurait changé.

Il fit une pause et dit d'une voix nette :

— Nous n'avons pas profité de l'injustice.

Kori et Mehoro hochèrent la tête et Mehani sourit. Quant à Tetahiti, il tourna à peine la tête du côté de Timi et dit d'un ton ferme, dédaigneux, mais sans hausser la voix :

— La parole d'Adamo est vraie. Les femmes qu'il a dit auraient bien choisi les *Peritani* qui sont là. Sur ce point il n'y a pas de raison de durcir son cœur contre eux.

Il fit une pause et il reprit :

— Il faut veiller à traiter Adamo avec justice. Peut-être un jour, moi, Tetahiti, je serai obligé de traiter Adamo en ennemi pour la raison que j'ai dite et que je vais redire dans un instant. Mais il ne faut pas l'oublier : Adamo parle notre langue. Adamo nous aime. Adamo est poli comme l'ombrage. Adamo, reprit-il avec une brusque bouffée de poésie, est plus doux que l'aurore qu'il porte sur ses joues. En outre, il ne veut pas l'injustice.

Il fit une pause. Son visage se ferma peu à peu, et il reprit :

— Cependant, Adamo ne veut pas agir pour empêcher l'injustice. C'est en cela qu'il est, comme je l'ai dit, l'ami du mauvais chef. Et l'ami du mauvais chef n'est pas le nôtre.

Purcell avala sa salive et dit d'une voix sans timbre :

— Je suis prêt à agir s'il y a une autre manière d'agir que celle que Mehoro a décrite.

Tetahiti répondit, les yeux détournés :

— Juges-en toi-même : il n'y a pas d'autre manière.

— Est-ce l'opinion de tous? reprit Purcell au bout d'un moment.

— Que celui qui ne pense pas ainsi le dise, dit Tetahiti.

Le regard de Purcell fit lentement le tour des Tahitiens. Aucun n'ouvrit la bouche. Mehani était immobile, le poignet droit serré dans sa main gauche, les yeux fichés à terre, le visage résolu. Lui aussi était d'accord avec Tetahiti.

— Je prie l'*Eatua* qu'il n'y ait pas de guerre, dit Purcell.

Il y eut un silence et Tetahiti dit avec gravité :

— S'il y a la guerre, tu devras choisir ton camp.

Purcell se leva.

— Je ne porterai pas d'arme, dit-il d'une voix sourde. Ni contre le mauvais chef. Ni contre vous.

Les lourdes paupières de Tetahiti s'abaissèrent sur ses yeux. Il saisit la hache qu'il avait déposée à ses pieds, se leva, et tournant le dos à Purcell, se remit à fendre les souches.

CHAPITRE X

Quand Mason avait fait la première fois en chaloupe le tour de l'île, il avait remarqué à l'est une petite anse. Elle était fermée du côté de la terre par le demi-cercle abrupt de la falaise, et défendue, du côté de l'océan, par une ceinture d'écueils. Au fond de cette petite baie s'étendait une plage de sable noir, inaccessible par bateau, et de l'intérieur de l'île, accessible seulement au moyen d'une corde qu'on attachait à la base d'un banian et qu'on laissait pendre le long de la paroi de basalte. Les Britanniques appelèrent cette crique *Rope beach,* du nom de la corde qui permettait de l'atteindre.

C'est cette crique que la minorité choisit comme lieu de pêche quand chaque clan se mit à pêcher pour son compte. Par un accord tacite, la majorité et les Tahitiens la lui abandonnèrent. La descente, et surtout la montée, étaient laborieuses, mais la baie était fort poissonneuse, et tournée vers l'est, elle recevait les premiers rayons du soleil et se trouvait abritée du noroît par sa falaise. Baker et Jones pêchaient en eau calme sur les côtés de la crique, mais Purcell préférait pêcher sur une des pointes, à un endroit balayé par un ressac prodigieux. Ayant failli, le premier jour, se faire emporter par une lame, et n'ayant dû la vie qu'à un rocher qui se trouvait entre l'océan et lui, et contre lequel la lame, en se retirant, l'avait plaqué avec violence, il prenait maintenant la précaution de passer un filin autour de sa taille et d'en attacher l'extrémité à un piton rocheux à quelques mètres derrière lui.

Purcell pêchait depuis deux heures, assez heureux, pour une fois, de n'avoir à parler à personne. L'île était une petite île, le village, un petit village. On vivait les uns sur les autres. Et depuis les récents événements, sa maison était pleine de *vahinés* qui venaient aux nouvelles, et en apportaient elles-mêmes, vraies ou fausses.

Purcell tira sur sa ligne et la laissa filer de nouveau. Au village, on étouffait maintenant. Il avait l'impression que l'état de tension qui régnait dans l'île avait encore restreint ses dimensions. Quand il descendait à *Blossom Bay*, il se surprenait à regarder avec envie les chaloupes du *Blossom*, rangées et amarrées sous une grotte à l'abri du soleil. Ivoa avait dû avoir la même idée, car elle lui avait demandé la veille à quelle distance était la terre la plus proche. Mais non, c'était impossible, cinq cents milles marins, dans une chaloupe, avec une femme proche de son terme. Seul, il aurait peut-être essayé. « L'île est une prison, pensa Purcell avec un brusque accès de découragement. Nous avons échappé à la pendaison, mais pas à la prison à vie. »

Une fois encore, il laissa dévorer son appât. Il rêvait trop. Il dut réamorcer, recula de quelques pas, et pour donner moins de prise au vent, il s'assit derrière un rocher. A l'endroit où quelques minutes auparavant il avait jeté une tête de poisson, des puces de mer s'agitaient. Elles étaient toutes en petites pattes dures et avides sous des corps ovoïdes, d'un beige douteux. C'était une mêlée affreuse. Elles grouillaient avec un vrombissement infini, se montaient les unes sur les autres, s'estropiaient et s'entre-tuaient pour se disputer ce festin. De toute évidence, leur cruauté était inutile. La tête de poisson était un gros morceau, il y en avait bien assez pour toutes, il leur faudrait plusieurs heures pour nettoyer leur proie. Purcell les regarda un moment, plein de dégoût, n'osant même pas les repousser de son pied. Comme ces insectes étaient antipathiques! Ils n'étaient rien d'autre qu'une bouche et une carapace. Rien de vulnérable en eux, rien d'humain. Une dureté sans bornes. Une avidité qui ne connaissait même pas les limites de son intérêt.

Purcell sentit une main sur son épaule. Il se retourna. C'était Mac Leod.

— Je vous ai appelé, cria l'Ecossais d'un air d'excuse en retirant sa main. Mais avec ce vent...

Purcell était si surpris de voir Mac Leod sur son terrain de pêche qu'il ne trouva rien à répondre.

— J'ai à vous parler, dit Mac Leod.

— Bon, dit Purcell. Ne restons pas ici. Vous risqueriez d'être emporté.

Et sautant de rocher en rocher, il gagna une petite grotte qui s'ouvrait à côté du piton où il avait attaché son filin de sécurité. Mac Leod le suivit et quand Purcell eut pris place à l'entrée de la grotte, il s'assit à un mètre de lui, les yeux fixés sur la mer.

— C'est pas parce que vous avez quitté l'assemblée qu'on est fâchés? dit-il enfin en regardant Purcell d'un air interrogateur.

— Je ne suis fâché avec personne, dit Purcell.

— Je suis allé chez vous, enchaîna aussitôt Mac

Leod. C'est vot' femme qui m'a dit qu'vous étiez à *Rope beach*. C'est pas mal, vot' coin, reprit-il d'un air de doute en jetant un regard circulaire sur la baie. Du moins pour des gars qu'aiment faire les gabiers au bout d'un filin. Très peu pour moi. J'en ai fait trente ans, de c'te exercice, et c't'un miracle que j'y aie pas laissé mes os.

Détendu, tout à fait à l'aise, présentant à Purcell son profil d'aigle déplumé, il avait appuyé son dos contre un rocher arrondi, et jeté devant lui, avec négligence, ses longues pattes d'araignée. Son pantalon rayé rouge et blanc était rapiécé aux genoux avec de larges carrés de toile de voile et le disputait en saleté au tricot blanc qui moulait ses côtes.

— J'ai vu vot' nouvelle paroi coulissante, reprit Mac Leod. Vu qu'j'étais chez vous, j'me suis permis d'y jeter un coup d'œil.

Il ajouta après réflexion :

— Vous y tâtez, Purcell, pour un amateur. J'avais déjà remarqué ça, quand vous avez bâti vot' maison. Vous êtes le seul avec moi qu'a eu l'idée d'la construire à clins. Total : c'est la seule à être étanche, avec la mienne. Fallait quand même pas être malins, poursuivit-il en s'animant, pour foutre les bordés bord à bord, comme ils ont tous fait, vu qu'y avait pas de couvre-joint. Résultat : calfate comme tu peux, y aura toujours des courants d'air. Non, comme j'ai dit, y avait qu'le clin. Et sans compliment, vous y tâtez dans l'bois, Purcell.

Comme Purcell se taisait, il lui jeta un rapide coup d'œil de côté et enchaîna :

— Quant à vot' paroi coulissante, j'vais vous dire. On sent l'homme qu'a eu des principes. P'tête trop. Comme j'dis toujours, l'bon amateur, il travaille aussi bien qu'le pro. La différence, c'est qu'il va moins vite et qu'il respecte trop les règles. J'vais vous dire, Purcell, reprit-il d'un ton confidentiel et en se penchant vers lui, comme s'il allait résumer d'un mot le secret du métier, le fin du fin, c'est de violer une de ces damnées règles, et que ce soit aussi bien que si on l'avait pas violée.

— Je vous remercie du tuyau, dit Purcell.

— A vot' disposition. Et si vous avez besoin d'un outil, dites-le-moi. Y a les outils du *Blossom* et y a les miens, et ceux-là, j'les prête à personne. Mais j'ferai une exception pour vous, vu qu'vous êtes comme qui dirait de la partie.

C'était incroyable : Mac Leod lui prêter ses outils! L'énormité de la proposition ôta à Purcell l'usage de la parole. Il tourna la tête vers son compagnon. Mac Leod regardait l'horizon, les sourcils levés, la bouche entrouverte. Il paraissait lui-même tout surpris de son offre.

— Les Noirs sont venus me voir hier soir, reprit-il sans transition. Tous les six. Avec Omaata.

— Avec Omaata?

— Elle servait d'interprète.

— Ah! dit Purcell.

Et il se tut. Il n'y eut rien d'autre que ce « Ah! » et ce silence.

Mac Leod reprit :

— Vous vous doutez de c'qu'ils avaient à m'dire.

Purcell ne répondit pas et Mac Leod reprit :

— Bien entendu, j'ai dit « Non ». Alors, ils m'ont remis ce petit paquet et sont partis.

Mac Leod sortit le paquet de sa poche et le tendit à Purcell. C'était un faisceau de petits bâtonnets attachés par une liane.

— Savez-vous c'que ça veut dire?

— J'en ai une vague idée, dit Purcell, et il se mit à compter les bâtonnets.

— Vous fatiguez pas. Y en a vingt-huit.

Purcell ficela de nouveau les bâtonnets et les rendit à Mac Leod.

— A mon avis, cela veut dire qu'ils vous donnent une lune pour changer d'avis.

— Une lune?

— Vingt-huit nuits.

— Je vois, dit Mac Leod.

Il reprit au bout d'un moment :

— Et si j'ai pas changé d'avis?

— Ils viendront la nuit et ils planteront un javelot dans votre porte.

— Et alors?

— Ça voudra dire qu'ils vous donnent encore une lune.

— Et au bout de cette lune?

— Ils vous tueront.

Mac Leod siffla et mit les deux mains dans ses poches. Son visage resta impassible, mais quand il parla de nouveau, sa voix était légèrement détimbrée.

— Ils s'y prendront comment?

Il y eut un silence. Puis Purcell haussa les épaules et dit :

— Ne vous imaginez pas qu'ils vont venir vous défier en combat singulier. Ce n'est pas leur style. La guerre, pour le Tahitien, c'est une embuscade.

— On peut être deux à jouer ce jeu, dit Mac Leod.

Purcell se leva.

Il fit deux pas à l'intérieur de la grotte, le vent cessa, et aussitôt il sentit sur sa poitrine la chaleur du soleil. Elle avait dû être là depuis le début, mais la fraîcheur de la brise lui en avait dérobé la sensation.

— Jouer! dit-il au bout d'un moment. Si encore vous ne jouiez que votre vie.

— Y a que moi d'visé, non? dit Mac Leod d'un ton rogue.

Et comme Purcell se taisait, il reprit :

— Un massacre alors? C'est à ça qu'ils pensent, selon vous, Purcell?

— Ils n'y pensent pas, dit Purcell. Ce ne sont pas des Blancs. Ils ne pensent pas à ce qu'ils vont faire et ils n'en discutent pas entre eux. Ils se livrent à leurs émotions. Et puis un beau jour, ils agiront. Et sans s'être jamais parlé, ils seront d'accord.

— Des émotions! dit Mac Leod avec mépris. Quelles émotions?

— La rancœur, la haine...

— Contre moi?

— Contre vous, contre Smudge, contre tous les *Peritani*.

— Vous aussi?

— Moi aussi.

— Pourquoi vous?

— Ils ne comprennent pas mon attitude à votre égard.

— J'leur donne pas tort, dit Mac Leod.

Et il se mit à rire d'un rire grinçant qui sonna faux. Purcell reprit :

— Ils estiment que je devrais me joindre à eux pour vous abattre.

Il y eut un silence et Mac Leod dit :

— Et c'est bien ce que je ferais à votre place. Et c'est bien c'que ferait Baker, s'il était pas vot' copain. Vous m'direz : moi, Purcell, c'est ma religion. J'ai bourlingué vingt ans dans tous les coins du monde et j'ai jamais remarqué qu'la religion, elle a jamais rien changé à un homme. Mauvais il est, mauvais il reste, avec ou sans Jésus-Christ... Motif? J'vais vous dire. Pour la parlote, poursuivit-il en joignant les mains comme le gisant d'un tombeau, d'accord. Mais pour les actes, zéro. Conséquence : y a pas un sacré fils d'garce sur dix mille qui prend sa religion au sérieux. Et c'gars-là, c'est vous, Purcell. Une chance que j'suis tombé sur vous! J'apprécie, j'peux l'dire, ajouta-t-il avec un accent dont Purcell ne put pas démêler s'il était ironique ou déférent. Si c'était pas vous, y aurait, à l'heure qu'il est, trois fusils dans l'camp des Noirs.

Mac Leod clignait des yeux comme s'il était gêné par le soleil, mais par la fente de ses paupières, il glissait de côté vers Purcell un regard aigu. Purcell surprit le coup d'œil et il fit sur lui l'effet d'un choc. Mac Leod n'était pas aussi sûr de sa neutralité qu'il le disait. Il était venu tâter le terrain. « Mais dans ce cas, pensa Purcell, le charme, le ton amical, l'éloge de ma menuiserie, le coup de chapeau à ma religion : une comédie, tout cela? Il avait l'air sincère. J'aurais juré qu'il était sincère. » Purcell avala sa salive. Il faisait toujours trop crédit aux gens. Il s'était laissé prendre, une fois de plus.

Il dit d'une voix où perçait l'irritation :

— Je ne m'armerai pas contre vous, si c'est ça qui vous tracasse. Quant à ce que feront Jones et Baker, je ne leur ai pas demandé.

— Ça me tracasse pas, dit Mac Leod d'une voix traînante, mais j'vous l'dis comme j'le pense, Purcell, ça m'aurait dégoûté d'voir des Blancs s'liguer avec des Noirs contre des gars de leur couleur.

Purcell rougit de colère et enfonça les deux mains dans ses poches.

— Vous êtes odieux, Mac Leod, s'écria-t-il d'une voix tremblante. Vous osez prendre un ton moral après ce que vous avez fait!... C'est abominable! Quant à ma solidarité avec vous, sachez-le, elle n'existe pas! Je vous donne tort d'un bout à l'autre! Vous avez brimé, frustré et offensé les Tahitiens de la façon la plus...

Il ne trouva pas de mot et reprit dans une nouvelle explosion d'indignation :

— Ça, tenez, c'est dégoûtant! C'est dégoûtant de mettre l'île à feu et à sang pour satisfaire votre avarice. Vous êtes un fou et un criminel, Mac Leod, reprit-il. Rien d'autre. Je ne lèverai pas le petit doigt contre vous, mais si les Tahitiens vous tuent, je ne verserai pas une larme sur vous, vous pouvez en être certain!

— A la bonne heure! dit Mac Leod avec un calme parfait.

Il sourit et se mit lentement debout sur ses longues pattes. Sa haute silhouette, se profilant entre le soleil et Purcell, apparut, à contre-jour, d'une invraisemblable minceur.

— Rien de tel que la franchise, pas vrai? reprit-il d'un ton presque amical. Et j'vous remercie de vos bons vœux. Mais vous en faites pas pour moi. Y s'peut que j'aie des dispositions pour faire un beau squelette, mais c'est pas encore demain qu'vous pourrez ouvrir vot' Bible et réciter vos prières sur mon cadavre. Non, Monsieur! J'y veillerai! Fiez-vous au papa Mac Leod pour avoir l'œil sur la lame et donner le coup de barre au moment qu'y faut. Quant à la guerre avec les Noirs, vous m'dites : « C'est vot' faute. » Bon, mettons qu'c'est ma faute. Mais cette guerre, elle serait venue tôt ou tard. Vous avez déjà vu des pays sans guerre? Et j'vais vous dire autre chose, Purcell, vous vous êtes p'tête pas aperçu, l'île est trop petite. Elle est déjà trop petite pour nous. Qu'est-ce que ce sera pour nos rejetons? Alors, va pour la guerre : ça fera d'la place. Et on pourra respirer, après.

— A condition de ne pas être de ceux qui ont *fait de la place,* dit Purcell d'un ton froid.

Cette réplique fit sur Mac Leod beaucoup plus d'effet que l'algarade qui l'avait précédée. Il cligna des paupières, détourna les yeux, et fut un moment avant de répondre.

— N'essayez pas d'me foutre les jetons, grommela-t-il enfin.

Purcell le regarda. Si ça lui faisait mal, ça valait peut-être la peine d'appuyer.

— Mac Leod, reprit-il, je vais vous dire ce qui ne va pas chez vous. Vous manquez d'imagination. Vous n'êtes pas capable d'imaginer votre propre mort. Seulement celle des Tahitiens.

— C'est nous qui avons les fusils, dit Mac Leod, les yeux fixés à terre.

Purcell se leva à son tour.

— Vos fusils ne vous serviront à rien, dit-il avec véhémence. Vous vous croyez invincibles avec vos fusils. Vous vous trompez, Mac Leod. Vous ne savez pas à quel point vous vous trompez. Croyez-moi, j'ai assisté à une guerre de tribus à Tahiti. Leurs guerriers ont des ruses incroyables. Vous serez frappé : vous n'aurez le temps de rien voir.

Mac Leod secoua les épaules.

— Nous avons les fusils, dit-il, le visage rigide.

Il s'était fermé. Et maintenant, il était bien clos dans sa carapace, à l'abri de la peur, et même de la pensée.

Il tourna le dos comme s'il allait s'en aller, puis

se ravisa, fit face à Purcell de nouveau et dit d'une voix un peu basse :

— Johnson me dit que vous lui avez soigné la fièvre il y a un mois.

— Oui, dit Purcell en levant les sourcils, pourquoi? Je ne suis pas docteur.

— Qu'est-ce que vous dites de ça?

Mac Leod lui tendit sa main droite. Tout le dessus était enflé avec une rougeur au centre.

— Qu'est-ce que c'est? demanda-t-il anxieusement. C'est un *fééfée* [1]?

Purcell regarda la main sans la prendre, puis, levant les yeux, dévisagea Mac Leod. Il fut frappé de sa pâleur. Mac Leod était prêt à risquer sa vie pour une acre de terre, mais il avait peur d'un bobo.

— C'est un furoncle, dit Purcell. Un *fééfée* se localise rarement sur la main. Vous n'avez rien aux testicules?

— Non.

— C'est par là que ça commence. Quelquefois aussi par les jambes.

— Alors, dit Mac Leod en s'humectant les lèvres, c'est un furoncle?

— Je pense, oui. Faites bouillir de l'eau, et trempez-vous la main dans l'eau chaude.

— Merci, dit Mac Leod avec gratitude. Quand j'ai vu ma main enfler, ça m'a foutu un coup. J'me suis rappelé l'gars, à Tahiti, qu'était forcé de soulever ses grelots à deux mains pour pouvoir marcher. Vous m'direz, reprit-il avec un mouvement d'indignation, c'est quand même pas une maladie de chrétien!

Purcell resta silencieux.

— Merci, doc, dit Mac Leod avec un sourire

1. Eléphantiasis.

plein de charme, et portant deux doigts à son front de façon mi-sérieuse mi-plaisante, il pivota sur ses talons et partit en sautillant d'un rocher à l'autre sur ses longues pattes grêles. « Une sauterelle, pensa Purcell en le regardant s'éloigner. Une grande sauterelle. Dure, avide... »

Purcell pêcha encore une vingtaine de minutes, puis ramassant ses prises et ses lignes, rejoignit Jones et Baker au fond de la crique. Le soleil était déjà haut. Il était temps de remonter.

— Vous avez eu d'la visite, dit Baker.

— Je vous raconterai.

Quand ils eurent atteint le plateau, Jones se proposa pour aller porter une partie des prises au « marché ». Purcell accepta en souriant. Il savait que Jones aimait sonner à toute volée la cloche du *Blossom,* attendre l'arrivée des *vahinés,* et recevoir leurs compliments sur sa pêche.

Baker prit par *East Avenue* avec Purcell. Tout le temps que dura le trajet les deux hommes restèrent silencieux. On commençait à se méfier des arbres du sous-bois et à ne pas oser parler tout haut en plein air.

La cabane de Purcell était vide. Comme celle des Tahitiens, elle était ouverte à tout vent et Purcell constata avec chagrin que quelqu'un lui avait « emprunté » son fauteuil. C'était contrariant, cette manie des Tahitiens d'emprunter chez son voisin ce qui lui plaisait. Peut-être lui rendrait-on son fauteuil dans une semaine, dans un mois. Il fallait attendre. C'eût été faire preuve de mauvaises manières que de s'enquérir où était le meuble, et, bien entendu, le comble de la goujaterie, de le réclamer.

Purcell fit asseoir Baker sur un escabeau, et s'assit lui-même contre la paroi coulissante, les jambes pendant dans le jardin. Il dit au bout d'un moment :

— Mac Leod voulait savoir ce qu'on allait faire. Il avait peur que nos « trois fusils » rejoignent le camp tahitien. Il ignore probablement que je n'ai pas de fusil.

— Alors? dit Baker.

— Vous connaissez ma position. Mais je ne me suis engagé ni pour vous ni pour Jones.

Baker, les deux coudes appuyés sur les genoux, regardait droit devant lui. Dans son visage brun, régulier, les cernes bistre autour des yeux et la pulsation de la lèvre inférieure lui donnaient l'air d'être surmené. En réalité, il ne travaillait pas plus qu'un autre. Purcell l'avait toujours connu ainsi : nerveux, tendu, impatient.

— J'suis pas d'vot' avis, dit-il au bout d'un moment. Quand vous avez une jambe pourrie, qu'est-ce qu'on fait? On vous la scie, avant qu'la pourriture, elle s'foute partout dans vot' corps. Mac Leod est pourri, vous direz pas l'contraire, il est en train de pourrir l'île, et qu'est-ce que vous faites pour l'empêcher?

Il y eut un silence, et Purcell dit :

— Je ne vous empêche pas de rejoindre le camp des Tahitiens.

Baker haussa les épaules.

— J'irai pas sans vous, vous savez bien.

Cette phrase toucha Purcell. Il baissa les yeux et dit d'un ton neutre :

— Vous pourriez y aller. On ne serait pas fâchés pour ça.

Baker secoua la tête.

— Vous pensez bien. J'vois pas bien comment j'pourrais m'fâcher avec vous. Mais les Noirs, d'abord, j'comprends rien à leur jargon, j'me sentirai pas à mon aise... Mais c'est pas encore tellement ça, reprit-il d'un ton hésitant.

Il détourna la tête et dit d'un air gêné :

— C'est plutôt l'coup de plus être ensemble... On a toujours été ensemble, depuis l'*Blossom*.

Tout d'un coup, il releva la tête, rougit et dit avec une colère contenue :

— Bon Dieu, Lieutenant! Vous auriez dû m'laisser faire, la nuit du partage des femmes!

Purcell resta silencieux. C'était toujours la même discussion, le même grief...

— Et Jones? dit-il au bout d'un moment.

— Jones fera comme moi, dit Baker.

Au même moment, il y eut un brusque appel d'air, et la porte derrière eux claqua. Purcell se retourna. C'était Itia. Immobile devant la porte refermée, une couronne de fleurs d'hibiscus sur les cheveux, son collier de pandanus coulant ses pignons entre ses seins nus, elle regardait le dos de Baker, l'air déçu. Elle savait qu'Ivoa était chez Avapouhi et elle ne s'était pas attendue à trouver Purcell avec quelqu'un.

— Qu'est-ce que tu veux? dit Purcell d'un ton sec.

Aussitôt, il regretta ce ton et lui sourit. Itia sourit à son tour. Les commissures de ses lèvres se relevèrent, ses yeux pétillants remontèrent vers les tempes, et son petit visage rond s'illumina.

— Adamo, dit-elle d'une voix claire et gaie, Mehani t'attendra chez Omaata.

— Quand?

— Un peu après le ventre du soleil [1].

1. Midi.

— Pourquoi chez Omaata? Pourquoi pas chez moi?

— Il n'a pas dit.

— J'y serai, dit Purcell.

Il lui tourna le dos. Mais elle ne partait pas. Elle restait plantée devant la porte, appuyée de la hanche contre le chambranle, les doigts de sa main droite courant sur les pignons de son collier.

— Est-ce que Ouili ne va pas bientôt s'en aller? dit-elle enfin.

Purcell rit.

— Non, il ne va pas s'en aller.

— Pourquoi? Il ne mange pas?

— Quand il partira, je partirai avec lui. Va, Itia.

Et comme elle baissait la tête avec l'air d'un enfant qui va pleurer, il ajouta avec douceur : « *Go away.* » C'était une gentillesse. Itia se sentait très flattée quand Adamo s'adressait à elle en *Peritani.*

— *I go,* dit-elle d'un air important.

Elle reprit :

— Tu vois, Adamo, j'avais mis mon collier de pandanus. Maintenant, quand je viens te voir, je le mets toujours.

— Pourquoi?

— Comment! dit-elle en riant tout à coup aux éclats et en mettant ses doigts devant sa bouche pour cacher son rire, tu ne sais pas! Homme! Tu ne sais pas!

Elle disparut, toujours riant, et la porte claqua de nouveau.

— Elle vous a à la bonne, dit Baker.

Purcell ne releva pas la remarque et Baker reprit :

— Avapouhi doit m'attendre.

— Je vous accompagne.

Ils firent quelques pas en silence dans *West Avenue,* et Purcell dit :

— Il va falloir se décider à rempierrer. Sans ça, aux prochaines pluies on ne pourra plus circuler.

— A mon avis, dit Baker, chacun devrait s'charger du tronçon qui l'mène à son voisin. Par exemple, vous, vous empierrez jusque chez Johnson. Johnson jusque chez moi. Moi, jusque chez Jones. Et Jones jusqu'à Hunt.

— Non, dit Purcell. Avec ce système il y aura de bons et de mauvais tronçons. Non, croyez-moi, il vaut mieux s'y mettre tous, les femmes comprises, à raison d'une heure par jour. Chacun rapporterait sa pierre de la plage. En quinze jours, on aurait fini.

Depuis un mois, chaque fois qu'ils remontaient *West Avenue,* ils parlaient de l'empierrement. Mais ils n'avaient encore rien résolu. La nonchalance des tropiques les gagnait.

De la cabane de Johnson un tumulte s'élevait et Purcell reconnut, dominant la voix cassée du vieil homme, les hurlements aigus de Taïata.

— Eh bien! dit Baker.

Il ajouta :

— J'voudrais bien savoir c'qu'elle lui raconte.

Purcell tendit l'oreille.

— « Fils de truie... » « Coq châtré... » « Sperme de rat... »

— Eh bien! dit Baker.

Avapouhi et Ivoa étaient assises sur le seuil de la cabane de Baker. Dès qu'elles virent leurs *tanés,* elles se levèrent et vinrent à leur rencontre.

— Je vais chez Omaata, dit Purcell.

— Fais bien attention, homme! dit Ivoa en riant.

Elle ajouta :

— Je rentre.

— Je t'accompagne, dit aussitôt Avapouhi.

Depuis qu'Ivoa était enceinte, elle ne pouvait faire un pas dans le village sans qu'une *vahiné* se précipitât pour lui donner le bras. Elle était entourée de plus d'égards que la Reine des Abeilles dans sa ruche.

Dès qu'il eut laissé Ivoa, Purcell pressa le pas. Il s'attendait à chaque instant à voir surgir Itia. La porte de Jones bâillait grande ouverte, et Jones était assis, tout à fait nu, en train de manger, Amoureïa derrière lui. Dès qu'il vit Purcell, il leva le bras droit et le regarda d'un air de plaisir comme s'il ne l'avait pas vu depuis deux jours. Amoureïa sourit à son tour. Jones était d'un blond tirant sur le roux, et elle était aussi noire qu'on peut l'être. Mais tous deux avaient le même air naïf, le même sourire plein de confiance. Purcell s'arrêta et les embrassa du regard. Cela faisait du bien de reposer ses yeux sur eux.

— Vous ne mangez pas? cria Jones avec entrain.

— Je vais chez Omaata.

— Elle va vous étouffer, dit Jones en riant. Ecoutez, j'vais vous donner un bon truc. Quand elle vous serrera dans ses bras, vous gonflez les muscles du dos, des épaules et de la poitrine, et vous restez comme ça tout le temps qu'elle vous serre. Regardez, j'vais vous montrer.

Il se leva, gonfla ses muscles démesurément, les bloqua et devint écarlate.

— Mais vous oubliez de respirer! dit Purcell en riant. C'est pour le coup que vous allez étouffer!

— Pensez-vous! dit Jones en se décomprimant avec un bruit de soufflet. C'est un bon truc. Essayez-le, vous verrez.

— J'essaierai, dit Purcell.

La première chose que Purcell vit en entrant chez Omaata fut son fauteuil. Il trônait au milieu de la pièce, et Purcell dut faire un effort sérieux pour ne pas être mal élevé en le regardant trop longtemps. Il n'eut d'ailleurs pas le loisir de prolonger son effort. Les bras d'Omaata s'étaient refermés sur lui et il se sentit englouti, malaxé et presque dégluti dans un bain de chair prodigieux.

— Lâche-moi! dit-il dès qu'il put respirer.

— Mon bébé! s'écria Omaata.

Elle le souleva de terre comme une plume et laissa tomber sur lui, de sa voix rugissante, une cascade de mots d'amour. Mais ses seins pressant les oreilles de Purcell, il n'entendait que de très loin les roulements sourds de sa voix. Serré contre elle par ses mains énormes, le dos et les côtes meurtris, la tête prise entre les globes monstrueux de sa poitrine, il étouffait.

— Tu me fais mal! cria-t-il.

— Mon bébé! dit-elle, apitoyée.

Mais la pitié faisant naître en elle un nouvel élan d'amour, elle le serra davantage.

— Omaata!

— Mon bébé! cria-t-elle avec son rugissement de colombe.

Elle le lâcha enfin, mais le reprenant aussitôt sous les aisselles, elle l'éleva à la hauteur de son visage.

— Assieds-toi, dit-elle en le balançant dans l'air de façon à faire passer ses pieds au-dessus du siège et en le laissant atterrir assez brusquement de l'autre côté. Assieds-toi, Adamo, mon bébé. J'ai été chercher ton fauteuil pour que tu sois bien assis en attendant Mehani.

C'était donc ça! Quelle incroyable gentillesse!

Avoir déménagé jusque-là ce meuble lourd et encombrant! Mais elle allait oublier de le lui rendre. Il serait encore chez elle dans deux semaines... Pour le faire asseoir une demi-heure, elle l'en priverait pendant quinze jours... Je raisonne en *Peritani*, se dit Purcell avec remords. Quelle mesquinerie! Ce qui compte, c'est cette chaleur, c'est cet élan...

Omaata s'assit sur le plancher à côté du fauteuil, et une main derrière elle sur le sol, l'autre sur son genou, elle se figea dans ce repos tranquille que Purcell admirait dans les attitudes tahitiennes. Qu'elle était grande! Bien qu'il fût assis à un bon pied et demi au-dessus d'elle, ses yeux immenses étaient au niveau des siens. Muette, immobile, elle avait l'air d'une statue gigantesque assise sur les marches d'un trône.

— Le *Squelette* est venu chercher Jono, dit-elle comme Purcell jetait un regard autour de lui. Peut-être ils vont chasser. Ils ont emporté les fusils.

— Sais-tu ce que Mehani me veut?

— Non.

Et elle se tut, heureuse de ne rien dire et de le couver des yeux. Cette adoration finit par gêner Purcell, et il dit :

— Tu n'as pas de collier de pignons de pandanus?

— Si.

— Mais tu ne le portes pas?

Elle se mit à rire, ses yeux brillant d'une malice énorme.

— Pas aujourd'hui.

— Pourquoi?

Elle se mit à rire de plus belle, découvrant ses fortes dents de cannibale.

— Adamo est mon bébé, dit-elle entre deux rires. Adamo n'est pas un *tané* que je veux.

— Ne fais pas de mystère, dit Purcell.

— Il n'y a pas de mystère. Les pignons de pandanus, reprit-elle avec éloquence, prennent l'odeur de la peau et la renvoient avec leur propre odeur.

— Eh bien?

— C'est un mélange très enivrant. Dès qu'un homme se penche et le respire, il a envie de jouer.

Elle reprit :

— J'ai porté le mien la nuit de la grande pluie.

— Quelle nuit? dit Purcell.

Omaata cessa de sourire et un air de mélancolie descendit sur son visage, comme si le temps qu'elle évoquait était déjà très loin.

— La nuit de l'*Hoata* sur la grande pirogue. Quand j'ai dansé pour avoir Jono.

Il y eut un silence.

— Est-ce que... Est-ce qu'un homme peut résister?

— Il y a deux choses, dit Omaata avec gravité. Il y a le collier. Et il y a la peau.

Purcell sourit.

— Pourquoi souris-tu, Adamo? reprit Omaata avec sérieux. La peau aussi doit être bonne. Sans cela le mélange n'est pas bon.

— Et s'il est bon?

— Un Tahitien ne peut pas résister.

— Et un *Peritani?*

— Peut-être un *Peritani* comme le grand chef. Peut-être le *Squelette*. Mais pas Jono, pas Ouili, pas le petit rat...

Elle le regarda.

— Et pas mon joli petit coq aux joues rouges.

— Moi? dit Purcell en levant les sourcils.

— Ne mens pas avec tes yeux, mon bébé, dit Omaata.

Elle se mit tout d'un coup à rire aux éclats, le corps plié en deux, ses vastes épaules rondes secouées par saccades, sa poitrine se soulevant en ample ondulation comme la houle du Pacifique.

— Je sais! rugit-elle de sa voix de cataracte. A propos d'Itia, je sais! Et Mehani aussi! Et Ivoa!

— Ivoa! s'écria Purcell, quand il put de nouveau parler. Qui le lui a dit?

— Qui, sinon Itia? dit Omaata, des larmes de plaisir jaillissant de ses yeux. O mon petit coq, quel air tu as!

— C'est... c'est indécent! dit Purcell en anglais.

Il reprit en tahitien avec un accent d'indignation :

— Mais pourquoi parler d'Itia? Je n'ai pas joué.

— Je sais! hurla Omaata d'une voix étranglée de rire, les épaules secouées d'un hoquet, les pleurs ruisselant sur ses larges joues. Tout le monde le sait, ô mon petit *Peritani maamaa!* Personne ne comprend pourquoi tu fais cette offense à Itia!

Elle ajouta :

— Cependant, Itia dit que tu ne vas pas résister plus longtemps.

— Elle dit cela! dit Purcell, furieux.

— O mon petit coq aux joues rouges! cria Omaata, le visage luisant de larmes, et sans pouvoir arrêter les convulsions qui secouaient son corps gigantesque. O mon petit coq en colère! Moi aussi, je pense que tu ne vas pas résister plus longtemps! Et Ivoa aussi!

— Ivoa! dit Purcell.

— Homme, qu'y a-t-il de si extraordinaire?

Elle se calma peu à peu, et regardant Purcell avec des yeux rieurs, elle étendit ses larges mains vers lui, le pouce très écarté des autres doigts, et les paumes offertes comme si elle lui apportait la vérité.

— Ivoa, dit-elle d'une voix posée, attend son bébé dans deux lunes.

Il y eut un silence. La signification de cette phrase se faisait jour peu à peu dans l'esprit de Purcell.

— Pourtant, reprit-il au bout d'un moment, tu te souviens... Le jour où on a exploré l'île... On était assis au pied du banian, et Ivoa a dit à Itia : « Adamo est le *tané* d'Ivoa... »

— O mon stupide petit coq! dit Omaata. C'est seulement parce qu'Itia te faisait la cour en public.

Purcell la regarda, stupéfait. Ce n'était donc pas, comme il l'avait cru, un réflexe de jalousie, c'était une leçon d'étiquette! Est-ce que je comprends vraiment les Tahitiens? se demanda-t-il, pris d'un doute. Combien d'erreurs de ce genre ai-je dû commettre! Et quel abîme sépare leurs idées des nôtres! Il est manifeste que le mot « adultère » n'a pour eux aucun sens.

Le cadre de lumière de la porte s'obscurcit tout d'un coup, et le corps brun de Mehani apparut, silhouetté en contre-jour, mince, large des épaules, la tête droite. Il s'immobilisa sur le seuil avec majesté. Purcell se leva et vint vers lui.

— Adamo, mon frère! dit Mehani.

Il le prit des deux mains aux épaules, il se pencha, et frotta sa joue contre la sienne. Puis, se reculant et mettant entre eux toute la longueur de ses bras, il le considéra avec un air plein de tendresse et de gravité.

— Me voici où tu m'as demandé, dit Purcell avec embarras. Cependant, ajouta-t-il après un silence, je ne comprends pas pourquoi tu n'es pas venu chez moi.

— Les jours que nous vivons sont difficiles, dit Mehani avec un geste vague et éloquent de sa main.

Il lâcha les épaules de Purcell et se tourna vers Omaata.

— Détache ce pendant d'oreille, Omaata.

L'unique pendant d'oreille de Mehani était une petite dent de requin au bout d'une liane passée dans le lobe. La liane était attachée à elle-même par un double nœud et les gros doigts d'Omaata mirent un certain temps à le délier. Quand elle eut fini, elle tira sur un des bouts qu'elle avait libérés. Mais rien ne vint. Les chairs s'étaient ressoudées sur la liane.

— Prends seulement la dent, dit Mehani en faisant une petite grimace, et enfile dedans une autre liane. Adamo, poursuivit-il, il va falloir qu'on te perce l'oreille.

— Tu le lui donnes donc! cria Omaata, comme si elle était scandalisée par ce présent.

— Oui! dit Mehani avec force.

Ce « Oui » était sans réplique. Omaata lui lança un bref coup d'œil et dit d'un ton neutre :

— Je vais chercher une liane et une aiguille.

Elle sortit de la pièce et Purcell l'entendit remuer des objets dans l'appentis qui lui servait de cuisine.

Comme Mehani se taisait toujours, les yeux fixés sur les siens, Purcell dit :

— N'est-ce pas le pendant d'oreille que ton père portait?

— C'est celui-là, dit Mehani. Il m'en a fait cadeau quand je suis parti avec toi.

— Et maintenant, tu me le donnes! dit Purcell, stupéfait.

Mehani inclina la tête et Purcell le regarda un moment sans parler. Il se rendait compte de l'énormité du don, mais sa signification véritable lui échappait, et il n'osait rien demander. Le code tahitien était, en effet, des plus stricts : celui qui recevait un présent ne posait pas de questions, ne témoignait pas de plaisir et ne disait pas merci. Il restait passif et résigné comme une victime.

Omaata entra, tenant entre ses lèvres la dent de requin au bout d'une liane. Elle portait dans sa main droite une aiguille de voilier que Purcell trouva inutilement grosse, et dans la main gauche, une torche qu'elle tendit à Mehani. Puis, d'un geste lent et solennel, elle présenta à la flamme la pointe de l'aiguille.

— Tourne la tête, Adamo, dit-elle en saisissant le lobe de l'oreille et en l'écartant du cou.

Purcell sentit à peine la piqûre, mais il entendit distinctement le léger grésillement de la peau qui brûlait. Cependant, quand Omaata mit la liane en place et l'attacha, le poids de la dent lui tira le lobe, et il éprouva une douleur assez vive, et qui ne parut pas diminuer dans les minutes qui suivirent.

Mehani le considéra d'un air satisfait. Depuis qu'il était entré dans la pièce, il n'avait pas souri une seule fois.

— Je n'ai pas encore mangé, dit-il.

Il tourna le dos et se dirigea vers la porte.

— Mehani!

Il se retourna.

— Mehani, dit Purcell, le *Squelette* est venu me voir.

Mehani regarda Omaata, et Omaata dit :

— Je vais. C'est mon tour d'aller à l'eau. Je vais avec Ouili et Ropati.

Et elle sortit à pas rapides de la cabane.

— Il est venu me voir à *Rope beach,* dit Purcell.

— Nous le savions, dit Mehani.

Ils l'épiaient donc. Ou le *Squelette.* De toute façon l'impression qu'il avait eue en remontant de *Rope beach* était juste. Il y avait maintenant des yeux dans chaque fourré.

— Que te voulait-il? dit Mehani.

Purcell fut étonné de cette question si directe. Mais l'heure n'était plus à la politesse. Le visage de Mehani était grave et tendu.

— Savoir si Ouili, Ropati et moi, nous allions nous joindre à vous.

— Et tu as dit « non »? dit Mehani.

— J'ai dit « non ».

— Et Ouili?

— Il a dit « non ».

— Et Ropati?

— Il fera comme nous.

Il y eut un silence et Purcell dit :

— Le *Squelette* pourrait devancer votre attaque.

Mehani lui jeta un regard vif, fit une pause comme s'il s'attendait à ce que son ami en dît davantage. Et comme Purcell se taisait, il reprit :

— Nous le pensons.

Puis il inclina légèrement la tête et s'en alla. Purcell resta un instant silencieux, puis sortit à son tour. Son oreille lui faisait mal, et il sentait la dent lui battre la joue dès qu'il bougeait la tête.

Il retrouva, dans *West Avenue,* les ronds du soleil sur les pierres noires du sentier et, de place en place, striant le sol, l'ombre des palmes agitées par le vent. Comme tout était paisible! La corvée d'eau était déjà partie. Les Iliens mangeaient ou commençaient la sieste. Itia devait être quelque part dans le sous-bois en train de guetter. Taïata injuriait Johnson. Mason devait se promener sur la dunette. Jono et le *Squelette* chassaient. Ivoa était allongée sur son lit, rêvant à son futur enfant. Il faisait chaud. Une belle journée parmi tant d'autres depuis que l'île avait émergé des eaux au milieu du Pacifique. L'air sentait bon les fleurs, la terre chaude, la mer toute proche. Tout était si petit, si quotidien, si rassurant. Vingt-sept Iliens! Le plus petit village du Pacifique! Ces femmes, ces hommes, avec leurs projets, leurs minuscules soucis : le *Squelette* s'inquiétant d'un bobo; Vaa, pensant à son rang dans l'île; Ropati, à ses muscles; Ouili, à l'empierrage de *West Avenue;* et moi-même, depuis huit jours, à ma paroi coulissante...

Il revit le visage de Mehani quand il lui avait donné le pendant d'oreille : austère, presque farouche. Ce n'était plus le visage d'un ami, mais celui d'un guerrier. Il l'avait déjà remarqué à Tahiti. Ces hommes si doux pouvaient être sauvages. Leurs traits ronds, leurs yeux veloutés pouvaient respirer la haine. Il se souvint de Mata, le frère d'Otou, quand il était revenu d'un combat dans la montagne, portant par les cheveux la tête de son ennemi. Il l'avait fixée sur une pique à l'entrée de sa case, et chaque matin, il lui crachait au visage, et lui tenait, avec feu, des discours insultants. « Fils de truie, disait-il avec mépris, tu voulais me tuer? Mais tu n'as pas été le plus fort! C'est moi qui t'ai tué! Et maintenant, pour toi, plus de soleil! Plus de pêche! Plus de danses! Ta tête est la calebasse où je bois! Ta femme est mon esclave et je joue avec elle quand je veux! Je lui fais ceci, je lui fais cela, et encore cela! Et pendant ce temps-là, toi, tu es à ma porte, sur une pique! » Mata, pourtant, dans le commerce ordinaire de la vie, était l'homme le plus doux, le plus poli, le plus hospitalier. Il n'était pas de gentillesses qu'il n'inventât pour faire plaisir à Adamo.

Purcell n'avait pas atteint la maison de Jones quand il entendit un bruit de course derrière lui. Il se retourna. C'était Itia, distante de trente mètres encore, courant vers lui de toutes ses forces. Chose bizarre, elle ne se cachait pas, elle n'émergeait pas d'un fourré, elle courait en plein milieu du sentier, au vu de tous.

— Adamo! cria-t-elle.

Il put distinguer enfin son visage. Il était bouleversé par la peur.

— Qu'y a-t-il? cria-t-il à son tour en faisant quelques pas rapides à sa rencontre.

— Le *Squelette!* cria-t-elle de loin, la main contre son cœur, à bout de souffle, les yeux affolés, son beau visage noir virant au gris.

— Eh bien?

Purcell se mit à courir à son tour. En quelques secondes il fut sur elle, il la prit aux épaules, il la secoua.

— Parle! Parle donc! cria-t-il.

— Le *Squelette!* bégaya-t-elle, les lèvres tremblantes, décolorées, le *Squelette* et les autres... avec des fusils... à la maison des Tahitiens.

— Mon Dieu! cria Purcell.

Il se mit à courir comme un fou, laissant Itia sur place. Jamais *West Avenue* ne lui avait paru plus longue.

Il dépassa la cabane de Hunt. A l'entrée de *Cliff Lane,* il vit la femme de White, Faïna, debout, la main contre un cocotier, le visage anxieux. Elle le regarda, fit un geste vague comme il passait en trombe devant elle, mais ne dit pas une parole.

Il courait désespérément, son cœur cognait à grands coups contre sa poitrine, il s'attendait d'une seconde à l'autre à entendre les détonations.

Quand il déboucha sur le terre-plein qui s'étendait devant la maison des Tahitiens, il fut frappé du silence et de l'immobilité qui y régnaient. Alignés devant les six Tahitiens, les cinq *Peritani* de la majorité, fusil au poing, les tenaient en respect. Purcell remarqua que Mac Leod et White, en plus du fusil qu'ils tenaient à la main, en portaient un autre en bandoulière.

Les Tahitiens avaient été surpris autour d'un feu où ils faisaient durcir les pointes spatulées de leurs javelots. Tous avaient encore à la main ces armes longues et minces, en bois rougeâtre, et qui paraissaient dérisoires, face aux fusils des Britanniques. Ils étaient parfaitement immobiles et leurs visages ne trahissaient pas d'émotion.

— Mac Leod! cria Purcell en faisant irruption dans le cercle.

— Levez les mains! dit Mac Leod en tournant son arme contre lui avec une promptitude inouïe, levez les mains, Purcell, et mettez-vous avec les Noirs.

— Vous êtes fou! dit Purcell sans bouger.

Mince comme un fil, courbé en deux, haletant, son visage livide évoquant plus que jamais une tête de mort, Mac Leod tenait son fusil collé contre la hanche droite. Purcell remarqua que ses mains tremblaient continuellement. « Il va tirer », pensa-t-il dans un éclair. Il leva les mains avec lenteur, et alla se placer entre Mehani et Tetahiti. Mac Leod poussa un soupir et baissa son fusil.

— Smudge, dit-il d'une voix curieusement basse et essoufflée, mets-moi c'gars-là en joue, et s'il bouge, fous-lui une balle dans l'crâne.

Smudge coucha le long de la crosse son museau de rat, et une flamme avide dansant au fond de ses yeux durs, il attendit.

— Hé là! Doucement, fils! dit Mac Leod sans tourner la tête, s'agit pas d'se tuer entre Blancs, si on peut l'éviter. Vous feriez bien d'vous tenir tranquille, Purcell, poursuivit-il, Smudge serait ravi d'épouser vot' veuve.

Purcell, les mains à la hauteur des épaules, regardait Smudge dans les yeux.

— Rappelez-vous que vous n'avez qu'une balle, dit-il d'un ton froid.

Juste à ce moment-là, il y eut dans le sous-bois, derrière les *Peritani,* un bruit de pas et de branches cassées, et quelques visages de femmes apparurent entre les arbres, gris et terrifiés. Smudge pâlit. Il clignait ses petits yeux, la sueur ruisselait le long de son nez, il avait l'air haineux et mal à l'aise. « Il a peur, pensa Purcell, il ne sait pas qu'Omaata est à la corvée d'eau. »

— Purcell, dit Mac Leod de la même voix étouffée, dites à ces macaques de jeter leurs outils à terre.

Purcell traduisit. Il vit le regard de Tetahiti passer au-dessus de sa tête et aller chercher celui de Mehani. Aucune parole ne fut prononcée, et pourtant, Purcell eut l'impression qu'ils se consultaient. Puis, du ton calme et mesuré qui lui était habituel, Tetahiti parla. Il se tenait presque nonchalamment, une main à plat sur la hanche, le poids de son corps posé sur une jambe, le javelot au bout du bras. Il ne regardait pas Mac Leod, et ses lourdes paupières, voilant à demi ses yeux, lui donnaient un air absent et recueilli.

— Frères, dit-il, les *Peritani* vont tirer, c'est clair. Mais nous sommes six, sept avec notre frère Adamo. Les ennemis n'ont que cinq fusils. Ecoutez bien. Les deux hommes qui ne sont pas touchés ne doivent pas lancer les javelots et commencer la lutte. Ils doivent s'enfuir et se cacher dans la brousse. Et ensuite, un par un, ils doivent tuer les ennemis. Ainsi, conclut-il d'une voix grave, nous serons vengés.

Il y eut un silence et Purcell dit :

— Qu'est-ce que je dois répondre au *Squelette?*

— Ce que tu veux. Ce fils de truie ne m'intéresse pas.

Ce n'était pas une pose. C'était littéralement vrai. Tetahiti avait accepté sa mort. Seul le soin de sa vengeance posthume l'intéressait.

Purcell regarda Mac Leod.

— Ils sont persuadés que vous allez tirer, dit-il en anglais. Et ils préfèrent mourir les armes à la main.

— Et il a mis tout ce temps pour dire ça? gronda Mac Leod.

— Oui, dit Purcell, le visage ferme.

Mac Leod se sentit mal à l'aise. Confiant dans ses fusils et persuadé, depuis la tempête essuyée à bord du *Blossom*, de la lâcheté des Noirs, il pensait qu'il les réduirait à merci rien qu'en les couchant en joue. Leur impassibilité le frappait de stupeur. Il était venu faire une démonstration, et il se voyait engagé dans une épreuve de force.

— Dites-leur de jeter leurs javelots, dit-il d'une voix furieuse.

Purcell traduisit. Tetahiti regarda Mehani et l'ombre d'un sourire se dessina sur ses lèvres.

— Pourquoi tous ces bavardages? dit-il d'une voix brève. J'ai déjà répondu.

— Qu'est-ce qu'il raconte? s'écria Mac Leod avec impatience.

— Ils déposeront leurs armes, si vous promettez de ne pas tirer.

— Je parierais qu'il n'a pas dit ça, dit Mac Leod d'une voix rageuse.

— Si vous êtes mécontent de mes services, dit Purcell d'une voix sèche, trouvez-vous un autre interprète.

Il reprit :

— De toute façon, je vous conseille d'accepter. Nous sommes sept, et quand Baker et Jones arriveront, nous serons neuf, et vous n'avez que cinq balles à tirer.

— Vous vous comptez dans leur camp! s'écria Mac Leod d'une voix furieuse, ses yeux creux lançant des éclairs.

— C'est vous qui m'y avez mis, dit Purcell en faisant un mouvement avec les mains qu'il tenait toujours levées à la hauteur des épaules.

Mac Leod hésita. Si les Noirs déposaient leurs javelots contre une promesse, la concession était réciproque et il ne les avait pas intimidés. Mais s'il se refusait à promettre, alors, il fallait tirer. Dans ce cas, il n'était sûr que de Smudge. White l'avait suivi à contrecœur. Et qui pourrait prévoir ce que feraient Hunt et Johnson, s'il donnait l'ordre de faire feu?

— Je promets, dit Mac Leod en abaissant le canon de son arme.

Purcell traduisit et, tournant la tête vers Tetahiti, ajouta d'un ton pressant :

— Il voit qu'il ne vous a pas fait peur et cherche à s'en aller sans avoir chaud à la figure. Acceptez...

— Qu'est-ce que vous leur racontez? dit Mac Leod d'un air méfiant.

— Je leur conseille d'accepter.

— Adamo a raison, dit Tetahiti au bout d'un moment. Nous ne gagnons rien à provoquer ce fils de truie, puisqu'il promet.

Il se baissa et plaça doucement son javelot sur l'herbe. La douceur de son geste était calculée, et l'un après l'autre, les Tahitiens l'imitèrent. Ils ne jetaient pas leurs armes aux pieds d'un vainqueur, mais les posaient à terre avec soin, comme on dépose un objet qui vous est précieux, mais dont on n'a pas besoin pour le moment.

Mac Leod sentit toute l'insolence voilée de ce geste. Son expédition était un échec. Il n'avait rien obtenu qu'une concession de pure forme arrachée par une promesse. Dans quelques semaines, ces mêmes javelots, maniés avec tant d'amour, menaceraient jour et nuit sa poitrine.

Il ne se décidait pas à s'en aller. Attendant ses ordres, le groupe des *Peritani* restait figé sur place, fusil en main, à quelques mètres des Tahitiens, et à mesure que les secondes s'écoulaient, la situation des Britanniques devenait de plus en plus difficile. Sachant les femmes derrière lui, Mac Leod craignait de perdre tout à fait la face en partant à reculons, et convaincu de la traîtrise des Noirs, il avait peur, en leur tournant le dos, d'offrir une cible à leurs javelots.

L'immobilité des *Peritani,* en se prolongeant, cessait d'être menaçante. Elle devenait ridicule. Les

Tahitiens en étaient gênés comme d'une incongruité. Ils le constataient une fois de plus. Les *Peritani* étaient *maamaa.* Ou bien ils tiraient. Ou bien ils s'en allaient. Mais qu'est-ce qu'ils faisaient, là, devant eux, plantés comme des piquets?

Tout à coup Kori se mit à rire. Kori était le plus spontané et le plus impulsif des Tahitiens. C'était lui qui, à bord du *Blossom,* avait tiré à balle sur Mehoro, et l'instant d'après, s'était jeté en sanglotant dans ses bras.

— Tais-toi! dit Tetahiti à voix basse.

Mais Kori ne pouvait plus s'arrêter. Il regardait l'homme jaune, le *Squelette,* le petit rat, Jono et le vieux alignés devant lui, et plus il les regardait, plus il les trouvait comiques. Il riait d'un rire aigu, hennissant, les mains sur les cuisses, les genoux fléchis, sa bonne tête hilare penchée en avant, et montrant, au fond de sa bouche large ouverte, sa langue et son palais roses.

— Tais-toi donc! répéta Tetahiti d'un ton impérieux.

Toujours riant, Kori tourna la tête vers Tetahiti et cria comme pour se justifier :

— *Maamaa! Maamaa!*

Par malheur, Mac Leod connaissait fort bien ce mot. Horoa le lui répétait tous les jours. Il blêmit, et se penchant, saisit une petite pierre à ses pieds et la lança au visage de Kori.

La pierre atteignit Kori à l'œil, il poussa un cri de stupeur, puis se baissant avec la rapidité de l'éclair, il saisit son javelot et le brandit. Au même moment, la détonation éclata. Kori lâcha son arme, se cassa en deux, fit deux pas en direction de Mac Leod, puis s'écroula sur l'herbe, le visage contre terre, les bras en croix. Ce fut comme un signal. Tous les

Tahitiens, sauf Mehoro, se mirent à courir, gagnèrent en moins de deux secondes l'angle de leur cabane et disparurent aux regards.

Mac Leod jeta son arme à terre et, baissant la tête, saisit rapidement le fusil qu'il portait en bandoulière et l'arma.

Mehoro, gris, les narines pincées, était à genoux à côté de Kori. Au bout de quelques secondes, il eut le courage de le retourner. Il resta un moment à le considérer, mais sans le toucher. Puis, levant les yeux vers Purcell, pâle et pétrifié à deux mètres de lui, il dit d'une voix douce : « *Il est mort.* » Il dodelinait de la tête, sa main droite traînait dans l'herbe à côté de lui. Tout d'un coup il se dressa, son javelot au bout de son bras. Mac Leod fit feu. Le javelot retomba, et Mehoro se prit le ventre à deux mains. Le sang coulait en filets le long de ses doigts. Il le regarda couler, les yeux et la bouche grands ouverts. Puis il pivota sur ses talons et, plié en deux, il commença à courir à petits pas lents et chancelants dans la direction de la cabane. Il atteignit l'angle et s'écroula.

— Va voir s'il a son compte, dit Mac Leod en tournant la tête vers White.

A l'endroit où Mehoro était passé, une traînée de sang rouge brillait au soleil sur l'herbe rase. Au bout de quelques pas, White s'écarta de cette traînée et fit un large détour sur le terre-plein pour atteindre le corps. Il s'arrêta à plus d'un mètre, s'accroupit, et tournant son visage vers Mac Leod, fit « Oui » de la tête. Il revint avec lenteur, les yeux baissés, suivant le même chemin qu'à l'aller.

Mac Leod posa à terre la crosse de son fusil, et appuyé des deux mains sur le canon, il redressa son visage maigre, plus blême et plus creusé que jamais. Ses côtes se soulevaient convulsivement dans l'effort qu'il faisait pour retrouver son souffle, et une de ses jambes était parcourue d'un tremblement qu'il n'arrivait pas à maîtriser.

Dans les bras d'Horoa il ressentait parfois ce sentiment de dépaysement qui troublait maintenant sa vue. Les cocotiers, l'herbe, la cabane, les souches du terre-plein, rien ne lui paraissait plus réel. Son regard balaya le sol, évita le corps de Kori et se fixa sur les javelots épars à ses pieds. Il restait maître du terrain, bon Dieu, il avait crevé deux de ces damnés macaques, les autres avaient foutu le camp comme des lapins. Mais sa victoire ne le rendait pas heureux. Il ne sentait rien. Seulement, cette fatigue. Ce vide.

Smudge avait remis son arme à la bretelle, mais Purcell restait figé à l'endroit où on l'avait placé. Il baissait la tête, et ses bras pendaient le long de son corps. Au bout d'un moment, il tressaillit, parut se réveiller, et son regard croisa celui de Mac Leod. Il lui trouva l'air vague et hébété comme s'il avait trop bu.

— Vous êtes donc pas parti avec eux? dit Mac Leod d'un ton sans passion.

Purcell secoua la tête et Mac Leod poursuivit d'une voix basse et machinale :

— J'regrette pour ces deux-là. C'était pas les plus mauvais.

Il se sentit mécontent de ce ton d'excuse. Il se redressa, serra les lèvres, regarda autour de lui d'un air de défi et reprit d'une voix forte et vantarde qui sonna faux :

— Après cela, les autres se tiendront tranquilles. Il fallait faire un exemple!

— Un exemple! dit Purcell avec un accent de dérision.

Lui aussi il respirait à grands coups et bien qu'il ne fît pas très chaud, la sueur ruisselait le long de ses joues.

— Soyez sans crainte, reprit-il avec amertume, votre « exemple » sera suivi.

CHAPITRE XI

Purcell finissait à peine son petit déjeuner quand on frappa à sa porte. C'était White. Son visage jaune était fripé et creusé comme s'il avait passé une mauvaise nuit.

— Il y a assemblée dans une demi-heure, dit-il d'une voix un peu essoufflée.

Purcell leva les sourcils.

— Je ne fais plus partie de l'assemblée.

— Mac Leod vous demande de venir quand même. C'est grave. Les Tahitiens ont pris la brousse avec leurs femmes.

— Et il s'en aperçoit maintenant! Où a-t-il cru qu'ils allaient quand il leur a tiré dessus?

— Evidemment, dit White en secouant la tête d'un air de tristesse, c'était à prévoir.

Purcell le regarda. C'était la première fois qu'il sortait de son rôle de stewart et émettait un commentaire sur les événements. Depuis le partage des femmes il n'avait cessé de désapprouver l'attitude de Mac Leod, mais sans jamais rompre avec lui.

— White!

Il était déjà à la porte. Il se retourna.

— White, pourquoi vous abstenez-vous au lieu de voter contre Mac Leod?

White le considéra un moment comme s'il se demandait si Purcell avait bien le droit de lui poser une question pareille. Mais il dut se décider pour l'affirmative, car il dit d'un ton net :

— Je trouve que Mac Leod n'agit pas bien.

Sa voix était douce et chantante, et il parlait plus correctement qu'aucun autre matelot à bord. Grammaire, vocabulaire, prononciation, tout était pur. Le clergyman ivrogne qui l'avait élevé lui avait du moins appris cela.

White reprit avec le scrupule de bien préciser sa pensée :

— Je trouve qu'il n'agit pas bien avec les Tahitiens.

Il ne disait pas les « Noirs ». Il disait, comme Purcell, les « Tahitiens ». Il était, avec lui, le seul Britannique de l'île à observer cette nuance.

— Eh bien, dit Purcell avec une légère impatience, vous auriez pu voter contre lui. Vous l'auriez empêché de commettre un certain nombre d'injustices.

— Je ne voulais pas voter contre lui.

— Pourquoi?

White regarda de nouveau Purcell d'un air de doute. Il se demandait s'il n'y avait pas du mépris pour lui dans cette insistance, et si Purcell poserait autant de questions à un *vrai* Britannique. Cependant, comme Purcell lui rendait son regard avec tranquillité et attendait sa réponse d'un air poli, il se rassura. Il dit, non sans solennité :

— Je lui dois une grande obligation.

— Laquelle? dit Purcell, imperturbable.

Il avait senti l'hésitation de White, en avait compris l'origine et avait décidé de pousser son enquête jusqu'au bout.

— Vous comprenez, dit White, dans les débuts, on s'est beaucoup moqué de moi à bord...

Il ajouta très vite :

— A cause de mon nom.

C'était caractéristique. Il ne disait pas « à cause de mon teint jaune et de mes yeux bridés ». Il disait « à cause de mon nom », comme si son patronyme était seul en cause.

— Eh bien?

— Mac Leod ne s'est jamais moqué.

« Il a dû sentir que c'était dangereux, pensa Purcell. Et pour cela, pour cette abstention, pour ce bienfait qui n'en était pas un, White lui a voué une gratitude infinie... »

— Après la mort de Russell, dit Purcell en regardant White dans les yeux, est-ce que Mac Leod vous a aidé?

Russell était ce matelot que White avait poignardé au cours d'une rixe, parce qu'il se moquait de lui.

— Vous saviez? dit White, stupéfait.

Purcell inclina la tête et White dit en baissant les yeux :

— Non, Mac Leod ne m'a pas spécialement aidé. Pas plus qu'un autre.

Il reprit :

— Vous saviez et vous n'avez rien dit!

Il resta un moment silencieux, les yeux baissés. Puis il les releva et dit avec une incohérence apparente :

— Je ne vous aimais pas.

— Pourquoi? dit Purcell. Je ne me suis jamais moqué de vous.

— Si, une fois, dit White en le regardant avec intensité par les fentes de ses paupières.

Il ajouta avec honnêteté :

— Du moins, j'ai cru.

— Moi? s'écria Purcell, stupéfait.

— Vous vous rappelez à bord du *Blossom*, quand M. Mason est devenu capitaine, j'ai été vous dire que le capitaine vous attendait pour le lunch.

— Eh bien?

— Vous avez levé les sourcils d'un air moqueur.

— Moi? dit Purcell, interdit.

Et, tout d'un coup, il s'écria :

— Mais ce n'était pas de vous que je me moquais. C'était de Mason, parce qu'il usurpait un titre auquel il n'avait aucun droit!

Il ajouta :

— Et c'est ça qui vous a rejeté dans le camp de Mac Leod!

White hocha la tête sans répondre. C'était fou. C'était d'une absurdité à crier! Le sort de l'île avait tenu à cette mimique! Sans ce haussement de sourcils, White aurait voté avec lui, avec Jones, avec Baker : quatre voix contre quatre! Mac Leod n'aurait pu rien faire...

— C'est fou! dit Purcell à haute voix.

Le visage de White durcit.

— Ne recommencez pas! s'écria Purcell. Je n'ai pas dit : « Vous êtes fou. » J'ai dit : « C'est fou. »

— Je suis peut-être un peu susceptible, dit White.

Son visage s'assombrit et il dit :

— On s'est vraiment beaucoup moqué de moi.

Il y avait un contraste bizarre entre les mots anodins qu'il employait et l'expression de son visage. Pour que ce petit homme calme devînt un assassin, il avait fallu qu'on le tourmentât d'une façon affreuse... « Et penser, se dit Purcell, penser que parce que Mac Leod s'est seulement abstenu de le tourmenter, White l'a aidé — par son abstention!

— à brimer les Tahitiens! » C'était désespérant.

— Je m'en vais maintenant, dit White.

Purcell lui tendit la main. White hésita, puis ses yeux de jais se mirent à briller et il sourit. Purcell sourit à son tour et il sentit sous ses doigts une main nette, sèche, assez petite, et qui répondit à sa pression avec une sorte d'élan.

— Je m'en vais, répéta White, les yeux baissés.

Purcell s'assit sur le seuil de sa porte. Il se frotta longuement le cou. Lui aussi, il avait mal dormi. Il avait eu un mauvais réveil, la tête lourde, la nuque raide, la bouche amère. Cette angoisse surtout... Mon Dieu, on n'en finirait jamais. Tout était gâché, perdu! On allait vivre avec la peur. Même la nuit, derrière la porte fermée... Et pourquoi? Pourquoi? se dit-il tout d'un coup en se pressant la tête à deux mains. Parce que Mac Leod veut deux acres de terre au lieu d'une seule! Il se leva et se mit à marcher de long en large devant sa cabane. Il avalait sans arrêt sa salive et une impatience insupportable vrillait ses nerfs. Deux morts déjà! Combien demain? Est-ce qu'il n'aurait pas dû laisser faire Baker?... Acheter la paix avec un seul mort?... « Non, non, dit Purcell presque à voix haute, on ne peut pas raisonner ainsi. C'est la porte ouverte à tout. »

D'avoir pensé cela, il eut l'impression de s'être retrouvé et il se sentit plus ferme. Au même moment, une idée lui traversa l'esprit et le figea. Il se demanda pourquoi le principe de respecter toute vie humaine lui paraissait plus important que le nombre de vies humaines qu'il pourrait sauver en renonçant à ce principe.

Il y eut un déclic quelque part. Il cessa de penser. Il avait la tête levée et les yeux fixés sur les rayons obliques qui traversaient les palmes des cocotiers.

Ça au moins, tant qu'il serait en vie, on ne pourrait pas le lui enlever. C'était magnifique. La lumière était tendre, avec des rideaux de vapeur qui se levaient l'un après l'autre. L'air sentait l'herbe mouillée et les feux de bois s'allumaient un peu partout pour le petit déjeuner. De l'autre côté de *West Avenue,* dans le sous-bois, les fleurs éclataient en couleurs presque agressives, mais elles ne donnaient pas leurs parfums toutes en même temps. Les frangipaniers s'ouvraient à la première tiédeur, et à ce moment de la journée, leur odeur riche et sucrée dominait tout.

Il revint s'asseoir sur le seuil de sa maison. Au bout d'un moment, Ivoa apparut. Elle prit place à côté de lui et posa sa tête sur son épaule... Depuis qu'elle approchait de son terme, elle se repliait sur elle-même, elle devenait plus étrangère à ce qui se passait dans l'île... Quelques minutes passèrent, puis Ivoa poussa un soupir, écarta les jambes, se renversa en arrière et appuya la tête sur le montant de la porte. Purcell la regarda, et se penchant vers elle, passa légèrement ses mains sur le ventre qui saillait au-dessus de la ceinture d'écorce. « Dans quel monde cet enfant va naître! » pensa-t-il tout d'un coup. Il se leva, tous ses nerfs vibraient, il se remit à marcher devant la maison. Au bout d'un moment, il se sentit plus calme et jeta un coup d'œil à Ivoa. Sa tête était toujours appuyée contre le montant de la porte. Elle était assise, ronde et abondante, la peau du visage bien tendue, le teint luisant de santé, les yeux paisibles fixés au loin. Quelle quiétude! pensa-t-il avec envie. Quelle placidité! Au même instant, Ivoa lui sourit : « Je vais m'étendre », dit-elle doucement. « Je ne me sens bien nulle part. Ni assise. Ni debout. » Elle ajouta avec un soupir : « Ni même couchée. » Elle se leva avec lourdeur et rentra.

Quelques minutes plus tard, Johnson apparut dans *West Avenue,* chenu, courbé, le fusil à la bretelle, poussant avec peine devant lui son petit ventre maigre. Il fit de loin un petit geste de la main droite à Purcell et continua d'avancer en traînant les pieds sur les pierres et le cou tendu en avant comme pour aider sa progression. Son épaule gauche était déprimée par la bretelle du fusil, et peut-être en raison du poids de l'arme, sa marche était sans cesse déviée vers la gauche, de sorte qu'il n'arrivait pas à tenir le milieu du sentier, et avançait par à-coups et corrections successives, comme un bateau que son défaut d'équilibre dirige sans cesse vers l'une des rives d'un fleuve.

— J'suis p't'ête un petit peu tôt pour aller chez Mac Leod, dit-il en arrivant à la hauteur de Purcell. White avait dit dans une demi-heure.

— Un peu, dit Purcell. Asseyez-vous donc.

Johnson poussa une série de petits soupirs, dégagea son épaule gauche de l'arme et en appuya le canon contre la porte. Ceci fait, il s'assit sur le seuil.

— Il est chargé? dit Purcell en s'asseyant à son tour.

Johnson fit « oui » de la tête et Purcell reprit :

— Dans ce cas, vous feriez mieux de le coucher.

Johnson obtempéra.

— J'sais vraiment pas c'que j'ferais avec cet outil, dit-il d'une voix grêle sans regarder Purcell. Une supposition qu'un Noir sortirait du sous-bois, j'sais même pas si j'pourrais tirer. J'veux d'mal à personne, moi, continua-t-il en frottant les poils de sa barbe du dos de la main.

Purcell se taisait et Johnson lui glissa un regard de côté.

— Tout c'que j'veux, c'est être tranquille... Vous m'direz, reprit-il en posant ses deux mains sur ses genoux et en regardant au loin d'un air misérable, j'ai pas choisi la femme qu'il fallait pour ça. Bon Dieu! poursuivit-il avec un faible accès de rage, y a des moments où j'ai des envies de décrocher mon fusil et d'lui en foutre un bon coup dans la gueule! Qu'elle se taise! Bon Dieu! Qu'elle se taise!...

Sa colère tomba et il regarda Purcell.

— Mais j'vois pas pourquoi j'dois porter un fusil contre les Noirs. Les Noirs, qu'est-ce qu'ils m'ont fait? Rien.

— Ils ne peuvent pas en dire autant de vous, dit Purcell.

— Moi? Moi? bégaya Johnson en le regardant avec frayeur. Qu'est-ce que je leur ai fait? Vous allez pas dire que je leur ai fait tort?

— Vous avez voté pour Mac Leod.

— Oh ça! dit Johnson, c'est rien, ça...

— Ce n'est rien de les déposséder des terres? dit Purcell d'une voix sèche. Et ce n'est rien de les mettre en joue comme vous avez fait hier?

— Mais c'est Mac Leod qui me l'avait dit! s'écria Johnson d'une voix tremblante. Ah ben alors! reprit-il en hochant la tête d'un air inquiet et en jetant de côté à Purcell des regards furtifs. Est-ce qu'ils sont fâchés contre moi, les Noirs?

— C'est probable, dit Purcell.

— Oh ben alors, j'aurais pas cru! dit Johnson en écarquillant avec innocence ses petits yeux bordés de rouge, et en exagérant son air hébété. Parce que moi, ajouta-t-il en cessant de se frotter la barbe et en agitant son index devant ses yeux d'un air important, moi, j'les aime bien, les Noirs...

Purcell se taisait. Il commençait à comprendre pourquoi Johnson était arrivé « un petit peu tôt ».

— Et j'vais vous dire, reprit Johnson en se rapprochant imperceptiblement de Purcell et en lui faisant un sourire complice, des fois que vous les revoyiez, les Noirs — et même s'ils sont dans la brousse, poursuivit-il en plissant les yeux d'un air rusé, c'est pas impossible que vous en voyiez un ou deux de temps en temps, vu qu'vous êtes resté leur copain. Eh ben, j'voudrais qu'vous leur disiez, aux Noirs : « L'vieux Johnson, il vous veut pas d'mal. Et quant à tirer sur vous avec un fusil, jamais! » Vous pourrez leur dire, Lieutenant. L'vieux Johnson, il porte un fusil, c'est pour obéir à Mac Leod, mais quant à tirer sur vous, jamais! Je vous ai jamais rien demandé, Lieutenant, poursuivit-il d'un air fier et méritant comme s'il avait renoncé à un droit en ne demandant pas de faveur, mais aujourd'hui, c'est pas pareil, j'ai ma peau à penser, et j'vous demande rien d'autre que ça. « L'vieux Johnson, vous leur dites, il vous veut pas d'mal!... » C'est pas que j'crains pour moi, reprit-il, vieux comme je suis, avec des douleurs partout, ces boutons sur la figure, et une femme qu'est bien pire qu'la première, vu qu'elle veut même pas que j'la touche. Et alors? reprit-il avec un faible mouvement d'indignation, à quoi ça m'sert d'avoir une femme et d'la supporter toute la journée, si j'peux même pas m'en servir?...

Ce grief lui fit perdre le fil de sa pensée et il resta en suspens quelques secondes, son index rayant l'air devant ses yeux.

— Qu'est-ce que j'disais? dit-il enfin en se frottant avec violence les plaques pourpres de sa barbe.

— Que vous ne craigniez pas pour vous-même, dit Purcell.

— Ça vous étonne, mais c'est vrai. C'est vrai, parole d'honneur, Lieutenant! La vie, qu'est-ce qu'elle m'donne comme satisfaction? Un estomac qui digère plus, la plante des pieds qui m'fait mal, des douleurs aux genoux, et une femme que j'peux même pas m'servir. Non, non, Lieutenant, c'est pas la mort que j'crains, c'est autre chose.

Il reprit d'un ton hésitant :

— On m'dit qu'les Noirs, quand ils ont tué un ennemi, ils lui coupent la tête.

— C'est exact.

— Ah ben alors, j'aimerais pas ça, reprit-il d'une voix basse et tremblante. Vous m'direz : Qu'est-ce que j'en aurai à foutre de ma tête quand j'serai mort? Quand même.

Il branla le chef deux ou trois fois d'un air désolé.

— Les damnés sauvages! reprit-il en oubliant tout d'un coup l'amitié qu'il venait de professer pour eux. Ils sont capables de tout, ces salauds! Oh non! poursuivit-il en portant la main à son cou, j'aimerais pas ça. J'aimerais pas être enterré comme qui dirait ma tête dans un endroit, et moi, de l'autre. Supposez, conclut-il avec désespoir, que j'retrouve pas ma tête l'jour du jugement dernier, qu'est-ce qui s'passerait? Vous devriez comprendre ça, Lieutenant, vous qui êtes dans des idées d'Bible.

Il regarda d'un air effrayé dans le vide pendant quelques secondes, puis se penchant à nouveau vers Purcell, il reprit d'une voix basse et complice :

— L'vieux Johnson, vous leur dites, il vous veut pas d'mal.

Purcell le regarda.

— Ecoutez, Johnson, dit-il d'une voix sévère, je vais vous dire ce que vous voulez : Vous voulez faire votre petite paix séparée avec les Tahitiens tout en restant dans le camp de Mac Leod. Malheureusement, ce n'est pas possible. Les Tahitiens ne comprendront pas ces subtilités.

— Mais qu'est-ce que j'peux faire? cria Johnson avec angoisse.

Et comme Purcell ne répondait rien, il le regarda de côté et dit d'un air rusé :

— Faut-il que j'tire alors? Supposez que j'rencontre vot' copain Mehani, faut-il que j'tire, Lieutenant?

Purcell le regarda, stupéfait. C'était du chantage, bel et bien. Peut-être pas si bonhomme, le vieux Johnson, après tout. Parce qu'il était malheureux, on lui attribuait des vertus. Parce qu'il était sans caractère, on fermait l'œil sur ses défauts... Mais ça ne payait pas de chercher toujours des excuses aux gens. Un jour ou l'autre, les effets de la couardise apparaissaient. Et ils n'étaient pas plaisants.

Purcell se leva. Il se sentait déçu, dégoûté.

— Vous ferez ce que vous voudrez, dit-il avec froideur. C'est à vous de décider.

— Eh bien, j'tirerai pas, voilà, dit Johnson d'un air effrayé. Vous pouvez leur dire, aux Noirs...

Purcell ne répondit pas. Hunt et Jones venaient d'apparaître dans *West Avenue*. Il leur fit un signe de la main.

— Je m'en vais, dit Johnson tout d'un coup. J'veux pas être en retard.

Et ramassant son fusil, il fit un signe de tête et partit. Purcell ne répondit pas au salut. Il regardait Jones descendre *West Avenue*. A côté de l'énorme Hunt il avait l'air d'un petit garçon trottinant à côté de son père.

— On le fait fuir? cria Jones de loin.

Il avait les mains nues, mais Hunt portait, comme Johnson, un fusil. White avait dû transmettre à la majorité l'ordre de ne plus se déplacer sans arme.

— On lui a fait peur? cria Jones en riant.

Purcell le regardait avancer. La merveilleuse faculté d'oubli de l'enfant! La veille, quand Jones avait appris la mort de Mehoro et de Kori, il avait pleuré à chaudes larmes. Aujourd'hui il rebondissait déjà. Pour ce sang vif, ces muscles neufs, ces nerfs intacts, tout devenait plaisir, tout était jeu.

— Où est Baker? dit Purcell.

— Il est parti ce matin à la pêche.

— Seul?

— Il avait le cafard.

Hunt se tenait à côté d'eux, énorme et roux, ses petits yeux pâles fixés sur eux de très haut. Il tenait son fusil à bout de bras avec négligence. L'arme, dans son énorme poing, n'avait pas l'air de peser plus qu'une baguette de chef d'orchestre.

— Pourquoi que j'dois porter ça? grogna-t-il tout d'un coup en brandissant l'arme devant lui d'un air mécontent.

Le canon était braqué contre la poitrine de Jones et celui-ci l'abaissa promptement.

— Hé doucement! dit-il. J'ai pas envie d'mourir, moi!

Purcell regarda Hunt et articula avec soin :

— C'est Mac Leod qui vous l'a dit.

Hunt se tourna d'un bloc vers lui comme si son cou avait été vissé à son tronc.

— Et pourquoi que Mac Leod m'l'a dit?

— Parce que les Tahitiens ont gagné la brousse.

White avait déjà dû lui apprendre le départ des Tahitiens, mais manifestement la nouvelle n'avait produit aucun effet sur lui. Il ne voyait pas le rapport avec le fusil qu'il portait.

— Aujourd'hui, fusil, grogna-t-il en regardant son arme d'un air à la fois plaintif et irrité. Hier, fusil. Tous les jours, fusil. Pourquoi?

Et comme Purcell se taisait, il reprit :

— Hier, Mac Leod dit : « Viens avec le fusil chargé. » Jono, il vient, poursuivit-il en tapant de la main gauche sur la toison rouge de sa poitrine. Il vient avec le fusil, mais pas chargé. Aujourd'hui aussi.

Il braqua son arme contre la poitrine de Jones, et pressa la détente. Le chien claqua.

— Il m'a fait une de ces peurs, dit Jones.

— Pourquoi l'fusil chargé? poursuivit Hunt en lui appuyant le canon au creux de l'estomac.

— Demande ça à ton patron, dit Jones en écartant l'arme. C'est pas moi qui t'ai dit d'porter un fusil. Il commence à m'embêter, poursuivit-il à mi-voix en regardant Purcell. Depuis qu'on est parti, il arrête pas d'me demander pourquoi. Et quand j'lui explique, il écoute pas.

— J'sais rien sur rien, grogna Hunt tout d'un coup comme s'il répondait à l'aparté de Jones. Et comment que j'saurais quéque chose, reprit-il en se dandinant d'un air malheureux. On m'dit jamais rien.

Il porta son gros poing à sa bouche et se mit à le mordiller en émettant toute une série de grognements plaintifs. Il avait l'air d'un ours gigantesque qui s'est enfoncé une épine dans la patte et n'arrive pas à la retirer. Et tandis qu'il mangeait ainsi sa main en poussant des gémissements, ses petits yeux pâles allaient sans cesse de Jones à Purcell comme s'il les suppliait de lui expliquer, une fois pour toutes, le monde brumeux et incompréhensible qui l'entourait.

— Mac Leod vous dira, dit Purcell. Après tout, ce n'est pas avec nous que vous votez, c'est avec lui.

— Voter? dit Hunt en écho.

— Vous levez la main.

Hunt leva docilement la main qu'il était en train de mordre.

— C'est ça, voter?

— C'est ça.

Il laissa retomber son bras, haussa ses énormes épaules et répéta d'un air plaintif :

— J'peux pas savoir. On m'dit jamais rien.

Puis sans attendre Jones et Purcell, il partit à grands pas dans la direction d'*East Avenue*. Balancé au bout de son bras gigantesque, son fusil avait l'air d'un jouet d'enfant.

Quand Purcell apparut sur le seuil de Mac Leod, il fut surpris du silence qui l'accueillit. Gêné par la pénombre de la pièce, il ne vit d'abord que des formes vagues hérissées de fusils. Il fit un pas à l'intérieur de la pièce et s'arrêta, stupéfait. Chaussé, boutonné, cravaté, et tout aussi majestueux que s'il trônait dans la cabine du *Blossom,* Mason était assis au centre de la pièce, Mac Leod à sa droite.

Purcell resta quelques secondes sans voix. Mac Leod se taisait, lui aussi. Il souriait.

— Bonjour, Capitaine, dit Purcell à la fin.

— Humph! dit Mason, le buste rigide, ses yeux gris-bleu fixés avec désapprobation sur la dent de requin qui battait la joue de Purcell.

Mac Leod souriait, son visage maigre fendu d'une oreille à l'autre. Tous les muscles de sa mâchoire saillaient dans ce sourire, aussi nets et distincts que dans une préparation d'anatomie.

— Asseyez-vous donc, Purcell, dit-il avec une voix vibrante de sarcasme. Vous allez prendre racine.

Trois escabeaux avaient été réservés à la minorité en face de Mac Leod. Purcell s'assit, et dès qu'il fut assis, il se sentit étrangement nu au milieu de tous ces hommes en armes. Il faisait de grands efforts pour cacher sa stupéfaction, mais son silence et ses regards le trahissaient. Mason acceptant de siéger avec les matelots! A côté des hommes qui avaient incendié son bateau, rejeté son autorité, et failli même le pendre!

— Cap'taine, dit Mac Leod, Baker est à *Rope beach*. C'est probable qu'il remontera pas avant midi. Et vu qu'on est tous là sauf lui, j'propose de commencer et qu'vous disiez aux gars d'quoi il retourne.

Lui aussi, il avait réduit sa voilure! Il appelait Mason « Capitaine » et il s'effaçait devant lui!

— Matelots, dit Mason aussitôt, le passé est le passé, et je ne vais pas revenir sur lui. Ce n'est pas quand un grain vous tombe dessus qu'il faut se demander qui a mal étarqué la voile. Avec quatre Noirs dans la brousse pleins de desseins homicides, ce n'est pas le moment de se disputer ni de chercher noise au timonier parce qu'il a fait une erreur de cap. Nous sommes tous dans une sale passe, matelots, tous tant que nous sommes, et si nous nous déchirons la quille sur un caillou, c'est tous ensemble que nous irons par le fond.

Il fit une pause et promena ses yeux gris-bleu

sur l'équipage. De la main droite il maintenait son fusil debout entre ses jambes. Au moment de reprendre la parole, il passa le canon dans sa main gauche, et appuya sa dextre à plat sur son genou, comme si ce geste donnait plus d'importance à ce qu'il allait dire.

— Mac Leod, reprit-il, me dit que vous avez pris l'habitude de tout décider en votant et que vous désirez continuer. Bien. Je ne vois pas que tous ces votes vous aient beaucoup réussi jusqu'ici, mais comme j'ai dit, le passé, c'est le passé, et je ne suis pas venu ici pour faire des critiques, mais pour voir avec vous la conduite à tenir.

— Très bien! Très bien! dit Mac Leod du ton courtois dont il aurait approuvé un orateur à la Chambre des Communes.

— Les Noirs, poursuivit Mason d'une voix forte, ne peuvent espérer nous nuire que par surprise, et en se mettant à deux ou trois contre un. J'en conclus qu'il faut circuler armés, et le plus possible, par groupe. Par exemple, la pêche. Supposons que pour des raisons de sécurité on choisisse *Rope beach* comme lieu de pêche. Trois ou quatre hommes descendent dans la crique, et pendant ce temps-là, les autres gardent la corde. De même pour la corvée d'eau. A chaque fois il faudra prévoir des hommes en armes pour escorter les femmes. Pour les plantations, il est évident qu'il faut toutes les cultiver en commun.

— Temporairement, dit Mac Leod.

— Cela va sans dire. Mais pour le moment, il faut deux équipes. Une équipe qui travaille. Et une autre équipe qui protège la première, fusil au poing.

— Si je comprends bien, dit Purcell, on reprend le système du début : pêche et culture en commun.

— C'est exact, dit Mason d'un ton rogue.

— Dans ce cas, je pense que c'est bien malheureux qu'il ait fallu une guerre pour y revenir. Car si on s'y était tenu, il n'y aurait pas eu de guerre du tout.

— J'ai déjà dit que le passé était le passé, monsieur Purcell, dit Mason avec impatience. Ce n'est plus le moment d'y revenir. Plus qu'aucun autre, ajouta-t-il en hochant la tête, j'aurais peut-être des raisons de récriminer, mais je ne dis rien. J'ai la force de volonté de ne rien dire. J'estime que, dans les circonstances présentes, chacun doit mettre ses griefs personnels dans sa poche.

— D'ailleurs, dit Mac Leod en prenant le relais, il est bien entendu, pas vrai, Capitaine, qu'la guerre finie, on s'partagera à nouveau les terres.

— La guerre finie! dit Purcell.

Il reprit :

— Justement, je voudrais bien savoir comment vous comptez la finir, cette « guerre ».

Mac Leod et Mason échangèrent un regard et Purcell se sentit aussitôt sur ses gardes. Si invraisemblable que cela parût au premier abord, il était manifeste que ces deux-là avaient scellé entre eux une entente. Mac Leod avait dû aller trouver Mason aussitôt après le meurtre des deux Tahitiens et l'avait persuadé de lui apporter son aide : l'union sacrée, les Blancs contre les Noirs, les Britanniques contre les sauvages, etc. Pas si incroyable que ça, après tout, leur alliance. Mason et Mac Leod avaient failli s'entre-tuer, mais ils avaient plus d'un point en commun.

— J'en parlerai tout à l'heure, monsieur Purcell, dit Mason, et n'ayez crainte, on demandera l'avis de tout le monde. Et même, ajouta-t-il en s'adressant à l'équipage sur un ton indéfinissable de résignation, de regret et de mépris, on votera. On votera, répéta-t-il en soulevant légèrement la main de son genou, puisque vous en avez pris l'habitude.

Purcell admira l'habileté de Mac Leod. Il avait réussi à faire accepter le vote par Mason en le présentant, non comme quelque chose de légitime, mais comme une sorte de coutume bizarre et enracinée. C'était machiavélique. Mason n'avait aucun souci du droit, mais il était trop anglais pour ne pas respecter une habitude.

— Cap'taine, dit Mac Leod du même ton courtois, vous parliez des précautions à prendre...

— C'est exact, dit Mason sans regarder Purcell. C'est bien ce dont je parlais quand j'ai été interrompu. Je n'ai pas très peur des attaques de jour, enchaîna-t-il d'un air compétent, mais la nuit, c'est différent. Les Noirs peuvent s'approcher sans bruit d'une cabane, y mettre le feu, et quand vous sortez, aveuglé par la fumée, ils vous tombent dessus par surprise. C'est pourquoi je propose que tous les Britanniques se retirent la nuit dans la cabane des Tahitiens. Elle dispose d'un terre-plein dégagé, et il sera facile de le dégager davantage en supprimant quelques arbres. A quelque distance de la maison on pourra allumer des feux pour éclairer les abords, on percera des meurtrières dans chacune des quatre cloisons de la cabane, et on y postera des sentinelles qu'on relèvera toutes les deux heures.

— On montera la garde! dit tout d'un coup Jones d'une voix excitée, et Purcell le regarda, stupéfait. Il avait les yeux brillants, le teint animé. Il se voyait debout, derrière une meurtrière, le fusil à la main... Il se laissait prendre au jeu. « Lui aussi! pensa Purcell avec tristesse. Et hier, il pleurait Kori, Mehoro... »

— Mais qu'est-ce qu'on fera des femmes? reprit Jones.

— J'y ai pensé, dit Mason d'un air bienveillant comme s'il était content qu'on lui eût posé cette question. On les fera coucher au premier. Ainsi elles seront en sécurité et ne gêneront pas les opérations. C'est une chance que la maison des Tahitiens ait un étage, ajouta-t-il d'un air satisfait comme si cette chance devait être portée à son crédit.

Purcell regarda Mason et fut frappé de son air. A cette minute, Mason était heureux. Il était pleinement heureux. Il nageait en pleine imagerie. Le capitaine redevenait capitaine. Il retrouvait sa place sur la dunette. Il traçait de nouveau la route. Il tenait la barre. Il reprenait l'équipage en main. Avec douceur, d'abord. Avec tact. Au début il acceptait même le vote. « Le damné idiot! pensa Purcell avec fureur. Quand Mac Leod se sera bien servi de lui, il suffira d'un vote pour le renvoyer dans sa cabane. »

— Capitaine, dit-il à voix haute, je ne discute pas vos suggestions. Mais il y a une chose qui m'étonne : on est en train de s'installer dans la guerre. On a l'air d'être assiégés et de se préparer à un siège d'une durée indéfinie. A mon avis, il vaudrait peut-être mieux chercher s'il n'y a pas un moyen d'en finir.

— Je comprends ce que vous voulez dire, monsieur Purcell, dit Mason. Mais rassurez-vous. Nous ne laisserons pas aux Noirs l'initiative. Nous attaquerons.

Il se donna une petite tape du plat de la main sur le genou et répéta avec force :

— Nous attaquerons. Nous ne serons pas gibier. Nous serons chasseurs.

— Capitaine, dit Purcell avec stupeur. Voulez-vous dire que vous avez l'intention de tuer les Tahitiens?

Mason le regarda, ses yeux gris-bleu écarquillés, eux aussi par l'étonnement.

— Certainement, monsieur Purcell, c'est bien ce que je veux dire. C'est peut-être regrettable, mais il n'y a pas d'autre solution. J'estime, étant donné les circonstances, qu'il n'y aura pas la moindre sécurité pour les Britanniques dans l'île tant que nous n'aurons pas éliminé les Noirs.

— Mais c'est affreux! s'écria Purcell en se levant brusquement et en fixant sur Mason des yeux étincelants. Les Tahitiens n'ont rien fait. Rien, absolument rien. On les a frustrés. On leur a tué deux hommes. Ils n'ont pas réagi autrement qu'en prenant la fuite. Et maintenant vous voulez les exterminer!

— Asseyez-vous, monsieur Purcell, dit Mason avec calme. Nous sommes entre Blancs ici, et il n'y a pas lieu de se mettre en colère. J'estime pour ma part que Mac Leod a agi en état de légitime défense et que les Noirs...

— Il les a provoqués!

— Pas du tout. Il a reçu des menaces de mort, et il a réagi. Asseyez-vous, je vous prie, monsieur Purcell...

— Tout le monde sait, s'écria Purcell, pourquoi Mac Leod a reçu ces menaces. Il a exclu les Tahitiens du partage des terres.

— Si vous voulez mon avis, je lui donne raison, les Noirs sont de médiocres...

— Naturellement! coupa Purcell avec violence,

les Tahitiens ont toujours tort, et même quand on les tue, c'est encore leur faute!

— Asseyez-vous, je vous pr...

— Je demande un vote! continua Purcell avec force. Je n'espère pas vous convaincre, ni même emporter le vote, mais je désire que chacun ici prenne ses responsabilités. White! Smudge! Jones! Hunt! Johnson! cria-t-il d'une voix tremblante en les regardant tour à tour dans les yeux. Vous allez voter! M. Mason est d'avis qu'on poursuive la guerre jusqu'à ce qu'il ne reste plus un seul « Noir » dans l'île. Je suis contre! C'est à vous de choisir!

— Baker est pas là, dit Jones.

— J'vous accorde sa voix, Purcell, dit Mac Leod d'une voix traînante. Il a toujours voté pour vous et une supposition qu'il soye là, y a pas d'raison qu'il vote pour moi aujourd'hui. Si le capitaine est d'accord, reprit-il en se tournant vers lui, j'mets aux voix vot' proposition. Capitaine?

— Allez-y, dit Mason d'un air résigné.

Purcell s'assit.

— J'mets aux voix la proposition, dit Mac Leod avec un rire muet.

Avec Mason, il pouvait compter sur six voix, contre trois seulement à Purcell.

— Qui est pour? dit-il avec une nonchalance insultante.

— Je m'abstiens, dit Johnson aussitôt.

Il y eut un silence et Smudge cria d'une voix furieuse :

— Qu'est-ce que tu dis?

— Je dis que je m'abstiens, dit Johnson sans le regarder.

Il posa son fusil sur ses genoux, le canon dirigé vers Smudge et reprit :

— J'conseille à personne d'me toucher.

C'était admirable! La peur d'avoir la tête coupée faisait merveille. Elle lui donnait même du courage...

Mac Leod haussa les épaules. Il pouvait s'offrir le luxe de perdre une voix.

— Qui est pour? enchaîna-t-il comme s'il méprisait l'incident. Capitaine, voulez-vous voter?

Mason leva la main avec lenteur. De toute évidence, il votait à contrecœur, même pour sa propre motion.

— Smudge? dit Mac Leod.

Mason laissa retomber sa main, leva les yeux au plafond et se désintéressa de la scène.

— Hunt?

Hunt leva la main.

— White?

White resta immobile, les yeux baissés, ses mains jaunes et potelées croisées sur le canon de son fusil.

— White? répéta Mac Leod.

— Je suis contre, dit White de sa voix douce.

Mac Leod pâlit, et son visage se figea. Depuis l'abstention de White, il n'était plus sûr de lui. Et maintenant, c'était la rupture ouverte. White passait dans l'autre camp.

— Tu as bien réfléchi? dit-il en donnant à sa voix une intonation de reproche et de chagrin.

Il connaissait trop bien White pour espérer l'intimider.

— J'ai réfléchi, dit White sans lever les yeux.

— J'suis contre! claironna Jones d'une voix joyeuse. Purcell aussi. Baker aussi. White aussi. Johnson s'abstient. Ça fait quatre voix contre quatre. Pas de majorité! Proposition Mason rejetée!

Et il se mit à rire, la tête en arrière, les deux mains posées sur le haut des cuisses, les coudes écartés du corps. Un long silence suivit ce rire.

— Humph! dit Mason en levant tout d'un coup la tête, que se passe-t-il?... Que se passe-t-il, Mac Leod? ajouta-t-il en se tournant avec raideur vers l'Ecossais.

— Votre motion n'a pas réuni de majorité, Capitaine.

— Comment? Comment? reprit Mason d'un ton à la fois impatient et indigné, qu'est-ce que cela veut dire?

— Qu'elle est rejetée, Capitaine.

— Rejetée! s'écria Mason en devenant écarlate, quelle damnée impertinence!...

Il parut sur le point d'exploser, mais se contint, et reprit d'une voix assez calme :

— Eh bien, qu'est-ce que cela fait? Les Noirs sont toujours dans la brousse, et nous ici. Que la motion soit votée ou non, je ne vois pas de différence.

— Il y en a une, dit Purcell d'une voix coupante. Si vous voulez partir à la chasse au « gibier », vous ne pourrez emmener avec vous que Mac Leod, Smudge et Hunt. Et encore, en ce qui concerne Hunt, je vous signale qu'il n'a pas l'intention de charger son fusil.

— Qu'est-ce que c'est que cette histoire? gronda Mac Leod. Hunt, ton fusil n'est pas chargé?

— Regarde, dit Hunt.

Il braqua l'arme dans la direction de Mac Leod et pressa la détente. Mac Leod se jeta à terre.

— Nom de Dieu! dit-il en se relevant et en se frottant l'épaule, ne fais pas de blagues pareilles, Hunt!

— C'est désagréable, dit Jones avec sympathie.

Cela tournait à la farce. Mac Leod était blanc de colère rentrée. Mais il n'osait pas interroger Hunt plus avant en public. Il avait peur de l'entendre faire une réponse qui le rangerait, lui aussi, dans l'autre camp. « Je suis vainqueur sur toute la ligne, pensa Purcell avec une amertume affreuse. Et *c'est trop tard.* »

— Et alors? dit Mac Leod comme s'il lisait dans sa pensée, vot' vote, qu'est-ce qu'il va changer, Purcell? Les Noirs sont dans la brousse. Ils ont pour nous à peu près autant d'affection qu'une mangouste pour un serpent, et c'est pas vot' vote qui va les précipiter dans nos bras. A mon avis, les Noirs, en ce moment, ils doivent bien penser pareil que le capitaine, et qu'ils auront pas la paix dans l'île tant que nos têtes seront pas plantées sur des piques autour de leur maison pour décorer le paysage.

— Tant que *votre* tête ne sera pas plantée sur une pique, dit Purcell d'une voix froide. Après tout, qui est-ce qui les a frustrés lors du partage des femmes? Qui est-ce qui les a exclus du partage des terres? Qui est-ce qui a tué Kori et Mehoro?

— Nous n'allons pas nous disputer en face de l'ennemi commun, dit Mason d'une voix grave et en regardant Purcell avec reproche. N'oublions pas que nous sommes des Britanniques et que nous devons à tout prix préserver notre unité.

« L'unité! » « L'ennemi commun! » Il n'en ratait pas une!

— Vous me permettrez de répondre à Mac Leod, s'écria Purcell avec une exaspération contenue. Il vient de suggérer que les Tahitiens nous ont tous condamnés à mort. C'est ce que je ne crois pas.

— Personne vous oblige à me croire, dit Mac

Leod de sa voix traînante. Mais si vous m'croyez pas, y a une façon bien simple d'vous faire une opinion : c'est d'aller leur demander.

Purcell réfléchissait, les yeux baissés. Est-ce que la suggestion de Mac Leod ne cachait pas un piège, et est-ce qu'on ne lui reprocherait pas plus tard d'avoir pris contact avec les « mutins »?

— Après tout, reprit Mac Leod, ça devrait vous être plutôt facile de les retrouver. Vous les connaissez bien, eux... et leurs femmes.

Smudge gloussa, et il y eut un silence. Il était évident que les entreprises d'Itia étaient connues de l'île entière.

Purcell releva la tête.

— Si j'essaye de voir les Tahitiens, dit-il enfin avec lenteur, ce ne sera pas en mon nom personnel, mais en vertu d'un mandat que l'assemblée m'aura confié.

— Un mandat? Quel mandat? dit Mason avec irritation. On ne va pas vous donner un mandat pour aller bavarder avec l'ennemi.

Il se tourna vers Mac Leod comme s'il attendait de lui une approbation, mais Mac Leod resta silencieux. Il trouvait ses compagnons très peu chauds pour se battre, il craignait d'être abandonné par eux, et il comptait sur l'ambassade de Purcell pour les persuader que *tous* les *Peritani* étaient visés par le ressentiment des Noirs.

— Si c'est pour aller bavarder et s'frotter les joues avec eux, dit-il de son ton sarcastique, j'suis bien d'l'avis du capitaine que c'est p't'ête pas très convenable, avec ou sans boucle d'oreille. Mais si c'est pour s'tuyauter sur leurs intentions, alors j'dis que c'est toujours utile, en temps d'guerre, d'savoir où qu'l'ennemi met son cap. Si ça chatouille Purcell d'aller risquer son précieux petit cou à aller prendre langue avec ses fils de garce, personnellement, j'trouve que c'est plutôt une chance, et avec vot' permission, Cap'taine, ajouta-t-il avec une déférence admirablement jouée, j'suis plutôt pour.

En même temps, il leva la main droite avec négligence, et la laissa retomber aussitôt. Ce fut un mouvement si rapide et de si faible amplitude qu'il pouvait à peine passer pour un vote aux yeux de Mason, mais en même temps que la main de Mac Leod retombait, il tournait la tête du côté de Smudge et lui adressait un clin d'œil.

— J'suis pour, dit Smudge aussitôt.

— Moi aussi, dit White en écho.

Hunt leva à son tour la main, suivi de Purcell, de Johnson et de Jones.

— Eh bien, puisque tout l'monde est d'accord, enchaîna aussitôt Mac Leod sans demander son vote à Mason et sans enregistrer les résultats du scrutin par la formule d'usage, Purcell peut aller risquer sa vie quand il veut du côté de la brousse, et avec not' bénédiction. Si vous n'y voyez pas d'inconvénient, Cap'taine, enchaîna-t-il aussitôt, on peut passer à aut' chose. Y a une corvée d'eau c'te après-midi, et vu les circonstances, j'suis d'avis qu'on tire au sort les matelots qui l'escorteront. Smudge, qui sait écrire, a jeté nos noms sur des bouts de papier... Smudge, passe le bicorne à Jones.

— Avez-vous mis le mien? demanda Mason d'un air noble.

— Cap'taine, j'ai pensé...

— Mettez-le, dit Mason.

— C'est très convenable de vot' part, Cap'taine, dit Mac Leod d'un air pieux.

Il se leva, prit derrière lui, dans un de ses nombreux placards, l'écritoire du lieutenant Simon, et la posa sur la table. Smudge approcha son escabeau, toussa, pointa en avant son museau de rat, et trempant d'un geste gourmand la plume d'oie dans l'encre, se mit à fignoler chaque lettre. L'équipage le regardait faire en silence, non sans respect.

— Il n'y a pas de raison que je sois favorisé, reprit Mason, les yeux fixés au plafond d'un air austère. Nous devons tous prendre notre part de danger commun...

« Voire, pensa Purcell avec agacement. Je n'ai quand même jamais vu Mason grimper par gros temps dans la mâture... » Il rencontra le regard de Mac Leod, et il comprit que l'Ecossais venait d'avoir la même idée. Mac Leod était resté debout derrière Mason, et succédant à toute sa pieuse déférence, il y avait un air de mépris si profond répandu sur son visage maigre que Purcell éprouva un sentiment d'indignation. Mason avait des côtés exaspérants. Mais c'était un odieux spectacle de le voir ravalé par Mac Leod au rôle de pantin dont on tire les fils.

— Combien de noms j'tire? dit Jones quand le bicorne de Burt fut installé sur ses genoux.

Mac Leod s'assit et tourna poliment la tête vers Mason. Il lui laissait le devant de la scène et l'initiative des petits détails.

— Quatre, dit Mason d'un air compétent. Quatre suffiront largement.

Jones plongea la main dans le bicorne, en tira quatre papiers et posa le bicorne sur la table.

— Hunt.

Hunt grogna.

— Tu vas à la corvée d'eau cet après-midi, dit Mac Leod.

Il fut sur le point d'ajouter « avec ton fusil chargé », mais réserva cette précision pour plus tard.

— White, dit Jones.

White inclina la tête.

— Johnson.

— Moi? Moi? dit Johnson d'un air effaré en portant sa main à ses lèvres.

— Tu crois pas qu'on va t'exempter? dit Smudge. Tu sais tirer aussi bien qu'un autre.

— Moi? Moi? répéta Johnson d'une voix faible en frottant ses deux pieds sur le plancher. Il ressemblait à une vieille poule affolée qui gratte le sol.

— Le suivant, dit Mac Leod sans le regarder.

— Jones, dit Jones.

Et il éclata de rire.

— Hunt, White, Johnson et Jones, dit Mac Leod. Nous sommes bien d'accord?... Je crois bien que c'est tout, Capitaine.

Mason se leva et se campa sur ses deux jambes comme s'il craignait un coup de roulis.

— Matelots, dit-il d'une voix forte, je vous rappelle que, ce soir, nous passons tous la nuit dans la maison des Tahitiens.

Il fit un geste de la main. C'était fini. Purcell sortit le premier avec Jones.

— Ropati, dit-il en descendant avec lui *East Avenue,* je vais vous donner un conseil. N'emportez pas de fusil à la corvée d'eau.

— Pourquoi? dit Jones d'un air déçu.

C'était un jeu. Le plus excitant des jeux. On marchait en tête de la corvée d'eau, l'arme sous le bras, le pas souple, l'oreille attentive, et l'œil fouillant au loin le moindre buisson...

— Si les Tahitiens vous voient avec un fusil, ils vous rangeront dans le camp Mac Leod.

— Pensez-vous! dit Jones en tournant vers Purcell son visage naïf. Ils m'aiment bien. J'ai jamais rien eu avec eux.

— Ils ne vous aimeront plus s'ils vous voient avec un fusil.

— Pourquoi? dit Jones avec un sourire puéril. Ils penseront peut-être que je chasse le cochon sauvage.

— Sottise! dit Purcell avec irritation.

— Je vous quitte, dit Jones d'un air piqué en carrant les épaules. J'vais prendre par la rue de l'Alizé. C'est plus court pour moi.

— Je vous en prie, dit Purcell d'une voix pressante, réfléchissez.

— Je réfléchirai, dit Jones par-dessus son épaule. « Je n'aurais pas dû dire " sottise ", pensa Purcell. Il est capable, rien que pour prouver qu'il n'est plus un bébé... »

« Monsieur Purcell », dit une voix derrière lui. Il se retourna. C'était Mason.

— Monsieur Purcell, dit Mason, j'aurais deux mots à vous dire.

— A votre disposition, Capitaine, dit Purcell avec raideur.

— Eh bien, marchons. Ma maison est sur votre chemin. Monsieur Purcell, ajouta-t-il avec un rien de sévérité dans la voix, vous n'êtes pas à mon pas.

Purcell le regarda. Il ne lui est évidemment pas venu à l'esprit de se mettre au mien.

— Monsieur Purcell, reprit Mason, nous avons eu nos petits différends. Je ne vous ai pas toujours approuvé dans le passé. Je ne vous approuve pas davantage dans le présent. Mais vu la gravité de l'heure, j'ai décidé de passer l'éponge.

C'était parfait. Mason voulait bien lui pardonner de n'avoir pas toujours été de son avis.

— Monsieur Purcell, reprit Mason sans même remarquer son silence, j'apprends que Mrs. Purcell attend un bébé pour juin. Je vous en félicite.

— Je vous rem...

— Comme vous savez, interrompit Mason, Mrs. Mason est dans le même cas.

Il se redressa et rougit légèrement.

— Mrs. Mason, ajouta-t-il, attend sa délivrance pour septembre.

— Capitaine, dit Purcell, permettez-moi à mon tour de vous...

— J'espère, coupa Mason, que ce sera un garçon.

Il s'arrêta et fit face à son interlocuteur.

— Monsieur Purcell, il faut que ce soit un garçon, reprit-il en soulignant le *faut* avec force et en regardant Purcell dans les yeux comme s'il avait l'intention de le tenir comme personnellement responsable en cas d'échec. En ce qui me concerne, poursuivit-il, je n'ai que faire d'une fille. Je n'en ai jamais fait mystère : Je n'aime pas le sexe faible. Il est faible, c'est tout dire. Remarquez, monsieur Purcell, je n'ai rien contre Mrs. Mason. Comme j'ai eu déjà l'honneur de vous le dire, c'est un bon choix. Mrs. Mason est une femme qui possède un sens inné de sa dignité. Elle me rappelle beaucoup ma sœur. Bref, c'est une *lady*. Je ne serais pas étonné, conclut-il en hochant la tête, qu'elle sorte d'une excellente famille tahitienne.

Il reprit sa marche.

— Au pas, monsieur Purcell, s'il vous plaît.

Purcell changea de pas.

— Monsieur Purcell, reprit Mason, je ne suis pas un homme pieux, mais depuis que j'ai appris l'état intéressant de Mrs. Mason, je prie le Seigneur tout-puissant deux fois par jour pour qu'il m'envoie un garçon. Et je vous demanderai de le prier aussi dans le même sens, ajouta-t-il d'un ton de commandement.

Les yeux de Purcell se plissèrent. De toute évidence, Mason pensait que les prières d'un « expert » auraient plus d'efficacité que les siennes.

— Je ferai de mon mieux, Capitaine, dit-il avec un sérieux parfait. Mais ne croyez-vous pas, étant donné le fait que je n'ai pas de lien de famille avec vous ou avec Mrs. Mason...

— J'y ai pensé, monsieur Purcell. Le Seigneur serait, en effet, en droit d'estimer que vous vous mêlez de ce qui ne vous regarde pas. Aussi ai-je l'intention de vous demander d'être le parrain. Vous voudrez bien admettre que cela change tout.

— En effet, dit Purcell avec gravité.

— Après tout, poursuivit Mason, il me semble que vous ferez un parrain fort convenable. Et d'ailleurs, je n'ai pas le choix : vous êtes, dans l'île, la seule personne, à part moi-même, qu'on puisse considérer comme un gentleman.

— Je vous remercie, Capitaine, dit Purcell sans sourire.

— Comme j'ai déjà dit, enchaîna Mason, cela change tout. En tant que parrain, vous êtes, me semble-t-il, tout à fait habilité à demander au Seigneur d'influer sur le sexe de votre futur filleul. Notez, je vous prie, qu'il y a déjà une chance sur deux pour que ce soit un garçon. Ce que je réclame, c'est qu'il y ait deux chances sur deux. Ce n'est donc pas une demande exorbitante, reprit-il, comme si le Seigneur ne pouvait manquer de satisfaire une exigence aussi modérée.

On était arrivé devant sa cabane. Mason se planta devant le portillon qui menait à sa « dunette », et fit face à Purcell. Même au parrain de son futur fils, il n'avait pas l'intention de demander d'entrer.

Ses yeux gris-bleu se portèrent sur la montagne et son visage, tout d'un coup, s'empourpra.

— Monsieur Purcell, dit-il avec une émotion subite, je n'ai pas oublié votre belle conduite au moment de la mort de Jimmy.

C'était la deuxième fois, depuis qu'on avait débarqué dans l'île, qu'il évoquait ce moment.

— Capitaine...

— C'était très courageux, monsieur Purcell. Vous risquiez votre vie. Cette brute ne vous aurait jamais pardonné. Il vous aurait laissé pourrir dans les fers.

Ses yeux s'embuèrent, il détourna la tête et il dit d'une voix étranglée, comme s'il était tout d'un coup submergé par le flot de son émotion :

— Si c'est un garçon, nous l'appellerons Jimmy.

Purcell baissa les yeux et rougit à son tour. A cet instant, tout était oublié. Il éprouvait presque de l'affection pour Mason.

— Jamais, reprit Mason d'une voix sourde, jamais je n'aurais osé reparaître devant ma sœur sans Jimmy. Ma sœur, poursuivit-il, n'a pas eu une vie très gaie. Quant à ma vie à moi... Bref, Jimmy, monsieur Purcell, Jimmy était notre... rayon de soleil.

Il prononça ces mots d'un air gêné comme s'il trouvait la métaphore trop hardie. Puis il se tut, remonta la bretelle de son fusil, pencha la tête, ouvrit son portillon, et sans dire un mot, traversa la « dunette ». Purcell le suivit des yeux.

Au moment d'atteindre la porte de sa cabane, Mason se retourna. Son visage était inondé de larmes. Il sourit, leva la main droite, et cria d'une voix forte :

— Ce sera un garçon, monsieur Purcell.

— Je l'espère, Capitaine, cria Purcell avec élan.

Après le repas de midi, Purcell chercha des yeux son fauteuil et se rappela avec agacement qu'il était chez Omaata. Il sortit dans son jardin et atteignit en quelques pas l'épais fourré d'hibiscus qui servait de but à sa promenade.

— Je vais chez Omaata! cria Ivoa, apparaissant sur le seuil ensoleillé des portes coulissantes, le bras levé dans sa direction.

Purcell lui sourit et agita la main. Lui aussi, maintenant, parlait avec ses mains. Ivoa sortit du soleil et aussitôt, le noir de la cabane la happa, elle disparut comme dans une trappe.

Quelque chose tomba sur le pied nu de Purcell. Il regarda à terre. Il ne vit rien. Il se retourna vers le fourré d'hibiscus, et de nouveau, quelque chose le frappa légèrement aux jambes. C'était une petite pierre. Il s'immobilisa.

Il scruta les fougères géantes qui entouraient son jardin.

— Qui est là? dit-il d'une voix étouffée, tous les nerfs tendus.

Il n'y eut pas de réponse, et le silence dura si longtemps qu'il douta presque avoir servi de cible. Juste comme il allait recommencer à marcher, une troisième pierre l'atteignit à la poitrine. Il se fit dans sa tête comme un déclic. Le premier jour dans l'île. Mehani allongé sur l'herbe de tout son long devant le banian...

— Itia? dit Purcell à mi-voix.

Il y eut un rire. Purcell scruta les fougères. Il ne vit rien. Pas une feuille ne bougeait. Derrière le fourré d'hibiscus, une petite brousse de fougères géantes le séparait des arbres du second plateau. Elle n'avait qu'une dizaine de pas de largeur. Mais elle était si impénétrable qu'il n'avait jamais tenté de la traverser. Il faisait le tour par *Banian Lane*.

— O jeune fille qui lance des cailloux! dit Purcell.

C'est ce que Mehani avait dit, le premier jour dans l'île sous le banian. Il y eut un rire étouffé, énervé, roucoulant.

— Sors donc de là, dit Purcell.

— Je ne peux pas, dit la voix d'Itia. Je ne dois pas me montrer.

Elle reprit :

— Mais toi, viens.

Il réfléchit. Seule Itia pourrait le conduire à la cachette des Tahitiens. Mac Leod avait vu juste. Purcell contourna lentement l'hibiscus.

— Où es-tu? dit-il en regardant les larges feuilles des fougères.

— Ici.

Mais elle ne se montrait toujours pas. Il écarta les grosses tiges flexibles, et se courbant, il pénétra dans le fourré. Une nuit profonde y régnait. L'air était frais et humide.

— Où es-tu donc? dit-il avec impatience.

L'enchevêtrement des tiges l'empêchait de se tenir debout. Il mit un genou à terre. Tout était moite, silencieux, baigné dans une obscurité verdâtre. Le sol était couvert de mousse.

Il n'eut pas le temps de la voir. Il la reçut contre sa poitrine, fraîche, odorante. Ses petites lèvres humides parcouraient son visage avec la gaucherie et l'élan d'un jeune chien. Il prit ses bras et l'écarta de lui. Ce fut bien pis. Dès qu'elle fut éloignée de lui, son odeur le frappa en plein visage. L'hibiscus dans ses cheveux, les tiarés, le collier de pignons de pandanus... Sous les larges feuilles de fougère, dans cet air moite et confiné, son parfum prenait une puissance extraordinaire. « Si la peau est bonne... », avait dit Omaata. Sous les doigts crispés de Purcell, les épaules d'Itia étaient douces et fondantes au toucher comme celles d'un enfant. Il la voyait à peine. Il la palpait et la respirait comme un fruit.

— J'ai à te parler, Itia.

D'avoir parlé il se ressaisit. Il détacha avec peine ses mains de ses épaules.

— Parler! dit Itia.

Les yeux de Purcell s'étaient faits à la pénombre et Itia se dessinait peu à peu. Elle était à genoux, assise sur ses pieds, et dans cette position, ses cuisses saillaient, amples et précises, les lanières d'écorce blanches de sa jupe retombant de chaque côté sur la mousse. Ses épaules rondes se penchaient en avant, rapprochant ses deux seins, et elle laissait pendre ses bras le long de son corps, mais au-dessous de sa taille mince, ses hanches, en s'élargissant, forçaient ses bras eux-mêmes à s'arrondir. Elle faisait la moue, mais démentant ses lèvres, ses yeux riaient.

— Parler! répéta-t-elle avec un léger dédain, et en ondulant des hanches sans bouger sa taille étroite.

— Itia, écoute. On est en guerre!

— *Eaoué!* dit Itia, son petit visage rond s'attristant. *Eaoué!* La guerre est là, et beaucoup de femmes vont être veuves...

— Justement. Je veux empêcher la guerre.

— Empêcher la guerre, répéta Itia d'un air de doute.

— Oui, je le veux. Tu vas me conduire auprès de Tetahiti.

— Quand?

— Maintenant.

— Maintenant? dit Itia d'un air choqué.

— Pourquoi pas maintenant?

— *Maamaa.* Ce n'est pas l'heure de marcher au soleil. C'est l'heure de la sieste... et de jouer.

Il y eut un silence, puis elle ondula de nouveau et elle reprit d'une voix basse et douce, ses yeux bruns luisant dans l'ombre :

— Joue avec moi, Adamo.

Il la regarda. Ce mot *jouer,* quelle trouvaille! Ce mot seul, c'était tout un peuple, toute une civilisation! Quel air innocent il avait! On faisait une partie de cache-cache avec Itia sous les fougères géantes, et quand on l'avait attrapée, on *jouait.* Adamo et Itia, nus et enfantins sur la mousse comme deux bébés sur un tapis... *Jouer! Jouer!* La vie entière n'était qu'un *jeu.* Le matin, quand il faisait frais, on *jouait* à pêcher des poissons. L'après-midi, on *jouait* à monter dans les cocotiers pour cueillir les noix. Le soir, quand la fraîcheur revenait, on *jouait* à chasser le cochon sauvage. Mais vers le milieu du jour, et en plein ventre du soleil, on gagnait l'ombre, et on *jouait...* Le verbe n'avait plus besoin de complément. C'était le *jeu.* Le *jeu* par excellence. Le plus innocent des *jeux.*

— Non, dit Purcell.

— Pourquoi?

— Je t'ai déjà dit : c'est un *tabou.*

Il prononça ces paroles avec gêne. Que le *jeu* pût être « taboué », cela paraissait si stupide en tahitien!

Itia se mit à rire.

— Un *tabou* de qui?

— De l'*Eatua*.

— Homme! dit Itia d'un air indigné, tu dis les choses qui ne sont pas! C'est le chef ou le sorcier qui décide des *tabous*. Ce n'est pas l'*Eatua*. L'*Eatua* est l'*Eatua*, et c'est tout.

On était en pleine hérésie : Dieu ne s'occupait pas des hommes.

— Dans la grande île de la pluie, dit Purcell, c'est l'*Eatua* qui décide des *tabous*.

Ça aussi, à bien réfléchir, c'était une hérésie. Mais comment lui faire comprendre que Dieu était universel?

— Eh bien, dit Itia, on n'est pas dans la grande île ici. Ton *tabou* ne vaut rien. Pourquoi porter le *tabou* d'une île à l'autre?

Mais ce point-là, ils l'avaient déjà discuté. Et Purcell n'avait jamais eu le dernier mot dans la discussion.

— J'ai dit non, dit Purcell avec fermeté.

Itia redressa son buste et ses yeux étincelèrent.

— Homme! dit-elle avec colère, pourquoi me fais-tu cet affront? Est-ce que je suis querelleuse comme Horoa? Est-ce que je suis commune comme Vaa? Est-ce que je suis laide comme Taïata?... Vois mes seins! dit-elle en les soulevant avec tendresse dans ses petites mains potelées. Vois mon ventre! Vois mes hanches! poursuivit-elle en ondulant sur place, les mains levées. Vois, homme! Comme elles sont larges!...

Et les seins hauts, les paumes des mains levées à la hauteur des épaules, elle regardait onduler ses hanches avec un sourire ravi comme si sa propre beauté, peu à peu, la grisait.

— Regarde, homme! dit-elle d'une voix sourde et un peu rauque, regarde! J'ai les hanches larges pour te recevoir et pour te porter un enfant.

— Je t'ai répondu, dit Purcell. Et maintenant, conduis-moi auprès de Tetahiti, je te prie.

Elle s'immobilisa. Son petit visage rond se ferma, et ses yeux jetèrent des éclairs.

— Homme, dit-elle, la voix rendue aiguë par la colère, tu joues avec moi et je t'amène à la cachette des miens. Ou tu ne joues pas, et je m'en vais.

Purcell la regarda, béat. C'était la journée du chantage! Itia, après Johnson!

— Je suis en colère, Itia, dit Purcell avec sévérité. Je suis très en colère.

Et sans réfléchir que ce n'était pas le moment de lui faire plaisir, il répéta :

— *I am very angry*.

— *Why?* dit-elle aussitôt en élargissant ses lèvres avec application. Elle prononçait *Ouaïé* sans trace d'*h* et en ajoutant un « é » à la fin, mais c'était si bien articulé, et avec tant d'expression, qu'on pouvait presque voir le mot sortir de sa bouche, rond et étonné. Pourquoi? reprit-elle en tahitien d'un air innocent et en étendant devant elle des paumes démonstratives, tu es gentil : je suis gentille. Tu es méchant : je suis méchante.

Elle était penchée en avant, et ses bras en cercle autour de ses genoux, son corps roulé en boule, elle avait l'air d'un fruit sur un tapis de feuilles : rond, pulpeux, odorant. « Et moi, pensa Purcell, moi, je suis le « méchant » bébé, parce que je ne veux pas *jouer*. »

— Itia, dit-il avec fermeté. Tu m'amènes chez les tiens, et c'est tout. Je ne veux pas de conditions.

— Tu es gentil : je suis gentille.

— Au revoir, Itia.

— Tu es gentil, je suis...

— Au revoir, Itia.

— Je reviendrai demain, dit Itia d'une voix tranquille, et dans ses yeux rieurs, malicieux, fixés sur les siens, brillait l'absolue certitude qu'il finirait par lui céder.

— Au revoir! dit Purcell d'un air furieux.

Et il sortit du fourré de fougères avec si peu de précaution qu'il se cogna le front, et se pinça la main droite entre deux tiges.

En regagnant sa cabane, il sentit le soleil battre sa nuque et ses épaules. Ce n'était même pas une brûlure. Cela ressemblait à des coups. Il allongea le pas, entra avec soulagement dans l'ombre de l'auvent et se jeta sur son lit. Il se rappela qu'Ivoa était allée chez Omaata. Cette manie d'aller les unes chez les autres! Il se sentait seul, désemparé. Il n'était pas, au fond de lui-même, aussi sûr qu'il l'avait dit à Mac Leod que les Tahitiens ne considéraient pas *tous* les *Peritani* comme leurs ennemis. Il se rappelait les traditions guerrières de Tahiti : quand une tribu vous tuait un homme, il était moral, si l'on pouvait, de la massacrer tout entière. Le cas, pourtant, était différent. Les *Peritani* n'étaient pas une tribu ennemie avec un long passé de guerres, de traîtrises et d'atrocités. La plupart d'entre eux avaient même entretenu des liens d'amitié avec les Tahitiens, et peut-être ceux-ci admettraient-ils des nuances dans leur vengeance. Par exemple, ils pourraient estimer que seuls étaient leurs ennemis les *Peritani* qui s'armaient contre eux d'un fusil. « Mais dans ce cas, pensa Purcell avec remords, j'aurais mieux fait de céder à Itia et de les voir. Je leur aurais dit de ne pas se fier aux apparences; que

Jones ne portait un fusil que par gaminerie; que Hunt ne chargeait pas le sien; que Johnson était décidé à ne pas tirer; que White avait voté contre Mac Leod... »

Il revit Jones quand il s'était éloigné quelques minutes plus tôt par la rue de l'Alizé, son petit nez froncé par la colère. Il allait sûrement s'armer pour la corvée d'eau et même s'il n'arrivait rien cette fois-ci, des yeux l'épieraient dans la brousse. Ropati portait un fusil : Ropati était contre eux, lui aussi. « Je devrais aller le voir tout de suite, pensa Purcell, lui proposer de le remplacer. » Mais il avait chaud, il n'avait pas envie de bouger. Au surplus, c'était inutile. Jones refuserait : il savait ce qu'il avait à faire, il n'était plus un bébé..., etc.

Par les portes coulissantes grandes ouvertes, le soleil et la chaleur entraient à flots, et bien qu'il fût à peu près nu, Purcell transpirait. Il eut la pensée de se relever pour aller fermer les portes, mais il n'en eut pas le courage, et se contenta de tourner le dos à la lumière. Il éprouvait une impression étrange : il était certain que chaque jour qui s'écoulait rapprochait les Iliens d'une nouvelle tuerie, et il n'arrivait pas à y croire. Et les autres, non plus, n'y croyaient pas. Baker partait à la pêche — seul! — et y restait toute la journée. Mason priait le Seigneur deux fois par jour de lui accorder un fils. Ivoa allait bavarder chez une voisine. Itia ne songeait qu'à *jouer*. Et lui, faisait la sieste, comme chaque jour. La guerre était là, elle crevait les yeux, et personne ne voulait la voir.

Comme chaque jour, à la même heure, il sentit le sommeil l'envahir. Ses yeux se fermèrent et son corps commença à peser sur le matelas de feuilles. Il s'engourdissait, tombait peu à peu. Il sursauta.

Il s'était senti coupable de s'endormir, comme si la vie des *Peritani* dépendait de sa veille. « C'est absurde, dit-il presque à voix haute. Qu'est-ce que je peux faire? » Il avait la tête lourde, la nuque douloureuse. Il faisait presque trop frais sous les fougères avec Itia, et quand il était sorti, le soleil l'avait surpris.

Il ferma de nouveau les yeux, glissa dans le sommeil. Une gêne insupportable l'en arracha. C'était ce même sentiment de mauvaise conscience quand il s'endormait, enfant, sans avoir fait tous ses devoirs. Sa gorge se serra. Il y avait quelque chose à faire, mais il ne savait pas quoi. Il paressait sur ce lit, le temps coulait, irrémédiablement; quelque chose, quelque part, était perdu; c'était sa faute. Il ne savait pas s'il veillait ou dormait, une impression de cauchemar l'envahit, sa pensée se mit à tourner dans le même cercle sans pouvoir s'arrêter, et une voix murmurait sans fin à son oreille : « Adamo, tu aurais dû, tu aurais dû, tu aurais dû... » Mais qu'est-ce qu'il aurait dû faire? De quoi était-il coupable? Au même instant, la voix se tut, et il sombra dans les ténèbres en tournoyant.

Si seulement sa pensée cessait de tourner dans ce cercle lourd, avec cette fatigue affreuse... S'il pouvait avancer, voir clair! Il y eut une lueur verte devant lui, il était au pied du banian, perdu dans le dédale des pièces de verdure, il cherchait Mehani, il tournait sans fin autour de l'arbre. Une ombre fuyait devant lui, un dos noir, athlétique, qui se penchait pour passer sous une branche. Mehani! Il ne se retournait même pas. Cela durait depuis des heures. Et tout d'un coup, c'était lui! Là! Au-dessus de lui! Sa tête, seule, suspendue dans l'air, en plein feuillage, le visage exsangue et gris, penché sur le côté comme celui du Christ sur sa croix. Il cria : « Mehani! » Les yeux s'ouvrirent avec une lenteur douloureuse, ils étaient déjà vitreux. « Mehani! Mehani! » Purcell criait son nom sans arrêt. S'il cessait de crier, Mehani mourrait. Alors, les grosses lèvres mauves s'entrouvrirent, et les yeux bruns, tristes et voilés, le fixèrent : « Adamo, dit Mehani, avec lenteur, tu n'aurais pas dû... » « Mais quoi? Quoi? cria Purcell désespérément, qu'est-ce que je n'aurais pas dû faire?... »

Il se réveilla à demi, la sueur ruisselant sous ses aisselles et le long de ses flancs. Mais son corps était comme empâté dans le sommeil, il n'arrivait pas à bouger. La nuit se fit tout d'un coup. Mehani disparut, et Purcell aperçut, tout petit, à l'orée du banian, Jones en train de courir, le fusil au poing. Ce n'était pas vraiment Jones, mais un petit garçon qui ressemblait à Jones, il brandissait un petit fusil de bois, et tournant la tête du côté de Purcell, il riait au mileu de ses taches de rousseur. « Je ne l'attraperai jamais », pensa Purcell avec angoisse. Il n'arrivait pas à hausser les genoux pour courir. Il traînait ses jambes derrière lui, lourdes et engourdies. Tout d'un coup, Jones tomba. Purcell faillit buter contre son corps. Il s'arrêta. Ce n'était pas Jones, c'était Jimmy, le visage brisé par le poing de Burt, le nez écrasé, le sang ruisselant de la bouche. Mon Dieu, Jimmy! Jimmy! « J'espère, monsieur Purcell, dit la voix forte de Mason à son oreille, que ce sera un garçon. » Mason l'avait pris aux épaules. « Monsieur Purcell, il *faut* que ce soit un garçon! »

Il se réveilla tout à fait. De grandes mains noires encerclaient ses bras et le secouaient. Le mouvement lui donnait mal au cœur. Il cligna des yeux.

Ces grandes mains, cette masse sombre, penchée sur lui, c'était Omaata. Il ouvrit les yeux tout grands et passa sa main sur sa bouche. A côté d'Omaata, Ivoa se dressait. Et à côté d'elle, Itia.

— Qu'y a-t-il? dit-il en se dressant sur son coude.

Le soleil était déjà assez bas. Il avait dû dormir longtemps. Il cligna des yeux, regarda les femmes, immobiles au pied de son lit. Leurs visages étaient gris de peur.

— Qu'y a-t-il?

— Parle, Itia, dit Omaata d'une voix à peine perceptible.

Itia le regardait, les lèvres tremblantes.

— Parle, Itia, dit-il, gagné par la peur.

— Adamo!

— Parle!

— Ils ont trouvé les fusils!

Il se dressa.

— Que dis-tu? cria-t-il, stupéfait. Quels fusils?

— Les fusils que le chef a cachés dans la grotte.

— Quels fusils? cria-t-il en appliquant ses mains contre ses oreilles comme pour s'empêcher d'entendre. Quelle grotte?

Et tout d'un coup il cria :

— Les fusils de Mason? Les fusils qu'il a cachés dans la grotte? Dans la montagne?

— Oui.

— Ce fou! cria-t-il en se précipitant à bas du lit et en faisant un pas vers la porte.

Il s'arrêta, hagard. Où allait-il? Que pouvait-il faire? Il dévisagea Itia.

— Ils ont osé entrer dans la grotte? Et les *Toupapahous?*

— Mehani seul est entré.

Le seul Tahitien qui ne crût pas aux revenants! Et il a fallu que ce fût lui!

— Quand?

— Quand Avapouhi et moi, on s'est sauvées après le partage des *vahinés*. C'est Mehani qui nous a forcées à entrer dans la grotte. On ne voulait pas. Mais il pleuvait! Il pleuvait! On est entrées.

Il la regarda et dit, les lèvres sèches :

— Combien de fusils, Mehani a trouvés?

— Huit.

— Des munitions?

— Une caisse.

Ce fou de Mason! Il avait porté tout cela là-haut avec Vaa! Pour « vendre sa peau », si la frégate revenait... Une pensée traversa Purcell comme un éclair déchirant. Il cria :

— Omaata! La corvée d'eau!

Il la regarda. Elle tremblait de tous ses membres, les yeux fous. Elle était incapable de répondre.

— La corvée d'eau? cria-t-il en se tournant vers Ivoa.

— Elle est partie.

— Quand?

— Un moment.

— Un moment comment?

— Un grand moment.

— Un grand moment comment? cria Purcell, exaspéré.

— Comme pour aller à la baie du *Blossom* et revenir.

Une heure. Ils touchaient déjà presque au but. On ne les rattraperait jamais. On pourrait crier. Ils n'entendraient même pas.

A un mille du banian, à mi-pente de la montagne,

des rochers, en retenant l'eau du torrent, formaient un petit bassin encaissé, couronné de fourrés. C'est là où l'on puisait l'eau. Puis, quand tous les récipients étaient pleins, on se baignait. L'eau claire sur les rochers noirs, c'était la récompense après la longue marche au soleil. Purcell regarda Itia, le cœur serré.

— Ils savent qu'il y a une corvée d'eau?

— Ils savent, dit Itia en baissant les yeux.

C'est elle qui le leur avait dit! Sans penser à mal! Raha, Faïna, Itia rôdaient depuis le matin autour du village, papotaient avec les femmes des *Peritani,* qui savaient tout par leurs maris. Ce n'était même pas voulu! C'était l'habitude. Tout se savait toujours dans les îles tahitiennes! Les « mutins » étaient renseignés d'heure en heure.

Et maintenant, ils attendaient la corvée d'eau. Ils étaient cachés derrière les fourrés, de l'autre côté du bassin, les canons des fusils appuyés contre les branches. Les *Peritani* arriveraient. Ils laisseraient les femmes descendre dans le bassin, et resteraient sur la crête, fusil au poing, bien détachés sur le ciel. Mon Dieu, gémit Purcell, les Tahitiens allaient tirer sur eux comme sur des cibles dans un stand. « *Jones!* » cria Purcell à haute voix, comme si le petit pouvait l'entendre. Une envie désespérée de courir le saisit. Courir! C'était fou! Jones n'était plus qu'à quelques dizaines de mètres du torrent. Il était heureux, il pensait que, lorsque les femmes auraient rempli les chaudrons, il pourrait poser ce fusil qui l'encombrait, dénouer son *pareu,* et se jeter le premier dans l'eau, musclé, bronzé, joyeux.

— Ils approchent du torrent, dit Purcell à voix basse.

Les trois femmes regardaient fixement la montagne. Mais ce n'était pas la montagne qu'elles voyaient. Elles avaient dans les yeux la même vision que lui. Les quatre *Peritani* avançaient lentement parmi les pierres et la mort était au bout.

— Jono! dit Omaata d'une voix étouffée.

C'était vrai! Il n'avait pensé qu'à Jones! Mais Hunt aussi allait mourir! Tous les autres allaient mourir, Johnson qui avait passé sa vie à trembler, White si consciencieux, Hunt qui ne comprenait jamais rien, et Jones! Jones!...

Il regarda Omaata. Son regard était affreusement vide. Il s'approcha d'elle et la prit par le bras. Elle le laissa faire, inerte. Elle branlait son énorme tête, et de grosses larmes roulaient dans ses yeux fixes. Ivoa lui prit l'autre bras, et Omaata dit d'une voix faible comme celle d'une très vieille femme : « Je veux m'asseoir. » Et aussitôt son énorme masse s'affaissa, comme si ses jambes ne pouvaient plus la porter. Ivoa et Purcell s'assirent à leur tour sur le plancher, serrés contre elle. Au bout d'un moment, Itia s'approcha et s'assit à côté d'Ivoa, la tête appuyée contre son bras. Ils se taisaient et regardaient la montagne.

Les *Peritani* marchaient sous le soleil. A force de passer au même endroit depuis si longtemps, la corvée d'eau avait frayé un sentier dans la pierraille, et tous avançaient à la file indienne, pieds nus, sans parler. Il faisait très chaud, on n'avait pas envie de parler. Johnson regardait autour de lui avec effroi. White plissait les yeux, triste et calme. Hunt ne pensait à rien. Jones avait un peu peur. Un peu seulement. Les Tahitiens l'aimaient bien. Et puis, ils n'avaient que des javelots. Ça ne portait pas loin, un javelot. Le soleil lui mordait l'épaule droite. La sueur coulait sans arrêt dans son dos entre ses omoplates et son corps se préparait avec délices à la caresse de l'eau.

Le silence dans la pièce devenait intolérable. Purcell serrait ses mains l'une contre l'autre. Il respirait plus mal à chaque seconde.

— Itia, dit-il dans un souffle.

— Oui?

— Pourquoi ne m'as-tu pas dit tout à l'heure qu'ils avaient trouvé les fusils?

— Quand « tout à l'heure »?

— Avant la sieste.

— Je ne le savais pas. Je l'ai appris quand je suis retournée chez eux. Je suis vite revenue.

Ils ne faisaient pas de gestes et ils parlaient à voix basse comme s'ils veillaient des morts.

— Quand tu es revenue, tu aurais dû croiser la corvée d'eau.

— Je ne suis pas passée par le chemin du banian. J'ai pris par la brousse. J'ai mis longtemps.

Parler était inutile. Tout était inutile. Mais il fallait parler, parler. On étouffait sans cela. Purcell avait beau fermer les yeux. Il voyait les *Peritani* s'avancer vers le torrent, bien vivants tous les quatre. Ils avaient soif, ils avaient chaud, ils étaient fatigués, et ils avaient dans la tête des petits projets pour leur jardin, pour leur cabane ou pour la pêche. Ils se croyaient vivants, et ils étaient morts déjà. Aussi morts que s'ils étaient déjà étendus sur les cailloux, une balle dans le cœur et la tête coupée.

Le soleil baissait, et au-dessus de la frondaison du banian, la montagne, éclairée d'un côté seulement, prenait un relief saisissant, paraissait plus proche, plus menaçante. Le cœur de Purcell se mit à cogner de grands coups sourds contre sa poitrine.

Il baissa la tête, ferma les yeux et se mit à prier. Il y renonça aussitôt. Il n'arrivait pas à penser.

Il y eut deux détonations lointaines, coup sur coup, puis deux autres, et ce fut tout.

— Jono, dit Omaata.

Et la tête droite, les yeux fixés sur la montagne, elle entrouvrit les lèvres et se mit à gémir.

CHAPITRE XII

Les femmes revinrent à la tombée de la nuit de la corvée d'eau. Elles déposèrent leurs récipients sur la place du marché et commencèrent immédiatement les rites funèbres. Ces rites consistaient en danses et en chants qui, loin d'être tristes, tournaient autour d'un thème unique : le *jeu.*

Purcell les regardait faire, stupéfait. De toute évidence, il n'y avait pas de différence entre la façon dont les Tahitiens célébraient une naissance et celle dont ils pleuraient un mort. Dans les deux cas, ils exaltaient ce que la vie offrait, à leurs yeux, de plus précieux. Sur les quelques pieds carrés de *Blossom Square,* illuminé par des dizaines de *doédoé* piqués de place en place sur des souches, dansèrent, tard dans la nuit, et accompagnées par des chants lascifs, les femmes mêmes qui, quelques heures plus tôt, avaient vu leurs *tanés* mourir sous leurs yeux. Purcell ne les quittait pas des yeux. Qu'est-ce que cela voulait dire? Essayaient-elles de maîtriser la douleur de la mort en faisant exprimer à leurs corps la joie de vivre? Faisaient-elles un dernier hommage à leurs *tanés* des biens qu'ils n'avaient plus? Ou, cachée au fond de cette ivresse, y avait-il l'affirmation naïve que la vie, pour les survivants, restait, après tout, aimable?

Purcell était assis sur une souche et Ivoa avait pris place sur l'herbe entre ses jambes, de façon à pouvoir appuyer son dos. Les Tahitiens n'avaient pas permis à la corvée d'eau de revenir pour emporter les corps, et ceux-ci étaient figurés par des troncs d'arbres sur lesquels les femmes avaient jeté des draps d'écorce pilée. Amoureïa n'était pas présente à la cérémonie. Ohou l'avait revendiquée comme prise de guerre après la fusillade, et retenue auprès de lui, dans la brousse, contre son gré. Toutes les femmes dansaient, sauf Vaa et Ivoa à qui leur état l'interdisait. Les chants devenaient de minute en minute plus frénétiques, et Purcell scrutait les visages des veuves, tandis qu'elles passaient et repassaient devant lui.

Les dissentiments de Taïata et de Johnson étaient notoires, mais Itihota s'entendait bien avec White, et Omaata adorait son *tané*. Et pourtant, Omaata dansait comme elle avait dansé sur le pont du *Blossom*, au moment de la grande pluie, pour séduire Jono. Il n'y avait pas deux heures elle gémissait comme une bête, les yeux fixes, à demi morte elle-même, et maintenant elle souriait, ses narines palpitaient, ses grands yeux brillaient comme des lunes. Dans la volupté du mouvement, le visage d'Itihota portait une expression identique, et même Taïata avait perdu son air maussade et fermé. Si différentes qu'elles fussent en taille, en proportions, et en beauté, elles finissaient par se ressembler, par porter ce même masque figé, extatique. Elles chantaient, à tour de rôle, avec une foi qui en bannissait toute grossièreté, ces chants intraduisibles où le « jeu » était décrit sans épargner un détail. Les voix aussi étaient étrangement parentes, aiguës et rauques à la fois. A un moment, les yeux de Purcell croisèrent ceux d'Omaata, et il vit dans le regard impersonnel qu'elle lui rendit une lueur provocante. Il reçut ce regard comme un choc. C'était manifeste : elle ne le « reconnaissait » pas. A cet instant, il n'était plus, à ses yeux, son « bébé », mais un *tané* comme les autres *tanés*. Elle-même n'était plus Omaata. La volupté vague de ses yeux le disait : Omaata, Jono, le passé, tout était aboli. Il n'y avait plus qu'une femme qui dansait parce qu'elle était en vie et que la vie n'était rien d'autre que le jeu.

Avapouhi poussa un cri, se détacha du groupe des danseuses et s'avança vers Purcell en boitillant. Le coude droit levé à la hauteur de l'épaule, l'avant-bras horizontal, le poignet souple, elle secouait les doigts avec grâce devant son doux visage, comme pour signaler, avec une exagération joueuse, l'intensité du mal.

— Aïe! Aïe! Adamo! gémit-elle, les lèvres mi-boudeuses, mi-souriantes.

— Fais voir, dit Purcell.

Il se leva avec précaution pour ne pas déranger Ivoa, fit asseoir Avapouhi sur la souche et, plaçant le pied droit de la *vahiné* contre son propre genou, commença à lui masser la cheville. Ivoa bougea à peine. Elle posa la tête contre la cuisse d'Avapouhi et continua à chanter à mi-voix, les yeux fixés sur les danseuses.

— Où est Ouili? demanda Purcell au bout d'un moment.

Il devait hausser la voix pour se faire entendre malgré les chants.

— A la maison.

— Je vais aller le voir.

— N'y va pas.

— Pourquoi?

Avapouhi baissa les yeux avec lenteur et regarda sa cheville.

— Aïe! Aïe! Adamo!

— Pourquoi?

— Moins fort, je te prie.

— Pourquoi ne dois-je pas aller le voir?

— Il ne t'ouvrira pas. Il s'est enfermé.

— Qu'est-ce qu'il fait?

— Rien.

— Quoi, rien?

— Il est assis. Il se lève. Il s'assoit. Il prend sa tête dans ses mains. Quand je m'approche...

— Quand tu t'approches?

— Il crie « Va-t'en! » » puis il tape à coups de poing contre la porte. Il tape! Il tape! Et il a des yeux comme du feu!

Il y eut un silence. Ivoa cessa de chanter, passa l'extrémité de ses doigts sur la cuisse d'Avapouhi et dit en renversant la tête en arrière pour la voir :

— Tu as la peau douce comme de la soie, Avapouhi. Et ton sourire aussi est doux. Et tes yeux.

Purcell la regarda. Il était difficile de savoir si elle voulait changer le sujet de l'entretien ou si simplement elle n'avait pas écouté.

— Ce que tu dis est agréable, dit Avapouhi avec lenteur.

Elle posa la main sur les cheveux d'Ivoa, les caressa et dit :

— Que l'*Eatua* te bénisse d'un fils. Qu'il lui donne une langue criarde pour t'appeler dans ton sommeil et de bonnes lèvres pour sucer ton sein.

Elle se tut. Ivoa arrondit les bras autour de ses seins et ferma les yeux, un sourire absent sur les lèvres. C'était comme si l'enfant était déjà là, nu et lascif contre elle, les lèvres gonflées de lait. Avapouhi se taisait. Elle aussi, elle voyait le petit garçon d'Ivoa, mais il n'était plus dans les bras de sa mère, il marchait déjà, il appartenait à tous, il passait de main en main, il faisait la joie de l'île. Il trottinait partout, l'enfant! Il apparaissait, nu et étonné, au détour du sentier, à peine plus haut que les graminées du sous-bois. Oh l'enfant! l'enfant! Comme il était doux à toucher!

— Et maintenant, dit Avapouhi avec un air d'extrême bonheur, je vais aller danser.

— Tu ne pourras pas, dit Purcell.

— Je pourrai, dit-elle en se levant.

Purcell reprit sa place sur la souche, ses deux jambes entourant Ivoa. Avapouhi fit quelques pas et poussa un cri. Elle se tourna vers Adamo et fit une petite grimace.

— Va donc te coucher.

— Non, dit-elle avec un air subit de tristesse. Non. Je ne peux pas. Elle revint à lui, s'assit près de son pied droit et cala son dos contre son genou.

Une ombre se projeta entre les danseuses et Purcell. Il leva les yeux. C'était Mason, le fusil sous le bras. Il s'avança, s'appuya contre le tronc d'un cocotier à deux mètres de Purcell. Il ne le regardait pas. Et quand il se mit à parler, il n'arrêtait pas de jeter autour de lui des regards inquiets. Derrière lui, profilés à peine dans l'ombre d'un autre arbre, Mac Leod et Smudge se tenaient immobiles. Armés eux aussi. Purcell ne les avait pas entendus approcher.

— Monsieur Purcell, dit Mason d'une voix brève, voudriez-vous faire entendre raison à Baker? Ce fou s'est enfermé chez lui et nous a envoyés promener. Après l'assassinat de Jones il devrait comprendre que sa place est avec nous.

— Il ne m'ouvrira pas davantage, dit Purcell en secouant la tête. Laissez-lui le temps de se calmer.

— Le temps! Le temps! gronda Mason. Nous ne serons que trois fusils contre quatre, cette nuit! A cause de ce fou!

Il reprit d'une voix sèche :

— Je ne suppose pas que vous consentiez à vous armer.

— Non, Capitaine.

— Vous nous abandonnez, dit Mason d'une voix méprisante. Si les Noirs attaquent cette nuit, nous ne serons que trois.

— Rassurez-vous. Ils n'attaqueront pas cette nuit.

— Comment le savez-vous? dit Mason avec une note de suspicion dans la voix.

— Ils n'attaqueront pas la nuit où les femmes pleurent les morts.

— Pleurer! dit Mason avec indignation. Vous appelez ça « pleurer »! Je n'ai jamais rien vu de plus dégoûtant! Ces sauvages n'ont pas un seul sentiment décent! Ils n'ont rien *là!* poursuivit-il en se frappant le cœur, absolument rien, voilà la vérité! Passe encore pour les chants : je ne les comprends pas, mais je suppose qu'ils recommandent les défunts à la grâce du Seigneur. Mais les danses! Je vous le demande, monsieur Purcell, est-ce qu'on danse quand on a perdu son mari?

— Ces danses ont sans doute une signification qui...

— Dégoûtantes! coupa Mason en faisant exploser les syllabes. Elles sont dégoûtantes, voilà tout. Et je suis heureux de voir que Mrs. Mason n'y participe pas. Mrs. Mason est une *lady*. Elle se contente de chanter.

— Je vous accorde qu'à vue de nez, c'est assez surprenant, mais chaque peuple a ses...

— Non, monsieur Purcell, j'ai voyagé, moi aussi... Et je n'ai jamais vu une femme agiter les... parties inférieures de son corps pour pleurer son mari. Je suis choqué, monsieur Purcell, reprit-il avec violence, je suis choqué au-delà de toute expression.

Il se tut, le visage rigide, le torse droit, l'air offensé.

— Venez-vous? reprit-il avec raideur.

Purcell le regarda.

— Non, Capitaine.

— Vous voulez dire que vous allez passer la nuit chez vous?

Purcell fit « oui » de la tête. Mason le regarda de côté et dit d'une voix chargée de sous-entendus :

— Vous êtes donc bien sûr que les Noirs ne vous feront pas de mal.

— Je n'en suis pas sûr du tout, dit Purcell d'une voix calme.

Il y eut un silence et Mason dit :

— Vous pourriez monter la garde à une des meurtrières. Il y a quatre côtés à surveiller. Et nous ne sommes que trois. Même sans toucher un fusil, vous pourriez nous aider.

— Certainement pas, dit Purcell d'une voix nette. Ne comptez pas sur moi. Je ne vous aiderai en aucune façon.

— Comment! s'écria Mason d'une voix furieuse. Vous comptez rester neutre! Même après ces assassinats!

Evidemment. Quand les Britanniques tuaient des Tahitiens, c'était à titre d'*exemple*. Mais quand des

Tahitiens tuaient des Britanniques, c'était des assassinats.

— Même maintenant? répéta Mason avec violence.

Purcell le regarda. La pression, le chantage, l'escroquerie au sentiment : c'était complet.

— Même maintenant, dit Purcell d'une voix ferme.

Mason eut un haut-le-corps.

— C'est indigne, monsieur Purcell! cria-t-il d'une voix tonnante.

Il s'arrêta net. Les chants gênaient son indignation.

— Nous en reparlerons, dit-il avec une menace à peine voilée dans la voix.

Il pivota avec lourdeur sur ses talons, et flanqué de Mac Leod et de Smudge, s'engagea dans *Nordester st.* Au bout d'un moment, Purcell posa les deux mains sur la tête d'Ivoa.

— Je vais me coucher.

— Moi aussi.

— Moi non, dit Avapouhi avec tristesse.

Quand Adamo et Ivoa se levèrent, elle prit la place d'Adamo sur la souche et les regarda s'éloigner. Comme elle enviait Ivoa! Elle attendait un bébé et son *tané* avait la première qualité d'un homme : il était doux. Avapouhi chantonna, elle regarda les danseuses, mais au bout d'un moment, elle se sentit seule. Elle chanta plus fort en battant des mains, selon le rythme. Mais même ainsi, la solitude ne la quitta pas. Elle se leva et alla s'asseoir à côté de Vaa. Elle n'aimait pas beaucoup Vaa, mais à sa grande surprise, Vaa tourna la tête et lui sourit. Peut-être Vaa aussi se sentait seule avec son *tané* enfermé dans la maison des Tahitiens. Vaa avait le dos appuyé contre un cocotier. Elle chantonnait sans ouvrir la bouche, et ses yeux étaient tristes. Peut-être son *tané* serait tué. Peut-être le mien. *Aoué!* Nous autres femmes! Avapouhi glissa sa main sous le bras de Vaa, et quand elle vit que Vaa ne le repoussait pas, elle posa sa tête sur son épaule.

Purcell et Ivoa n'avaient pas fait dix mètres dans la rue de l'Alizé qu'Ivoa dit à voix basse :

— Prenons par le sous-bois.

Purcell s'arrêta, tendit l'oreille et dit dans un souffle :

— Tu as entendu quelque chose?

— Non.

Elle ajouta :

— J'ai peur qu'ils tirent sur toi.

— Ils ne tireront pas, dit Purcell.

Mais la peur le gagnait, lui aussi. Il écouta encore, fixant l'ombre devant lui. Rien ne bougeait, sauf, très haut au-dessus de sa tête, les palmes des cocotiers. Les *doédoé* du marché brillaient derrière lui. Il devait faire une belle cible, silhouetté en noir sur la lumière. Il rejoignit Ivoa dans le sous-bois.

— Qui « ils »? demanda-t-il à voix basse. Les nôtres?

— Les autres aussi.

Elle lui serra la main pour qu'il se tût et le guida avec sûreté dans les ténèbres.

Quand ils furent étendus sur le lit de la cabane, la porte close et les parois coulissantes verrouillées sommairement avec des cordes, Ivoa dit, sans bouger la tête :

— Mehani ne te tuerait pas. Tetahiti peut-être pas. Mais Timi et Ohou, oui.

— Pourquoi?

— C'est l'un des deux qui a tiré sur Ropati. Ou bien Ohou, pour avoir Amoureïa. Ou bien Timi, pour qu'Ohou ait Amoureïa.

— Et moi, pourquoi ils me tueraient?

— Ils savent que tu aimais Ropati et ils ont peur que tu le venges. Mais ils tueront d'abord Ouili.

— Pourquoi Ouili?

— Parce qu'ils ont plus peur de Ouili.

Elle se tut. La nuit n'était plus tout à fait aussi noire que lorsqu'ils étaient revenus de *Blossom Square*. Un peu de clarté filtrait par les fentes de la paroi coulissante. Purcell devinait à peine, en tournant la tête, le visage d'Ivoa. Toute la lumière paraissait se concentrer sur son ventre. Poli, rond et volumineux, il surgissait de l'ombre comme un dôme.

— Je n'arrive pas à croire que Ropati soit mort, dit Purcell à voix basse.

Ivoa se tut si longtemps qu'il crut qu'elle était endormie. Mais au même instant, il vit sa main se promener avec légèreté sur ses énormes flancs.

— Moi non plus, dit-elle, et sa main s'arrêta.

Elle reprit :

— Mais je ne pense pas beaucoup à lui.

— Pourquoi?

— Parce que je pense à mon bébé.

Et comme Purcell se taisait, elle reprit :

— Est-ce que c'est mal?

— Non, ce n'est pas mal.

Elle reprit au bout d'un moment :

— Regarde! Il me donne encore des coups de pied!

— Je ne vois rien, dit Purcell.

— Donne-moi ta main.

Elle en appliqua la paume sur une partie de son ventre.

— Tiens! Tu as senti?

Il fut frappé de la force du coup.

— Il ne te fait pas mal?

— Si! Un peu! dit-elle en riant du fond de la gorge d'un air ravi.

Puis elle cessa de rire, le silence retomba, et elle dit d'une voix changée :

— Beaucoup d'hommes seront morts quand il naîtra.

Ces paroles glacèrent Purcell comme un présage. Et la bouche sèche, le cœur battant, il resta silencieux. Il était occupé à maîtriser sa peur. Quelques secondes passèrent, puis il appuya son front contre l'épaule d'Ivoa et respira avec force. Il allait mieux déjà. Mais quand il parla, ce fut avec une voix essoufflée et détimbrée par l'angoisse.

— Peut-être moi.

Bravade? Conjuration du sort? Il se méprisa aussitôt d'avoir dit cela.

— Non! dit Ivoa avec une énergie extraordinaire et comme si la chose eût dépendu d'elle. Non! Pas toi!

— Pourquoi pas moi?

— Je te protégerai, dit-elle avec décision.

Il rit, mais cette parole, absurdement, le rassura. Et pourtant, que pouvait Ivoa?

Après cela, il y eut un long silence. La peur s'était peu à peu retirée de lui comme une mer en reflux, et Purcell retrouvait intactes ses pensées de la soirée.

— Ivoa, dit-il, pourquoi ces danses?

— Pourquoi tous ces « pourquoi », ô mon *tané peritani?*

Elle sourit dans le noir avec tendresse. Oh, Adamo! Adamo! Jamais content de vivre comme un

Tahitien. Jamais en repos. Toujours inquiet. Toujours à la recherche de quelque chose. Toujours à vouloir tout connaître...

— Pourquoi ces danses, Ivoa?

Elle leva dans l'ombre ses belles épaules.

— Qu'est-ce qu'on peut faire? dit-elle avec un soupir. Ils partent. On dit adieu.

— Mais pourquoi... ces danses-là?

Il était soulevé sur son coude et tâchait de voir son visage.

— Il n'y en a pas d'autres, dit Ivoa.

C'était décevant. L'explication n'expliquait rien. Il laissa retomber sa tête sur le lit.

Au bout d'un moment il tâtonna le long de son flanc pour saisir la main d'Ivoa et s'endormit. Ivoa, tournée vers lui, scrutait l'ombre pour le voir. Adamo s'endormait toujours ainsi, d'un seul coup, comme une porte qui se ferme.

Quand son souffle devint lent et régulier, Ivoa se leva sans bruit et, sortant de la maison, elle alla chercher dans l'appentis le fusil que Vaa lui avait prêté. C'était un des fusils que le chef *peritani* gardait chez lui et Vaa lui avait montré comment on faisait pour le charger. Vaa savait tout de l'arme. Elle savait même tirer. Le chef le lui avait appris.

Ivoa ne revint pas dans la cabane. Elle s'écarta de trois mètres à peine de l'appentis, se glissa sous les fougères géantes, s'accota contre une grosse tige et, posant son fusil en travers de ses genoux, elle commença sa veille. S'ils venaient, ils viendraient par le jardin. Timi s'avancerait, une torche à la main. Il la placerait sous les bûchettes de l'appentis. Puis il gagnerait un fourré et attendrait, le fusil braqué sur les portes coulissantes. Et Ohou attendrait devant l'autre porte. « Non, pensa-t-elle avec espoir, Ohou ne viendra pas cette nuit. Cette nuit, il avait Amoureïa. » Si Timi venait seul, elle était sûre qu'elle pourrait le tuer. Elle le laisserait approcher très près, et avant qu'il ait le temps de poser la torche, elle appuierait le canon contre son dos...

Les mains à plat sur le fusil couché sur ses cuisses, le torse droit, la tête appuyée contre le tronc de la fougère, elle attendait. Elle n'avait pas sommeil. Le sommeil viendrait vers le matin, et à ce moment-là, il lui faudrait lutter contre lui de toutes ses forces. Il y aurait de longues heures à attendre. Elle attendrait. Elle n'était pas seule. Il y avait l'enfant qui remuait dans son ventre. Et il y avait Adamo qui dormait dans la cabane. Il dormait comme s'il n'y avait pas eu de guerre, Adamo! Il n'avait même pas de fusil! Il ne voulait tuer personne! Elle sourit farouchement dans l'ombre. « Dors, Adamo! dit-elle sans ouvrir les lèvres. Dors, mon *tané!* Dors, mon joli *tané maamaa...* »

Il faisait à peine jour quand Purcell se réveilla. Ivoa se penchait sur lui.

— Tout est prêt, dit-elle en souriant.

Il lui rendit son sourire et fut frappé au même moment par la lassitude de son regard. Il s'inquiéta. Comme ses traits étaient tirés! Elle paraissait chaque jour plus fatiguée par sa grossesse.

— Je vais me laver, dit-il.

C'était dans l'appentis qu'il faisait sa toilette. Il se leva, se dirigea vers la porte, l'ouvrit, sortit sur le seuil et referma la porte derrière lui. Au même instant, un coup de feu claqua et une balle siffla à ses oreilles.

Ce fut si rapide qu'il resta un instant stupide, les yeux fixés sur le sous-bois, sans comprendre que c'était sur lui qu'on venait de tirer, et sans même songer à rentrer.

Puis la porte s'ouvrit derrière lui, le bras d'Ivoa le happa, et il se retrouva dans la cabane, la porte close, le dos appuyé contre le chambranle. Il était parfaitement calme.

Ivoa le regardait, le teint gris, les lèvres tremblantes. Tout d'un coup, elle chancela, les mains en avant. Il la rattrapa, il la souleva dans ses bras et la porta sur le lit. Quand il l'eut déposée, il se releva, allégé et hors de souffle. Puis il la regarda en lui souriant des yeux. Ils n'avaient pas échangé une parole.

Il revint vers la porte.

— Ne l'ouvre pas! cria Ivoa.

Il fit « non » de la main et s'approcha. La balle n'avait pas réussi à traverser tout à fait le lourd panneau de chêne et sa pointe, à hauteur de poitrine, faisait saillie. Purcell saisit son couteau et travailla à la dégager. Tout s'était joué dans la fraction de seconde où il s'était détourné pour refermer la porte derrière lui. Son buste s'était présenté de profil, et la balle l'avait manqué de quelques centimètres. Il était surtout étonné, tout en entaillant le bois, de ne rien ressentir. La veille, quand Ivoa avait dit : « Beaucoup d'hommes seront morts quand il naîtra », il avait eu un moment de panique affreuse. Et maintenant, la mort l'avait frôlé et il n'éprouvait rien.

A ce moment un second coup de feu éclata. Il fit un pas en arrière.

— Adamo! cria Ivoa.

Mais non, ce n'était pas contre la cabane qu'on tirait. Il courut au hublot et risqua un coup d'œil. Baker était debout dans *West Avenue,* scrutant le sous-bois. De la fumée s'échappait de son fusil.

Une seconde plus tard on frappa à la porte. Purcell ouvrit. Baker fit irruption dans la pièce, et au bout de son bras, Amoureïa apparut, échevelée, haletante. Ivoa se leva, courut à elle et la prit dans ses bras.

— Je vous l'ai amenée pour que vous me traduisiez ce qu'elle raconte! dit Baker d'un ton brutal, impérieux.

Il avait les traits tirés, les yeux hagards et il parlait par à-coups, les dents serrées, avec une violence à peine contenue.

— Je suppose, reprit-il, que c'est sur vous que ces salauds-là ont tiré.

— Je le pense, dit Purcell.

Il revint à la porte et reprit son travail. Il n'avait pas aimé le ton de Baker. Le « c'est sur vous » était désagréable.

— J'étais dans le sentier avec Amoureïa, continua Baker d'une voix fiévreuse, j'ai entendu le coup de feu, j'ai vu quelque chose remuer dans le sous-bois. J'ai tiré.

Il avait pris place sur un escabeau et, tout en parlant, il rechargeait son fusil. Amoureïa et Ivoa étaient assises sur le lit. Elles se taisaient et regardaient alternativement les deux hommes. Purcell entaillait toujours sa porte. Le chêne vieilli dont le panneau était fait avait la dureté du fer. Purcell travaillait à petits coups sûrs et précis, frappant le manche du couteau du plat de la main.

— Elle s'est échappée de leur repaire ce matin, dit Baker en montrant Amoureïa du menton. Pendant qu'Ohou dormait. Elle est arrivée droit chez moi.

Il ajouta avec un peu plus de calme :

— Je voudrais que vous me traduisiez...

— Je finis, dit Purcell.

Il réussit à engager la pointe de sa petite lame dans la fente qu'il avait pratiquée. A la deuxième tentative la balle glissa et se bloqua à mi-course. Il lui redonna du jeu en creusant tout autour, et d'elle-même alors, elle jaillit si vite hors du trou qu'elle tomba à terre. Purcell la ramassa, la tourna et retourna dans ses mains, puis, l'approchant tout près de son œil, la scruta avec attention.

— Y a quelque chose qui vous étonne? dit Baker.

— Non, dit Purcell, et il mit la balle dans sa poche.

Il approcha un escabeau et s'assit en face d'Amoureïa. Elle dit aussitôt d'une voix basse et violente :

— C'est Timi.

— C'est Timi qui a tué Ropati?

— Oui.

— Pour qu'Ohou puisse t'avoir?

— Oui.

Purcell jeta un coup d'œil à Ivoa. Le crime passionnel commis sous couvert de la guerre. Le petit meurtre à l'ombre du grand. Ivoa avait vu juste.

— Est-ce que les autres étaient d'accord?

— Comme ça.

— Comment « comme ça »?

— Quand Ropati est tombé, Mehani et Tetahiti étaient très en colère. Mais Timi a dit : « Ropati avait un fusil », et il a ouvert le fusil, et il y avait dedans la chose qui tue. Alors Tetahiti a dit : « C'est bon. » Et il a dit aux femmes : « Prenez de l'eau et partez... »

« Encore heureux, pensa Purcell, qu'il n'ait pas songé à nous avoir par la soif. »

— Ensuite?

— Ensuite, Ohou a dit : « Je veux Amoureïa. » Je me suis sauvée, mais Ohou court très vite, il m'a rattrapée, il m'a jetée à terre, il a mis la main sur ma tête et il a dit : « Tu es mon esclave! »

Elle se tut et Purcell l'encouragea du regard à continuer.

— Ils ont coupé les têtes.

Cela fut dit sans émotion, sans trace de blâme. C'était la coutume. Ils l'avaient respectée.

— Après?

— Ils ont cassé les fusils.

— Quoi! dit Purcell en sursautant. Quels fusils?

— Les fusils des *Peritani*.

— Cassé? dit Purcell avec vivacité. Tu ne veux pas dire « cassé », tu veux dire « ouvert »? Ils ont ouvert les fusils des *Peritani*.

— Ils les ont ouverts, ils les ont vidés. Et après, ils les ont cassés.

Elle fit le geste de brandir un fusil et de le briser contre un rocher. Elle regardait Purcell avec étonnement. Ça allait de soi. On tuait l'ennemi. L'ennemi tué, on lui coupait la tête. Et on brisait son arme.

— Ainsi, dit Purcell sur un ton d'extrême excitation, ils ont cassé les fusils?

— Oui, et avant, ils les ont ouverts. Le fusil de l'homme jaune était vide. Alors, Mehani a dit : « Je regrette de l'avoir tué. » Mais Tetahiti s'est fâché et il a dit : « Quand le *Squelette* a tiré sur Kori et Mehoro, l'homme jaune a braqué un fusil sur nous. » Et les autres ont dit : « Ta parole est vraie. »

— Et ils ont cassé les fusils?

— Oui.

— Les quatre fusils?

— Oui.

Les yeux d'Ivoa ne quittaient pas le visage d'Adamo. Elle ne comprenait pas son étonnement. Les Tahitiens disposaient des huit fusils de la grotte. Ils en avaient bien assez.

— Amoureïa, reprit Purcell, tu es sûre? Tous les quatre? Ils n'en ont pas gardé un?

— Tous les quatre.

Elle reprit :

— C'est Tetahiti qui les a cassés, l'un après l'autre.

Purcell mit les deux mains dans ses poches, se leva, fit quelques pas dans la pièce, et alla jeter un coup d'œil au sous-bois par le hublot. Au bout d'un moment, il se retourna, regarda Amoureïa et fut pris de remords. Depuis qu'elle était entrée dans la pièce, elle n'avait rien été d'autre pour lui qu'une source de renseignements.

— Amoureïa, dit-il avec douceur en revenant s'asseoir en face d'elle.

Les deux mains sagement posées sur ses genoux, le torse droit, son jeune visage buté et fermé, elle fixait Purcell, les yeux étincelants.

— *Tahoo,* dit-elle sans hausser la voix.

Elle répéta *tahoo* plusieurs fois sans que Purcell pût comprendre si elle attendait de lui la vengeance, ou si elle comptait l'assumer elle-même.

— Qu'est-ce que ça veut dire *tahoo?* dit Baker.

— La vengeance.

Purcell prit à peine garde à l'interruption. Il regardait Amoureïa. Comme son petit visage avait changé! Il se souvenait d'elle le premier mois dans l'île, quand elle se promenait dans le sous-bois, en donnant la main à Jones... Et tout d'un coup, Purcell vit Jones devant lui avec une intensité extraordinaire, ses cheveux courts, ses yeux de porcelaine, son sourire confiant. Purcell ferma les yeux et se courba. C'était atroce. C'était aussi atroce qu'une lame d'acier, glacée et coupante, qui pénétrerait dans son ventre. Il se courba davantage, attendant que la souffrance atteignît son paroxysme et commençât à refluer. C'était odieux, c'était insupportable de se dire : « Tout est fini. » Finir! Le mot n'avait pas de sens quand il s'agissait d'un homme! Un instant, un jour, une tâche pouvaient finir. Mais pas un être humain! Pas un sourire! Pas cette petite lumière tendre dans les yeux de Ropati!

— Vous traduisez? dit Baker avec impatience.

Purcell tourna la tête vers lui, le regarda un instant sans le voir, et traduisit. Il traduisit tout, mécaniquement, sans omettre un détail, même pas celui des fusils brisés.

— Demandez-lui, dit Baker, s'il y a longtemps qu'elle a réussi à quitter Ohou.

Purcell traduisit et Amoureïa leva la tête.

— Le temps d'aller au banian et de revenir.

— Trois quarts d'heure, dit Purcell.

Baker se leva et s'avança vers Amoureïa, les yeux brillants.

— Amoureïa, dit-il d'une voix rauque, tu veux *tahoo?*

— Oui! dit Amoureïa.

— *Ouili tahoo!* reprit Baker en se frappant avec force la poitrine du plat de la main. *Ouili tahoo Ohou!* Et tu vas m'aider! Tu comprends « aider »? Comment on dit « aider »?

— *Taoutourou,* dit Purcell mécaniquement.

— *Taoutourou Ouili tahoo Ohou,* dit Baker avec force en tapant sur son fusil. Tu comprends?

— Oui!

Elle se leva à son tour, les yeux pleins d'une

joie sauvage. Baker la prit par la main, gonfla sa poitrine, la regarda et dit avec des yeux fous :

— *Amoureïa taoutourou Ouili tahoo Ohou!*

— Oui! cria Amoureïa d'une voix aiguë.

— Expliquez-lui! poursuivit Baker avec fièvre en se tournant vers Purcell, elle va me conduire au repaire de ces salauds, et elle va me servir d'appât.

— Vous êtes fou! s'écria Purcell en se levant. Vous n'allez pas faire cela! Vous allez vous faire tuer! Et elle aussi!

— J'vais p't'ête m'faire tuer, dit Baker avec un éclair de triomphe dans ses yeux déments, mais j'en crèverai un avant! J'en crèverai un, Purcell! Je jure Dieu que j'en crèverai un!

— Baker! cria Purcell.

— Me parlez pas, bon Dieu! hurla Baker en tournant vers lui un visage décomposé par la fureur, tout est d'vot' faute! Tout! Absolument tout! J'aurais jamais dû vous écouter! Si j'avais envoyé Mac Leod par le fond la nuit du partage des femmes, y aurait pas eu d'guerre avec les Noirs, et Ropati serait encore en vie! Bon Dieu! C'est à perdre la boussole! Ça n'arrête pas de tourner là-dedans, reprit-il en secouant la tête. J'arrête pas d'me revoir, cette nuit-là, prêt à bondir sur c'salaud d'Ecossais et à lui crocher dedans. Bon Dieu! J'sautais sur lui, j'lui mettais les tripes en l'air, Ropati serait encore vivant! Il serait chez lui à l'heure qu'il est, poursuivit-il, les larmes jaillissant de ses yeux, il serait chez lui assis devant sa porte en train de prendre son breakfast, Amoureïa derrière lui. Et moi, j'passerais devant chez lui, j'dirais : « Tu viens à *Rope beach* ou non? » Bon Dieu! C'est comme si j'le voyais, assis à sa table, devant la porte grande ouverte, avec son sourire gentil, et en train d'contracter ses muscles, le damné petit idiot!...

Les larmes coulaient sur ses joues, il n'arrivait plus à parler.

— Baker, écoutez-moi!

— J'vous écoute pas! reprit Baker avec une fureur nouvelle. Tout ce que j'veux, c'est que vous lui traduisiez c'que j'attends d'elle, mais si vous voulez pas, tant pis, j'me débrouillerai! J'vous parie vot' tour de quart qu'elle comprendra! Amoureïa! cria-t-il, *tahoo Ohou!*

— Oui! dit Amoureïa.

— *Tahoo Ohou!* reprit-il avec exaltation, ses yeux noirs jetant des éclairs, va y avoir une sacrée pêche, ce matin, Purcell! V'là mon appât! reprit-il en élevant la main d'Amoureïa à la hauteur de son épaule, et j'jure l'Seigneur tout-puissant qu'j'vais en sortir un gros au bout d'ma ligne!

Il fit un mouvement vers la porte.

— C'est un suicide! s'écria Purcell en se précipitant au-devant de lui et en le saisissant aux épaules, je ne vous laisserai pas faire cela!

— Lâchez-moi! cria Baker.

Ils luttèrent un moment en silence. Purcell sentait sous ses mains crispées le corps compact et nerveux de Baker. Il ne le lâchait pas. Baker tenait de la main droite Amoureïa et, de l'autre, son arme, et en essayant d'échapper à l'étreinte de Purcell, il dardait en avant sa tête brune. Le cou gonflé, la mâchoire saillante, les yeux étincelants, il avait l'air d'un limier qui tire sur sa laisse.

— Lâchez-moi, j'vous dis! hurla-t-il. C'est vous qu'êtes la cause de tout, vous et vot' damnée Bible! Bon Dieu! J'vous hais! Et j'me hais aussi d'vous avoir écouté! Regardez, mais regardez donc où vous nous avez amenés avec vos idées d'Bible! Y a déjà six morts dans l'île!

— Ecoutez-moi! cria Purcell en s'accrochant désespérément à ses épaules. Vous m'écouterez, que vous le vouliez ou non! C'est de la folie, ce que vous allez faire! Ça n'a pas de nom! Seul! Seul contre quatre! Ils vont sûrement vous tuer!

— Et alors, hurla Baker, qu'est-ce que ça m'fout!

Il ne songeait pas à lâcher Amoureïa pour avoir une main libre et secouait sa tête et son torse de gauche à droite avec frénésie pour se dégager des mains de Purcell.

— Lâchez-moi! cria-t-il.

— Et Amoureïa! dit Purcell. Vous n'avez pas le droit de vous servir d'elle! Vous ne pensez pas à ce qu'ils lui feront, quand ils vous auront tué!

— Et pourquoi qu'elle vivrait! hurla Baker. Ropati est mort!

— Baker!

— Bon Dieu! Lâchez-moi, Purcell! J'vous écoute pas! poursuivit-il en le transperçant d'un regard de haine. C'est parce que j'vous ai écouté que l'petit est mort!

— Baker, c'est affreux ce que vous...

— Lâchez-moi, j'vous dis!

Baker laissa aller la main d'Amoureïa et ferma le poing. Purcell fit un mouvement pour se baisser. C'était trop tard. Il sentit dans toute la tête un choc violent, chancela, partit en arrière, et le mur de la cabane, se précipitant à sa rencontre, le frappa à la nuque.

Il était couché sur le plancher, son esprit flottait dans un blanc cotonneux, il ne souffrait pas, il se sentait partir à reculons comme un noyé. Il ouvrit à demi les yeux. Tout nageait dans une fumée blanchâtre qui passait devant lui par bouffées. Il voulait voir, voir! Il se mit à battre des paupières, mais cela demandait un effort énorme, ses yeux se fermaient malgré lui. Ouverts, fermés, ouverts, fermés... Jamais aucun exercice ne lui avait paru plus dur. Il cillait sans arrêt, le brouillard devenait moins épais, quelqu'un lui souleva la nuque et sa joue reposa contre quelque chose de doux et de tiède. La brume se dissipait, un peu de jour filtra, un visage flou apparut. Et tout d'un coup, la tête lui tourna, sa mâchoire lui fit mal, il n'arrivait pas à penser. Il s'agrippa des deux mains aux épaules d'Ivoa et réussit à s'asseoir. Et il resta là, assis sur le plancher, soutenu par Ivoa, envahi par la nausée... La seconde d'après, la lumière éclata dans son esprit avec une intensité glaciale, tout lui revint.

— Baker! cria-t-il avec désespoir.

Il entendait sa propre voix avec étonnement. C'était une voix faible, asexuée et qui lui parut dérisoire. Rien ne répondit. Il se força à tourner la tête, une vive douleur traversa sa mâchoire, et ses yeux firent avec une extrême lenteur le tour de la pièce. Devant lui, grande ouverte sur le sous-bois, la porte de la cabane béait.

— Baker, dit-il d'une voix confuse.

Il laissa retomber sa tête sur l'épaule d'Ivoa, sa poitrine se souleva; sous sa joue, l'épaule d'Ivoa devint humide.

— Adamo, chuchota Ivoa d'une voix tendre et chantante.

Ses bras noirs refermés sur le corps blanc et blond de son *tané,* elle le berçait. *Maamaa. Peritani maamaa.* Timi tuait Ropati et Ouili frappait

Adamo! *Aoué,* la guerre était là comme une maladie, et tous les hommes étaient *maamaa.* « O Adamo, pensa-t-elle avec ferveur, toi seul es bon! »

— Aide-moi, Ivoa, dit Purcell.

Elle l'aida à se remettre sur pied. Il se sentait vague et faible, il vacilla, et s'appuya de la main droite contre la cloison.

— Je vais aller me laver, dit-il en faisant effort pour raffermir sa voix.

— Attends un peu.

— Non, dit-il, la tête baissée. J'y vais maintenant.

Il lâcha l'appui de la cloison, traversa la pièce d'un pas titubant, sortit dans le jardin par la porte coulissante et gagna l'appentis.

Il avait à peine fini sa toilette quand Ivoa apparut.

— *Iore iti* [1] est là, dit-elle à voix basse en désignant la maison. Il te demande. Il a un fusil.

Purcell fronça les sourcils.

— *Iore iti?*

— Fais attention. Je n'aime pas ses yeux.

Purcell fit sans bruit le tour de la maison, et se glissant le long de la paroi, jeta un coup d'œil avant d'entrer par les portes coulissantes. Smudge lui tournait le dos. Il était debout devant la porte d'entrée. Il ne portait pas son fusil à la bretelle, mais à la main. Purcell était pieds nus. Il gravit doucement les deux marches de bois et se trouva dans la cabane à deux mètres à peine de Smudge.

— Smudge, dit-il à mi-voix.

Smudge tressaillit avec violence, et se retourna, les yeux effrayés, le fusil en travers de la poitrine.

1. Le petit rat.

— Eh bien, dit Purcell, le visage froid, les yeux attentifs, que voulez-vous?

Smudge reprenait son souffle peu à peu.

— Mason et Mac Leod vous demandent, dit-il en découvrant ses dents.

Il pointait son museau en avant, ses yeux brillaient comme de petites billes noires dans ses orbites et il parlait avec un bizarre mélange d'arrogance et de frayeur. Bien que Purcell eût les mains nues, la façon dont il s'était glissé derrière son dos l'avait impressionné.

— Voudriez-vous dire à Mason et Mac Leod de venir jusqu'ici? dit Purcell au bout d'un moment. On m'a tiré dessus ce matin. Et je ne tiens pas à me promener dans l'île.

— Vous avez peut-être pas compris, dit Smudge avec un ricanement de fureur. J'ai ordre de vous mener à la maison des Tahitiens. C'est pas la peine de prendre vos grands airs avec moi, Purcell. J'ai un ordre, j'vous dis.

— Un ordre? dit Purcell en levant les sourcils.

— J'ai l'ordre de vous amener, que vous l'vouliez ou non.

Purcell le regarda. Smudge avait-il vraiment reçu un ordre pareil, ou était-il en train de l'inventer?

— Je ne vois pas comment cela serait possible, dit Purcell d'une voix calme. Personne ici n'est qualifié pour me donner des ordres. Je recevrai Mason et Mac Leod, s'ils désirent me voir. Mais je ne bougerai pas d'ici.

— Ils désirent pas vous voir, dit Smudge en se redressant d'un air de triomphe. Ils veulent vous mettre en accusation. Vous gourez pas, Purcell. Vous êtes plus libre, à la minute que j'parle. Vous êtes mon prisonnier. Et si vous tentez de fuir, j'vous abats.

Ses yeux durs étincelaient avec une telle expression de haine que Purcell eut un moment de panique. Il mit les mains derrière son dos et les serra l'une contre l'autre. Rester calme surtout. Réfléchir.

— Je suis accusé de quoi? reprit-il avec lenteur.

— De trahison.

— Seulement? dit-il avec ironie.

Mais même à ses propres oreilles son ironie sonnait faux. Il y eut un silence et Smudge dit :

— Alors, vous venez?

Purcell hésita, puis il regarda les yeux de Smudge et le léger frémissement qui découvrait ses dents, et il comprit. S'il le suivait, il n'arriverait pas vivant à la maison des Tahitiens.

Purcell fit deux pas en arrière, saisit un escabeau, s'assit et appuya la main derrière son dos sur le rebord du siège. La sueur coulait sans arrêt à l'intérieur de ses paumes.

— Vous m'avez entendu, dit-il, je ne bougerai pas de ma maison. Allez dire à Mason et à Mac Leod de venir ici.

Une pleine seconde s'écoula et Smudge dit d'une voix fausse et aiguë :

— Vous allez me suivre, Purcell, ou je vous abats comme un chien.

En même temps il épaula son arme et le mit en joue. Purcell se pencha en avant, décolla imperceptiblement de l'escabeau, et derrière son dos, affermit la prise de sa main sur le siège. Une chance sur cent. A peine une chance sur cent.

— Si vous me tuez dans ma propre maison, dit-il en fixant ses yeux sur ceux de Smudge, je ne vois pas comment vous pourrez prétendre que j'ai essayé de fuir.

— Vous en faites pas pour moi, dit Smudge.

Ses mains tremblaient sur le fusil. Il avait tous les atouts et pourtant quelque chose n'allait pas. Il allait tirer sur ce fils de putain, les deux autres ne feraient pas d'histoire, il aurait Ivoa. Son doigt frémissait sur la détente, il avait l'envie folle d'appuyer, mais non, ça n'allait pas, ce salaud était beaucoup trop calme, il y avait quelque chose qui n'allait pas, ça foirait quelque part. Son gros nez couché le long de son fusil, il flairait un danger dans l'air et s'immobilisait, féroce et prudent, comme un rat au bord de son trou, également prêt à attaquer ou à fuir.

— Si vous avez peur que je m'échappe, dit Purcell, restez ici avec moi et envoyez quelqu'un chercher Mac Leod et Mason.

— J'ai pas besoin d'eux pour exécuter un traître, dit Smudge.

Mais il ne tirait toujours pas. Purcell crispa ses mains sur l'escabeau et pensa : « Parler, parler, il faut parler, si je ne parle pas, il va tirer. » Mais les secondes passaient, il cherchait désespérément, il ne trouvait rien à dire.

Le silence prit tout d'un coup une intensité anormale. Sur le plancher inondé de soleil une ombre apparut, grandit, s'allongea. Purcell tourna la tête. Ivoa était debout devant les portes coulissantes. Elle braquait un fusil sur Smudge.

— Ivoa! cria Purcell.

Smudge écarta la tête de son fusil et blêmit. Il tenait toujours son arme braquée sur Purcell, mais elle tremblait convulsivement dans ses mains, et ses yeux noirs, petits et brillants comme des boutons de bottine, étaient fixés sur Ivoa avec épouvante.

— Ivoa! cria Purcell.

— Dites-lui d'pas tirer, Lieutenant! cria Smudge d'une voix étouffée.

Purcell avança rapidement, saisit le fusil de Smudge par le canon, le releva. Il était maintenant trop près de Smudge pour qu'Ivoa pût tirer.

— Donnez-moi ce fusil, dit-il d'une voix sèche.

Smudge obéit, pivota de façon à avoir le dos à la porte, et poussa un soupir. Purcell était maintenant entre lui et Ivoa, et bien que Purcell fût armé, il n'avait pas peur de lui.

Il y eut un silence. Purcell était étonné de voir Smudge si près de lui et la poitrine presque collée sur le canon de l'arme qu'il tenait à la main.

— Vous ne craignez pas que je vous tire dessus? dit-il à mi-voix.

Il sentait une extrême fatigue dans tous les muscles et avait envie de s'asseoir.

— Non, dit Smudge, le regard fuyant.

— Pourquoi?

— Parce que c'est pas dans vos idées.

Il y eut un silence et Purcell dit sans hausser la voix :

— Vous me dégoûtez.

Mais ce n'était même pas vrai. Il n'avait plus assez de force pour s'indigner. Ses jambes tremblaient sous lui et il ne pensait qu'à s'asseoir.

— C'est mon fusil, dit Smudge tout d'un coup.

Il avait parlé d'un ton mi-plaintif mi-revendicatif comme un gamin à qui son frère aîné a confisqué un jouet.

Purcell leva l'arme, la déchargea dans la toiture

et la rendit à Smudge sans un mot. Après la déflagration il y eut dans le plafond de feuilles un remue-ménage fébrile. Les petits lézards fuyaient de tous côtés. Purcell plissa les yeux, mais n'arriva pas à les voir. Il se sentait vague, hébété, l'estomac lourd.

— Merci, dit Smudge.

Tout était totalement irréel. Smudge avait failli l'assassiner et maintenant il lui disait merci comme un enfant.

— *Iore iti,* dit Ivoa.

Elle était à deux pas, le fusil sous le bras, le visage comme un masque. Smudge tressaillit comme si elle l'avait giflé.

— Ecoute, *Iore iti,* répéta Ivoa.

Elle fixa ses yeux noirs sur lui et prononça en anglais avec une extrême lenteur, comme si elle apprenait une leçon à un enfant :

— *You kill Adamo. Me kill you.*

Smudge la regardait, blême, fasciné, les lèvres sèches. Comme il ne répondait rien, elle répéta sans aucune trace de colère et de haine, comme si elle énonçait un fait évident qu'elle essayait de faire pénétrer dans sa tête :

— *You kill Adamo. Me kill you. Understand?*

Smudge mouilla ses lèvres.

— *Understand?* répéta Ivoa.

Il fit « oui » de la tête.

— Vous pouvez partir, dit Purcell avec lassitude. Et dites à Mason et à Mac Leod que je les attends.

Smudge mit son fusil à la bretelle et s'en alla sans se retourner, petit, déjeté, misérable, une épaule plus haute que l'autre. Purcell s'appuya de la main au chambranle de la porte et prit une inspiration profonde. Il était malade de dégoût.

Il se retourna. Par-dessus son épaule Ivoa regardait, elle aussi, le dos de Smudge qui s'éloignait.

— Je n'ai pas osé tirer, dit-elle avec un accent de regret. J'avais peur de le manquer et qu'il te tue.

L'expression de ses yeux stupéfia Purcell. Il ne reconnaissait pas Ivoa. C'était une autre femme, tout d'un coup.

— D'où vient ce fusil, Ivoa?

— On me l'a prêté.

— Qui « on »?

Elle se tut, et les yeux bien plantés dans les siens, elle attendit. C'était la première fois, depuis qu'ils étaient mari et femme, qu'elle refusait de lui répondre.

— Donne, dit Purcell.

Elle secoua la tête.

— Donne donc, dit-il en avançant la main.

Elle secoua de nouveau la tête et recula avec une agilité qu'il n'eût pas attendue d'elle dans son état.

— Allons, donne! dit-il avec vivacité en avançant sur elle.

Aussitôt, elle fut hors d'atteinte, franchit les portes coulissantes et disparut dans le jardin.

— Ivoa!

Il dut faire un énorme effort pour courir à sa suite, ses jambes le portaient à peine. Il tourna l'angle de la maison, gagna l'appentis. Elle n'y était pas.

— Ivoa!

Il fit le tour de la maison et revint à son point de départ. Il crut entendre un froissement de feuilles dans le fourré d'hibiscus au fond du jardin. Il y courut, les jambes flageolantes. Tout était immobile. Il contourna le fourré d'hibiscus et pénétra sous les fougères géantes. Il appela de nouveau Ivoa, mais sa voix lui parut faible et étouffée. Autour de lui il n'y avait qu'une pénombre verdâtre, impénétrable. Il retint son souffle et écouta. Rien ne bougeait.

Alors il se laissa tomber sur les genoux et, appuyant la main sur la mousse, il s'étendit de tout son long sur le dos. La mâchoire lui faisait mal, tous ses muscles étaient rompus de fatigue, une affreuse faiblesse l'envahit, et dès qu'il ferma les yeux, sa tête commença à tourner. Il les rouvrit. Rien ne changea. Alors, il roula avec précaution sur le côté et se mit à respirer à longs coups profonds et réguliers. De longues minutes il lutta ainsi contre son malaise, mais il arrivait à peine à équilibrer sa force, et finalement, il fut pris de vitesse, débordé, vaincu. Il se pencha, vomit à grands hoquets, retomba en arrière. L'air se raréfia tout d'un coup, il ouvrit la bouche, ses yeux se troublèrent et il eut l'impression atroce qu'il était en train de mourir.

Quand il revint à lui, la sueur ruisselait sur son visage, le long de ses flancs, entre ses cuisses. Puis un souffle passa sur lui et une fraîcheur délicieuse l'envahit. Il flottait sur l'eau, passif, abandonné, sans bouger même la main. Il respirait la vie à grands traits, heureux jusqu'à la moelle, heureux, inerte, heureux... Du temps coula. Il vivait, il se sentait vivre, c'était merveilleux d'être en vie. Il dit tout haut, c'est merveilleux, c'est merveilleux, c'est merveilleux. Au même instant, il y eut quelque part une déchirure, sa jambe se détendit avec un brusque sursaut comme s'il tombait dans le vide, et il pensa : « Les autres vont arriver, le pire est encore devant moi... »

Purcell contourna le fourré d'hibiscus et s'avança dans l'allée, les yeux fixés sur l'intérieur de sa maison. Ils étaient là, tous les trois, assis, le fusil entre les jambes, campés comme sur une scène de théâtre, avec cette immobilité des acteurs au moment où le rideau se lève. Mac Leod, le dos contre la porte d'entrée, Mason et Smudge, des deux côtés des portes coulissantes. Au milieu de la pièce, un escabeau vide. « Ma place, pensa Purcell. La place de l'accusé... »

Purcell ralentit sa marche. Rien d'insolite dans leur apparence. Mason, vêtu de pied en cap, chaussé et cravaté, son bicorne à ses pieds. Mac Leod avec son tricot blanc; Smudge en pantalon, le torse nu, l'épaule droite déjetée, les poils grisonnant sur sa poitrine creuse.

Le pied nu de Purcell projeta devant lui une petite pierre. Les yeux des trois hommes se tournèrent vers lui en même temps, et Purcell fut frappé de leur manque d'expression. Leurs visages étaient vides, impersonnels, sans trace d'humanité. « Des têtes de juges », pensa Purcell, et une onde de froid descendit le long de son dos.

Il pressa le pas, gravit les deux marches, se dirigea vers l'escabeau vide. Au même instant, il comprit. L'escabeau avait été posé au centre de la pièce, et les trois hommes s'étaient placés autour de lui de façon à empêcher la fuite de l'accusé. « Ils disposent déjà de moi comme d'une chose », pensa Purcell avec dégoût.

— Asseyez-vous, monsieur Purcell, dit Mason d'une voix de commandement.

Purcell esquissa un mouvement pour s'asseoir et se redressa aussitôt. Il était chez lui. Personne n'allait lui donner des ordres dans sa propre maison. Il prit l'escabeau, l'écarta de la paroi, et posant le pied sur le siège, il se pencha en avant, le coude droit appuyé sur le genou, la main gauche dans la poche.

— Monsieur Purcell, dit Mason, il vient d'arriver quelque chose de très grave : votre femme a braqué un fusil sur Smudge.

— C'est exact, dit Purcell, Smudge me tenait en joue. Sans l'intervention d'Ivoa, il m'aurait assassiné.

— C'est faux! cria Smudge d'une voix aiguë. Il refusait de venir, Cap'taine! Je l'menaçais, mais j'avais pas l'intention d'tirer.

Mason leva la main.

— N'interrompez pas, Smudge. D'où venait ce fusil, monsieur Purcell?

— Je l'ignore.

— Je vais vous le dire : il m'a été volé.

— Volé!

— Volé, monsieur Purcell. Le compte est simple. Il y avait sur le *Blossom* vingt et un fusils : huit fusils français qui sont à l'heure actuelle dans les mains des Noirs, et treize fusils anglais qui, à notre arrivée dans l'île, se répartissaient comme suit : Hunt, un; Baker, un; Jones, un, Johnson, un; Smudge, un; White, deux; Mac Leod, deux, et moi-même, quatre. Vous-même n'en aviez pas.

— C'est exact.

— Compte tenu des quatre fusils anglais qui ont été perdus par la corvée d'eau, les Britanniques ne détiennent plus, à l'heure actuelle, que neuf fusils :

Baker, un; Mac Leod, deux; Smudge, un, et moi, quatre, plus le second fusil de White, ce qui fait cinq. En tout, je répète : neuf fusils, dont trois, ici; un dans les mains de Baker; et cinq, je dis bien cinq, en réserve à la maison des Tahitiens, sous la garde de Mrs. Mason qui, je le note en passant, s'est comportée d'une façon admirable depuis le début des hostilités et en qui j'ai une confiance absolue.

Il prit un temps.

— Monsieur Purcell, après le rapport de Smudge, j'ai immédiatement compté les fusils confiés à la garde de Mrs. Mason. Je n'en ai plus trouvé que quatre. Mrs. Mason a été très affectée. Elle a déclaré n'avoir donné ni prêté d'arme à personne. J'ai en elle une confiance absolue. Je conclus donc que, profitant d'un moment d'inattention de Mrs. Mason, on lui a volé un fusil. Monsieur Purcell, avez-vous demandé à votre femme la provenance de son fusil?

— Oui.

— Eh bien?

— Elle n'a pas voulu répondre.

— Et pour cause! dit Mason victorieusement.

Et comme Purcell se taisait, il reprit :

— Avez-vous du moins essayé de le lui reprendre?

— Oui. Mais je n'ai pas réussi. Elle s'est enfuie.

— Enfuie! s'exclama Mason. Enfuie, monsieur Purcell! Et vous ne l'avez pas poursuivie!

— Si, mais elle s'est échappée. Elle s'est cachée dans la brousse.

— Monsieur Purcell! s'écria Mason en rougissant de colère, à qui ferez-vous croire qu'un homme jeune et alerte comme vous ne peut pas rattraper une femme à la course — et une femme qui... qui... bref, qui attend un bébé...

— Je vous dis la vérité, dit Purcell avec sécheresse. Je ne vous oblige pas à me croire.

Le silence se prolongea pendant une pleine seconde. Mason se pencha en avant et dit, ses yeux gris-bleu fixés sur ceux de Purcell :

— Je ne sais pas si vous vous rendez compte de la gravité de vos réponses. Avapouhi vient de nous dire par le truchement d'Omaata que Baker est parti dans la brousse avec Amoureïa pour tendre un piège à Ohou. C'est, bien entendu, une folie. L'issue est évidente : Baker aura ou n'aura pas Ohou. Mais il se fera sûrement tuer. Résultat : un fusil de moins pour nous.

Purcell crispa les lèvres et Mason parut lui-même surpris, après coup, par l'odieux de sa phrase.

— Bien entendu, reprit-il, je serais navré que Baker se fasse tuer. Mais les faits sont là : avec lui, nous perdons un fusil. Ce matin, nous en avions neuf. Neuf, moins le fusil volé : huit. Huit moins le fusil de Baker : sept. Sept fusils, monsieur Purcell! Sept contre treize aux Noirs!

— Treize?

— Les huit fusils français, plus les quatre fusils de la corvée d'eau, plus le fusil de Baker.

— Détrompez-vous, dit Purcell, les Noirs ont brisé les fusils de la corvée d'eau.

— Ils les ont brisés! s'écria Mason, et il regarda Mac Leod. Brisés, monsieur Purcell! J'ai du mal à vous croire!

Purcell se redressa.

— Si vous avez du mal à me croire chaque fois que j'ouvre la bouche, je ne vois pas qu'il soit utile que je réponde à vos questions.

— Brisés! poursuivit Mason sans l'entendre. Mais les femmes de la corvée d'eau n'ont rien dit de ce genre.

— Elles étaient parties quand la chose s'est passée. C'est Amoureïa qui me l'a dit.

— Il est dommage que votre unique témoin soit inaccessible, dit Mason d'une voix acide, mais si le fait est exact...

— Le fait *est* exact! s'écria Purcell avec colère. J'ai navigué dix-huit mois à vos côtés et je ne vous ai jamais donné l'occasion de douter de ma parole. Au demeurant, vous êtes ici chez moi, et tant que vous serez chez moi, je vous serais obligé de ne pas suggérer que je suis en train de mentir.

Il reprit son souffle. D'avoir lâché son paquet à Mason, il se sentait beaucoup mieux.

Il y eut un silence. Smudge contemplait ses pieds d'un air insolent. Mac Leod, sa tête de mort parfaitement immobile, gardait ses yeux rivés sur la montagne. Il s'était renversé en arrière sur son escabeau, et l'équilibrant sur deux pieds, il appuyait son dos maigre contre la porte. Mason était écarlate.

— Je vous rappelle au calme, monsieur Purcell, dit-il avec un air indéfinissable de supériorité morale. Et comme Purcell allait répliquer, il enchaîna en se tournant vers Mac Leod : Si le fait que rapporte Purcell est exact, il me ferait grandement plaisir. Il voudrait dire que nous luttons à armes égales avec les Noirs. Nous avons perdu notre supériorité numérique. Il est très important pour nous que notre puissance de feu ne soit pas inférieure à celle de l'ennemi.

Quand il eut fini, Mac Leod hocha la tête avec gravité en signe d'assentiment. Le regard de Purcell alla de l'un à l'autre. Il fut frappé de leur air important : ils avaient l'air de deux chefs d'armée.

— Revenons à ce fusil, monsieur Purcell, reprit Mason avec hauteur. Savez-vous comment votre femme a mis la main sur cette arme?

— Non.

— Avez-vous l'idée de l'usage qu'elle compte en faire?

— Oui.

— Dites-le-nous, je vous prie.

— Etant donné que je suis le seul dans l'île à ne pas être armé, elle a dû estimer de son devoir de me protéger.

— Vous protéger contre qui?

— Contre les deux camps en présence.

— Il y aurait donc quelqu'un dans le camp des Noirs qui vous veut du mal?

— Oui.

— Qui donc?

— Timi.

— Pourquoi?

— Il a tué Jones et il craint que je cherche à le venger.

— Et dans notre camp?

Purcell eut un sourire froid.

— Je vous laisse le soin de répondre vous-même à cette question.

— Humph! dit Mason.

Il reprit :

— Votre femme sait-elle tirer?

— Non, dit Purcell.

Il se reprit :

— A vrai dire, je ne sais pas.

— Vous avez dit « Non » et vous vous êtes repris, dit Mason avec suspicion. Pourquoi?

— Ivoa est bien capable d'avoir appris à tirer sans que je le sache. Quand elle a mis Smudge en joue, elle tenait son arme d'une façon correcte.

Purcell baissa les yeux. Il valait mieux que Smudge ne sût pas qu'Ivoa avait eu peur de le rater à trois mètres de distance.

— Avec qui aurait-elle appris? dit Mason nerveusement.

— Je vous ai déjà dit que je ne savais pas.

Il y eut un silence et Mason reprit :

— Pensez-vous retrouver votre femme?

— Non. Je ne pense pas.

— Pourquoi?

— Si elle rentrait à la maison, elle sait bien que je lui enlèverais son arme.

— Selon vous, que va-t-elle faire?

— Rester dans la brousse et surveiller les gens qui m'approchent.

Smudge eut l'air mal à l'aise et Mac Leod regarda Mason.

— Il me semble, dit Mason, que si vous vouliez vous donner un peu de peine, vous pourriez la retrouver.

— Vous croyez cela? dit Purcell avec un geste vers la brousse. Cherchez-la vous-même, si vous croyez réussir.

Smudge suivit du regard la direction de sa main, pâlit et recula son escabeau de façon à se placer derrière le montant des portes coulissantes.

— J'ai d'autres questions à vous poser, dit Mason d'un air grave.

Purcell se redressa.

— J'ai, moi aussi, des questions à vous poser. Etes-vous en train de me juger?

— Oui.

— De quoi m'accusez-vous?
— De trahison.
Purcell le regarda et une vague de découragement l'envahit. Cette tête carrée, butée, fermée... Comment faire jamais entrer quoi que ce soit dans une tête pareille?
— Vous êtes donc mes juges, dit Purcell d'une voix amère en les embrassant du regard. Tous les trois? reprit-il en levant les sourcils.
— Oui.
— Et je suppose qu'à la fin des débats vous déciderez par un vote si je suis coupable ou non.
— Oui.
— Dans ce cas, je récuse un de mes juges.
— Lequel?
— Smudge.
Smudge sursauta et regarda Purcell avec un mélange de colère et d'appréhension.
— Pourquoi? dit Mason.
— Il a tenté de m'assassiner.
— Monsieur Purcell, dit Mason, j'avais donné l'ordre à Smudge de vous ramener de gré ou de force. S'il vous a mis en joue, j'estime qu'il est couvert par mon ordre.
— Je ne fais pas allusion à cet incident, dit Purcell en fléchissant la jambe qui reposait sur l'escabeau et en se penchant en avant. Ce matin on m'a tiré dessus, vous le savez. La balle s'est logée dans ma porte. Je l'ai extraite.
Il ôta sa jambe de l'escabeau, sortit la balle de sa poche et traversa la pièce pour la remettre à Mason. Tous les yeux étaient fixés sur lui.
— Vous le constaterez vous-même, dit-il en détachant les mots, c'est une balle anglaise...
— Je ne comprends pas, dit Mason.

— C'est faux! hurla Smudge presque en même temps.

Purcell pointa la main vers Smudge.

— Regardez Smudge, Capitaine! Il a compris, lui! Il a déjà compris! Les Tahitiens ont les fusils français, Capitaine! Ce n'est donc pas un Tahitien qui a tiré!

— C'est faux! hurla Smudge, la sueur perlant à son front.

— Taisez-vous donc, Smudge, dit Mason.

Il tournait et retournait la balle dans ses doigts d'un air perplexe.

— C'est, en effet, une balle anglaise, dit-il au bout d'un moment. Mais je ne vois pas pourquoi Smudge voudrait vous assassiner.

— Smudge a des vues sur Ivoa.

— Vous voulez dire que Smudge a cherché à vous tuer pour... épouser votre femme?

— Exactement, dit Purcell. Il fait d'ailleurs un faux calcul. Si je venais à disparaître, il ne me survivrait pas longtemps.

Il jeta un bref coup d'œil à Smudge. Il était pâle et comme recroquevillé sur son siège. Mac Leod ricanait sans bruit.

— Je ne comprends rien à toute cette histoire, dit Mason d'un air gourmé. Pourquoi Smudge convoiterait-il la femme d'un autre? Il est déjà marié.

Purcell le regarda. Dans certains domaines, la candeur du Vieux était insondable. Mais était-ce bien de la candeur?

— Pourquoi Timi a-t-il tué Jones? dit Purcell au bout d'un moment.

— C'est différent, dit Mason avec hauteur. Nous sommes des Britanniques. Nous ne sommes pas des sauvages.

— Croyez-moi, dit Purcell, même en Grande-Bretagne il y a des hommes qui tuent leur voisin pour s'approprier sa femme.

Mason rougit, détourna la tête et dit d'un air gêné et irrité :

— Je ne vois pas ce que nous gagnons à ce genre de considérations. Elles me paraissent tout à fait immorales.

— J'vais vous dire mon avis, dit tout d'un coup Mac Leod de sa voix traînante, tout ça, c't'un roman, et c't'un roman qui repose sur l'histoire que les Noirs, ils ont brisé les fusils à la corvée d'eau. Et qu'est-ce qui a raconté c't'histoire? Purcell. Et de qui il la tient, soi-disant? D'Amoureïa. Et où elle est, Amoureïa? Dans la brousse. Total : y a que Purcell qui l'dit, et c'est pas prouvé. Une supposition, maintenant, qu'les Noirs, ils ont rien brisé du tout. Timi prend un des fusils anglais et va faire un carton sur Purcell quand il ouvre sa porte le matin...

Purcell lui jeta un regard furieux. La seconde d'avant, Mac Leod avait ricané en regardant Smudge, et maintenant, il volait à son secours.

— Vous oubliez une chose, dit-il d'une voix sèche. Ce serait très risqué pour Timi de tirer sur moi en plein jour en se postant dans le sous-bois en face de chez moi. Pour s'en aller, il faudrait qu'il traverse *East Avenue* ou *West Avenue*. Il serait tout à fait à découvert.

Cet argument tactique parut faire de l'effet sur Mason.

— C'est assez vrai, ça, dit-il, les yeux baissés sur la balle, et on ne voit pas non plus pour quelles raisons Timi aurait changé d'arme. Les fusils français sont excellents. Et moins lourds que les nôtres.

Il réfléchit quelques secondes, releva la tête, et regarda Purcell.

— Cependant, il n'y a que des présomptions et vous n'avez rien pu prouver contre Smudge. Dans ces conditions, je décide de passer outre à votre objection.

Il parlait d'une façon ferme, mais il était évident que l'incident l'avait ébranlé. Purcell tendit la main et il lui rendit la balle.

— Je ne vous demande pas, dit Purcell en lui tournant le dos et en se dirigeant vers la table, si Smudge était avec vous ce matin quand vous avez entendu les coups de feu. Je ne voudrais pas vous embarrasser.

Il saisit un régime de bananes qui se trouvait sur la table, en choisit une, la détacha et commença à la peler. A demi assis sur la table, calme et maître de lui, il faisait de nouveau face à Mason. Son menton lui faisait un peu mal quand il parlait, mais toute trace de malaise avait disparu.

— Smudge n'était pas avec nous, dit Mason après un temps de réflexion.

Purcell inclina la tête dans sa direction.

— Je vous sais gré de le reconnaître, dit-il en s'arrêtant de peler sa banane. Et je vous sais gré également d'admettre qu'il y a au moins des présomptions contre Smudge. Mais que vous estimiez, après cela, que Smudge ait l'autorité morale nécessaire pour faire un juge, voilà qui m'étonne un peu.

Mac Leod ne s'ennuyait plus du tout. Plein de tripes, l'ange Gabriel! Comment il avait mis le vieux à sec de toile avec son histoire de balle anglaise! Mac Leod plissa les yeux et se rappela avec regret le temps où il y avait une assemblée, et où l'ange Gabriel lui faisait de l'opposition. Bon Dieu, on s'embêtait pas une minute! Toujours à louvoyer contre l'ange! Toujours à tâcher d'le jeter à la côte! C'était l'bon temps! Ces damnés Noirs avaient tout gâché! Il serra les mâchoires à se faire mal. « Ces sacrés fils de putain », pensa-t-il avec fureur. Mais ils auraient pas sa peau! Oh non, ils auraient pas la peau du propre fils de sa mère! Oh non! Il en réchapperait! Le seul, p't'ête bien! Le seul, à en réchapper, Noir ou Blanc. Le seul de ces damnés fils de garce, Noir ou Blanc! « L'île sera à moi! » pensa-t-il avec une explosion de joie. Il gonfla sa poitrine d'air, ouvrit tout grand ses paupières et regarda la montagne à l'horizon. « Bon Dieu! pensa-t-il, l'île sera à moi! »

Plus le silence se prolongeait et plus Mason se sentait mal à l'aise. L'absence de Smudge au moment du coup de feu avait achevé de le convaincre, mais il ne pouvait pas revenir sur sa décision, et il sentait combien sa position en était affaiblie. En même temps, il était froissé au-delà de toute expression par l'attitude de Purcell. Il n'avait jamais vu un accusé s'asseoir sur une table et manger une banane devant ses juges, c'était positivement indécent. Mais d'un autre côté, Purcell était chez lui. Après tout, c'était sa table et sa banane, et il avait droit à l'une comme à l'autre, il n'y avait rien à dire. Pour la première fois de sa vie, le respect des formes se heurtait chez Mason au respect de la propriété, et le choc qui en résultait le réduisait au silence.

Purcell entama sa deuxième banane. Il n'y mettait pas d'affectation. Son malaise sous les fougères lui avait vidé l'estomac : il avait faim. Mais en même temps, il sentait de seconde en seconde ce qui se passait dans l'esprit de Mason, et malgré le danger qu'il courait, il en était amusé. Il était évidemment difficile d'accuser de haute trahison quelqu'un qui mangeait un fruit, les fesses sur une table. Une accusation aussi grave demandait plus de cérémonie. « Que de comédies! pensa Purcell. Comme les hommes aiment les apparences, et tout ce qui leur donne du pouvoir sur les autres! En ce moment, Mason serait enchanté d'avoir sur la tête un voile noir et une perruque de juge pour me condamner à mort. »

Purcell essuya ses doigts avec son mouchoir, traversa la pièce, et s'asseyant sur l'escabeau de l'accusé, il s'accota commodément à la cloison et regarda Mason.

— Monsieur Purcell, dit Mason aussitôt, vous avez donné l'impression, depuis que vous êtes dans l'île, de prendre parti pour les Noirs contre vos compatriotes.

Purcell secoua la tête.

— J'ai défendu les intérêts des Tahitiens, parce qu'ils étaient lésés, gravement lésés; et pas seulement leurs intérêts : leur dignité. J'aurais défendu de la même manière les intérêts et la dignité de mes compatriotes.

— Vous estimez donc que la responsabilité de cette guerre incombe aux Britanniques?

— Elle incombe à Mac Leod et à ceux qui ont voté pour lui. Elle vous incombe à vous aussi, puisque vous êtes devenu l'allié de Mac Leod après le meurtre de Kori et de Mehoro.

— Monsieur Purcell, abstenez-vous de me critiquer.

Purcell leva les sourcils et dit d'une voix nette :

— Pourquoi?

Mason chercha une réplique, ne trouva rien, et poursuivit avec hargne :

— Je vous ai moi-même entendu dire que Mac Leod n'était pas en état de légitime défense quand il a abattu les deux Noirs. Maintenez-vous ce point de vue?

— Je le maintiens.

— D'après ce qu'on m'a dit, Kori allait percer Mac Leod de son javelot quand il a tiré.

— C'est exact, mais avant cela, Mac Leod l'avait provoqué. Il lui avait jeté une pierre en plein visage.

— Kori s'était foutu de moi, dit Mac Leod en remettant son escabeau sur pieds et en fixant ses yeux durs sur Purcell.

— J'ai entendu Baker se moquer de vous de la façon la plus cruelle la nuit du partage des femmes, et pourtant, vous n'avez rien fait.

— C'est différent. J'allais pas laisser un Noir m'manquer de respect.

— Il y a donc deux poids et deux mesures?

— Sûrement!

— Eh bien, vous voyez où mène ce système : six morts.

— Ces considérations nous égarent, dit Mason avec impatience. De ce que vous venez de dire, monsieur Purcell, je conclus que lorsque les Noirs ont pris la brousse, vous leur donniez raison sur toute la ligne.

— Ce n'est pas exact. Je ne les approuve pas de recourir à la violence.

— Cependant, vous estimez que leur cause est juste?

— Elle est juste, dit Purcell avec force.

Les yeux gris-bleu de Mason se mirent à briller. Il ramassa son torse, rentra le cou dans les épaules, et pencha son front carré en avant comme s'il allait foncer.

— Monsieur Purcell, dit-il en détachant les mots, je vous ai mis au courant en novembre dernier de mon intention de cacher des armes dans une grotte. Vous êtes le seul Britannique dans l'île à qui j'ai confié ce projet. Avant-hier, les Noirs prennent la brousse, et dès le lendemain, ils trouvent mes armes. Comme vous êtes aussi le seul Britannique à faire des vœux pour leur cause, j'en conclus que c'est vous qui leur avez indiqué ma cachette.

Purcell bondit sur ses pieds.

— Vous êtes fou, Mason! cria-t-il avec violence. Comment osez-vous porter contre moi une accusation pareille? Vous n'y croyez pas vous-même! Je ne veux pas d'arme pour moi-même, ce n'est pas pour en donner aux autres!

— Comment expliquez-vous alors que les Noirs aient trouvé si vite mes fusils?

— Mehani a découvert votre grotte dès novembre. Elle lui a servi de cachette pour Itia et Avapouhi.

— Qui vous a appris cela?

— Itia.

— Quand?

— Hier.

— A quelle heure?

— Quelques minutes avant le guet-apens.

— Evidemment! dit Mason.

Purcell le regarda avec des yeux étincelants, mais ne dit rien.

Mason reprit :

— Comment expliquez-vous que les Noirs aient su qu'il y avait une corvée d'eau?

— Leurs femmes n'ont pas cessé d'être en contact avec les nôtres.

— Vous voulez dire qu'elles nous espionnaient?

— Pas consciemment. Mais les Tahitiennes sont bavardes.

— Mrs. Mason n'est pas bavarde, dit Mason avec raideur.

Purcell ouvrit la bouche pour répliquer et se ravisa. Après tout, c'était plutôt touchant cette admiration de Mason pour sa femme. Dommage qu'elle ne s'étendît ni à son sexe, ni à sa race.

Mason reprit du bout des lèvres :

— Est-ce que Mrs. Purcell a bavardé avec Itia?

Purcell fronça les sourcils. Bien entendu, Mrs. Purcell, elle, était bavarde...

— Je n'en sais rien, dit-il d'un ton sec.

Il ajouta :

— Les femmes des Britanniques sont au nombre de neuf. Pourquoi voulez-vous que ce soit justement la mienne qui ait parlé à Itia de la corvée d'eau?

— Et vous, lui en avez-vous parlé?

Purcell s'assit.

— Bien sûr que non, dit-il en haussant les épaules. Pourquoi? Quel aurait été l'intérêt? Vous allez bientôt m'accuser d'avoir organisé le guet-apens.

— Je ne vous accuse de rien de ce genre. Quand les Noirs ont pris la brousse, comment se fait-il que vous ne m'ayez pas prévenu?

— Pourquoi vous aurais-je prévenu?

— Pour me permettre d'aller enlever mes armes de la grotte.

— Vous ne croyez donc plus que c'est moi qui ai signalé votre cachette aux Tahitiens?

— Je ne comprends pas, dit Mason, interloqué.

— Vous venez de vous trahir, dit Purcell en se relevant et en remettant un pied sur son escabeau.

Vous n'avez jamais cru que j'avais révélé votre cachette aux Tahitiens.

Mason le fixa, rouge et cillant.

— Expliquez-vous, je vous prie.

— Vous ne pouvez pas à la fois m'accuser d'avoir livré votre secret et me reprocher de ne pas vous avoir prévenu. Ou bien je suis un traître, ou bien je suis un étourdi. Il faut choisir.

— Je ne vois pas la contradiction, dit Mason. C'est précisément parce que vous ne m'avez pas prévenu que j'ai pensé que vous aviez livré mon secret.

Mac Leod inclina la tête sur le côté. Beau coup de barre! Il aurait pas cru qu'le Vieux serait monté si vite à la lame!

— Mais je ne savais même pas quelle grotte c'était! reprit Purcell avec colère. J'ignorais même que vous aviez donné suite à votre projet d'y transporter des armes. Je ne vous voyais pas demander à un autre que moi de vous donner un coup de main, et Vaa avait refusé de vous aider par peur des *Toupapahous*.

— Mrs. Mason a su dominer ses sentiments.

— Comment pouvais-je le deviner? dit Purcell, exaspéré. Je n'ai pas l'honneur de connaître Mrs. Mason aussi bien que vous!

Mason dit d'une voix coupante :

— Ne parlons pas de Mrs. Mason.

— Mais réellement, c'est insensé! Depuis un quart d'heure vous me lancez n'importe quoi à la figure. A vous entendre, je suis coupable de tout. Même quand je ne fais rien, je suis coupable! Si on fait le compte des responsabilités, n'oubliez quand même pas que c'est vous qui avez appris à tirer aux Tahitiens, et que c'est avec vos fusils qu'ils tirent.

— Encore une fois laissons ma personne de côté!

— Laissons la *mienne* de côté! Pourquoi seriez-vous privilégié dans la discussion? Et qu'est-ce qui vous permet d'être mon juge sinon l'arme que vous avez entre les mains?

Un coup de fusil claqua dans le lointain. Purcell s'arrêta, pâlit et s'immobilisa. Dans le feu de sa défense il avait oublié Ouili.

— M'a tout l'air que l'gars Baker a envoyé Ohou par le fond, dit Mac Leod de sa voix traînante.

Mason tourna la tête vers la montagne et dit à mi-voix : « Bien joué. » Smudge tourna aussi la tête, mais ne dit rien.

Immobiles, les yeux fixés sur la montagne, ils attendirent. Mason tira sa montre, et son tic-tac aussitôt remplit la pièce. S'il n'y avait pas d'autre coup de feu, cela voudrait dire que Baker avait réussi à s'enfuir. Purcell tendait l'oreille avec angoisse. Il n'avait jamais écouté avec tant de passion, et pour n'entendre que du silence.

Il y eut deux autres détonations coup sur coup. Purcell se leva et mit les deux mains dans ses poches.

— Ils l'ont eu, dit Mason à voix basse.

— Qu'est-ce qui vous fait dire ça? dit Purcell avec violence.

— Il n'a pas eu le temps de recharger. C'est eux qui ont tiré.

— Ils l'ont peut-être raté.

— Peut-être.

— Non, dit Mac Leod au bout d'un moment. Il y a eu que deux coups et ils sont trois. Si les deux premiers l'avaient manqué, le troisième aurait tiré.

— Le troisième est peut-être occupé ailleurs, dit Purcell désespérément. Par exemple, il est peut-être en train de poursuivre Amoureïa.

— Non, dit Mason, c'est peu probable. Ils se sont mis tous les trois sur Baker. Ils s'occuperont d'Amoureïa après.

— Et n'oubliez pas, reprit Mac Leod, qu'ils ont deux fusils chacun. S'ils avaient raté l'gars Baker, on aurait entendu d'autres coups de feu.

— Ils n'ont peut-être pas leurs deux fusils chargés en permanence, dit Purcell âprement.

Mac Leod haussa les épaules et échangea avec Mason un regard qui voulait dire : « A quoi bon discuter? Il nie l'évidence. » Ce regard fit sur Purcell plus d'effet que tous les arguments qu'on lui avait opposés. Il ferma les yeux. Et tout d'un coup il vit Baker. Il était étendu sur les pierres, livide, un trou noir dans la poitrine.

Mason observait Purcell et il était frappé de la rigidité de ses traits. Il fut sur le point de dire : « Je suis navré, monsieur Purcell. » Il se retint. Cela ne lui parut pas convenable de présenter ses condoléances à un accusé.

Purcell s'assit, mit les mains sur ses genoux, et la tête droite, les yeux fixes, les muscles du cou saillants et rigides, il regardait droit devant lui.

Smudge releva sa mèche d'un air impatient. La torpeur de Purcell lui redonnait un peu de courage et il osait de nouveau bouger. Le canon de son fusil calé dans le creux de son épaule, Mac Leod commença à battre ses genoux de ses doigts squelettiques. Puis, saisissant de sa main gauche les doigts de sa main droite, il se mit à les tirer, l'un après l'autre, en n'omettant que le pouce. Quand il eut fini, il changea de main et recommença. Chaque fois qu'il tirait sur une articulation, on entendait un craquement assez faible, suivi d'un craquement plus fort. Cette opération terminée, Mac Leod releva la tête et regarda Smudge. Smudge toussa, avança sa lèvre inférieure et, pointant son museau en avant, désigna Purcell avec mépris. Au bout d'un moment, Mac Leod racla le plancher de ses pieds et reporta ses yeux sur Mason. Mais Mason évita son regard. Il avait envie de s'en aller et se reprochait cette envie comme une lâcheté. Son devoir était d'aller jusqu'au bout. Il fallait reprendre l'interrogatoire et il n'arrivait pas à s'y décider. La stupeur de Purcell lui rappelait celle qu'il avait éprouvée lui-même au moment de la mort de Jimmy.

Il y eut un glissement à l'angle droit de la maison du côté de l'appentis. Mason empoigna son fusil, pivota sur ses hanches et se laissa tomber à genoux. Il se releva aussitôt. C'étaient les femmes. Elles arrivèrent une à une, plus silencieuses que des belettes, et se rassemblèrent, presque au coude à coude, devant les portes coulissantes, mais sans entrer dans la pièce. Sauf Ivoa et Vaa, toutes étaient là. Elles formaient un groupe noir, immobile, compact, dominé par la haute stature d'Omaata. Elles ne disaient rien. Seuls leurs yeux vivaient.

Mason fronça les sourcils, puis nota avec fierté que Vaa n'avait pas déserté son poste. Il fit alors un petit geste de la main comme s'il chassait un essaim de mouches et dit d'un air impatient : « Allez-vous-en! Allez-vous-en! » Aucune ne bougea. « Omaata », dit Mason d'un air de commandement, « dites-leur de s'en aller! » Omaata ne répondit pas. Mason regarda alors Mac Leod comme pour le prier d'intervenir... Mac Leod secoua la tête. Il ne se souciait pas de déchaîner sur lui en public l'éloquence d'Horoa.

Mason promena son regard sur les femmes. Leurs yeux étaient fixés sur lui, sombres et attentifs. « Que voulez-vous? » cria-t-il avec irritation. Il n'y eut pas de réponse.

Purcell ne bougeait pas. Son attitude n'était pas prostrée, mais rigide et contractée, comme s'il avait été frappé de catalepsie. Son visage était immobile, son regard fixe, ses yeux grands ouverts, et comme il ne clignait pas des paupières, les larmes s'y accumulaient et coulaient le long de ses joues. Ces pleurs faisaient un contraste saisissant avec sa physionomie impassible et comme pétrifiée.

Mason regardait Purcell et ne se décidait pas à parler. Il était hanté par le souvenir des dix minutes qu'il avait passées dans sa cabine après le meurtre de Jimmy. Il se revoyait debout devant sa table, la boîte à pistolets ouverte, les deux mains posées sur le couvercle. Il regardait le hublot devant lui, il le voyait sans le voir, il n'arrivait pas à penser. Le couvercle de la boîte lui glissa des mains, il y eut un bruit sec, il tressaillit, baissa les yeux sur les pistolets, Jimmy était mort... Alors, tout s'éteignit, il était seul dans le noir, une eau froide et glacée se referma sur lui, il suffoquait...

Smudge s'impatientait. Il avait noté du premier coup d'œil qu'Ivoa n'était pas parmi les femmes. Elle devait rôder dans la brousse autour de la cabane, flingue en main, sans faire plus de bruit qu'un serpent, et Dieu sait si elle allait pas décider, quand il sortirait, d'lui foutre une balle dans le dos, comme ça, pour rien, pour prévenir le coup. Il s'agita sur son escabeau, capta les yeux de Mac Leod, et dit à mi-voix : « On s'en va? »

Mac Leod désigna Mason du menton et fit une grimace. Fallait attendre. Le Vieux restait debout au vent, les voiles basses. C'était visible, il avait plus assez d'tripes pour reprendre l'procès; ce procès, d'toute façon, c'était son idée, quel sacré foutoir, et savoir c'que ces damnées Négresses s'étaient flanqué dans la cervelle, et c'qu'elles faisaient là, à les reluquer de tous leurs sabords, sans piper mot.

— Allons-nous-en, dit Mac Leod.

Et il se leva avec tant de brusquerie que son escabeau tomba avec fracas sur le plancher. Purcell sursauta, se leva, cligna des yeux, et d'un mouvement lent et douloureux, comme si son cou lui faisait mal, il tourna la tête à droite et regarda Mac Leod. Puis, avec la même lenteur, son visage pivota vers la gauche, son regard effleura Smudge sans s'arrêter, se posa un peu plus longtemps sur les femmes et se fixa enfin sur Mason.

— Eh bien, dit-il avec une brusque fureur, qu'est-ce que vous attendez? Fusillez-moi!

Mac Leod ramassa son escabeau et s'assit. Mason était écarlate.

— Nous espérons, monsieur Purcell, dit-il d'une voix assez calme, que l'assassinat de Baker a modifié votre attitude.

— Quelle attitude?

Il y eut un silence.

— Je serai franc, monsieur Purcell, reprit Mason en baissant les yeux. Nous n'avons contre vous que des présomptions. Mais, ajouta-t-il en levant la main, ce qui renforce ces présomptions, et leur donne même une valeur de preuve, c'est votre refus de vous joindre à nous et de lutter contre l'ennemi commun.

Il posa sa main sur ses genoux.

— Cependant, reprit-il, il est clair que si, à la suite du meurtre de Baker, vous décidez de modifier votre attitude, nous n'aurions plus de raisons de vous suspecter.

— Autrement dit, s'écria Purcell avec indignation, ou bien je fais le coup de feu avec vous, ou bien vous me déclarez coupable! C'est cela, votre conception de la justice! Mais c'est du chantage! Du chantage pur et simple! Et je commence à comprendre pourquoi vous avez monté ce procès contre moi! C'est pour avoir un fusil de plus dans votre camp!...

— Monsieur Purcell, dit Mason en s'animant, vous avez parlé de chantage. Si chantage il y a, ce genre de chantage ne gêne pas ma conscience. J'ai le sentiment de mes responsabilités à l'égard des Britanniques qui sont ici. Nous sommes en guerre, monsieur Purcell, et cette guerre, je veux la gagner. En toute vraisemblance, à l'heure actuelle, les Noirs ne sont plus que trois : Mehani, Tetahiti et Timi. Nous-mêmes, nous sommes quatre — en vous comptant.

Il fit une pause, empoigna son fusil à deux mains et dit avec force :

— Votre présence, à nos côtés, peut être décisive.

Il reprit :

— Par contre, si vous nous refusez votre aide, vous vous retranchez vous-même de notre petite communauté...

— Et je *deviens* coupable! s'écria Purcell avec une ironie mordante.

— Monsieur Purcell, vos sarcasmes ne me troublent pas. J'ai le sentiment de faire mon devoir. Nous jouons tous les trois notre vie. Si vous ne voulez pas nous aider, nous vous rangerons au nombre de nos ennemis et nous vous traiterons comme tel...

Purcell mit les deux mains dans ses poches, fit quelques pas dans la pièce et son indignation tomba. A vue de nez, c'était du délire. Hier, Mason lui demandait d'être le parrain de son fils. Aujourd'hui, il était prêt à le fusiller. Mais depuis hier, quelque chose avait changé dans l'île : les « Noirs » avaient cessé d'être des adversaires négligeables. Ils avaient trouvé les fusils. « La peur, pensa Purcell. La peur. Même les braves gens deviennent féroces, quand ils ont peur. »

— Même sans m'armer je puis encore vous être utile, dit-il en se retournant et en regardant Mason. Hier, l'assemblée m'a mandaté pour prendre contact avec les Tahitiens. Je me propose toujours de le faire et d'essayer de ramener la paix.

— La paix! s'écria Mason. Décidément, vous n'avez pas l'esprit fait comme tout le monde. Vous voudriez que nous vivions en paix avec des misérables qui ont tué cinq des nôtres!

— Précisément, dit Purcell avec amertume, cinq des nôtres, trois des leurs : il est peut-être temps de s'arrêter.

Mac Leod haussa les épaules.

— J'vous reconnais bien là, Purcell. Toujours la Bible, toujours Jésus! Y a pas plus aveugle que vous! On fait une p'tite prière, et les Noirs, ils s'mettent à blanchir! Encore un p'tit coup de prière, il leur pousse des ailes, et allez! Vent arrière, à dix nœuds, le cap droit sur le paradis! Mais moi, j'vous dis comme j'le pense, Purcell, ces gars-là m'dégoûtent. Lâches, traîtres, et tout, y a rien à en tirer, c'est moins qu'des bêtes, v'là mon opinion. Une supposition que ces damnés moricauds, ils m'signeraient un traité de paix avec le sang de leur propre mère et en présence de Jésus-Christ en personne, j'vais vous dire : j'aurais quand même pas confiance. Un jour ou l'autre, ça recommencerait. Alors, j'me dis, tant qu'à avoir les jetons toute ma vie dans c'te île, non! Autant rentrer dedans tout de suite une bonne fois, bon Dieu, et que ça soye fini!

— Tout cela nous égare, dit Mason, je vous ai posé une question, monsieur Purcell et j'attends une réponse.

Purcell alla jusqu'à la table, pivota sur ses talons, regarda les femmes et dit en tahitien d'une voix basse et rapide :

— Ils veulent me tuer, parce que je ne veux pas prendre un fusil.

— Nous les empêcherons, dit Omaata.

— Même celle qui est à la gauche de celle qui est à ta gauche?

— Même celle-là, dit Toumata.

Purcell lui sourit. Il n'avait pas voulu la nommer devant Smudge.

— Même la belle jument en colère?

— Même elle, dit Horoa.

— Que leur racontez-vous? s'écria Mason d'une voix furieuse.

Purcell le regarda de haut en bas et dit d'une voix nette par-dessus son épaule :

— Je suis chez moi.

Il se remit à marcher dans la pièce, les yeux baissés. Faire semblant de céder? Accepter un fusil, et à la première occasion, prendre la brousse? Non, il ne fallait pas transiger. Même pas paraître transiger. Il respira. Son cœur battait contre ses côtes.

Et un frisson de froid descendit de nouveau le long de ses reins.

Il se dirigea vers son escabeau et reprit son attitude nonchalante. Un pied sur le siège, un coude sur le genou, une main dans sa poche. Il avait conscience que cette pose, en se prolongeant, devenait affectée, mais elle l'aidait à conserver son courage.

— Monsieur Mason, dit-il d'une voix basse et sérieuse, vous m'avez demandé une réponse. La voici. *Primo* : ça ne vous servirait à rien que je prenne un fusil : je ne sais pas tirer. *Secundo* : avec ou sans fusil, je me refuse à commettre le péché d'homicide.

Il n'y eut pas un mouvement dans la pièce. Smudge était tassé sur son escabeau, les yeux baissés. Mason était changé en pierre, les yeux droits devant lui. Seul, Mac Leod regardait Purcell. Plein de tripes, l'ange. Il l'avait prévu : le Vieux avait échoué.

— Si je comprends bien, dit Mason, la réponse est non.

Il parlait d'une voix sans passion et ses yeux étaient bizarrement fixes.

— Oui.

— Dans ce cas, reprit-il d'une voix terne, je sais ce qui me reste à faire.

Et il arma son fusil.

— Hé là, doucement! cria Mac Leod. Il faut voter.

— Voter? dit Mason de la même voix terne et mécanique.

Mais il abaissa quand même son arme.

— Vous êtes pas le seul ici, dit Mac Leod avec rudesse. Nous sommes trois.

Mason le regarda comme s'il avait du mal à le comprendre, puis il leva la main droite et dit d'un air absent :

— Coupable.

— Je m'abstiens, dit Mac Leod aussitôt.

Smudge n'avait pas changé d'attitude. La tête baissée, le cou dans les épaules, il se taisait.

— Smudge? dit Mac Leod.

Smudge tressaillit, jeta du côté des femmes un regard effrayé et dit d'une voix rapide et confuse :

— Non coupable.

— Quoi! cria Mason.

— Non coupable, dit Smudge.

Purcell se mit à rire d'un rire nerveux et saccadé. C'était une farce. Une farce incroyable. Il était sauvé par son assassin. Il s'assit, ses jambes tremblaient sous lui, il n'arrivait pas à arrêter son rire.

Mason se taisait, pâle et interdit. Il regarda Mac Leod et dit d'une voix blanche :

— Qu'est-ce que ça signifie?

— Que Purcell est acquitté, dit Mac Leod.

Il avait passé les pouces dans la ceinture de son pantalon; et l'escabeau en déséquilibre, la tête appuyée contre la porte, il considérait Mason, la tête un peu de côté, les yeux plissés, ses lèvres minces étirées en un léger rictus. Il avait encore rien compris, le Vieux. Bête comme un Anglais. Bête et buté.

La signification du vote se faisait jour lentement sous le front carré de Mason. Son teint vira de la pâleur au rouge écarlate et il se mit à ciller.

— Vous me trahissez, Mac Leod! cria-t-il.

— J'trahis rien du tout, dit Mac Leod de sa voix nasale. Faut pas voir des traîtres partout, Cap'taine, on finirait par devenir fou, dans c't'île. Après tout, ce procès, c'était votre idée, pas la mienne. Bon. Admettons! Admettons que Purcell, il a les jetons d'être fusillé et qu'il prend un fusil, c'était gagné. J'y ai jamais cru, notez bien, mais admettons. Un fusil de plus, ça valait l'coup.

Et comme Mason ouvrait la bouche, Mac Leod leva la main droite et dit avec dignité :

— Un moment, Cap'taine, j'vous prie. On est entre Blancs ici. On peut discuter avec calme comme des gentlemen. Comme j'disais, Purcell prend un fusil, c'était gagné. Seulement voilà. Il prend rien du tout, Purcell. Et ça, je l'avais prévu, Cap'taine, vous pouvez pas dire. Purcell, j'le connais bien. Il a de la religion. Dur comme chêne de bordé, il y croit.

— Toutes ces considérations...

— Laissez-moi parler, dit Mac Leod avec impatience. Je vous ai laissé tenir l'crachoir seul pendant une heure. C'est bien mon tour. Reprenons. Purcell refuse. Il veut pas. Absolument pas. Homicide, il dit? Horreur. Tuer mon semblable? Jamais. Pas de fusil pour l'ange Gabriel! Bref, c'est raté. Et si c'est raté, c'est raté, voilà ce que j'dis, Cap'taine, et c'est pas parce que vous fusillerez Purcell que ce sera moins raté... Qu'est-ce que vous gagnez à le fusiller? Rien du tout. Ça vous donnera pas un fusil de plus.

— Il y a une justice, dit Mason.

— Ouais, dit Mac Leod en reprenant peu à peu le ton de sarcasme qui lui était habituel, ouais, Cap'taine, comme vous dites, y a une justice, et la justice, à l'heure qu'il est, j'm'en fous. Et vous aussi, sauf vot' respect. A preuve l'coup de nous dire que c'est l'ange Gabriel qu'a donné la cachette des fusils aux Noirs, permettez, permettez — d'un gentleman privé parlant à un autre gentleman — j'sais pas si c'est la justice ou la vérité, Sir, mais c'est difficile à croire, Sir. Passons. On dit c'qu'on dit pendant l'procès, mais après le procès, la vérité vraie sort du puits. La v'là, toute mouillée! Et retirez les pieds qu'elle s'égoutte! La v'là, j'dis. S'y avait encore une justice dans c't'île, le nommé Smudge, à l'heure qu'il est, il s'balancerait à la plus haute branche du banian, *primo* (comme dit l'ange) pour avoir tenté de faire un carton, à des heures indues, sur un de ses concitoyens, *deuxio* pour avoir failli s'faire descendre dans le sous-bois par l'gars Baker, cette espèce d'enfant d'salaud (c'est de Smudge que je parle) et priver ainsi not' groupe d'un fusil. Passons. La justice, à l'heure qu'il est, c'est bien simple, j'la fous dans la soute avec les voiles de rechange. Pour l'instant, y a mes petits intérêts, Cap'taine. Y a ma peau, squelette et organes compris. Et là-dessus, j'vais vous dire : j'vois pas bien ce que j'gagnerais à mettre une balle dans l'ange Gabriel. Mais j'vois très bien ce que j'risque de perdre...

— De perdre? dit Mason.

Mac Leod fit une pause. Il pouvait se la permettre. Il avait si bien préparé ce qu'il allait dire que personne ne songeait à l'interrompre, pas même Mason. Purcell le regardait, fasciné. Cette verve, cette truculence. Mac Leod était odieux, et pourtant... Tout n'était pas qu'avarice, il y avait une part de jeu chez lui. Les deux pouces longs et maigres crochés dans la ceinture de son pantalon, les jambes interminables jetées devant lui, le masque creux et expressif, il regardait son auditoire d'un air heureux et supérieur. Le moment où il s'était effacé devant

Mason était fini. Il reprenait possession de la scène. Il s'en donnait. « Oui, pensa Purcell, il y a du jeu, il y a toujours eu du jeu chez lui. Mais c'est avec nos vies qu'il a joué. »

— J'pense bien que j'peux perdre! reprit Mac Leod. Et pas rien que moi. Vous aussi. Smudge aussi. Non coupable, il dit, Smudge. Prudent, le gars! Vu qu'y a une petite dame dans la nature avec un flingue à vous dans les pattes qui s'fâcherait tout à fait s'il arrivait malheur à son chéri. Et vous avez p'tête pas remarqué, y a d'autres petites dames toutes noires derrière vous, Cap'taine, qui seraient pas bien contentes non plus, j'vous jure. Elles en raffolent de Purcell, c'est connu. C'est l'grand favori, l'ange! Toujours à l'lécher, à l'cajoler! C'est leur frère! C'est leur bébé! C'est leur Jésus! Folles de lui! Toutes! Visez-les un peu, Cap'taine. Retournez-vous un peu, j'vous prie, ça vaut l'coup d'œil. Plus question d'rire, ou de chanter, ou d'tortiller des fesses en cadence! Regardez-les! Des statues. Bouches cousues. Quenottes serrées. Les yeux comme des rasoirs...

— Vous avez peur des femmes? dit Mason avec mépris.

— Parfaitement! dit Mac Leod avec force, et si vous les connaissiez aussi bien que moi, vous aussi, vous en auriez peur. Y a pas plus méchant, Cap'taine, vous pouvez m'croire. J'préfère encore m'battre avec ces trois salauds là-bas. Et entre nous, j'ai bien assez d'eux trois sur les bras sans m'foutre encore les *vahinés* sur le poil. Une supposition que j'aie dit « coupable » pour Purcell. Bon. J'prends mon fusil et j'expédie l'ange Gabriel chez son papa qu'est dans les cieux. Alors? Qu'est-ce qu'elles font, les *vahinés*, à vot' avis? Elles s'jettent sur nous, vous pouvez parier, Omaata en tête. Ou bien, elles courent foutre une trempe à Vaa et elles lui piquent ses fusils. Total : y a une deuxième troupe armée contre nous dans la brousse, et qui nous veut pas du bien.

— Tous ces bavardages..., dit Mason, en crispant les mains sur son fusil.

Au même instant il sentit sur son épaule droite un poids écrasant. Il tourna la tête. Une large main noire pesait sur lui.

— Il n'y a plus d'eau, dit Omaata en anglais.

— Laissez-moi, dit Mason d'une voix furieuse, et saisissant le poignet de la géante, il essaya de lui faire lâcher prise. Omaata n'avait même pas l'air de s'apercevoir de ses efforts. Enorme et maternelle, elle le dominait de très haut.

— Il n'y a plus d'eau, répéta-t-elle, et sa voix roula comme l'écho lointain d'une cataracte.

— Comment? Plus d'eau? s'écria Mac Leod, et les bassines du marché?

— Renversées.

— Renversées? dit Mason. Renversées par qui? Il cessa de lutter. Au-dessus de lui, le visage noir d'Omaata luisait, immense et lunaire, les lèvres ourlées, les narines ouvertes, les yeux larges et liquides.

— Par eux, dit-elle de sa voix profonde.

— Comment le sais-tu? cria Mac Leod en se levant.

— Itia a dit.

— Quand? dit Smudge d'une voix tremblante en se levant à son tour.

— A l'instant. A l'instant, ils sont venus.

Elle fit de sa main libre le geste de renverser les bassines. Puis elle reprit :

— Itia a dit de leur part...

— Qu'est-ce qu'elle a dit? hurla Mac Leod, le visage livide.

— Les *vahinés* peuvent venir boire au torrent. Les *Peritani,* non. Les *Peritani* ne boiront plus.

CHAPITRE XIII

Omaata retira sa main avec lenteur et Mason put bouger. Ce nouveau désastre lui inspirait le besoin d'agir. Il se leva. Et dès qu'il fut debout, il comprit qu'il n'y avait rien à faire. Les Noirs tenaient l'unique point d'eau de l'île. Ils attendraient les Britanniques pour les tirer comme des pigeons.

Les quatre hommes échangèrent des regards. Mac Leod se passa la langue sur les lèvres et les trois autres surent aussitôt ce qu'il éprouvait. La pensée de manquer d'eau lui donnait soif.

— Il n'y a qu'une solution! dit Mason, la voix tremblante. C'est de foncer dans la brousse et d'attaquer!

Mac Leod le regarda, jeta un coup d'œil à Smudge et s'assit.

— J'suis pas chaud pour m'flanquer dans leurs pattes, dit-il de sa voix nasale. On pourra pas faire un pas dans la brousse. Ils seront prévenus par les femmes.

— Vous préférez mourir de soif! dit Mason avec hargne.

Mac Leod haussa les épaules sans répondre.

— On pourrait p't'être aller au torrent la nuit, dit Smudge. On enverrait les femmes devant avec les bassines. Et quand les Noirs s'montreraient, on les flinguerait.

— Espèce de crétin, dit Mac Leod, qu'est-ce que tu as sur les épaules? Une tête ou un hublot? Ils sont pas fous, les Noirs. Ils l'ont prouvé. Ils laisseraient les femmes remplir les bassines sans même montrer le bout de leurs sales gueules. C'est au retour qu'ils nous étendraient.

— Vous parlez comme s'ils devaient toujours nous vaincre, dit Mason avec colère. Je ne comprends pas votre attitude, Mac Leod.

— Ça m'fait bien d'la peine, j'dois dire, dit Mac Leod d'un ton calme. Mon attitude, c'est mon attitude, Cap'taine, et j'ai pas d'raison d'en changer. On peut pas vaincre les Noirs dans la brousse, v'là c'que j'dis. C'est ici qu'il faut s'battre avec eux.

Smudge s'assit et avala sa salive.

— Et s'ils attaquent pas? dit-il d'une voix agressive, qu'est-ce qu'on fait? On attend? On crève de soif?

Mac Leod lui fit un sourire plein de fiel et dédaigna de répondre. Purcell restait silencieux. Il était surpris des regards hostiles que se lançaient les trois hommes. Mac Leod était écrasant de mépris, et chose curieuse, Mason et Smudge paraissaient se liguer contre lui comme s'ils le rendaient responsable de la situation.

— O chef de la grande pirogue! dit Omaata en anglais.

Ils se retournèrent et la regardèrent, surpris. Dans leur désarroi, ils avaient oublié la présence des femmes.

— Ecoute, ô chef, reprit Omaata, nous prenons bassines et nous partons avec bassines. Adamo vient. Nous allons chez les *Autres*, poursuivit-elle en baissant les yeux avec pudeur, et Adamo dit aux *Autres* : nous donnons ignames, bananes, mangues, avocats. Vous donnez eau.

Il y eut beaucoup de silence dans la pièce quand Omaata eut fini de parler.

— P'tête, dit Mac Leod au bout d'un moment. On s'demande c'qu'ils mangent, ces fils de putain depuis avant-hier. Tous les fruits et les légumes sont de notre côté, et dans des espaces découverts.

Il ajouta d'une voix détachée :

— Ça peut marcher, j'crois, si Purcell accepte.

Il ne regardait pas Purcell. Il considérait ses pieds.

— Pourquoi qu'il accepterait pas? dit Smudge d'une voix agressive, et comme si Purcell avait eu toutes les raisons du monde de se dévouer pour lui.

Mais lui non plus ne regardait pas Purcell. Mac Leod étendit ses jambes devant lui, joignit ses pieds, et les écarta à l'équerre. Puis l'équerre n'étant pas tout à fait droite, il plissa les yeux et la corrigea.

— P't'ête qu'ça plaît pas à Purcell d'aller s'balader du côté d'Timi, dit-il d'une voix neutre.

— Il a aussi soif que nous, dit Smudge d'un ton revendicatif.

Mason était debout, appuyé des deux mains sur son fusil. Mac Leod joignit de nouveau les pieds, leva la tête et le regarda. Mais Mason resta silencieux. Il jugeait au-dessous de sa dignité d'adresser une prière à Purcell.

— Y a une petite chance qu'ça marche, reprit Mac Leod d'un ton indifférent. Ils doivent crever de faim, ces fils de pute.

— S'ils ont faim, ils peuvent venir la nuit chez nous piquer des fruits, dit Smudge.

— Et on fait comme eux au torrent, dit Mac Leod, on les attend avec un flingue.

Il reprit :

— C'est p't'ête bien pour ça qu'ils nous ont privés d'eau. P't'ête qu'ils veulent un échange. Donnant, donnant. V'là mon opinion, fils.

Il ajouta du même air impartial :

— Y a une p'tite chance que ça marche, voilà c'que j'dis.

Cette fois il regarda Purcell, mais ce fut peine perdue. Purcell avait les yeux rivés sur ceux d'Omaata. Il avait cru sentir une intention dans la façon dont elle le regardait, et il essayait de la déceler.

— Tu me conseilles d'accepter? dit-il en tahitien.

— Je te conseille, dit-elle, le visage immobile.

Il se mit à marcher dans la pièce. Il ne voulait pas avoir l'air de faire dépendre sa décision des paroles qu'il venait d'échanger avec Omaata. Tout d'un coup, il éprouva une extraordinaire impression d'allégresse. Tous ses soucis s'évanouirent. Il se sentait joyeux, léger. Même l'eau ne posait plus de problème.

— Je suis heureux que mon procès se soit bien terminé, dit-il d'une voix claire et haute. Sans cela, je ne serais pas à même de vous rendre service.

Il enchaîna dans une soudaine explosion de bonne humeur :

— La dernière fois qu'il y a eu un procès criminel dans l'île, M. Mason était l'accusé. Je suis heureux que ce procès-là se soit également bien terminé. Sans cela, nous n'aurions pas aujourd'hui le plaisir d'avoir M. Mason parmi nous.

Il sourit à la ronde. Mac Leod et Smudge le regardaient et Mason cillait, cramoisi.

— J'ai déjà dit, grogna Mason, que je ne vous savais aucun gré de votre intervention ce jour-là.

— Cela va sans dire, dit Purcell d'un air aimable.

Il se sentait insouciant, heureux, amusé. « Mon Dieu, mon Dieu, il fallait supporter ces fous que voilà. » Sa pensée fit un saut. Il songea tout d'un coup à Ivoa, il la revit en train de braquer un fusil sur Smudge, il s'attendrit.

— Vous vous décidez? dit Smudge, enhardi par l'air de bonheur répandu sur les traits de Purcell.

Purcell le regarda. A ce moment, même Smudge ne lui était pas antipathique. Comme il avait peur de mourir de soif, ce pauvre petit rat de Smudge! « Et moi aussi, moi aussi!... Aucun doute, nous avons quelque chose en commun. » Purcell eut un petit rire. Il se sentait follement gai. Il marchait dans la pièce d'un pas léger, rapide. Il avait l'impression que ses pieds rebondissaient sur le sol. Tous les trois à attendre sa décision! Tous les trois à attendre qu'il risquât sa vie. C'était une farce. Le « traître » risquait sa vie pour la « communauté ». « Mon Dieu, des fous, des fous! » Il s'arrêta et les regarda l'un après l'autre. Smudge, les yeux à terre, Mac Leod, faussement détaché, Mason, le regard attaché à la montagne. Il y eut un lourd silence, l'escabeau de Mac Leod craqua, Mason se passa la langue sur les lèvres, et Purcell pensa : non, des hommes. Des hommes qui ont peur. Le creux au ventre. Les paumes moites. La gorge sèche.

Son exaltation tomba et il dit d'une voix calme :

— J'accepte.

Ils tournèrent les yeux en même temps vers lui. Ils étaient soulagés, mais il n'y avait pas de surprise dans leurs regards. Ils s'étaient attendus à ce qu'il acceptât. Purcell se sentit amer, dégoûté. Ils le connaissaient! Ils savaient exactement ce qu'ils pouvaient attendre de lui, et ils lui avaient fait ce procès odieux! Ils l'avaient accusé, calomnié, sali!

— J'accepte, reprit-il, mais à une condition : je ne me bornerai pas à proposer aux Tahitiens une transaction pour l'eau. J'essaierai de ramener la paix.

Mason jeta un coup d'œil à Mac Leod. Mac Leod eut un demi-sourire et Mason haussa les épaules.

— Eh bien? dit Purcell.

— Comme vous voulez, dit Mason.

Mac Leod se leva, mit l'arme à la bretelle, ouvrit la porte, et un courant d'air s'établissant aussitôt avec les parois coulissantes, il la maintint ouverte pour laisser passer les deux autres.

Il y eut un moment de gêne. Mason ne savait pas comment s'y prendre pour s'en aller.

— Voilà une affaire réglée, dit-il à voix haute sans regarder personne.

Il se redressa, ramena les épaules en arrière et se dirigea vers la porte, suivi de Smudge, courbé, déjeté, absurdement plus petit.

Il allait passer devant Purcell, il s'arrêta d'un bloc, tourna la tête avec raideur et dit d'une voix rapide :

— Très décent de votre part, monsieur Purcell.

Puis il franchit la porte, toujours suivi de Smudge, filant dans son ombre, les yeux à terre, précédé de son nez obscène.

Mac Leod tenait la porte ouverte et regardait Purcell.

— Au revoir, dit-il quand les deux autres furent sortis.

Mais il ne s'en allait pas. Il se tenait debout, déhanché, les yeux fixés sur Purcell, sa tête de mort animée d'un demi-sourire. Vu à contre-jour sur le seuil, un long bras maintenant la porte, l'autre appuyé au chambranle, ses deux longues jambes écartées l'une de l'autre, il avait l'air tout en pattes comme une araignée.

Purcell s'approcha pour empêcher la porte de claquer, quand Mac Leod retirerait sa main.

— Bonne chance, reprit Mac Leod en souriant à demi d'un air indécis.

Il ajouta en dialecte écossais :

— J'espère bien vous revoir.

C'était la première fois qu'il employait le dialecte avec Purcell. Purcell inclina la tête sans répondre. Il s'avança encore et saisit la poignée de la porte. Il n'avait jamais approché Mac Leod de si près, et il était presque effrayé par la maigreur de son visage : le visage d'un homme qui, pendant des années, n'avait pas mangé à sa faim.

Mac Leod se retourna, descendit les deux marches d'une seule enjambée.

— Bonne chance, répéta-t-il en jetant à Purcell un dernier regard par-dessus son épaule.

Puis il agita par deux fois, parallèlement à son visage, sa longue main de squelette.

— Les bassines sont là, dit Omaata.

Purcell ferma la porte, se retourna.

— Et les fruits? Les ignames?

— Aussi.

Il l'enveloppa du regard, sourit et se sentit intrigué. Elle ne lui rendait pas son sourire. Elle gardait son air sévère. Elle ne paraissait pas disposée à parler.

Le groupe sortit dans *East Avenue* et tourna à droite dans *Banian Lane*. Omaata marchait en tête. Puis venait Purcell, flanqué d'Horoa et d'Avapouhi.

Taïata, Toumata et Itihota fermaient la marche. Il faisait très chaud et la montée était harassante.

Quand on fut au milieu du second plateau, Omaata s'essouffla un peu, Purcell gagna sur elle, et arriva à son niveau. Elle tourna la tête et dit à voix basse d'un air sévère :

— Reste derrière moi.

Et comme il hésitait, Horoa le prit avec force par le bras et le contraignit à rétrograder.

— E Horoa é! dit Purcell d'un ton fâché.

Elle se pencha à son oreille et dit dans un souffle :

— Omaata a peur que les *Autres* tirent sur toi.

C'est pour cela qu'elles l'entouraient! Les *Autres* ne pourraient pas tirer sans les atteindre!

— Omaata!

— Tais-toi! dit-elle sans tourner la tête.

Elle avait raison. Il était le seul à faire preuve d'imprudence. Le groupe marchait depuis une demi-heure et les « bavardes » qui lui servaient d'escorte n'avaient pas dit un mot. Leurs pieds ne déplaçaient pas une seule pierre. Même leur souffle était contrôlé.

On arrivait devant le banian.

— On s'arrête ici, dit Omaata à voix basse. Les *Autres* n'y viennent jamais. Cependant, même là, il faut faire attention.

Depuis le partage des femmes, le banian était considéré par les Tahitiens comme un lieu de la mauvaise chance, et par conséquent *tabou*.

— Taïata! dit Omaata, reste à l'entrée et veille.

Taïata fit la moue. L'ordre d'Omaata la privait de l'entretien qui se préparait. Cependant, elle se coula sans un mot dans l'herbe, puis sa tête réapparut, et se confondit aussitôt avec une racine. C'était remarquable. La couleur même de son visage n'était pas différente de celle du bois.

Omaata pénétra sous le banian. Au moment de la suivre dans l'ombre des pièces de verdure, Purcell tira sa montre de sa poche. Midi. Quatre heures à peine s'étaient écoulées depuis qu'il avait échappé, en fermant la porte, à la balle de Smudge.

Il faisait très nuit dans les salles de verdure du banian. Omaata passait de chambre en chambre sans s'arrêter, et Purcell avait du mal à la suivre. Seule sa ceinture d'écorce faisait une tache un peu claire dans l'obscurité.

— C'est ici, dit Omaata.

Une ombre se détacha du mur de feuillage et bondit sur Purcell. Il eut un mouvement de recul et mit ses deux mains en avant. Mais l'assaillant se mit à rire, passa sous ses mains, et le prit à bras-le-corps. Purcell sentit contre lui un ventre nu, proéminent.

— Adamo! O Adamo! J'ai cru que je ne te reverrais plus!

Elle se mit à genoux sur la mousse, et le tirant par la main, elle le fit asseoir à ses côtés.

— Ivoa, dit Purcell en prenant son visage à deux mains, comment es-tu là? Comment savais-tu que j'allais venir?

Elle rit, heureuse de sentir ses mains sur son visage.

— Réponds, Ivoa!

Elle rit de plus belle. Toujours les « pourquoi »! Toujours savoir! Elle mit la tête dans le creux de l'épaule de Purcell.

— Quand j'ai vu les trois *Peritani* avec les fusils dans la maison, j'ai dit *aoué, aoué,* je ne peux pas les tuer tous les trois!

Il y eut des rires et Purcell comprit que les femmes s'étaient assises autour d'eux dans la demi-obscurité. C'est à peine s'il pouvait discerner leurs contours.

— Alors, dit Ivoa, j'ai couru chez Omaata, Itia était avec elle, et j'ai raconté. Et Omaata a réfléchi et a dit : « J'ai une idée. Va au banian avec Itia et attends. »

— Et moi, dit Omaata, j'ai rassemblé les femmes, j'ai dit mon idée, et les femmes ont dit : « Qu'il soit fait comme tu dis. »

Elle était assise à droite de Purcell, elle tourna la tête vers lui, ses yeux luisaient dans la pénombre, elle fit une pause dramatique. Elle attendait d'être interrogée.

— Alors? dit Purcell.

— Alors, j'ai renversé les bassines.

— Tu as renversé les bassines! s'écria Purcell, stupéfait.

Omaata rejeta la tête en arrière, gonfla les globes jumeaux de ses seins et rit comme une cataracte. Cependant, ses yeux restaient tristes. C'était un rire d'orgueil, non de gaieté. Les yeux de Purcell s'étaient habitués à l'obscurité et il voyait distinctement les femmes assises sur leurs talons autour de lui. Purcell ne les entendait pas, le rire d'Omaata dominait tout, mais il devinait à leurs lèvres qu'elles riaient. Elles étaient fières d'avoir été associées à cette ruse et qu'elle eût si bien réussi.

— Tu sauras, Adamo, reprit Omaata, qu'à Tahiti, on tue son ennemi. On ne l'empêche pas de boire.

— Mais pourquoi cette ruse? dit Purcell.

— Pour t'arracher aux mains des *Peritani* et te cacher.

— Me cacher? dit Purcell en levant les sourcils.

— Jusqu'à ce que la guerre soit finie.

Purcell regarda les femmes.

— Vous étiez toutes d'accord pour cette ruse? dit-il, la voix changée.

— Toutes, dit Omaata, même les femmes dont les *tanés* ne sont pas tes amis. Cependant, nous n'avons rien dit à Vaa.

— Vaa est très stupide, dit Horoa en relevant la tête et en secouant sa crinière. Peut-être, elle nous aurait trahies.

— Vaa admire l'homme qui porte les choses en peau autour des pieds, dit Toumata. Elle n'a pas compris que le chef n'est plus rien depuis que la grande pirogue est brûlée.

— Le chef lui-même n'a pas compris ça, dit Itia.

Les femmes rirent. Cette mauvaise langue d'Itia!

— Cependant, dit Ivoa, Vaa m'a prêté un fusil.

— Elle te l'a prêté? dit Purcell.

— Oui, prêté.

Purcell leva les sourcils, amusé. L'admirable Mrs. Mason avait menti à son mari.

— Ecoute, dit Omaata, on va te cacher dans une grotte. Il y a des *toupapahous* dans les grottes. Les *Autres* en ont peur.

— Mehani n'en a pas peur.

— Mehani est ton frère, dit Ivoa.

— Quelle grotte?

— La mienne, dit Itia. Celle où j'ai couché après le partage des femmes avec Avapouhi.

— La grotte des fusils!

— Tu la connais, Adamo?

— Je ne la connais pas.

— C'est une très bonne grotte, dit Itia. Elle a une petite source. Avec un peu de patience, on peut remplir une calebasse.

Il y eut un silence et Omaata poursuivit :

— Sache que les fruits ne sont pas pour les Autres. Ils sont pour toi.

Elle ajouta :

— Et pour Itia.

— Pour Itia? dit Purcell.

— Itia te conduira à la grotte et elle restera avec toi.

— Et Ivoa?

— Ivoa porte un fils. Elle ne peut pas grimper jusqu'à cette grotte. Le chemin est très difficile.

— Et si je l'aidais à grimper?

— Demande-lui.

Purcell ne voyait d'Ivoa qu'un profil immobile. Les lèvres closes, le regard grave, l'air fermé, elle ne disait rien.

— Si je t'aidais, Ivoa?

Elle fit « Non » de la tête, et comme Purcell restait silencieux, elle ajouta :

— Je suis très lourde. Je préfère rester au village.

Elle se sentait épuisée par sa nuit sans sommeil. Elle n'avait qu'une pensée : retourner chez elle et dormir quelques heures. Cette nuit encore, elle devrait veiller à côté de l'appentis, fusil au poing, pour attendre Timi. Elle ne connaîtrait pas de repos avant d'avoir tué Timi.

— Pourquoi ne puis-je pas rester seul dans la grotte? dit Purcell.

Itia se pencha en avant et ouvrit ses deux mains devant elle :

— Cet homme a peur de moi, dit-elle en promenant sur les femmes son regard malicieux.

Il y eut des sourires, mais beaucoup plus discrets

qu'on aurait pu s'y attendre. La gravité d'Ivoa et son respect de l'étiquette en imposaient.

— Itia te sera utile, dit Omaata. Elle est rusée. En plus, elle t'apportera des nouvelles.

— Ivoa peut faire cela.

— Homme, regarde-la! Elle ne peut pas grimper. Elle ne peut pas courir. A peine marcher.

— Je serai bien où je serai, dit Ivoa.

Purcell baissa les yeux et resta si longtemps silencieux que les femmes s'alarmèrent. Elles firent des signes à Omaata, et Omaata dit de sa voix profonde :

— Es-tu fâché, ô mon bébé?

— Je ne suis pas fâché.

Après cela, il resta silencieux, et Omaata reprit, la voix fêlée par l'inquiétude :

— Tu n'acceptes pas notre plan?

Il releva la tête et la regarda.

— J'accepte ton plan, mais auparavant, je veux voir les *Autres.*

— *Maamaa!* s'écria Omaata en levant les yeux au ciel, *maamaa!*

Et les femmes firent écho, stupéfaites et consternées. Leurs *maamaa* roulèrent en un long decrescendo de déception et d'incrédulité, accompagné de regards, de gestes de la main et de mouvements d'épaule.

— Mais tu n'as pas besoin! s'écria Omaata. Les *Autres* n'empêchent pas les *Peritani* de boire!

— Je veux ramener la paix.

Les femmes se regardèrent, tapèrent du plat des mains sur leurs cuisses, et exhalèrent des soupirs. *Maamaa.* Très bons ou très mauvais, les *Peritani.* Mais toujours *maamaa.* Toujours.

— Folie! homme! reprit Omaata. Timi te tuera. Ou peut-être Tetahiti.

Des larmes coulaient sur les joues d'Ivoa, mais elle ne disait rien.

— Je dois essayer, dit Purcell en lui prenant la main.

— Je n'ai jamais rien entendu de plus stupide, dit Omaata, la voix gonflée de colère.

Elle était accotée à une grosse racine verticale, et dans le tremblement que la fureur communiquait à son corps, elle faisait osciller toute la pièce de verdure.

— O mon stupide petit coq! gronda-t-elle, sa voix roulant comme un tonnerre. O mon orgueilleux petit coq! Tu veux changer le ciel et la terre! Ces hommes, reprit-elle en levant les deux mains, ont goûté le sang, et maintenant ils vont droit devant eux en tuant et en tuant, et toi, toi! tu veux aller, tout nu et sans armes, pour rétablir la paix!

Purcell laissa s'éteindre les résonances de sa voix et dit :

— J'irai, Omaata.

— Homme! s'écria-t-elle, les yeux irrités.

— Laisse, laisse, Omaata, dit Ivoa, les larmes coulant sans arrêt sur ses joues. Je connais Adamo. Il ira. Il est doux, mais il n'est pas flexible.

— Si tu vas, j'irai avec toi, Adamo, dit Avapouhi.

Il y eut un silence. Les femmes évitaient de regarder Avapouhi. *Aoué,* c'était clair : elle voulait être fixée sur le sort de Ouili. Elle espérait donc encore! Pauvre, pauvre Avapouhi! Cette guerre comme une maladie sur l'île!

— Non, dit Omaata avec netteté, Itia va chez les *Autres* et elle dit : « Adamo veut vous voir. » Et si les *Autres* veulent, Itia va avec Adamo. Et quand le *Manou-faïté* est fini, Itia conduit Adamo à la grotte. Peut-être ce sera difficile. Peut-être ce sera dangereux. Et Itia a beaucoup de ruse.

— Je vais avec Itia et Adamo chez les *Autres,* dit Avapouhi.

— Non, dit Omaata, j'ai une tâche pour toi, Avapouhi.

Les femmes regardèrent Omaata et, tout d'un coup, elles comprirent. Omaata était sûre que Ouili avait été tué et elle ne voulait pas qu'Avapouhi vît sa tête sur une pique. Par l'*Eatua,* Omaata était sage! Elle voyait toujours en avant!

— Qu'il soit fait comme Omaata a dit, dit Horoa, et il y eut un murmure d'assentiment.

Aussitôt, sans un mot, Itia se leva et partit.

— C'est le ventre du soleil, dit Ivoa. Mange, Adamo. Tu as devant toi beaucoup de fatigues.

Tout en parlant, elle pelait une banane et la lui tendit. Purcell avait la gorge serrée et le fruit lui parut farineux et étouffant. Après la banane, il mangea une mangue, puis un avocat. Les femmes s'entretenaient à voix basse. Ce murmure continuel agaçait et vrillait ses nerfs. Au fur et à mesure que les minutes passaient, la peur montait en lui.

Il fit signe qu'il avait assez mangé, et s'étendant sur la mousse, il plaça la tête sur les genoux d'Ivoa et ferma les yeux. Aussitôt, les femmes se turent. Il fut d'abord soulagé, mais il n'arrivait pas à dormir, le silence devint insupportable. Il savait qu'il avait une longue attente à vivre avant le retour d'Itia, et que sa peur grandirait encore. Il entendit Omaata dire à mi-voix : « Horoa, donne-moi ton collier de plumes. » Puis il y eut le bruit d'une branche qu'on casse et qu'on dépouille de ses feuilles, et ce fut tout. Il essaya de prier, mais après quelques secondes, sa prière devint mécanique, il ne pouvait plus penser, ses jambes tremblaient, sa peur montait encore. Il eut tout d'un coup le sentiment d'étouffer sous le banian, la panique se saisit de lui, il éprouva un besoin irrésistible de se lever et de fuir. Il plaça les deux mains contre sa ceinture, se raidit, et la sueur ruissela sur son corps. Il se vit tout d'un coup, étendu, raide comme un cadavre, les yeux clos, les doigts croisés sur sa poitrine. « Mon Dieu, pria-t-il avec ferveur, faites que ce soit vrai, faites que je n'aie plus à vivre, et que tout ce cauchemar soit fini. » Il sentit qu'Ivoa lui soulevait la tête et la plaçait contre sa poitrine. Il s'y blottit comme un enfant, creusant sa place entre les deux seins tièdes et doux.

Au bout d'un moment, le reflux de sa peur s'amorça, sa respiration devint régulière, il se laissa glisser dans le sommeil. Quand il se réveilla, Itia était devant lui.

— Ils veulent bien, dit-elle, son petit visage rond plein de gravité.

Purcell se mit sur pied. Les femmes l'imitèrent, et avec un temps de retard, Ivoa. Son teint était gris et ses lèvres tremblaient.

Omaata tendit à Purcell une baguette à l'extrémité de laquelle était fixé un bouquet de plumes rouges.

— Pendant ton sommeil, je t'ai fabriqué un *Manou-faïté* [1], dit-elle d'une voix un peu rauque. Tiens-le devant toi. A partir de cet instant, Adamo, tu es l'oiseau qui vole pour demander la paix, et selon la coutume, les *Autres* ne doivent pas te tuer. Du moins si ton ambassade réussit. Car si la paix est rejetée, alors tu n'es plus *tabou.*

Il prit le *Manou-faïté,* et Omaata lui apprit à le tenir : les plumes en arrière, car elles représentent

1. L'oiseau de demande de paix.

la queue de l'oiseau, et la pointe de la baguette en avant, car elle représente le bec. Ainsi l'oiseau vole tandis que l'homme marche, et l'homme et l'oiseau ne font qu'un.

Purcell baissa les yeux. Il regardait le talisman dérisoire qu'il tenait à la main : la mort, en cas d'insuccès. Et combien de chances de succès?

— Est-ce que tu connais les poèmes en faveur de la paix? reprit Omaata.

— Je les connais. Otou me les a appris quand vous étiez en guerre. Et j'étais là quand le *Manoufaïté* des Natahiti est venu.

— Bien, dit Omaata.

Elle se tourna vers Avapouhi :

— Nous allons au torrent remplir les bassines. Toi, pendant ce temps, tu portes les fruits à la grotte pour Adamo, tu reviens ici au banian, tu nous attends.

Il y eut un moment de silence et de parfaite immobilité. Purcell étreignit l'épaule d'Ivoa, posa un instant sa joue contre la sienne, puis se tournant vers les femmes, il fit un large mouvement de la main qui les embrassait toutes et prenait congé d'elles.

— Je reviendrai! dit-il d'une voix pleine de confiance et de force.

Il y eut parmi les femmes un murmure affectueux. Adamo! L'éloquence de son geste! Comme il était digne de son beau-père, le grand chef Otou!

Purcell cligna les yeux à la grande lumière du jour et sentit la chaleur du soleil sur sa nuque. Itia marchait devant lui.

— Avapouhi t'a demandé?... dit-il à voix basse.

— Oui. J'ai dit que je ne savais pas.

— Tué?

— Oui.

— Ohou?

— Oui.

— Amoureïa?

Il vit sa nuque frissonner.

— Oui.

Il y eut un long silence et Itia dit :

— Tu peux parler. Ils sont au camp.

Il fit quelques pas en silence et reprit :

— As-tu vu les têtes?

Depuis qu'il avait pris la décision d'aller trouver les Tahitiens, l'idée de voir ce spectacle affreux le tourmentait.

— Non. Ils les ont enfermées dans des *poini*[1]. Ils les planteront sur des piques après.

— Après quoi?

— Après la guerre.

Il y eut un silence de nouveau. Puis Itia se tourna, s'arrêta et dit d'une voix changée :

— Mais j'ai vu Amoureïa, homme! Elle est pendue par les deux mains à la branche d'un avocatier. Les deux jambes aussi sont attachées. Et elle a le ventre grand ouvert de là (elle montra son estomac) jusque-là (elle montra son sexe). Homme, c'est horrible!

— Qui a fait ça? dit Purcell, la gorge sèche.

— Timi.

Il détourna les yeux.

— Marche, Itia, dit-il d'une voix sourde.

Après cela, ils restèrent un long moment sans parler. Ils allaient quitter le second plateau pour entrer dans le désert pierreux de la montagne, quand

1. Paniers de feuilles de coco.

Itia fit un brusque crochet en direction d'un bouquet de fougères géantes. Quand elle l'eut atteint, elle se tint dans son ombre et saisit Adamo par la main gauche. Son petit visage était sérieux et tendu.

— Adamo! dit-elle d'une voix tremblante, après ce que j'ai vu chez les *Autres,* je suis malade... Dans mon idée, je suis malade... Et le jeu ne me fait pas envie. Cependant, si tu le désires, Adamo, tu peux... *Aoué,* ce sera peut-être la dernière fois que tu joues!...

— Tu me rassures! dit Adamo en souriant.

Il était donc encore capable de sourire! Il regardait Itia. Il était touché par la naïveté et la générosité de son offre. Il se pencha et lui effleura les lèvres.

— Le *Manou-faïté* doit voler, Itia, dit-il d'un ton amical, et je ne peux pas m'arrêter.

Il n'y avait plus devant eux qu'un chaos de roches noires, un désert brûlant, interminable. Puis la brousse commençait. Celle-ci n'était pas composée de fougères, comme celle qui entourait le village, mais de petits palmiers, hauts de deux ou trois mètres, et si serrés que Purcell devait parfois les écarter de ses mains pour se glisser entre deux troncs à la suite d'Itia. Il n'y avait pas un souffle d'air, le plafond de feuilles laissait filtrer un jour lugubre et les grosses tiges renflées étaient couvertes de touffes noires qui pendaient comme des cheveux. Au-dessus de sa tête, Purcell entendait l'agitation continuelle des palmes. C'était un crissement dur, métallique qui n'était pas désagréable en soi, mais qui gênait par son insistance. Il planait sur vous comme une menace, remplissait vos oreilles, s'installait à l'intérieur de votre corps. Purcell avait l'impression que de gigantesques insectes se vautraient sur le haut des arbres et frottaient leurs pattes monstrueuses l'une contre l'autre.

Ils progressaient avec lenteur, mètre par mètre. Les chevelures noires des troncs, le remue-ménage des larges feuilles, pourquoi cela paraissait-il soudain si important? C'était bizarre. Une partie de lui-même avait peur. L'autre regardait tout avec avidité. Les palmiers s'espaçaient peu à peu. Des paquets de lumière blanchâtre apparaissaient dans le sous-bois. Tout d'un coup, tout s'éclaircit. Le soleil parut plus proche, le froissement des palmes, plus doux. Il sentit la brise de mer. Par places, des rayons perçaient jusqu'au sol, minces comme des javelots.

— C'est là, dit Itia à mi-voix. Encore un moment, et c'est là. Arrête un peu. J'ai peur.

Elle s'arrêta et lui fit face.

— Sur la falaise? dit Purcell.

— Non. C'est un trou dans les palmiers.

Elle fit un geste circulaire.

— Un grand trou dans les palmiers. Il y a un rocher au milieu.

Une clairière. Un espace dégagé pour ne pas être surpris. Un rocher pour s'abriter. Mason n'aurait pas fait mieux. Quand il s'agissait de tuer, les hommes étaient habiles.

— C'est le camp?

— Non, dit Itia, ce n'est pas le camp. C'est un endroit pour te recevoir.

Ils craignaient un piège. Ils se méfiaient. Même de lui.

— J'ai peur pour toi, dit Itia en pressant ses deux mains contre ses joues. Oh, j'ai peur! Je n'ai plus d'eau dans ma bouche.

— Moi aussi, j'ai peur, dit Purcell.

— Oh non! Ce n'est pas vrai! dit-elle en le regardant avec admiration, tu n'es pas gris! Tu es tout rouge!

Il sourit et secoua les épaules. Il ne supportait pas le soleil, elle savait bien.

— Adamo, dit-elle en se rapprochant de lui, le visage grave et tendu et en posant la main sur son bras. Ecoute! Beaucoup de *tanés* sont morts, d'autres mourront, et je veux un enfant! Oh! Je veux un enfant! Je t'en prie, Adamo, si les autres ne te tuent pas...

Il baissa les yeux sur elle. Il allait dire « non ». Il devait dire « non ». Mais ça ne paraissait pas si important, tout d'un coup, de dire « non »... La balle de Smudge dans sa porte, le canon de Smudge visant son cœur, Mason armant son fusil, Timi... Il regardait Itia. Il devait dire « non ». Pourquoi? Pour qui? Non! Toujours non! Non au petit enfant d'Itia! Non à la joie d'Itia! Non à lui-même! Il secoua les épaules avec impatience. Tous ces *tabous!*

— Ne réponds pas, dit-elle.

Et le visage baissé, immobile, elle pressa son bras. Il ne pensait plus à avoir peur, il la regardait. Le sommet de sa tête lui arrivait à peine à la hauteur du menton. Qu'elle était bonne à voir! Le visage lisse, les lèvres pleines, le front étroit, les yeux remontant vers les tempes. Il gonfla sa poitrine, allégé, plein d'espoir. Il regardait Itia, il était rassuré par sa beauté. Il ne pouvait rien lui arriver avec quelqu'un de si beau à ses côtés. C'était absurde, mais à cet instant, il n'y avait pas le moindre doute dans son esprit : elle était belle. Il ne pouvait donc pas mourir.

— Tu es belle, Itia, dit-il d'une voix sourde.

Elle ne bougea pas. Toute son agressivité s'était envolée. Les yeux clos, les bras le long des hanches, elle paraissait passive, engourdie. Il posa une main sur son épaule, et plus légèrement contre son dos, la main qui tenait le *Manou-faïté*. Il la serrait avec douceur, la tête haut levée au-dessus d'elle, aspirant l'air frais de la mer. Quelle lumière tendre autour de lui dans le sous-bois. « *Eatua!* dit-il à mi-voix, merci pour la beauté d'Itia, merci pour les cheveux d'Itia, merci pour les petits seins ronds d'Itia contre moi, merci pour sa générosité. »

Elle renversa la tête en arrière et le regarda d'en bas avec gravité, le visage contenu, plein de pudeur. Il lui sourit, puis il éleva le *Manou-faïté* au-dessus de sa tête, les plumes rouges balayant les cheveux bleu-noir d'Itia et dit :

— Il faut aller maintenant.

Quand ils arrivèrent à la lisière de la brousse, une ombre surgit devant eux. C'était Raha. Elle leur tourna le dos et agita les bras au-dessus de sa tête. Elle faisait face à un rocher long et arrondi au centre de la clairière. Elle sourit à Itia, mais elle baissa les yeux quand Purcell passa à côté d'elle.

Ils firent quelques pas à découvert, et Itia dit à voix basse :

— Les fusils!

Ils s'arrêtèrent. Les trois canons se détachaient en brun sur le rouge du rocher. On ne voyait rien d'autre. Même pas la forme d'une tête. Le cœur de Purcell se mit à battre.

— Allons, dit-il à mi-voix.

Et, se tournant vers Itia, il ajouta d'un ton impérieux :

— Non, pas devant moi. A côté.

Il s'avança, une main tenant au-dessus de sa tête

le *Manou-faïté*, et l'autre main écartée du corps, la paume large ouverte tournée vers le rocher. Itia avançait à sa hauteur, à un mètre environ.

Une cinquantaine de mètres le séparait des fusils. Il se mit à marcher d'un pas rapide. Le sol de la clairière était pierreux et lui brûlait la plante des pieds. Le soleil pesait sur sa nuque et sur son épaule gauche; et la sueur ruisselant sans arrêt de son front dans ses yeux, il était aveuglé.

Quand il fut à cinq mètres des canons, la voix de Mehani dit :

— Fais le tour.

Il obéit. Mais après le rocher, il y avait un autre rocher que le premier avait caché, et à la suite, un autre encore plus long et plus haut. C'est au bout de celui-là qu'il trouva la faille. Elle était si étroite qu'il dut se mettre de profil pour passer.

Mehani était devant lui, le fusil à la main. Timi et Tetahiti lui tournaient le dos, les canons de leurs armes appuyés contre la pierre.

— Assieds-toi et attends, dit Mehani, impassible. Toi, Itia, va veiller du côté du midi.

Cette froideur, ce visage comme un masque. Purcell se sentit glacé, stupide. Il s'avança dans l'enceinte, aperçut sur sa gauche un coin à l'ombre sous un rocher en surplomb. Il s'assit avec soulagement. Ses pieds étaient brûlants. Il promena son regard autour de lui. Cinq mètres sur cinq environ. Un cercle presque parfait. Les rochers s'arrêtant presque partout à hauteur de poitrine et donnant au tireur une position commode. Un dégagement de soixante mètres tout autour. Itia en sentinelle au midi à la lisière de la brousse. Raha à l'est. Faïna, probablement, au nord. A l'ouest, la falaise. « Ils se gardent mieux que nous, pensa Purcell. Les nôtres circulent dans le village comme dans un *Pa*[1], alors qu'il est ouvert de tous côtés. »

De longues minutes s'écoulèrent et Purcell dit :

— Qu'est-ce qu'on fait?

— On attend, dit Mehani sans le regarder.

Il s'assit en face de lui, posa son fusil à terre à côté de lui, et croisa les bras. Les yeux baissés, la tête sur la poitrine, il avait l'air de somnoler. Mais Purcell ne s'y trompa pas. Par son attitude, Mehani lui interdisait tout contact.

L'attente continuait, interminable. Timi et Tetahiti ne bronchaient pas. Purcell ne voyait que leurs dos.

— On attend quoi? dit Purcell avec brusquerie.

Mehani ouvrit les yeux et leva la main pour lui imposer silence. Tetahiti dit sans tourner la tête :

— La voilà.

Quelques secondes plus tard, Faïna apparut à l'entrée, s'avança dans l'enceinte, Timi et Tetahiti lui firent face, Mehani se leva et vint s'accoter au rocher à côté d'elle. Faïna ne jeta pas un regard à Purcell. Elle se tenait debout, solide et bien campée, devant les trois hommes. Sa poitrine se soulevait dans l'effort qu'elle faisait pour reprendre son souffle.

— Tu as mis longtemps, dit Timi avec mauvaise humeur.

Faïna regarda Tetahiti, mais Tetahiti ne s'associa pas au reproche.

— Ils sont autour de la grande maison, dit-elle en s'adressant à lui.

— Que font-ils?

— Ils construisent un *Pa*.

— Haut comment?

1. Palissade autour d'un camp ou d'une maison.

Faïna éleva son bras tendu au-dessus de sa tête.

— Ils sont avancés?

Faïna hocha la tête.

— Ils travaillent vite. Vaa les aide.

Elle ajouta :

— Ils auront fini demain.

Les trois hommes échangèrent des regards. « Ils attaqueront cette nuit », pensa Purcell dans un éclair, et son cœur se serra.

— C'est bien, dit Tetahiti, va veiller au nord.

Faïna eut l'air étonné. Cela n'avait aucun sens d'aller monter la garde dans la brousse puisqu'on savait que les *Peritani* ne quitteraient pas le village.

— Va, dit Tetahiti avec impatience.

Elle pivota et avant de sortir, elle jeta un coup d'œil à Purcell. Maintenant qu'elle tournait le dos aux Tahitiens, elle osait le regarder.

Tetahiti vint s'asseoir en face de Purcell, le dos contre un rocher, et Timi vint s'asseoir à sa gauche. Purcell s'attendait à ce que Mehani prît place à la droite de Tetahiti, mais il se mit à côté de Timi, ce qui eut pour résultat de décaler le trio sur la droite de Purcell. Timi eut l'air mécontent et esquissa un mouvement pour se lever, mais Mehani le saisit par le bras et sans un mot le força à se rasseoir. Ses lourdes paupières baissées, Tetahiti regardait le sol. Il n'eut pas l'air de remarquer l'incident.

Il y eut un silence, et Purcell comprit tout d'un coup les raisons de sa longue attente. Dès qu'Itia leur avait fait part de son désir de les rencontrer, les Tahitiens avaient envoyé Faïna observer au village les mouvements des *Peritani*. Cette méfiance irrita Purcell. Il avait eu l'intention de commencer son discours avec calme, mais l'indignation l'emporta et il s'écria avec vivacité :

— Qu'est-ce que cela veut dire, Tetahiti? Est-ce que tu as pensé que je m'étais entendu avec les *Peritani* pour qu'ils vous attaquent pendant mon ambassade?

Tetahiti ouvrit la bouche, mais avant qu'il ait eu le temps de parler, Timi intervint avec passion :

— Oui! Nous avons pensé cela! dit-il d'une voix aiguë. Et pourquoi pas? Tu nous as déjà trahis.

— Vraiment! s'écria Purcell.

— Tu étais dans notre camp quand le *Squelette* nous a mis en joue, mais quand il a tué Kori et Mehoro, tu as choisi l'autre camp!

Purcell regarda Timi. Flanqué de Mehani et de Tetahiti, dominé par leurs épaules athlétiques, il paraissait presque frêle, et son visage rond et imberbe avait quelque chose d'enfantin. Mais ses yeux étaient durs.

— Timi, dit Purcell, je n'ai pas choisi l'autre camp. Je n'ai pas porté de fusil contre vous. J'ai essayé de dissuader Ouili d'aller tuer Ohou. Et peut-être sais-tu que les *Peritani* m'accusent aussi d'être un traître.

— Je sais, dit Tetahiti. Itia m'a raconté.

— Si je suis un traître pour eux, reprit Purcell en dessinant un large huit dans l'air avec le *Manou-faïté*, comment puis-je être un traître pour vous?

L'argument, et le geste magnifique qui l'accompagnait, firent de l'effet sur les Tahitiens.

Tetahiti leva la main, mais laissa passer une ou deux secondes avant de parler.

— Adamo, dit-il enfin, quand le *Squelette* et les autres ont braqué les fusils sur nous, tu étais avec nous, tu étais notre frère. Mais le *Squelette* a tué Kori et Mehoro. Et notre frère Adamo est resté avec le *Squelette*.

Purcell sentit une inquiétude le traverser. Tetahiti avait l'air de répéter, en les adoucissant, les griefs de Timi, mais en fait, son attaque était toute différente. Il ne taxait pas Purcell de trahison. Il lui reprochait de s'être dérobé à ses devoirs de frère. L'accusation pouvait paraître moins offensante. Pour un Tahitien, elle était à peine moins grave.

— Si j'étais venu avec vous, dit Purcell, le sang de mon frère Ropati serait sur moi.

— Ropati portait un fusil contre nous! s'écria Timi, les yeux étincelants.

Purcell tourna la tête vers lui et le regarda dans les yeux.

— Celui qui a tué Ropati ne l'a pas tué parce qu'il portait un fusil. *Aoué,* comme le meurtre est sorti du meurtre! Ohou n'a pas joui d'Amoureïa. Il a été tué. Ouili n'a pas joui de sa vengeance. Il a été tué. Et maintenant on me dit que tu as peur de moi et que tu menaces ma vie.

— Je n'ai pas peur de toi, dit Timi d'un ton insultant. Je n'ai pas peur d'un homme semblable aux êtres qui vivent dans le *farehoua* [1].

— Si je suis un *houa,* dit Purcell, d'où vient que tu m'appelles un traître?

A cet instant, Mehani eut un sourire tendre et malicieux qui frappa Purcell en pleine poitrine et s'effaça aussitôt. Habile, Adamo. Habile et éloquent,

1. Maison des « incapables » (*houa*) où se réfugiaient, pendant les guerres, les femmes, les enfants et les vieillards.

Adamo. Purcell regardait avec bonheur les traits de nouveau impassibles de Mehani. « Il est donc encore mon ami », pensa-t-il, inondé de joie. Tout lui paraissait tout d'un coup plus facile.

— Tetahiti, reprit Purcell avec la certitude de le convaincre. Ecoute-moi, car je te dis les choses qui sont vraies. Ropati n'aurait pas tiré sur vous. Ni Jono. Ni le vieux. Ni l'homme jaune. Ropati portait un fusil pour jouer au guerrier. Jono, parce qu'il était stupide. Le vieux, parce qu'il avait peur du *Squelette*. Quant à l'homme jaune, il n'avait pas mis dans l'arme la chose qui tue.

Tetahiti souleva avec lenteur ses lourdes paupières et dit avec dédain :

— Les *Peritani* ont des manières que nous ne comprenons pas. Ils sont avec un chef et ils ne sont pas avec lui. Ils lui obéissent et ils ne lui obéissent pas. Ils font une chose et ils ne la font pas.

Il reprit :

— Pour moi, la chose est claire : ces quatre hommes portaient des fusils : ils étaient donc nos ennemis.

— Je ne porte pas de fusil, dit Purcell, et pourtant, je suis un ennemi à tes yeux.

— Je n'ai pas dit que tu étais notre ennemi, dit Tetahiti en le regardant bien en face.

— Un *houa?*

— Tu n'es pas un *houa.*

— Un traître?

— Tu n'es pas un traître.

— Que suis-je donc?

Dans l'esprit de Purcell la question était de pure rhétorique. Elle visait à faire reconnaître, par élimination, sa neutralité. Mais Tetahiti ne le prit pas ainsi. Il dévisagea Purcell un long moment comme s'il cherchait la définition de ce qu'il était sur les traits de son visage.

— Je ne sais pas, dit-il enfin avec lenteur. Peut-être un homme habile.

La réponse tomba sur Purcell par surprise et le frappa de plein fouet. « Et si c'était vrai, pensa-t-il dans un éclair. Si je me trompais sur moi-même? Si toute ma conduite, jusqu'ici, n'avait été qu'habileté, opportunisme? »

Il fallait parler, répondre, ne pas laisser la phrase de Tetahiti sans réplique... Ce silence lui faisait perdre la face. Mais il était paralysé par le doute. A cet instant, il acceptait presque l'idée de lui-même qui lui était proposée.

Tetahiti laissait le silence se prolonger. Il observait le trouble où sa phrase avait jeté Purcell, et il n'en tirait pas de conclusion. Attentif, prudent, il n'aimait pas s'engager trop vite, même en pensée. Peut-être serait-il un jour nécessaire de traiter Adamo en ennemi. Peut-être. Qui était Adamo? C'était d'un homme habile de rester à l'écart des combats. Mais dans ce cas, pourquoi risquer sa vie à venir leur demander la paix?

Purcell se souvint enfin de la phrase qu'il avait préparée pour commencer l'entretien, il leva l'oiseau au-dessus de sa tête et dit :

— Je suis le *Manou-faïté* et j'ai volé vers vous pour vous offrir la paix.

Tetahiti croisa les bras et son visage ridé et puissant prit une expression de gravité. Son attitude disait avec clarté que la conversation était finie et que le cérémonial des négociations commençait.

Purcell se leva, le bras replié, le *Manou-faïté* à la hauteur de l'épaule, le panache de plumes rouges à l'arrière, la pointe de la baguette en avant.

— Je suis le *Manou-faïté,* commença-t-il en s'appliquant à rythmer ses paroles, et je parle en faveur de la paix. La guerre est là depuis trois jours et huit hommes sont déjà tombés. *Aoué,* c'est trop. Encore un jour, et qui peut dire, dans l'île, qui sera vivant? Guerriers, écoutez-moi! Je suis le *Manou-faïté,* et je parle en faveur de la paix. Pourquoi cette guerre? Parce qu'il y a eu des injustices dans le partage des femmes et dans celui des terres. Mais maintenant, *aoué,* il y a onze femmes pour sept hommes, et bien assez de terres pour tous. *Tanés,* n'agissons pas comme le requin stupide qui tue sans utilité. Ecoutez-moi! Je suis le *Manou-faïté,* et je parle en faveur de la paix. L'homme jeune qui brandit une arme, il sent sa force et sa ruse, et il dit : « L'ennemi sera tué, pas moi! » *Aoué,* la guerre est un hasard. Lui aussi, il est tué. Alors, plus de pêche pour lui dans la joie du matin, plus de cocotiers qui se balancent dans le vent, plus de bonne sieste dans le ventre du soleil pour dormir ou pour jouer. Guerriers, qui sera vivant si la guerre continue? Qui fécondera les femmes? Qui peuplera l'île quand notre temps sera fini? Guerriers, je parle en faveur de la paix, et que celui qui a une langue réponde.

Il s'assit et regarda les trois hommes devant lui. Le fusil sur le genou, le coutelas nu passé dans le *pareu,* ils dédaignaient de s'accoter au rocher et se tenaient bien droits, sans raideur ni fatigue, et bien qu'ils fussent en plein soleil, sans une goutte de sueur au front. Leurs yeux étaient insondables. Purcell avait beau se dire que cette impassibilité était toute de cérémonie et ne préjugeait rien, il se sentit découragé.

Tetahiti fit un signe et Timi se leva. Il devait parler le premier, étant le moins important des trois, et admis au conseil par dérogation aux usages, n'étant pas noble. Pour donner plus de force à ce qu'il allait dire, il éleva son fusil de la main gauche au-dessus de sa tête, et tirant son coutelas de sa ceinture, il le brandit de la main droite. Il se tint ainsi debout une pleine seconde, sur la pointe des pieds, comme une statue de la haine. Il n'avait ni la majesté ni la taille de Mehani et de Tetahiti, mais il paraissait mince et dur comme une lame d'acier. Quand il commença son discours, il ne se contenta pas de chanter ses paroles, il les dansa, les pieds battant le sol, les yeux étincelants, donnant dans l'air dans la direction de Purcell de grands coups de taille de son coutelas, ou le faisant tournoyer autour de sa tête. Il y avait dans son visage et dans sa silhouette quelque chose d'adolescent et d'asexué qui rendait presque plus terrifiante la soif de destruction qui émanait de lui.

— O guerriers! cria-t-il d'une voix frénétique qui peu à peu monta jusqu'à l'aigu, je parle en faveur de l'éventration de la poule! O guerriers! Accomplissez votre mission! Soyez semblables au trou dans le roc dont s'échappent des lézards! Soyez semblables à la passe ouverte à l'intérieur de laquelle est un requin furieux! N'épargnez pas de vie! Que tous les *Peritani* périssent! Que le long *Squelette* soit tué! Que le petit rat soit tué! Que le chef soit tué! Qu'Adamo soit tué! O guerriers! Je parle en faveur de l'éventration de la poule! Brûlez les cases! Détruisez les jardins! Coupez les arbres! Réduisez les femmes des ennemis en esclavage! Mettez-les sous vos pieds! Qu'elles obéissent comme des chiennes à vos ordres! Eventrez les femmes qui portent en elles des enfants *peritani*, et que la race maudite soit extirpée! O guerriers! J'ai parlé en faveur de l'éventration de la poule et qu'il soit fait comme j'ai dit!

Timi remit le coutelas à sa ceinture et se rassit. Aussitôt Mehani bondit sur ses pieds. Ce fils de la truie osait proposer d'éventrer sa sœur! Mehani était gris de colère, et dans l'effort qu'il faisait pour se dominer, tous les muscles de son corps magnifique se contractaient convulsivement. La tête renversée en arrière, les narines palpitantes, les yeux exorbités, il gonflait démesurément sa gorge dans les tentatives qu'il faisait pour retrouver sa voix. Ce chien! Ce fils de la truie! A un moment, il tourna la tête vers Timi avec une telle expression de fureur que Purcell crut qu'il allait se jeter sur lui. Cette expression s'effaça aussitôt, Mehani regarda droit devant lui et réussit par un terrible effort à dénouer peu à peu ses muscles. Ce fut un spectacle étonnant. De haut en bas de son corps, des vagues jouaient et frémissaient sous sa peau, diminuant d'amplitude à chaque seconde comme une houle qui s'apaise. Puis tout rentra dans l'ordre, et la surface sombre et moirée de son épiderme devint aussi calme qu'un lac. Tous ses muscles parurent alors entourés dans une gaine noire qui en dissimulait la force, et son corps donna une impression saisissante de repos et de sérénité.

— O *Manou-faïté!* dit-il d'une voix à peine un peu rauque, quel est le fou qui parle de couper les arbres? Ce sont nos arbres! Qui parle de dévaster les jardins? Ce sont nos jardins! Qui parle de réduire les femmes en esclavage? Ce sont nos sœurs! Qui parle de détruire les enfants qu'elles portent? O *Manou-faïté*, ce sont nos propres neveux! Ainsi que personne n'ose toucher le ventre de ces femmes, de peur que le guerrier se dresse contre le guerrier et le tue!

Mehani prit une inspiration profonde. Il se sentait soulagé d'avoir répondu par un défi sans équivoque à la déclaration de Timi. Il reprit :

— O *Manou-faïté,* je parle en faveur de la paix! Moi, Mehani, fils de chef, je dis : que seul l'Avide soit tué, car il est cause de tout. Que l'Avide, seul, soit tué, car il a seul tué. Que tous les autres soient épargnés, que l'injustice de l'Avide soit réparée, et que les Tahitiens vivent avec les étrangers dans l'oubli et la concorde!

Dès que Mehani se fut rassis, Tetahiti se leva. Les lourdes paupières à demi baissées, les sourcils froncés sur son nez puissant, les rides de chaque côté de ses lèvres plus creusées que jamais, il resta quelques secondes immobile. Les *Peritani* se gardaient si mal qu'à trois contre trois, à armes égales, il était sûr de les vaincre. C'était par courtoisie qu'il avait accepté le *Manou-faïté,* et maintenant il le regrettait amèrement. A la veille du combat décisif, ses deux compagnons en étaient à se lancer des défis! Ils menaçaient de s'entre-tuer! Rien de bon ne pouvait venir d'un *Peritani,* il en avait une nouvelle preuve : c'était la présence d'Adamo qui avait provoqué la querelle.

— O *Manou-faïté,* dit-il d'une voix grave, je parle en faveur de la continuation de la guerre! Cependant, souvenez-vous, guerriers, que nous ne sommes pas une tribu contre une tribu, mais une tribu qui se déchire elle-même. Aussi devons-nous prendre garde à ne pas trop déchirer... O *tanés!* Vous avez fait de moi votre chef, et moi, Tetahiti, chef, fils de chef, je dis : je toucherai de ma tête les cases, et les cases seront *tabou* [1]. Je toucherai de ma tête les arbres, et les arbres seront *tabou.* Je toucherai de ma tête la clôture des jardins, et les jardins seront *tabou.* Je toucherai de ma tête les ventres des femmes fécondées, et ces ventres seront *tabou.*

« O *Manou-faïté!* Je parle en faveur de la continuation de la guerre. Ce n'est pas pour des femmes et des terres que les guerriers se battent. C'est pour l'offense faite et subie. C'est pour l'affront reçu. C'est pour le regard de supériorité de l'homme injuste! Une blessure s'est creusée en nous, ô *Manou-faïté!* Si les *Peritani* veulent partir sur mer chercher ailleurs une autre île, qu'ils partent, ces hommes injustes! Mais s'ils restent dans cette île, qu'ils soient effacés du sol! Comment faire confiance à ces hommes mouvants, incompréhensibles! O *Manou-faïté,* je parle en faveur de la continuation de la guerre! Si les *Peritani* restent dans l'île, qu'ils périssent! Que leur mort soit comme un baume sur notre blessure! Que leurs têtes ornent le devant de nos cases! Qu'ils soient froids dans les ténèbres quand nous serons chauds et vivants dans leurs femmes!

« O *Manou-faïté!* J'ai parlé en faveur de la continuation de la guerre et que celui qui a une langue réponde! »

Tetahiti se rassit et Purcell se mit sur pied avec lenteur. Il avait espéré de Tetahiti — le plus politique et le plus calculé des trois — une solution de compromis. Mais il était évident maintenant que Tetahiti était sûr de vaincre et qu'il ne voulait pas

1. Selon la croyance de l'ancien Tahiti, la tête d'un chef étant *tabou,* elle communiquait le caractère *tabou* à tous les objets qu'elle touchait.

la paix. Son offre de laisser partir les *Peritani* sur mer était presque une insulte.

— Tetahiti, dit Purcell d'un ton patient, si tu étais victorieux et si, le combat fini, tu me disais : « Adamo, pars ou meurs », j'accepterais de partir. Car pour moi qui n'ai pas porté de fusil, et n'ai pas combattu, il n'est pas déshonorant de m'en aller. Mais il n'en est pas ainsi des autres *Peritani*. Ils ont des armes, ils auraient honte de fuir. Comprends aussi, Tetahiti, que si les *Peritani* partaient dans les pirogues de la grotte, la mort serait sur eux. La mort par la noyade; la mort par la soif et la faim; la mort au bout d'une corde, s'ils rencontraient une grande pirogue de leur pays.

Veille, Tetahiti, après avoir subi l'injustice, à ne pas être injuste à ton tour. Qui t'a offensé parmi les *Peritani?* Un homme. Est-ce que tous les *Peritani* doivent périr à cause de cet homme?

Tetahiti écouta ce discours les yeux clos, le visage immobile, et quand Purcell se tut, il dit avec courtoisie, mais d'un ton qui mettait fin à toute discussion :

— As-tu fini de parler, ô *Manou-faïté?*

— J'ai fini.

Tetahiti tourna la tête à gauche et dit :

— Trace le cercle devant moi, Timi, la décision doit être prise.

Timi obéit. A vrai dire, il ne pouvait rien tracer, car le sol était composé de pierres et il se contenta de se baisser et de faire, de la main droite, un vaste mouvement circulaire devant son chef. Ceci fait, il revint s'asseoir.

— A vous, guerriers, dit Tetahiti.

Timi ramassa une petite pierre, la jeta dans le cercle imaginaire et dit :

— Voici le roc pour l'éventration de la poule!

Tetahiti fronça les sourcils. Timi ne s'était laissé fléchir ni par le défi de Mehani ni par le *tabou* que lui-même avait annoncé. Le fou! L'insolent! Il faudra le châtier, la guerre finie! Tetahiti voila son regard et dit d'une voix calme :

— A toi, Mehani.

Mehani jeta une pierre dans le cercle et dit :

— Voici le roc pour le retour de la paix.

Tetahiti ramassa une pierre, la porta avec cérémonie à sa bouche et laissa passer quelques secondes dans le silence le plus total. Il marquait ainsi que sa décision était, seule, souveraine. On ne comptait pas les voix, en effet. Le chef était l'arbitre et sa parole tranchait.

Tetahiti jeta la pierre.

— Voici le roc pour la continuation de la guerre.

Ayant dit, il souleva ses lourdes paupières et regarda Purcell.

— Etranger, dit-il d'un ton froid, donne-moi le *Manou-faïté*.

Purcell se leva, déconcerté par cet ordre et le ton dont il était donné. Il hésita quelques instants, et tendit enfin l'oiseau à Tetahiti. Il avait assisté, à Tahiti, à des négociations de paix, mais la paix avait été acceptée, et l'ambassadeur était reparti, les plumes rouges brandies au-dessus de sa tête, sous les acclamations du peuple.

Tetahiti se leva, imité par Timi et Mehani. Il saisit à deux mains le *Manou-faïté,* l'éleva dans l'air, et le rabattant avec violence, le brisa sur ses genoux. Puis il jeta les deux morceaux à terre à ses pieds et s'écria d'une voix farouche :

— L'oiseau de paix est mort!

Purcell se sentit frappé et paralysé par la peur.

Le symbole de ce geste était clair : la destruction de l'oiseau préfigurait la sienne.

Une pleine seconde s'écoula. Purcell était incapable de parler et de bouger.

Timi passa son fusil dans sa main gauche et, de sa main droite, tira son coutelas de sa ceinture. Puis il désigna Purcell de la pointe de sa lame et dit, la tête tournée vers Tetahiti :

— O Tetahiti, donne-moi ce *poisson* [1] que voici!

Au même instant, Mehani s'avança sur Timi à le toucher et cria d'une voix terrifiante :

— *Tabou!*

Ce mot, tout autant que l'intensité avec laquelle il l'avait crié, cloua Timi sur place. Cependant, il fit face, non sans courage. Il leva la tête vers le visage menaçant de Mehani, et dit d'une voix aiguë :

— Pourquoi *tabou?*

— Regarde, homme! dit Mehani en hurlant chaque mot à pleins poumons. Regarde, homme, la boucle d'oreille que porte Adamo! C'est moi qui la lui ai donnée! Et avant moi cette boucle d'oreille a été portée par mon père, le grand chef Otou!

Timi fixa la boucle d'oreille avec des yeux exorbités. C'était vrai! C'était celle d'Otou! Il se sentit joué.

— Le *tabou* n'est pas valable! s'écria-t-il enfin d'une voix furieuse. Le *tabou* d'un chef tahitien ne se communique pas à un *Peritani!*

— Et *qui* est ce *Peritani?* hurla Mehani à pleine

1. Nom qu'on donne à l'homme qu'on se prépare à sacrifier.

voix. C'est le propre beau-fils du chef tahitien! Le mari de sa fille! Le frère de son fils!

Purcell les regardait, béant. De toute évidence, sa vie dépendait de cette querelle théologique : la qualité sacrée du *tabou* pouvait-elle se transmettre à un étranger?

Timi tourna la tête vers Tetahiti et dit d'une voix sèche et presque arrogante :

— Que décide le chef?

Purcell ne regardait pas Tetahiti. Il avait repris son sang-froid, et se balançant imperceptiblement sur ses pieds, il guettait les moindres mouvements de Timi.

— Que décide le chef? répéta Timi.

Tetahiti était dans un embarras mortel. Il avait brisé le *Manou-faïté* parce que la tradition le voulait, mais sans dessein bien arrêté contre Adamo. Cependant, la coutume autorisait la mise à mort de l'ambassadeur malheureux. Là-dessus, il ne pouvait donner tort à Timi. Et quant au *tabou,* il n'était pas loin de lui donner raison. Il avait, lui aussi, des doutes sérieux sur son efficacité, Adamo n'étant pas Tahitien. Par malheur, une chose était claire. En attachant à l'oreille d'Adamo la parure qui avait touché la tête d'Otou, Mehani avait signifié qu'Adamo était son frère d'élection et que sa vie valait plus que la sienne. Le sacrifice d'Adamo entraînerait donc, à coup sûr, un duel à mort entre Mehani et Timi, et dans ce cas, les Tahitiens partiraient, cette nuit, à l'assaut des *Peritani,* avec un guerrier en moins.

— Je suis le chef, dit-il enfin en regardant Timi dans les yeux, je ne suis pas un prêtre. Et sur le *tabou,* je ne peux décider qui a tort et qui a raison. Cependant, puisque Adamo est de la parenté de

Mehani et que Mehani le considère comme *tabou*, tu serais sage en renonçant à ce *poisson*.

Dominé d'une bonne tête par les deux guerriers athlétiques qui le flanquaient, Timi se redressa et banda son corps mince comme un arc. Ces nobles! Ces fils de chef! Ils s'entendaient contre lui! C'était clair, ils prétendaient lui faire peur! Mais que valait leur force, maintenant qu'il avait un fusil!

— Mon droit est mon droit! cria-t-il avec rage.

Une pleine seconde s'écoula, il parut s'apaiser, baissa les yeux d'un air sournois, et tout d'un coup, avec la rapidité de l'éclair, il se fendit et porta à Purcell un terrible coup de pointe. Purcell fit un saut de côté, le coutelas porta contre le rocher, au même instant, Mehani leva en l'air ses deux mains et les assena sur la nuque de Timi. Ce fut un coup en apparence sans force, mais Timi fut projeté en avant avec violence, son front heurta le rocher, il s'affala sur le sol, et resta immobile, la face contre les pierres.

— Est-ce que j'ai tué ce fils de la truie? dit Mehani.

Il regardait Tetahiti. Celui-ci se mit à genoux, retourna Timi et posa la tête sur sa poitrine.

— Ce fou est un peu endormi, dit-il avec dédain.

— Viens, Adamo! cria Mehani en le saisissant par la main.

Son élan fut freiné par le passage entre les rochers qu'il dut franchir de profil. Dès qu'il l'eut dépassé, il tira Adamo si vite derrière lui qu'il lui meurtrit la poitrine contre la pierre. Ils n'avaient pas fait dix mètres dans la clairière que Tetahiti cria derrière eux : « Mehani, ne va pas plus loin que la brousse! » Toujours courant, Mehani agita sa main libre en signe d'assentiment, et Purcell en se retournant, entrevit Itia debout, figée à vingt pas de lui, n'osant le rejoindre. « Itia! cria la voix de Tetahiti, apporte-moi de l'eau! » Purcell se meurtrissait les pieds sur les pierres, il manquait tomber à chaque instant, la vitesse que Mehani lui imprimait lui paraissait incroyable, il avait l'impression d'être un enfant entraîné par un adulte dans une course fantastique.

Quand il s'engagea sous les palmiers, Mehani le lâcha, mais ralentit à peine, et Purcell fut surpris de ne pas voir les troncs se refermer autour d'eux au fur et à mesure de leur avance. Sans doute existait-il une passe que les Tahitiens étaient seuls à connaître. Le cœur de Purcell cognait contre ses côtes, il craignait d'être distancé dans l'obscurité, il souffla à mi-voix :

— Moins vite, Mehani.

Mehani ralentit.

— Ecoute-moi, dit-il sur le même ton. J'ai à te parler. Tu m'entends?

— Oui.

— Où vas-tu maintenant?

— Au banian.

— Et après?

— Dans la grotte aux fusils. C'est une idée des femmes.

— C'est une bonne idée.

Il reprit :

— Tu souffles beaucoup. Tu veux que je ralentisse?

— Non.

— Ecoute. Dès qu'on sera sortis de la brousse, tu cours! Tu cours! et tu ne t'arrêtes que dans la grotte!

— Oui.

— Tu n'as qu'un peu d'avance. Il court très bien, Timi. Et je ne peux pas l'arrêter. Il faudrait que je le tue.

Il reprit d'un ton d'excuse :

— Je ne peux pas le tuer avant le combat.

Purcell courait. Il avait un point de côté et il était attentif à régler son souffle.

— Après la brousse, dit Mehani, je ferai une fausse piste. Tu gagneras encore un peu de temps.

La pénombre s'éclairait peu à peu. Encore quelques pas, et la montagne se dressa devant eux, et à leurs pieds, l'étendue pierreuse jusqu'au banian. Mehani se retourna, éleva Purcell dans ses bras, le serra contre lui et pressa sa joue contre la sienne.

— Ecoute, dit-il d'une voix haletante. Ecoute. Tu vas partir. Ecoute. Peut-être tu seras tué. Peut-être moi. Ecoute, mon frère Adamo. Je t'aime. N'oublie jamais combien je t'aime. Si je meurs, je penserai à toi, *après*. Et toi aussi, *après*. Promets!

— Je promets! dit Purcell, la voix tremblante. Il sentait sous ses lèvres la joue rugueuse et un peu salée de Mehani. Il était bouleversé de bonheur, et dans le même temps, dans le désespoir de quitter Mehani.

— Je promets! répéta-t-il.

Mehani desserra son étreinte, le prit aux épaules et cogna son front, par petits coups, contre le sien. Purcell se souvint qu'il avait eu ce geste à son arrivée à Tahiti quand son cœur était trop plein pour parler.

— O Adamo! dit-il à voix basse. O mon frère!

— Je promets, dit Purcell, les yeux pleins de larmes.

Mehani le lâcha et lui donna une petite tape sur l'épaule. Son sourire était si bon et si tendre qu'il faisait presque mal à Purcell.

— Va! dit-il. Va maintenant! Va, Adamo!

CHAPITRE XIV

— C'est là, dit Avapouhi en se retournant.

Purcell peinait dans les rochers à quelques mètres au-dessous d'elle. Le sentier était une sorte de gorge rectiligne, taillée dans le roc, et si abrupt, dans sa dernière partie, qu'il fallait s'accrocher aux aspérités pierreuses pour progresser. Purcell avançait avec une lenteur qui l'exaspérait. Il avait le sentiment d'offrir une cible parfaite à un tireur placé au bas de la pente. Il ne regardait pas derrière lui, mais bien qu'il ruisselât de sueur sous le soleil, des frissons de froid lui traversaient le dos.

Il rejoignit Avapouhi, la tira par la main à l'abri d'un gros buisson qui cachait à demi l'entrée de la grotte et, à travers les branches, jeta un coup d'œil au bas de la gorge. Il se tenait debout, l'épaule appuyée contre celle d'Avapouhi, incapable de parler, étonné du bruit que faisait son souffle. A part un léger tremblement de l'air au-dessus des roches surchauffées, le paysage, à ses pieds, était vide, immobile. Il respira, puis se tourna vers la grotte. Il était en sûreté, enfin.

— Viens, Avapouhi.

— Attends. La bassine de fruits!

Elle passa la main à travers les branches du

buisson, tira la bassine à elle, et avec un geste rond, la cala contre sa hanche. Il la regarda. C'était la deuxième fois en moins d'une heure qu'elle avait fait l'ascension du banian à la grotte, et elle n'était même pas essoufflée.

— Et maintenant?

— Avance tout droit, Adamo. Je te dirai.

Le sol de la grotte descendit sur un ou deux mètres, puis se mit à remonter en pente douce, dans un enchevêtrement de buissons et de fleurs. La voûte était percée de fissures et de cheminées qui communiquaient avec l'air libre, et des taches de soleil jouaient par places sur les murs. Le tunnel tourna à gauche, la fraîcheur tomba sur les épaules de Purcell, les taches de lumière disparurent, la pénombre se fit par degrés.

— Les *toupapahous,* dit Avapouhi en s'arrêtant. J'ai peur.

— *Maamaa,* dit Purcell avec impatience. Tu as passé quinze jours ici avec Itia! Ils ne t'ont rien fait! Ce sont de bons *toupapahous!*

Elle dit au bout d'un moment :

— Ils ont peut-être changé.

Purcell haussa les épaules.

— Tu ne risques rien avec moi. Je ne crois pas en eux.

— C'est vrai? dit-elle avec espoir.

— C'est vrai.

Selon la croyance tahitienne, les *toupapahous* se gardaient de persécuter les hommes qui n'attachaient pas foi à leur existence. Que, malgré cela, il n'y eût pour ainsi dire pas d'incrédules à Tahiti, c'était bien là l'étonnant.

Purcell reprit sa marche et Avapouhi le suivit sans résistance. Non seulement, comme Mehani,

Adamo ne croyait pas aux *toupapahous,* mais elle venait de s'aviser d'une particularité rassurante : Adamo avait les cheveux couleur de miel. Les *toupapahous* n'avaient jamais vu un vivant aussi insolite. Découragés par son scepticisme, déconcertés par son apparence, il était probable qu'ils se tiendraient cois, même si leur disposition s'était gâtée depuis la grande pluie.

Purcell s'enfonça dans le froid jusqu'aux jarrets, et recula. Une eau noire recouvrait le sol aussi loin devant lui qu'il pouvait voir. Luisant doucement dans la pénombre, de grosses pierres arrondies émergeaient de place en place.

— Itia avait parlé d'une petite source, dit-il, stupéfait.

— Il n'y avait pas d'eau ici quand nous y étions, dit Avapouhi, la voix changée. C'est une méchanceté des *toupapahous!*

Elle recommençait!

— Ecoute! dit Purcell, exaspéré.

Il la prit dans ses bras et la sentit sous ses mains raide et glacée.

— Ecoute! reprit-il avec solennité, les *toupapahous* n'existent pas! Moi, Adamo, ajouta-t-il d'une voix forte, je déclare que les *toupapahous* n'existent pas!

La rapidité avec laquelle Avapouhi réagit à cette déclaration stupéfia Purcell. Elle fondit en un instant comme du beurre, sa peau redevint chaude, sa taille retrouva sa souplesse. Elle était passée en un clin d'œil de l'extrême paralysie de la peur à la quiétude la plus profonde. Elle frotta sa joue avec gratitude contre la joue d'Adamo. Ce n'était pas ce qu'Adamo avait dit, c'était son ton d'éloquence qui comptait.

Purcell avançait de pierre en pierre. Parfois, quand la distance était trop grande, il lâchait la main d'Avapouhi et sautait. La voûte au-dessus de sa tête n'avait qu'une faible hauteur et la grotte se présentait comme un tunnel étroit et sinueux. Une branche du torrent avait dû le forer autrefois, jusqu'au jour où un éboulis avait détourné son cours. Et maintenant, l'eau devait à nouveau filtrer à travers l'éboulis. Quand elle aurait élargi son passage — au bout de combien d'années? — elle déborderait le replat de l'entrée, jaillirait de la grotte et dévalerait en torrent jusqu'au pied de la montagne. Elle avait, à coup sûr, emprunté ce chemin autrefois. Le sentier encaissé qu'il avait escaladé avait bien l'aspect d'une gorge creusée par l'érosion.

— Les *toupapahous* n'ont rien fait, dit-il en se retournant. C'est l'eau du torrent qui a fait un petit trou dans le roc.

— L'eau est très habile, dit Avapouhi du ton de respect dont elle aurait parlé d'un chef.

Il lâcha sa main et sauta sur une large pierre plate au milieu de l'eau. La pierre bascula en avant avec un floc, suivi d'un choc mat. Purcell faillit perdre l'équilibre, battit l'air de ses bras et sauta sur une autre pierre. Il y eut derrière lui les deux mêmes bruits : celui de la pierre contre l'eau, et celui du roc contre le roc. La dalle venait de reprendre sa place.

— Tu feras attention, dit-il par-dessus son épaule.

Il fit encore une dizaine de mètres. Le tunnel tourna à droite, et sur le mur à la gauche de Purcell, apparut, percé dans le roc, un trou rond, assez régulier et à peine plus large qu'un hublot. Purcell se pencha. L'ouverture donnait sur une autre galerie, moins sombre que celle où il se trouvait, et nettement surélevée. De ce côté-ci, le bord inférieur du hublot lui arrivait à la hauteur de la hanche, mais de l'autre côté, il était au niveau du sol. Le second tunnel paraissait rectiligne, et après une zone assez claire, s'enfonçait dans l'obscurité. Le sol était composé, là aussi, de gros galets ronds ou plats, mais parfaitement secs. L'eau n'avait pas repris possession de ce tronçon.

— C'est là, dit Avapouhi.

Il se retourna.

— C'est là? De l'autre côté du trou?

— C'est très facile. Tu vas voir.

Elle se baissa, passa la tête par le hublot, et les deux mains à plat sur le sol de l'autre côté, elle souleva ses pieds, imprima à ses hanches un mouvement de reptation et disparut. Cela fut fait avec une prestesse inouïe. La seconde d'après, sa tête réapparut par l'ouverture.

— Je vais t'aider.

— Non, dit Purcell.

Mais il s'en tira beaucoup moins bien qu'elle. Quand il se releva, la peau de son estomac était meurtrie.

Il se trouvait dans une espèce de chambre voûtée, de quatre mètres sur quatre environ, après laquelle le tunnel se rétrécissait jusqu'à devenir un boyau et se perdait dans le noir. La chambre elle-même était éclairée par une fissure qui jetait sur une des parois une tache de lumière de la largeur d'une main.

— Il ne faut pas aller plus loin, dit Avapouhi en désignant le boyau. Il y a un puits.

— Profond?

Elle inclina la tête.

— Tu jettes une pierre. Tu attends et tu attends. Et elle fait plouf!

— Est-ce qu'on peut passer de l'autre côté du puits?

— Nous, dit Avapouhi. Pas toi.

Elle avait parlé sans l'ombre de dédain. Elle constatait un fait. Purcell se dirigea vers le boyau. Dès qu'il eut gagné la zone d'ombre, il ralentit pour laisser à ses yeux le temps de s'habituer à l'obscurité. Il baissait la tête, bien qu'il se rendît compte que cette précaution était inutile, la voûte étant encore à vingt bons centimètres de sa tête. Par contre, en étendant ses deux bras dans l'axe de ses épaules, il rencontra de chaque côté la roche sous ses paumes.

— Attention, dit Avapouhi en le touchant. C'est là.

— Où là?

— Devant toi.

Quels yeux elle avait! Il se baissa, et à moins d'un mètre, en effet, il aperçut une imperceptible ligne sombre. Il se mit à plat ventre et avança en rampant. Puis, en tâtonnant avec les mains, il reconnut les bords du gouffre d'une paroi à l'autre. Il n'y avait pas de passage. Le puits occupait toute la largeur du boyau.

Il se releva. Il ne vit pas Avapouhi, mais au parfum des fleurs qu'elle portait dans ses cheveux, il sut qu'elle était à sa droite.

— Tu pourrais passer de l'autre côté? dit-il d'un air de doute.

— Oui, tu veux que je te montre?

— Non, non, dit-il avec vivacité. Tu l'as déjà fait?

— Nous trois.

— Vous trois?

— Moi, Itia, Mehani.

— Quand?

— Quand le chef est venu cacher ses fusils avec Vaa pendant la grande pluie. Homme! Mehani n'a eu que le temps de jeter notre lit de feuilles dans le puits et de passer de l'autre côté avec nous. Le chef a dit à Vaa de rester dans la chambre et il s'est avancé, seul, dans le boyau. *Aoué!* Les yeux des *Peritani* ne sont pas bons! Nous étions à une longueur de javelot de l'autre côté du puits, et le chef ne nous voyait pas. Mehani a eu peur que le chef se jette dans le puits et il a lancé dedans une petite pierre. La pierre a fait plouf! Le chef a sursauté, puis il s'est mis à plat ventre comme toi; il a tâté avec ses mains, il a grogné (ici une imitation saisissante du « Humph! » de Mason) et il est retourné.

— Qu'est-ce qu'il y a de l'autre côté du puits?

— Tu marches encore un petit peu, et c'est fini, le mur est partout.

Purcell revint sur ses pas. Après la nuit totale du boyau, la chambre qui le précédait paraissait presque claire.

— Où le chef avait-il caché ses fusils?

— Là.

Du côté opposé à la tache de lumière, un rocher faisait saillie et, entre la voûte et lui, à trois mètres de hauteur, une fente se devinait.

— Il a dû avoir du mal, dit Purcell d'une voix sans timbre.

D'un seul coup il avait senti toute sa fatigue. Il n'avait qu'un désir : s'allonger et se taire. Se taire, surtout.

— Pourquoi? dit Avapouhi, c'est très facile. Quand le chef est parti, Mehani a grimpé, il a tout ramené par terre, et il a tout déballé, les fusils enveloppés dans des chiffons gras, et les choses qui tuent dans une caisse avec du fer dessus. Puis Mehani a tout remis en place, et il nous a fait jurer de ne rien dire à personne, pas même à Ouili. Et il a fait aussitôt un autre lit pour que Ouili ne s'aperçoive de rien.

Elle s'interrompit, mit la main sur ses yeux, se coula à terre, et l'autre main ouverte sur ses genoux, elle se mit à pleurer. Elle pleurait sans bruit, soulevant ses épaules par saccades, et laissant ses larmes rouler sur ses joues sans les essuyer.

Purcell s'accroupit à côté d'elle.

— Qu'est-ce que tu as, Avapouhi?

Elle enleva la main de ses yeux.

— Tu as été voir les *Autres*. Et en revenant tu ne m'as pas parlé de Ouili.

Il détourna la tête. En courant, par bribes, il lui avait raconté le *Manou-faïté*. Mais c'était vrai, il n'avait rien dit de Ouili, qu'aurait-il pu dire? Et depuis qu'elle l'avait retrouvé, elle avait attendu. Elle avait attendu tout au long de cette course folle du banian à la grotte. Et dans la grotte aussi, contre tout espoir, elle avait attendu. Et maintenant, l'espoir venait de crever d'un seul coup. Elle voyait enfin d'un œil clair ce qu'elle savait depuis le début : Ouili était mort.

— Viens, dit Purcell en la saisissant par les épaules.

Il la remit sur pied, il se sentait trop épuisé pour parler, il la conduisit jusqu'au lit de feuilles, et la fit s'étendre. Quand ce fut fait, il s'allongea à côté d'elle, et passant son bras gauche entre son cou et sa longue chevelure, il plaça sa tête dans le creux de son épaule. Il voulut lui dire quelques mots.

Mais il n'arriva pas à ouvrir la bouche. Il s'endormit.

— Adamo! dit une voix à son oreille.

Il sursauta, ouvrit les yeux, et fut stupéfait de trouver Avapouhi dans ses bras. Il remarqua les larmes sur ses joues. Tout lui revint.

— J'ai dormi longtemps?

— Non. A peine. Ecoute-moi, Adamo. Il faut que je parte. Omaata doit s'inquiéter au banian. Elle ne sait pas qu'Itia a été retenue par les *Autres.* Et Ivoa! Homme! Ivoa! Elle ne sait pas que tu as échappé aux *Autres!*

Elle se leva, les yeux brillants. Elle oubliait son propre deuil dans son impatience d'aller apprendre à une autre femme que son *tané* était vivant.

— Tu as raison, dit Purcell en se levant à son tour.

Il y eut un silence et elle dit :

— Je reviendrai. Si Omaata le permet, je reviendrai.

Il voulut dire « non », il n'en eut pas le courage. Rester seul de longues heures dans cette grotte glacée et sinistre... Il étreignit Avapouhi aux épaules et lui donna une petite poussée du plat de la main entre les omoplates.

Elle passa ses jambes les premières par le hublot, prit appui en arrière sur ses mains et arc-boutant les reins, elle passa de l'autre côté en se retournant; Purcell se pencha et passa la tête par l'ouverture. Ses yeux s'étaient faits à l'obscurité et il la suivit du regard, tandis qu'elle sautait de pierre en pierre. Celles-ci formaient comme de petits îlots de blancheur grisâtre dans l'eau noire. En arrivant sur elles, les pieds d'Avapouhi faisaient des taches sombres. Au-dessus, il y avait la tache claire de sa jupe d'écorce et, plus haut on ne voyait plus rien que ses bras qui se balançaient et se découpaient en noir sur le mur d'un noir plus clair. Purcell voyait à peine ses hanches bouger, mais il entendait, avec une intensité surprenante, le frottement des lanières d'écorce l'une contre l'autre quand elle sautait. Tout d'un coup, une infime lumière accrocha ses cheveux, et le contour de sa tête se dessina, cerné du trait léger d'une auréole. Ce fut la vision d'une seconde. Tout le haut de son corps parut se dissoudre, sa jupe d'écorce s'escamota, il n'y eut plus rien, le tournant l'avait happée.

Purcell retourna s'allonger sur le lit de feuilles, sombra dans le sommeil et presque aussitôt se réveilla. Il avait très froid, la grotte était aussi silencieuse qu'une tombe, il ferma les yeux, s'assoupit, mais sans trouver de repos. Des phrases, des images tournaient dans sa tête sans arrêt à une vitesse folle, c'était infernal, il n'arrivait ni à s'endormir, ni à se réveiller tout à fait. Le *Manou-faïté,* Itia, la voix de Mason, un coup de feu, un silence, deux coups de feu, Ouili est mort, *coupable,* dit la voix de Mason, il vomit sous les fougères, Amoureïa, les têtes dans les *poini*, Omaata, sa main noire, énorme sur l'épaule de Mason, donne-moi ce *poisson*, Tetahiti, la porte se ferme derrière lui, le coup de feu claque, le sous-bois est vide, souviens-toi, *après*, les petits palmiers, les cheveux noirs des troncs, les têtes dans les *poini*, Amoureïa, la voix d'Avapouhi, la voix seule, sans aucune parole, Itia, j'ai peur, j'ai peur, ô mon frère, n'oublie jamais, on étouffe sous le banian, les femmes parlent, parlent, je suis le *Manou-faïté*, Timi, ses yeux durs, la pointe du coutelas, je saute, je ne saute pas, mes pieds sont collés au sol, les *toupapahous,* dit Avapouhi d'une voix tremblante, puis, tout d'un coup, très haut, les *toupapahous!*

La voix paraissait si haute et si proche qu'il se réveilla, s'assit, et regarda autour de lui. Il était seul. Il se leva, porta la main à son front, il y eut dans le tunnel voisin un bruit d'eau qu'on frappe du plat de la main, suivi d'un choc mat. Les deux bruits étaient si faibles que Purcell douta un quart de seconde les avoir entendus. Ils recommencèrent au même instant. Le floc, le choc mat. Il tendit l'oreille, retenant son souffle. Le silence était total. Au même instant, la lumière se fit. La dalle. La dalle en porte à faux dans le tunnel. Elle avait basculé en avant et repris sa place aussitôt. Avapouhi était revenue. Elle était de l'autre côté de la paroi rocheuse, à quelques mètres de lui. « Si vite », pensa-t-il avec étonnement. Et il se baissa pour passer la tête par le hublot.

Il s'arrêta en plein mouvement, frappé par le silence. Avapouhi, talonnée par la peur des *toupapahous*, aurait dû courir! Il aurait dû entendre le glissement de ses pieds d'une pierre à l'autre, le frottement l'une contre l'autre des lanières d'écorce de sa jupe! Il s'approcha du hublot avec une extrême lenteur; et appliqua son œil droit au-dessus d'une arête rocheuse. A dix pas de lui, debout, immobile sur une pierre, il reconnut la silhouette mince d'un homme, fusil au poing.

La bouche de Purcell devint sèche et ses jambes se mirent à trembler. Il jeta les yeux autour de lui. Pas de cachette. Pas de fuite possible. Devant lui, le puits. Au-delà du puits, pas d'issue. Si Timi pénétrait dans la chambre, il verrait le lit de feuilles et pousserait jusqu'au boyau. Purcell se vit enfermé dans ce cul-de-sac comme un rat dans son trou, et Timi en face de lui, le coutelas à la main. La sueur jaillit sous ses aisselles et lui inonda les flancs, ses mains devinrent moites, il s'appuya contre la paroi rocheuse, il sentait déjà la déchirure de la lame glacée dans son ventre.

Il fit un effort violent pour déglutir, mais sa bouche était si sèche que sa langue restait collée contre son palais. Il sentait au creux de son estomac un vide affreux, et depuis ses lèvres jusqu'à la plante de ses pieds, son corps était agité d'un interminable frisson. L'expression « trembler comme une feuille » traversa bizarrement son esprit et il en comprit tout le sens. Rien ne paraissait capable de mettre fin aux frémissements de ses membres. Inerte, sans voix, paralysé, il assistait, avec un sentiment affreux d'impuissance et de honte, à la trépidation qui le secouait. Malgré la contracture de ses mâchoires, ses joues tremblaient comme une gelée.

C'est alors que, de l'autre côté du hublot, il entendit le bruit d'une respiration. Timi avait réussi à avancer sans faire plus de bruit qu'un chat, mais il n'arrivait pas à contrôler son souffle. Purcell écouta et tressaillit d'étonnement. Timi avait peur, lui aussi. Il avait retrouvé sa trace, mais pour pénétrer dans la grotte, il s'était fait une extraordinaire violence. Ce n'était pas d'Adamo qu'il avait peur, mais des *toupapahous*.

Purcell était collé à la paroi, l'oreille contre la pierre, les pieds à quelques pouces du hublot, et il écoutait le souffle irrégulier et sifflant de son ennemi. Comme Timi devait tenir à l'anéantir pour braver ainsi les *toupapahous!* Purcell serra les dents. Il y avait quelque chose de répugnant à désirer à ce point la mort d'autrui. Les Tahitiennes disaient qu'il craignait qu'Adamo vengeât la mort de ses amis. Ce n'était pas vrai! Purcell en eut la certitude. Pourchasser un homme désarmé, voilà ce qui grisait Timi! La vengeance, la guerre n'étaient que des prétextes! Torturer Amoureïa, éventrer Ivoa et détruire son enfant, tuer Adamo, c'était grisant, parce que c'était *facile!* « L'abominable lâche! » pensa Purcell avec une brusque fureur, et son corps s'arrêta de trembler. Il regarda autour de lui, tâta ses poches, il n'avait même pas un couteau. Pour la première fois de sa vie, il regretta d'être sans arme.

Il aperçut une pierre assez volumineuse à ses pieds. Il se baissa et la souleva à deux mains, étonné de la trouver si lourde. Il appuya son flanc droit contre le rocher, et la pierre au bout de ses bras au-dessus du hublot, il attendit.

Il attendit si longtemps qu'il douta presque avoir vu Timi dans le tunnel. Mais non, le souffle était toujours là, de l'autre côté du mur, haletant, troublé. Il n'était pas croyable que Timi passât devant le hublot sans jeter au moins un regard à l'intérieur.

La pierre au bout des bras tendus et contractés de Purcell s'alourdissait à chaque seconde, et il comprit qu'il allait la lâcher. Il la ramena contre sa poitrine, la cala au creux de son estomac, et une main après l'autre, changea la prise de ses doigts. Il avait détourné les yeux du hublot un quart de seconde, et quand il les reporta sur lui, il vit avec stupéfaction, posé sur les galets et totalement à l'intérieur de la chambre, le coutelas de son ennemi. Peut-être Timi l'avait-il placé là pour avoir les mains libres et passer l'ouverture. Peut-être était-ce un piège. Le cœur de Purcell se mit à battre avec violence. Il était tentant de s'emparer de l'arme, mais pour cela il lui faudrait poser la pierre et passer le bras devant le hublot. Qui sait si Timi n'attendait pas ce geste pour lui happer le bras, le déséquilibrer et le jeter à terre?

Purcell s'immobilisa. Timi allait passer avec son fusil, le fusil était long, Timi ne pourrait pas tirer avant que l'arme fût passée tout entière avec lui de l'autre côté du hublot. Purcell pensa dans un tressaillement de joie, j'aurai tout le temps! Et dans un éclair il comprit ce qu'il devait faire. Il ne devait pas jeter la pierre à la tête de Timi comme il en avait eu l'intention, mais s'en servir comme d'une masse sans la laisser échapper de ses mains. Il fléchit les genoux et porta la jambe droite en arrière pour se rapprocher du sol, en même temps qu'il appuyait la pierre sur sa cuisse pour soulager ses bras. Il était ainsi tout entier replié et ramassé derrière la pierre, prêt à se projeter avec elle en avant dès que la tête de Timi apparaîtrait. La pierre était humide de la sueur qui coulait sans arrêt de ses paumes et il raffermit de nouveau sa prise.

Il entendait toujours la respiration sifflante de Timi et il était surpris de sa lenteur à se décider. Peut-être son instinct l'avertissait-il qu'un danger était proche. Il était remarquable qu'il n'eût pas encore passé sa tête par le hublot. Purcell leva la pierre à la hauteur de son visage et banda ses muscles.

Tout se déclencha si vite qu'il n'eut le temps de rien faire. Timi ne franchit pas l'ouverture par degrés comme avait fait Avapouhi. Il se catapulta à l'intérieur avec la rapidité d'un fauve qui passe à travers un cerceau, mais le visage et la poitrine tournés vers la voûte. Il atterrit sur le dos, et à la seconde même où il toucha le sol, il envoya un terrible coup de crosse à la tête de Purcell. Le coup fut donné avec une vitesse et une sûreté inouïes, comme si Timi avait su, avant même son irruption, que le visage de Purcell se trouvait là. Au même instant, le tonnerre parut éclater dans la grotte et rouler en échos dans ses tunnels. Une fumée blanchâtre envahit la chambre. Timi eut un soubresaut violent, roula sur le ventre, s'accrocha des deux mains aux galets, ne bougea plus.

Purcell avait à peine senti le choc de la crosse sur la pierre. Il était paralysé par la stupeur. Il regardait Timi allongé la face contre terre, les doigts crispés, le corps légèrement tordu vers la gauche. Il paraissait s'offrir aux coups. Les yeux de Purcell tombèrent sur le coutelas. Sa lame brillait entre les jambes de Timi. Sans lâcher sa pierre, sans quitter Timi des yeux, Purcell progressa centimètre par centimètre dans sa direction. Quand il fut au-dessus d'elle, il jeta sa pierre par une brusque détente contre la nuque de Timi, se baissa, saisit l'arme. Le manche était bien en main, ses doigts se resserrèrent sur lui avec force.

La pierre avait heurté avec un bruit mat la nuque de Timi, mais non de plein fouet. Elle eut l'air de rebondir, passa par-dessus sa tête, roula encore sur un mètre ou deux, et s'arrêta. Timi ne broncha pas.

Baissé, sa main gauche frôlant le sol, sa main droite tenant le coutelas, Purcell s'avança avec une infinie lenteur, les yeux fixes, le regard concentré sur un point de peau brune au-dessous de l'omoplate gauche de Timi.

Il bondit. Il y eut un hurlement sauvage. Il était couché de tout son long sur Timi, ses deux mains pressant le manche avec une violence inouïe. Puis hissant son corps plus haut, il appuya sa poitrine sur ses deux mains pour enfoncer la lame davantage. Timi était sous lui, immobile, inerte, vaincu. Purcell pesait sur lui de tout son poids. Un frisson de joie l'envahit.

Du temps passa. La nuit se fit dans l'esprit de Purcell, et il n'entendit plus rien que le bruit rauque de son souffle. Et tout d'un coup, il pensa : le hurlement, c'était moi. Il se leva, les jambes sans force et, se baissant, il arracha le coutelas de la plaie et le jeta. Puis l'envie lui vint de voir le visage de Timi. Il posa la main sur son épaule. Elle lui parut mince comme celle d'une femme. Sous ses doigts, la peau était douce et fondante. Il tira. Timi se retourna sur le dos. Il avait un trou énorme au milieu du front. Un mince filet de sang s'en échappait.

Purcell resta à le regarder, béant, pendant quelques secondes. Puis il comprit. La crosse avait heurté la pierre qu'il tenait devant son visage, le contrecoup avait déclenché la détente, et Timi s'était tué avec son propre fusil.

Purcell retourna en titubant au lit de feuilles et s'assit. Au-dessous du trou sanglant qui défonçait le haut de son front, les yeux de Timi paraissaient vivre. Les cils noirs et fournis recouvraient à demi ses prunelles, et celles-ci luisaient dans le coin des paupières, comme si Timi dévisageait Purcell de côté avec insistance. Sa tête et son cou gracile étaient légèrement tournés du côté opposé, ce qui donnait à son regard une coquetterie sournoise. Il n'y avait plus trace de dureté sur son visage et ses lèvres ourlées s'écartaient l'une de l'autre comme si elles esquissaient un sourire enfantin. Purcell remarqua pour la première fois la forme de ses yeux. Ils étaient très beaux. Ils remontaient vers les tempes comme des yeux d'antilope, mais c'étaient les cils, les magnifiques cils noirs, longs et recourbés, qui donnaient au regard ce velouté, cette câlinerie. Comment ces yeux-là avaient fait pour avoir l'air si durs, c'était inexplicable. La vie s'était retirée de Timi et ne lui laissait plus que la douceur qui était en lui et qu'il avait étouffée de son vivant.

Purcell détourna la tête, se leva et un flot de honte l'envahit. La sauvagerie avec laquelle il s'était jeté sur ce corps! Le cri qu'il avait poussé! Et c'était un cadavre qu'il poignardait! Il lui parut incroyable qu'il n'eût pas compris plus vite que Timi était mort. Mais il avait tellement raidi sa volonté, avant l'irruption de Timi, qu'il était passé à l'acte par vitesse acquise, en aveugle, comme une machine. C'était affreux et dérisoire, il se sentait presque *plus* coupable que s'il avait vraiment tué. « C'est ça le meurtre », pensa-t-il, avec une terrible angoisse. Cette mécanique, cet enchaînement. Il s'était fortifié toute sa vie dans le respect de la vie. Et le moment venu, il s'était abattu sur son ennemi en hurlant comme une bête! Il avait enfoncé le couteau des deux mains, ivre de sa victoire, haletant, inondé de plaisir!

Il sentit que sa poitrine était mouillée. Il la toucha de la main, ses doigts devinrent noirs et visqueux, il frémit de dégoût. Il se dirigea vers le hublot. Les pieds de Timi y étaient encore à demi engagés. Il les saisit, les souleva et traîna le corps le plus loin possible du lit. La tête de Timi ballottait de droite et de gauche en rebondissant sur les galets, et quand Purcell s'arrêta, elle glissa, dans un mouvement lent et tendre, le long de l'épaule gauche et logea son menton dans le creux de la clavicule. Purcell remarqua que le visage était dirigé vers le lit de feuilles et que le regard de Timi allait le suivre quand il se coucherait. Il lâcha les pieds, hésita un moment, et finalement pivota sur ses talons. Il n'avait pas osé prendre la tête de Timi et la tourner de l'autre côté.

Purcell franchit le hublot avec difficulté, sauta sur une pierre, perdit l'équilibre et s'affala dans l'eau de tout son long. Elle était glacée. Il suffoquait. Il se retourna sur le ventre, frotta rapidement sa poitrine, se releva. Il claquait des dents.

Quand il fut revenu dans la chambre, il retira son pantalon, le tordit et le posa sur une pierre. Il avait la nuque douloureuse, un cercle de fer enserrait sa poitrine, et il tremblait de la racine des cheveux jusqu'aux orteils. Chose extraordinaire, une sueur froide perlait en même temps à son front. Il essaya de sautiller, mais ses jambes étaient trop raides pour se plier. Il se battit alors la poitrine du plat de la main, et se penchant, il se donna de grandes claques dans le dos et les cuisses. Mais il n'arrivait pas à déloger le froid de son corps, il restait transi jusqu'aux moelles, il comprit qu'il fallait faire des mouvements plus violents. Il s'allongea à plat ventre sur le sol le plus loin qu'il put de Timi, et prenant appui sur les mains, il se releva à la force des bras, s'abaissa, se releva de nouveau. Il fit cet exercice deux bonnes minutes en tremblant de tous ses membres. Il s'affaissa enfin, à bout de souffle. Ses dents n'arrêtaient pas de claquer.

Il n'avait jamais connu une telle sensation de glace dans tout son corps, il désespérait de la chasser, une inquiétude folle le traversa. Alors, il fit tous les mouvements qu'il connaissait ou qu'il avait vu faire à Jones, et tout en les exécutant, il se mit à compter à voix très haute, puis à crier les chiffres, le froid lui parut céder peu à peu, il avait l'impression que ses vociférations le réchauffaient plus que toute autre chose, et entre deux inspirations, il se mit à hurler. Il ne reconnaissait pas sa propre voix, elle était terriblement aiguë. Il dansait sur place, il se penchait, il se relevait, il sautillait sur les hanches, et surtout il luttait pour retrouver son souffle entre deux hurlements. Il était plus proche, à chaque minute, de l'épuisement et n'osait pas s'arrêter.

A un moment il se vit dans un éclair tel qu'il était : nu comme un ver, dans une grotte, à côté d'un cadavre — en train de se démener comme un fou et de pousser des cris qui n'avaient rien d'humain. C'était risible! Quel mal pouvait se donner un homme pour s'accrocher à la vie! Il était à bout de souffle. Il cessa de s'agiter. Aussitôt, les racines de ses cheveux se glacèrent, le froid parut jaillir de l'intérieur de son corps et l'inonda de la tête aux pieds. Il reprit ses mouvements. Il était condamné pour l'éternité à cette gymnastique imbécile! Il se baissait, il se relevait, il se baissait... Sous son front noyé d'ombre, les yeux noirs de Timi, bizarrement éclairés, ne le quittaient pas, et un demi-sourire restait figé sur ses lèvres, comme s'il contemplait avec ironie l'agitation des vivants.

— Adamo! cria une voix, qu'est-ce que tu fais?

Il sursauta et pivota sur lui-même. Dardé à travers le hublot qu'il remplissait presque entièrement, le large visage noir d'Omaata lui faisait face, ses yeux lunaires fixés sur lui avec stupeur.

— J'ai froid! hurla Purcell d'une voix aiguë.

— Attends! dit-elle.

Il la regarda, incrédule. Elle engagea une épaule, puis l'autre, poussa dans la chambre son buste énorme, se dandina pour faire passer les larges hanches, et son corps gigantesque, se ramassant et s'étirant comme du caoutchouc, réussit à franchir l'ouverture. Après son passage un fragment de pierre se détacha et roula sur le sol.

— Mon bébé! cria-t-elle en se précipitant sur lui. *Aoué!* Mais tu es bleu!

Pour une fois c'était lui qui se serrait contre elle. Ses deux bras passés autour de sa large taille, il avait l'impression merveilleuse de s'enfoncer dans un édredon. C'était chaud, moelleux, profond. De ses deux grandes mains puissantes elle commença à le frictionner du haut en bas de son dos, tout en déversant sur lui des mots de tendresse. Elle le massait, elle le claquait, elle le pinçait, et bien qu'elle lui fît mal, il se laissait faire avec volupté, sentant à chaque coup la vie pénétrer plus avant dans sa peau, dans ses muscles, dans cette masse d'organes glacés qu'il portait en lui. C'était une chose merveilleuse d'avoir chaud, il avait presque oublié cette souplesse, ce bien-être, cette dilatation des pores... « Omaata », dit-il à mi-voix. « Mon bébé!... Mon bébé!... » Purcell écoutait sa voix profonde rouler sous les voûtes comme un torrent. Même sa voix lui faisait chaud. Elle le prit par les épaules, le retourna et lui frictionna la poitrine, le ventre, les cuisses. Quelles bonnes mains elle avait! Larges, fortes, et pourtant délicates, elles le façonnaient comme une pâte, rejetant sa peau, la reprenant, la malaxant, la faisant rouler sous les doigts. Le dos enfoncé dans un bain de chair tiède, Purcell sentait sa poitrine s'ouvrir et s'épanouir comme une fleur, il respirait, son cœur s'apaisait, il retrouvait ses muscles.

Elle le retournait encore.

— Mon bébé! roucoula-t-elle de sa voix profonde, tu es encore blanc! *Aoué!* Où sont tes joues rouges, mon petit coq?

Elle le détacha d'elle et se mit à lui donner des petites tapes.

— Tu vas m'assommer! cria-t-il.

Il se baissa, passa sous ses mains, se plaqua contre elle. « Mon bébé », dit-elle d'une voix émue. Elle se mit à rire tout d'un coup.

— Tu sais que tu m'as fait peur en criant comme tu faisais! Homme! J'ai failli m'enfuir! J'ai cru que c'étaient les *toupapahous!* Heureusement, j'ai reconnu les mots *peritani!...*

Elle se tourna vers le hublot en riant et aperçut le corps de Timi.

— Homme! dit-elle, stupéfaite, tu l'as tué!

— Je ne l'ai pas tué, dit Purcell.

Elle n'écoutait pas. Elle s'approchait du corps et, le saisissant sans aucun respect par les cheveux, elle le tournait et le retournait en tous sens.

— Je ne l'ai pas tué, répéta Purcell, c'est lui...

— Et ça? dit Omaata de sa voix puissante en montrant théâtralement le trou dans le front. Et ça? reprit-elle en montrant la plaie dans le dos. Et ça? poursuivit-elle en montrant la nuque.

Elle se pencha pour regarder la plaie de plus près.

— Avec quoi tu as fait ça?

— Avec une pierre.

Elle lâcha les cheveux de Timi et se redressa, les yeux fixés sur Purcell avec admiration.

— Homme! Tu es habile!

— Ecoute, ce n'est pas moi...

— Ainsi, reprit-elle avec allégresse, tu l'as tué, ce fils de la truie! Oh, comme tu es fort! Adamo!

Oh, comme tu es brave! Comme tu es rusé! Sans arme! Et lui avec son fusil et son coutelas! O mon beau petit guerrier! O mon coq! O Adamo!

— Ecoute, Omaata...

— Par l'*Eatua*, dit-elle en se campant devant le corps de Timi, ses deux mains sur ses vastes hanches, tu voulais tuer mon bébé, toi, Timi! Tu voulais faire esclaves les femmes de ta propre tribu! Tu voulais éventrer Vaa et Ivoa! Sperme de rat! Fils de la truie! Requin peureux! Homme sans cocotiers! Toi, pas même un guerrier! Toi, *houa* [1]*!* Toi, *mahou* [2]*!* Toi, impuissant! Eh bien, où es-tu maintenant, excrément? Tu es froid! Tu es le poisson aux yeux morts sur le bord du lagon! Tu es l'os que ronge le chien sans queue! Regarde Adamo! Regarde ce petit coq *peritani!* Il est beau! Il est brave! Il est rusé! Il n'y a pas une *vahiné* dans l'île qui ne voudrait jouer avec lui! Regarde-le! Il a les cheveux comme le miel! Il a un corps rose et blanc! Il est appétissant comme la pâte de l'arbre à pain passée au four! C'est un grand chef! Il a beaucoup de cocotiers dans la grande île de la pluie! Il a des mains très gracieuses comme son beau-père Otou! Et toi, Timi, qu'est-ce que tu es, maintenant? Homme sans vie! Homme tout à fait sans importance! Homme qui ne peut plus servir à rien! Poisson mort flottant le ventre en l'air! Coquille vide! Crabe mort pour les puces de mer sur la plage!...

— Omaata! s'écria Purcell.

Mais elle était lancée. Elle s'attaquait maintenant, d'un ton acerbe, au sexe de Timi. Et sur l'insuffisance qu'elle lui prêtait, elle abonda, pen-

1. Incapable.
2. Homosexuel.

dant deux bonnes minutes, en injures précises.

— Omaata!

— J'ai fini, dit-elle avec simplicité.

Et elle revint vers lui, lente et monumentale, le visage tout brillant du devoir accompli.

— O Adamo, dit-elle avec ferveur, comme si son admiration pour lui s'était augmentée à proportion du dénigrement de l'ennemi. O Adamo! O mon bébé!

Elle reprit ses frictions. Mais depuis qu'il n'éprouvait plus la sensation du froid, Purcell sentait la douleur du massage.

— J'ai assez chaud, Omaata.

— Mais non, homme, dit-elle en le plaquant contre elle avec autorité. Tu as assez chaud pour le moment, mais quand je serai partie, tu auras froid. Il faut faire une grande provision de chaud. Ecoute, poursuivit-elle avec gravité, je vais prendre ce fils de la truie sur mon dos et le jeter à la mer, et toi, tu ne diras jamais à personne que tu l'as tué, sauf à Ivoa.

— Mais je ne l'ai pas...

— A personne, tu entends. Personne!

— Mais pourquoi est-ce si important?

— Ce n'est pas important si les *Peritani* gagnent. Mais c'est les *Autres* qui vont gagner. Tourne-toi.

— Pourquoi dis-tu cela? Les *Autres* ne sont plus que deux. Et les *Peritani*, trois.

— Sur mer, les *Peritani* sont habiles. Mais sur terre, non.

— Arrête! Tu me fais mal!

Elle rit.

— *Aoué!* Un grand guerrier comme toi!

Elle reprit :

— Je vais aller jeter ce fils de la truie, et je t'enverrai Avapouhi.

— Avapouhi? Pourquoi Avapouhi?

— Pour passer la nuit avec toi.

— Non, dit Purcell avec raideur.

— Voyez ce petit coq! dit-elle en lui donnant une petite tape sur les fesses. Je ne veux pas que tu restes seul, homme! Tu vas te ronger le cœur avec ta tête, à la manière des *Peritani*.

Elle reprit :

— Au surplus, tu auras envie de jouer.

— Non.

— Tu auras un grand besoin de jouer. Quand un homme a enlevé la vie, il a besoin de la donner.

— Non. J'aurai besoin de dormir.

— Dormir aussi. Dormir, jouer.

— Non.

— *Peritani*-non! dit-elle en riant. Je t'enverrai Avapouhi.

— Envoie-moi Ivoa.

— Homme! Ivoa ne t'appartient plus. Elle appartient à son bébé.

Il y eut un silence et Purcell dit :

— Alors, viens, toi.

L'effet de cette parole fut extraordinaire. Omaata recula d'un pas, elle se redressa de toute sa taille, et les narines palpitantes, les yeux étincelants, elle dévisagea Purcell.

— Tu es fâchée? dit-il, interloqué.

— Qu'est-ce que je suis, moi? dit-elle enfin d'une voix pincée par la fureur.

Elle était grise de colère, sa mâchoire frémissait, et elle avait de la peine à trouver ses mots.

— Omaata...

— Je te dis : qu'est-ce que je suis, moi? reprit-elle en retrouvant d'un seul coup sa voix. Moi! répéta-t-elle en se tapant du plat de la main sur le haut du sein gauche.

Le « Moi! » et la claque se répercutèrent comme des coups de feu sous la voûte.

— Qu'est-ce que je suis? poursuivit-elle en le regardant de haut en bas d'un air outragé, une vieille? Une infirme? Un *mahou?*

— Omaata...

— Est-ce que j'ai une odeur?

— Omaata...

— Qu'est-ce que je suis donc? cria-t-elle au comble de la fureur, pour qu'un homme puisse dormir toute une nuit avec moi sans jouer?

Purcell balbutia, horriblement gêné :

— Mais je n'ai pas dit...

— Tu l'as dit! grommela-t-elle en le foudroyant du regard, tu ne l'as pas dit avec des mots, mais tu l'as dit. Tu as dit, pas Avapouhi. Si Avapouhi vient, j'ai peur de jouer... Mais toi, Omaata, tu peux venir. Avec toi, je n'ai pas peur. *Aoué! Aoué! Aoué! Aoué!* s'écria-t-elle soudain en se prenant la tête à deux mains, et la douleur la plus vraie se peignit aussitôt sur son visage. Entendre ça! Moi, Omaata, entendre ça! Regarde! Regarde! reprit-elle, secouée de nouveau par l'indignation, je suis jeune!

C'était vrai, elle était jeune! Il l'oubliait toujours. Mais comment lui dire que c'étaient ses dimensions héroïques, son air d'autorité, cette habitude qu'elle avait de l'appeler son « bébé »... Et comment protester, maintenant, sans que sa protestation eût l'air d'une invite?

Elle lui tourna le dos, et le sourcil froncé, le regard détourné, la lèvre méprisante, elle saisit le bras de Timi, et sans ménagement, tira le corps vers le hublot. Puis elle commença à s'insérer elle-même dans l'ouverture.

— Omaata!

Pas de réponse. Pas un regard. Omaata disparut de l'autre côté, et d'un seul coup, comme si elle se vengeait sur lui de l'outrage qu'elle venait de subir, elle tira brutalement Timi dans le tunnel.

Purcell se précipita et passa la tête par le hublot.

— Omaata!

Elle s'éloignait déjà, sans un mot, le corps de Timi jeté au travers de son épaule, les jambes fines du mort montant et redescendant dans son dos à chaque enjambée géante de pierre en pierre.

Au bout d'un moment, Purcell alla s'asseoir sur le lit et, attirant la bassine à lui, y prit une mangue qu'Ivoa avait décortiquée. Il éprouvait une impression étrange. Pour la première fois de sa vie, il avait du mal à savoir ce qu'il pensait, ce qu'il valait. Il était là, dans cette grotte, à l'abri des combats, tournant le dos aux deux camps...

Il se leva. « Tetahiti pense de moi que je suis « habile »... Et si c'était vrai! Mon respect de la vie, mon horreur de la violence?... Qui sait si je ne me suis pas menti à moi-même avec de nobles raisons? Après tout, j'ai poignardé Timi. Quand il a été question de ma peau, j'ai su verser le sang. »

La tache de lumière sur la paroi rocheuse s'était estompée. Le soleil, au-dehors, devait se rapprocher de l'horizon. L'humidité pesait sur les épaules de Purcell. Il marcha de long en large d'un pas plus vif. Il pensa à la merveilleuse chaleur du grand corps ferme et doux d'Omaata. Et maintenant l'obscurité tombait et il sentait le froid l'envahir.

Il buta du pied contre le fusil de Timi et chercha des yeux le coutelas. Il ne le trouva pas. Omaata avait dû l'emporter. Il ramassa le fusil et se rappela le sentiment de confort et de sécurité que l'arme lui avait donné le jour où ils avaient aperçu la frégate. Il s'avança avec précaution dans le boyau jusqu'au bord du puits, et y jeta l'arme avec force. Le fusil était lourd, et dans l'élan qu'il lui donna, il faillit perdre l'équilibre.

Un nouveau flot de fatigue tomba sur lui. Il revint vers le lit de feuilles et s'allongea, épuisé, les jambes tremblantes. Il ferma les yeux et les rouvrit aussitôt. Mais il avait dû dormir quelque temps, car son corps tremblait de froid. Il se releva en chancelant et se força à marcher de long en large. Il faisait tout à fait noir, et il compta ses pas pour ne pas se heurter aux parois rocheuses de sa chambre. Cinq pas, demi-tour, cinq pas, demi-tour... De temps en temps, il perdait son compte, et gagnait le mur qui lui faisait face, les mains en avant, comme un aveugle. Il se sentait écœuré, il avait faim, et il n'osait plus toucher aux fruits. Par instants, il avait l'impression de dormir en marchant, et serrait les dents pour se réveiller. Il avait peur de se mettre à zigzaguer et de tomber dans le puits.

Il se retrouva, le dos appuyé au mur, les épaules fléchies, les mains sur ses genoux. Le sommeil avait dû le surprendre alors qu'il faisait demi-tour. Il cilla des paupières, mais le noir d'encre de la nuit ne se dissipa pas. Il ne savait plus dans quel point de la chambre il était, il pensa au puits, il se réveilla tout à fait.

C'est alors qu'il entendit le bruit profond et régulier d'un souffle. Il y avait quelqu'un à deux ou trois mètres de lui. Il s'immobilisa, terrifié. Il fit, pour percer l'obscurité, un effort si violent que ses yeux lui firent mal et ses orbites devinrent douloureuses. Pendant quelques secondes il n'entendit plus rien que le souffle à côté de lui et le bruit de son propre cœur contre ses côtes.

Il perçut sur sa gauche un froissement léger de feuilles, et au même instant une voix dit avec un accent de frayeur :

— Adamo!

Omaata! C'était Omaata! A deux pas de lui, penchée sur le lit de feuilles, tâtonnant de ses mains, ne rencontrant que le vide. Il respira avec force, mais n'arriva pas à parler.

— Adamo!

Et il sentit une main le toucher à la poitrine. Il y eut un cri étouffé et la main se retira.

— C'est moi, dit Purcell d'une voix étranglée.

Il y eut un silence et Omaata dit dans un souffle et sans s'approcher :

— Dis-le en *peritani*.

Purcell répéta en anglais : « C'est moi. » Et tout d'un coup il comprit. Les *toupapahous* ne parlent pas anglais. Omaata craignait un piège!

— *Aoué!* dit Omaata, tu m'as fait peur! Tu es si froid!

Elle reprit :

— Homme! Quand je ne t'ai pas trouvé sur le lit!...

Il sentit ses deux grandes mains tâtonner le long de ses bras et de sa poitrine jusqu'à ses épaules. Il poussa un soupir et se laissa aller en avant, la tête contre son sein. Omaata parlait, mais sa voix n'était plus qu'un murmure. Il s'endormit.

Il fut réveillé par l'impression de chaleur qu'il éprouvait. Il était étendu à plat ventre sur le corps élastique et ferme d'Omaata et, son dos, lui aussi, était chaud. Quelque chose de lourd, de rugueux et de familier le couvrait... Une couverture! Elle lui avait apporté une des couvertures du *Blossom.* Il la respira. Elle portait encore dans ses plis l'odeur du sel, du goudron et du bois verni.

Il n'était pas tout à fait réveillé. Il avait l'impression de flotter, en plein midi, dans la mer tiède du lagon, quand le soleil vous caresse avec douceur à travers l'eau. La joue droite appuyée sur le sein d'Omaata, les deux mains à plat sur le haut de ses flancs, le genou gauche replié sur son ventre, il était soulevé, au rythme de sa respiration, par sa gigantesque poitrine. Les grandes mains d'Omaata reposaient avec légèreté sur ses reins et accompagnaient ce mouvement par une imperceptible poussée vers le haut comme si elle le berçait.

Le temps coulait. Il avait l'impression d'être un poussin enfoui dans les plumes les plus fines de sa mère, celles du vaste ventre ébouriffé et chaud, sa tête seule apparaissant à l'air, et respirant la fraîcheur de la nuit. Comme l'obscurité était douce tout d'un coup! Cette grotte qui s'enfonçait dans le creux de la montagne. Dans la grotte, cette chambre autour de lui comme un œuf. Dans la chambre, cette ombre sur eux comme un voile. Et dans l'ombre, le grand corps noir, chaleureux d'Omaata. Poussant sa tête dans le sein de la géante, il écoutait avec joie battre les coups puissants de son cœur, comme si leurs pulsations alimentaient sa propre sève. Jamais en aucun lieu, à aucun moment de sa vie, il n'avait éprouvé une telle impression de bien-être. C'était si doux et si délicieux qu'il avait envie de gémir.

— Tu es réveillé, mon bébé? dit Omaata.

L'oreille sur sa poitrine, il écouta l'écho de sa voix. Elle avait à peine murmuré sa question, mais ce murmure résonnait encore comme les sonorités basses d'un orgue.

— Oui, dit-il sans bouger. J'ai dormi longtemps?

— Assez.

Avec quelle patience elle avait supporté son poids sur elle sans bouger!

— Tu as faim?

— Oui, dit-il avec un soupir. Beaucoup. Ne m'y fais pas penser!

— Je t'ai apporté à manger.

— Quoi?

— Du poisson... une galette...

— *Aoué*, femme!

Il se réveilla tout à fait.

— Où? dit-il d'une voix joyeuse en se relevant et en s'asseyant sur le lit.

— Attends, ne bouge pas.

Son grand bras le frôla et tâtonna dans le noir. Puis il sentit qu'elle lui mettait dans les mains une assiette *peritani*. Il l'approcha de ses lèvres et avala son contenu avec avidité.

Omaata se mit à rire avec satisfaction.

— Comme tu as faim!

— Tu me vois?

— Non, je t'entends!

Elle s'était de nouveau allongée et il sentit qu'elle repliait la jambe pour lui permettre d'appuyer son dos.

Elle reprit :

— Tu veux la galette?

— Oui.

Il la porta à sa bouche. Il avait mangé le matin même une galette semblable, mais ce souvenir lui parut tout d'un coup très lointain. Il retrouva avec étonnement son petit goût sur et aigrelet.

— Tu as fini?

— Oui.

Son esprit recommençait à fonctionner et il dit :

— Comment as-tu fait pour porter tout ça jusqu'ici... l'assiette, la galette, la couverture...

— J'ai réussi, dit-elle.

Il lui sembla sentir une certaine sécheresse dans sa voix. Il tourna la tête vers elle. Mais c'était difficile, quand on ne voyait pas le visage, de juger une intonation, et de la juger après coup. Il dit :

— Qu'est-ce que tu as?

— Rien.

Il se pencha pour poser l'assiette sur les galets. Au même moment, il sentit qu'elle lui posait la couverture sur les épaules. Il tourna la tête. Au froissement de feuilles derrière lui il comprit qu'elle se levait.

— Où vas-tu? dit-il avec inquiétude.

— Je m'en vais.

Il répéta, incrédule :

— Tu t'en vas?

Elle ne répondit pas et il entendit le bruit d'un galet qui déboulait. Il fut pris de panique, se dressa et se précipita à tâtons dans la direction du hublot.

— Omaata!

Il tâtonna. Elle était assise sur les pierres, les jambes déjà engagées dans l'ouverture.

— Non! cria-t-il en la saisissant aux épaules et en faisant un effort dérisoire pour la retenir, non! Non!

— Pourquoi? dit-elle d'une voix terne, tu n'as plus froid. Tu as mangé. Tu as une couverture.

— Reste! cria-t-il.

Il lâcha ses épaules et, lui entourant le cou de ses

bras, il continua de toutes ses forces à la tirer dans la chambre.

Elle ne résistait pas, elle ne faisait pas un mouvement, et il n'arrivait pas à la faire bouger d'un pouce.

— Reste! Reste! reprit-il d'un ton suppliant.

A cet instant, rien d'autre ne comptait, il désirait désespérément sa présence, comme si sa vie en dépendait.

— Tu as peur d'avoir froid? dit-elle enfin sans qu'il pût déceler s'il y avait ou non du sarcasme dans sa voix.

— Non! Non! dit-il en secouant la tête comme si elle pouvait le voir.

Et il ajouta tout d'un coup d'une voix fêlée qui l'étonna lui-même :

— Je ne veux pas être seul.

Après cela, il y eut un long silence comme si elle méditait sa réponse. Puis elle dit du même ton neutre et terne :

— Lâche-moi. Je reste.

Quand elle fut de nouveau debout à l'intérieur de la chambre, elle resta sans parler, sans faire un mouvement, sans le toucher. Au bout d'un moment, il lui prit la main.

— Tu es fâchée?

— Non.

Et ce fut tout. Purcell se sentait mortellement embarrassé. Il avait sommeil et voulait regagner le lit de feuilles. Mais il n'osait pas inviter Omaata à le suivre. Quelques minutes plus tôt, cela ne lui avait pas paru scandaleux d'être étendu sur elle de tout son long. Et maintenant, même être debout à côté d'elle dans le noir et la tenir par la main avait quelque chose de gênant.

— Il faut dormir, dit-il enfin d'une voix hésitante.

Et comme elle ne bougeait toujours pas et continuait à se taire, il fit un pas vers le lit de feuilles et la tira par la main derrière lui. Elle ne broncha pas. Et il s'arrêta, la tenant à bout de bras, bloqué net dans son avance.

Le ridicule de la situation le frappa tout d'un coup et il eut envie de rire. Lui, Adam Briton Purcell, 3e lieutenant à bord du *Blossom,* il était là, à des milliers de milles de son Ecosse natale, là, en pleine grotte, en pleine obscurité, nu comme le premier homme et tenant par la main cette gigantesque lady brune...

— Viens, femme! dit-il avec impatience.

Le ton d'autorité fit merveille. Omaata s'ébranla et lui emboîta le pas avec lenteur. Quand il fut parvenu au lit de feuilles, il s'assit, et lui tira la main vers le bas. Elle s'étendit avec obéissance et ne fit pas un geste tandis qu'il ramenait la couverture sur eux et posait sa tête sur le haut de son sein. Il attendit, le visage tourné vers elle. Mais elle restait inerte, silencieuse. Rien ne vivait en elle que sa respiration.

En se couchant à côté d'elle, il avait jeté le bras droit autour de sa taille et, repliant le genou, il l'avait posé sur son ventre. Mais au fur et à mesure que les secondes passaient, il était gêné par cette étreinte. Il n'y retrouvait plus l'innocence qu'elle avait eue, ni cette union avec Omaata où il se sentait fondre, quand il avait l'impression, étendu sur son corps, de respirer avec son souffle. Maintenant ils étaient séparés, distincts. Deux fragments d'un même continent isolés dans l'océan. Deux îles.

Il ferma les paupières, mais le sommeil s'était retiré. La confusion et le trouble s'étaient installés dans sa tête. Timi flottait quelque part entre deux eaux, emporté par le courant, mais Purcell voyait ses yeux fixés sur lui, sous ses longs cils, avec une expression douce et sournoise. Qu'il ouvrît ou fermât ses paupières dans le noir, il les voyait là devant lui, et il en ressentait une gêne qui s'identifiait avec une logique bizarre au remords qu'il éprouvait d'avoir blessé Omaata.

— Tu ne dors pas, Omaata?

— Non, dit-elle après un silence.

Question stupide. Evidemment, elle ne dormait pas. Elle était là, parce qu'il l'avait priée de rester. Allongée à côté de lui comme un bloc de pierre. Même plus offensée. Absente. Pensant à sa vie dans l'île maintenant que Jono était mort. Vieillissant dans l'île. Seule.

— Omaata, pourquoi as-tu dit que les *Autres* gagneraient?

Il y eut de nouveau un silence, comme si ses paroles devaient franchir une longue distance avant d'arriver jusqu'à elle.

— Quand les *Autres* ont pris la brousse, dit-elle d'une voix monotone, les *Peritani* n'auraient pas dû rester au village.

— Pourquoi?

— Ils ne savaient pas où étaient les *Autres*. Et les *Autres* savaient où ils étaient.

— Qu'est-ce qu'ils auraient dû faire?

— Prendre la brousse.

— Eux aussi?

— Eux aussi.

Elle reprit :

— Ou construire tout de suite un *Pa*, et le finir avant la nuit.

— Pourquoi avant la nuit?

— Si le *Pa* n'est pas fini, la nuit vient, et les

Autres attaquent. Quand le *Pa* est fini et qu'il est bon, c'est presque impossible d'attaquer.

— Même avec des fusils?

— Homme! dit-elle avec dédain, qu'est-ce qu'un fusil? Un javelot qui tire plus loin...

Purcell se souvint du regard que Tetahiti et Mehani avaient échangé au camp.

— Omaata, tu crois que les *Autres* vont attaquer?

— Pas maintenant. C'est la nuit du *Roonoui*. Elle est très noire. Mais au matin. Au petit matin ils vont sûrement attaquer. Avant que le *Pa* soit fini.

— Les *Peritani* le savent?

— Je leur ai dit.

Purcell releva la tête et tendit le cou comme s'il pouvait la voir.

— Pourquoi?

Elle dit sans hésiter :

— Jono était *Peritani*.

Il ne fut pas sûr d'avoir bien compris le sens de cette réponse et reprit :

— Tu souhaites que les *Peritani* gagnent?

— Non, dit-elle d'une voix nette. Je souhaite que les *Autres* gagnent.

— Même après la mort de Jono?

Un silence de nouveau. Puis la même voix nette :

— Jono avait un fusil.

— Tu aimes mieux les *Autres* que les *Peritani*.

— Les *Autres* ont été très offensés.

— Pourtant, tu as aidé les *Peritani* en les prévenant de l'attaque?

— Oui.

— Pourquoi les as-tu aidés?

— A cause de Jono.

On était revenu au même point. Il n'était pas plus

éclairé. Tout d'un coup, elle dit, presque avec l'intonation d'Ivoa :

— *Peritani* — pourquoi — pourquoi!...

Et elle fit entendre un petit rire qui fit extraordinairement plaisir à Purcell. C'était l'intonation d'avant. Taquine, amicale, presque tendre. Il lui caressa doucement le sein de sa joue. Elle était plus proche depuis qu'ils parlaient. Son corps même était différent. Plus fondant, plus onctueux.

Il poursuivit :

— Ecoute. Tu ne m'as pas laissé le temps de dire. Je n'ai pas vraiment tué Timi.

Et il lui expliqua. Quand il eut fini, elle réfléchit un moment et elle dit :

— Tu l'as tué.

— Mais je t'ai raconté...

— *Aoué,* homme, ne sois pas si têtu. Le requin attaque, tu mets ton couteau devant toi, le requin s'embroche. C'est bien toi qui l'as tué.

Elle ajouta :

— Tu es un homme très brave, Adamo.

La grande voix profonde, la chaleur, l'élan : c'était elle, de nouveau.

— Je suis un homme qui a eu très peur, dit Purcell avec une note d'amusement dans la voix. Depuis ce matin jusqu'à la mort de Timi. Et après la mort de Timi, j'ai eu peur du froid. Et quand le froid a passé, j'ai eu peur d'être seul. *Aoué,* c'était la journée de la peur. Si la peur pouvait tuer, je serais mort.

Elle rit, elle laissa passer un temps et elle dit :

— Tu es très brave, Adamo.

Elle reprit :

— Je t'ai vu dans ta case avec les trois *Peritani.* Et je t'ai vu partir avec le *Manou-faïté. Aoué,* j'ai pleuré quand je t'ai vu partir sans armes, avec le *Manou-faïté*. Si petit, si faible, si indomptable! O mon petit coq! O Adamo!

Après cela, il ne sut plus quoi dire. Il enfonça davantage sa joue contre son sein et pressa la grande taille de son bras. Leurs voix chuchotées dans la nuit avaient recréé un lien. Ce n'était plus le lien d'avant. Ce moment-là ne reviendrait plus. C'était autre chose. Une camaraderie. Une entente. Des choses tendres, et qui n'étaient pas dites.

Il avait presque trop chaud et il rejeta la couverture sur ses reins. Aussitôt l'odeur du *Blossom* se retira et l'odeur tiède d'Omaata l'envahit. Il reconnut, une par une, celle des fleurs qu'elle portait dans ses cheveux. Une seule lui échappait, la plus pénétrante, la plus familière. Il aurait dû la reconnaître entre mille et il ne pouvait la nommer. C'était un parfum sournois, poivré, musqué, ambré, ambigu aussi. Le parfum d'un végétal qui se ferait chair. Au premier abord, on ne savait pas s'il était, ou non, agréable. Mais dans le temps qu'on s'interrogeait sur lui, il s'insinuait en vous comme une drogue. Il n'exsudait pas, il faisait partie d'Omaata, de son cou, de son épaule, du sein sur lequel il reposait sa joue. Il était intime, confiné. Mais en même temps, il évoquait l'eau claire, les grands arbres aux branches pendantes, le sable du lagon, le ventre du soleil. Si le bonheur de vivre était une senteur, c'était celle-là. Mais dans son arrière-goût, il y avait une pointe d'angoisse, comme s'il suggérait une fraîcheur en train de se décomposer.

— Je suis bien, dit-il d'une voix engourdie.

— Tu es bien, mon bébé? dit-elle à voix basse.

C'était un murmure comme le faible ressac par beau temps sur une plage. Elle ajouta :

— Les feuilles ne sont pas trop dures? Tu veux venir sur moi?

Et avant qu'il ait pu répondre, elle le soulevait et le plaçait sur elle. Aussitôt le parfum devint plus fort, et il resta immobile, les yeux ouverts. La plénitude qu'il éprouvait était délicieuse. Tout se confondait, l'odeur et la chair. Son corps creusait sa place et prenait sa racine. Engourdi, mais non inerte, il avait l'impression d'être une plante qui se gonflait de sève.

Au même instant, une idée bizarre, saugrenue lui traversa l'esprit et il dit :

— D'où vient ce poisson? Les *Peritani* n'ont pas pêché ce matin.

Elle dit au bout d'un moment :

— Horoa a été à la pêche.

Il la suivit par la pensée quand elle était sortie de la grotte. Elle avait jeté le corps de Timi à la mer, elle avait regagné sa cabane, et là, elle avait pris la couverture, le poisson, la galette, et...

Il ouvrit les yeux tout grands. C'était donc ça!... Il souleva sa main, la glissa avec douceur jusqu'au cou d'Omaata. Il tâtonna. Les pignons de pandanus roulèrent sous ses doigts et il sentit la liane qui les reliait. Alors, il se hissa jusqu'à eux, les huma et dit en levant la tête :

— Tu as mis ton collier?

La poitrine d'Omaata se contracta, il y eut un bruit très faible et ce fut tout.

— Omaata...

Il n'y eut pas de réponse. Il leva le bras et promena sa main sur le vaste visage au-dessus de lui.

— Omaata...

Au bout d'un moment, elle lui prit le visage à deux mains avec douceur et le posa contre les grains du collier. Il resta un moment immobile, la main appuyée sur le sein d'Omaata. Les pignons lui meurtrissaient la joue, il se tourna de côté et les aspira avec force. Il sentit le parfum affluer en lui, non pas seulement par ses narines, mais par tous les pores de sa peau. Au bout d'un instant, sa tête se vida, les murs de la grotte disparurent, il marchait sur la plage, le noroît fouettait son visage. Il sentit qu'il avait la force de voler. Il donna contre le sable un coup de talon impérieux, étendit les bras, et se mit à planer dans l'air, les ailes frémissantes.

CHAPITRE XV

— Adamo!

Il ouvrit les yeux. Itia devant lui. Itia debout, sans un geste. Il faisait presque clair dans la grotte.

Il s'assit. Il n'arrivait pas tout à fait à décoller ses paupières. Les traits d'Itia étaient flous. Il sentit qu'il se passait quelque chose d'anormal. Elle ne parlait pas. Elle ne se jetait pas dans ses bras.

Il tâtonna de la main à ses côtés.

— Omaata?

— Au village, dit Itia d'un ton morne.

— Qu'est-ce qu'elle fait?

Elle haussa les épaules.

— Qu'est-ce qu'elle peut faire?

Il regarda la tache de lumière sur la paroi. Le soleil était déjà haut. Il avait dormi longtemps. Il cligna des paupières, sa vision s'éclaircit, il regarda Itia, et vit l'expression de ses yeux.

— Itia!

— La guerre est finie, dit-elle d'un ton terne.

Il se mit debout, ouvrit la bouche, et n'arriva pas à parler. Il savait, il savait déjà.

— Mehani?

Elle regarda droit devant elle et dit à voix basse :

— Tous. Tous. Sauf Tetahiti.

Elle détourna les yeux et ajouta avec ressentiment :

— Il n'est même pas blessé.

Il y eut un silence et Purcell répéta avec une insistance puérile :

— Mehani?

Itia le regarda. Il avait l'air hébété, ses mains pendaient le long de son corps, ses épaules étaient affaissées. Quand il parla, ce fut d'une voix plaintive comme celle d'un enfant.

— Mehani?

Elle secoua la tête par deux fois. Purcell eut l'impression que ses yeux jaillissaient de leurs orbites, un voile noir tomba devant eux, il mit les deux mains en avant, il s'affaissa sur les genoux, puis sur le ventre.

— Adamo!

Elle se précipita sur lui, le retourna. Il était blanc, les yeux clos et creusés. Elle écouta son cœur. Il battait d'une façon irrégulière.

— Adamo!

Elle se mit à lui donner des tapes sur les joues. Son visage frémit, une ombre de couleur revint. A genoux devant lui, ses jambes passées de chaque côté de son corps, elle frappa plus fort des deux mains.

Elle s'arrêta, il desserra les lèvres et il dit d'une voix ténue et pressante :

— Frappe! Frappe!

Elle recommença, et au bout d'un moment, il réussit à ouvrir ses paupières. Tout était brumeux, indistinct. Il regarda Itia, ferma les yeux. Les petits chocs sur son visage continuaient, il dit dans un souffle : « Frappe, frappe. » Les tapes sur ses joues lui semblaient rythmer le retour du sang dans sa tête. Il allait mieux.

Il se dressa sur son coude, le malaise était fini, il se sentait comme assommé. Il dit en anglais à voix basse : « Mehani est mort. » Mais cela ne voulait rien dire. Il ne souffrait pas. Il ne ressentait rien. Son esprit était un blanc total.

Itia s'allongea à côté de lui et lui prit la main. Elle le vit tourner la tête vers elle, ses yeux étaient sans expression.

— Comment? dit-il d'une voix faible.

— Hier soir. Les *Autres* ont surpris les *Peritani* à la tombée de la nuit. Le chef a été tué. Le petit rat et le *Squelette* sont entrés dans la maison. Ils ont tiré toute la nuit. Les *Autres* étaient dans les arbres. Ils tiraient aussi. Au petit matin ils ont cessé. Les *Peritani* ont attendu longtemps, longtemps... Et quand le soleil s'est levé, ils se sont dit : « Bon, ils sont partis. » Alors, le petit rat et le *Squelette* sont sortis de la maison et les *Autres* les ont tués.

— Mehani?

— Il s'est approché trop tôt du petit rat. Le petit rat n'était pas mort. Pas tout à fait mort. Il a tiré.

Purcell baissa la tête. Tué par Smudge! Mais non, il n'y avait pas de dérision, même pas. Mehani est mort, c'est tout.

Quelques secondes s'écoulèrent. Il était tassé sur lui-même, inerte, stupide. Il ne pensait à rien.

Itia dit :

— Je continue?

— Oui, dit-il d'une voix faible, et il ferma les yeux.

Elle reprit sans marquer d'émotion :

— Tetahiti a coupé les têtes. Puis il a envoyé

Raha et Faïna au camp chercher les *poini* qui contenaient les têtes. Il a enfoncé huit javelots autour de la maison des Tahitiens, et sur les javelots il a planté les trophées. Alors les femmes se sont mises à crier et il a dit : « Pourquoi criez-vous? Vous n'êtes pas mes esclaves, mais des femmes de ma tribu. Et ceux-là étaient des étrangers qui nous ont fait tort. » Mais les femmes ont continué à crier, et Omaata a dit : « Tu mets les têtes de nos *tanés* sur des piques : tu nous traites comme des esclaves. » Après cela, les *vahinés* ont parlé toutes à la fois et lui ont fait des reproches. Tetahiti a tout écouté avec patience, puis il a dit : « Ces hommes sont des étrangers qui ont porté les armes contre nous. Ils ont été tués à la guerre et j'ai décoré le tour de ma maison de leurs têtes pour me faire honneur, car j'ai bien combattu. Avec courage et avec ruse. Et je suis vivant. Et eux sont morts. Mais vous, vous êtes mes sœurs. Je ne vous considère pas comme des esclaves. Que celle qui veut entrer dans ma maison y entre. Je la traiterai avec honneur. » Là-dessus, il a regardé les femmes l'une après l'autre. Ce n'était pas un regard pour jouer. Non. C'était autre chose. Il était appuyé sur son fusil, son coutelas à sa ceinture. Un homme grand! Un homme imposant! Les femmes, aussi, l'ont regardé. Alors, Horoa, qui du temps du *Squelette,* et même du temps de Ouili, a toujours un peu joué avec lui, a dit : « Enlève la tête de mon *tané* de cette pique, et je viendrai dans ta maison. » Et Tetahiti a dit, comme à regret : « Non. C'est la coutume. » Il y eut un silence et Taïata, seule, est entrée dans sa maison. Et quand Horoa a vu ça, elle a dit en raillant (et peut-être aussi par dépit) : « Homme! Tu as fait une belle acquisition! » Et toutes les femmes l'ont quitté, sauf Taïata, et bien entendu, Raha et Faïna.

— Et toi? dit Purcell en relevant la tête.

— Je suis partie aussi, dit-elle avec un bref éclair dans le regard. Tetahiti m'a rappelée et il m'a dit : « Itia ma sœur, tu t'en vas? » J'ai dit : « Mehani était mon *tané*. Pas toi. Et je trouve que tu n'agis pas bien. » Il a dit d'un air sombre : « J'agis selon mon droit. Cours après Omaata et ramène-la. » J'ai ramené Omaata, il l'a regardée dans les yeux et il a dit : « Où est Timi? » Elle n'a pas répondu. Alors il a dit : « Où est Adamo? Et pourquoi Ivoa n'était pas avec les femmes? » Et comme elle ne répondait pas non plus, il a dit d'une voix forte : « Adamo est mon prisonnier de guerre et je ne le tuerai pas. Dis-lui de venir me voir dans ma maison. » Omaata n'a rien dit. Elle est partie, et comme je ne savais pas où aller, j'ai suivi Omaata dans sa maison. *Aoué,* toutes les femmes étaient là! Et quand elles ont vu Omaata, elles se sont écriées : « Que faire, Omaata? » Et les unes pleuraient, bien que ce ne soit pas bien de pleurer. Et les autres demandaient : « Où est Timi? Où est Ivoa? » Et d'autres disaient : « Qu'est-ce qu'il va faire d'Adamo? » Et Omaata a dit : « Taisez-vous! Il a dit qu'il ne tuerait pas Adamo. »

Il y eut un silence, et comme Purcell se taisait, Itia dit :

— Eh bien, qu'est-ce que tu vas faire?

Purcell tourna la tête vers elle, et elle remarqua que ses traits avaient repris leur fermeté.

— Itia, dit-il enfin, dis-moi la vérité. Tu ne sais pas où est Ivoa?

— Non.

— Omaata le sait?

— Peut-être.

Il se leva, alla tâter son pantalon, constata avec déplaisir qu'il était encore humide et l'enfila.

— Ecoute, dit-il, on va descendre. J'attendrai au banian. Tu iras chercher Omaata.

Il reprit :

— Mais ne dis pas aux autres femmes où je suis.

— Et à Tetahiti, qu'est-ce que je dis?

— Tu ne dis rien. Tu dis qu'Omaata me cherche. Va, ne m'attends pas.

Il avait presque oublié comme le soleil était chaud et quelle lumière il déversait sur les choses. Il cligna des yeux, il se retenait des deux mains pour descendre l'à-pic après la grotte. Il était en vie, il ne voulait penser à rien d'autre.

Sur sa tête, sur ses épaules, sur ses jambes à travers l'étoffe mouillée, il sentait la chaleur du soleil. Toute l'île s'étendait au-dessous de lui comme une carte en relief, verte et multicolore au milieu du Pacifique bleu sombre. Il recevait dans ses poumons l'air qui avait passé sur la houle, sur les feux de bois du village, sur les fleurs du plateau.

Il n'entra pas sous le banian. Il ôta son pantalon, le suspendit à une racine verticale et s'étendit à plat ventre sur l'herbe. Au bout de quelques minutes, il ruissela de sueur, mais il resta immobile, il lui semblait qu'il n'aurait jamais assez chaud. Il y avait quelques nuages dans le ciel, et dès que le soleil se voilait, il éprouvait une impression pénible comme si la lumière et la chaleur allaient disparaître pour de bon, et laisser l'île dans les ténèbres.

Omaata arriva au bout d'une heure, elle avait pensé à tout, elle lui apportait à manger. Il fit quelques pas au-devant d'elle, la regarda, éprouva un peu de gêne, et lui prit les galettes des mains comme pour la débarrasser. Sans un mot il revint s'asseoir sous le banian, mais cette fois-ci, à l'ombre. Il sentait une brûlure sur les épaules.

— Où est Ivoa?

— Je ne sais pas.

Et comme il la regardait, elle ajouta :

— Homme, où veux-tu qu'elle soit?

— Tu l'as vue hier soir?

— Ce matin. Quand Mehani est tombé, elle s'est précipitée, elle s'est mise à genoux, puis elle s'est relevée et elle est partie.

— Où? Dans quelle direction?

— Ta maison.

Evidemment. Elle était venue chercher son fusil. Mehani était mort. Elle ne s'attardait pas à le pleurer. Elle prenait la brousse pour protéger son *tané* contre Tetahiti.

Il dit au bout d'un moment :

— Est-ce que Tetahiti veut me tuer?

Omaata était allongée à côté de lui. Appuyée sur son coude, elle arrachait des brins d'herbe et un à un elle les portait à sa bouche.

— Il a dit qu'il ne te tuerait pas.

— Ce n'est pas ça que je te demande.

Elle fit entendre un petit grognement. Comment lui expliquer? Tetahiti n'avait pas envie de le tuer, lui, personnellement. C'était plus compliqué.

Comme Omaata continuait à se taire, Purcell reprit :

— Est-ce que je dois me méfier?

— Il faut toujours se méfier.

— Autant que lorsque Timi était vivant?

— Peut-être pas.

Elle ajouta :

— Tetahiti a dit qu'il ne te tuerait pas.

Il cherchait en vain ses yeux.

— Est-ce que Tetahiti est homme à dire une chose et à faire une autre?...

Elle haussa ses vastes épaules :

— Comme tous les chefs.

Il médita cette réponse et dit :

— Otou n'était pas comme ça.

— En temps de paix, non. Mais en temps de guerre, Otou était très rusé.

— La guerre est finie.

— O mon bébé! dit Omaata en relevant la tête et en versant sur lui la lumière de ses larges yeux.

Elle arracha tous les brins d'herbe de sa bouche et les jeta devant elle.

— La guerre avec le *Squelette* est finie. Mais il y a une autre guerre entre Tetahiti et les femmes. Et une autre guerre entre Tetahiti et Adamo...

— Une guerre avec moi! s'écria Adamo, stupéfait.

Elle grogna, s'allongea sur son ventre, et son vaste visage appuyé sur ses mains, elle le regarda de côté avec tendresse :

— Sais-tu ce que Tetahiti fait en ce moment? Il achève le *Pa*...

— Le *Pa* des *Peritani?*

Elle hocha la tête.

— *Maamaa!*

— Non, dit-elle avec gravité. Non... Ce matin il a cassé tous les fusils, sauf le sien. Mais il y a encore deux fusils dans l'île. Le fusil d'Ivoa...

Une pause. Les yeux baissés.

— Et le fusil de Timi.

Il dit aussitôt :

— J'ai jeté le fusil de Timi dans le puits.

Elle soupira, mais ne fit aucune remarque. Il reprit :

— Est-ce que les femmes iraient jusqu'à tuer Tetahiti?

Elle grogna. Plus exactement, elle souffla fort par le nez d'un air mécontent. Toujours ces questions brutales à la *peritani!* Où étaient les bonnes manières d'Adamo? Puis elle le regarda, blond, rose, une large tache rouge sur les épaules, pauvre petit coq, il supportait mal le soleil, il ne comprenait rien, il était comme un bébé au milieu d'eux, à *qui* pouvait-il poser des questions? Elle s'attendrit, avança sa large main et lui caressa le bras. Il tourna la tête, elle vit son regard. Oh, les yeux couleur de ciel, transparents! transparents! O mon petit coq! O Adamo!

— Les femmes sont offensées, dit-elle enfin. Moi-même, je suis très offensée.

— Mais c'est la coutume.

— Non, non! dit-elle avec passion. Après une guerre à l'intérieur d'une tribu, on ne met pas les têtes sur des piques.

Il y eut un silence et Purcell dit :

— Pourquoi agit-il ainsi?

Elle haussa les épaules.

— Il a beaucoup de haine pour les *Peritani*. Il essaye d'être heureux de sa victoire. Ces huit têtes pour lui...

Elle fit un geste et n'acheva pas sa phrase. Purcell avança son menton et ses yeux devinrent froids. Huit têtes. Neuf, avec la sienne. *Tous* les *Peritani* seraient morts. Tetahiti serait vraiment heureux...

Il se leva et se tourna vers elle.

— Allons, dit-il d'une voix forte. Tu vas aller

trouver Tetahiti. Tu lui diras : « Adamo a dit : « Je n'irai pas dans ta maison, car je ne veux pas voir les têtes des *Peritani* sur les piques. » Adamo dit : « Viens sur le marché en plein ventre du soleil : j'y serai. »

Elle le regarda un moment en silence. *Aoué*, comme ses yeux pouvaient changer!

— Je retourne avec toi au village, reprit Purcell. J'attendrai sa réponse dans ma maison.

C'était la veille seulement, presque à la même heure, qu'il avait quitté *East Avenue* pour s'engager avec les femmes dans *Banian Lane!...* Et maintenant, il était là de nouveau, il atteignait déjà le village. A sa droite se dressait la maison de Mason. Si, au lieu de tourner à gauche pour rentrer chez lui, il continuait par *East Avenue*, il passerait devant toutes les habitations du losange... Comme l'emplacement du village avait été bien choisi! Le plan, bien tracé; la symétrie, obéie avec amour; les intervalles entre les maisons, respectés; toutes les règles de la civilisation suivies pas à pas... Quelle merveilleuse réussite! L'organisation, l'effort, la volonté de créer, le goût de prévoir, le souci de durer et de transmettre ses biens à ses enfants, tout était admirable. Quelques mois plus tôt, il n'y avait, en cette même place, qu'un bois sauvage. Et maintenant, ces « routes », ces « avenues », presque rectilignes, chacune avec sa pancarte et son nom; cette place du marché avec sa guérite, sa cloche, son horloge, et les citernes de toile dressées par Mac Leod; ces cottages sans élégance, mais solides; ces jardins, bien cultivés, bien clos. Chacun chez soi. Chacun pour soi. Tous bien séparés. Personne ne demandant rien à personne. Toutes les portes des maisons fermant à clef. Et plus loin, sur le plateau, appartenant à chacun des neuf Britanniques, neuf parcelles de bonne terre qui devaient les nourrir — et qui les avaient tués.

Neuf? Non, pas neuf, huit. Il pouvait, si cela lui chantait, aller prendre possession de la parcelle que Mac Leod lui avait allouée. Il baissa la tête. Sa bouche devint sèche et amère. Le seul Britannique de l'île!... Il sentit la grande main d'Omaata se poser sur son épaule, tandis qu'il marchait à côté d'elle, ralentissant le pas comme il s'approchait de sa maison. La voix profonde roula, étouffée, dans son oreille : « Ne sois pas triste, Adamo. » Il secoua la tête avec irritation. « Je ne suis pas triste. » Tout en marchant, il s'écarta d'elle. Elle retira sa main.

Ils arrivaient devant la maison.

— Je vais, dit Omaata avec dignité.

Elle le quittait sans un regard, la tête droite, le dos plein de froideur. Il secoua la tête avec impatience. Leur susceptibilité, leur damnée étiquette!... Il poussa la porte de sa maison, et le remords l'envahit. Au milieu de la pièce, trônait, solide et monumental, le fauteuil qu'il avait fabriqué de ses mains. Omaata avait pris le temps, avant d'aller au banian, de le rapporter chez lui, afin que le meuble eût l'air de l'attendre quand il reviendrait dans sa cabane et n'y trouverait pas Ivoa.

Il ressortit dans le jardin et poussa jusqu'au buisson d'hibiscus. Il appela Ivoa à voix haute plusieurs fois. Il était presque sûr qu'elle guettait ses mouvements. Il savait qu'elle ne sortirait pas de la brousse à son appel et il voulait lui faire savoir qu'il s'inquiétait d'elle.

Toujours avec l'impression que les yeux d'Ivoa se cachaient sous chaque feuille, il gagna l'appentis, se lava des pieds à la tête et se rasa avec soin. Il repassa dans la maison, ouvrit toutes grandes les portes coulissantes, puis, comme il sentait la nervosité le gagner, il s'étendit sur le lit, les yeux tournés du côté du jour. Le soleil était haut et Omaata ne paraissait pas.

Au bout d'un moment, les femmes arrivèrent. Elles ne parlaient pas, et leurs pieds nus ne faisaient aucun bruit sur les pierres du sentier. Cependant, avant même qu'elles eussent franchi le seuil, Purcell avait reconnu le frottement caractéristique des lanières d'écorce de leurs jupes. Elles entrèrent, les yeux graves, se penchèrent l'une après l'autre sur lui, frottèrent leurs joues contre la sienne, toujours sans mot dire. Quand ce fut fini, elles se regardèrent. Il y eut alors une sorte de ballet glissé et rapide, comme si tous leurs mouvements avaient été réglés d'avance par des préséances bien définies. Itia, Avapouhi et Itihota s'assirent sur le lit, la première à la droite de Purcell, la seconde à sa gauche, la troisième à ses pieds. Horoa et Toumata, négligeant les sièges ou n'osant s'en servir, s'assirent sur le plancher. Quant à Vaa, après avoir embrassé Purcell (ce qu'elle n'avait plus fait depuis qu'elle était devenue la *vahiné* du grand chef) elle se retira, et se tint debout près de la porte, comme une visiteuse pressée qui a l'intention de partir d'un moment à l'autre. Tout étonna Purcell dans ces dispositions. La distance de Vaa, la réserve des deux *vahinés* assises sur le sol, et l'air de tranquille familiarité des trois femmes qui avaient pris place sur son lit. Qu'une de ces trois femmes fût Itihota, la veuve de White, avec qui il n'avait eu que peu de rapports jusque-là, était encore plus surprenant.

Un quart d'heure se passa sans qu'aucune parole fût prononcée. Puis Omaata arriva, embrassa la scène d'un coup d'œil approbateur, et non sans un certain air de pompe et de possession, vint s'asseoir à son tour sur le lit, aux pieds de Purcell et en face d'Itihota.

— Eh bien? dit Purcell en se dressant.

— Tetahiti t'attend.

— Maintenant?

Elle fit « oui » de la tête.

— Où?

— Devant la porte du *Pa*.

Purcell la regarda.

— C'est lui qui a dit « devant la porte du *Pa* »?

— C'est lui. Il n'a pas voulu venir au marché.

— Pourquoi as-tu mis si longtemps?

Elle se tut d'un air hautain, les yeux baissés, le visage immobile. « Bien, pensa Purcell, ma question était déplacée. Et en outre, tout à fait inutile. Il est clair qu'elle a pris le temps de mettre Ivoa au courant. »

Il se leva et dit d'une voix calme :

— Viens.

Quand il fut dans *West Avenue,* il lui prit le bras et marcha d'un pas rapide afin de distancer les femmes.

— Ecoute-moi, dit-il à voix basse et en insistant sur les mots. *Rien* ne doit être tenté contre Tetahiti. *Rien*.

— Et s'il te retient prisonnier?

— Rien.

Elle dit d'un ton dur :

— Et s'il te tue?

Il leva les yeux. Son visage était fermé. Elle lui en voulait encore. Il frotta sa joue contre son bras.

— Je te prie, ne sois pas fâchée...

Il y eut un silence et elle dit tout d'un coup d'une voix changée :

— O mon petit coq, j'ai peur sans arrêt pour toi.

Il lui serra le bras davantage.

— Rappelle-toi : rien ne doit arriver à Tetahiti.

Elle hocha la tête et dit à voix basse :

— Moi non plus, je ne veux pas... Cependant, j'ai si peur pour toi. Quelquefois, je voudrais le tuer et que cette peur soit finie.

— Non, non, dit-il avec force, il ne faut même pas y penser!

Il ajouta :

— Lui aussi, il a peur.

Elle inclina la tête.

— C'est vrai. Il est très brave, mais il a peur. Depuis ce matin, il n'a pas quitté ses armes pour travailler.

Elle reprit :

— Il travaille comme un fou avec ses femmes. Le *Pa* sera peut-être fini ce soir.

Quand ils atteignirent la pointe du losange, Purcell s'arrêta et dit sans lever les yeux :

— Rejoins les femmes.

Il s'attendait à ce qu'elle lui résistât, mais elle obéit aussitôt. Il reprit sa marche, les femmes le suivant à une vingtaine de mètres, et s'engagea dans *Cliff Lane*.

Les arbres s'éclaircissaient au fur et à mesure que Purcell se rapprochait de la maison des Tahitiens, le soleil était plus chaud, la sueur ruissela sur son front. Il s'essuya les yeux du dos de la main, et quand ils furent clairs de nouveau, il aperçut le *Pa*.

Il se dressait au détour du sentier, à une quarantaine de mètres devant lui. A vrai dire, ce n'était qu'une palissade grossière, haute de trois mètres environ et faite de longs pieux mal équarris fichés en terre et liés au sommet. Mais dans la mesure où cet obstacle exigeait, pour le franchir, l'usage des jambes et des deux mains, l'assaillant se trouvait exposé et désarmé, tout le temps que durait cet exercice. En outre, s'il était, à la rigueur, possible de mettre le feu au *Pa,* construit, cependant, tout entier en bois vert, il n'était pas possible d'envoyer une torche par-dessus le *Pa* pour incendier la cabane. La distance était beaucoup trop grande. Le *Pa* mettait donc très réellement à l'abri de ce genre de surprises. Et pour peu qu'on allumât quelques feux dans l'enceinte, il était facile de déjouer par les meurtrières de la cabane les incursions nocturnes.

Purcell n'était plus qu'à une vingtaine de mètres du *Pa,* quand la voix de Tetahiti s'éleva.

— Arrête!

Purcell obéit.

— Dis aux femmes de s'arrêter.

Purcell se retourna et, levant les deux mains en l'air, la paume tournée de leur côté, leur cria l'ordre de Tetahiti. De violents murmures coururent dans leurs rangs, mais elles obéirent.

Purcell fit de nouveau face au *Pa.* Il ne distinguait rien. Pas un visage. Pas une silhouette. Les intervalles entre les pieux avaient été remplis par des branches de buisson épineux.

— Viens, dit la voix de Tetahiti.

Purcell se redressa et se mit en marche. Vingt mètres. Vingt mètres à peine. Il se tenait très droit et avançait d'un pas raide, mais à l'intérieur de son corps rigide, il se sentait mou et sans force. « Est-ce que j'entendrai seulement la détonation? » se demanda-t-il avec angoisse. Il étouffait. Il s'aperçut qu'il avait bloqué sa respiration, inspira l'air avec force et leva haut la tête. Il sentit la tension des muscles de son cou, et pensa avec dérision : la neuvième tête, je lui apporte la neuvième tête...

Le *Pa* se rapprochait si vite qu'il comprit qu'il accélérait sa marche. Il essaya de ralentir et à l'effort que cela lui coûta, il comprit sa panique. Il ne marchait pas vers le *Pa*. Il se jetait sur lui.

Il s'arrêta à deux mètres de la palissade. Dès qu'il fut immobile, ses jambes se mirent à trembler. Il s'écoula un temps qui lui parut très long et tout d'un coup le *Pa* bougea. Plus exactement, une partie du *Pa* recula et pivota, découvrant un passage entre deux pieux. Il y avait quelque chose de presque menaçant dans le silence et la soudaineté de cette ouverture.

— Entre, dit la voix de Tetahiti.

— J'ai dit que je ne voulais pas voir les têtes, dit Purcell.

— Tu ne les verras pas.

Qu'est-ce que cela voulait dire? Qu'il n'aurait pas le temps de les voir? Il y eut un silence et comme s'il avait compris ce qui se passait en lui, Tetahiti reprit :

— Tu peux entrer. Il ne t'arrivera rien.

Promesse ou piège? Purcell fit un effort pour contrôler sa voix et dit :

— Sors, toi.

— Non.

— Je ne suis pas armé, dit Purcell en levant ses deux mains en l'air.

Il ne distinguait rien à travers les pieux et les broussailles, mais il savait que Tetahiti ne perdait pas un seul de ses gestes.

— Non. Je ne veux pas sortir.

C'était clair. Il craignait d'essuyer une balle d'Ivoa.

— Après la porte, il y a une autre porte, reprit Tetahiti. Tu ne verras pas les têtes.

Un vestibule. Un sas plutôt. Pour isoler les visiteurs ou piéger les assaillants. Le portail pivotant étant le point faible du *Pa,* Tetahiti avait construit derrière lui un deuxième élément.

— Restons où nous sommes, dit Purcell. Nous pouvons parler ici.

Il y eut un silence. Puis l'ouverture entre les deux pieux se referma. Mais le mouvement, cette fois, se fit avec fracas. Purcell respira. Tué peut-être. La suite le dirait. Mais une chose était sûre : il ne serait pas prisonnier.

Tetahiti reprit d'un ton sévère :

— Où est Ivoa?

— Dans la brousse.

— Elle a un fusil?

Il y eut un temps et Purcell dit :

— Pourquoi me le demandes-tu? Tu le sais.

— Qu'est-ce qu'elle fait avec un fusil dans la brousse?

— Ça aussi, tu le sais.

Puis il pensa que sa réponse pouvait passer pour ambiguë et il ajouta :

— Elle a peur que tu me tues.

Après cela, il attendit une protestation, mais rien ne vint. Il était étonné, et presque désarçonné, par le tour abrupt, si peu tahitien, de ces questions.

— Où est Timi? dit Tetahiti du même ton bref, impérieux.

— Je ne sais pas.

C'était vrai d'ailleurs. Littéralement vrai. Et, chose à peine croyable, cela lui fit plaisir de n'avoir menti qu'à moitié.

— Où est son fusil?

Purcell hésita et se sentit furieux de son hésitation.

— Je ne l'ai pas.

Réponse stupide. Bien faite pour entretenir les soupçons.

— Qui l'a? dit Tetahiti aussitôt.

Purcell hésita encore une fois et dit :

— Personne.

Il se reprit :

— Personne, je crois.

Cela aussi, c'était stupide. Et la restriction, pire que tout.

— Est-ce qu'une femme l'a? dit Tetahiti.

Purcell haussa les épaules sans répondre. Ce ton rogue, ces questions brutales, directes. On était loin du cérémonial et de l'éloquence du *Manou-faïté*. Et tout d'un coup, Purcell comprit. Ce n'était pas un entretien d'égal à égal. C'était l'interrogatoire d'un prisonnier de guerre.

Tetahiti dit au même instant :

— Tu es mon prisonnier de guerre et j'ai le droit de te tuer. Mais je ne te tuerai pas. Prends une des trois pirogues *peritani,* et pars sur la mer avec ta femme.

Purcell fut un moment avant de répondre. Il ne trouvait plus sa voix.

— Homme, j'ai parlé, dit Tetahiti.

— Tetahiti, dit enfin Purcell, je n'ai pas porté les armes contre toi. Et cependant, tu dis : « Tu es mon prisonnier de guerre. » Tu dis aussi : « Je ne te tuerai pas. » Et cependant, tu m'envoies me noyer sur mer avec ma femme, la fille du grand chef Otou.

Ce fut au tour de Tetahiti de rester silencieux. Les raisons de Purcell l'avaient laissé indifférent, mais non pas l'allusion à la parenté d'Ivoa. Otou et son propre père étaient frères, Ivoa était sa cousine, et les paroles de Purcell déposaient la mort de sa parente sur son seuil.

— Les *Peritani* sont mauvais, dit-il enfin avec une violence contenue. Tu dois partir! Mais si ma sœur Ivoa veut rester, elle peut rester.

La mauvaise foi de cette phrase était manifeste, Tetahiti ne pouvant avoir le moindre doute sur la décision d'Ivoa. Purcell se sentit découragé. Cette haine, cette mauvaise foi... L'entente n'était pas possible.

— Ecoute, dit-il, je n'ai pas porté d'armes contre toi. Je suis venu à ton camp avec le *Manou-faïté*. C'est contre mon gré que ma femme a pris la brousse. Pourquoi me traites-tu ainsi?

— Tu es un homme habile, dit Tetahiti avec dédain. C'est pourquoi tu es encore en vie. Cependant, il faut que tu partes. Je ne veux pas de *Peritani* dans l'île.

Il y eut un silence et Purcell dit :

— Qu'est-ce qui arriverait si je refusais de partir?

— Je te tuerais, dit Tetahiti sans l'ombre d'une hésitation.

— Maintenant?

— Maintenant.

Purcell scruta les broussailles devant lui, mais il ne vit rien, ni l'éclair d'un regard, ni le canon d'un fusil.

— Si tu me tues, les femmes voudront me venger.

Tetahiti fit entendre un petit grognement qui pouvait passer pour du mépris, mais n'articula pas un seul mot. De toute évidence, il prenait grand soin de ne pas défier les femmes par des paroles que le

Peritani aurait pu répéter. « Il les ménage, pensa Purcell. Sans cela, il m'aurait déjà abattu. »

Purcell restait silencieux. Toute peur avait disparu en lui et son esprit était froid et lucide. Depuis quelques secondes, il était très tenté de dire : « L'île est autant à moi qu'à toi. Je ne suis le prisonnier de personne. Et je ne m'en irai pas. » Cette attitude avait le mérite de la netteté, et cependant, au dernier moment il balançait à la prendre. Face à un Mac Leod, il n'eût pas hésité. Mais Mac Leod pesait sa conduite d'un bout à l'autre. On pouvait donc prévoir ses actes. Purcell n'était pas aussi sûr des réactions de Tetahiti. Les Tahitiens étaient capables de conduites calculées. Mais ils n'allaient pas toujours au bout de leur calcul. En chemin, ils trouvaient tout d'un coup des raisons plus profondes de s'écarter de la raison. Dans l'affaire des têtes, par exemple, Tetahiti, malgré sa réputation, n'avait pas agi en homme prudent. Avec le désir le plus vif de ménager les femmes, il les avait dressées contre lui.

« Si je le brave, pensa tout d'un coup Purcell, il peut très bien accepter la perspective d'un conflit ouvert avec les femmes rien que par point d'honneur — ou pour le plaisir d'avoir ma tête au bout d'une pique. »

— C'est bien, dit Purcell d'une voix ferme et en détachant tous les mots. Je m'en irai. Mais il faut que tu me donnes du temps.

— Pourquoi du temps?

— Ma femme est enceinte. Elle ne peut pas accoucher en mer sur une pirogue. Et avant de partir, il faut que je change la pirogue.

— Que veux-tu faire à la pirogue?

— Un toit.

— Pourquoi un toit?

— Pour protéger ma femme et mon enfant du vent.

— Combien de temps cela prendra?

— Deux lunes.

Tetahiti observait le visage de son ennemi par la fente d'un pieu et ne savait que penser. Il était soulagé qu'Adamo eût accepté de partir. Sans cela, il aurait été obligé de le tuer, et alors, que l'*Eatua* le protège! Les femmes se seraient battues contre lui comme des démons! Mais a-t-on jamais eu l'idée *maamaa* de mettre un toit à une pirogue? C'était une ruse! Une façon de gagner du temps. D'un autre côté, jamais les femmes ne laisseraient partir Ivoa avant qu'elle eût accouché.

— Je te donne le temps que tu demandes, dit-il d'un ton bref. Mais dis à ta femme de revenir chez toi.

— Je le ferai, dit Purcell au bout d'un moment.

Il attendit encore quelques secondes, mais comme Tetahiti continuait à se faire, il pivota sur ses talons.

Dès qu'il eut rejoint les femmes, il dit d'une voix basse et rapide : « Je vous dirai tout chez moi », et poursuivit sa route, les *vahinés* dans son sillage. Il ne se souciait pas d'avoir une scène dramatique sous les murs du *Pa,* à portée d'oreille de Tetahiti.

Il marchait d'un pas vif. Il était étonné de se sentir soulagé, presque joyeux. Et pourtant, affronter l'océan dans une chaloupe de 80 cm de creux!... Mais il agirait, il aurait sa chance. Depuis que la guerre était déclarée, il n'avait cessé d'être traqué comme une bête. Sur mer, il serait seul contre des vents terrifiants, mais il serait du moins à l'abri des hommes.

Il éprouva un sentiment de confort et de sécurité à se retrouver assis dans sa cabane, les deux mains sur le bras de son fauteuil, les portes coulissantes grandes ouvertes au soleil. L'explosion pathétique qu'il avait prévue ne se produisit pas, peut-être parce que deux mois paraissaient aux Tahitiennes une échéance trop lointaine pour gémir si longtemps à l'avance; peut-être aussi en vertu d'une espèce d'apathie qui se faisait jour dans leur attitude. Leurs physionomies ne trahissaient pas de tristesse, mais une sorte de raideur et d'immobilité. Elles parlaient peu et sans animation. Cependant, si elles avaient pleuré le matin, leurs larmes étaient maintenant taries.

L'ancienne gaieté affleura à peine quand Itia fit observer avec sérieux que Tetahiti avait trente ans, qu'il était vieux, par conséquent, et qu'il pouvait mourir avant le départ d'Adamo.

Un autre incident survint, qui amena quelque détente. Les *vahinés* se posaient surtout deux questions : Tetahiti aurait-il tué Adamo, si Adamo avait refusé de partir? Et Adamo avait-il eu raison d'accepter de s'en aller? La discussion touchait à sa fin quand Horoa se mit tout d'un coup à hennir et prit Vaa à partie avec véhémence en lui faisant remarquer qu'ayant répondu « Oui » à la première question, il était stupide de sa part de répondre « Non » à la seconde. En effet, si Adamo était sûr d'être tué en n'acceptant pas de partir, quel intérêt avait-il à dire « Non »? Cette observation resta sans effet : Vaa refusa d'établir un lien entre les deux problèmes. Horoa, indignée, la saisit alors aux épaules et, l'œil en feu, le naseau palpitant, la secoua avec tant de violence qu'Omaata se mit à crier : « *Aoué!* Vaa est enceinte! » Là-dessus, Vaa, prise de pitié sur elle-même, se mit à pleurer, Horoa lui demanda pardon, et la prenant dans ses bras, se mit à la cajoler.

Après cela, le silence retomba, plus morne et plus pesant que jamais. Omaata se leva et déclara qu'il fallait s'occuper des choses urgentes, notamment de la corvée d'eau et de la pêche.

Il y eut un moment difficile à passer quand on se compta pour la corvée d'eau. Huit mois auparavant, vingt-sept passagers avaient débarqué de la grande pirogue. Au cours des trois dernières journées, quatorze étaient morts de mort violente : huit *Peritani,* cinq Tahitiens et une Tahitienne. Il ne restait donc plus que treize personnes dans l'île : un *Peritani,* un Tahitien et onze *vahinés.*

On décida qu'on ne demanderait pas à Vaa et Ivoa de prendre part à la corvée d'eau. Non plus qu'à Tetahiti qui ne consentirait pas à sortir du *Pa;* ni de l'avis unanime, à Adamo, car c'eût été l'abaisser par rapport à Tetahiti. La corvée d'eau retombait donc sur une unique équipe de huit femmes à qui elle incomberait un jour sur deux. Bien que cette perspective n'eût rien de réjouissant, elle fut acceptée avec une remarquable égalité d'âme et sans qu'aucune plainte fût formulée.

Pour la pêche, Tetahiti n'étant pas davantage utilisable, il fut décidé, pour les mêmes raisons de prestige, de ne pas en confier le soin à Adamo, mais à Horoa, à qui Mac Leod avait appris à pêcher à la manière *peritani,* et qui enseignerait cette méthode, à tour de rôle, aux compagnes qu'elle choisirait.

L'habitation donna lieu à plus de tâtonnements, mais qui furent si discrets que Purcell eut besoin de toute son attention pour les suivre. Omaata posa la question avec netteté : est-ce qu'on allait continuer à vivre, seule, chacune dans sa maison, ou est-ce qu'on allait s'associer par deux, ou même par trois? Après cela, on se regarda, aucune des femmes ne paraissant disposée à se prononcer sur l'aspect théorique du problème. Itia prit enfin la parole et dit que pour elle, elle n'avait pas de maison, et qu'elle pourrait, soit occuper la maison de la pauvre Amoureïa, soit, si on le désirait, tenir compagnie à quelqu'un. Ceci fut dit sans regarder personne et avec une modestie qui montrait combien ses manières s'étaient améliorées. Là-dessus il y eut un silence assez long et une consultation active de regards et de mouvements de tête dont le code échappa tout à fait à Purcell. Puis Omaata dit que si Itia n'avait pas peur d'être écrasée quand elle se retournerait dans son lit, elle serait heureuse de le partager avec elle. Là-dessus, Horoa, toujours contrite, dit qu'elle aimerait prendre soin de Vaa, soit chez elle, soit chez Vaa. « Chez moi », dit aussitôt Vaa, sur un ton qui suggérait que la maison d'Horoa, malgré ses placards, était bien inférieure à la sienne. Il y eut de nouveau une petite pause, une nouvelle circulation de regards et Avapouhi dit que « naturellement », elle aimerait recevoir chez elle Itihota. Ce « naturellement » eut l'air d'être compris de tout le monde, sauf de Purcell. Il y eut alors un mouvement de gêne, parce qu'on s'aperçut que Toumata était en surnombre. Pour des raisons que Purcell ne put pénétrer, il sembla que ni Omaata, ni Avapouhi ne pouvaient recevoir une tierce personne. Et il fallut un certain temps avant qu'Horoa, occupée à prendre soin de Vaa, s'aperçût que c'était à elle à inviter Toumata. Ce qu'elle fit avec bonne grâce. Mais tout faillit se gâter quand Vaa protesta en disant que sa maison était trop petite pour trois. Horoa fut si indignée de cette remarque qu'elle lâcha la taille de Vaa, et l'empoigna de nouveau aux épaules dans l'intention évidente de la secouer. Omaata s'interposa. En deux phrases, elle installa Toumata chez Horoa, Vaa venant coucher la nuit, mais restant chez elle dans la journée.

Il fut décidé aussi qu'on reviendrait à la cuisine collective et qu'on rouvrirait le four communal du marché. Purcell se demanda si les femmes allaient étendre ce ravitaillement à Tetahiti, mais il n'eut pas le temps d'aller au bout de sa pensée. La question reçut une solution implicite. On désigna Itihota pour aller porter leur part à « Ceux du *Pa* » (c'est ainsi qu'on les désigna avec tact). Purcell admira cette disposition. Elle n'était pas seulement généreuse. Elle était habile, et pouvait passer à la fois pour une avance et un sondage.

Purcell n'intervint à aucun moment et il n'eut pas l'impression que son intervention était attendue. Il était manifeste que le matriarcat s'installait dans l'île et que les femmes prenaient en main, sans bruit et sans prétention, le gouvernement de la cité. Tout avait été organisé d'une façon rapide et raisonnable, en peu de mots et avec le minimum de heurts.

Omaata donna le signal du départ. Quand toutes les femmes furent sorties, Purcell la retint sur le seuil. Les *vahinés* poursuivirent leur route sans se retourner.

— Omaata, dit-il en baissant la voix. Je voudrais voir Ivoa.

Elle regarda le sous-bois devant elle et ne répondit rien.

— Tu m'entends? répéta Purcell avec une ombre d'impatience.

— Je t'entends, dit-elle en posant sur lui ses larges yeux.

Pendant toute l'assemblée elle avait montré une physionomie animée. Mais maintenant quelque chose en elle avait l'air de retomber et son regard était triste.

— Eh bien?

— Homme, je sais ce que tu veux demander à Ivoa. Elle n'acceptera pas.

— Dis-lui que je veux la voir.

— Elle ne voudra pas.

— Elle ne voudra pas? répéta Purcell d'un air mi-blessé, mi-incrédule.

— Non, dit Omaata, impassible. Pourquoi te voir? Pour te refuser ce que tu demandes?

— Ce que je demande est raisonnable.

— Non, dit Omaata en secouant la tête, ses yeux tristes fixés loin devant elle comme s'ils pouvaient traverser le sous-bois et pénétrer jusqu'au cœur de Tetahiti.

Elle reprit :

— Non. Pas pour l'instant. Peut-être plus tard.

— C'est à moi de juger quand c'est raisonnable, dit Purcell avec raideur.

Omaata pencha la tête vers lui et lui sourit.

— O mon petit coq, qui connaît mieux les Tahitiens, toi ou nous?

— J'ai fait une promesse à Tetahiti, dit Purcell au bout d'un moment.

— *Aoué,* dit Omaata en haussant ses vastes épaules, il saura que c'est Ivoa qui n'a pas voulu venir.

— Comment le saura-t-il?

— Je le dirai devant les femmes.

Purcell leva les yeux, stupéfait.

— Omaata, tu penses qu'une des femmes... Mais ce n'est pas possible! Il ne sort jamais du *Pa.*

Omaata eut un demi-sourire.

— Il n'aura pas à sortir.

— Itihota?...

— Non, non. Itihota lui portera à manger. C'est tout. *Aoué,* elle est plus silencieuse qu'un thon! C'est pourquoi je l'ai choisie.

Purcell resta un instant sans rien dire, et tout d'un coup, il pensa : « Le sas. Pas seulement une défense. Une antichambre. La visiteuse pourra voir Tetahiti sans voir les têtes. L'honneur sera sauf... »

Il posa la main sur l'énorme avant-bras d'Omaata.

— C'est pour cela que tu as proposé que les femmes couchent à deux par maison?

— Et même à trois, dit Omaata.

C'était clair. Elle visait le trio d'*East Avenue :* Toumata, Horoa, Vaa. Plus exactement, Horoa. Horoa, qui « du temps du *Squelette,* et même du temps de Ouili... » On pouvait se fier à Itia : elle était bien documentée. Il dit tout haut :

— Horoa?

— Je vais t'envoyer Itia, mon bébé, dit Omaata. C'est Itia qui t'apporte ton manger aujourd'hui.

Elle lui tourna le dos et s'en fut. Qu'elle n'eût pas répondu à sa dernière question n'étonnait pas Purcell, mais bien qu'elle en eût tant dit d'abord. Peut-être fallait-il voir là une mise en garde. Une façon de lui faire comprendre que toutes les femmes n'étaient pas sûres...

Après le repas, Purcell fit une courte sieste. Il s'aperçut en se réveillant qu'Itia avait disparu. Il chargea quelques planches sur son épaule, prit ses outils et se dirigea vers la baie du *Blossom*. Il n'avait pas fait quinze mètres dans *East Avenue* qu'il fut rejoint par Omaata, Itihota et Avapouhi. « Elles devaient me guetter, pensa-t-il aussitôt. Ma maison est bien gardée. » Les *vahinés* le débarrassèrent des planches et l'auraient même soulagé de ses outils s'il y avait consenti. *Cliff Lane* longeait le *Pa* sur une vingtaine de mètres et Purcell remarqua que tout le temps qu'on fut dans son voisinage, les femmes marchèrent entre la palissade et lui.

Il y avait au pied de la falaise un élément de grotte, très haut et très large, mais assez peu profond, qui servait d'abri aux trois chaloupes du *Blossom*. Elles y étaient soustraites à l'action du soleil et en même temps protégées du suroît, le seul vent violent qui soufflât sur l'île. Devant la falaise s'étendait, à cet endroit, un éboulis de rocs que le sable, peu à peu avait recouverts, de sorte que le ressac, même par marée de vive eau, n'arrivait pas à lécher la base de la grotte. Par précaution, on avait cependant arrimé les chaloupes par un jeu de filins et de grappins. Elles avaient été grattées et repeintes au printemps (le *Blossom* ayant emporté dans ses flancs, pour son long voyage, assez de peinture pour faire toilette de la quille au mât) et recouvertes avec soin de leurs tauds. Fichés à deux mètres du sol dans la paroi rocheuse, des supports avaient reçu les mâts et les espars.

Purcell défit les tauds et inspecta les chaloupes avec minutie, enfonçant de temps en temps la lame de son petit canif dans les coques. Il ne trouva aucune partie molle. Les trois embarcations étaient saines. Deux d'entre elles présentaient cependant quelques trous de tarets. Une seule en était exempte, et au lieu d'être bordée à mi-bois comme les deux autres, elle était bordée à clins. Ce fut celle-là que choisit Purcell.

Avec l'aide d'Omaata et d'Avapouhi, il dressa le mât, installa la bôme, et mesura la distance entre la bôme et le plancher. Il trouva une hauteur de 1 m 35 et décida de fixer son roof à 1 m 20, ce qui laissait une marge de 15 cm au mouvement de la bôme d'un bord à l'autre. Le creux de la chaloupe étant de 0 m 85 au niveau du mât, la surélévation du franc-bord que donnerait le roof serait de 40 cm : ce qui était modeste, et n'enlèverait pas de stabilité à l'embarcation. A l'intérieur de la cabine, la hauteur sous barrots n'atteindrait pas 1 m 20, ce qui était peu, mais permettrait au moins d'être à l'aise, une fois assis.

La longueur hors tout de la chaloupe étant de 7 mètres, il décida de fixer à 5 m 80 la longueur du roof, le cockpit devant se contenter de 1 m 20. A vrai dire, il n'aimait pas l'idée d'un cockpit, point faible à son avis, entrée d'eau pour les lames, danger certain par gros temps. Il aurait aimé ponter la chaloupe de bout en bout, l'accès de la cabine étant commandé par un trou d'homme. Il y renonça, cependant, car sur une embarcation si petite et d'aussi faible hauteur sur l'eau, la position du barreur, sans cesse balayé par les embruns, n'aurait guère été enviable.

Il eut d'abord le projet de construire un roof classique avec passavant de chaque côté pour gagner la proue. Mais après réflexion, il se décida pour un avant à teugue. Le pont serait d'une seule venue, ce qui simplifiait la construction, assurait plus de rigidité, et donnait plus de place, dessous, à la cabine. Ce point résolu, il se préoccupa de la double courbure du pont : d'avant en arrière, elle devait être concave; de bâbord à tribord, convexe. A vue de nez, la tonture longitudinale ne posait pas de problème. En prolongeant chaque membrure d'un montant qui dépassât la lisse de 40 cm et en reliant l'extrémité des montants de la proue au cockpit, on devait obtenir un profil satisfaisant. La tonture transversale était plus délicate : elle devait être donnée de toute évidence par les barrots qui recevraient les bordés du pont, et dont la courbure était à trouver et à tracer. Purcell se rappelait que cette courbure s'appelait le *bouge,* et qu'il avait vraisemblablement appris à la calculer, mais ses souvenirs s'arrêtaient là. Il eut une pensée de regret pour Mac Leod, qui le surprit lui-même. Il la chassa, prit note de fouiller dans la bibliothèque du bord et remit la solution à plus tard.

Il avait apporté avec lui de quoi écrire et commença à relever les cotes en vue d'établir un croquis. Quand il eut fini, il s'aperçut qu'il n'avait plus rien à faire sur la plage, et qu'il était tout à fait inutile d'y avoir apporté ses outils. Sa première tâche consistait à établir un plan du roof, à calculer le *bouge* des barrots, et à les tracer à la craie sur le plancher de sa cabane.

Il sortit sur la plage, chercha les femmes du regard. Il fut un moment sans les voir, puis les rondes et puissantes épaules d'Omaata émergèrent de l'énorme volute d'écume d'une lame. Deux têtes brunes, semblables, à côté de la sienne, à des têtes d'enfants, apparurent. Un bras sortit de l'eau, s'agita et trois voix scandèrent en chœur en crescendo : « *A-da-mo! A-da-mo! A-da-mo!* » L'écho de cet appel se répercuta de roche en roche d'un bout à l'autre du cirque.

Purcell resta immobile. Il espérait que les femmes

recommenceraient à chanter son nom. Devant lui, l'ombre de la falaise s'allongeait, semblait-il, à vue d'œil. Et Purcell eut l'impression qu'il pouvait presque sentir la terre tourner sur elle-même dans l'espace, emportant les hommes et leurs crimes sur sa croûte de boue. « A-da-mo! A-da-mo! » L'étrange modulation lui fit passer des frissons le long des reins. Tous ses nerfs vibraient. C'était d'une beauté à faire mal. Leurs longs cheveux noirs répandus sur leurs épaules, les *vahinés* agitaient leurs bras comme des palmes. Elles étaient en pleine lumière, et lui dans l'ombre, comme s'il était dans un autre hémisphère que le leur, emporté loin d'elles, de l'autre côté du monde.

Il se déshabilla et se mit à courir vers elles sur le sable rouge. La pente était forte, il la dévalait à une vitesse folle, il dépassa la ligne d'ombre de la falaise, la plage devint ocre, la mer était azur et diamant, il eut à peine la sensation du froid quand il plongea. Le ressac l'aspira droit dans l'air à une hauteur inouïe, le roula dans un maelström de mousse et d'eau bleu sombre, et d'une seule poussée gigantesque, le rendit à la terre.

Un peu plus tard il était allongé seul sur la plage, les femmes étaient encore dans l'eau. Horoa, Vaa et Toumata les avaient rejointes. Malgré l'heure tardive, Purcell sentit le soleil sur la brûlure de ses épaules. Il se retourna sur le dos, ferma les yeux et plaça ses mains sur le bord de son front pour ombrager ses paupières. Il serra les lèvres. Oh, il ne voulait pas penser! Un moment passa. Il ne voyait que le rouge à l'intérieur de ses yeux et les cercles qui s'y propageaient.

Il y eut un éclat de voix assez fort. Purcell tressaillit, retira les mains de son front, ouvrit les yeux. Il n'y eut d'abord qu'une angoisse vague, un poids sur sa poitrine, sa gorge qui se nouait. Puis tout d'un coup, la vérité lui perça le ventre comme un couteau : Mehani était mort. Purcell regarda autour de lui. Rien n'était changé. Le soleil était là. La mer. Le sable. La voix des femmes. L'ombre de la falaise. La terre tournait, tournait. La terre! A quoi servait la terre? Il était rejeté sur le sable comme une coquille. Oui, c'était bien cela, comme une coquille, il n'y avait pas d'autre mot, il était vide, vide... Purcell se retourna, enfonça ses doigts dans le sable, pantelant. L'absence était affreuse, il n'arrivait pas à pleurer.

Au bout d'un moment, il se leva et se plongea dans l'eau. De nouveau, le ressac le roula, mais le bleu de la vague lui parut plus sombre, plus effrayant. Il se sentit soulagé quand le flot qui l'aspirait vers le large se fit capeler par la vague arrivante. Dès qu'il sentit le sable sous ses pieds, il se mit à courir pour échapper à la lame de retour. Il s'arrêta, essoufflé, les femmes étaient devant lui, assises en rond sur le sable, peignant leurs longs cheveux mouillés. Et, accourant vers lui, du pied de la falaise, il aperçut Itia, toute petite sur la plage immense, la grande paroi rocheuse dressée derrière elle à une hauteur prodigieuse. Au moment de l'atteindre elle fit un brusque crochet, entra dans le soleil, courut encore quelques mètres, et se jeta dans les bras d'Omaata. Elle y resta un moment, reprenant son souffle, puis se penchant, elle lui parla à l'oreille.

— Adamo, dit Omaata à voix haute, Ivoa ne viendra pas.

Les femmes cessèrent de se peigner, et tous les regards convergèrent vers Purcell. Il se taisait. Son regard allait d'Itia à Omaata.

— Tu l'as vue? dit-il enfin en s'adressant à Itia.

Itia fit oui de la tête.

— Je l'ai vue et je lui ai parlé. Elle ne viendra pas. Elle ne veut pas rendre le fusil.

Purcell baissa les yeux et resta silencieux. Il n'y avait rien de nouveau, sinon qu'Omaata et Itia s'étaient arrangées pour dire devant les autres femmes qu'Ivoa ne voulait ni sortir de la brousse ni remettre son arme à Tetahiti.

— J'ai autre chose à dire, dit Itia, mais d'abord, je vais me baigner.

Elle se leva et se jeta en plein ressac. Elle disparut dans un monstrueux tourbillon d'écume dont ses jambes émergèrent une brève seconde, juste assez pour montrer la teinte plus claire de ses plantes de pied. Les femmes recommencèrent à se peigner avec ces gestes lents et compétents qui, d'ordinaire, faisaient plaisir à Purcell. Il s'assit. La ligne noire projetée par la falaise gagnait. Elle n'était plus qu'à quelques mètres des *vahinés,* et comme le flux montait, lui aussi, leur petit groupe avait l'air d'être réfugié sur une minuscule île de sable qui allait être, d'un moment à l'autre, submergée par le flot et par l'ombre. « Je suis obsédé, pensa Purcell, je mets de la peur partout. » Il regarda les femmes. Elles ne se perdaient pas, elles, en vaines imaginations. Elles étaient si sûres d'elles-mêmes, elles savaient si bien quel était leur rôle! Il chercha Vaa des yeux. Horoa, pour lui éviter de lever les bras, s'était chargée de la peigner, et Vaa, la tête renversée en arrière, se laissait faire. Elle paraissait à l'aise dans sa peau, étalée, épanouie, luisante de graisse et de santé, trônant au milieu des femmes comme une idole de la maternité. Ce matin, son *tané* était mort. Son visage gardait l'empreinte de la tristesse, mais ses traits lourds, fatigués, étaient détendus, un demi-sourire entrouvrait ses lèvres, et les deux mains posées sur son ventre énorme, elle regardait au loin, l'air heureux.

Il tourna le dos, Itia sortait de l'océan, son joli corps ruisselant d'eau. Elle s'approcha du groupe d'un air important, comme un acteur qui entre en scène, et quand tous les yeux furent dirigés sur elle, elle dit en détachant les mots :

— Tetahiti est sorti du *Pa.*

Il n'y eut pas de réaction et elle reprit :

— Je l'ai vu!... J'allais à la plage, la porte du *Pa* s'est ouverte, *aoué,* j'ai eu peur, je me suis cachée dans un buisson, et j'ai vu sortir Taïata, puis Raha, puis Faïna, et enfin Tetahiti, le fusil à la main.

Elle s'arrêta d'un air solennel comme si elle était décidée à attendre des questions, mais personne ne parla et elle reprit :

— Il a fermé la porte, et il a dit quelque chose à Taïata et elle est restée devant la porte. *Aoué,* elle filait doux, je suis sûre qu'il l'a déjà battue! Puis Tetahiti est parti en longeant le *Pa* du côté de la mer, et au bout d'un moment, il est revenu de l'autre côté.

Deux ou trois secondes s'écoulèrent et Omaata dit à mi-voix :

— Il a donc fini le *Pa.*

Il y eut un échange de regards et ce fut tout.

— Si j'avais été à ta place, dit Horoa en secouant sa crinière, je ne me serais pas cachée. Je me serais montrée et j'aurais dit : « Encore une fois, homme, enlève la tête de mon *tané!* »

Itia baissa le front et mit son avant-bras devant les yeux.

— La tête de mon *tané* n'est pas sur une pique, dit-elle presque à voix basse.

Elle était seule des femmes présentes à pouvoir dire cela. Elle devait le dire pour rendre justice à son honneur. Mais en même temps, elle avait grande honte d'avoir l'air de se vanter.

— Il est temps de rentrer, dit Purcell en se levant.

Il s'approcha d'Itia, posa la main sur son épaule et effleura sa joue de ses lèvres.

Ce fut de nouveau Itia, le soir, qui lui apporta son repas. Quand il eut fini, la nuit était tombée, elle alluma un *doédoé* devant le hublot pour écarter les *toupapahous* et disposa trois autres *doédoé* sur la table pour permettre à Adamo de lire, et alla tirer les portes coulissantes.

— Pourquoi les fermes-tu? dit Purcell en se retournant. Il fait bon. Il y a clair de lune.

Itia prit un air rigide.

— Omaata a dit.

Purcell la regarda.

— Qui commande ici, Omaata ou moi?

Mais elle resta droite et ferme devant lui comme un petit soldat.

— Omaata a dit : quand tu éclaires, tu fermes les grandes portes.

— Pourquoi?

— Tetahiti peut tirer sur toi du jardin.

Elles pensaient à tout. Et qui sait si le *doédoé* devant le hublot n'était pas là *aussi* pour empêcher l'ennemi de distinguer l'intérieur de la cabane? Purcell reprit sa lecture. Itia était assise en tailleur sur le lit, les mains sur les genoux, sans un mouvement, sans un mot. Purcell n'entendait même pas son souffle. Chaque fois qu'il levait la tête de son livre, il rencontrait ses yeux bruns fixés sur lui sans impatience. Ses yeux étaient tristes, mais la flamme douce des *doédoé* faisait paraître son petit visage plus rond et plus suave.

— *Why don't you go to bed?* dit-il enfin.

Il savait combien elle était heureuse quand il lui parlait en anglais.

— *I go,* dit-elle aussitôt.

Et elle s'étendit sur le lit. Purcell la regarda.

— Je veux dire : chez Omaata.

— Pas ce soir, dit-elle du même ton rigide.

Elle joignit les deux mains sur sa poitrine et resta immobile, comme un gisant. Purcell se leva et fit quelques pas dans la cabane. De toute évidence, c'était là une des choses qui se décidaient maintenant dans l'île sans qu'il fût consulté. Les yeux d'Itia étaient fixés sur lui. Il s'assit en lui tournant le dos et reprit sa lecture.

Il s'aperçut au bout d'un moment qu'il n'avait pas tourné la page. Il se leva, ferma le livre avec brusquerie, fit quelques tours dans la pièce et vint s'étendre à côté d'Itia. Aussitôt, elle fut sur pied, alla souffler les trois *doédoé* de la table, laissa allumé celui du hublot, et reprit sa place sur le lit.

Il dit au bout d'un moment :

— Itia, as-tu dc la pcinc?

— De la peine? Pourquoi?

— Tu sais bien pourquoi.

Elle tourna la tête vers lui. A la lumière de l'unique *doédoé* il ne distinguait que la courbe de ses joues. Ses yeux étaient dans l'ombre. Mais au son de sa voix quand elle parla, il comprit qu'il l'avait froissée.

— Pourquoi demandes-tu cela? A Tahiti on ne parle pas de ces choses.

Fermée elle aussi. Impénétrable. « *On ne parle pas de ces choses...* » Jono meurt. Omaata gémit pendant une pleine nuit. Et c'est tout. Elle ne mentionne jamais plus son nom. Elle agit comme s'il était oublié. Elles agissaient toutes comme si leurs *tanés* étaient oubliés. Et pourtant, ce n'était pas de l'indifférence. Non, sûrement pas. Du stoïcisme plutôt. C'était étrange d'appliquer ce mot austère à des Tahitiennes.

Au milieu de la nuit, Purcell fut réveillé par un léger bruit. Il ouvrit les yeux et écouta. Mais même en retenant son propre souffle, il n'arrivait pas à préciser d'où cela venait.

Itia fit un mouvement, le son devint plus fort, il pencha la tête de son côté. Elle pleurait.

Il resta une grande minute sans bouger. Il avait peur de la froisser de nouveau en lui laissant voir qu'il s'était aperçu de ses larmes. Avec des gestes lents, comme un homme qui agit dans son sommeil, il passa son bras sous la tête d'Itia, et l'attira contre lui. Il n'entendait plus rien, mais il sentait sous sa main gauche l'épaule d'Itia qui se soulevait. Quelques minutes s'écoulèrent et elle dit d'une voix basse et tremblante : « O Adamo! »

Son épaule cessa de s'agiter, elle s'immobilisa, et il pensait qu'elle allait s'endormir, quand elle releva la tête, se hissa jusqu'à son oreille et dit dans un souffle, avec un accent à la fois étonné et désespéré :

— O Adamo, tout le monde est mort!... Tout le monde est mort!...

Elle renifla une ou deux fois comme une petite

fille, se serra contre lui et dit d'une voix douce et plaintive :

— Je veux retourner à Tahiti...

Au bout d'un moment il sentit qu'elle devenait molle et passive dans ses bras. Il écouta son souffle. Il était profond et régulier.

Après cela, il n'arriva pas lui-même à s'endormir. Il se sentait mal à l'aise, il n'était pas habitué à dormir dans une pièce sans air. Il se leva, gagna la porte à pas de loup, l'ouvrit, le clair de lune ruissela dans la cabane, il sortit sur le seuil.

Aussitôt il fut happé par un bras gigantesque et jeté à terre au milieu d'un buisson. C'était Omaata. Il ne s'était pas fait mal. Elle l'avait reçu sur elle.

— *Maamaa,* dit-elle d'une voix grondante. Qu'est-ce que tu fais dehors?

— Je prenais l'air.

— C'est une balle que tu vas prendre.

Il sentit quelque chose de dur sous sa main. Il tâtonna. C'était un coutelas. Elle montait la garde devant sa maison, tapie derrière un buisson, armée! A la minceur de sa poignée, il reconnut le coutelas de Timi.

— Omaata...

— Plus bas.

— Tu penses qu'il va attaquer?

— Peut-être pas. Mais ça ne change rien. Il faut te garder.

— Pourquoi?

— Si on ne te gardait pas, il le saurait. Il ne faut pas le tenter.

Il y eut un silence.

— Omaata...

Elle le regarda, ses yeux immenses luisant d'une

clarté noire. Rien. Il n'avait rien à dire. Un merci aurait l'air dérisoire.

— Rentre maintenant, dit-elle.

Elle se leva et tout le temps qu'il prit pour ouvrir la porte et la refermer, elle se tint debout sur le seuil entre le sous-bois et lui.

CHAPITRE XVI

Le lendemain, Purcell trouva à son réveil le calcul qui lui permettait de déterminer le bouge des barrots. Il ouvrit les portes coulissantes, poussa son lit et sa table dans un coin de la pièce, porta dans le jardin son fauteuil et ses escabeaux, et commença le tracé, à la craie, sur le plancher de la pièce.

Les femmes arrivèrent une heure après le lever du soleil. Purcell les pria de ne pas entrer. Elles firent le tour de la cabane par le jardin et s'assirent devant les portes. Aucune ne posa de question, mais aux commentaires qu'elles échangèrent à mi-voix, Purcell comprit qu'il n'y avait aucun doute dans leur esprit sur l'image qu'il dessinait. De toute évidence, elle était destinée à appeler sur la pirogue la protection de l'*Eatua*.

Itihota apparut assez tard dans la matinée et raconta l'accueil que Tetahiti avait réservé au plat de poisson qu'elle lui avait porté. Comme à son ordinaire, elle fut très laconique. Il l'avait reçue dans le vestibule, il avait accepté le plat, il avait été très poli.

Les *vahinés* la pressèrent de questions. Est-ce qu'il avait son fusil? Oui, il avait son fusil. Et son coutelas? Aussi. Quel air avait-il? Sévère. Elle avait dit

« poli ». Oui, poli, très poli. Il l'avait prise aux épaules, il avait frotté sa joue contre la sienne, il n'avait pas parlé haut, ses gestes étaient gracieux. Et cependant, elle avait dit « sévère »?... Oui, sévère. Les rides de chaque côté de la bouche *(deux gestes avec les deux index pour montrer les rides),* les rides sur le front *(gestes),* les sourcils froncés *(mimique)*, la tête haute. Sévère comment? Sévère comme un chef? Sévère comme un ennemi? Itihota hésita. Et n'arrivant pas à décider elle-même, elle se leva et mima l'accueil de Tetahiti. Silence. Regards. Et il n'avait rien dit?... Si. Comment? Il avait parlé! *Aoué!* Elle ne le disait pas! Femme stupide! Femme à qui il faut arracher les mots! Femme plus muette qu'un thon! Qu'est-ce qu'il a dit? Il a goûté le poisson (son geste était gracieux) et il a dit : « Les femmes de ma tribu sont habiles. Elles savent ce qu'elles ont appris. Et elles savent aussi ce qu'elles n'ont pas appris. » Exclamations. Il n'y avait pas à s'y tromper : c'était une *caresse avec les mots!* Il voulait la paix! Non, il ne voulait pas la paix, il était poli! S'il voulait la paix, il enlèverait les têtes! La discussion devenait confuse quand Itia prit la parole. Ce n'était pas une caresse pour toutes. C'était une caresse pour Horoa. Ce que les femmes ont appris et qu'elles savent, c'est la pêche. Il sait bien que c'est Horoa qui pêche. *Aoué!* l'enfant a raison! L'enfant est habile! L'enfant est considérablement rusée! C'est une caresse pour Horoa...

Ici Horoa trépigna, hennit, secoua sa crinière. Peut-être elles voulaient toutes la paix avec Tetahiti. Pas elle! Elle le détestait! Il était l'ennemi! Il resterait l'ennemi, même s'il enlevait les têtes! Si elle avait été à la place d'Itihota, *aoué*, elle ne se serait pas laissé embrasser! Là-dessus, Itihota proposa à

Horoa de se charger dorénavant de porter le poisson *à ceux du Pa,* mais Omaata, qui avait observé d'un œil froid les piaffements d'Horoa, garda un silence si imposant que personne n'osa pousser les choses plus avant.

Il y eut toute la journée bon nombre d'allées et venues autour de la maison de Purcell, mais soit hasard, soit calcul, Purcell ne fut jamais laissé seul, pendant les deux repas. Ceux-ci lui furent apportés par Avapouhi. Les consignes avaient dû être transmises avec soin, car dès que la nuit tomba et que les *doédoé* furent allumés, elle ferma les portes coulissantes.

Le 19 mai, Purcell reporta les tracés sur les planches dont il comptait faire les barrots et commença à les scier. L'après-midi, il voulut reprendre une mesure dont il n'était plus certain et descendit jusqu'à *Blossom Bay,* suivi des femmes. Comme la veille, Itia n'apparut qu'assez tard sur la plage. Elle arriva les yeux brillants, et ses joues rondes toutes gonflées de la nouvelle qu'elle apportait : Raha était sortie du *Pa!* Elle avait gagné la hutte d'Adamo! Elle avait bien regardé les choses écrites par Adamo sur le sol et les bois qu'il avait coupés!...

Purcell, la tête penchée sur sa chaloupe, écouta Itia sans mot dire. Il était évident, à entendre ce récit, que les services de renseignements étaient actifs des deux côtés. Car si Raha avait profité de son absence pour s'informer de l'état de ses travaux, ce n'était sans doute pas par hasard si Itia était toujours là quand la porte du *Pa* s'ouvrait. Purcell se demanda si elle assurait sa mission d'observation vingt-quatre heures sur vingt-quatre, ou si une autre *vahiné* avait été désignée pour la remplacer la nuit. Il était, en tout cas, manifeste que depuis le 17, une autre assemblée des femmes s'était tenue en dehors de sa présence, et qu'elle avait arrêté un certain nombre de dispositions dont on ne l'avait pas averti.

Le même jour ce fut Itihota qui lui apporta son repas de midi. Purcell en fut étonné. Il n'avait jamais entretenu avec elle des relations familières. Etant donné sa taciturnité, il était d'ailleurs assez difficile d'avoir beaucoup de rapports avec Itihota. A Tahiti, elle montrait déjà une propension anormale au silence, mais cette disposition s'était beaucoup renforcée au contact de White. Quand Purcell lui demanda si quelqu'un d'autre l'avait remplacée pour porter leur subsistance *à ceux du Pa,* elle dit : « Non, c'est fait. » Elle ne dit rien d'autre pendant les deux heures qu'elle resta avec lui. Elle revint le soir, et sans prononcer une seule parole, alluma les *doé-doé,* ferma les portes coulissantes, s'assit tout le temps que Purcell resta assis à lire, se leva quand il se leva, et s'étendit quand il s'étendit.

Le lendemain, aussitôt après le petit déjeuner, Purcell sortit de la maison. Il n'avait pas fait dix mètres qu'Avapouhi et Itia surgirent du sous-bois. Itia cria :

— Où vas-tu?

— Chez Omaata.

— Je vais la prévenir!

Et elle partit à toutes jambes. Cette hâte fit réfléchir Purcell. Il pressa le pas, Avapouhi courant presque à ses côtés.

Omaata était assise sur le seuil de sa maison, le dos contre sa porte. Il n'y avait pas trace d'Itia.

— Je veux te parler. Seul.

Omaata le regarda. Il était devant elle, si petit et si résolu. *Aoué,* c'était agréable quand Adamo était en colère. Un frisson de plaisir lui descendit jusqu'au ventre.

— Tu es seul, mon bébé.

Il se retourna. Avapouhi avait disparu.

— Dans ta maison.

Elle soupira, se leva avec lenteur, ouvrit et le laissa passer. La pièce était vide, mais la porte qui donnait sur le jardin béait largement. Au bout du jardin la brousse des fougères géantes commençait.

Omaata suivit le regard d'Adamo et sourit d'un air attendri. *Aoué,* il était habile. Il avait déjà deviné.

— Omaata, dit Purcell, les yeux rivés sur le jardin, je suis mécontent. Il y a beaucoup de choses que les femmes décident dans l'île et je ne suis pas consulté.

Omaata s'assit sur son lit. Elle ne voulait pas qu'il eût l'impression d'être dominé par sa taille dans la discussion. Quand elle fut installée, elle le regarda et se contenta de hausser les sourcils d'un air interrogateur.

— Par exemple, ma maison est gardée. Je ne peux pas faire un pas dans l'île sans être accompagné. Je ne dis pas que c'est mal, mais qui a donné l'ordre?

Elle ne répondit pas. Elle se contenta de renouveler sa mimique.

— Itia surveille la porte du *Pa.* Qui a décidé?

Elle inclina la tête, et comme il se taisait, elle dit :

— Va, homme. Continue. Tu penses beaucoup avec ta tête. Soulage-la.

Il reprit :

— Le premier jour, pour mes repas, Itia. Avant-hier, Avapouhi. Hier, Itihota...

— Homme, dit-elle avec gravité, elles sont veuves...

— Ce n'est pas cela que je veux dire, dit Purcell en détournant les yeux et en marchant dans la pièce d'un air impatient. Ce que je veux dire, c'est : qui a donné l'ordre? Qui décide? Pourquoi ne suis-je pas consulté? Ainsi, aujourd'hui, qui va venir m'apporter mes repas? *Aoué,* je suis sûr, toutes les *vahinés* de l'île le savent! Même les *vahinés* de Tetahiti! Même Tetahiti! Et Adamo ne le sait pas!

— C'est moi aujourd'hui, dit Omaata.

— C'est toi pour les repas?

Il s'arrêta, sa colère parut tomber d'un seul coup, il se tourna vers elle, fit un large mouvement de la main droite, et dit avec sérieux :

— C'est très agréable que ce soit toi.

Elle le regarda d'un air approbateur. Le geste, le ton, la gravité. Et tandis qu'il s'inclinait, la boucle d'oreille du grand chef Otou avait glissé sur sa joue. Oh! Il en était digne! Il en était digne! Elle résista à l'impulsion de se lever et d'aller le serrer dans ses bras.

— Et demain? reprit-il.

— Itia.

— Et après-demain?

— Avapouhi. Et après, Itihota. Et moi, après Itihota.

Il resta un moment silencieux.

— Eh bien, reprit-il d'un ton ferme, voilà ce que je veux savoir. Qui a décidé? Qui a fait le choix?

Il fixa Omaata dans les yeux et elle dit à contrecœur :

— Les trois autres voulaient aussi. C'est moi qui ai dit non.

Et comme Purcell se taisait, elle poursuivit :

— Tetahiti aurait été humilié.

Purcell médita cette réponse. Plus il y réfléchissait, plus il en admirait la sagesse.

— Mais pourquoi Itihota? dit-il à mi-voix et comme distraitement. Je ne la connais pas.

— Elle t'aime beaucoup.

Il haussa les épaules.

— Comment le sais-tu? Elle n'ouvre jamais la bouche.

— Je le sais.

— Ainsi, ajouta-t-il au bout d'un moment, c'est toi qui décides? Toi seule? C'est toi qui décides pour tout?

— Non. Quelquefois, je décide avec toutes. Quelquefois, avec Ivoa. Quelquefois, avec Itia.

— Avec Itia? dit-il, stupéfait.

— Itia est très capable, dit Omaata en hochant la tête.

Il fit quelques pas dans la pièce, puis revint se camper devant elle et dit sans hausser la voix :

— Dorénavant, avant que tu décides quelque chose, je désire que tu me parles.

Elle baissa les yeux et dit d'un ton soumis :

— Il sera fait comme tu veux.

Il fut surpris de la rapidité de sa victoire. Mais était-ce bien une victoire? Il hésita un moment, les yeux fixés sur le large visage d'Omaata. Mais non, elle lui avait fait une promesse, il ne pouvait avoir l'air de la mettre en doute. Il se dirigea vers la porte grande ouverte du jardin et s'immobilisa sur le seuil, encadré par le chambranle, les yeux fixés sur la brousse. Il offrait une cible magnifique à un tireur caché sous les fougères, et Omaata ne lui disait rien! Il haussa les épaules, il n'avait plus le moindre doute. Il revint vers Omaata et dit avec raideur :

— Je veux voir Ivoa. Tu entends? Je veux la voir. Dis-lui.

Il ajouta d'un ton plus doux : « Adieu » et fut dehors en un clin d'œil. Mais s'il avait pensé déjouer la vigilance de son escorte, il fut déçu. Seule sa composition était changée. Itia était remplacée par Itihota. Sans doute Itia avait-elle repris sa faction devant la porte du *Pa*.

Il rentra chez lui à pas rapides et se remit aussitôt au travail. Le découpage des barrots était un travail délicat et assez fastidieux. Pour la même pièce il fallait s'y reprendre à plusieurs fois pour respecter le tracé de la courbe, et aplanir ensuite à la râpe les arêtes entre deux coupes. Comme pour ajouter à la difficulté, la scie, qui avait été assez malmenée par l'équipage depuis l'arrivée dans l'île, n'avait pas toutes ses dents, et se bloquait parfois dans l'épaisseur du bois. Au bout d'une heure, Purcell se rappela que Mac Leod lui avait proposé à *Rope beach* ses outils personnels, et il décida d'aller les demander à sa veuve.

Il laissa Avapouhi et Itihota à la porte du jardin d'Horoa et entra seul. Il remarqua en traversant la petite courette devant la cabane que les hublots étaient fermés. Venant de l'intérieur, un brouhaha de paroles vives et passionnées parvint jusqu'à lui. Il gravit les deux marches et levait la main pour frapper à la porte quand il entendit la voix aiguë de Vaa : « Il faut venger nos *tanés! Aoué,* il n'est pas difficile de pénétrer dans le *Pa!* » Après cela, il y eut un silence et Purcell resta un moment immobile, la main en suspens, le cœur battant contre ses côtes.

Sa décision dut être prise, pour ainsi dire, à son insu, car il eut l'impression bizarre qu'il se l'apprenait à lui-même en agissant. Il frappa à la porte, l'ouvrit sans attendre de réponse et dit d'une voix brève :

— Vaa, viens avec moi.

Horoa, Vaa et Toumata étaient assises sur le plancher. Elles le regardaient avec des yeux agrandis. Au bout d'un moment, Vaa se leva avec lourdeur et vint à lui. Purcell l'entraîna dans le petit jardin derrière la maison.

— Ecoute, dit-il à mi-voix, j'ai entendu ce que tu as dit. Tu devrais avoir honte.

Le large et rustique visage de Vaa bougea aussi peu qu'une pierre.

— Je n'ai pas honte, dit-elle, ses petits yeux sans expression fixés avec tranquillité sur ceux de Purcell. Le chef de la grande pirogue était un bon *tané*. C'est mon devoir de le venger.

Purcell la regarda. Le front dur et étroit, les larges joues plates, le nez épais, le menton massif. C'était décourageant. Comment faire entendre raison à ce minéral?

— Ce n'est pas à une femme de venger un guerrier, dit-il enfin.

— Si, dit Vaa en secouant la tête. Quand il n'y a pas d'homme.

Il la dévisagea. Mais non, ce n'était même pas une insolence. Elle était bien incapable d'insolence. Ses idées étaient rangées dans sa tête comme les noisettes d'un écureuil dans un trou d'arbre. Elle les sortait une à une, sans référence à personne.

— Tetahiti a un fusil et un coutelas. Et toi, qu'est-ce que tu as?

— Un coutelas.

Elle ajouta :

— Je le tuerai dans son sommeil.

Il haussa les épaules.

— Tu ne feras pas deux mètres dans le *Pa*...

— Je le tuerai, dit Vaa.

— Ecoute, dit-il, exaspéré, tu ne feras rien de ce genre. Je te défends de le faire. Et tu vas m'obéir.

Elle le regarda une pleine seconde. L'idée qu'Adamo pût lui donner des ordres était une idée nouvelle, et elle ne savait qu'en faire : l'accepter ou la refuser.

Un moment s'écoula. Ses yeux se plissèrent. Elle eut l'air fatiguée d'avoir réfléchi.

— Tu n'es pas mon *tané,* dit-elle enfin.

— Je te le défends quand même, dit Purcell d'une voix forte et menaçante.

Il avait vu la fissure et y précipitait ses forces.

— Tu n'es pas mon *tané,* répéta Vaa, comme si elle fortifiait sa résistance par la répétition.

Et tout d'un coup elle sourit. Son visage morne et minéral se transfigura. C'était un très beau sourire, éclatant et chaleureux. Il avait surgi d'une façon tout à fait inattendue dans cette physionomie ingrate, au milieu de ces traits grossiers qui n'avaient pas l'air faits pour lui. Et maintenant qu'il avait éclaté, Vaa était presque belle. Sa sottise même avait quelque chose d'agréable.

— Même à mon *tané* je n'obéissais pas toujours, dit-elle, son sourire éblouissant jouant sur ses lèvres, tandis qu'elle parlait, et devenant petit à petit un peu triste.

— Qu'est-ce qu'il disait? dit Purcell, étonné.

Elle leva les yeux, se redressa, carra les épaules, et dit en anglais, avec la voix, et presque l'accent de Mason :

— *You are a stupid girl, Vaa!*

La mimique était étonnante. L'espace d'une seconde, Purcell avait cru voir Mason devant lui.

— Et toi, qu'est-ce que tu disais?

— *I am! I am!*

Purcell se mit à rire.

— C'est ce qu'il m'avait appris à répondre, dit Vaa avec simplicité.

C'était stupéfiant. Qui aurait pensé que Mason fût accessible à une forme quelconque d'humour?

— Après cela, dit Purcell, je suppose que tu obéissais?

— Non.

— Comment non?

— Non, dit Vaa. Non, je n'obéissais pas.

— Pourquoi?

— Je suis têtue.

De toute évidence, elle n'acceptait aucune responsabilité dans cette obstination. Elle était têtue comme une pierre est ronde ou carrée. C'était sa nature. Il n'y avait pas de remède.

— Ainsi tu n'obéissais pas?

— Non.

— Et le chef, qu'est-ce qu'il faisait?

— Il me giflait, dit Vaa.

Purcell haussa les sourcils, amusé. Voilà qui jetait une lumière bien particulière sur l'intimité du couple. L'admirable Mrs. Mason, dont son mari était si fier, paraissait bien être un personnage mythique inventé pour le prestige externe. A la maison, cette *lady* était *a stupid girl* à qui on donnait des claques pour lui faire entendre raison.

— Et après?

— Après, j'obéissais, dit Vaa, son visage grossier éclairé de nouveau par son ravissant sourire.

— Eh bien, à moi aussi tu vas obéir, dit Purcell avec fermeté.

Le sourire de Vaa s'effaça et son visage ressembla plus que jamais à un fragment de basalte détaché de la falaise.

— Je tuerai Tetahiti, dit-elle avec calme.

— Mais comment? dit Purcell avec impatience. Peux-tu me dire comment? Il ne sort jamais du *Pa.*

— Je ne sais pas, dit-elle. J'entrerai.

— Mais comment? Réponds-moi! Par où passeras-tu? Par-dessus la palissade? *Aoué,* femme, avec ton ventre!

— Non.

— Par en dessous peut-être?

L'ironie fut perdue pour Vaa.

— Non, dit-elle avec sérieux.

— Ecoute-moi, la nuit, il allume des feux dans le *Pa.* Il te verra.

— Je le tuerai.

— La nuit, il veille, lui et ses femmes.

— Je le tuerai.

C'était fatigant. Elle était incapable de concevoir les moyens en même temps que le projet. Elle n'avait qu'une idée à la fois et c'était une demi-idée.

— Ecoute, Vaa. Il a un fusil. C'est un guerrier. Et toi, femme, tu attends un bébé. Comment ferastu?

— Je le tuerai.

— Comment?

— Je ne sais pas.

— Comment « tu ne sais pas »?

— Je ne sais pas. Je le tuerai.

Autant parler à un mur. Purcell se redressa, carra les épaules et dit d'une voix forte :

— *You are a stupid girl, Vaa!*

— *I am! I am!* dit Vaa.

— Et maintenant, tu vas m'obéir.
— Non.
— Tu vas m'obéir, Vaa!
— Non.
Il se recula d'un demi-pas, prit son élan et, à toute volée, la gifla.
Pendant quelques secondes il ne se passa rien, puis le visage de Vaa s'amollit. La pierre devint chair peu à peu, le regard perdit l'immobilité du silex, et le délicieux sourire apparut.
— Je t'obéirai, dit-elle, les yeux tendres.
— Viens, dit-il, tu vas dire devant Horoa et Toumata que tu renonces à ton projet.
Il la saisit par le bras et l'entraîna dans la maison.
— Parle, Vaa, dit Purcell.
Horoa et Toumata s'étaient levées. Leurs regards allaient de Purcell à Vaa.
— Femmes, dit Vaa avec solennité, quant à celui du *Pa,* je ne ferai rien.
Elle reprit :
— Adamo ne le veut pas. J'obéis à Adamo.
Toumata ouvrit les yeux tout grands et Horoa oublia de piaffer.
Vaa regarda alternativement ses deux compagnes, posa sa main sur l'épaule de Purcell, appuya sa hanche contre la sienne, et dit avec fierté :
— Il m'a battue.
La boîte d'outils de Mac Leod était presque aussi longue et lourde qu'un cercueil. Horoa voulut aider Purcell à la porter chez lui. Vaa et Toumata s'offrirent à prendre leur part du fardeau. Avapouhi et Itihota se précipitèrent pour prêter la main, et ce fut avec une escorte accrue, et sans pouvoir faire plus que poser ses doigts, de temps en temps, sur le couvercle que Purcell retourna à sa cabane. On

posa la boîte à terre avec précaution. Bien entendu, il y avait un cadenas. Horoa courut chez elle chercher la clef, elle revint, toujours courant, Purcell s'agenouilla, ouvrit la boîte et s'immobilisa, ébloui. Les beaux, les merveilleux outils! Sans une tache de rouille, les lames intactes, bien aiguisées, les manches brillants et polis... Les conversations derrière lui s'éteignirent, il se retourna, Ivoa était derrière lui, les *vahinés* avaient disparu.

Purcell se releva, joyeux, et comme il se dirigeait vers Ivoa, son regard tomba sur ses mains. Elles pendaient au bout de ses bras — ouvertes, vides. Ivoa avait obéi, mais son obéissance était un refus.

Purcell s'arrêta en plein élan, si chagriné et si contracté qu'il n'arrivait plus à parler. Son regard remonta des mains jusqu'aux yeux d'Ivoa. C'étaient bien les mêmes yeux, le même visage, mais ils venaient de perdre en un clin d'œil leur familiarité.

— Adamo, dit Ivoa d'une voix douce.

Purcell avala sa salive. Elle avait les traits tirés, creusés, son ventre luisait, proéminent, elle paraissait avoir du mal à se tenir debout.

— Assieds-toi, dit-il à mi-voix.

Il la conduisit jusqu'à son fauteuil et se mit à marcher dans la pièce. Il y avait maintenant ce silence entre eux. Elle ne faisait rien pour le rompre. Il se sentait triste et sans force. Il faudrait encore parler, expliquer, convaincre. A quoi bon? Combien de paroles avait-il prononcées depuis huit mois dans l'île pour persuader Mason, Mac Leod, Baker, les Tahitiens? Toutes inutiles! Il expliquait, il expliquait... Il se heurtait à des murs!

Il dit d'une voix morne et sans la regarder :

— Tu ne veux pas rendre le fusil?

— Non.

Elle ajouta :

— Ce n'est pas le moment.

— Pourquoi?

— Nous pensons que ce n'est pas le moment.

— Qui « nous »?

— Omaata, Itia, moi...

— Pourquoi?

Elle souleva les épaules, et de sa main droite, elle fit un geste d'impuissance. Il détourna la tête. Toujours les mystères, les choses ineffables, les raisons indicibles...

— Pourquoi? répéta-t-il avec irritation. Il y a quatre jours que la guerre est finie. Et Tetahiti ne sort pas du *Pa.* Il faut faire quelque chose pour ramener la confiance.

— Oui, dit-elle, c'est vrai. Mais pas maintenant.

— Pourquoi pas maintenant?

Elle le regarda. Il la fixait de ses beaux yeux bleus *peritani.* Ses yeux sérieux, pleins de soucis. Elle se sentit fondre de tendresse. *Aoué,* pauvre Adamo, il était malheureux avec cette tête vorace qui demandait toujours des « pourquoi »...

— Il a encore envie de te tuer, dit-elle enfin.

— Comment le sais-tu?

Elle soupira. On n'en finissait pas. Un comment, un pourquoi, un comment... Pauvre Adamo, sa tête en demandait toujours davantage...

— Et quand il n'aura plus envie de me tuer, tu le sais?

Elle le regarda avec sérieux. Aucun Tahitien ne comprenait l'ironie.

— Non, dit-elle avec simplicité. Je ne le sais pas.

Il fit quelques pas dans la pièce et dit sans la regarder :

— Eh bien, confie le fusil à Omaata et toi, reviens ici.

Elle fit « non » de la tête.

— Dans ton état?

— Je suis ta femme, dit-elle avec orgueil. C'est à moi de te garder.

Il lui jeta un regard et détourna les yeux aussitôt. Ivoa croisa les mains sur ses genoux et pensa avec délices : « Il m'aime! Oh, comme il m'aime! Il a envie de me prendre dans ses bras, et de caresser mon ventre et l'enfant qui est dedans. Mais il est fâché, pensa-t-elle avec amusement. Il croit qu'il est fâché... C'est un homme : il ne sait pas ce qu'il sent. »

— Maintenant, je vais, dit-elle en se levant avec lourdeur, et elle se dirigea vers la porte.

Elle l'entendit qui traversait la pièce. Il était derrière son dos, immobile, et elle pensa : maintenant, il va me toucher. Elle mit la main sur la poignée de la porte avec lenteur, et s'effaçant pour que la porte pût pivoter, elle recula un peu plus qu'il n'était nécessaire. Mais elle ne rencontra que le vide.

— Adamo, dit-elle en tournant la tête à demi sur son épaule.

Il fut là aussitôt. Elle ne se retourna pas. Elle le sentait derrière elle sur toute la longueur de son corps.

— Ta main sur moi, dit-elle dans un souffle.

Elle se campait en arrière et tendait en avant son ventre énorme, épanoui. Elle sentit sa paume chaude se promener sur sa courbe, l'effleurant à peine. O Adamo. O mon *tané*.

Quelques secondes s'écoulèrent, puis elle dit d'une voix étouffée :

— Je vais maintenant.

La porte claqua et Purcell resta immobile, la tête baissée. Il restait seul et il n'avait rien obtenu.

Au bout d'un moment, il revint à ses planches et se remit au travail. La scie de Mac Leod marchait à merveille. Il travailla avec acharnement jusqu'au soir. Dès qu'il s'arrêtait, sa gorge se serrait et il sentait la tristesse l'envahir. Les *vahinés* restèrent avec lui tout l'après-midi, mais il leur parla à peine. Au coucher du soleil, Omaata lui apporta son repas, il passa dans l'appentis, il se lava et dès qu'il eut mangé, il sentit la fatigue peser sur lui.

Il avait dû s'endormir en lisant, car il se retrouva sur son lit, dans les bras d'Omaata, la tête posée sur son sein. Le clair de lune filtrait à travers les portes coulissantes. Il referma les yeux, il eut l'impression de couler à reculons dans une ombre tiède et duveteuse. L'instant d'après, il était à Londres, dans un temple, il était vêtu de noir, il commentait la Bible aux fidèles : « Jacob épousa Lia, puis Rachel. Lia eut de lui quatre fils... » Il entendait sa propre voix avec étonnement, il ne la reconnaissait pas, elle était grave, nasale, chantante. Chose curieuse : il était debout, face à l'assistance, mais en même temps, il était assis parmi les fidèles, il regardait cet autre lui-même devant lui et il l'écoutait parler. L'autre disait : « Rachel, voyant qu'elle était stérile, donna à Jacob Bala, sa servante, comme femme. Et Lia, voyant qu'elle avait cessé d'avoir des enfants, lui donna Zelpha, sa servante. » Purcell regardait l'autre lui-même avec gêne, c'était un thème bizarre pour un prêche; son voisin, à sa gauche, crispait ses poings sur ses genoux, c'était un individu très grand et très maigre, avec un bandeau noir sur l'œil. « Jacob, reprit l'autre Purcell, eut donc quatre femmes, et de ces quatre femmes, il eut douze enfants. » « Et moi, j'vais vous dire pourquoi vous dites ça, espèce de damné imposteur! » cria le voisin de Purcell en se mettant sur ses pieds. Il s'avança à longues enjambées sur le prédicateur, et tout en s'avançant, il retira son bandeau. C'était Mac Leod. A l'endroit où la balle de Tetahiti avait pénétré, son œil droit n'était plus qu'un trou sombre. Il se campa, long et squelettique, tourna vers Purcell son œil valide, dégaina son coutelas et dit d'une voix traînante : « Depuis l'temps que j'tire des bordées dans c'te sacrée ville, j'ai mis du temps à vous mettre l'grappin dessus, Purcell. Mais maintenant, qu'j'vous ai bord à bord, parole de Mac Leod, j'prendrai pas mon congé sans vous envoyer par le fond! » « Qu'est-ce que vous me reprochez? » balbutia Purcell. « Ça! » reprit Mac Leod d'une voix forte en posant la main sur le trou béant de son œil. « A qui la faute si tous les Blancs de l'île ont été démâtés? Vous nous avez joués les uns contre les autres, Purcell, Bible et tout, avec vos petits airs d'être un ange! Et maintenant que vous restez l'seul homme dans l'île, toute la terre est à vous! Tous mes outils! Et toutes les Indiennes aussi, Jacob ou pas Jacob, espèce de damné hypocrite! » Purcell le vit se fendre et lui porter un terrible coup de pointe. Il l'esquiva et se mit à courir. Les murs tombèrent. Il courait désespérément, il traversait la clairière brûlante, les petits palmiers surgirent, disparurent, il courait maintenant sur la plage de *Blossom Bay,* une peur affreuse le tenaillait, l'ombre démesurée de Mac Leod gagnait sur lui. Tout d'un coup, il se retrouva dans la grotte aux chaloupes, il courait autour d'une embarcation, Mac Leod à sa suite, ils s'arrêtaient, ils faisaient des feintes, comme des enfants autour d'un arbre.

« Adamo! » cria la voix de Tetahiti. La grotte disparut. Purcell était debout dans le *Pa,* face aux piques, béant d'horreur, il reconnut Jones et Baker, le sang s'égouttait encore de leurs cous, Jones avait un visage d'enfant, la lèvre de Baker était tiraillée par son tic; entre les deux têtes, une pique sans tête se dressait, Baker ouvrit les yeux, les fixa avec colère sur Purcell et dit d'une voix nette : « *C'est la vôtre!* » « Adamo! cria Ivoa, Adamo! » Purcell se retourna, Tetahiti était debout à dix mètres droit et sombre, le fusil braqué sur son cœur. « *Arrête!* cria Purcell, *mon frère Tetahiti, arrête!* » Tetahiti sourit avec dédain, la détonation claqua, Purcell sentit comme un coup de poing contre les côtes.

— *Aïta* [1], mon bébé, dit une voix profonde.

Il ouvrit les yeux, son cœur battait. Il était baigné de sueur.

— *Aïta,* dit la voix d'Omaata à son oreille.

Il reprit son souffle. Est-ce qu'il avait rêvé? Est-ce que ce n'était pas un sursis seulement, un arrêt? La fuite sur la plage, les piques, Tetahiti, l'impact de la balle contre sa poitrine. Il n'avait pas rêvé, c'était impossible, il n'avait pas inventé les paroles de Mac Leod, il les avait encore dans l'oreille, le rythme, l'intonation nasale, le sarcasme... Purcell referma les yeux, il y eut un blanc, sa pensée se mit à tourner dans un cercle, sans fin, sans fin. C'était horriblement fatigant, *c'est la vôtre!* dit la voix furieuse de Baker, ce fut comme un coup de gong qui lui déchira les nerfs, il se retourna, l'échine glacée, les mains tremblantes. Il vit l'arme, et au-dessus de l'arme, les yeux sombres de Tetahiti, et le sourire plein de mépris, *arrête! Arrête!...*

1. Ce n'est rien.

— *Aïta!* mon bébé...

Il relâcha ses muscles, ouvrit les yeux et se mit à compter jusqu'à dix, au même instant il perdit son compte et glissa dans le noir, c'était comme s'il s'enlisait de nouveau, tout redevenait réel, Tetahiti était là, le fusil braqué contre sa poitrine, son cœur se contractait, la balle allait partir, il fallait parler, parler...

— Omaata.

— Mon bébé.

Il articula avec effort :

— Sous le banian...

— Quand sous le banian? dit la voix d'Omaata, lointaine, lointaine.

Il glissait, il glissait de nouveau. Il fit un effort désespéré.

— Quand je suis sorti de la grotte...

— Oui, dit-elle, oui... Tes épaules étaient rouges, mon petit coq.

Ses épaules étaient rouges. Ce détail était très important tout d'un coup. Il ne bougeait pas, mais il se voyait, tournant la tête sur son cou. Rouges. Rouges. Les omoplates aussi étaient rouges. Il dit tout haut : « Mes épaules étaient rouges », et il eut l'impression de sortir à moitié de la pâte où il était englué.

— Tu m'as dit...

— Je ne t'ai rien dit, mon bébé...

Il balbutia confusément :

— Tu m'as dit : la guerre n'est pas finie...

Il attendit. Omaata ne fit pas de commentaire, et il se produisit quelque chose de bizarre : le silence d'Omaata acheva de le réveiller.

Il reprit :

— Ivoa dit : « Tetahiti a encore envie de te tuer. »

Elle grogna d'un ton mécontent :

— Elle a dit ça?

— Aujourd'hui, quand elle est venue me voir.

Omaata se taisait. Il reprit :

— Elle a dit la chose qui n'est pas?

— Non.

Il n'était pas possible de faire un « non » plus laconique.

— Tu le savais aussi?

— Oui.

— Comment le savais-tu?

— Je le savais.

— Comment le savais-tu? reprit-il avec force.

Une onde de plaisir traversa Omaata : Adamo lui parlait avec sévérité, comme un *tané*. Quels yeux il devait avoir!

— Il injurie les têtes, dit-elle d'un ton soumis.

— Tous les jours?

— Oui.

— Toutes les têtes?

— Oui.

— Même Jono?

— Oui.

— Même Ropati?

— Oui.

Elle ajouta au bout d'un moment :

— Tetahiti n'est pas un homme méchant.

C'était bizarre. Pourquoi disait-elle cela? Qu'est-ce qu'elle essayait de lui faire comprendre?

Il reprit :

— Est-ce qu'il y a une pique qui attend une tête entre Ouili et Ropati?

— Mais non! dit-elle avec une émotion subite.

Qui est-ce qui t'a dit cela? C'est une chose qui n'est pas! Non, non! Peut-être Tetahiti a décidé de te tuer, mais il ne fera pas une chose pareille! *Aoué!* Une pique qui attend une tête!

Son ton le disait assez : c'eût été là le comble du mauvais goût, une violation majeure d'étiquette, une goujaterie indigne d'un gentleman. Une petite lueur d'amusement traversa Purcell. Cette petite lueur lui fit plaisir. Il prit une inspiration profonde et pensa : « Je ne suis pas lâche. »

Il reprit :

— Si Tetahiti me tue, qu'est-ce qui arrive?

Il y eut un long silence, puis elle dit d'un ton prudent :

— Des choses très désagréables pour lui.

Toujours ces silences, ces réticences...

— Quelles choses? dit Purcell avec dureté.

Il la sentit se raidir dans l'ombre. Cette fois, la réserve l'emportait, elle ne se laisserait pas soumettre.

— Des choses, répéta-t-elle d'un ton bref.

Purcell leva la tête comme s'il avait pu la voir.

— Il le sait?

— Oui.

— Dans ce cas, pourquoi me tuerait-il? Je pars. C'est inutile de me tuer.

Omaata eut un petit rire de gorge.

— O mon bébé, quand un homme devient un guerrier...

Elle laissa la phrase en suspens et reprit :

— Pour Vaa, tu as bien agi.

— Tu sais?

— Nous savons toutes.

Elle ajouta :

— Et demain soir, Tetahiti saura.

Il leva de nouveau la tête. Il était étonné par ces précisions.

— Par qui?

— Tu sais par qui.

Il y eut un silence et il dit :

— Elle joue déjà avec lui?

— Elle jouera.

Omaata reprit :

— Demain soir. Toumata dit : Demain soir. Pas plus tard. Toumata dit : Elle n'attendra pas davantage. Demain soir, elle ira au *Pa*.

Après cela, le silence dura si longtemps qu'il pensa qu'elle était endormie. Mais tout d'un coup, il sentit sa profonde poitrine se soulever sous sa tête.

— Pourquoi ris-tu?

— *Aïta, aïta,* homme...

Elle reprit :

— Tu verras demain pourquoi je ris.

Elle posa sa large main sur sa tête et se mit à lui caresser les cheveux avec douceur.

Purcell acheva dans la matinée du lendemain de découper les barrots du pont. Un peu avant midi les femmes partirent, et il alla se doucher dans l'appentis en attendant qu'Itia lui apportât son repas. Il entendit la porte de la cabane s'ouvrir et se refermer, il se sécha, et sortant de l'appentis, il enfila son pantalon en plein soleil. Il resta un moment à se baigner dans sa flamme, la chaleur affluait dans ses muscles, il avait faim, il se sentait dispos et dilaté. « Itia! » appela-t-il avec entrain. Il n'y eut pas de réponse. Il fit le tour par le jardin, les portes coulissantes étaient grandes ouvertes. Jambes écartées, épanouie, Vaa trônait sur son fauteuil. Saillant au milieu des lanières d'écorce de sa jupe, son ventre s'étalait sur ses cuisses. Elle en contemplait le dôme, les yeux humides, sa main gauche pétrissant son sein droit.

— Où est Itia? demanda Purcell en fronçant les sourcils.

— C'est moi qui ai apporté ton poisson, dit Vaa en faisant un geste dans la direction de la table.

— Où est Itia? dit Purcell en s'avançant dans la pièce. Elle est fâchée?

— Non.

— Pourquoi n'est-elle pas là?

— C'est moi qui ai apporté ton...

— Je sais, je sais, dit-il avec brusquerie et en levant la main pour lui imposer silence.

Il s'approcha de la table, l'odeur du poisson et du citron l'envahit, il avait faim, mais il ne se décidait pas à manger.

— Ecoute, Vaa, dit-il avec patience. Hier, Omaata. Aujourd'hui, Itia. Pourquoi Itia ne vient pas?

— C'est moi qui ai apporté...

Il frappa la table du plat de la main.

— *You are a stupid girl, Vaa.*

— *I am! I am!*

Il s'assit, désarmé. Il attira à lui le plat de poisson et se mit à manger.

— Adamo, dit Vaa au bout d'un moment.

Il la regarda. Une large main posée sur sa cuisse et, de l'autre, se frictionnant le sein. L'air placide, animal. Mais une petite inquiétude dans les yeux.

— Adamo, tu es fâché?

C'était du nouveau, cette inquiétude. Et à son endroit! Comme si Vaa oubliait tout d'un coup qu'elle était la veuve d'un grand chef.

— Je ne suis pas fâché.

Elle rumina. Quelques secondes s'écoulèrent, puis elle dit en soulevant ses épaules et son torse :

— Aujourd'hui, moi. Demain, Itia.

De toute évidence, elle faisait un effort quasi désespéré pour s'expliquer.

— Pourquoi toi, aujourd'hui? dit Purcell.

Le visage de Vaa s'amollit, ses lèvres s'écartèrent, ses dents brillèrent, elle parut presque belle,

— Tu m'as battue.

Il la dévisagea, hésitant à comprendre.

— Eh bien? dit-il en levant les sourcils.

— Hier, dit-elle, tous ses traits transfigurés par son ravissant sourire. Hier, tu m'as battue.

Il comprit tout d'un coup. C'est donc pour cela qu'Omaata avait ri la veille au soir! « Quel sacrifice je fais à la paix! » Cette pensée l'amusa. Il regarda Vaa avec gentillesse et aussitôt l'éclair des dents blanches apparut. Etalée et épatée dans le fauteuil, Vaa souriait, l'air calme et possessif.

— Tetahiti sait, dit-elle, quand il eut fini de manger.

— Il sait?

— Pour ce que je voulais faire. Horoa est allée. Elle lui a dit.

Horoa est allée. Pas trace de blâme. Un fait seulement. Un événement qu'on constate. Aussi naturel que l'arrivée de la pluie par suroît. Aussi fatal.

— Quand?

— La nuit dernière.

C'était étonnant. Non seulement Toumata avait prévu qu'Horoa *irait*, mais elle avait même prévu, dans le temps, la limite de sa résistance.

— Tu es mon *tané*, reprit Vaa. Tu dois me défendre.

Purcell lui jeta un coup d'œil. Peut-être pas si sotte, après tout.

— Si Tetahiti veut te tuer, dit-il avec flegme, je te défendrai. Mais s'il veut seulement te battre...

Elle posa ses deux larges mains sur ses cuisses, et elle eut un petit mouvement soumis de la tête. Oui. Les coups. Oui. C'était juste. Pour les coups, elle ne disait pas non.

Elle se leva.

— Je vais maintenant.

Il leva les sourcils.

— Tu vas?

— Je suis enceinte, dit-elle avec dignité.

— Oui, oui, dit-il, rouge et confus, certes! Certes! Tu vas!

— Je vais, reprit Vaa, et s'ébranlant dans la direction de la porte, les lanières d'écorce de sa jupe volant autour de ses larges hanches, elle sortit avec majesté.

Deux jours se passèrent sans changement. Tetahiti ne sortait pas du *Pa*, Ivoa demeurait invisible, le seul événement neuf était l'usage qu'Horoa faisait de ses nuits. Elle n'essaya pas de cacher ses sorties. Piaffant et caracolant, elle fit des déclarations. Elle n'avait pas pénétré dans le *Pa*, seulement dans le sas. Tant que Tetahiti n'aurait pas enlevé de la pique la tête du *Squelette,* officiellement, elle le considérait toujours comme l'ennemi. En attendant, certes, elle jouait. Mais elle n'entrait pas dans sa maison et elle ne le choisissait pas comme *tané.*

Le 22, en descendant le sentier abrupt qui menait à *Blossom Bay*, Purcell se foula la cheville. Il fut massé et bandé. Et on décida qu'il prendrait désormais ses repas de midi dans la grotte aux chaloupes et ne retournerait que le soir à sa cabane.

Les *vahinés* lui élevèrent sur la plage une petite hutte de branchages où il pût se reposer pendant les heures chaudes du jour.

Itihota la taciturne apporta le premier repas de Purcell à la plage, et ne voulut laisser à personne le soin de l'aider à remonter au village. Une fois dans la cabane, elle alluma les *doédoé,* installa Purcell dans son fauteuil, étendit sa jambe sur un escabeau, alla chercher le livre qu'il avait laissé sur le lit et le lui mit dans les mains.

Purcell la regardait aller et venir avec plaisir. Itihota était la seule des Tahitiennes à n'avoir pas les jambes longues, mais cette faible longueur des segments, corrigée par l'extrême minceur de la taille, donnait à la partie inférieure de son corps quelque chose de rond et de compact qui, à la réflexion, paraissait agréable. Le buste était abondant, et la tête, fort petite, comme si le Créateur, ayant presque tout dépensé sur le torse, avait dû économiser la matière pour modeler le cerveau. Les yeux, surtout, étaient frappants. Au lieu de remonter vers les tempes comme ceux des autres *vahinés*, ils s'ouvraient droits, à fleur de tête, sans large fente, assez bridés, et merveilleusement vifs. Le visage, à partir des pommettes, descendait en fin triangle jusqu'au menton, et au milieu de ce tracé délicat, l'importance des lèvres sans aucun dessin, mais très charnues et très mobiles, paraissait presque anormale, surtout si l'on réfléchissait qu'elles ne s'entrouvraient presque jamais pour livrer passage à la parole. Cependant, elles étaient sans cesse parcourues de moues, d'ondulations et de gonflements qui étaient tout aussi expressifs que les yeux d'Itihota ou les flexions de son cou.

Purcell n'arrivait pas à se concentrer sur son

livre. C'était le silence d'Itihota qui le gênait. Elle était assise sur le lit, le dos appuyé contre la cloison de bois, les mains ouvertes sur les genoux, une jambe sous elle. Elle n'avait ni bougé, ni parlé depuis que Purcell avait commencé sa lecture. Quand il levait la tête de son livre, il ne rencontrait pas ses yeux. Et pourtant, il la sentait là. Immobile, muette et les yeux baissés, elle avait une façon extraordinaire de faire sentir sa présence.

Purcell ferma le livre et, en boitillant, vint s'asseoir à côté d'elle.

— A quoi penses-tu?

Elle le regarda, fléchit le cou, fit un petit mouvement de tête : « Mais à toi. Je suis avec toi. Je pense à toi. »

— Qu'est-ce que tu penses?

Les sourcils levés, les lèvres gonflées, l'air grave, un petit mouvement d'épaule : « Il y a beaucoup à penser. Beaucoup. »

— Tu ne dis rien. Pourquoi ne dis-tu jamais rien?

L'esquisse d'un sourire. L'esquisse seulement, le cou fléchi, les yeux interrogateurs, les paumes ouvertes. A quoi bon, pourquoi parler? Est-ce qu'on ne se comprend pas bien sans ça? C'était étonnant. Elle n'ouvrait pas la bouche, et il la comprenait. Il y avait une phrase sous chaque mimique.

— Eh bien, dit Purcell, sois gentille. Dis-moi quelque chose.

Les sourcils levés, une moue de doute, l'air sérieux, un peu angoissé : « Dire? Que veux-tu que je dise? Il n'y a rien à *dire*. »

— Dis-moi quelque chose, reprit Purcell. Ce que tu veux. Quelque chose pour moi.

Elle eut l'air de ramasser ses forces, puis elle

leva ses yeux un peu bridés, et d'une voix basse, grave, voilée, elle dit en détachant les mots :

— Tu es bon.

Il la regarda. C'était efficace, le silence d'Itihota. Tant qu'elle le gardait, cela lui donnait du charme, du mystère. Et dès qu'elle ouvrait la bouche, ce qu'elle disait prenait beaucoup de relief. Purcell se pencha et passa le dos de sa main droite sur la joue d'Itihota. Il était étonné. Quelle importance elle venait de prendre et avec quelle économie de moyens!

On frappa violemment à la porte et une voix dit : « C'est Horoa! » Purcell s'immobilisa, la main dont il avait caressé la joue d'Itihota encore levée à la hauteur de son épaule. Quelques secondes s'écoulèrent, puis la voix profonde d'Omaata dit à travers le panneau : « Tu peux ouvrir, Adamo. »

Il se leva, mais Itihota fut plus prompte. Et Horoa jaillit dans la pièce comme si elle avait été lancée de l'extérieur, et la crinière en bataille, le poitrail agressif, l'œil en feu, elle se mit à déverser un flot de paroles en caracolant de long en large avec tant d'impétuosité que tout le monde s'écarta pour lui laisser du champ.

— Assieds-toi, Horoa! dit Purcell avec force.

Ce fut exactement comme s'il avait tiré sur des rênes : elle se cabra, secoua la tête, et l'œil exorbité, elle se mit à hennir.

— E Adamo é!

— Assieds-toi, Horoa! répéta Purcell sur le même ton. Assieds-toi, je te prie! Tu me fais mal à la tête.

— E Adamo é!

— Tu fais mal à la pauvre tête d'Adamo, dit Omaata.

— Assieds-toi! dit Itihota.

Horoa fut si surprise d'entendre Itihota parler qu'elle s'assit.

— J'ai vu Tetahiti, dit-elle enfin d'une voix presque calme, et il a dit...

Elle laissa sa phrase en suspens.

— Qu'est-ce qu'il a dit?

— Ecoute, homme! reprit-elle avec une nouvelle bouffée d'impétuosité, et en faisant mine de se lever, d'abord le commencement. La première nuit, je raconte à Tetahiti pour la stupide Vaa. Il ne dit rien. La deuxième nuit, il ne dit rien...

Elle agita les épaules et bomba son poitrail :

— Alors, cette nuit, je me suis mise en colère...

Elle fit mine de se lever, mais elle n'en eut pas le temps. Omaata étendit son long bras et pesa de la main sur son épaule.

— Et j'ai dit : Adamo est bon... Adamo a empêché Vaa de te tuer. Et toi, tu es dans ton *Pa* avec ton fusil et tes têtes. Et tu dis : Adamo doit partir ou je le tue. Tu n'es pas un homme juste...

Elle secoua sa crinière et fit une pause.

— Alors? dit Purcell avec impatience.

— Il m'a écoutée d'un air très sévère. *Aoué*, quel air imposant il a! Même moi, j'avais un peu peur! Puis il a dit : « Adamo est un *Peritani*. Il est rusé. »

Purcell détourna les yeux. Il était déçu, chagriné. Il était un « *Peritani* ». Donc, tout ce qui venait de lui était mauvais.

— Alors, poursuivit Horoa, je me suis mise tout à fait en colère! Et j'ai dit : « Homme entêté! Adamo est très bon! Toutes les femmes l'aiment! » Mais il a haussé les épaules et il a dit : « Les *vahinés* ont leur intelligence entre les cuisses. »

Elle fit une pause et tapa sur le sol du pied droit à plusieurs reprises.

— Et toi, homme, j'ai dit, ton intelligence, tu es assis dessus! Je lui ai dit ça à la figure! poursuivit-elle en se levant avec une telle impétuosité qu'Omaata n'eut pas le temps d'intervenir. Je n'ai pas eu peur, reprit-elle en piaffant et en secouant sa crinière, et en donnant de-ci de-là de terribles coups de croupe comme si elle allait se mettre à ruer.

Puis elle recommença son récit depuis le début. Purcell mit les coudes sur les genoux et sa tête dans ses mains. Il aimait bien Horoa, mais à cet instant, il ne pouvait supporter sa vitalité : elle le déprimait.

— Alors? dit Omaata en happant Horoa de son bras gigantesque et en la forçant à se rasseoir.

— Il m'a giflée, reprit Horoa d'un ton plus calme, comme si le contact de son arrière-train avec l'escabeau avait suffi à lui enlever une partie de sa fougue. *Aoué!* quelle gifle! Je suis tombée par terre! Mais je la lui ai rendue! reprit-elle aussitôt en secouant sa crinière et en faisant mine de se lever.

Omaata la força à demeurer assise.

— On s'est battu! On s'est battu! Et quand on a eu fini de se battre, dit-elle en baissant la voix et en fermant les paupières d'un air pudique, on a joué...

— Après? dit Purcell, exaspéré.

— Après, il était de bonne humeur. *Aoué!* Ses yeux luisaient sous la lune! Et j'ai repris : « Adamo est *moá*. Adamo n'a jamais tué personne. Et il n'a jamais porté d'arme. » Alors il a froncé les sourcils et il a dit : « Femme, tu es comme les gouttes d'eau qui tombent par temps de pluie. » Mais il a ajouté : « Ivoa a un fusil. » Et moi, s'écria-t-elle avec un nouvel accès d'impétuosité et en décollant presque sa croupe de l'escabeau, moi, j'ai dit : « Homme! Ivoa a peur que tu tires sur son *tané!* » Après cela, il est resté silencieux, puis il a dit : « Adamo doit partir, mais je ne le tuerai pas : pas : tu peux le dire à Ivoa de la part du neveu du grand chef Otou... »

Purcell leva vivement la tête et regarda Omaata. Il y eut un silence. Sans aucun doute, il y avait là un fait nouveau. Certes, Tetahiti avait déjà affirmé le 16 mai qu'il ne tuerait pas Adamo. Mais jamais jusqu'ici il n'avait chargé quelqu'un de le dire à Ivoa en insistant sur ses liens de famille avec elle. Cette fois, la promesse n'était pas prononcée dans le vague. Elle était faite de personne à personne en invoquant le nom du grand chef Otou. Tetahiti continuait à exiger le départ d'Adamo, mais en attendant, il faisait une proposition voilée de trêve en direction d'Ivoa.

Le lendemain matin, Omaata vint voir Purcell avec Itia et Ivoa. Elle tenait parole. Tout allait se décider en présence d'Adamo et avec sa participation. Dès l'arrivée des trois femmes, les autres *vahinés* s'éclipsèrent sans marquer aucune humeur de ne pas être invitées à ce conseil restreint.

D'emblée Purcell émit l'avis de remettre sans tarder à Tetahiti le fusil d'Ivoa. On l'écouta sans l'interrompre, et quand il eut fini, on ne fit pas d'objection. Il fut donc tout surpris de découvrir peu à peu, chez les trois femmes, une forte opposition à ce projet. Il fut assez long à comprendre leur point de vue. Elles l'exprimaient davantage par des silences que par des paroles. Elles convenaient que Tetahiti avait fait des ouvertures. Mais ces ouvertures, il ne les aurait pas faites, s'il n'y avait pas eu le fusil d'Ivoa. Le fusil était donc un gage dont on ne devait se dessaisir qu'avec prudence. Il fut décidé qu'Itia et Omaata iraient en ambassade au *Pa* et qu'elles vérifieraient d'abord si Horoa n'avait pas exagéré les promesses de Tetahiti. Il ne serait pas mauvais, en tout cas, de les lui faire répéter devant deux nouveaux témoins. Ensuite, on engagerait des pourparlers. De toute façon, il n'était pas question de remettre l'arme d'Ivoa à Tetahiti. On la briserait sous ses yeux. Et on devait obtenir de lui qu'il brisât la sienne en compensation.

Purcell n'avait pas pensé à cette contrepartie, et il admira l'audace, en même temps que la circonspection des femmes. Il objecta, cependant, qu'il était peu probable que Tetahiti consentît à détruire son fusil. Elles en tombèrent d'accord. Mais son refus leur permettrait de faire valoir, après maintes discussions, la concession qu'elles lui feraient en abandonnant cette revendication. Purcell devina qu'il était important à leurs yeux que la discussion fût longue et la négociation laborieuse. Plus elles dureraient, plus la promesse de Tetahiti de ne pas attenter à la vie d'Adamo prendrait de la solennité, et plus il lui serait difficile, par la suite, de la violer.

Les négociations durèrent du 24 mai au 6 juin. La première phase fut la plus critique. Tetahiti, par principe ou par ruse, ne voulait pas discuter avec les femmes. Seulement avec Adamo. Mais les *vahinés* firent valoir qu'une discussion avec Adamo n'aboutirait à rien. Certes, Adamo voulait bien rendre le fusil. Il l'avait voulu dès le début. (Tu sais comme il est bon!) Mais ce n'était pas lui qui détenait le fusil. C'étaient elles! C'était donc avec elles qu'il fallait négocier. Un *tané* discute bien avec sa femme. Pourquoi ne discuterais-tu pas avec nous? Et d'ailleurs, E Tetahiti é! qu'est-ce que tu es en train de faire en ce moment?

Comme Purcell l'avait prévu, Tetahiti repoussa catégoriquement l'idée de se défaire de son fusil. Les *vahinés* s'indignèrent, menacèrent de rompre le dialogue, le rompirent en effet, le reprirent, et au bout d'une semaine, cédèrent en se donnant toutes les apparences d'avoir été battues et d'abandonner toute la victoire à Tetahiti.

En même temps, elles conférèrent à la remise du fusil d'Ivoa un caractère presque théâtral. Le 6 juin à midi elles se rendirent au *Pa* en cortège. Ivoa, Itia et Omaata en tête; en queue, Horoa, Vaa et Toumata. Et au milieu, entre Avapouhi et Itihota, Purcell. Il avait plu dans la matinée, et le « ventre du soleil », tombant sur l'humidité du sous-bois, la rendait étouffante. C'est avec soulagement que Purcell émergea dans l'espace dégagé qui entourait maintenant le *Pa*. A une dizaine de mètres de la palissade, juste à l'endroit où *Cliff Lane* s'infléchissait sur la droite pour gagner *Blossom Bay*, s'élevait un jeune bananier que les Britanniques avaient coupé au pied trois semaines auparavant, mais qui dressait déjà un rejet vigoureux de trois mètres de haut, terminé par un bouquet de larges feuilles. Le petit groupe s'arrêta à leur ombre, et Omaata, portant dans le creux de son bras droit le fusil d'Ivoa, appela Tetahiti.

Purcell s'attendait à ce qu'il restât dans le sas, invisible et voyant tout. Mais il voulut bien apparaître au grand jour, devant sa porte, ses trois femmes derrière lui. A vrai dire, il n'approcha pas, et tenait son fusil à la main, le canon pointé, comme par mégarde, sur le ventre d'Omaata. Cependant, son visage était serein, et Omaata dirigeant son arme vers le sol, il l'imita aussitôt.

Omaata prononça un discours en faveur de la paix. Quand elle eut fini, elle brisa le fusil contre un arbre et en jeta les morceaux aux pieds de Tetahiti. Celui-ci fit signe qu'il allait parler, et après un temps de silence plein de dignité, il parla, en effet. Il fit compliment aux femmes de leur sagesse. Il les félicita de s'être montrées si capables. Il espérait qu'il n'aurait jamais que de bons rapports avec elles. Quant à Adamo, c'était un *Peritani*. Adamo devait partir. Mais lui, Tetahiti, chef, fils de chef, il avait fait une promesse à la fille du grand chef Otou, et il tiendrait sa promesse : si Adamo partait à la date qu'il avait lui-même fixée, sa vie, jusque-là, serait *tabou*.

Le mot fit sur les *vahinés* une impression considérable. Elles n'auraient jamais cru que Tetahiti serait allé si loin. Mais il n'y avait plus à en douter : il avait accordé le *tabou* à Adamo, en se référant explicitement à Otou, dont Adamo portait, à cet instant même, la boucle d'oreille. Adamo était donc *tabou* deux fois : par la boucle d'oreille qui avait touché la joue du grand chef Otou, et par la parole de Tetahiti, fils de chef et neveu du grand chef Otou...

Quand l'émotion fut calmée, Tetahiti reprit la parole. Il avait vaincu les oppresseurs, il se considérait donc comme le chef de l'île. A ce titre et conformément à l'usage, il se donnait à lui-même le *tabou*. Purcell sentit qu'il était bien le seul à trouver un peu de ridicule dans cette déclaration. Elle fut accueillie avec des hochements de tête pleins de gravité et un murmure d'assentiment. Puis Omaata parla. Elle se répandit en paroles polies d'où il ressortait qu'elle assurait Tetahiti de son respect et de son amitié. Puis elle rappela, mais sans y insister, que selon la coutume tahitienne, le *tabou* n'était plus valable si le chef tachait ses mains du sang des siens. Cette allusion ne fut perdue pour personne. Ivoa étant la cousine de Tetahiti, le *tané* d'Ivoa pouvait passer pour le parent du nouveau chef.

Il est douteux que cette restriction à son propre *tabou* enchantât Tetahiti. Il n'en laissa rien paraître. Depuis qu'il s'était proclamé le roi de l'île, son visage paraissait encore plus sévère, ses traits plus durs, sa stature plus imposante. Quand Omaata eut fini de parler, il reprit ses compliments, les répéta sous plusieurs formes, et alors qu'on s'attendait à ce qu'il prît congé, il fit une pause, et tout d'un coup, pria les femmes de le laisser seul avec Adamo.

Il y eut un mouvement de stupeur. Imperturbable, Tetahiti attendit quelques secondes, puis voyant que les *vahinés* ne bougeaient pas, d'un geste large il tendit son fusil à Raha et son coutelas à Faïna. Puis avec une lenteur pleine d'élégance, il s'avança de quelques pas vers les femmes et s'arrêta, ou plutôt se campa devant elles, les mains nues.

Purcell sentit qu'il y avait un peu de cabotinage dans ce mouvement, mais toute politique, qu'elle fût bonne ou mauvaise, comportait un élément de théâtre. Et celle-ci était bonne, puisqu'elle engageait des pourparlers. Les femmes s'écartèrent. Et Purcell s'avança à son tour, avec le sentiment pénible d'être beaucoup plus petit que le Tahitien et de mettre beaucoup moins de grâce dans ses attitudes. En même temps, il sortit de l'ombre fraîche du bananier et sentit sur sa nuque tout le poids du soleil.

Il n'y avait rien d'arrogant ni d'hostile dans le visage de Tetahiti. Ses traits sévères n'exprimaient rien. Et quand il prit la parole, Purcell observa que sa voix était moins sèche que lors du dernier entretien. Cependant, il parla par phrases courtes, sans se mettre en frais d'éloquence. Il ne traitait plus son interlocuteur en prisonnier de guerre. Mais il ne le considérait pas non plus comme un égal.

— Quand la pirogue sera-t-elle finie? dit-il au bout d'un assez long moment.

— En moins d'une lune.

Il y eut un silence. Purcell sentait le soleil sur sa nuque. Un cercle de plomb enserrait sa tête.

— As-tu besoin d'aide?

— Non. Sauf pour la mettre à l'eau.

Silence encore. Tetahiti changea la jambe sur laquelle le poids de son corps reposait, et Purcell pensa : « C'est maintenant qu'il va parler. »

— Où est Timi?

Purcell cilla. Il avait terriblement chaud. Ses tempes battaient.

— Mort.

Il fut surpris d'avoir répondu cela. Avait-il décidé depuis longtemps, sans se le dire, de tout révéler à Tetahiti, ou était-ce l'effet de son malaise?

— Qui l'a tué?

— Personne. Il s'est tué avec son propre fusil.

Et voyant que Tetahiti le fixait sans rien dire, il lui raconta l'accident.

— Qu'est-ce que tu as fait du corps?

Purcell eut un geste vague. Il ne voulait pas mêler Omaata à son récit :

— Dans la mer.

Tetahiti voila à demi ses yeux de ses lourdes paupières et dit d'une voix neutre :

— Qu'as-tu fait du fusil?

Evidemment. C'était là ce qui intéressait Tetahiti. C'est pour en arriver là qu'il avait demandé à lui parler. A quoi servait qu'on brisât l'arme d'Ivoa s'il y avait, quelque part dans l'île, un autre fusil que le sien?

— Dans la grotte il y a un puits. C'est là que je l'ai jeté.

— Quelle grotte?

— Celle de Mehani.

— Bien, dit Tetahiti.

Il pivota sur ses talons. Aussitôt Purcell regagna le bananier, appuya sa tête contre la jeune tige et ferma les yeux. Il voyait trouble et il avait l'impression que sa tête allait éclater.

Il sentit un souffle frais sur le visage. Il ouvrit les yeux. Ivoa l'éventait avec une feuille. Il lui sourit.

— Ça va mieux.

Il y eut autour de lui un murmure amical. *Aoué,* pauvre Adamo. Il ne supportait pas le soleil, il avait la peau si tendre. Il remarqua que les femmes restaient à distance, sans doute pour lui laisser de l'air.

— Adamo, dit Ivoa à son oreille, qu'est-ce qu'il t'a demandé?

— Où était le fusil de Timi.

— Tu le lui as dit?

— Oui.

Ivoa secoua la tête avec admiration :

— Il est habile. Il t'a demandé, à toi...

De retour à sa cabane, Purcell mangea à peine et, s'allongeant sur le lit à côté d'Ivoa, s'endormit d'un sommeil agité. Quand il se réveilla à cinq heures, la nuque raide, la tête assez douloureuse, il décida néanmoins de descendre à la plage. Ivoa le pressa de partir seul. Elle se sentait lasse, elle pensait être proche de son terme. Avapouhi et Itia resteraient avec elle.

Purcell fut étonné de n'avoir qu'Itihota comme compagne pour gagner *Blossom Bay*. Il semblait que les consignes de sécurité fussent levées et son escorte dissoute. Quand il apparut dans le sentier en lacets de la falaise, boitillant et appuyé sur le bras d'Itihota, les *vahinés* accoururent à sa rencontre, et il nota avec surprise l'absence d'Omaata.

Il se sentit assez dispos après le bain pour gagner la grotte des chaloupes et se remettre au travail. Il était seul. Comme le soleil commençait à baisser derrière l'île, les *vahinés*, pour jouir plus longtemps de sa chaleur, étaient restées le plus près possible de l'eau.

Il travaillait depuis une heure environ quand Omaata apparut à l'entrée de la grotte, son corps noir, monumental se détachant sur le bleu du ciel. Purcell leva la tête et dit d'un air mécontent :

— Où étais-tu?

Ce ton grondeur ravit Omaata. Balançant ses vastes hanches, elle avança dans la grotte et s'immobilisa à la droite de Purcell, si près de lui qu'elle le touchait presque.

— Tu es bien ici, dit-elle. Tu es au frais.

Purcell haussa les épaules et pointa sa scie au-dessus de lui.

— Je suis très mal. Il y a un courant d'air.

C'était vrai. Il y avait une large fissure dans le plafond de la grotte qui communiquait avec l'air libre, et il avait l'impression de travailler dans une cheminée. Omaata suivit son regard.

— Si je n'avais pas peur qu'il te tue, dit-elle en

riant, je mettrais le feu aux chaloupes. Elles brûleraient très bien!

Elle reprit au bout d'un moment d'une voix taquine :

— J'étais avec Tetahiti.

Purcell ne broncha pas, et comme il restait silencieux, les yeux fixés sur sa tâche, elle ajouta :

— Dans ta grotte.

Il traça un trait avec soin sur un des barrots, s'écarta un peu et se mit à scier. Elle reprit :

— Avec Faïna, Raha et Taïata...

Il leva la tête et la dévisagea, stupéfait.

— Il est descendu dans le puits?

— Je tenais la corde. Ses femmes m'aidaient.

Il posa la scie.

— Il l'a trouvé?

Elle fit « oui » de la tête. Purcell la regarda un moment en silence.

— Il pouvait le laisser dans le puits. L'eau l'aurait mangé.

Elle haussa ses vastes épaules. Une ombre noire apparut à l'entrée de la grotte. Ils tournèrent la tête en même temps. C'était Tetahiti. Pour la première fois depuis la fin des combats, il portait son arme à la bretelle.

— Je vais nager, dit Omaata.

Elle sortit. Tetahiti restait immobile, les yeux fixés sur la chaloupe. Il voyait enfin de ses propres yeux le travail d'Adamo. Bien qu'il n'y eût encore que la carcasse, il était évident qu'Adamo faisait bien comme il avait dit : il mettait un toit à la pirogue.

Tetahiti vint se placer de l'autre côté de l'embarcation, et les deux mains placées sur les lisses, il considéra Purcell.

— Pour le fusil, dit-il d'une voix lente, tu m'as bien dit la vérité.

Il fit une pause.

— Et pour Timi aussi, tu m'as bien dit la vérité.

Purcell haussa les sourcils d'un air interrogateur et Tetahiti ajouta :

— J'ai retrouvé la balle dans la grotte. C'était une balle pour nos fusils. Ce n'était pas une balle pour les vôtres.

Après cela, le silence dura si longtemps que Purcell se sentit gêné. Tetahiti était debout devant lui, athlétique, les traits sévères, ses lourdes paupières mi-closes. Peut-être était-ce seulement la lumière de la grotte, mais Purcell eut l'impression que les rides sur son front et de chaque côté de sa bouche s'étaient creusées. Quel contraste il y avait entre ce visage buriné et amer, et le corps qui le portait! Le moindre mouvement de Tetahiti faisait valoir une silhouette vigoureuse, et Purcell s'étonnait à chaque fois, en levant les yeux, de rencontrer une physionomie qui paraissait appartenir à un âge différent. C'était saisissant : la tête d'un homme mûr sur un torse de jeune homme.

Le Tahitien se taisait et à chaque seconde qui s'écoulait, l'embarras de Purcell augmentait. Il n'avait lui-même rien à dire. Par courtoisie, il n'osait se remettre au travail. Et il restait là, debout de l'autre côté de la chaloupe, sa scie à la main, regardant Tetahiti, attendant ses paroles, avec la vague impression d'être un accusé devant son juge.

Tetahiti, les yeux mi-clos, regardait Purcell sans le voir. Il avait l'air absent, occupé à ruminer des pensées tristes, et Purcell eut tout d'un coup l'impression désespérante qu'un monde les séparait. Le

Tahitien paraissait si hors d'atteinte! Même pas dur, même pas haineux : lointain.

Les mains de Tetahiti se crispaient sur les lisses. C'était le seul signe d'émotion qu'il donnait. Purcell considérait avec anxiété ce visage si bien fermé. Il y avait entre Tetahiti et lui tant d'injustices, tant de malentendus, tant de cadavres! Le cœur de Purcell se serra. A cette minute, cela lui était presque égal d'avoir à quitter l'île, d'affronter l'océan, peut-être la mort. La vraie défaite, c'était ce mur entre eux. Cette idée des *Peritani* que le Tahitien se faisait. Ce mépris. Cette condamnation.

— C'est à ce moment-là, dit Tetahiti, que tu aurais dû venir avec nous.

Il ouvrit les yeux tout grands, surpris d'avoir parlé tout haut, et Purcell dit :

— A quel moment?

— Quand le *Squelette* a tué Kori et Mehoro. Tu serais venu avec nous, Ropati aussi serait venu. Et Ouili. Et Jono. Peut-être l'homme jaune. On aurait tué le *Squelette* et le petit rat. Seulement eux.

Ses paupières se fermèrent à demi sur ses yeux.

— Et maintenant, dit-il d'une voix rauque et voilée, il y a toutes ces piques autour de ma maison et je ne suis pas heureux. Je les injurie, mais sauf pour le *Squelette* et le petit rat, ça ne me fait pas plaisir. Il y a eu trop de morts dans l'île... Les miens, les tiens... A cause de toi.

— Non, pas à cause de moi, dit Purcell. A cause de l'injustice.

— A cause de toi! répéta Tetahiti avec force. A cause de tes idées de *moá!*

— Il n'est pas bon de verser le sang, dit Purcell d'une voix ferme.

— Homme! s'écria Tetahiti en haussant les

épaules avec une fureur contenue, moi non plus, je n'aime pas verser le sang! Mais le sang de l'oppresseur, il est très bon à verser! Tu connais le poème! C'est du sang qu'il faut donner à boire à ses cochons! C'est un sang qu'il est très délicieux de voir couler! C'est un sang que la terre boit avec une joie considérable! L'injustice, ô guerriers, est une herbe qui pue! Extirpez-la!...

Tetahiti s'interrompit comme s'il ne se rappelait plus la suite, et dit d'une voix cassée et sans regarder Purcell :

— Si tu étais venu avec nous, Mehani serait vivant.

Purcell s'appuya de la main gauche à la chaloupe, ses jambes tremblaient, « *Mehani serait vivant!* » Il se souvint de l'accusation véhémente de Ouili : « C'est à cause de vous que Ropati est mort! » Mehani, Ropati... Que de morts on déposait à sa porte! Une peur terrible le traversa. Et si c'était vrai! Si c'était Tetahiti qui avait raison! S'il s'était trompé depuis le début! Pendant quelques secondes, il sentit sa tête chavirer comme si la raison d'être de toute sa vie était anéantie.

— Le jour de la fin des combats, reprit tout d'un coup Tetahiti en braquant à plein son regard sur Purcell, je t'ai questionné au sujet de Timi, et tu as dit la chose qui n'est pas. Et aujourd'hui, tu as dit la vérité. Pourquoi?

— Ce jour-là, dit Purcell, j'avais peur que tu me tues.

— Tu n'avais pas peur, reprit aussitôt Tetahiti et il ajouta avec un geste élégant de la main : Comment aurais-tu peur, ô *Manou-faïté!*

Purcell inclina la tête. Ce rappel était généreux.

— Et aujourd'hui, reprit Tetahiti en se penchant

en avant et en regardant Purcell avec un air indéfinissable de le mettre en accusation, tu m'as dit la vérité. Deux fois. Pour le fusil. Et pour la mort de Timi. Pourquoi?

Purcell fut un instant avant de répondre. Il fouillait en lui-même. Il lui paraissait très important tout d'un coup de déceler son vrai mobile. Et maintenant qu'il y réfléchissait, tout devenait obscur. Il ne trouvait pas un seul mobile, mais plusieurs, entre lesquels il devait choisir.

— Pour que tu aies confiance, dit-il enfin.

Tetahiti se redressa, retira les mains des lisses, et son visage amer et creusé parut se fermer davantage. Il se tourna de profil, le visage dirigé vers la mer, comme si la présence de Purcell ne l'intéressait plus.

— Qu'est-ce que ça peut te faire que j'aie confiance, dit-il d'une voix neutre, puisque tu pars.

CHAPITRE XVII

Le 16 juin — jour faste après la nuit de la *Tamatea* (lune éclairant les poissons au couchant), Ivoa accoucha d'un fils et l'appela Ropati.

Les *vahinés*, épouses de Tetahiti comprises, ne quittèrent plus le jardin de Purcell. Elles attendaient avec patience le moment où chacune, pendant quelques minutes, pourrait tenir dans ses bras le premier enfant né dans l'île. Elles ne l'embrassaient pas. Elles humaient, à la manière tahitienne, la bonne petite odeur de son corps. Elles ne se lassaient pas d'admirer sa couleur. Il avait les cheveux et les yeux d'un noir tahitien, mais sa peau, beaucoup plus claire que celle d'Ivoa, était d'un chrome éclatant, si bien qu'il avait l'air d'être en or, comme une idole.

Purcell connaissait le culte que les Tahitiens vouaient aux enfants, mais il n'aurait jamais imaginé que toute la vie de l'île allait s'organiser autour de Ropati. Cela commença avec Horoa qui déclara que la pêche n'était pas un métier de femme. Pourquoi irait-elle sur les rochers passer plusieurs heures par jour, alors qu'elle pourrait rester dans le jardin d'Adamo à regarder Ropati et à attendre que ce fût son tour de le humer.

Pendant deux jours, on resta sans poisson. Puis Tetahiti fit appeler Omaata. Il n'y avait que deux hommes dans l'île, Adamo et lui. Adamo devait continuer à travailler à sa pirogue, mais lui, Tetahiti, chef de l'île, il nourrirait la mère de Ropati. A la réflexion, Tetahiti dut s'apercevoir qu'il serait incommode de garder son fusil pour pêcher, car deux jours après sa décision, il fit sa paix avec les femmes. Il enleva des piques les têtes des *Peritani,* les fit placer dans des *poini,* et fit remettre les *poini* aux veuves afin qu'ils fussent enterrés avec les corps. Après quoi, il apparut sans armes dans le jardin d'Ivoa, demanda à voir son petit cousin, le berça avec compétence, et quand enfin Omaata le lui prit des mains, il s'assit avec un air de dignité pour attendre à nouveau son tour.

Il parut plus simple, toute la population de l'île vivant maintenant dans le jardin d'Adamo, de prendre à nouveau les repas en commun. Cependant, on portait toujours à Adamo son déjeuner dans la grotte aux chaloupes, et Tetahiti prenait son dîner dans le *Pa.* Chaque jour, en effet, le Tahitien disparaissait du jardin d'Ivoa un peu avant qu'Adamo revînt de la plage. Une de ses femmes devait faire le guet, car Purcell varia en vain l'heure et l'itinéraire de son retour. Il n'arriva pas à le rencontrer.

Dès que Tetahiti eut enlevé les têtes des piques, les *vahinés* considérèrent que réparation était faite de l'injure qu'elles avaient subie. Pourtant, Horoa et Toumata laissèrent passer un intervalle décent de quelques jours avant d'aller s'installer dans le *Pa.* Elles occupèrent avec Raha, Faïna et Taïata le rez-de-chaussée de la vaste maison tahitienne, Tetahiti s'étant réservé le premier. Il s'y retirait la nuit, tirait à lui l'échelle, et refermait la trappe.

Dans la journée, l'échelle était enchaînée à l'extérieur de la maison, et la chaîne, fermée par un cadenas emprunté à Mac Leod. Un autre cadenas immobilisait la trappe. Ces précautions, qui ne choquaient personne, faisaient supposer aux femmes que c'était dans la pièce du haut que Tetahiti cachait ses armes.

Depuis que Ropati était là, Purcell partait plus tard à son travail et en revenait plus tôt. S'il l'eût osé, il l'eût interrompu pendant quelques jours pour se consacrer à son fils. Mais il craignait de donner à Tetahiti l'impression qu'il cherchait à retarder son départ de l'île.

Il en était arrivé à la dernière partie de sa tâche : il vissait les bordés sur les barrots. Bien qu'il eût l'intention, pour assurer l'étanchéité de la cabine, de clouer une toile sur le sommet et les côtés du *roof*, et de la peindre, il s'efforçait de laisser assez peu de jour entre les planches pour que l'humidité, gonflant le bois, pût les souder l'une à l'autre. Mais cela supposait un ajustage très précis, et assez malaisé à réaliser, étant donné la dureté du matériau dont il disposait. Le beau chêne du *Blossom* avait durci en vieillissant, et y percer un avant-trou de vis n'allait pas sans mal. Cependant, même en tenant compte de ces difficultés et du ralentissement de son travail, Purcell pensait en avoir fini avant deux semaines. Ses engagements à l'égard de Tetahiti seraient respectés. Il quitterait l'île à la date qu'il avait lui-même fixée.

Ropati avait à peine dix jours quand on lui donna son premier bain de mer. Il y avait à l'ouest de *Blossom Bay* une étroite calanque, presque fermée du côté de l'océan, et qui pénétrait, en s'élargissant, dans un petit cirque que la falaise en surplomb protégeait des vents. Toujours calme, toujours limpide, le flot y venait mourir, à marée haute, sur une petite plage de sable ocre, fin au pied, délicieux à l'œil. C'est là que les *vahinés* se dirigèrent en procession presque solennelle, deux d'entre elles portant un récipient d'eau douce pour rincer le bébé après son bain. Elles entrèrent dans l'océan jusqu'à la poitrine, puis épaule contre épaule, elles dessinèrent un cercle et, étendant les bras dans l'eau, elles joignirent leurs mains au centre afin de former un bassin de faible profondeur. Ivoa y déposa peu à peu Ropati. Gras, onctueux et sensuel, il commença aussitôt à s'ébattre, les murmures pieux des femmes tombant comme des caresses sur son petit corps doré. Purcell regardait son fils pardessus l'épaule d'Itia. Les autres *vahinés* — celles qui n'avaient pas, ou qui n'avaient pas encore, le privilège de toucher Ropati — formèrent un deuxième cercle autour du premier. Le cheveu noir, bouclé et déjà abondant, l'œil vif, à demi clos à cause du soleil, une ébauche de sourire sur ses lèvres, Ropati prenait par moments un air dévot qui faisait rire les femmes. Mais c'étaient des rires contenus, comme les exclamations qui suivaient ses moindres mouvements. Purcell sentit toute l'émotion qui se cachait dans cette retenue. On aurait dit qu'il y avait quelque chose de religieux dans ce premier bain, comme si on fêtait à la fois l'enfant, la maternité et la joie d'exister.

Une ombre s'interposa entre le soleil et Purcell. Il leva la tête. C'était Tetahiti. Appuyé des deux mains sur les épaules d'Horoa, et la dépassant d'une tête, il regardait le bébé, les yeux baissés. C'était la première fois depuis trois semaines que Purcell se trouvait en sa présence et son cœur se mit à battre.

Tetahiti lui faisait face. Ils auraient pu se serrer la main en étendant le bras au-dessus du double cercle formé par les *vahinés*. Mais le Tahitien ne paraissait pas le voir. Seule l'impassibilité exagérée de ses traits montrait qu'il avait pleinement conscience du regard que Purcell attachait sur lui. Purcell attendit un long moment, fixant par moments Ropati dans l'espoir que Tetahiti en profiterait pour glisser un coup d'œil dans sa direction. Son attente fut déçue. Tetahiti ne leva pas une seule fois les yeux.

Purcell pivota sur ses talons, sortit de l'eau, escalada le côté rocheux de la calanque et gagna *Blossom Bay*. Il entendait derrière lui, s'atténuant peu à peu avec la distance, les exclamations feutrées et joyeuses des femmes. Il se sentait exclu de leur bonheur, exclu de leur vie. Il pénétra dans la grotte aux chaloupes et se remit au travail, la gorge serrée. Toute l'attitude de Tetahiti disait aussi clairement que les paroles que pour lui le *Peritani* n'était plus un habitant de l'île et qu'il le considérait déjà comme parti.

Le lendemain, Itihota apparut sur le coup de midi, dans la grotte aux chaloupes, apportant son repas à Purcell. Il se redressait pour lui sourire quand il aperçut derrière elle, plus courtaude et plus ronde que jamais, Vaa. Il fut surpris de sa présence. Elle ne descendait plus jamais à *Blossom Bay*, jugeant le sentier trop abrupt pour son état.

Itihota posa le plat de poisson et les fruits sur la chaloupe et dit :

— Je vais me baigner.

Elle s'éloigna aussitôt. Purcell la suivit des yeux et son regard se reporta sur Vaa. Elle s'était assise sur un tas de planches, l'air placide.

— Eh bien, Vaa?

— Il m'a battue, dit-elle au bout d'un moment. Pour ce que tu sais.

— Fort?

— Très fort. Puis il a dit : « Viens dans ma maison. Tu seras ma *vahiné*, et l'enfant que tu portes sera à moi. » Alors, j'ai dit : « Je dois parler à Adamo. » Et il a dit : « C'est vrai. C'est la coutume. Va. »

— Là-dessus, je ne connais pas la coutume, dit Purcell. Qu'est-ce que je dois faire?

— Si tu veux me garder, tu vas voir Tetahiti et tu dis : « Vaa est ma *vahiné*. » Si tu ne veux pas me garder, tu dis : « C'est bon. Va avec lui. »

— Et toi, dit Purcell, qu'est-ce que tu préfères?

Vaa baissa les yeux et regarda le sol.

— Qu'est-ce que tu préfères? répéta Purcell.

Silence.

— Eh bien, dit-il en haussant les épaules, puisqu'il te veut, va avec lui.

Vaa leva les yeux et son ravissant sourire apparut.

— Tu es contente?

— *Aoué!* Je suis contente!

Elle reprit :

— Il m'a battue très fort. Pas de petites gifles comme toi. C'est un grand chef. Je serai la femme d'un grand chef.

— Quand je serai parti, dit Purcell, toutes les *vahinés* de l'île seront les femmes d'un grand chef.

— Je serai la femme d'un grand chef, dit Vaa avec obstination.

Purcell sourit.

— *You are a stupid girl, Vaa.*

— *I am! I am!*

— Et tu as beaucoup de chance. D'abord, la

femme du chef de la grande pirogue. Ensuite, la femme du chef de l'île...

— Je suis une *vahiné* de chef, dit Vaa avec dignité.

Purcell sourit. Evidemment. Son mariage avec moi était une mésalliance.

— Je vais maintenant, dit Vaa.

Et sans même lui adresser un signe de tête, elle sortit de la grotte. Purcell la suivit des yeux. La *vahiné* du grand chef! Et il y a quelques semaines, elle voulait l'assassiner!

Dans la grotte aux chaloupes, Purcell vivait toute la journée avec le goût âpre de la mer dans les narines. Le sel et l'iode pénétraient tout, et même le bois fraîchement scié perdait en peu de temps sa bonne odeur. C'étaient ses dernières journées dans l'île. Il essayait de se concentrer sur sa tâche et de penser à ce que serait sa vie sur l'océan avec Ivoa. Mais le soir, en revenant de *Blossom Bay,* dès qu'il entrait dans le sous-bois, l'odeur de la terre était là. Les tiarés et les hibiscus fleurissaient six mois sur douze, mais juin avait amené une profusion de fleurs dont il ignorait les noms et qu'à dix mètres il ne distinguait pas des petits oiseaux multicolores qui voletaient au-dessus d'elles. C'était une orgie incroyable de senteurs. Les dalles des sentiers s'étaient recouvertes d'humus et d'herbe, semée de touffes de petites fleurs jaunes à tige courte. Purcell marchait avec soin pour ne pas les fouler. Après les aspérités du sable et du roc, l'herbe était douce et tiède sous ses pieds nus.

Un peu plus tard, étendu dans l'obscurité à côté d'Ivoa, Purcell écoutait la respiration de Ropati. Merveilleux enfants tahitiens! Jamais un cri! Jamais une larme! Ropati dormait nu dans son berceau, aussi silencieux qu'un petit animal bien portant. Depuis que Tetahiti lui avait donné le *tabou*, Purcell couchait de nouveau les portes coulissantes grandes ouvertes, et il attendait avec impatience que la lune sortît d'un nuage pour mieux voir Ropati.

Au bout d'un moment, il ferma à demi les yeux. Au-dessus de sa tête, les lézards qui vivaient dans les feuilles de pandanus du toit glissaient de tige en tige avec un bruissement furtif qu'on pouvait confondre avec un souffle de vent venu de la montagne. Purcell donna de la main un coup léger contre la cloison de bois derrière sa tête. Aussitôt, tout s'arrêta. Et il imagina les longs et minces lézards tout en queue, tapis entre deux feuilles, terrorisés, le cœur battant sous leur peau verte. Depuis huit mois qu'ils vivaient avec lui, parfaitement camouflés et tout à fait hors d'atteinte, ils avaient toujours aussi peur.

Il avait dû s'endormir. Il rouvrit les yeux. La lune était là. Il se rappela qu'il voulait voir Ropati et se souleva sur son coude. Ivoa bougea dans son sommeil. Allongée bien à plat, nue elle aussi, ses longs cheveux répandus autour de sa tête en auréole noire, elle dormait, une main tenant son sein gonflé de lait, et l'autre posée sur le berceau de Ropati. Purcell passa le dos de la main contre sa joue. Pour Ivoa, un seul souci désormais, un seul but, tout le reste devenant secondaire. Le sens de sa vie donné une fois pour toutes, sans qu'elle ait à le chercher, comme lui, dans l'angoisse et la confusion.

Il se pencha et de nouveau la petitesse du bébé le surprit. Il faudrait bien dix ans avant qu'il arrive à remplir le solide lit de chêne qu'il lui avait fabriqué. Purcell eut tout d'un coup envie de rire. Il était vraiment très petit! Très petit et très gras! Et son corps, sous les rayons de la lune, avait une couleur chaude de bronze doré un peu ancien, comme si les douze jours qui s'étaient écoulés depuis sa naissance avaient suffi à le patiner.

— Tu ne dors pas, Adamo?

Ivoa le regardait.

— Non.

— Tu as des soucis dans ta tête?

— Non.

Là-dessus il y eut un long silence. Il eut l'impression d'avoir répondu trop sèchement et il reprit :

— Je regardais Ropati.

Elle tourna la tête à gauche et considéra le bébé avec une lente et scrupuleuse attention, comme si elle le voyait pour la première fois, puis elle dit à mi-voix d'un ton impartial :

— *Aoué*, il est beau!

Purcell eut un petit rire, puis il s'approcha d'elle, posa sa joue contre la sienne et ils regardèrent ensemble Ropati.

— Il est beau, répéta Ivoa.

Au bout d'un moment, Purcell laissa retomber sa tête sur son oreiller de feuilles. Il se sentait triste et fatigué. Dans le silence qui suivit, les glissements furtifs dans les palmes reprirent.

— A quoi penses-tu? dit Ivoa.

— Aux lézards.

Elle se mit à rire.

— Mais c'est vrai! dit-il en tournant vivement la tête de son côté.

— Qu'est-ce que tu penses?

— Je les aime bien. Ils ont de petites pattes et

ils courent. Ils ne rampent pas. C'est dégoûtant de ramper.

Il reprit :

— Ils sont gentils. J'aurais voulu les apprivoiser.

— Pourquoi?

— Pour qu'ils n'aient plus peur de nous.

Il reprit :

— J'avais un plan pour les apprivoiser. Mais c'est trop tard maintenant.

Elle le regardait en silence, et comme elle tournait le dos à la lune, il distinguait mal son visage. Il s'écoula un long moment. Ils écoutaient les lézards.

— C'est des portes coulissantes que j'étais le plus fier, dit-il tout d'un coup d'une voix étouffée comme s'il reprenait un sujet dont ils avaient déjà parlé.

Il y eut de nouveau un silence, et elle dit d'une voix tendre et basse, en glissant sa main dans la sienne.

— Et le fauteuil?

— Le fauteuil, c'était plus facile. Rappelle-toi comme j'ai travaillé pour les portes.

— Oui, dit-elle, tu as beaucoup travaillé.

Elle se tut et sa respiration changea. Purcell avança la main et passa les doigts sur son visage. Elle pleurait.

Il lui toucha la joue du bout des doigts. Aussitôt elle se dressa sur son coude et attendit. C'était le rite. Il ramassa en une seule touffe la longue toison éparse, rejeta la touffe derrière l'oreiller, et glissa son bras sous sa nuque.

— Tu as du chagrin? dit-il à voix basse, son visage tout près du sien.

Elle répondit au bout d'un moment :

— Pour Adamo. Pas pour Ivoa.

— Pourquoi pas pour Ivoa?

Il reprit d'une voix sans timbre :

— C'était une belle maison.

Elle poussa la tête dans le creux de son épaule et dit :

— Où Adamo va, je vais. Ma maison, c'est Adamo.

« Ma maison, c'est Adamo! » De quel ton elle avait dit cela! Quelques secondes s'écoulèrent, puis il pensa : « Mehani, Ouili, Ropati. Morts! Peut-être valait-il mieux quitter l'île, après tout... » Il secoua la tête avec irritation. Mais non, pourquoi se mentir, il ne pensait pas cela vraiment, même avec tous les morts qu'elle portait, l'île était encore l'île : le seul endroit du monde, le seul moment de sa vie où il avait été heureux.

Il s'écarta un peu pour essayer de distinguer les traits d'Ivoa.

— Tetahiti dit : « Quand le *Squelette* a tué Kori et Mehoro, c'est à ce moment-là que tu aurais dû venir avec nous. »

Comme elle ne répondait rien, il lui releva le visage de la main droite et scruta ses yeux. Mais seul le bord de sa chevelure était lumineux. Il ne vit que les taches sombres des iris se détachant à peine sur le blanc confus de l'œil.

— Et toi, Ivoa, qu'est-ce que tu dis?

— Tous les Tahitiens ont pensé cela.

— Et toi, qu'est-ce que tu penses?

Pas de réponse.

— Et toi, Ivoa?

— Adamo est mon *tané*.

Elle aussi. Elle lui donnait tort, elle aussi. Une fois de plus, il se sentit seul. Séparé de tous. Blâmé par tous. Et luttant de toutes ses forces pour ne pas se sentir coupable. Il restait silencieux et il lui semblait que son propre silence était quelque chose de triste et d'amer dans lequel il s'enfonçait.

— Homme, dit Ivoa, si c'était à refaire?...

Il fut stupéfait. Ivoa, poser une question! Et quelle question! Sa réserve, sa prudence, sa réticence à discuter des choses importantes, tout ce qu'il savait de son caractère démenti en quelques mots... Mais peut-être, tout simplement, faisait-elle effort sur elle-même pour l'aider?

— Je ne sais pas, dit-il enfin.

Il fut étonné de sa réponse. Il y avait trois semaines à peine, il avait encore justifié son abstention devant Tetahiti. Mais depuis, le doute avait dû cheminer en lui comme une taupe. Et tout d'un coup, il était là, flagrant, non plus à l'état de pensée qu'on repousse, mais comme une opinion qu'on exprime.

Il dégagea son bras, se leva, fit quelques pas au hasard dans la pièce, puis vint s'appuyer sur les portes coulissantes et regarda le jardin illuminé. Il avait tué Timi, mais oui, il l'avait tué, l'intention seule comptait, et depuis ce meurtre, il ne comprenait plus sa propre position. De temps en temps il se répétait que la vie d'un homme — quels que fussent ses crimes — était sacrée. Mais c'est précisément le mot *sacré* qui paraissait maintenant privé de sens. Pourquoi *sacré?* Pour lui permettre de commettre d'autres crimes?

Cette pensée le frappa en plein cœur. Il sortit dans le jardin et fit quelques pas en titubant comme un homme ivre. La sueur ruisselait sur son front et sous ses aisselles. Il avait dit : « Je ne tuerai pas! » Il avait cru choisir une attitude exemplaire. Et c'est vrai, elle était exemplaire! Mais l'exemple était inutile. Personne ne pouvait se payer le luxe de le suivre. Où qu'on fût, il y avait toujours un criminel à abattre : Burt sur le *Blossom*, Mac Leod dans l'île... et Timi! « Timi que j'ai tué. Personne n'a pu suivre mon « exemple »! Pas même moi! »

— Adamo! dit la voix d'Ivoa.

Il revint vers la maison en chancelant comme s'il avait reçu un choc. Il éprouvait le même sentiment de malaise et de dépaysement qu'il avait ressenti le jour où Ouili l'avait frappé au visage. Il s'allongea à côté d'Ivoa, et au moment où il allait glisser son bras sous sa nuque, mécaniquement, il rassembla ses cheveux en touffe et les rejeta sur l'oreiller.

— Tu n'es pas content? dit Ivoa.

Dans le langage réticent d'Ivoa « tu n'es pas content? » voulait dire : « Tu es malheureux? »

Purcell fit non de la tête, et comme elle continuait à le regarder, il dit :

— J'ai des soucis dans ma tête pour Ropati.

— Pourquoi?

— Sur la pirogue. Quand on sera en mer.

— J'y ai pensé, dit Ivoa.

Elle reprit :

— Il faut le donner.

Il se souleva et la regarda, stupéfait.

— Le donner!

— Oui, dit-elle avec calme, les larmes coulant sur ses joues.

— Donner Ropati! s'écria Purcell.

— Avant notre départ.

Il y avait un contraste saisissant entre ses pleurs et le calme de sa voix.

— J'ai pensé, reprit-elle.

— Qu'est-ce que tu as pensé?

— Peut-être dans la pirogue le vent s'en va. Et tous les jours il faut manger. Et un jour il n'y a plus rien. Et Ivoa n'a plus de lait...

Il dit au bout d'un moment :

— Et dans l'île, qui nourrira Ropati?

— Vaa.

— Nous partons dans deux semaines.

— Non, dit Ivoa. Pas avant que Vaa accouche. J'ai demandé à Tetahiti.

Il dit d'une voix sèche :

— Tu as tout arrangé?

— Adamo est en colère? dit-elle en se serrant contre lui, et en levant la tête pour voir ses yeux.

— Oui.

— Pourquoi?

— Tu décides. Et tout le monde sait, sauf moi.

— Personne ne sait, dit-elle avec vivacité, sauf Tetahiti. Et il fallait bien que je demande à Tetahiti avant de te parler. Et ce n'est pas Ivoa qui décide, ajouta-t-elle avec un mouvement de tout son corps contre lui, c'est son *tané*.

Il se rendait compte que sa colère était sans objet, mais il n'arrivait pas à la maîtriser. Il se dégagea de l'étreinte d'Ivoa, se leva et fit quelques pas dans la pièce. Elle avait raison, elle avait mille fois raison : un bébé d'un mois sur une chaloupe! Le froid, la tempête, la faim...

— A qui veux-tu le donner? dit-il durement.

— A Omaata.

Là aussi, il n'y avait rien à dire. Ses jambes étaient faibles et sans force. Il s'assit sur le rebord des portes coulissantes et appuya sa tête contre le montant de bois.

— Adamo, dit la voix d'Ivoa derrière lui.

Il ne répondit pas.

— Adamo!

Il n'arrivait pas à répondre. Elle était courageuse, elle était admirable, et à cet instant, obscurément, absurdement, il lui en voulait. « Comme si tout cela n'était pas ma faute! » pensa-t-il tout d'un coup dans un éclair déchirant de remords et de désespoir. « Ces morts! Ce départ! Tout est ma faute! »

Il l'entendit qui pleurait à petits coups derrière lui. Il se leva et retourna s'étendre à côté d'elle.

A mesure que le départ de Purcell devenait proche, un mécontentement se faisait jour parmi les *vahinés*, y compris celles qui vivaient dans le *Pa*. Pendant les longs après-midi dans le jardin d'Ivoa, les langues, en présence de Tetahiti, étaient actives. Personne, à vrai dire, n'osait s'adresser à lui, mais les plaintes qui s'élevaient avaient toutes le même objet : Adamo et Ivoa allaient partir pour Tahiti, et elles, pauvres *vahinés*, elles restaient là, avec un seul *tané* pour dix! *Aoué!* Tahiti! A Tahiti, il y avait un lagon, et jamais le froid comme ici, et les hommes étaient doux et sans ressentiment.

Ce thème fut ressassé tous les jours sous différentes formes jusqu'au moment où plusieurs *vahinés* — parmi lesquelles Horoa figurait — demandèrent à Purcell de partir avec lui pour Tahiti dans la seconde chaloupe. Il refusa. La seconde chaloupe était mauvaise. La troisième ne valait pas mieux. Les *vahinés* ne sauraient pas diriger un bateau en mer. Et de toute façon, il n'avait lui-même que peu de chances d'arriver.

Le rêve de revoir Tahiti fut ainsi tué dans sa fleur. La consternation fut si vive qu'elle se mua en grief, et comme on ne pouvait en vouloir à Adamo — pauvre Adamo! — les conversations de l'après-midi prirent un tour plus piquant. Un autre thème apparut alors : l'hypocrisie de Tetahiti. Le chef n'osait pas tuer Adamo, parce qu'Adamo n'avait rien fait, mais il l'envoyait se noyer sur mer avec sa femme. Cette vue des faits fut développée avec tant d'ingéniosité et sous des formes si perfides que Tetahiti, exaspéré, se leva sans un mot, rentra chez lui et ne parut pas le lendemain dans le jardin d'Ivoa.

Quand il revint, on lui fit tant de caresses qu'il put penser que sa fermeté avait eu raison des femmes. Mais dès le lendemain, l'offensive recommençait. Elle prit d'abord des formes plus voilées : joli petit Ropati, que son teint était agréable! Les Tahitiens étaient trop noirs, les *Peritani,* trop pâles, Ropati avait la couleur qu'il fallait! *Aoué*, pauvres *vahinés*, maintenant c'est fini : seules, Ivoa et Vaa auraient des enfants couleur d'or!

Le lendemain, on loua de nouveau Ropati pour une couleur de peau désormais si rare dans l'île, mais cette veine, déjà trop exploitée la veille, menaçait de s'épuiser, quand Itihota, émergeant de son silence, trouva une nouvelle idée. Elle décrivit l'existence d'Adamo et d'Ivoa sur la pirogue et les périls qu'ils allaient courir. On renchérit. Et bien qu'Adamo fût au même instant bien au sec dans la grotte de *Blossom Bay*, et Ivoa en train d'allaiter Ropati, on les tint déjà pour morts l'un et l'autre. *Aoué!* Que l'*Eatua* nous protège! Mort, le gentil Adamo, qui n'avait fait de mal à personne! Morte, la douce Ivoa, fille du grand chef Otou, nièce du père de Tetahiti!

On insista beaucoup, bien entendu, sur des liens de famille qui eussent dû la préserver, elle et son *tané,* de cette mort imbécile, et on esquissa même, à ce propos, un retour au thème de l'hypocrisie. Mais Omaata le jugea dangereux et coupa court.

L'élégie sur la mort, maintenant certaine, d'Adamo et d'Ivoa, occupa deux après-midi, puis Itia découvrit un sujet neuf : Adamo allait partir. Tetahiti serait le seul homme de l'île et que deviendraient les pauvres *vahinés* si Tetahiti venait à tomber malade et à mourir? Il devint alors tout à fait évident que la maladie allait guetter Tetahiti à chaque tournant de sa vie, et que les dix *vahinés* seraient, à bref délai, vouées au veuvage, sans aucun *tané* pour les nourrir ou les protéger. On pleura donc Tetahiti devant lui. On fit même son éloge. Et ses futures veuves se lamentèrent sur leur propre sort une fois qu'il serait parti. Ce nouveau thème était splendide et on allait l'exploiter à fond, quand tout se gâta par la faute de Vaa. Satisfaite de son nouveau *tané* et de sa position, Vaa n'avait pris aucune part aux complaintes de ses compagnes. Mais tout d'un coup, l'idée qu'elle pût devenir veuve sans espoir de remariage pénétra sa cervelle avec beaucoup de force. Elle en fut bouleversée. *Aoué,* si Tetahiti mourait, que deviendrait Vaa? Ses intérêts étaient méprisés, on la lésait, c'était évident. Le départ d'Adamo la privait d'un *tané* de secours. Car mieux valait, après tout, un *tané* qui ne fût pas un grand chef que pas de *tané* du tout.

Sa réaction fut prompte. Elle marcha droit sur Tetahiti, se campa devant lui sur ses fortes jambes courtaudes, et soutenant son ventre des deux mains, elle éclata en reproches véhéments.

Tetahiti, qui était assis sur les rainures des portes coulissantes, en train de dorloter Ropati, ne leva même pas les yeux. Quand Vaa eut fini, il se mit sur pied, rendit le bébé à sa mère, gifla Vaa sans brutalité, et se tournant vers les femmes, il leur tint un langage résolu. Il avait pris une décision au sujet du *Peritani*, et rien de ce qu'elles pourraient dire ne le ferait changer d'avis. Il savait, certes, qu'il était plus facile de faire lâcher prise à un poulpe que de faire taire une femme. Mais si les *vahinés* s'obstinaient à bavarder à tort et à travers en sa présence, il irait vivre seul dans la montagne et n'en reviendrait que pour s'assurer du départ d'Adamo.

Cette déclaration imposa le silence et le silence dura. Mais il y avait encore les regards, les soupirs, les larmes, les hochements de tête douloureux. Et du moins quand Tetahiti était là, les femmes en usèrent sans aucune retenue.

Une semaine après l'incident provoqué par Vaa, Purcell vit Tetahiti entrer dans la grotte aux chaloupes. Il entra sans le saluer, tourna d'un pas rapide autour de l'embarcation et dit sans le regarder :

— La pirogue est finie?

Purcell fut irrité de ce début abrupt. Il saisit une râpe dans la caisse aux outils et se mit à donner de l'arrondi à la lisse. Au bout d'un moment, il vit du coin de l'œil que Tetahiti lui faisait face, et dit d'une voix sèche :

— Presque.

— Qu'est-ce qui manque?

— Je peins, je mets la toile, je peins la toile, et c'est fini.

Il y eut un silence et on n'entendit plus que le petit bruit patient de la râpe sur le bois.

— Pourquoi la toile?

— Pour empêcher l'eau d'entrer.

Tetahiti passa la main sur le *roof*.

— Mais la pirogue, elle peut marcher comme ça?

— Oui.

Il y eut un silence et Tetahiti reprit :

— C'est bien. Nous l'essaierons demain.

— Nous? dit Purcell en relevant la tête et en fixant le Tahitien d'un air stupéfait.

— Toi et moi, dit Tetahiti, impassible.

Il pivota sur ses talons, gagna l'entrée de la grotte, dit par-dessus son épaule : « Demain à marée haute » et disparut.

Quand il rentra le soir chez lui, Purcell ne dit rien aux *vahinés* de cette scène et s'aperçut à leur comportement que Tetahiti s'était tu, lui aussi. Mais la nuit tombée, quand chacun fut rentré chez soi, il se rendit chez Omaata en compagnie d'Ivoa.

Deux *doédoé* — un devant chaque hublot grand ouvert — brûlaient pour éloigner les *toupapahous,* mais c'était pure habitude : la lune éclairait comme en plein jour. Omaata s'était assoupie, Itia dans ses bras comme un bébé. Sa masse, creusant le lit sous elle, donnait l'impression qu'elle dormait plus profondément qu'aucune autre.

Purcell lui toucha la joue et aussitôt elle ouvrit les yeux. Bien qu'ils fussent proportionnés à sa taille et à son visage, c'était à chaque fois pour Purcell la même surprise, ils paraissaient immenses.

— Adamo, dit-elle en souriant.

Itia se réveilla à son tour, ronde et menue, regarda les arrivants, les cils battants, et tout d'un coup, elle bondit du lit et courut embrasser Adamo. Elle était heureuse comme une enfant qu'Adamo eût surgi subitement devant clle à un moment où elle ne s'attendait pas à le voir.

Purcell raconta son entrevue avec Tetahiti.

— Peut-être, dit Itia, les yeux encore émerveillés du plaisir de l'imprévu, peut-être il va sur la pirogue avec toi, il te jette à l'eau, il revient, et il dit : « C'est un accident. »

— J'ai déjà pensé, dit Ivoa.

Omaata se souleva sur son coude, et tous les muscles et les rondeurs de sa masse sculpturale s'animèrent.

— Il a donné le *tabou*.

— Il est rusé, dit Ivoa.

Omaata secoua sa lourde tête.

— Il a donné le *tabou*.

— Peut-être, dit Itia, il voit si la pirogue est bonne. Si elle est bonne, il la prend et il part pour Tahiti.

Ayant dit, elle rit, et son rire voleta dans la pièce comme un oiseau. Puis elle courut se jeter de nouveau au cou de Purcell. Mais cette fois-ci, elle embrassa aussi Ivoa. Celle-ci lui rendit ses caresses de bon cœur, mais son visage resta sombre.

— Tetahiti n'est pas méchant, dit Omaata en fixant Ivoa de ses yeux immenses.

— Peut-être il tue Adamo, dit Ivoa.

— Non, dit Itia en regagnant le lit et en s'asseyant sur les pieds d'Omaata sans que celle-ci parût s'en apercevoir. Il est fâché, parce qu'Itia a dit : « Tu envoies Adamo et ta cousine Ivoa sur la pirogue *peritani,* et ils se noient. » Il veut voir si la pirogue est bonne. Il ne veut pas avoir honte dans son cœur.

— L'enfant a raison, dit Omaata. Tetahiti est très humilié à cause des choses que nous avons dites.

— Peut-être il est curieux, dit Purcell. Il n'est jamais monté sur une petite pirogue *peritani* avec un toit.

— Peut-être il se tue, dit Ivoa.

— Ropati est seul. Je vais aller garder Ropati!

s'écria tout d'un coup Itia, comme si elle estimait qu'elle avait résolu le problème et que la discussion pouvait désormais se passer d'elle.

Comme elle s'élançait vers la porte, Ivoa la retint par le bras.

— Avapouhi est à la maison.

— Je vais quand même! s'écria Itia.

Le retour de ses mauvaises manières surprit tout le monde. Ivoa secoua la tête d'un air ferme.

— Nous allons. Adamo a besoin de sommeil.

Itia devint grise de honte, fit la lippe comme si elle allait se mettre à pleurer et se précipita dans les bras d'Omaata.

— A demain, Itia, dit Ivoa d'une voix douce en se penchant sur elle. Viens demain de bonne heure. Tu verras Ropati.

Omaata tapotait la petite épaule ronde d'Itia du plat de son énorme main, mais ses yeux restaient fixés sur ceux d'Ivoa.

— Tu deviens une vraie *Peritani,* dit-elle avec un demi-sourire. Tu te fais beaucoup de soucis dans ta tête.

— Ils seront sur mer, dit Ivoa. Le *tabou* a été donné dans l'île.

Purcell lut sur le visage d'Omaata que l'argument avait porté. Il se souvint tout d'un coup : un *tabou* perdait sa force hors du lieu où on l'avait donné.

— Demande à Tetahiti d'aller aussi sur la pirogue, dit Omaata au bout d'un moment.

— Je demanderai, dit Ivoa, et son visage se détendit.

Le lendemain matin, dès que Tetahiti eut rassemblé les *vahinés* sur la plage pour pousser la pirogue à l'eau, elle « demanda », en effet, et essuya un refus des plus secs.

Blossom Bay faisant face au nord, et le vent, ce matin-là, soufflant du sud-est, il n'y avait pas de ressac et la mise à l'eau fut facile. Purcell donna la barre à Tetahiti et hissa les voiles, mais la chaloupe se trouvant sous le vent de l'île, elles faseyèrent, et Purcell, revenant dans le cockpit, mit en place l'aviron de godille pour se déhaler jusqu'au cap Horoa. On appelait ainsi la falaise abrupte et déchiquetée qui, à l'est, séparait *Blossom Bay* de *Rope beach*. Elle devait son nom à une chute dangereuse qu'Horoa y avait faite au début mai en tentant de dénicher des œufs de sterne.

Dès que la chaloupe eut doublé cette pointe, les voiles se gonflèrent d'un seul coup, le gréement vibra, l'embarcation bondit en avant, et Tetahiti, rendant la barre à Purcell, s'assit devant la cabine, le dos tourné. La brise était fraîche, la gîte, assez forte, et Purcell lâcha de l'écoute pour venir grand largue, puis vent arrière. Le bateau se redressa et se mit à courir sur la houle. Purcell raffermit sa prise sur la barre. Il y avait huit mois qu'il n'avait pas senti un caillebotis frémir sous ses pieds. Bien qu'il eût prévu un banc pour le barreur, il restait debout, un genou sur le banc, le regard fixé sur la proue, prêt à corriger, d'un coup léger de la main, les embardées. La vibration du manche de chêne au creux de ses doigts lui faisait plaisir. La chaloupe avait pris de l'erre et donnait une magnifique impression de glissement et d'envol. Elle rattrapait une lame, en écrasait la crête en dérapant sur elle comme un traîneau sur la neige, et aussitôt une autre lame la surprenait par-derrière et la lançait dans le creux. Mais à peine son étrave avait-elle le temps d'y plonger jusqu'à la lisse que la voile l'arrachait de l'eau et la projetait en avant. Vague et vent la poussant, la chaloupe progressait ainsi de bond en bond, avec des ralentis dans l'entre-deux des lames et des envolées grisantes. On avait l'impression qu'elle pouvait parcourir ainsi sans fatigue, d'un bout à l'autre du monde, des milliers de milles.

En se retournant, Purcell vit le groupe des femmes sur la plage du *Blossom Bay*. Il était déjà si petit qu'il ne distinguait plus les visages, ni la haute taille d'Omaata. Peut-être agitaient-elles les bras vers lui. Il ne les voyait pas. L'île n'était pas plus grosse elle-même qu'un îlot couronné de verdure. « C'est comme cela, pensa Purcell, qu'elle m'apparaîtra quand je partirai. » Le ciel était un peu brumeux, le soleil n'arrivait pas à percer et il sentit pour la première fois sur son dos nu l'humidité des embruns. Il regarda le sillage, tira sa montre, et jeta de nouveau un coup d'œil à l'île : sept ou huit nœuds. A cette allure, en moins d'une heure, elle ne serait plus qu'un point noir dans l'immensité de l'horizon.

Purcell, les yeux encore fixés sur l'île, sentit que le bateau dérapait, il donna un coup de barre à bâbord, puis regarda la proue, et donna un coup de barre en sens inverse. Le vent avait fraîchi, l'entre-deux des lames était plus petit, les lames elles-mêmes, plus hautes.

Tetahiti se retourna. Il ne se retourna pas tout à fait. Il offrit seulement à Purcell son profil et le coin de son œil gauche.

— Ivoa m'a dit que tu regrettais.

Il ouvrait largement la bouche et devait parler fort à cause du vent, mais Purcell l'entendait à peine.

— Je regrette quoi?

— De n'être pas venu avec nous.

Il n'avait pas dit cela. Pas tout à fait. Il avait dit : « Je ne sais pas. » Mais c'était vrai, au fond. Il regrettait. Au moment où Tetahiti avait posé la question, il avait su qu'il regrettait.

— Oui, dit-il, c'est vrai.

Il resta immobile, debout, la main sur la barre, à regarder le profil de Tetahiti. Ivoa, si discrète d'habitude... Qu'espérait-elle donc? A quoi tout cela rimait-il? Ces questions sur le passé? Cette sortie à deux pour essayer la chaloupe? C'était absurde. Tout depuis hier soir était anormal, bizarre. Tout se passait comme dans un rêve, sans suite, sans transition, sans cohérence.

Quelques secondes se passèrent et Tetahiti bougea. Il bougea avec une lenteur résolue et Purcell le regarda faire, fasciné. Il passa d'abord les jambes par-dessus le banc comme s'il voulait faire face au *Peritani*, et il lui fit face, en effet, mais avec un temps de retard, comme si sa tête suivait avec regret la direction de son corps. Son visage reçut aussitôt les embruns de plein fouet, et Tetahiti plissa davantage encore ses traits creusés et burinés. Dans les fentes de ses lourdes paupières, ses prunelles sombres, tranchant sur le blanc de l'œil, brillaient avec une intensité gênante. Sa tête sévère appuyée sur ses mains, et ses coudes reposant sur ses longues jambes musclées — si lisses et si mates qu'elles avaient l'air d'être gainées de noir — il resta là, face à Purcell, ses yeux scrutant les siens.

— Adamo, dit-il d'une voix grave, une grande pirogue *peritani* vient dans l'île. Elle nous fait tort. Qu'est-ce que tu fais?

— Tort comment? dit Purcell.

— Comme le *Squelette,* dit Tetahiti d'une voix sourde.

Il y eut un silence et Purcell dit :

— Je me bats contre eux.

— Avec des armes?

— Oui, dit Purcell d'une voix nette.

Il ajouta :

— Mais il n'y a plus qu'un fusil.

— Il y a deux fusils, dit Tetahiti.

Un éclat sombre traversa ses yeux et il ajouta avec un accent de triomphe :

— J'ai caché celui de Mehani.

Il reprit aussitôt d'un ton bas et contenu, comme s'il faisait un violent effort pour dominer l'excitation de sa voix :

— Tu prends le fusil de Mehani?

— S'ils nous font tort, oui.

— Tu tires sur eux avec le fusil de Mehani?

— Oui.

— Toi *Peritani,* tu tires sur des *Peritani?*

— Oui.

Il y eut un silence et comme Tetahiti n'ajoutait rien, Purcell dit :

— Pourquoi as-tu voulu venir avec moi sur la pirogue?

Tetahiti n'eut pas l'air choqué par une question aussi directe. Il répondit sans hésitation :

— Pour voir si elle est bonne.

— Et si elle est mauvaise?

— Elle n'est pas mauvaise, dit Tetahiti d'un ton sec.

Purcell avala sa salive et chercha les yeux du Tahitien. Il ne les vit pas. Tetahiti avait abaissé ses paupières comme on referme une porte.

Au bout d'un moment, il passa les jambes par-dessus le banc, pivota sur ses hanches, tourna le dos à Purcell et dit par-dessus son épaule :

— Il y a beaucoup d'eau dans la pirogue.

Purcell jeta un coup d'œil sur le caillebotis. La

chaloupe depuis un moment embarquait. Rien d'inquiétant, mais il fallait écoper.

— Prends la barre, dit Purcell.

Tetahiti se dressa sans dire un mot. En prenant la barre, il toucha par mégarde la main de Purcell, mais ne leva pas les yeux sur lui.

Purcell détacha un seau fixé sous le banc du cockpit, enleva les caillebotis et commença à vider l'eau des fonds. Pour aller plus vite, il redressait à peine la tête, mais au sifflement du gréement au-dessus de lui, il jugea que le vent avait encore fraîchi.

Il sentit que Tetahiti lui touchait l'épaule. Il se redressa.

— Regarde!

L'île, à l'horizon, n'était guère plus grosse qu'un rocher, et derrière elle, s'étendait à fleur d'eau, bouchant tout le sud, un long nuage d'un noir d'encre. Purcell jeta un coup d'œil autour de lui. La mer était grosse et confuse. Et les lames courant vers le nord se faisaient maintenant prendre de flanc par d'autres lames venues du sud-ouest, et déferlaient en cataractes.

— *The Southwester*[1]*!* cria Purcell en laissant tomber le seau.

Il s'aperçut qu'il avait parlé en anglais. Il prit la barre des mains de Tetahiti et lui cria dans le vent : « Le foc! » puis comme Tetahiti s'élançait en avant, il rentra l'écoute de grand-voile et porta la barre à bâbord. La chaloupe vira, passa le lit du vent, et Purcell laissa porter pour diminuer l'impact du vent sur les voiles avant de passer au plus près.

C'était la première fois depuis l'arrivée du *Blossom* en vue de l'île que Purcell voyait le terrible

1. Le suroît.

suroît se substituer au sudet sans préavis. Tetahiti se débattait avec les écoutes du foc. Purcell lui cria : « Plus plat! » Tetahiti obéit et, en revenant, prit le temps de remettre en place les caillebotis et d'amarrer le seau d'écope sous le banc.

La chaloupe tenait un bon cap sur l'île, mais tanguait dur sur une mer chaotique et si peu voilée qu'elle fût, elle gîtait à donner le vertige. Purcell s'assit au vent et Tetahiti vint s'asseoir à côté de lui, comme si leurs deux poids pouvaient suffire à redresser l'embarcation. La lisse sous le vent disparaissait tout entière sous l'eau, et en se penchant en arrière, Purcell pouvait voir la moitié de la coque totalement déjaugée, la base de la quille, et par moments, la courte quille elle-même apparaissant dans la transparence de l'eau glauque. Purcell avait l'impression que la chaloupe, penchée sur l'océan presque à l'horizontale, gardait par miracle son équilibre et que la plus petite poussée supplémentaire allait la faire basculer dans les flots.

Il poussa la main de quelques degrés à tribord afin de déventer un peu sa voile, passa la barre à Tetahiti, lui cria dans le vent : « Tiens-la comme ça! » et, plongeant dans la cabine, en ressortit aussitôt avec deux filins. Il amarra l'un à la taille de Tetahiti, l'autre à la sienne et fixa les extrémités au montant du banc.

Il reprit la barre, remplit la voile de vent, et la chaloupe recommença à gîter. Elle montait splendidement à la lame, mais embarquait d'énormes masses d'embruns. Le pont avant en était balayé sans arrêt, l'écume tourbillonnait au pied du mât jusqu'au bas de la bôme, et malgré la protection du roof, l'eau, dans le cockpit, atteignait déjà la hauteur du seau d'écope.

La houle devenait, à chaque instant, plus confuse. Elle brisait et déferlait en tous sens avec une sorte de fièvre comme si elle bouillonnait dans un chaudron trop petit. Mais par bonheur, elle n'était pas encore très haute, le ciel restait clair, et quand la chaloupe balançait une seconde au sommet d'une crête, Purcell avait le temps d'apercevoir l'île. Puis il retombait dans le creux, aveuglé par les paquets de mer, la main gauche accrochée à la barre, la main droite agrippée à la lisse.

Et le grain ne faisait que commencer! Le suroît! A Noël, trois semaines de bourrasques, un déluge d'eau, des arbres déracinés, un morceau de falaise arraché à l'île! Quand le nuage noir derrière l'île serait sur eux, la chaloupe allait danser!

Le torse nu ruisselant d'eau, tremblant de froid, le visage coupé par le vent, les mains bleues et raidies, Purcell faisait des efforts continuels pour reprendre son souffle entre deux paquets de mer. Il n'avait jamais essuyé un grain de cette violence à bord d'un bateau aussi petit. Et autre chose, certes, était d'étaler un coup de temps du haut de la dunette du *Blossom* et d'être ici, à ras de mer, au milieu des vagues, et presque autant sous elles que dessus. Tetahiti se pencha, colla presque ses lèvres contre son oreille et hurla en détachant les mots :

— La pirogue!... trop dur!..

Et de la main il fit le geste d'affaler les voiles. Purcell inclina la tête. C'était vrai. Il souquait la chaloupe comme un fou! C'était insensé de courir dans ce vent avec toute sa toile. Mais il n'avait pas le choix.

Il hurla à son tour :

— Arriver... à l'île... avant le nuage.

Il répéta, toujours hurlant :

— Avant le nuage!...

Au même instant, un gros paquet d'embruns le gifla avec violence, lui remplit la bouche et les yeux, et le renversa en arrière. Il émergea enfin de l'eau, crachant, toussant, à demi noyé, la main crochée sur la barre, et sentant bouger, contre son épaule, l'épaule de Tetahiti.

Il aperçut l'île de nouveau. Ils allaient un train d'enfer, mais elle avaït à peine grossi depuis qu'il avait viré de bord. C'était désespérant. Il avait beau forcer la chaloupe, il lui faudrait encore une heure pour l'atteindre. Il ne l'atteindrait pas! Le ciel noircissait déjà, l'eau devenait verte, le grain serait là avant.

Ce matin en se réveillant, il avait observé le ciel et humé le vent. Temps clair, joli sudet. Il avait poussé jusqu'à *Rope beach :* houle maniable. Il avait même pris la précaution d'aller jeter un coup d'œil au baromètre de Mason : beau fixe. Toutes les conditions pour une petite promenade de plaisance! Et maintenant, ils étaient en pleine mitraille et le temps allait crever sur eux! Il grelottait de froid, il arrivait à peine à penser. Il n'arrêtait pas de se dire, comme un maniaque, que s'il avait fait demi-tour vingt minutes plus tôt, il serait bien près d'être sous le vent de l'île, en eau calme, sans même un ressac pour gêner l'échouage.

Il vit venir à lui une grosse houle et pensa : « Si elle ne déferle pas, je vais voir l'île. » Au même instant, la proue de la chaloupe escalada la lame, l'horizon apparut, le nuage noir était partout : l'île avait disparu.

— L'île! hurla Purcell en saisissant convulsivement le bras de Tetahiti.

Il s'était embarqué sans carte, sans compas, sans

sextant! S'il passait dans le noir à côté de l'île, il n'avait aucun moyen de la retrouver! Il pouvait errer des jours et des jours dans la brume à sa recherche. Sans eau, sans vivres, sans un vêtement! La seule île dans un rayon de cinq cents milles marins!

— L'île! hurla-t-il à nouveau.

Tetahiti le fixait, les yeux agrandis. Et ils restèrent quelques secondes à se regarder, hébétés, épaule contre épaule, leurs visages se touchant presque. Il y eut un sifflement de vent strident. Purcell vit la mer à bâbord venir à sa rencontre, et avant même de réfléchir, il donna un coup de barre. La mâture s'immobilisa à un mètre de l'eau, puis avec une lenteur infinie se redressa. Les voiles se mirent à battre avec violence dans le lit du vent, et Purcell les regarda, stupide, tremblant, sans pouvoir bouger un seul muscle. Tout s'était passé si vite. Il venait à peine de se rendre compte qu'ils avaient failli chavirer.

— Les voiles! cria Tetahiti à son oreille.

Et de nouveau, il fit les gestes de les affaler. Il avait raison. C'était imbécile d'avoir attendu si longtemps! Purcell passa la barre à Tetahiti, gagna le pont avant à quatre pattes, et le filin de sécurité croché à sa ceinture, défit les drisses.

Il jeta l'ancre flottante, et passa dix minutes pénibles dans les paquets de mer et le tangage à rouler la grand-voile autour des espars et à les amarrer. Mais il agissait, tout était clair, c'était presque une routine. Il se mettait à sec de toile, la chaloupe dérivait comme un bouchon sur son ancre, ils étaient en sécurité. Un paquet de mer plus fort arriva, Purcell raffermit sa prise, s'ébroua, et pensa dans un éclair : « Dériver! » Il ne pouvait pas se permettre de dériver! Le suroît pouvait durer des jours. Et même s'il ne le poussait vers le nord-ouest que quelques heures, il ne retrouverait plus jamais l'île. Il fallait faire du chemin, coûte que coûte, ou du moins étaler la dérive, rester presque sur place.

Purcell gagna en rampant la cabine, en ressortit avec un petit foc et appela Tetahiti. Accroché au mât, Tetahiti devrait le tenir ferme par le filin de sécurité, tandis qu'il démaillerait le grand foc, passerait la drisse en bout de mât et frapperait le petit foc sur l'étai avant. C'était une folie, en plein grain, de tenter une opération pareille, mais Purcell la réussit. Quand enfin il hissa la toile et revint à la barre, il avait les mains déchirées, et à force d'avoir reçu les énormes gifles des embruns, sa tête était vide et meurtrie.

Ahuri, les oreilles sifflantes de vent, Purcell fixait la proue sans la voir. La résistance de la barre le réveilla. Il regarda le petit foc. Il était gonflé à craquer. Il tenait! Il faisait même gîter la chaloupe! On avançait, on gagnait encore sur la houle!

Il s'aperçut qu'il était assis sur le grand foc qu'il venait de démailler et l'idée lui vint de s'en envelopper. Il fit signe à Tetahiti et tous deux, luttant contre le suroît qui le leur arrachait des mains, réussirent à faire de la voile un manteau qui leur couvrait la tête, les épaules et le dos. Pour plus de sûreté, ils passèrent un filin dans les œillets, serrèrent et l'amarrèrent au banc. Il fallait que Purcell pût avoir des vues pour continuer à barrer, et ses yeux et son bras gauche émergeaient du foc. Tetahiti, par contre, disparaissait tout entier dans la cage de toile où ils étaient tapis tous les deux, comme deux chiens au fond d'une niche, mouillés, tremblant de froid, serrés l'un contre l'autre.

Au bout d'un moment, Purcell sentit que Tetahiti

passait le bras derrière son cou, posait la main sur son épaule gauche et collait sa joue contre la sienne.

— Bon! dit la voix de Tetahiti à son oreille.

— Quoi? cria Purcell.

Une gerbe d'éclairs aveuglants jaillit devant la proue et il ferma les yeux.

— Le foc! Bon!

Tetahiti devait hurler lui aussi, mais c'était une voix mince et lointaine qui lui parvenait au milieu de l'énorme cataclysme.

Purcell regarda le foc. C'était vrai, il était « bon »! Il n'était ni arraché, ni déchiré. Leurs vies étaient suspendues à ce mouchoir de poche, et il tenait. La chaloupe avançait dans les dents du suroît. Une onde d'espoir envahit Purcell.

— Il tient! hurla-t-il de toutes ses forces en se tournant vers Tetahiti.

Tetahiti fit quelque chose de surprenant. Il sourit. Dans la pénombre du capuchon de toile qui recouvrait sa tête, Purcell le vit distinctement. « Comme il est brave! » pensa Purcell avec gratitude. Au même instant, l'évidence lui sauta aux yeux : le *plus près* n'était pas efficace. Il ne pouvait pas l'être. Peu de voile, peu de quille. La chaloupe avançait, mais avançait en crabe, et au moins autant de côté qu'en avant. S'il continuait cette route, il risquait de passer à l'Est de l'île. Comment n'y avait-il pas pensé plus tôt? Puisqu'il perdait à l'Est, il fallait remonter à l'Ouest — tirer des bords. Des bords assez courts. Plus ils seraient courts, moins on risquait de s'écarter de l'île.

— Tetahiti! cria-t-il.

Tetahiti décolla sa joue de la sienne et lui fit face.

— Il faut faire... comme ça! hurla Purcell.

Et calant la barre avec son genou, il libéra sa main gauche et fit le geste de louvoyer. Tetahiti hocha la tête et hurla :

— Je vais!

Aussitôt, et comme s'il était heureux d'agir, il se glissa, par en dessous, hors de leur cage de toile, et à quatre pattes, alla libérer l'écoute. Purcell donna un coup de barre et, à son grand soulagement, la chaloupe obéit, passa le lit du vent. C'était splendide! Elle avançait, puisqu'elle avait assez d'erre pour virer.

Une nappe de lumière fulgurante miroita et Purcell aperçut Tetahiti. Il avait du mal à border plat le foc. Purcell pensa avec anxiété : « Pourvu qu'il ne tire pas trop sur l'écoute! » Il poussa la barre pour déventer la voile une ou deux secondes pour l'aider.

Tetahiti revint vers lui, ruisselant d'eau, spectral dans la lumière trouble, le sommet de sa tête étrangement phosphorescent.

Purcell tira sa montre, et attendit un nouvel éclair pour lire le cadran. Puisqu'on ne voyait rien, il fallait fixer arbitrairement le temps que durerait un bord. Dix minutes à l'Ouest. Six à l'Est. Le bord à l'Ouest devait être plus long, puisqu'il ne risquait pas de les éloigner de l'île.

La routine des bords s'installa, le temps passa, le grain n'augmenta pas de violence, ils étaient misérables, c'était tout. Le froid, les paquets de mer en pleine figure, les éclairs aveuglants, le tangage fou de la coque... Il n'y avait rien à faire qu'à attendre et à subir. La chaloupe embarquait beaucoup, et Purcell décida d'écoper. Ils se relayèrent, et après trente minutes de travail acharné, ils arrivèrent à ramener l'eau à peu près au niveau où elle se trouvait avant le grain. Purcell amarra le seau, se glissa sous la toile à côté de Tetahiti, celui-ci passa son bras par-dessus son épaule et appuya sa joue contre la sienne. Purcell tira sa montre. Il y avait maintenant quatre heures que la chaloupe avait quitté l'île.

La sensation de froid était abominable. Ses mains étaient bleues, et il entendait contre sa joue les dents de Tetahiti s'entrechoquer.

Il se tourna et lui cria à l'oreille :

— Va... sous le toit... pirogue.

Tetahiti fit « non » de la tête. Les éclairs cessèrent et ce fut un soulagement indicible de ne plus entendre le fracas des coups de foudre. Bien que le suroît continuât à siffler et les lames à s'entrechoquer, Purcell eut, pendant une ou deux minutes, une impression extraordinaire de paix et de silence. Puis cette impression se dissipa et il entendit à nouveau le vent.

Tetahiti colla sa bouche contre son oreille :

— Rien... à manger?

— Non! hurla Purcell.

Une brèche s'ouvrit dans le plafond, la visibilité s'améliora, mais sans s'étendre à plus d'une encablure. Purcell se fatiguait les yeux à essayer de distinguer dans la brume une forme qui laissât deviner l'île.

Il eut atrocement peur tout d'un coup. Et s'ils avaient *déjà* dépassé l'île? Si l'île était déjà derrière eux? S'ils étaient en train de s'éloigner d'elle à chaque bord? Son cœur se mit à battre avec violence, et bien qu'il fût transi de froid, la sueur ruissela sur son front.

— Tetahiti!

Un paquet d'embruns le gifla et ruissela à l'intérieur de la toile. Quand il put rouvrir les yeux, il vit que Tetahiti lui faisait face. Le froid avait marqué et décoloré son visage, mais ses traits restaient fermes.

— L'île... devant?

— Devant! cria Tetahiti sans hésitation.

— Pourquoi?

— Devant!...

Tetahiti ouvrit de nouveau la bouche, mais une bourrasque violente dispersa ses paroles et Purcell n'en attrapa que des bribes.

— Beaucoup... soucis... tête... vivants!...

Le regard de Purcell se reporta sur le foc, il corrigea sa route, et de nouveau il scruta la pénombre. Ah voir, voir à travers le brouillard! Il devrait y avoir un sens spécial pour deviner la présence des lieux qu'on aime! C'était affreux! Peut-être allaient-ils passer à une encablure de l'île et la perdre!

Sa main serra avec force celle de Tetahiti. Il avait raison! Nous sommes vivants. « Ça devrait me suffire. » Cette imagination de l'avenir qu'ont les Blancs! Ne plus penser, accepter le présent, se débarrasser de l'angoisse!

Tout s'assombrit. Purcell vit distinctement le nuage noir arriver sur eux, et paraissant le précéder, la pluie, de nouveau, en lignes verticales très serrées, comme les lances d'une armée d'assaillants. Elles fondirent sur la chaloupe avec une violence incroyable, le ciel tout entier creva, et les gouttes, frappant leurs têtes comme des milliers d'aiguilles, battirent le pont et le roof avec un crépitement haineux. Une obscurité de poix, épaisse et sinistre, submergea tout, mais ce ne fut qu'un passage. La voûte noire des nuages s'éclaircit, tout devint gris et cotonneux, et la visibilité s'étendit à une demi-encablure.

En même temps, une lumière blafarde et cruelle se répandait sur la mer et le creux glauque des lames prit un aspect repoussant qui glaça Purcell. Petit à petit, le plafond au-dessus de leurs têtes, si bas qu'il paraissait toucher l'étrave quand elle montait à la lame, se disloqua en nuages d'un gris verdâtre et vénéneux. La tête du mât devint phosphorescente, et le gros de l'orage éclata.

Les éclairs jaillirent autour d'eux avec des grondements et des roulements inhumains, projetant sur la chaloupe une lumière blanche, intermittente, intolérable, avant de frapper les vagues, dont ils détachaient, tranchant tout d'un coup sur le noir, des silhouettes vertes, diaboliques. Les éclairs tombaient par centaines, en véritable pluie, avec des formes variées à l'infini, en flèches brisées, en zigzags, en lignes sinueuses, en paraphes, en toiles d'araignée, en énormes boules de feu, laissant sur l'eau des traînées incandescentes, des zones de sang et de flamme. Purcell ne tremblait plus seulement de froid, mais de peur, et il pouvait voir, à quelques centimètres de lui — non pas même gris, mais véritablement blanchâtre — le visage révulsé du Tahitien.

Le fracas était assourdissant, bien au-delà des limites de ce qu'une oreille humaine pouvait supporter. A chaque salve de tonnerres, explosant et se répercutant avec une sorte de rage, Purcell sentait son corps sauter et tressaillir, comme si le vacarme était, à lui seul, capable de le déchiqueter. Assis au banc du barreur, attaché par une corde au bateau comme un galérien, sa torture ne finissait pas. Tout était atroce, tout lui brisait les nerfs : le suroît qui lui fendait le visage, la pluie qui le criblait de ses épingles, les paquets de mer qui l'asphyxiaient, et le bruit, le bruit surtout, ce tohu-bohu monstrueux, cet écroulement de fin du monde.

Il y eut une accalmie de quelques secondes, puis la tempête atteignit un paroxysme inouï. Purcell, le visage ruisselant d'eau, sentit ses traits se contracter, et se mit à gémir. Il n'y avait dans cette affreuse cacophonie aucune mesure avec ce qu'ils avaient supporté jusque-là. Le vent n'avait pas fraîchi, peut-être même soufflait-il moins fort, comme si l'eau qui tombait en cataractes l'alourdissait. Mais le bruit! Le bruit! Il était écervelé par le bruit! Les éclairs jaillissaient de tous les côtés à la fois, comme si ciel et mer s'embrasaient et Purcell eut l'impression horriblement nette et réelle que le monde allait finir. Les coups de tonnerre se succédaient dans un crescendo terrifiant. Ils évoquaient des montagnes en train de s'effondrer, d'énormes glissements de terrain, des fleuves asséchés, des fissures béantes coupant des villes en deux.

Purcell ne pouvait plus supporter le miroitement blanc et glacé des éclairs, il sentait sa raison chanceler, il mit sa tête sous la toile, ferma les yeux. Mais des visions incroyables le poursuivaient. Il voyait le monde lancé au milieu des étoiles et tandis qu'il roulait, l'océan fou submergeait les terres, des morceaux de continent partaient à la dérive, emportant sur leur mince croûte de boue leurs habitants terrifiés. La planète se défaisait comme une boule de sable humide que le soleil a fendillée. Elle se partageait en fragments qui tombaient en pluie dans l'espace, y projetant pêle-mêle les arbres, les hommes, les maisons. Puis les étoiles s'éteignaient une à une, le soleil se résorbait, et réduite à un noyau de feu, la terre éclatait dans une explosion gigantesque.

A travers la toile, Purcell sentait la pluie assaillir

sa tête et il avait l'impression stupide que les os de son crâne allaient céder... Il voyait sans fin la terre fendue, béante, pulvérisée... Il ne fallait rien voir, rien entendre, se réduire au rôle de machine! Les yeux rapetissés pour se protéger de l'éclat atroce des éclairs, il se força à fixer le foc. Il tira sa montre. Dans une minute, il faudrait virer de bord. Il regardait le cadran, puis le foc, puis de nouveau sa montre...

— Tetahiti, le foc!

Il n'y eut pas de réponse. Purcell souleva le pan de la toile et regarda. Tetahiti avait les yeux clos comme un aveugle et son visage grisâtre était torturé.

— Le foc! hurla Purcell à son oreille.

Pendant une minute, rien ne bougea, puis Tetahiti sortit du sac comme un automate, et les mains en avant, tâtonna dans les paquets de mer pour changer les amures du foc. Il revint, plié en deux, pataugeant dans l'eau du cockpit, ses cheveux crépitant d'étincelles. Il reprit sa place. A chaque nouveau coup de foudre, il sursautait avec violence.

Purcell éprouvait de plus en plus de mal à retrouver son souffle. Le ciel se déversait sur lui à pleins baquets, il avait l'impression d'être pris sous une cascade. Il y eut une accalmie et Purcell se surprit à regarder une lame qui déferlait. Il fut comme glacé de terreur par sa hideuse coloration verdâtre. Il détourna les yeux. Une nappe d'éclairs tomba sur sa droite avec un fracas inhumain et il ressentit de telles douleurs dans ses deux jambes qu'il crut que la foudre les avait arrachées.

Tetahiti se mit à crier et, un moment, Purcell pensa qu'il avait été atteint par la foudre. Les deux mains accrochées au banc de chaque côté de ses genoux, recroquevillé sur lui-même, le front contre le bras de Purcell, il hurlait. Purcell l'entendait à peine, mais il sentait le souffle de sa bouche sur son biceps. Il devient fou! pensa-t-il avec une horrible angoisse, et pendant une minute il lutta contre l'envie de se mettre à hurler, lui aussi. Il passa sa jambe par-dessus la barre et, écartant les deux mains de Tetahiti, il lui donna des petites tapes sur les joues. La pluie se déversait sur eux avec une telle violence que les traits de Tetahiti lui paraissaient brouillés et déformés. Purcell frappa plus fort. Le Tahitien le laissait faire, la tête inerte, les yeux clos.

« Il n'était pas occupé », pensa Purcell tout d'un coup. Ses nerfs ont lâché, parce qu'il n'avait rien à faire. Il empoigna la tête de Tetahiti à deux mains, colla ses lèvres contre son oreille et hurla :

— Prends la barre!

Pas de réponse. Pas le moindre signe de vie. Le visage de Tetahiti était vide, hébété. C'était fini. Le bruit lui avait brisé les nerfs. Il se laissait mourir.

— Prends la barre! hurla Purcell avec une énergie sauvage.

Il secouait entre ses deux mains la tête ballante de Tetahiti, il le suppliait, il frottait sa joue contre la sienne, il pleurait presque. Finalement, il sortit du sac de toile, prit la main de Tetahiti et la posa sur la barre.

Il ne vit pas arriver le paquet de mer, il s'affala, sa tête disparut sous l'eau, il pensa : « Je suis à la mer », il tira sur le filin de sécurité, son front heurta un corps dur, il tâtonna des deux mains. C'était le banc du cockpit. Il se mit sur les genoux, essayant de reprendre son souffle. Un éclair illumina la chaloupe et il s'immobilisa, effaré. L'eau des fonds commençait à recouvrir le banc. Si la pluie torrentielle continuait, en moins d'une demi-heure, la chaloupe serait entre deux eaux. Ce serait la fin...

Il s'assit de l'autre côté de la barre. La tête de Tetahiti émergeait du sac de toile. Ses yeux à demi clos se fixèrent comme à tâtons sur Purcell et il ouvrit la bouche. Mais cette fois, il ne criait pas. Il parlait. Il hurlait des mots. Purcell n'entendait pas un seul son, mais aux mouvements des lèvres, il comprit que Tetahiti l'appelait par son nom. Il approcha son oreille et une voix fluette et lointaine dit :

— Avec... moi.

— Quoi? hurla Purcell.

— Avec... moi.

Il comprit enfin. Tetahiti lui demandait de revenir avec lui sous la toile.

Purcell posa les doigts sur la barre à côté des siens et fit le geste de gouverner. Un peu de fermeté parut revenir dans le regard de Tetahiti. Ses yeux se posèrent sur sa propre main, puis se promenèrent jusqu'au foc et revinrent sur Purcell. A ce moment, une embardée dévia la chaloupe, et sans même regarder la proue, Tetahiti corrigea.

Purcell se glissa sous la toile. Aussitôt Tetahiti passa son bras sur son épaule et colla sa joue contre la sienne.

Assis comme il l'était maintenant à sa droite, Purcell se rendit compte qu'il ne pouvait rien sur la barre. « Et même s'il se trompe de route! » se dit-il en haussant les épaules. A chaque miroitement d'éclairs il regardait le niveau de l'eau dans le cockpit. Dans dix minutes la chaloupe ne serait plus qu'une épave.

A la pensée de perdre l'île il avait été atteint

quelques instants plus tôt d'une angoisse folle. Mais l'île perdue, l'idée qu'il allait mourir ne lui faisait pas d'effet. Il regarda Tetahiti. Il barrait parfaitement. Peut-être avait-il été choqué par la foudre? Sous l'avalanche de pluie ses traits étaient calmes, concentrés.

Purcell se sentait faible, apathique. Coup sur coup deux paquets de mer le secouèrent. Il serra les lèvres. Agir, agir, jusqu'au bout! Il tira sa montre. Trois minutes avant de virer de bord. Il ricana : le dernier bord! Il cessa subitement de voir le cadran, il y eut comme un blanc dans son esprit, il reconnut le froid du métal contre son oreille et comprit ce qu'il était en train de faire. C'était enfantin, ça ne ressemblait à rien de sérieux. Et pourtant, malgré lui, il écouta. Avec une force et une netteté stupéfiantes dans le déchaînement des éléments, le tic-tac courait, infatigable, découpant le temps en petites tranches précises, comme si le temps appartenait à l'homme. Purcell ressentit une extraordinaire impression de sécurité. C'était stupide et merveilleux, ce petit battement à son oreille. Cette vie. Il pensa : je deviens fou. Mais la main ruisselante de pluie crispée sur sa montre, la tête vidée par le bruit, les yeux mi-clos, il écoutait.

La pluie cessa. Aussitôt, Purcell se glissa hors de la toile et se mit à écoper. Il n'éprouvait ni soulagement ni espoir. Il y avait quelque chose à faire. Il le faisait.

Tetahiti le relaya et, pendant une demi-heure, à tour de rôle, ils travaillèrent à rejeter l'eau des fonds. Ils étaient trop épuisés pour échanger une parole. Par peur de laisser tomber le seau pardessus bord, ils se l'attachaient par un filin au poignet. Parfois un paquet de mer venait rendre inutiles cinq minutes d'efforts. Ils n'y prêtaient pas d'attention. Ils gagnaient peu à peu sur l'eau.

La visibilité était meilleure. Ils étaient de nouveau dans une zone blanchâtre, cotonneuse. Purcell avait l'impression d'avoir déjà vécu ce moment. Le souvenir de sa vie dans l'île s'était effacé. Il avait le sentiment d'être depuis des années sur cette chaloupe, affamé, grelottant de froid, ballotté par les vagues.

Il était assis à la barre et regardait Tetahiti écoper. Le Tahitien lui faisait face, les jambes écartées, les jarrets appuyés contre le banc, le filin de sécurité lové devant lui dans l'eau comme un serpent. Son grand corps se ployait, ses longs bras se détendaient, et du même mouvement rond qui faisait passer le seau dans l'eau du cockpit, il en envoyait le contenu sous le vent. De temps en temps, il levait les yeux dans la direction de Purcell pour s'assurer qu'il était toujours là.

Tetahiti vida le seau à bâbord et s'immobilisa. Purcell suivit son regard. Dans le nuage blanchâtre qui recouvrait tout autour d'eux se découpait, à faible distance au-dessus de l'eau, une tache ronde dont l'intérieur était plus blanc et plus brillant que le pourtour. Un soleil qui n'aurait pas réussi à percer un épais brouillard aurait pu produire cet effet. Mais le soleil n'était sûrement pas si bas à l'horizon. On avait à peine passé midi.

Purcell se dressa et posa un genou sur le banc du barreur. La tache claire se présentait sur le travers de bâbord et dans une direction qui, à en juger par celle des vagues, devait être le sud. Elle n'était pas ronde comme il l'avait cru d'abord, mais oblongue. Ou plus exactement, elle paraissait tantôt augmenter en hauteur, et tantôt s'aplatir. Le ciel, au cours d'un grain, présente souvent des phénomènes optiques insolites, mais ils voyagent, ils se déforment, ils disparaissent. Cette tache persistait et ne se déplaçait pas.

Tetahiti avait repris l'écope et Purcell se rassit. Il tremblait de froid, il se sentait comme hébété, et des souvenirs bizarres l'assaillaient.

— Un feu! hurla Tetahiti.

Purcell se dressa, le cœur battant et regarda autour de lui sans comprendre.

Tetahiti se précipita sur lui, le seau attaché à son poignet sautant derrière lui et heurtant les lisses sans qu'il s'en aperçût.

— Un feu!

Il prit Purcell aux épaules et le secoua. Le seau bringuebalait contre les jambes de Purcell et Purcell le saisit par l'anse. Il lui paraissait très important tout d'un coup de faire cesser les mouvements désordonnés de l'écope.

— Un feu! cria Tetahiti en le secouant avec violence.

Un paquet de mer arriva sur eux et les affala sur le banc. Purcell se redressa, toussa, ouvrit les yeux. La tache claire! Ce fut comme un voile qui se déchire. Les femmes avaient allumé un feu sur la plage! L'île était là!

— Prends la barre! cria Purcell en se précipitant vers le roof. Une secousse brutale le tira en arrière. C'était le seau. Il le tenait toujours à la main et il avait oublié qu'il était attaché au poignet de Tetahiti.

Il ne prit pas le temps de dénouer les amarres de la grande voile. Il les coupa. Couché sur la toile que le vent lui arrachait des mains, il réussit à prendre des ris, il hissa la voile, fixa la drisse. La chaloupe se mit à gîter, de gros paquets embarquèrent, il fallait tout risquer, souquer à mort! Si le grain revenait, la tache claire à bâbord serait engloutie par la poix!

Purcell reprit la barre et un doute affreux le traversa. Est-ce qu'ils ne se trompaient pas? Comment les *vahinés* auraient-elles pu allumer et entretenir un feu sous cette pluie torrentielle?

— Tetahiti...

Bien qu'avec les paquets de mer qu'on embarquait, ce fût maintenant totalement inutile, Tetahiti écopait. Il écopait avec une sorte de rage. Les traits fermés, contractés.

— Tetahiti...

Il releva la tête, regarda Purcell et Purcell vit à son regard que lui aussi n'y croyait plus. Un feu sous un déluge! Et pourtant la tache claire était toujours là, au même endroit à ras de l'eau.

A l'instant d'après, Tetahiti était assis à côté de lui, il montrait ses dents, son visage luisait, il était fou d'excitation. « Adamo! cria-t-il, les pirogues!... Les pirogues *peritani!* » Purcell le regarda et se mit à rire d'un rire saccadé, interminable. La grotte avait servi aux femmes de cheminée. Elles avaient mis le feu aux chaloupes!

La voile battit. Purcell vit Tetahiti démarrer l'aviron de godille. Il n'y eut plus de suroît d'un seul coup, plus de lames, ils étaient sous le vent de l'île. En même temps la brume s'épaissit. A part la tache claire, ils ne voyaient rien.

Purcell remplaça Tetahiti à la godille et il l'entendit derrière son dos qui affalait les voiles. Sans tangage, sans le moindre roulis, la chaloupe glissait dans l'eau et sa stabilité donnait presque le vertige à Purcell. Il ne voyait rien, pas même la pale de l'aviron. Tout était blanc, tout était assourdi. Il avait l'impression d'entrer dans du coton, un coton lâche, léger, élastique qui se refermait au fur et à mesure derrière lui. Il godillait des deux mains, la tête par-dessus son épaule pour se guider sur la tache. Tetahiti devait être sur la proue. Il ne le distinguait pas.

Tetahiti vint le remplacer à la godille, et la chaloupe avança plus vite. Purcell gagna l'avant, et une main sur l'étai du foc, l'autre appuyée sur le mât, il respira. Sa poitrine se soulevait convulsivement. Il ne voyait rien. Même l'eau sur laquelle il glissait était invisible. Quelques minutes s'écoulèrent, puis l'odeur des arbres et du feu de bois lui parvint, sa gorge se noua et il eut envie de pleurer.

La quille racla sur le sable, la chaloupe se coucha sur bâbord, ne bougea plus. Il jeta l'ancre, sauta à l'eau et se mit à courir sur la plage dans la direction du feu. Au bout de quelques mètres, ses jambes se dérobèrent. Il tomba face contre terre, et les bras étendus, il pressa ses lèvres contre le sable.

— Adamo!

C'était la voix de Tetahiti. Elle était assourdie, inquiète. Il le cherchait.

— Adamo!

Peut-être n'avait-il pas entendu le floc, quand Purcell avait sauté dans l'eau après l'échouage.

— Tetahiti, dit Purcell d'une voix faible.

Il se releva et attendit la réponse du Tahitien pour marcher dans la direction du son.

— Adamo!

Purcell se mit en marche, les bras en avant. Il ne voyait même pas l'extrémité de ses mains. Tout était blanc et ouaté.

— Adamo!

Il fut surpris d'entendre la voix derrière lui. Mais c'était peut-être l'écho de la falaise. Ou le brouillard qui mêlait tout.

— Tetahiti!

De longues minutes s'écoulèrent. Ils n'arrivaient pas à se joindre. Ils devaient tourner en rond à quelques mètres l'un de l'autre. Il ne fallait pas crier. L'écho faussait tout. Il reprit à mi-voix :

— Tetahiti...

Et tout d'un coup, tout près de lui, si près qu'il sursauta :

— Ne bouge plus.

Il se retourna. Il ne vit rien. Il s'immobilisa et la voix de nouveau, la voix grave et profonde de Tetahiti :

— Parle...

— Tetahiti...

— Encore.

— Tetahiti...

— Encore.

La voix était sur sa droite, mais Purcell résista à l'envie de se précipiter de ce côté.

— Tetahiti...

Une main se posa sur son épaule. Il se retourna. La haute silhouette athlétique de Tetahiti se dessina en gris dans la brume. Purcell distinguait avec assez de netteté la main sur son épaule, mais à partir du coude, le bras devenait imprécis, et audessus de lui, la tête n'était qu'une tache sombre sur le blanc du brouillard.

— O Adamo! dit Tetahiti, je t'ai trouvé!

DU MÊME AUTEUR

Romans

WEEK-END À ZUYDCOOTE, *Gallimard,* Prix Goncourt 1949.

LA MORT EST MON MÉTIER, *Gallimard,* 1952.

L'ÎLE, *N.R.F.,* 1962, Prix de la Fraternité (M.R.A.P.).

UN ANIMAL DOUÉ DE RAISON, *Gallimard,* 1967.

DERRIÈRE LA VITRE, *Gallimard,* 1970.

LES HOMMES PROTÉGÉS, *Gallimard,* 1974.

MADRAPOUR, *Le Seuil,* 1976.

FORTUNE DE FRANCE, *Plon,* 1978.

EN NOS VERTES ANNÉES, *Plon,* 1979.

PARIS MA BONNE VILLE, *Plon,* 1980.

LE PRINCE QUE VOILÀ, *Plon,* 1982.

LA PIQUE DU JOUR, *Plon,* 1985.

Histoire contemporaine

MONCADA, PREMIER COMBAT DE FIDEL CASTRO, *Laffont,* 1965.

AHMED BEN BELLA, *Gallimard,* 1965.

Théâtre

Tome I. — SISYPHE ET LA MORT, FLAMINEO, LES SONDERLING, *Gallimard,* 1950.

Tome II. — NOUVEAU SISYPHE, JUSTICE À MIRAMAR, L'ASSEMBLÉE DES FEMMES, *Gallimard,* 1957.

Biographie

VITTORIA, PRINCESSE ORSINI, *Éditions Mondiales,* 1959.

Essais

OSCAR WILDE, appréciation d'une œuvre et d'une destinée, *Hachette,* 1948 (épuisé). Thèse de Doctorat d'Etat.

OSCAR WILDE OU LA « DESTINÉE » DE L'HOMOSEXUEL, *Gallimard,* 1955.

Traductions

John Webster : LE DÉMON BLANC (Aubier).

Erskine Caldwell : LES VOIES DU SEIGNEUR, *Gallimard,* 1950.

Jonathan Swift : VOYAGES DE GULLIVER (Lilliput, Brobdingnag, Houhynhms), *E.F.R.,* 1956-1960.

En collaboration avec Magali Merle :

Ernesto « Che » Guevara : SOUVENIRS DE LA GUERRE RÉVOLUTIONNAIRE, *Maspero,* 1967.

Ralph Ellison : HOMME INVISIBLE, *Grasset,* 1969.

P. Collier et D. Harowitz : LES ROCKEFELLER, *Le Seuil,* 1976.

Impression Brodard et Taupin
à La Flèche (Sarthe),
le 18 novembre 1991.
Dépôt légal : novembre 1991.
1er dépôt légal dans la collection : avril 1974.
Numéro d'imprimeur : 6871E-5.
ISBN 2-07-036583-2 / Imprimé en France.

54397